COLLECTION FOLIO

Zoé Oldenbourg

Argile et cendres

I

Gallimard

© Éditions Gallimard, 1946.

Zoé Oldenbourg, née à Saint-Pétersbourg, est venue en France à l'âge de neuf ans. Elle a été peintre avant de devenir romancière et historienne. Elle a reçu le prix Femina en 1953 pour *La Pierre Angulaire* et a été depuis appelée à siéger dans le jury qui l'avait couronnée.

Son œuvre d'historienne et de romancière a été souvent inspirée par le Moyen-Age : *Le Bûcher de Montségur, Les Croisades, La Joie des Pauvres, Les Brûlés* et, bien entendu, *Argile et Cendres* et *La Pierre Angulaire*. Zoé Oldenbourg a aussi publié un livre de souvenirs : *Visages d'un autoportrait.*

I

Le Mariage

Il y avait eu des cierges de cire rouge.

Et puis, sur l'autel, et sur les piliers, et aux fenêtres de l'église, des branches d'aubépine et de pommiers en fleurs.

Et deux bagues en or ciselé de Syrie.

Ces deux-là étaient émus comme doivent l'être deux enfants qui viennent d'être lavés, parés, chapitrés et placés par leurs parents en face de l'autel devant tous les invités, les frères, les sœurs, les oncles et les camarades de jeu.

Ils se ressemblaient si peu. Lui un garçon et elle une fille.

Depuis la Noël les parents étaient d'accord pour la dot et pour le reste. Le père du marié était vieux et voulait voir des petits enfants de sa race et de son lignage. C'est pourquoi Aalais de Puiseaux allait être obligée de coucher avec un garçon cette nuit-là.

A Hervi-le-Château — mi-Champagne, mi-Bourgogne — l'épaisse église carrée dominait le village et les auberges ; on y avait trouvé, disait-on, au temps du roi

Robert, les ossements qu'on avait cru être des reliques d'un saint Thiou dont personne ne connaissait l'histoire. L'église y fut bâtie qu'on appela Sainte-Marie-des-Anges et le nom de saint Thiou passa dans les jurons du pays. La route comtale de Troyes-sur-Tonnerre passait par Hervi où les comtes de Champagne possédaient une forêt.

Cet an de grâce 1171, quand le roi Louis le Jeune régnait en France et Henri le Libéral tenait la Champagne, Linnières dans le sud du pays d'Othe était un manoir comme un autre, ma foi, pas plus boueux ni plus enfumé qu'un autre ; de Hervi on prenait un petit chemin de traverse par une forêt de hêtres et de bouleaux, le chemin était sans cesse coupé de petits ruisseaux, des branches sèches et des planches à moitié pourries étaient jetées par-dessus ; ce jour-là, en l'honneur de la mariée, on y avait jeté du feuillage neuf, jaune comme un duvet. La forêt était transparente. De gros oiseaux sombres battaient des ailes quelque part au-dessus des têtes, dans les branches encore mal vêtues.

Devant la petite tour de Seuroi, carrée, grise, entourée de pieux dépareillés, le cortège fit halte. Il restait encore deux bonnes lieues jusqu'à Linnières, la maison du marié. Il était midi. A partir de Seuroi la route devenait boueuse ; la forêt de Linnières était semée de vastes espaces verts où les arbres ne poussaient pas, les joncs disputaient la place aux maigres buissons et bouquets de jeunes saules. La forêt était humide, riche en gibier.

Aalais avait quatorze ans. C'était une blonde soigneusement lavée à la camomille, et qui promettait de devenir châtain avec l'âge. De grandes lèvres encore molles, des sourcils épais, des yeux bleu-gris assez petits mais très droits, un visage allongé à joues très roses — Aalais passait pour jolie et le savait. Grande, mince, musclée, Aalais semblait toujours prête à bondir, à courir, à s'étirer comme une chatte. Elle savait tout ce qu'une noble fille doit savoir : elle cousait, filait, brodait, elle savait danser et chanter, monter à cheval, tirer de l'arc, dresser les faucons.

Et voilà qu'il avait fallu quitter Puiseaux. Aalais pensait bien être amoureuse de ce garçon, puisqu'il le fallait ainsi. A la Noël, à Puiseaux, sur le grand coffre derrière le rideau de laine, elle s'était laissé mouiller les lèvres et presser les seins entre la robe et la chemise ; c'étaient là des politesses qu'elle avait déjà permises à d'autres garçons, mais celui-ci était plus chaud que les autres, il devenait rouge et avait les larmes aux yeux. Il faut s'en méfier, aussi — ces drôles d'animaux vous pleurent et gémissent pour un rien — pire que des filles, et l'on dit qu'ils deviennent durs une fois qu'ils ont fait leur volonté. Se marier, pour Aalais, c'était avant tout dormir avec un garçon — jusqu'ici elle n'avait dormi qu'avec ses sœurs sur les paillasses de l'immense salle à coucher de son père.

Aalais avait quatre grandes sœurs, elle avait donc des canons de beauté masculine très nettement établis : décidément, son fiancé n'était pas beau ; elle l'avait trouvé charmant au sortir de l'église, il avait seize ans (on le disait puceau), il était grand, carré d'épaules, chevalier depuis huit jours. Mais de visage, oui, ce n'était pas un saint Georges ; une épaisse tignasse brune à reflets roux, une grosse tête, une face très simple, tout en largeur, avec des pommettes plates et un front bas — de grands yeux de cheval et un énorme sourire qui découvrait Dieu sait combien de dents. Il n'avait pas encore de barbe et ne vous piquait pas en baisant. Ce qu'il avait de bien, c'était sa façon de rejeter la tête en arrière pour écarter sa frange trop longue qui lui tombait sur le nez — on eût dit un poulain rétif. Les cheveux retombaient toujours en avant, et le manège recommençait.

Il s'appelait Ansiau, c'était un nom plutôt vulgaire ; mais son père aussi s'appelait Ansiau, et le fils aîné, disait-on, porterait aussi ce nom-là, le grand-père le voulait ainsi. Ce futur grand-père, Aalais l'avait vu de près sur le parvis de l'église. Il l'avait embrassée et lui avait pincé le sein gauche — il était gros, immense, la barbe rare, des poches sous les yeux, des yeux jaunes d'épervier. Il disait : « Dans neuf mois, hein ?... » et clignait de l'œil.

La cour de Linnières, brune et boueuse d'ordinaire, était jonchée de branchages et de bottes de paille. Les oncles et cousins du marié, descendus de cheval, souhaitaient la bienvenue à la mariée et à sa famille, avec de grands cris et en battant des mains. Six jeunes filles en robes claires se tenaient près du puits, avec un grand panier et quand Aalais mit pied à terre les jeunes filles ouvrirent leur panier pour lâcher toute une volée de pigeons qui s'échappèrent avec de grands battements d'ailes aux cris de joie de toute l'assistance.

Le château de Linnières était une vaste et sombre bâtisse. Par les petites fenêtres le jour passait mal. Deux moutons et un veau rôtissaient sur les broches dans la grande cheminée — sans compter la volaille. La grande pièce sombre et enfumée servait à la fois de salle de réception, de cuisine et de chapelle — cette dernière, il est vrai, était séparée du reste de la pièce par un rideau. Au-dessus de la table longs écus grossièrement peints, lances et peaux de bêtes ornaient le mur badigeonné de chaux. Les longues tables étaient couvertes de nappes blanches et le sol jonché d'herbe. Le long des bancs et entre les piliers pendaient des guirlandes de fleurs des champs.

Lavée et rafraîchie après le voyage la mariée était menée à table. Ses beaux cheveux habitués aux tresses descendaient en petites ondes régulières le long de son dos et de sa poitrine et touchaient les genoux. Un voile de soie rouge lui couvrait la tête, retenu par un cercle d'argent orné de rubis — couronne que toutes ses grandes sœurs avaient portée le jour de leur mariage. A côté du rouge violent de la robe et du voile le visage de la petite mariée paraissait clair et transparent comme une fleur. Elle avançait lentement, entourée de ses compagnes ; et c'était joli à voir, ce cortège de fillettes sveltes, minces, vigoureuses comme de jeunes pouliches ; elles se déhanchaient en marchant de façon à faire jouer les muscles de la croupe et des cuisses, et les bouts de leurs longues ceintures dansaient et s'entrechoquaient.

Si l'on s'installait à table, c'était pour des heures ; les parents des mariés et les hôtes de marque eurent des coussins et des peaux disposés sur leurs bancs. L'eau, dans la bassine à laver les mains où tous les hommes plongeaient leurs mains à tour de rôle était devenue toute brune et graisseuse, tant il y avait d'invités. Les dames se disposaient aux côtés de leurs maris, soucieuses de ne pas laisser froisser leurs voiles à galons brodés.

Sous le grand écu de Linnières, sur le double siège à dossier, les deux mariés étaient le point de mire de toute la salle ; de toutes les tables, de tous les bancs les hôtes se retournaient, étiraient leurs cous pour les voir. Les hommes essuyaient leurs barbes couvertes de sauce, les dames se desserraient les ceintures ; vin après vin, viande après viande le repas allait son train et seuls les deux mariés à leur place d'honneur touchaient à peine aux plats qu'on leur présentait — ainsi le demandait l'usage. Le beau garçon qui était tout brun, roux et rouge dans ses vêtements couleur lie de vin à galons dorés, baissait sa lourde tête, et son grand œil rond et mobile glissait sur les mains blanches de la mariée. Ces mains, sagement croisées sur le ventre, le faisaient penser à des choses qu'il était pressé de connaître — son front, ses oreilles, son cou même devenaient rouges, et en se sentant rougir il rougissait plus encore — il n'aimait pas se savoir regardé, il avait envie de quitter la table. Aalais, plus patiente, s'appliquait à montrer aux invités un visage placide et souriant, se tenait raide et figée et baissait les yeux.

Elle avait faim et regrettait d'être obligée de manger si peu.

On les traitait comme deux jeunes bêtes de race qu'il s'agissait de bien accoupler — et ainsi se regardaient-ils eux-mêmes, au fond, car ils n'étaient pas orgueilleux. L'affaire était importante : il avait fallu choisir un bon jour, et bien le calculer d'après les phases de la lune et les règles de la jeune fille, et faire en sorte que ce ne soit pas un vendredi ni un mercredi ; et attendre que le lilas soit défleuri et que le panais pousse. La veille encore Aalais avait été plongée par la dame sa mère dans un grand baquet d'eau de pluie recueillie près de la chapelle Sainte-Anne-en-Forêt — sainte Anne en Forêt protégeait tout l'élément femelle du pays à cinq lieues à la ronde et rendait fécondes juments, génisses et femmes mariées. L'enfant était toute jeune, et l'on sait ce que c'est qu'un vieux beau-père qui attend des héritiers.

Quand il n'y eut plus de soleil dans la cour, le vieux maître jugea qu'il était temps de conduire les mariés dans la chambre nuptiale, et fit signe à dame Adela, sa belle-sœur, qui se leva et s'approcha de la mariée. Aalais se redressa, toute rose, et étira ses petites mains engourdies. Sous un tonnerre de cris : « Noël ! Longue vie aux mariés ! » les deux jeunes gens burent une coupe de vin à la santé des invités ; puis les jeunes filles entourèrent Aalais et la menèrent par les mains le long des tables, tandis que les jeunes valets bousculaient au passage les chiens et les enfants qui grouillaient entre les tables.

Le marié n'osait pas trop la suivre des yeux, parce qu'il était amoureux et avait peur de le laisser voir. Calme et droit, il souriait aux plaisanteries de ses camarades avec une bonne grâce royale : à seize ans il avait déjà cette dignité naturelle que donnent une haute stature et une grande endurance physique. Il était beau de corps : il avait une taille si fine qu'il l'entourait deux fois de sa ceinture de cuir blanc, et ses jambes longues et lourdes semblaient partir directement de la taille. Ses splendides épaules carrées avaient fait rêver plus d'une fille noble ou vilaine, mais il préférait son cheval et ses javelots, les femmes n'étaient pour lui que des hommes en jupe et sans barbe. Aux grosses plaisanteries de ses camarades sur son pucelage il répondait en riant — cela ne le concernait pas — il en avait dit tout autant à d'autres amis le jour de leur mariage. Mais il se fût fait tuer sur place plutôt que de laisser voir qu'il prenait la chose au sérieux.

Les étuves de Linnières étaient une petite bâtisse carrée faite de pierre crayeuse et d'argile jaune ; elle se dressait devant les écuries et ne différait pas beaucoup de celles-ci en temps ordinaire. Mais ce jour-là des guirlandes de boutons d'or et de myosotis ornaient sa porte et ses deux fenêtres, et sur tout le passage du donjon aux étuves étaient jetées des planches en guise de pont à travers la boue de la cour, et ces planches étaient jonchées de foin et d'herbe fraîche. Bâti depuis une quarantaine d'années seulement, ce petit édifice servait pour tous les grands événements de la vie des châtelains tels que les mariages, les accouchements, les purifications, parce que c'était le seul endroit du château où l'on pût, à certains moments, n'être pas exposé aux yeux de toute la maisonnée.

Une large couche basse se dressait au milieu de la petite pièce lavée à grande eau et couverte de tapis de laine rayée. Sur le drap étaient disposés, le long des bords du lit et des oreillers, des bouquets de lavande sèche, de violettes et de muguet. Peu à peu la chambre s'emplissait d'invités trop contents de quitter pour un moment la table et de se dégourdir les jambes; les odeurs de vin mal cuvé et de sueur rendaient l'air irrespirable, et le bruit de voix était tel qu'on ne s'entendait pas parler. Les deux pères, assis à la place d'honneur, près du lit, s'épongeaient le front et se demandaient si la mariée serait bientôt prête. Dans un coin de la chambre les jeunes filles déshabillaient Aalais et lui tressaient les cheveux pour la nuit; les plus petites formaient un demi-cercle autour des grandes, leurs bras levés tenaient deux grands manteaux de laine en guise de rideau. Toutes bavardaient joyeusement. « Viendrez-vous à la pêche aux carpes à Plassis, Bérengère ? » demandait l'une, et l'autre geignait : « Je crois que j'ai trop mangé de dinde farcie. — Oh ! Milessant, voulez-vous me mettre ce petit bâton dans la gorge pour me faire rendre ? — Eh ! Là ! Girard. » Cette exclamation s'adressait à un petit page qui avait faufilé sa tête brune entre les deux pans du rideau improvisé. Les compagnes de la mariée chassèrent l'indiscret avec force tapes et coups de pied. Puis on entendit des cris furieux dans le fond de la chambre — Aalais laissa tomber les bras le long du corps d'un air excédé : « C'est ça, encore Baudouin qui a bu un coup de trop ; il aurait dû au moins attendre que je me sois mise au lit. — Est-il dangereux quand il boit ? » demanda Brigitte du Plassis. « Je crois bien. A la noce d'Hermenjart il a manqué de donner un coup de couteau à l'oncle du marié, et c'était juste pendant qu'Hermenjart se déshabillait — vous pensez si elle avait eu peur d'être laissée là comme elle était. » Les jeunes filles partirent d'un grand éclat de rire. « Dieu ! Aalais. Comme vous avez le corps blanc. Comment faites-vous pour enlever les piqûres de puces ? » Aalais avait le corps très beau des toutes jeunes filles qui doivent être robustes plus tard — rien de frêle, rien de mièvre, des formes sévères et déjà pleines, des membres longs, des hanches abruptes. La longue chemise de toile fine qu'elle ne devait enlever qu'une fois les bougies éteintes était si transparente qu'elle laissait voir la couleur chaude des épaules et des seins roses de chaleur et d'émotion. Elle fut menée au lit, assise le dos contre les oreillers, ses sœurs cadettes arrangeaient les plis de la chemise sur les manches et sur la poitrine.

Ansiau vint s'asseoir à côté d'elle et étira ses longues jambes sous la couverture de laine grise. Tous deux rouges, placides, ils baissaient les yeux et savaient qu'ils en avaient encore pour longtemps à répondre aux saluts et aux félicitations de la parenté. La vieille dame Adela, belle-sœur du sire de Linnières, leur apporta une grande coupe de vin cuit aux feuilles de menthe et de pannais, qui sont dites propres à exciter l'amour entre homme et femme. Pendant qu'ils buvaient garçons et filles d'honneur battaient des mains et chantaient :

> *Ja s'entraimment Aalis et Ansiaus,*
> *Ansiaus aime Alis, Alis aime Ansiau !*

Pendant ce temps la chambre se vidait peu à peu, et par la porte grande ouverte l'air frais du soir entrait et faisait trembler les flammes des bougies ; les dames de Linnières bouchaient les fenêtres par des plaquettes de bois et des peaux de cerf. Joceran et le vieil Ansiau, un peu ivres tous les deux, inspectaient ensemble tous les coins de la pièce, relevaient les rideaux et les coussins près du lit, pour bien vérifier et prouver l'un à l'autre qu'il n'y avait pas de tromperie possible — ils quittèrent la chambre les derniers et le vieil Ansiau ferma la porte à double tour.

Les deux jeunes gens, restés seuls, n'osaient toujours pas lever les yeux. Deux chandelles de suif crépitaient derrière eux sur le rebord du lit. Du donjon, des cris et des chants avinés partaient de plus belle, à la santé des mariés, et près de la porte des étuves il y avait des rires étouffés, un bruit de bousculade — on se pressait devant la serrure et les fentes de la porte. Une voix enrouée chantait : « Cocorico ! » Aalais eut envie de pleurer et d'appeler sa mère. Elle tremblait. Ansiau, intimidé, caressait de la main le bout des longues tresses blondes. Puis il prit la jeune fille par les hanches. « Éteignez la bougie », dit-elle.

Et ils se retrouvèrent dans le noir et couchés l'un

contre l'autre, mais Aalais refusa trois fois d'enlever sa chemise, comme sa mère le lui avait bien recommandé la veille. Et à la quatrième fois elle se dévêtit, rejeta les bras en arrière et ne bougea plus. Autour d'elle, sur elle, ce grand garçon était là qui tournait et haletait comme une meute de chiens autour d'un cerf blessé. Et après, elle pleurait et lui dormait, comme il arrive toujours la première fois, à ce que disent les grandes sœurs.

Pour la première fois de sa vie Ansiau s'éveilla tard ce matin-là. Il faisait tout noir dans la chambre d'étuves. Des filets de soleil passaient par les fentes de la porte. Ansiau pensa qu'il pouvait tout aussi bien être midi. Dehors, les poules gloussaient, les palefreniers hélaient les chevaux — Ansiau sentit contre sa joue un bouquet de violettes fanées et sourit. La demoiselle était là, elle respirait doucement comme un petit enfant, dans l'obscurité il distinguait ses tresses qui traversaient l'oreiller comme deux grosses cordes, et la chaîne de croix et d'amulettes qu'elle portait au cou ; et puis la grande tache sombre de la bouche entrouverte. Être là si tranquille dans ce lit à draps, avec des fleurs et une demoiselle — pour un garçon qui n'avait jamais couché que sur de la paille c'était le Paradis. Pour trois nuits on leur accordait ce lit, ces draps et ce calme, pour qu'ils se souviennent toute leur vie que Dieu les avait unis pour fonder une nouvelle famille et une nouvelle race.

La porte fut déverrouillée et les fenêtres ouvertes, et le vieil Ansiau, Joceran et sa femme entrèrent les premiers pour souhaiter le bon jour aux mariés. Aalais, éblouie par la lumière, se frottait les yeux et n'arrivait plus à se rappeler ce que sa mère lui avait dit de faire au matin de ses noces. Déjà ses sœurs et cousines l'entouraient et lui passaient la chemise et lui démêlaient les cheveux ; lasse et rêveuse elle tourna sa tête vers Ansiau, qui, encore couché, lui sourit d'un large sourire béat, et comme mal éveillé — elle comprit à quel point il était simple et brave garçon, elle en fut attendrie et soupira.

Ansiau fut vite emmené par ses garçons d'honneur et elle ne le revit plus de la journée, car à présent tout le monde semblait se désintéresser de lui. Il partit chasser au faucon avec ses cousins et ne parla pas plus de sa femme que s'il avait été garçon d'honneur à cette noce. C'était la première fois, il avait honte. La seule pensée de la jeune fille lui faisait couler du plomb dans les veines et lui donnait le vertige et il s'efforçait de ne pas y penser avant le soir.

Dans la chambre d'étuves la dame Hodierne de Puiseaux et les dames de Linnières examinaient les draps et le lit, et interrogeaient la mariée : il s'agissait de savoir l'heure et la durée de l'acte pour savoir si l'enfant avait conçu ou non — la dame Irma, belle-sœur d'Aalais, jurait que la mariée avait conçu et qu'elle devait jeûner jusqu'à midi et se reposer toute la journée, car le fruit devait être encore très fragile. « Ce n'est pas comme pour nous autres, disait-elle, qui serions bien contentes de le chasser le jour même si cela se pouvait. Si l'on gâte le premier fruit, les autres viendront moins beaux. » Aalais avait un grand respect pour la science d'Irma, laquelle passait pour un peu sorcière. Elle écoutait avec beaucoup d'intérêt les dames qui se ressouvenaient complaisamment de leurs propres nuits de noces et de celles de leurs filles. Elle pensait au soir, et à ce qu'elle allait dire à son Ansiau, maintenant qu'elle le connaissait. Elle ne serait pas muette comme la veille : il ne devait pas la croire sotte. Elle dirait : « Je suis de noble lignage, et vous ne devez pas me mépriser. Je suis votre pair et égale. Je vous aimerai si vous m'aimez. Mais alors, toute notre vie, toujours, et vous n'irez pas me délaisser pour des servantes, même quand je serai grosse, même quand vous serez en guerre ; et vous verrez comme je vous servirai bien, et comme je saurai bien vous laver les pieds et vous gratter la tête et vous panser vos blessures, on m'a appris tout cela », et elle s'attendrissait sur elle-même en constatant quelle personne accomplie elle était, « et je sais aussi dresser les faucons, et lancer des javelots, et broder et filer, et danser et chanter, vous ne vous ennuierez pas avec moi ».

Au donjon la fête allait toujours son train et les chevaliers ne s'occupaient plus guère de la chambre d'étuves — c'était maintenant l'affaire des femmes. Les nouveaux mariés eurent donc un soir calme. Les dames se retirèrent de bonne heure. Ansiau avait passé toute la journée en forêt, et s'était mis en retard pour le souper, où sa présence, du reste, n'était plus nécessaire : c'était son père, le vieux sire, qui recevait les félicitations à sa place. Et d'ailleurs, le garçon avait été si pressé de retrouver sa jeune femme qu'il n'était même pas monté au donjon. Assis par terre près du lit il appuyait ses joues contre les genoux frais et lisses de sa demoiselle. Elle lui passait timidement les mains dans les cheveux. Il avait des cheveux épais, bouclés, emmêlés. Aalais prit un peigne sur le rebord du lit et se mit à les démêler mèche par mèche — et elle ne le lui dit rien de ce qu'elle s'était préparée à dire, mais tira de dessous l'oreiller un morceau de tarte au miel qu'elle avait caché dans sa manche pendant le repas, et le tendit au garçon. Il le dévora sans mot dire, en deux bouchées — si rapidement qu'elle en eut peur. Puis il se mit à la caresser, durement, comme un garçon qui ne sait pas s'y prendre, et Aalais l'écartait, toute honteuse. Et il disait : « Je t'aime tant. Tant ! Si tu savais. C'est si bon, être avec toi. Je ferai tout, je serai ton valet. » Et Aalais pensait qu'elle l'eût tant aimé s'il était plus tranquille, plus sage, moins chaud, et elle se disait : « Ah ! les hommes. »

Ansiau n'avait pas eu de mère — la sienne était morte quand il avait neuf mois. Sa nourrice était morte quand il avait deux ans. Il avait vécu la rude vie de château au milieu de cousins et écuyers, dès quatre ans un enfant est un valet s'il n'a pas une mère acariâtre pour le protéger. On le rudoie, on le bouscule : « Ansiau, mon couteau ! Ansiau, ma ceinture ! Et presse-toi. » Les chiquenaudes et les taloches vous pleuvent sur la tête, et bien souvent des camarades plus âgés vous arrachent votre morceau de pain. Et ensuite c'est l'apprentissage — les chevaux, le tir à l'arc. Ansiau enfant était une petite brute si faite aux coups qu'on croyait qu'il ne les sentait pas. Il était très robuste. De sept à dix ans il eut toujours la peau des fesses et du dos déchirée et sanglante — résultat des verges paternelles. Le vieux seigneur s'occupait de son fils à sa manière. Quand il voyait que l'enfant n'était pas le premier dans les jeux ou le tir il le battait de verges. « Le châtelain doit être le plus fort, disait-il, n'oublie pas, fils de chienne, que tu seras le châtelain après ma mort. » Ansiau ne savait pas ce que c'est qu'être châtelain et s'en souciait très peu. Il était très enfant — ses ambitions n'allaient pas plus loin que la possession d'un cheval : les chevaux étaient sa passion, il en rêvait éveillé.

L'habitude des coups l'avait rendu très fort — jamais la douleur ne le fit hésiter ou reculer. Jamais non plus il ne s'en prit à ceux qui le battaient car il trouvait tout naturel d'être battu sans raison — la vie était ainsi faite, les enfants étaient faits pour être battus.

Puis ce furent les six années de service à Troyes chez le sire de Nangi. C'était dur. On exigeait de l'enfant le travail d'un homme, parce qu'il était grand et acceptait volontiers toutes les besognes. Il était d'humeur insouciante, il aimait écouter les musiciens et les conteurs, le soir, après les repas ; il avait le rire et les larmes faciles quand il s'agissait de belles histoires, mais pour ses propres chagrins il n'avait jamais pleuré. Il adorait les tournois et avait été admis de bonne heure à y prendre part, à porter la lance et l'écu, parfois à se battre. C'était sa vie. Personne ne s'entendait mieux en chevaux et en armes qu'Ansiau de Linnières. Il avait des amis. Il aimait son seigneur Guillaume de Nangi — un parrain d'armes est tellement plus qu'un père — il aimait les prés, les bois, la chasse et la bataille. Il n'était pas un garçon exigeant, ah non ! — et voilà que cette chose lui arrivait qui le rendait plus riche qu'un roi sans qu'il l'ait demandé ni mérité.

C'était venu d'un seul coup, à Noël, quand il était venu à Puiseaux avec son oncle Herbert, pour échanger sa bague de fiançailles avec la fille de Joceran. Il n'y pensait pas alors, ah ! non, il la croyait une fille comme les autres, pas trop jolie même ; et puis ils étaient restés seuls sur un coffre derrière un rideau — on jouait à cache-cache — et la jeune fille avait si bien dit qu'elle ne voulait pas être embrassée qu'il avait relevé le défi ; et alors c'était venu, il avait senti ses jambes devenir molles et le sang chanter à ses oreilles tant qu'il n'entendait plus rien. Il ne savait ce que c'était — sous ses lèvres, très loin, une petite voix noyée disait : « Assez, vous me faites mal. » Il avait voulu l'avoir toute à lui, là, sur le coffre ; mais elle lui avait dit et juré qu'elle ne permettrait rien de pareil avant la nuit de noces — elle était de trop bon lignage, elle ne ferait jamais cette honte à sa famille. Ansiau s'était mis à trouver beau tout ce qu'elle disait. Il l'adorait ; il adorait son père le seigneur de Puiseaux, sa femme, ses fils, ses filles. En public, il était raide et digne comme toujours, et ne disait de sa fiancée ni bien ni mal — ainsi convenait-il de faire à un chevalier.

Et voilà que le moment était venu où son père, et le sire de Puiseaux, et le prêtre de Hervi lui donnaient la demoiselle, toute lavée, toute parée, avec une bague au doigt et une robe rouge, et on lui disait : « Tiens, prends, c'est pour toi, tout cela est pour toi, et pour toi seul, et pour toujours, prends-en tant que tu veux, saoule-toi, tu es le maître. » Ansiau ne se le fit pas dire deux fois.

Les fêtes terminées il avait fallu revenir coucher sur la paille près du grand lit du père. Et pour la première fois de sa vie Ansiau trouva la paille piquante, la toile trop rugueuse et l'odeur des couvertures aigre et lourde. Les cousins et les écuyers faisaient trop de bruit, les chiens aboyaient trop fort. Il eût aimé offrir à sa demoiselle une tour carrée avec une belle chambre et un jardin ; être restés seuls trois nuits, c'était si peu. Ils avaient un petit coin où ils étaient seuls, un creux dans la grande paillasse, Aalais se faisait toute petite et ne bougeait pas et lui passait ses minces bras frais autour du cou, et parlait très bas. « Vous savez, disait Ansiau, quand le père sera mort je serai châtelain, j'aurai le lit de mon père. Et tous les édredons. Et les draps. Nous aurons de la place pour jouer et pour tout. Vous m'aimez bien ? Vous ne regrettez pas trop votre maison ? — Oh ! Si ! » soupirait la jeune femme. Avec Ansiau elle ne savait pas mentir. Elle pleurait en pensant à sa mère et à ses sœurs.

Les premières semaines sont toujours dures, elle le savait : la dame Hodierne l'avait bien dit. Aalais était brave ; elle entrait dans sa nouvelle famille la tête haute et de bonnes armes en main. Elle n'était pas noble fille pour rien, elle savait les bons usages. Elle commença par être douce et bonne avec tout le monde ; avec les bijoux de sa dot elle fit des cadeaux à toutes ses nouvelles tantes et cousines ; elle les embrassa et les appela sœurs et amies ; pour celles qui étaient mères elle s'extasia sur leurs enfants, même quand ceux-ci étaient laids. En général, elle admirait tout : les tapis, les coffres, la vaisselle, les chevaux et les chiens. Elle disait : « Le beau tapis ! le beau lit ! le beau cheval ! » avec l'air très convaincu qu'elle prenait toujours pour mentir. (Elle était loin de tout admirer et trouvait qu'il n'y avait de belles choses qu'à Puiseaux. De Puiseaux elle n'avait avec elle que sa sœur de lait, Catherine, et les deux fillettes échangeaient à la dérobée des grimaces et des regards ironiques en voyant qu'à Linnières le vin chaud se préparait autrement qu'à Puiseaux.)

Aalais était une fille vive et chaude, portée à la colère. Mais les caresses du grand garçon qu'on lui avait donné pour mari l'avaient ramollie et radoucie pour quelque temps. On lui avait si bien dit que l'amour était une bonne chose. A table, elle se laissait presser la main et pincer la taille et en devenait pâle et rouge de plaisir. Le jour, elle attendait la nuit, pour ce jeu qui lui donnait un si fort vertige ; c'était cela, l'amour, pensait-elle. Et encore y avait-il au moins trois nuits par semaine — les vendredis, mercredis et veilles de fête — où les femmes devaient dormir séparées de leurs maris — les jeunes surtout. La dame Adela les faisait coucher dans le coin gauche de la grande chambre à coucher, derrière le rideau, avec les jeunes filles. Une fois, la nuit d'un vendredi, Aalais avait cédé aux prières de son mari, malgré la crainte du péché — elle était venue le trouver derrière un banc près de la grande cheminée ; et elle en fut bien punie, car dans le noir elle se fit mal aux reins en heurtant un escabeau. Et le lendemain au soir la vieille dame Adela vint annoncer au vieux seigneur que sa jeune bru avait des taches de sang sur sa chemise. Le vieux sire fut très en colère, car il croyait qu'elle portait déjà fruit, il souffleta la jeune femme et lui dit de mieux prendre soin d'elle-même : à quatorze ans d'autres femmes sont déjà mères. Jusqu'ici, il avait été bon pour elle : à présent il devenait dur.

Le vieil homme restait du matin au soir dans un fauteuil, sous la fenêtre, ses pieds goutteux, énormes, posés sur deux coussins. Il avait les paupières lourdes, il était très las. Trop de vin, trop de viande, trop de femmes — à part cela, une longue vie de soldat et de chasseur, ennuyeuse à mourir. Est-ce une joie pour un homme de bon sens qu'un grand dadais de fils qui n'a pas plus de cervelle qu'un lapin ? Dieu sait qu'il n'aimait pas ce garçon, mais ce qui devait croître et grandir dans le corps de sa petite bru lui faisait battre le cœur plus fort, parce que c'était sa chair à lui.

Le vieux était impatient. Deux mois après le mariage, il traitait déjà sa bru de tous les noms et lui reprochait sa pauvreté. « Et savez-vous que votre père ne m'a donné que trente marcs pour vous, et mon fils aurait pu prendre l'héritière de Bercenay, mais elle n'a que dix ans. Je vous ai prise pour la race et vous ne faites rien. » Et il menaçait de la renvoyer chez son père, ou d'accoupler le garçon avec une servante, pour avoir au moins des bâtards. Aalais ne savait pas encore que son beau-père parlait pour ne rien dire, et pleurait la nuit dans les bras d'Ansiau : lui, au moins, se souciait autant d'être père que d'être évêque, et consolait son amie en disant : « Le vieux n'en a plus pour longtemps. »

La forêt de Linnières. Le pré devant le château. La chaleur de juillet et l'herbe fauchée étendue sur le sol. Le ciel est d'un bleu épais, presque foncé, ininterrompu : pas un nuage. Le soleil tombe à pic, écrasant de sa lourde lumière le pré couvert de foin chaud. C'est sur ce foin que viennent s'asseoir Ansiau et son amie, après le repas de midi — Aalais a tout à fait l'air d'une petite paysanne, dans sa robe de lin et la tête recouverte d'un simple morceau de toile blanche. On entend les sauterelles chanter dans les champs de sarrasin, les soldats se héler sur les remparts. L'air chaud est pénétré d'odeur de menthe.

Une brise légère agite les mèches folles sur le front d'Aalais — son visage est tout baigné de blonde lumière et ses narines se dilatent lentement d'un air si paisible et si heureux qu'Ansiau en est tout saisi. « Elle est belle », pourquoi rien que ces mots que tout le monde connaît depuis toujours ? et il n'y en a pas d'autres. Ce jour-là Ansiau resta longtemps à divaguer et à caresser les bras de son amie, à lui lisser les sourcils, à regarder comment elle avait les dents — il la palpait tout entière comme une chose, tout étonné de découvrir tout d'un coup cette beauté toute nouvelle, trop forte pour lui — jamais depuis il ne put penser tranquillement à la blancheur d'une femme.

Ils étaient mariés depuis près de trois mois — elle s'était habituée à lui, elle l'aimait. Elle lui disait :

« Dieu, que vous avez de beaux yeux », et « une belle bouche » et puis, « vos belles mains » et « vos beaux cheveux » et « votre beau nez » — tout était beau pour elle — elle accablait Ansiau de baisers et de caresses brusques et maladroites, et oubliait toutes les leçons de sa mère. Elle le servait comme eût fait un petit page. Elle croyait être très heureuse.

Ce mois-ci dame Adela et dame Richeut sa bru comptaient les jours sur leurs doigts et disaient : « Enfin, ça a l'air de venir. » Aalais était obligée de manger des poireaux tant qu'elle s'en étranglait, parce qu'on disait que le poireau fait engrosser, elle disait des neuvaines à Sainte-Anne-en-Forêt : « Sainte Anne, bonne dame, faites que le beau-père ne m'en veuille plus. » Le jour de l'Assomption elle s'évanouit dans la chapelle, et depuis ce jour le beau-père ne lui en voulut plus jamais. Ce jour-là il la fit venir près de lui et la regarda longtemps, le menton plissé, les lèvres tremblantes. « Allez, dit-il, allez, allez, pas de bêtises maintenant — et que ce soit un garçon, hein ? »

Ansiau était à la chasse ce jour-là et ne revint que tard dans la soirée. Sa cousine Mahaut lui annonça la bonne nouvelle, et Ansiau poussa un soupir de soulagement en pensant : « Au moins le vieux ne fera plus de misères à l'amie. » Et il monta dans la salle du haut pour voir Aalais. Pour cette fois-ci la jeune femme, toute dolente et malade par les soins dont on l'entourait, fut admise à coucher dans le lit du vieux Hue et de dame Adela ; elle se reposait, étendue sur le bord du lit ; le vieil oncle Hue, face au mur, ronflait déjà.

Ansiau s'assit sur le lit, et Veillant, son gros chien noir, sauta sur les édredons et appuya sa tête contre la cuisse du jeune homme. Aalais, les mains derrière la tête, regardait son mari d'un air triste et grave. Ansiau lui sourit : « Alors, ça va bien ? » Aalais fit la grimace. « Bien, dit-elle. Vous ne savez pas ce que c'est. Maintenant je vais enfler comme une vache qui a mangé du trèfle vert. » Ansiau trouva l'image très drôle et partit d'un grand éclat de rire ; la jeune femme en fut assez piquée. « Cela vous paraît gai, dit-elle, boudeuse. Et si j'en meurs ?

— Mais on ne meurt pas de ça, dit Ansiau en caressant les oreilles de Veillant.

— Oh ! et comment encore ! » s'exclama Aalais, indignée. Puis elle ajouta sur un ton plus doux : « Et comment allons-nous appeler le petit enfant ?

— Ansiau comme mon père, je crois, dit son mari.

— Et si c'est une fille ?

— Ne vous tracassez pas, dit Ansiau, si c'est une fille le père ne vous fera rien, je vous défendrai. »

Le lendemain les jeunes femmes de Linnières se rendaient à cheval vers l'Armançon pour s'y baigner, car il faisait très chaud. Or, le vieux châtelain déclara que sa bru ne sortirait pas du château : ce n'était pas son affaire de se promener à cheval et de prendre des bains dans son état. Et Aalais avait une telle envie d'aller se baigner, au château il n'y avait pas d'air, la cour sentait les latrines. « Ah, non, je ne veux pas, les autres iront se mettre dans l'eau froide, et moi... » — C'était si injuste qu'elle en étouffait ; personne n'avait autant envie de se baigner qu'elle. Elle alla s'accrocher au cou d'Ansiau. Et Ansiau perdait la tête en la voyant pleurer. Il courut trouver le vieux sire devant sa fenêtre ; sa femme était sa femme, elle avait le droit de se baigner si elle voulait, le vieux n'avait rien à y voir : il n'avait qu'à se marier lui-même, au lieu de s'occuper des femmes des autres. C'était la première fois qu'il parlait ainsi, et il ne s'en apercevait même pas, parce qu'il pensait surtout à la grande envie qu'avait Aalais de se baigner. Et, à la surprise de toute la maison le vieux ne se fâcha pas, et se contenta de froncer les sourcils d'un air las. Il finit par dire : « Allez trouver dame Adela, elle va vous expliquer. »

Dame Adela eut vite raison du jeune homme. Elle lui dit que les serpents qui vivent dans l'eau sentent tout de suite et attirent vers le fond les femmes enceintes, et qu'une femme qui porte un enfant devient beaucoup plus fragile et plus exposée au mauvais œil et aux esprits ; elle ne devait pas traverser la forêt, surtout par un jour d'été après l'Assomption, ni monter à cheval, car un mauvais esprit pouvait pousser la bête à se cabrer. De tout ceci Ansiau ne comprit qu'une chose : dame Adela et le vieux voulaient empêcher Aalais d'aller se baigner ; et si elle ne leur obéissait pas, ils menaçaient d'attirer sur elle des serpents d'eau, des esprits, et Dieu sait quelles catastrophes inconnues. Pour la première fois de sa vie, il se sentait faible et seul devant un monde plein d'êtres plus forts que lui et qu'il ne comprenait pas. Et à quoi bon avoir une femme s'il ne pouvait même pas empêcher les autres de la faire pleurer ? C'était bien la faute du vieux si Aalais était grosse — voilà ce que c'est que de manger trop de poireaux — lui, Ansiau, eût autant aimé la voir rester mince toute sa vie.

Aalais lui dit : « Je n'aime pas votre père. Il m'a frappée au visage. Il m'a dit de vilains mots. Je pensais qu'il serait meilleur quand il verrait que je porte un enfant. Et maintenant il veut m'enfermer au château. Et il ne veut plus que je couche avec vous. Et j'en ai encore pour sept mois. C'est pour mon malheur que je suis entrée dans cette maison. Vous allez voir que cet enfant me tuera — moi, j'ai bien tué ma vraie mère.

— Le vieux peut être tranquille, dit Ansiau, si vous en mourez, moi, je tuerai l'enfant : je le jetterai dans le puits.

— Oh, non, dit Aalais, non ! Quel péché. Non, promettez-moi que vous ne le ferez pas. »

L'air du château était lourd et âcre, et la cour sentait le fumier et la paille pourrie. Mouches et moustiques se posaient, se collaient partout. En montant sur le toit du donjon, Ansiau regardait les nuages blancs s'échelonner dans un ciel bleu vif et la forêt autour du château trembler dans une brume bleutée. L'air était immobile et les pierres du parapet blanches et brûlantes. Les soldats au sommet du donjon hélaient de temps en temps ceux des remparts, puis tout retombait dans le silence. Et les grillons chantaient dans l'herbe brûlée du pré, et ce chant était si incessant qu'Ansiau finissait par croire que c'était son sang qui chantait à ses oreilles. Une nouvelle tentation lui était venue qu'il n'avait pas connue jusqu'ici : Gisèle, la fille du veneur, était blanche et blonde et le frôlait toujours aux écuries ou quand il passait entre deux bancs dans la salle. Un jour qu'ils s'étaient trouvés seul à seule derrière le donjon sur le rempart elle lui dit : « Vous pouvez tout faire, venez. On ne nous voit pas. » Et elle releva sa jupe grise de façon à faire voir ses jambes et ses cuisses blanches. Ansiau cracha sur elle et passa sans même la toucher. Cette fille lui déplaisait : il estimait qu'une fille qui s'offre est comme un marchand trop pressé de se débarrasser de sa marchandise parce qu'il sait qu'elle ne vaut rien. Il se méfiait. Seulement, Gisèle était toujours là, défaisait pour mieux le tenter le col de sa robe et montrait ses cheveux sous son bonnet blanc. Si bien qu'un beau jour, au lieu de cracher sur elle, il la renversa par terre contre la palissade, derrière les granges. Mais après cela il eut honte de lui-même, sella son cheval et partit sans rien dire à personne.

Personne ne lui avait jamais appris qu'un homme doit être fidèle à sa femme : c'était là un article du contrat qui ne concernait que la femme ; et une femme mariée ne devait pas être femme pour lui — mais une fille était à prendre, comme une pomme mûre ou un pain bien cuit — à l'égard d'Aalais il n'avait pas de remords, parce qu'il ne comparait pas. Mais il savait qu'il pouvait avoir Gisèle dix fois par jour s'il voulait, et c'était justement ce qui le dégoûtait d'elle et de lui-même : c'était trop facile.

Sur la route, tout était calme. Seules les sauterelles chantaient dans l'herbe sèche. Et le ciel était bleu, bleu, bleu. Ansiau chevaucha jusqu'à midi sans ressentir ni faim ni fatigue. Après avoir acheté un peu de pain au village de Bernon il s'engagea dans la forêt —

l'endroit était très sauvage, sans routes ni sentiers, et Ansiau songeait déjà à rebrousser chemin lorsque des traces sur la mousse et des traînées de branches cassées dans les buissons lui révélèrent la présence d'un sanglier ; la bête avait passé là depuis peu de temps, Ansiau sentait encore son odeur — il avait le flair aussi fin que celui d'un chien. Il n'avait à la main qu'un couteau et une lance mince comme le doigt. Mais devant des traces de sanglier il ne raisonnait pas. Il pensa qu'il surprendrait peut-être la bête dans sa sieste et suivit les traces. Les traces tournaient, disparaissaient, reparaissaient de nouveau, toutes fraîches, et de bête, point.

Ansiau chercha si bien qu'il dut passer la nuit en forêt, perché sur un arbre. Il dormit mal ; la forêt était pleine de bruits. Cris, piaillements, craquements de branches s'élevaient de toutes parts — le cheval d'Ansiau, attaché au pied de l'arbre, se mettait à trembler convulsivement en entendant crier les loups.

Au matin, Ansiau chercha vainement les traces qui l'avaient conduit au lieu où il était. Il avait beau regarder autour de lui, il ne voyait que des endroits inconnus, d'étranges petites clairières, des taillis épais, de vieux arbres aux branches enchevêtrées ; plus il avançait, plus il était sûr de n'avoir jamais passé par là. Quittant son cheval il grimpa sur un immense mélèze, et, arrivé aux branches supérieures, il ne vit autour de lui qu'une mer inégale et immobile de cimes, menaçante par son silence. Deux buses fendaient l'air avec des cris rauques. Ansiau descendit de l'arbre et se mit à marcher au hasard, conduisant son cheval derrière lui et invoquant saint Christophe.

Il avait faim. Après avoir trouvé pour son cheval une clairière dont l'herbe lui parut inoffensive il se mit en quête de nourriture. Il réussit à trouver un véritable champ de myrtilles dont il cueillit tant qu'il put — il en eut après la bouche et les mains toutes noires. Pour l'eau, il n'en trouva pas. Parfois, il croyait entendre un bruit d'eau qui coule mais ce devaient être des sources souterraines.

Il passa encore une nuit dans la forêt. La soif et la chaleur l'empêchaient de dormir. Il sentait autour de lui cent haleines étouffantes — il ne savait pas si c'étaient des bêtes ou des esprits. Les arbres eux-mêmes semblaient soupirer. Quand Ansiau se réveilla, un soleil de plomb lui écrasait la tête. Il sentait une vague douleur dans les tempes. Ce fut avec peine qu'il descendit de l'arbre et reprit son cheval par les rênes : il ne voulait pas monter sur le dos de la bête par crainte de la fatiguer, mais lui-même avait peine à marcher. Il devait être midi au moment où il arriva à une vaste clairière couverte de hautes herbes sèches. Au milieu de la clairière gisaient d'immenses pierres blanches, si blanches sous ce soleil impitoyable, qu'elles faisaient mal aux yeux. Ansiau comprit qu'il se trouvait sur la clairière des fées, le lieu où les païens venaient autrefois adorer leurs idoles. Ces pierres avaient été mises là par les païens, on les avait renversées depuis, mais les esprits continuaient toujours à hanter la clairière.

Des corbeaux se posaient lourdement sur la blancheur aride des pierres. L'air était immobile et brûlant, pas une herbe ne tremblait. Ansiau sentait comme des bandeaux de fer rouge lui serrer les tempes. A bout de forces il se coucha par terre, dans les herbes, ne songeant même pas à se protéger du soleil. C'était la première fois de sa vie qu'il se sentait si mal, et il croyait qu'il allait mourir là, à cette même place. Chose étrange, il n'éprouvait ni peur ni regret. Il aimait ces herbes sèches et jaunâtres qui chatouillaient ses joues et se balançaient dans le ciel au-dessus de sa tête — il aimait ce ciel bleu sans tache, large et tout d'un coup si proche — dans les longs croassements des corbeaux qui emplissaient ses oreilles et son cerveau, il y avait tant de chaleur et de paix qu'Ansiau se sentait heureux — il ne pensait plus à la mort, il ne savait plus ce qu'il était ; il ne connaissait que ce ciel et ces brins d'herbe. Combien de temps il resta ainsi il ne le savait pas. Il vit les herbes s'écarter et une femme nue se pencher sur lui. Il vit d'abord ses seins, qui sur un corps jaunâtre, se détachaient comme deux boules blanches, ornées de deux boutons bruns. Des cheveux noirs pendaient en mèches régulières le long d'un visage blanc et rond, et les yeux noirs, très brillants, avaient un éclat huileux et comme éteint — ils donnaient envie de dormir. Fasciné par ces yeux et par ces seins, Ansiau ne bougeait pas ; il se doutait bien que c'était la fée, mais il n'avait pas peur. Il la trouvait belle et bonne. Il le dit — il crut du moins l'avoir dit — la femme n'entendait pas, elle faisait des signes étranges avec ses mains au-dessus de sa tête — on eût dit qu'elle nouait et dénouait des fils qu'elle était seule à voir ; — et après elle s'éloigna et Ansiau, en relevant la tête, la vit monter sur une des pierres blanches, et lever les bras. Puis il ne vit plus rien. Quand il s'éveilla, la fée avait disparu.

Il était si brisé qu'il eut peine à se lever. Son cheval était parti. Les herbes autour des pierres étaient piétinées et foulées, et sur la pierre où la fée avait monté il y avait des taches de sang et des plumes de corbeau.

Le soleil était déjà derrière les arbres quand Ansiau sortit enfin de la forêt. Il était devant un hameau d'une vingtaine de huttes tout au plus ; des filles lavaient le linge près du ruisseau. Elles sautèrent sur leurs jambes en criant : « Un homme, un homme ! » mais comme l'homme en question ne paraissait pas bien terrible, elles restèrent où elles étaient. Ansiau leur dit qu'il avait vu une fée à la clairière, et elles se signèrent avec de grands cris.

Ansiau dit qu'il voulait rester là, près du ruisseau, il ne pouvait pas aller plus loin. Il s'étendit par terre dans l'herbe humide, et fut pris de vomissements très violents, et qui ne s'arrêtèrent pas jusqu'à la nuit ; les jeunes filles, effrayées de le voir mourir, étaient parties. Une d'elles avait eu la charité de lui mettre un linge mouillé sur la tête.

Ansiau rouvrit les yeux. Il faisait nuit. Le ciel était très clair, l'air tiède. Son cheval était là, à quelques pas de lui, et broutait l'herbe dans le pré ; ses clochettes tintaient. Ansiau se traîna jusqu'au ruisseau, y plongea son linge et se le remit sur la tête. Après cela, il ne bougea plus. Il se sentait malade, brisé, triste à mourir. Au matin, les lavandières vinrent rendre visite au jeune homme — elles étaient sûres qu'il devait mourir dans la nuit, puisqu'il avait vu une fée. — Le voyant bien vivant elles poussèrent des cris de joie, et lui offrirent du pain et de l'ail. Ansiau mangea, non sans peine, et demanda où il se trouvait. Il apprit que le village appartenait au sire de Vanlay, à trois lieues de Linnières.

Jamais Ansiau n'avait été malade — et s'il l'avait été il ne s'en était pas aperçu — il restait deux ou trois jours sur la paille sans bouger et sans manger et un camarade lui apportait parfois de l'eau à boire, et puis il se relevait et se remettait à la besogne. Mais il faut croire qu'il y a une différence entre un garçon et un homme marié. Aalais s'affola tout de suite en le voyant rentrer les joues creuses et les mains brûlantes. Il dit qu'il était fatigué et se coucha sur la paillasse : il ne voulait que du repos. Mais Aalais vint s'asseoir à côté de lui, lui frotta les tempes avec des feuilles de menthe, lui fit boire des tisanes, lui massa les jambes et les pieds pour en faire partir la fatigue. Lui, peu habitué à ce traitement, rechigna un peu au début, et dit que ce n'était pas l'affaire d'une noble femme comme elle de s'occuper d'un homme malade. Mais ensuite il se sentit mieux et s'endormit, la tête appuyée contre le ventre de la jeune femme — des doigts légers allaient et venaient sur son front, calmant et trompant la douleur qui l'assiégeait — et une fois il attira une des petites mains sur sa bouche et la baisa, humblement, comme on baise la main d'un maître, et Aalais rougit un peu, retira sa main, et dit : « Ne faites pas de sottises. »

Et quand il se releva cinq jours plus tard et

s'approcha de la fenêtre, Aalais le regarda bien en face et s'écria, désolée : « Dieu ! Il vous pousse de la barbe. Là, sur le menton — et puis là — oh ! non, c'est trop laid, je ne veux pas vous voir barbu. » Ansiau dit qu'il n'était pas un jongleur pour se faire raser le menton, et qu'étant un homme, il devait bien avoir un jour de la barbe. Aalais hochait la tête : « Oh ! je vous aimais mieux avant. Je ne veux pas que vous deveniez vieux. »

A croire le vieil Ansiau, Aalais était la seule femme au monde qui ait la chance de devenir mère, et l'enfant qu'elle attendait était empereur ou pape. Il l'accablait de conseils et de soins — elle ne devait pas avaler trop vite, elle ne devait pas se baisser, elle ne devait pas manger de porc, elle ne devait pas courir. Et puis, c'étaient les cent et un remèdes de bonnes femmes, des breuvages extraits d'herbes et d'entrailles de bêtes que fabriquait la Flora, la sorcière du Mont-aux-Fées. (Le vieillard les faisait chercher par Lambert, son vieil écuyer, en secret de dame Adela et du chapelain.) Aalais avalait ces étranges boissons avec la crainte mortelle de s'empoisonner ou de s'attirer la colère de Dieu ; mais elle n'osait pas désobéir à son beau-père.

Elle ne pouvait pas faire un pas que le vieux ne s'en mêlât : elle ne devait pas regarder telle chose, elle ne devait pas se tourner de telle façon ; si elle regardait des couteaux, l'enfant mourrait le premier jour, si elle regardait des chiens, l'enfant viendrait malformé, si elle s'asseyait à la gauche d'un moine, l'enfant viendrait mort. Aalais finissait par ne plus savoir où se mettre. Elle commençait elle-même à voir partout des présages de malheur et à s'effrayer de tout : elle ne savait ce que le beau-père lui ferait s'il arrivait quelque chose à l'enfant. Et avec cela elle ne se sentait pas bien. Elle devenait pâle et maigre, ses cheveux tombaient, elle en retirait des poignées avec son peigne. Et Ansiau se fâchait parce qu'elle refusait d'aller se promener avec lui dans le pré ou de l'aider à dresser les faucons. Il disait : « Vous étiez bien meilleure avant, vous savez », et puis encore : « Vous savez, cela ne vous vaut rien de rester assise sur ce banc — vous êtes devenue laide comme une vieille femme. » Aalais regardait le feu brûler dans la cheminée et les bûches crouler, et laissait tomber son ouvrage sur ses genoux — et puis les larmes lui venaient aux yeux et elle ne voyait plus qu'un brouillard rouge. « Eh bien, ma belle nièce, disait dame Adela, si vous travaillez de cette façon-là, votre enfant ira tout nu. Voulez-vous que les servantes fassent le travail pour vous ? » Aalais se remettait à l'ouvrage, mais jamais encore elle n'avait cousu ni brodé avec tant de répugnance.

Et puis, Ansiau la tourmentait tout le temps — il avait des colères sans raison et des caresses trop brusques. A certains moments il ne pouvait lui prendre la main sans lui serrer les doigts à les faire craquer, ni l'embrasser sans la mordre, ni lui toucher les cheveux sans les tirer. Aalais supportait tout cela avec assez d'indifférence et de résignation, se disant : « Les hommes sont tous ainsi. » Ils se rencontraient toujours en cachette, la nuit, dans un coin derrière un grand coffre de bois ; mais la jeune femme n'y tenait plus beaucoup et ne venait que par pitié pour son mari ; il disait : « Je mourrai si je ne vous ai pas tantôt. » Et au fond, il s'ennuyait. L'automne était passé, avec la saison des chasses, et par les mauvais temps Linnières était morne à souhait. La cour n'était qu'une flaque d'eau, les routes en forêt étaient des rivières, des étangs, des marais — l'humidité au château était telle que la palissade sur les remparts pourrissait chaque année, et dans les salles l'eau coulait sur les murs en filets ininterrompus, et tous les meubles sentaient la moisissure. Ansiau avait envie de retourner à Troyes, chez son parrain. Il était chevalier depuis huit mois, et n'avait pas encore eu l'occasion d'essayer ses armes ; et il ne pensait plus qu'au printemps et aux tournois des fêtes de Pâques.

Cinq jours avant Noël il se mit à neiger. La forêt devint blanche et noire comme le plumage d'une pie. Et le ru entouré de saules s'étendait comme un mince ruban noir entre des rives toutes blanches. Une neige épaisse couvrait les toits des écuries et la cour où se promenaient les corbeaux. Au château il faisait presque clair tant tout était blanc dehors. Dans la grand-salle, les écuyers et les filles de cuisine commençaient déjà les préparatifs du réveillon. Volaille et lapins, enfermés dans un placard, s'y démenaient avec bruit, et les servantes les gavaient de froment et d'herbes. D'autres nettoyaient les plats de cuivre avec les cendres de la cheminée ; les petits pages aiguisaient les couteaux les uns contre les autres.

Comme les froids, vers Noël, devenaient rigoureux, des pèlerins et des voyageurs s'écartaient de leur route pour trouver asile au château dont la fumée s'élevait de derrière le bois de Seuroi, — on les laissait entrer. Le vieil Ansiau n'y tenait pas, il disait : « Ces gueux n'apportent que les maladies et la boue. » Mais dame Adela gouvernait la maison en maîtresse absolue : « Il est bien facile, disait-elle à son beau-frère, de rester vous chauffer devant un bon feu, et laisser crever de froid de pauvres gens qui valent mieux que vous, espèce de fainéant qui ne savez que boire, manger et tuer, comme font les bêtes. Êtes-vous si fatigué de ne plus tuer d'hommes par le fer que vous voulez en faire mourir par le froid ? » Le vieillard disait : « La paix, la paix. »

Les pèlerins venaient s'asseoir par terre dans la grand-salle, se battant pour avoir des places près du feu. C'étaient presque toujours des gens pauvres et mal vêtus, moines voyageurs, petits bourgeois, simples paysans. Dame Adela leur donnait un peu de pain et d'argent pour la route, et leur demandait de prier pour elle les saints qu'ils allaient visiter.

Aalais accoucha vers la fin du carême, au mois de mars, en pleine saison des pluies, dans cette même chambre où elle avait passé sa nuit de noces, onze mois auparavant. Irma, sa belle-sœur, était venue de Puiseaux pour l'aider à l'accouchement. — Irma profitait de toutes les occasions possibles pour quitter Puiseaux et Baudouin — et avec elle Aalais se sentait un peu plus rassurée, car elle n'aimait pas les dames de Linnières. Le vieux châtelain, de son fauteuil près de la cheminée, envoyait toutes les cinq minutes un valet pour demander où en était l'accouchée — la porte claquait tout le temps car le vent était fort ; la cour n'était qu'une mare de purin, et valets et servantes couraient des étuves au château, du château aux étuves, s'éclaboussant de boue jusqu'au visage.

Autour de l'accouchée, dame Adela, dame Richeut, Irma et deux femmes expertes s'affairaient, rouges d'effort et de peur : l'enfant venait mal, l'accouchée était trop étroite de hanches — dame Adela, grosse et forte, la tenait par les épaules pour l'empêcher de se démener. Aalais hurlait à plein gosier, et, dans les moments d'intervalle elle criait : « Lâchez-moi, je vous déteste ! Vous voulez me faire mourir », puis elle sanglotait : « Mère ! mère, venez, je suis mal », et elle essayait d'attraper des dents les mains de la vieille femme pour les mordre. Puis la douleur monta et monta jusqu'à la suffocation, jusqu'à un grand « ah ! » étonné, jusqu'à l'hébétude — même plus une pensée de révolte. C'était la mort.

Irma finit par retirer l'enfant avec ses mains ; et Aalais cessa de crier, tout étonnée d'être encore vivante. Entre les mains maigres et longues d'Irma se trémoussait quelque chose de rose ; jamais Aalais n'avait vu de couleur rose aussi pure ni aussi vive, c'était une couleur toute neuve. Et puis, cela criait autrement que ne crient hommes ou bêtes. Comme les mains d'Irma et les visages des femmes paraissaient gris, mornes, sans vie — elles ne savaient pas ce que c'est qu'être délivrée, être tranquille, vivre — tout étourdie elle fermait les yeux. C'était trop beau. Elle n'y croyait pas. Elle frotta sa joue contre l'oreiller frais que dame Adela lui mit sous la tête, et jamais elle n'avait connu de plus grand plaisir que le contact de la toile fine contre sa joue en sueur. Elle aimait cet oreiller. Elle eût voulu le baiser.

Elle pensa qu'il s'était passé beaucoup de temps, elle ouvrit les yeux — les femmes étaient toujours là et lavaient la petite chose neuve qui criait toujours. Aalais pensa : « Elles vont lui faire mal », et son cœur se serra. Alors seulement elle put comprendre qu'elles parlaient et le sens de leurs paroles. Elles disaient que c'était un garçon, Dieu merci, qu'il n'avait pas l'air bien robuste mais qu'il pouvait vivre. « Oui, dit dame Adela, chez nous on les frotte toujours d'eau salée, ça les rend plus forts. » Irma emmaillottait le bébé dans de longs et fins langes de toile. — « Je crois qu'il sera blond, disait-elle, et il ressemble à sa mère. » « La chapelle est-elle parée ? » demandait Richeut. Alors seulement Aalais comprit qu'elles parlaient d'emporter l'enfant pour le faire baptiser, et du coup elle revit la pluie, le vent, les courants d'air, les grosses mains du vieux beau-père, le futur parrain, et elle s'étonna à quel point ces choses devenaient terribles d'un seul coup et elle en fut écrasée. Et lorsque dame Adela prit l'enfant dans ses grosses mains caleuses, Aalais lui dit : « Faites bien attention », Dieu sait d'où lui venait cette hardiesse, car elle avait peur de la dame. Il lui fut répondu qu'elle n'avait pas à s'occuper de cela : « J'ai cinquante-cinq ans et plus, ma belle nièce, et j'ai eu vingt-deux enfants par la grâce de Dieu, et je les ai tous soignés moi-même, sans compter mes neveux et petits-enfants et petits-neveux, et c'est moi qui ai reçu votre époux le jour où il est sorti de sa mère. Vous pouvez croire que je m'entends mieux que vous à soigner les enfants. » Aalais n'eut qu'à se taire mais elle n'avait pas confiance. Il fallut la tenir de force pour l'empêcher de se lever et de courir à la chapelle où avait lieu le baptême.

Le vieux grand-père était si fier qu'il paraissait rajeuni de dix ans. Il avait revêtu son bliaut vert, devenu encore plus étroit, et tenait la petite poupée emmaillotée comme il eût tenu la couronne royale sur un coussin d'or. « Je savais bien, disait-il, qu'une fille d'aussi bonne race ne pouvait faire qu'un beau garçon », et il demandait à son frère Hue : « Trouvez-vous qu'il me ressemble ? » Ansiau ne se trouvait pas au château : deux jours avant les couches, le vieux seigneur l'avait envoyé à Bernon, un village qu'il possédait de l'autre côté de la forêt, pour liquider un litige qu'il avait avec le maire du village. En fait, le vieux père pensait qu'un mari qui s'inquiète et qui s'affole peut porter malheur à l'accouchée. Ansiau ne revint de Bernon que pour apprendre qu'il avait déjà un fils grand de trois jours. L'enfant avait reçu au baptême le nom d'Ansiau mais le grand-père le nommait Ansiet, pour le distinguer de son fils.

Ansiau fut tout surpris de ce brusque changement de situation : il avait presque désespéré de voir jamais son amie redevenir mince et jolie. Maintenant qu'elle était débarrassée de l'enfant il pensait qu'elle serait à lui comme avant. Il la trouva dans la chambre d'étuves, assise sur son lit, vêtue de sa belle robe rouge, les nattes bien tressées, et les joues roses. Il courut à elle pour l'embrasser, mais elle l'écarta et dit qu'il fallait attendre les relevailles — dame Hodierne le lui avait dit. — Puis elle demanda d'une voix toute changée, et avec un grand sourire : « Vous avez vu le petit enfant ? » Le bébé était long et tout emmailloté, avec une tête ronde recouverte d'un bonnet blanc. Ansiau lui trouva un visage assez commun, plutôt laid. Mais Aalais semblait aux anges. Elle avait posé la petite chose sur ses genoux et lui souriait d'un air si heureux et si attendri qu'Ansiau ne put s'empêcher de sourire à son tour. « Il est si beau, dit-elle, voilà trois jours que je l'ai et je ne peux pas m'empêcher de le regarder tout le temps. » Elle leva les yeux vers son mari pour voir ce qu'il pensait de l'enfant — à ce moment-ci Ansiau n'était pour elle qu'un nouvel arrivant auquel elle pouvait montrer son petit garçon. Mais comme les yeux d'Ansiau n'exprimaient que peu d'admiration, elle se sentit déçue et se détourna de lui.

Pendant la semaine sainte le vieil Ansiau se prépara à mourir : c'était ce qu'il faisait vers la fin de chaque carême, depuis près de dix ans ; le jeûne lui faisait toujours cet effet-là. Cette fois-ci pourtant, il fut plus triste encore que d'habitude. Il disait : « Ah ! Je mourrai donc ainsi dans tous mes péchés. Il aurait mieux valu que je fusse mort quand j'étais enfant. Croit-on que ces chiens de prêtres peuvent faire quelque chose pour notre salut ? Ce sont eux qui iront les premiers en enfer, pour faire croire aux gens qu'ils peuvent les sauver, alors qu'ils ne peuvent rien du tout. » Et puis il se déclara mourant. Il appela ses frères et neveux et se mit à leur demander pardon de ses offenses — il le faisait d'un air si hautain et si renfrogné qu'on pouvait plutôt croire qu'il leur donnait des ordres. Puis il leur fit jurer qu'après sa mort ils obéiraient à son fils — l'enfant était déjà assez grand. Ensuite il fit mettre par écrit la longue énumération des divers legs qu'il faisait à titre de réparation à des villages qu'il avait pillés ou aux familles d'hommes qu'il avait tués.

Après cela il resta deux jours au lit, fort abattu et triste. Puis il se remit à boire et à manger, comme si l'on n'était pas en carême. Dame Adela eut beau s'indigner, il ne faisait que hausser les épaules : il était malade, un malade n'est pas tenu de jeûner, il ne voulait pas mourir.

Ansiet, petit bébé très blond et très rose, aux yeux ronds, à la bouche grande et fine, était une chose très curieuse à voir, comme le sont tous les petits enfants quand on les regarde avec attention. Il roulait des yeux, plissait son front, ouvrait la bouche comme un oisillon affamé, et frottait ses joues couvertes de duvet presque blanc contre les bords de son bonnet. Aalais était perdue, noyée. Elle ne voyait pas plus que ces deux petits yeux ronds et sombres ; elle mourait chaque fois que l'enfant pleurait, elle le secouait, elle lui donnait le sein trente fois par jour — les conseils et les reproches de dame Adela n'y faisaient rien — et pourtant elle avait les seins si sensibles qu'elle se mordait les lèvres chaque fois qu'elle allaitait ; elle y prenait presque plaisir, elle était fière que son petit garçon eût les gencives si fortes. Ce n'était pas un garçon ordinaire, ah ! non ! c'était le petit-fils de Joceran de Puiseaux, et l'arrière petit-fils de Gui de

Marseint, et l'héritier de Linnières — un jour il tiendrait toute la terre de Hervi jusqu'à Flogny — Seuroi et Bernon, et la forêt et les champs : à présent, Aalais devenait fière du château et du domaine de Linnières. Et le vieux châtelain, plus impotent que jamais, la faisait venir près de lui avec l'enfant, et disait d'un air attendri : « Ne voit-on pas qu'elle est de bonne race. Voyez le beau garçon qu'elle m'a fait. Allez, ma belle, tendez-moi votre joue, que je la pince. » Très vite il commença à s'inquiéter : l'enfant ne grossissait pas, l'enfant criait trop, l'enfant mangeait mal. Il était très superstitieux, et voyait partout des complots contre la santé de l'enfant. Sa race à lui.

Ansiau de Linnières — le vieux — avait toujours été d'humeur sombre. Dieu sait quelle inquiétude le rongeait. Il était brave ; il était rusé et habile à prendre l'argent partout où il le trouvait. Du vivant de son père il avait été tenancier du domaine : il avait vingt-cinq ans lorsque son père s'était croisé pour aller en Palestine avec la troupe du comte de Champagne. Le roi Louis de France avait pris la croix à la suite de l'incendie de Vitry. Beaucoup de chevaliers étaient partis à cette guerre et mal leur en avait pris, car peu nombreux furent les revenants. Galon le Velu, de Linnières, avait emmené tous ses fils en âge d'homme, et avait laissé Ansiau, l'aîné, pour garder les terres. Galon était revenu infirme, deux de ses fils étaient morts, les deux autres sains et saufs, mais malades pour la vie du rêve de voyages et d'aventures. Et Ansiau avait conservé pour toujours l'amertume d'avoir été laissé garder la maison comme un chien.

Il n'avait jamais aimé de femme. Il s'était marié quatre fois. Il tenait à avoir des fils, ses femmes n'avaient jamais que des filles, il avait pris ses filles en aversion et s'en était débarrassé le plus tôt qu'il avait pu. Il avait quarante ans lorsque sa troisième femme, Laurence du Mahiet, accoucha d'un fils, et ce fils devait être unique. Laurence était morte peu après, et la suivante, Agnès de Vanlay, avait eu cinq filles mort-nées. (Ansiau l'avait répudiée après la cinquième.)

Dans le grand nid de Galon le Velu, plusieurs couvées s'étaient formées l'une après l'autre au métier des armes et de la chasse, et de cette famille restaient encore en vie cinq fils — sans parler des filles, parties dans d'autres châteaux pour enfanter d'autres chevaliers. De la première femme de Galon restaient encore Ansiau et Hue, presque du même âge tous les deux, même taille, même corpulence, mêmes cheveux blonds ; mais Ansiau avait le regard plus vieux encore que son corps, tandis que Hue, à cinquante-cinq ans, avait un de ces visages sur lesquels rides et cheveux blancs semblent un maquillage, un trompe-l'œil ; il avait le regard jeune et bleu, le sourire vif, et était d'ailleurs, comme son aîné, d'une incurable paresse, et avait un goût prononcé pour les femmes et le vin. Marié depuis l'âge de quinze ans à la vertueuse Adela de deux ans son aînée, il se laissait gouverner par elle en toutes choses, par nonchalance autant que par bonhomie.

Tout autres étaient Herbert et Rainard, issus du second lit de Galon le Velu — leur mère était Hermeline de Jeugni, fille d'une bonne famille du pays, et ils en étaient très fiers. Herbert était roux, Rainard était boiteux. A ces particularités ils devaient leurs surnoms. Moins grands de taille que les deux aînés, secs et nerveux, ils avaient de longs nez, des profils fuyants qui leur donnaient une vague ressemblance avec des loups ou des sangliers. Herbert avait les yeux très bleus et le visage très rouge, les cheveux et la barbe d'un roux intense ; ce qui lui faisait dire qu'il portait sur son visage le rouge et le bleu — les couleurs de Linnières. Rainard, brun et hâve, boitillant, le regard glauque, trouble, fuyant, la barbe rare, avait perdu toutes ses dents de devant à la suite de batailles et de bagarres, et deux canines noires et pourries lui sortaient de la bouche, achevant sa ressemblance avec une bête fauve.

Herbert avait fait la croisade. Il avait beaucoup fréquenté les tournois, tant en Champagne qu'en Bourgogne et qu'en France. Il savait chanter, dire des vers, s'habillait avec richesse, passait pour très brave et l'était — et plaisait aux dames sans avoir jamais été beau. A Linnières il ne passait jamais plus de quinze jours de suite, c'était un être remuant et inquiet, curieux et vaniteux, un grand coureur de femmes ; mais à présent il avait quarante et un ans et commençait à se sentir fatigué. Il ne voyageait plus guère, et n'allait pas plus loin que Troyes où il avait toujours des procès à plaider et des dettes à payer.

Son frère Rainard était la brebis galeuse de la famille — il vivait séparé de ses frères dans la petite tour de guet de Seuroi, à deux lieues de Linnières. Il ne paraissait jamais aux fêtes ni aux réunions publiques, mais en revanche il s'aventurait souvent sur les terres de ses voisins et sur la route comtale, et dévalisait marchands et voyageurs qui y passaient sans escorte suffisante. Il avait des vices contre nature et pratiquait la sorcellerie pour réussir ses mauvais coups. Aussi était-il plus ou moins excommunié — il ne l'était pas officiellement, mais, de fait, jamais il n'eût osé paraître dans une église. Sa santé était mauvaise ; il portait au cou un collier d'amulettes, de reliques, de croix, de pierres destinées à conjurer les maléfices. Il s'habillait de haillons, ou presque. Il avait un rire sans gaieté qui tenait du gloussement et du hennissement, et ricanait sans cesse. Il était, par ailleurs, bon frère et bon parent.

La troisième famille de Galon n'était représentée que par Girard le Blond, bel homme de trente-cinq ans, enfant gâté de son père et resté très enfant malgré son âge ; il plaisait aux femmes et déplaisait aux hommes, et ses frères ne l'aimaient pas.

Ces cinq fils formaient une assez belle maisnie, car si Ansiau l'aîné, n'avait qu'un seul fils, Hue en avait déjà six en âge d'homme et trois en apprentissage ; Herbert avait quatre fils dont deux chevaliers, Girard avait trois fils, et les fils aînés de Hue avaient aussi de grands garçons. Les filles, comme toujours, ne comptaient pas — à peine les aînées pouvaient-elles espérer un beau mariage, les autres se contentaient d'écuyers ou de chevaliers pauvres à la solde de quelque châtelain du pays. Le métier des armes prend plus d'argent qu'il n'en rapporte, et des cinq frères le vieil Ansiau était le seul à savoir ramasser et garder l'argent.

*

Et le vieux mourut.

C'était arrivé un soir, un samedi avant le dimanche des Blanches-Nappes — quinze jours après Pâques. Il mourut comme il était, dans tous ses péchés, pris de congestion après un bon repas ; — la mort ordinaire des chevaliers qui ne se sont pas fait tuer avant. Le visage bleu et violet, les yeux sanglants, les mains raides comme des mains de bois. Six hommes purent à peine le porter sur son grand lit. Il dura encore trois jours. Mais il ne reprit pas connaissance. Les frères et Ansiau le veillaient à tour de rôle, comme on eût fait d'un mort. Pendant trois jours il râla sans arrêt ; et son corps immense, avec une vitesse déroutante, s'abîmait, se couvrait de plaies purulentes aux plis et sur tout le dos ; les yeux s'enfonçaient, se noyaient dans un liquide jaunâtre, les lèvres sèches et enflées se fendillaient. Et le ronflement menaçant et monotone recommençait toujours. Ansiau n'avait pas eu d'amour pour son père ; depuis son mariage, il avait trop de raisons pour souhaiter sa mort, il avait envie de prendre sa place ; et puis, il savait que depuis quelques jours le vieux faisait des misères à Aalais parce que l'enfant ne grossissait pas, et Aalais ne savait plus que faire pour échapper à la colère du vieux ; une femme d'écuyer, Haumette, avait offert de donner parfois le sein au petit garçon, et l'enfant digérait son lait encore plus mal que celui de sa mère ; la jeune femme tremblait de voir le vieux beau-père découvrir sa ruse et l'accuser d'avoir empoisonné l'enfant.

Et à présent, Aalais n'avait plus besoin d'avoir peur.

Tout s'arrangeait de façon très simple. Trop simple même. Ansiau ne comprenait pas. Parce qu'il avait bu un coup de trop le vieux n'était plus le vieux, il allait devenir charogne et pourrir, et son âme irait Dieu sait où — probablement pas au Paradis — et il n'y avait plus rien à faire, plus rien à changer, et de toute éternité. Vulgrin, le clerc médecin qui saignait périodiquement toute la famille de Linnières, avait dit que le malade ne pouvait plus reprendre ses sens : le sang échauffé s'était mis à bouillir et était entré dans le cerveau, si bien que sang et cervelle s'étaient mélangés ensemble et le cerveau avait été détruit — si le malade respirait encore, c'étaient les restes de sa vie d'avant. Tout de même il fallait attendre la mort complète pour l'enterrement.

A la fin du troisième jour le vieux finit par se rendre. Il cessa de respirer, sa bouche s'ouvrit toute grande. Vulgrin passa une ceinture de lin autour du visage et la bouche du vieil Ansiau se figea à jamais dans une grimace dédaigneuse ; la lèvre inférieure s'avançait comme elle n'avait jamais fait avant.

Le corps, lavé et paré, fut transporté dans la chapelle et couché dans le cercueil ouvert, sur la grande table de chêne. Jamais on ne l'avait vu si grand et si gros. Le cercueil, plus large que la table, semblait remplir toute la chapelle. La chapelle n'était séparée de la salle que par un rideau de laine, et la voix lente et plaintive du père Arnoul qui psalmodiait l'office des morts parvenait jusqu'à la cuisine où se préparait le repas de funérailles. La cour et les écuries se remplissaient peu à peu de parents et d'amis du défunt, qui venaient avec leurs chevaux, leurs femmes et leurs valets, et comptaient s'installer à Linnières pour une huitaine de jours au moins : ce n'est pas peu de chose que la mort d'un châtelain, d'un vieux surtout, d'un homme qui avait durement tenu sa terre pendant vingt-cinq ans. Le jeune, celui qui héritait du domaine, devait bien faire sentir qu'il y avait un nouveau maître à Linnières.

Vêtu de son bliaut rouge foncé, son seul habit d'apparat, Ansiau se tenait dans la salle, sous les écus, entre ses oncles Hue et Herbert, et répondait avec bonne grâce aux baisers et accolades de sa parenté. Il ne pleurait pas, mais se tordait les mains et se frappait le front très consciencieusement, quand il approchait du cercueil — ainsi le demandait l'usage. Il ne feignait pas le chagrin et personne ne s'en étonnait : il avait trop à gagner par cette mort.

Dès l'instant où le vieux avait cessé de respirer Ansiau était devenu châtelain, des bouts des orteils jusqu'à la racine des cheveux il le sentait, il n'était pas homme à méconnaître ses droits. Tant qu'il n'avait été qu'un fils noble parmi beaucoup d'autres il n'avait jamais cherché à prendre plus qu'on ne lui donnait. Mais à présent, il était le maître, ses oncles lui avaient prêté serment, et ce n'est pas peu de chose que la parole d'un chevalier.

Il commença par faire tuer deux bœufs et trois veaux, et une bonne moitié de sa volaille et par faire monter trois tonneaux de vin ; puis il ouvrit les coffres du vieux, pour faire présent à chacun de ses hôtes d'un vêtement, d'un bijou ou d'une pièce de vaisselle. L'enterrement eut lieu à l'église de Hervi, et sur le parvis Ansiau fit distribuer des pièces de cuivre, grosses et petites, à tous les pauvres et à tous les paysans des villages voisins qui étaient venus à l'enterrement — c'était pour les faire bien prier pour l'âme de son père. Ensuite il déclara qu'il invitait au repas de funérailles tout homme qui voudrait venir, jeune ou vieux, pauvre ou riche — sa maison était ouverte, chacun y mangerait à sa faim. Pendant deux jours de longues files de paysans pauvres et de vagabonds se traînèrent sur les routes qui mènent vers Linnières, et dans la cour du château les écuyers et les petits garçons allaient et venaient au milieu de la foule avec des miches de pain bis et des quartiers de viande rôtie. Au donjon, les hôtes furent à table pendant trois jours de suite. Ansiau, assis à la place d'honneur, donnait des ordres à la vieille dame Adela, qui, rouge, essoufflée, à bout de forces, grondait les valets et surveillait la préparation des repas. Aalais, assise à côté de son mari, un ruban brodé d'or passé sur son front, gardait un air digne et sévère, comme il convient de faire à un repas de funérailles ; mais on la sentait toute fière d'être à présent la dame du château. Et Ansiau la regardait de temps à autre avec un sourire béat ; il était fier de la montrer à sa parenté.

Ansiau savait qu'au moins on ne lui reprocherait pas d'avoir mal honoré la mémoire de son père : la moitié de son avoir y avait passé, tant en argent, qu'en vêtements et objets de prix. Dame Adela lui dit : « Si vous allez de ce train-là, vos enfants seront sur la paille dans dix ans. » Mais Ansiau se disait que l'argent va et vient, et n'est pas fait pour être gardé dans les coffres — ce qui se garde, c'est la terre et de bons bras pour porter de bonnes armes. Avec les armes on aura toujours de l'argent.

Au cimetière de Hervi le vieil Ansiau dormait dans la terre crayeuse et blanche aux côtés de son vieux père et de ses frères morts avant lui, et de ses trois femmes. Huit jours après les funérailles personne ne pensait plus à lui, sauf peut-être son frère Hue, qui se disait : « C'est bientôt mon tour. » Et pourtant il ne devait pas finir de sitôt.

Ce fut en juin que ceux de Linnières reçurent l'ordre de se rendre à Paiens avec les autres vassaux de la châtellenie pour aller ensuite à Troyes sous la conduite du vicomte Arembert de Reuilli. Le comte partait pour la guerre ; on disait qu'il devait rejoindre l'armée du roi — le roi était en guerre contre le duc de Normandie, son vassal, et avait demandé l'aide du comte Henri.

Ansiau se voyait bien obligé de partir, ainsi que son oncle Herbert et Girard le Jeune, qui remplaçait son père Hue, trop vieux pour faire la guerre. Ansiau fit préparer et remettre en état ses armes et son haubert — il n'était pas fâché de quitter le château et de voir du pays. Il avait beaucoup entendu parler d'Henri Plantagenêt, roi d'Angleterre et duc de Normandie, et la guerre promettait d'être belle. « Le roi Louis, disait Herbert, ne vaut pas un pouce du roi d'Angleterre, et c'est bien dommage que le comte de Champagne soit son homme. Pour voir se battre le roi Henri je donnerais un doigt de ma main droite. »

Ansiau, qui possédait à présent le grand lit de son père, passa une dernière nuit avec sa dame ; il était triste de la quitter pour si longtemps. Ils étaient mariés depuis treize mois et il ne voyait plus la vie sans elle. Il était jaloux de l'enfant — il avait envie d'emmener la dame avec lui, sur son cheval, et de la tenir dans ses bras à toutes les haltes, la nuit, sous la tente de campagne, — elle était bonne comme le pain ; si fraîche, si lisse, il faisait si bon se blottir contre elle, — et la prendre en soi (jamais personne d'autre n'avait pris soin de lui ; elle, la dame, le faisait tout simplement, comme elle mangeait et buvait). Ansiau voyait le monde à partir de ces prunelles bleues, droites et fixes entre des cils drus. Ce visage était bien le premier qu'il ait eu l'idée de bien regarder en face, comme ça, pour rien, simplement pour mieux le connaître.

En partant, il laissa à sa dame le grand lit (avec permission d'y faire coucher qui elle voudrait, pourvu que ce fût une femme), et dit à la dame Adela de bien prendre soin de la jeune femme — car de fait, c'était dame Adela qui restait la vraie maîtresse du château.

De grand matin, des chevaux furent sellés, les armures prêtes et bien rangées dans leurs caisses. Cinq écuyers et dix soldats accompagnaient les chevaliers. Les partants disaient adieu à leurs familles. Il faisait à moitié sombre dans la cour, l'air était frais. Aalais était descendue avec les autres femmes, tenant son enfant dans ses bras. Elle avait la tête découverte et une petite figure toute pâle et bouffie de sommeil. Ansiau la baisa plusieurs fois sur les yeux et sur la bouche, et puis, tout d'un coup, sans savoir pourquoi, il baisa aussi la joue de l'enfant.

Les trois hommes montèrent à cheval — Richeut, la femme de Girard le Jeune, pleurait ; Aalais pleura aussi. Mais lorsque l'enfant qu'elle tenait se mit à crier elle sécha vite ses larmes et commença à chantonner une berceuse. Aux gestes d'adieu de son mari elle répondit par ce regard d'indifférence butée qu'elle avait si souvent pour tout ce qui n'était pas son enfant.

Et Ansiau franchit la porte. Et quand il fut dehors, il sentit sa tristesse se dissiper peu à peu. Le pas mesuré du cheval et la fraîcheur de la matinée le rendaient joyeux de vivre, et il entonna un gai refrain.

Paiens. Et puis Troyes et les centaines de heaumes et d'écus colorés et de bannières flottant au vent, et des cris de guerre retentissant de tous côtés. Et ensuite, ce furent de longues journées à cheval, toutes pareilles les unes aux autres. Plus de pays connus. Des routes nouvelles, des forêts nouvelles, mais toutes pareilles les unes aux autres, parce que ce n'étaient plus les routes et les forêts de Champagne. Des champs s'étendaient sur les pentes basses, et encore des champs, et des forêts, et des châteaux, et encore des forêts. Et le cours calme et lent de la Seine. Et la route tournait et montait, toujours la même, et l'horizon fuyait toujours, tantôt bordé d'arbres, tantôt bleu et imprécis et disparaissant dans la brume dorée du crépuscule.

Le voyage est fatigant et monotone. On ne sent plus le temps qui coule. La chaleur est grande, la soif aussi.

Ansiau n'a envie de se plaindre de rien ; il n'est pas triste, ni fatigué. Il chevauche à côté d'Herbert, bercé par le pas mesuré de son cheval, et ses yeux à force de regarder toujours les mêmes champs et les mêmes forêts, ne voient rien.

De temps en temps, une croix de pierre. Il se signe. Les autres aussi. Le ciel est très bleu, la route calme, la croix blanche. De temps en temps un pont de pierre au-dessus d'une rivière à rives plates. Et après, la route continue, tourne, monte, interminable. Et Ansiau sent devant lui, au bout de cette route, Dieu sait quelles aventures, Dieu sait quelles batailles, quels beaux coups d'épée. Et il ne pense à rien. Et son visage commence à prendre un masque d'indifférence et de dureté hautaine et à devenir pareil à d'autres, à tant d'autres. Et la route fuit toujours vers l'horizon.

Le grand ost à bannières fleurdelisées se traîne par routes, monts et vaux d'Ile-de-France, multicolore, informe, infini. Les chevaux s'avancent deux à deux sur la route boueuse ; hommes à pied, charrettes de munitions empiètent largement sur les champs et les prés ; et quand la route devient impraticable des troupes entières dévalent sur le champ, le sillonnent, telle une herse monstrueuse — toutes les couleurs sont là : la bannière blanche et bleue à lis d'or du roi de France en tête, puis les barres bleues et argent de Champagne, puis les armes d'Orléans, de Brienne, de Dreux, de Beauvais. La grande route passe par Chartres et par Paris, l'autre par le sud descend sur Melun. A des lieues en arrière s'acheminent des trains de blessés, de pillards, de retardataires. Le ciel est gris et les forêts en plaques de plomb s'étendent à perte de vue, bordant les champs de Beauce, et l'immense cathédrale de Chartres aux lourdes tours carrées, laissée loin en arrière, domine toujours l'horizon, immobile et toujours présente comme le soleil.

Les sabots des chevaux s'enfoncent en plein dans la boue et éclaboussent armures et boucliers. Les corps sont tout engourdis et harassés pour avoir porté si longtemps la chemise de fer, et la poussière amassée dans les rides des visages ne fait plus qu'un avec la peau.

Le roi Louis avec sa camisole bleue brodée à fleurs revêtue par-dessus son armure de voyage, se dégourdit les doigts et se frotte l'œil droit de sa main dégantée. Devant lui se balancent les croupes en harnais brodés d'or des chevaux de ses porte-étendard, et le chevalier banneret qui porte l'étendard à fleurs de lis fait luire son heaume argenté en tournant sa tête de droite à gauche. Droite sur sa lance la bannière pend comme une loque, le vent la remue.

Le ciel s'assombrit et les masses grises des forêts deviennent encore plus ternes. Derrière le roi son premier écuyer mène son blanc coursier arabe qui hume l'air, renifle et échange des hennissements avec le cheval de l'écuyer. Son harnais de combat brille de plaques de fer dorées. Trois autres écuyers mènent à sa suite trois autres montures royales.

Le convoi des munitions, des tentes, s'étend à la suite de la chevalerie et des troupes de France, — les hérauts et les porte-bannière du roi sont déjà loin dans la forêt, quand les couleurs champenoises apparaissent à l'horizon, et descendent lentement la route sous la fine et grise pluie beauceronne. Vingt chevaliers bannerets s'avancent au pas de leurs chevaux, suivis de leurs écuyers, puis viennent les armes du sénéchal, du comte, et toute la sénéchaussée, chevaliers et écuyers menant les destriers. Le comte Henri, grand et gros sur son énorme monture, son heaume doré ceint de rubis, s'avance lentement, ses lourds gantelets argentés serrant les rênes à franges de soie. Son regard est sombre et las sous ses épais sourcils blonds. Derrière ses écuyers, sa maison défile, vaste cortège à tuniques bigarrées, et le clapotement des sabots dans la boue, mêlé au grincement des harnais, au cliquetis des armes, aux jurons des valets, forment un vacarme indistinct dont l'écho se prolonge à des lieues le long de la route où cheminent les troupes en retraite.

La châtellenie de Paiens s'avance sous les bannières du vicomte. Après la maison du vicomte suivie d'une centaine d'hommes d'armes armés de courtes lances suivent les châtelains par troupes distinctes les unes des autres par les couleurs de leurs écus et de leurs bannières. A perte de vue des cavaliers se disséminent dans les champs qui longent la route, les écuyers se hèlent, les cors sonnent, les centaines de sabots bien ferrés battent en cadence le sol humide ; chevaux lourds portant des cavaliers lourds sous leurs vêtements de campagne, droits sur leur selle, — leurs regards fatigués émergent des ouvertures rondes ou carrées de leurs heaumes. Les écus jaunes à raies rouges de Puiseaux défilent à la suite des croix vertes de Monguoz, puis suivent les loups bleus sur fond rouge de Linnières et les deux ours noirs de Breul.

Ceux de Linnières sont, comme au départ, trois chevaliers et neuf chevaux, plus quinze hommes à pied; la petite troupe de Rainard s'est perdue dans les arrière-gardes et ils ne l'avaient pas vue depuis dix jours.

Ansiau chevauche à la tête des siens; cette cambrure des reins, cet écartement des jambes lui sont devenus si naturels qu'il se sent courbaturé quand il n'est plus à cheval. Ce balancement monotone au rythme de sa monture l'assoupit et finit par lui faire croire que c'est l'horizon qui se balance toujours ainsi. Par l'ouverture carrée du heaume on voit son visage des sourcils à la bouche. Les sourcils sont épais et les yeux sont grands, larges, fendus à fleur de tête comme des yeux de faucon. Il a un nez à narines fortes et mobiles et une belle bouche à grandes lèvres fermes et douces; une fine moustache brune a déjà pris forme au-dessus de sa lèvre supérieure et se mêle sur les joues à une courte barbe qui entoure le visage. La poussière s'est logée dans les plis des paupières, derrière les narines, aux commissures des lèvres, et y creuse des rides. Les vents et le soleil ont tanné cette face pour lui donner une couleur bistre pareille à celle de toutes les autres. Et les superbes yeux bruns sont vides. Mais ils savent être terribles à l'occasion, et cela se sent.

La guerre ne lui a pas apporté ce qu'il en attendait. Des chevauchées sans fin, fatigantes et inutiles, des escarmouches sans importance avec de petites troupes anglaises, le siège de Gisors où les hommes du roi d'Angleterre avaient forcé l'armée du roi Louis à battre en retraite par monts et par vaux, à la grande indignation de tous les Champenois. Dans la retraite il y avait eu des villages saccagés et pillés, des querelles entre les hommes du roi et ceux du comte Henri. On ne ramenait ni butin ni prisonniers. Il n'y avait même pas eu de beaux combats. Il avait fallu dépenser forces et argent pour rien. Ansiau n'était pas fatigué mais déçu. Il se creusait un vide dans son cœur ; et les soirs en se couchant par terre sous sa tente de campagne, malgré la courbature de son corps, cette angoisse toute cachée, toute secrète, insidieuse comme un petit ver rongeur, montait, montait, et lui faisait prendre la vie en haine. Puis peu à peu il s'abîmait dans le sommeil et au matin cela lui passait.

Le repos dans la forêt autour du feu : la nuit noire et le feu qui crépitait et peignait des ombres profondes et des plaques dures de lumière sur ces visages las, abîmés dans la rêverie ou la somnolence. A travers des paupières demi closes Ansiau observait le grand nez de Girard le Jeune, ses gros yeux francs et sa barbe noyée dans l'ombre du col ; la tête rousse d'Herbert, plongée dans l'ombre, le large visage de Joceran que le feu éclairait d'en bas — cette immense balafre, ces sourcils, ces narines violemment éclairées, ces ombres noires sous les yeux et sur le front, donnaient à cette face d'habitude si affable un aspect douloureux et presque lugubre ; quelque chose scintillait à ses paupières entrouvertes. Ansiau se trouvait dans un état de demi-rêve, il ne savait au juste si ce qu'il voyait et entendait se passait en réalité. Des langues de feu s'allongeaient et grimpaient sur les arbres, des touffes de feuillage s'allumaient, d'autres, en masses noires, s'abattaient dessus pour les éteindre. Les têtes de Girard et de Joceran faisaient aussi partie du brasier. Un râle de fureur, « Dieu ! Dieu ! » brisa net ce jeu de flammes. Ansiau retrouva le feu de branches, les arbres, les masses sombres des hommes couchés. « Par le corps saint Thiou, mon oncle, je ne vous souhaiterais à personne comme compagnon de lit. — Pourquoi ? Les dames m'apprécient beaucoup, dit Herbert. Quant à ce que j'ai maintenant, c'est comme une maladie, je ne l'ai pas toujours. Votre père l'avait aussi quelquefois.

— Je m'ennuie ! Dieu, que je m'ennuie ! », depuis qu'il couchait à côté de son oncle, Ansiau s'était habitué à cette plainte monotone qui trouvait une résonance familière dans son propre cœur. « Dites un chapelet à Notre-Dame, mon oncle, cela vous passera.

— J'ai essayé cent et mille fois dit Herbert, mais je ne sais pas plus prier que si j'avais une pierre à la place du cœur. Est-ce une guerre que cette guerre ? C'est juste bon à faire languir un homme comme une carpe à l'air sec. A ce compte-là j'aime encore mieux un tournoi, on y dépense moins, on y gagne plus. — Seigneur Dieu. Cela me creuse le cœur comme s'il ne m'en restait plus rien dedans. C'est bien la peine de chevaucher toute la journée pour ne pas pouvoir s'endormir la nuit.

— Et savez-vous de quoi cela vient ? demanda Girard le Jeune.

— Est-ce que je sais ? » Herbert rejeta sa tignasse

rousse contre la selle qui lui servait d'oreiller. « Ça vient et ça vous prend aux entrailles, comme une colique. C'est la tristesse : est-ce qu'on sait d'où elle vient ? C'est parce que la vie n'est plus comme avant. Les belles guerres qu'on menait au temps où le comte Thibaut était en vie ! Mais à présent les hommes sont empêchés de faire la guerre comme ils veulent. »

Joceran de Puiseaux se leva et s'approcha du feu pour se chauffer les mains.

— Chacun a son heure, dit-il, rêveur. Il y en a que cela prend à cause d'une femme, ou d'autres encore par la crainte de Dieu.

— Eh, dit Girard, il ne serait pas trop mauvais que beaucoup d'hommes aient une pareille crainte de Dieu.

— J'ai connu Osmond de Buchie, dit Herbert, qui a vendu ses biens pour aller en pèlerinage à Jérusalem. On dit qu'il est mort en route.

— Et ses fils servent d'écuyers chez des hommes qui ne les valent pas », dit tout d'un coup Baudouin de Puiseaux, de ce ton invariablement agressif qui lui était propre. Joceran s'étendit près du feu, les prunelles fixées sur les flammes.

— Quand j'ai perdu mon compagnon Gui de Marseint, dit-il, une telle tristesse m'a pris que je ne voulais plus vivre. Pour manger, il fallait qu'on m'y forçât, pour dormir je devais me saouler. C'est vrai que j'étais jeune alors.

— Un compagnon est plus qu'un frère parfois, dit Herbert.

— Je vous dirai, poursuivit Joceran, qu'il n'est pas juste que deux compagnons qui s'aiment tant soient séparés. Et pourquoi devait-il mourir, quand il était si jeune encore ? Dieu ! Je m'en étais arraché la moitié de la barbe ; je chevauchais comme un fou par la forêt, je l'appelais, je lui parlais tout haut. J'avais la vue troublée à force de pleurer. »

Les souvenirs l'assaillaient, d'autant plus puissants qu'il ne les avait jamais encore évoqués devant d'autres ; et un passé oublié depuis longtemps revenait tout d'un coup hanter ces mémoires lentes et fatiguées. Et Ansiau n'avait pas encore d'autre passé que le corps blanc et les tresses blondes de son amie et il ferma les yeux pour mieux les voir.

La route descendait sur Paris. Le soir suivant on coucha sous des tentes dans un champ. Herbert invita Joceran de Puiseaux et son fils, et Geoffroi de Monguoz et son neveu Mathis à passer la soirée dans la tente de Linnières. Tous ces hommes y étaient bien un peu à l'étroit ; mais en se serrant on pouvait parvenir à se disposer tant bien que mal sur les bottes de paille rangées en cercle le long de la toile de la tente. Au milieu de la tente, près du pieu, Herbert avait installé une petite lampe à huile, et son écuyer Gervais servait à maîtres et hôtes certain vin d'Espagne dont Herbert voulait faire les honneurs à ses camarades d'armes. Ce vin lui avait été offert le jour même par Rainard. Rainard avait rejoint les siens, muni d'un butin de provenance obscure, et qu'il ne tenait nullement à afficher au grand jour. Deux outres dudit vin faisaient partie de ce butin, et Rainard, en bon frère, en fit présent à Herbert. D'ailleurs, il ne parut pas parmi les invités réunis dans la tente : l'humilité était du nombre des rares vertus de cet étrange chevalier ; il ne voulait pas, par sa présence, faire honte à son frère et à ses neveux devant des voisins qui ne le connaissaient que trop bien.

Depuis près de dix jours aucun de ces hommes n'avait senti le goût du vin. Les routes avaient été solitaires, les villages pauvres, Chartres avait été contourné par le sud, et seuls les hommes du roi avaient été autorisés à s'y arrêter. Mais en revanche le vin apporté par Rainard était excellent, et la coupe passait de main en main, sans cesse remplie par Gervais et par Thierri à tour de rôle.

Ansiau était assis à côté du jeune Mathis de Monguoz, son ancien camarade de service — autrefois Ansiau et Mathis s'étaient juré amitié et fidélité éternelles ; mais à présent ils étaient devenus si étrangers l'un à l'autre qu'ils n'avaient plus grand-chose à se dire. Mathis était un ambitieux, un dissimulé ; Ansiau le trouvait ennuyeux. Ce soir-là, assis côte à côte et buvant dans la même coupe, ils étaient moins disposés à se parler que jamais. Mathis devenait, quand il buvait, plus sombre et plus silencieux que d'habitude ; et Ansiau bavardait avec Thierri. Thierri était un être charmant qu'il était difficile de ne pas aimer. D'un an plus jeune qu'Ansiau — il venait d'avoir seize ans — il était déjà grand de taille ; brun, le nez en l'air, il avait un doux et large sourire qui éclairait son visage hâlé et perdu de taches de rousseur. Quand le vieil Ansiau l'avait choisi pour le service personnel de son fils il savait ce qu'il faisait. Thierri était un camarade et un serviteur à toute épreuve et il avait pour son seigneur un attachement de chien. Il faut dire qu'Ansiau le lui rendait bien : jamais ses colères ni ses mauvaises humeurs ne s'étendaient à Thierri, et il se fût fait hacher en morceaux plutôt que de tolérer qu'on outrageât son écuyer.

— ... Vous savez, disait-il à Thierri, qu'il y a des fées dans le pré. On le dit.

— Il m'en a tout l'air, disait Thierri, rêveur. En attachant les piquets de la tente, j'ai vu comme des femmes blanches dans les vapeurs qui montaient du ruisseau.

— Faites attention, Thierri. Il ne faut pas surtout les voir de trop près. » Thierri pencha sa tête vers l'entrée. « Écoutez les sauterelles, dit-il. Elles ne chantent pas comme ça chez nous. »

Au-dehors retentissait le chant triomphant et strident des sauterelles dans l'herbe fanée. Ni les voix ni les rires des chevaliers assis dans la tente, ni les vagues bruits nocturnes d'un camp au repos ne pouvaient couvrir cette mélodie douce et aiguë. En l'écoutant Ansiau oublia tout à coup la guerre et ses vêtements de campagne, et la société de son oncle et des invités — il eut envie de quitter la tente et de partir loin, très loin, dans ce champ, dans d'autres champs à l'infini, pleins de ce chant écrasant et immense comme la nuit. Les étoiles dans le ciel, comme autant de sauterelles, chantent de leurs rayons clignotants. Les voix d'Herbert et de Joceran se perdent au loin, sourdes et vides.

Après avoir apporté une coupe de vin à Baudouin de Puiseaux, Thierri vient se rasseoir aux côtés d'Ansiau.

Le vin et la fatigue le plongent dans une douce torpeur. La pâle lueur de la lampe à huile vacille et projette des ombres difformes sur les parois de la tente. Les visages des chevaliers sont à moitié dans l'ombre. Les voix deviennent plus animées à mesure que l'outre de vin se vide. « ... Toute la journée, disait Joceran, poursuivant un récit commencé, je les ai tenus en respect avec mon épée, adossé au mur comme j'étais, et mon écu était en pièces. Ils m'auraient eu sans Gui de Marseint qui est venu à mon secours.

— Gui de Marseint était un homme comme il n'y en a plus, dit Geoffroi de Monguoz. Et quand il donnait une garantie, il se serait fait tuer plutôt que de manquer de parole.

— Qu'entendez-vous par là ? » demanda tout d'un coup Baudouin de Puiseaux, de sa voix éternellement menaçante, et durcie encore par le vin. Baudouin, un grand et bel homme de vingt-cinq ans, était la terreur de sa famille et de ses amis.

— Là, beau fils, dit son père, le seigneur Geoffroi n'a jamais voulu rien dire dont vous ayez sujet de vous fâcher. Connaissez-vous quelqu'un parmi vos amis qui ait jamais manqué de parole ?

— Non pas, dit Baudouin, mais je ne veux pas qu'on le dise. »

En présence de Baudouin l'air semblait devenir lourd et tout chargé d'éclairs comme par un soir orageux. Herbert le savait et il se hâta de faire changer le sujet de la conversation.

On parla du roi Louis et d'Henri Plantagenêt, et de la comtesse de Champagne, personnalités qui ne pouvaient en aucune façon irriter la susceptibilité de Baudouin. Herbert ne pouvait pardonner au roi Louis d'avoir fait échouer la croisade. « Le roi, disait-il, perdait son temps en prières là où il fallait agir, et agissait lorsqu'il eût mieux fait de rester tranquille et de prier. Qu'allait-il attaquer le roi d'Angleterre? Autant vaut pour un lièvre d'attaquer un sanglier.

— Ne parlez pas mal du roi Louis, dit Girard le Jeune son neveu, n'oubliez pas que nous sommes ses hommes.

— Nous ne lui avons rien juré, dit Herbert. Si demain le comte Henri voulait servir l'Empereur, nous serions hommes de l'Empereur.

— J'aime encore mieux le roi de France », fit observer Girard. Une discussion était sur le point de s'engager. Herbert avait un faible pour le roi d'Angleterre qu'il tenait pour le modèle du roi et du chevalier. Il n'était jamais las d'entendre raconter ses exploits; mais il l'admirait surtout d'être roux. « Si nous étions au service d'un homme pareil, disait-il, nous ne nous serions jamais fait battre. »

La croisade était un des sujets favoris d'Herbert. Il la voyait encore avec les yeux de ses quinze ans. « Ah, disait-il, qui ne l'a pas vu ne peut pas le penser. La mer, du côté de Constantinople, est bleue comme un grand saphir qu'on aurait enchâssé entre des rives d'or et de vermeil. Et quand le soleil brille dessus, c'est comme de l'or fondu qui tremble et coule. Et tous les navires à voiles blanches et rouges, tant qu'on ne peut plus les compter. Jamais je n'ai rien vu de plus beau de ma vie, ni ne verrai à l'avenir. Le ciel dans ce pays-là est si bleu que les bluets dans le blé sont moins bleus. Et quand le soleil se couche, Dieu ! il devient si rouge qu'on dirait que c'est la mer qui brûle. Aussi longtemps que je vivrai je ne l'oublierai pas. Nous avons traversé le Bosphore quand le soleil était bas à l'horizon et la mer était rouge comme du vermeil et nos voiles étaient comme un camp de tentes en or et brocart. Tous nos pavillons battaient au vent comme des ailes d'oiseaux ; et les écuyers sonnaient de leurs cors et de leurs trompettes tant que c'était joie de les entendre.

— Comme vous en parlez bien, compagnon, dit Joceran, rêveur — Dieu sait que j'y ai été aussi — ; je le revois comme si c'était hier quand vous en parlez.

— Vous avez bien passé par Constantinople, seigneur chevalier ? demanda Mathis de Monguoz, ses profonds yeux noirs brillants de curiosité.

— Je le crois bien. Mais nous n'y sommes pas restés longtemps.

— Il n'y a pas de plus belle ville au monde, dit Joceran.

— Ni de plus riche. Les maisons y sont en pierre blanche qui vous fait mal aux yeux, tellement elle est brillante. Et les clochers et les dômes des églises sont en or. Et dans les églises c'est une beauté comme il n'y en a pas de pareille en France, ni ailleurs en chrétienté. Les châsses sont en or pur et en pierreries, les images et les croix tellement chargées de pierres fines et de diamants qu'elles brillent de loin à mille feux rouges et or et verts. Et les vêtements des évêques sont tissés en or et brodés à fleurs et à croix, et c'est tellement beau qu'on se pâme à les voir. Et les chœurs chantent comme des anges en Paradis, sur plusieurs tons, et c'est de si belle musique que jamais depuis je n'en ai écouté de pareille... Je savais la rechanter de mémoire, mais maintenant je l'ai oubliée. Ils chantent leurs cantiques en grec, on ne peut pas les comprendre.

— Et les hommes et les femmes sont vêtus comme des rois et des reines, dit Joceran. En longues robes toutes brodées à belles couleurs.

— Et les femmes sont voilées comme des païennes. Et les hommes se rasent la barbe et la moustache. Et on y voit de beaux fruits comme des pommes de vermeil, sur des pommiers tellement vert foncé qu'on les croirait noirs — et les fruits sont bien grands comme de grandes pommes, et quand on mord dedans, c'est amer ; mais si on enlève l'écorce, ils sont si bons à boire et à manger qu'on ne sent plus ni faim ni soif après qu'on en a goûté. Nous les appelions les fruits du Paradis. »

Joceran soupira : « Dieu sait que nous n'en avons pas mangé souvent. Près de Damas on a été forcé de manger bien autre chose.

— Mon frère Garin y est mort d'une fièvre maligne, Dieu ait son âme, dit Herbert. Sans la sottise du roi nous aurions bien pris Damas, et chacun de nous en serait riche pour la vie.

— Si le roi voulait prendre la croix encore une fois, s'écria Mathis de Monguoz, j'y serais allé comme à une fête. Je tuerais tant et tant de païens que je finirais bien par me tailler une baronnie en pays turc. En Champagne on a les bras liés. On est forcé de prêter tant de serments qu'on ne peut plus bouger de la place, sans avoir comte, vicomte ou sénéchal sur les bras.

— C'est mal dit, mon neveu, répliqua Geoffroi de Monguoz, qui trouvait que le jeune homme avait trop bu et parlait trop librement.

— Je ne voudrais pas mourir sans avoir vu Jérusalem, dit Ansiau tout d'un coup. On doit pleurer d'étonnement rien que de fouler des pieds la terre où a marché Notre Seigneur.

— Vous avez bien raison, dit Herbert, il n'y a pas de lieu plus saint au monde, je crois. Il n'y avait pas d'homme entre nous tous qui n'ait pleuré en voyant le Saint-Sépulcre.

— Mais Dieu sait que tous les chrétiens n'y mènent pas une sainte vie, fit observer Joceran en riant.

— ... Avez-vous vu la reine Aliénor, monseigneur Herbert ? demanda tout d'un coup la voix douce de Thierri ; le jeune homme rougit aussitôt de sa hardiesse et se cacha le visage avec sa manche.

— Certainement, je l'ai vue, répondit Herbert avec un grand soupir où se mêlaient le regret et l'admiration — il était très facile de le faire parler. Je l'ai vue à Mayence ; nous étions tous rassemblés pour saluer le roi et la reine. Par saint Thiou, c'était une belle femme dans ce temps-là. Elle se tenait sur le parvis de l'église près du roi et saluait de la main tous les chevaliers. Je la vois comme si c'était hier — je n'étais qu'à trente pas d'elle. Une si belle jeune femme. Des yeux d'aigle. Et une petite bouche rose comme une fleur d'aubépine ; et des mains comme deux colombes blanches qu'elle mouvait avec tant de grâce que c'était beau à voir. Elle portait une robe blanche toute tissée de fils d'or, et sur son manteau elle avait une grande croix rouge. Il n'y avait pas d'homme qui ne fût amoureux d'elle ce jour-là.

— Est-ce vrai, demanda Girard le Jeune, qu'elle couchait sur des pétales de roses, à Antioche ?

— Je n'en sais rien, je n'ai pas été jusqu'à son lit. Mais on l'a bien dit. On a dit bien d'autres choses encore. » Herbert se tut, se souvenant que la reine Aliénor était mère de la comtesse Marie de Champagne. Il y eut un court instant de silence. L'image d'une femme merveilleuse, toute parfum, toute joie, toute noblesse, luxe, orgueil, passa pour un instant dans l'esprit de ces humbles petits chevaliers et une flamme fugitive brilla dans les petits yeux durs de Mathis, vacilla sur le vaste regard brun d'Ansiau, se figea dans les yeux vides, gris et fixes de Baudouin, glissa par les limpides prunelles de Thierri. Girard le Jeune se grattait la barbe, Herbert, les yeux baissés, jouait avec une bague à son doigt.

Troyes est entouré de remparts de pierre blonde et de craie ; la pluie dessine sur les murs des raies et des taches sombres. Les soldats se hèlent sur les tours à travers le brouillard matinal, et au-dessus de la grand-porte le lourd écu aux armes de Champagne, protégé de la pluie par une petite corniche, est tout noyé d'ombre. Dans la ville les chevaux pataugent dans la craie glissante et enfoncent leurs sabots dans les flaques d'eau, éclaboussant maisons et cavaliers. Les rues sont si étroites que deux hommes à cheval ne peuvent y passer côte à côte et l'avance des cavaliers est ralentie par une charrette de foin qui va balayant les murs des maisons, au lent cheminement d'un grand bœuf roux, et de profondes ornières pleines d'eau brune se traient derrière les roues menaçantes. La glèbe est toute jaune de fumier, la rue sent mauvais, les odeurs de ranci, d'humidité, de fosses d'aisances vous frappent au premier abord, puis l'on s'y habitue. Les maisons ratatinées, empilées les unes sur les autres sont en pierre jaune et grise à petites fenêtres carrées tendues de peau. Ansiau connaît bien Troyes du temps de son service chez son parrain. A Troyes, ce qu'il y a de plus gai, c'est sa place et son marché — on en entend le vacarme à travers toute la ville, dès la grand-porte.

Par Troyes vont et viennent troupeaux de bœufs et de chevaux, marchands d'armes et de drap, de cuir et de joaillerie, troupes d'acteurs ambulants et de bohémiens. De son adolescence Ansiau garde encore le souvenir émerveillé de cette arche de Noé et tour de Babel qu'est la grande place du marché, criarde et bigarrée, piaillante, braillante, mugissante, verbeuse et joyeuse. Des singes vêtus d'oripeaux rouges, des ours dansants avec un anneau de fer dans les narines ; des jongleurs en habits rayés, tordus en anneaux ou étirés en bâtons, nains, géants, bossus, bohémiennes aux colliers de laiton et aux bras nus.

Aujourd'hui encore la place garde son aspect de kermesse perpétuelle, en dépit de la fine pluie qui continue toujours à tomber. Les marchands abrités sous des tentes de toile étalent leurs marchandises aux yeux des passants. Les chevaux renâclent et piaffent.

Les vaches mugissent en léchant leurs veaux ; un énorme taureau, enfermé dans un enclos, les pieds liés avec des chaînes, attaché à l'enclos par un crochet dans les narines, souffle et halète, les yeux injectés de sang, la lèvre écumante ; les femmes se signent et se serrent contre leurs hommes en passant près de l'enclos. La mer des dos gris des moutons paraît encore plus grise à cause de la pluie. Des ruisseaux de boue brune et jaune coulent et s'étendent autour des bêtes, si bien que ceux qui vont à pied doivent marcher sur d'étroites planches disposées çà et là sur la place, pour ne pas s'enfoncer dans le purin, et les femmes soulèvent leurs jupes aussi haut que le permet la décence.

Ansiau se perd dans la contemplation du marché d'oiseaux à tel point qu'il manque d'écraser le marchand d'oies ; derrière les dos lisses des oies, des cygnes blancs agitent leurs innombrables cous graciles à becs rouges — on croirait voir une étrange danse de serpents ; quelques-uns dorment, le cou replié sur leurs ailes, d'autres cherchent du bec quelque pâture dans la boue. Plus loin, les faisans brillent de l'or rouge de leurs queues et de leurs aigrettes, et les paons font la roue en cambrant leur poitrine chatoyante ; leurs milliers d'yeux en forme de cœurs, bleus, verts, or, cernés de noir, plongent Ansiau dans une extase qui est encore celle de son enfance.

Ils passent les bêtes sauvages en cages de fer, trois léopards, un lion, deux ours noirs, deux grands singes. Des foules de femmes et d'enfants entourent les cages si bien qu'il faut presque les écraser pour se frayer passage vers les marchands de drap. Là, le marché devient plus calme. Les valets armés de bâtons chassent des abords des boutiques les pauvres et les curieux, la foule est moins dense, les planches sont plus larges et çà et là recouvertes de tapis. Des bourgeois aisés s'y promènent avec leurs femmes, vêtues de robes de laine de couleur. Quelques chevaliers s'arrêtent aux boutiques et marchandent des pièces de drap et de toile. Les étalages bigarrés succèdent aux gris et aux écrus. Les trois cavaliers arrivent enfin à la boutique d'un tailleur, qui vend manteaux, bliauts, en drap de laine et de soie, à galons brodés, passementés ou même incrustés de pierres précieuses. La boutique est une assez vaste tente où des clients installés sur des coussins examinent la marchandise. Herbert et Ansiau mettent pied à terre et laissent leurs chevaux à Thierri. Herbert s'était promis d'acheter de nouveaux habits avec une partie de l'argent gagné par Rainard. Leur accoutrement de campagne n'était rien moins qu'élégant ; c'étaient de vieilles tuniques en grosse laine bise, déjà passablement usées et rapiécées.

L'oncle et le neveu prirent place sur les hauts coussins de laine blanche disposés dans la tente et le marchand, gros homme à barbe rasée, leur présenta quelques manteaux de drap et des bliauts de laine. Herbert voulait absolument un manteau de drap bleu vif, car le bleu rehaussait la couleur de ses yeux dont il tirait grande vanité : de fait, ils étaient encore d'un bleu si vif qu'on les eût pris pour des yeux de jeune homme. Sans avoir jamais été beau, Herbert était aussi fier de son visage que s'il avait été Apollon. Ses cheveux et sa barbe de cuivre rouge lui inspiraient un orgueil tout particulier et à présent que l'âge commençait à les ternir il se les faisait teindre au henné.

Il finit par se choisir un manteau bleu à galons brodés en or dont le dessin compliqué représentait des oiseaux à tête de femme et des lions à tête d'oiseau, le tout entrelacé de petites croix rouges, car Herbert tenait à se prémunir contre les maléfices et n'eût jamais acheté le plus bel habit du monde sans quelque signe sacré sur les galons ou dans le grain du tissu.

Le chevalier assis près de ceux de Linnières dans la boutique du marchand, un solide gaillard au teint bronzé et aux longs cheveux blonds descendant sur ses épaules, attira l'attention d'Herbert par son étrange manière de prononcer les mots et par sa voix gutturale. « Excusez-moi, seigneur chevalier, dit-il, pourrais-je vous demander dans quel pays vous êtes né ? Ne seriez-vous pas de l'Empire ? »

L'homme, qui paraissait s'ennuyer, fut enchanté de trouver à qui parler et répondit en souriant qu'il était en effet, de l'Empire, et qu'il était né en Westphalie, où son frère avait un château.

— J'estime beaucoup votre empereur, dit Herbert poliment. Je suis sûr que vous devez servir un noble baron, car on voit que vous ne manquez pas d'argent. Serais-je discourtois de vous demander comment vous vous trouvez ici et comment vous vous nommez ?

— Eh non, répondit l'Allemand, je suis très heureux de vous rencontrer, car on vous connaît assez dans le pays. Je ne vous cacherai rien : mon nom est Gautier de Trauenbourg, et je sers le comte de Lorraine. Je suis ici pour le tournoi que le comte va faire après Septembrate.

En sortant de la boutique du tailleur les trois hommes étaient déjà excellents amis, et Herbert invita le chevalier Gautier à coucher avec eux à l'auberge de *l'Oie Vermeille,* car il n'aimait rien tant que les récits de pays étrangers et comptait apprendre de son nouvel ami quelques aventures intéressantes. Avant de se rendre à l'auberge les chevaliers passèrent par la maison d'étuves car de tout le voyage ils n'avaient pas pris de bain une seule fois. Herbert eut grand-peine à se faire admettre aux étuves, car elles étaient déjà pleines de monde. Parce qu'il rendait visite à cet établissement deux ou trois fois par an, Herbert croyait avoir acquis des droits permanents à y entrer en maître et seigneur. Il tempêta et gronda si fort qu'on finit par le laisser entrer, lui et ses deux compagnons. Dans la grande salle d'étuves, au plancher couvert de gros tapis de laine, la vapeur était si épaisse qu'on n'y voyait rien ; dans la chaleur humide, écrasante, brûlante de l'air on percevait un grouillement, un halètement de corps ramollis et transpirants, une odeur fauve de sueur mêlée à des senteurs de musc, de lavande, d'huiles parfumées. On entendait rires, chansons, claquements de mains contre des dos mouillés, bruits d'eau coulant dans des bassines. Herbert se frayant le passage à travers la vapeur étouffante, entre les hommes assis ou étendus qui encombraient tout le plancher de la salle, réussit à trouver le maître de l'étuve, et le pria de s'occuper de lui et de ses deux amis. Comme il parlait sur un ton qui n'admettait pas de réplique, le maître de l'étuve s'excusa auprès du client qu'il était en train de masser et courut chercher deux valets et une servante laveuse de tête aux soins desquels il confia les trois chevaliers.

En sortant de l'étuve quelques heures plus tard, Ansiau se sentait ressuscité, tellement la sensation d'avoir le corps net, blanc et parfumé le remplissait de joie. Ses cheveux, lavés, peignés, huilés, étaient rangés en ondes régulières le long de sa tête et de son cou. Ses mains étaient si blanches et si propres que même sous les ongles il ne restait plus rien de noir.

Pour la nuit, Ansiau, son oncle, le chevalier allemand, Thierri, les sires de Chalmiers — deux amis d'Herbert — et deux marchands lorrains furent placés dans une assez petite chambre d'auberge où ils devaient tant bien que mal se disposer sur deux grands lits assez branlants et mangés de punaises. Les sires de Chalmiers étaient fort gros tous les deux, aussi couchèrent-ils à trois avec un des marchands ; les trois autres chevaliers et le second marchand occupèrent l'autre lit. Les valets préparèrent leurs couteaux, en cas d'une alerte, et s'installèrent au pied des lits et près de la porte. Il faisait noir et la chaleur rendait encore moins supportable l'odeur du vin et des punaises. Thierri ouvrit la fenêtre mais elle était si petite qu'elle ne changeait pas grand-chose à l'air de la chambre. Dehors la pluie ruisselait le long des gouttières et des veilleurs de nuit se promenaient de long en large sur la place.

Ansiau, plongé dans un bienheureux état de demi-rêve, coincé entre son oncle et le marchand qui ronflait, vivait les plus extraordinaires aventures en écoutant la voix dure et rauque du chevalier de Trauenbourg, qui racontait à Herbert l'histoire de sa vie. Il se voyait porté sur les flots dans une barque à conque ronde, et la mer mugissait ; les païens brandissaient des épées scintillantes ; le soleil illuminait d'immenses châteaux blanc et or, et des bateaux à voiles blondes. De riches seigneurs vénitiens portaient des manteaux verts à fleurs rouges, de belles dames païennes le regardaient de leurs yeux noirs par-dessus le voile blanc qui couvrait le bas de leur visage.

Gautier de Trauenbourg avait été en terre païenne. Il avait fait naufrage au cours d'un voyage en Terre Sainte entrepris par son seigneur le comte de Mantoue. Il avait été vendu comme esclave à un riche émir d'Alexandrie, il s'était évadé sur une galère vénitienne, avait été pendant cinq ans matelot sur un navire marchand vénitien. En pèlerinage en Provence, à la Sainte-Madeleine, à la suite du meurtre d'un camarade, il avait fait la connaissance d'une dame veuve et fort riche auprès de laquelle il vécut pendant un an et qui lui donna de l'argent pour s'acheter des armes et un cheval. Il séjourna ensuite quelque temps en Aquitaine, au service du roi d'Angleterre. Ayant tué, au cours d'une querelle, un chevalier du pays, il fut obligé de s'enfuir, et finit, après mainte autre péripétie, par échouer au service du comte de Lorraine, où, à présent, il gagnait bien sa vie en rapines et en tournois.

Herbert écoutait avidement son compagnon, lui posant mille questions sur la vie à Venise, les mœurs

des musulmans d'Alexandrie, les guerres en Aquitaine.
— « Il fait bon connaître quelqu'un qui a vu le monde, disait-il, et qui peut raconter ce qui s'y passe. On s'ennuie à mourir en Champagne. Vous êtes jeune encore, vous ne pouvez connaître la belle vie qu'on y menait autrefois. » Gautier de Trauenbourg était à son tour curieux de connaître les exploits et aventures d'Herbert le Roux, et il ne manqua pas de les apprendre car Herbert aimait raconter. Il était tard — les cloches avaient depuis longtemps sonné matines — lorsque Herbert s'aperçut que son compagnon dormait et ronflait. Un peu triste, mais fatigué lui-même il ferma les yeux. Le mal habituel recommençait à creuser son cœur et ses entrailles, et il se demandait comment le vin et l'heure tardive pouvaient avoir si peu d'effet.

Trop las pour se donner la peine de réveiller ses compagnons, il se contentait d'agiter sa tête de droite à gauche pour chasser l'angoisse lancinante qui s'emparait de lui. La pluie coulait toujours le long des gouttières ; quelque part, tout près, lui semblait-il, une goutte tombait sur de la pierre — une-deux-trois une-deux-trois une-deux-trois — et ce bruit devenait si exaspérant qu'il pensait ne plus pouvoir le supporter. Les sires de Chalmiers ronflaient en chœur, un des valets parlait en rêve. L'air était lourd et pesait comme une pierre sur la poitrine. Comment Dieu pouvait-il abandonner un chrétien à ce point ? Herbert voyait peu à peu ses compagnons endormis disparaître, s'enfoncer sous terre, et se disait qu'il existe en effet des auberges bâties juste au-dessus de l'enfer et dont le plancher s'ouvre pour laisser les hôtes endormis s'abîmer dans les flammes infernales. Ce qui était certain, c'est qu'il était seul dans cette pièce. Autour de lui il y avait le désert. Rien de vivant, personne pour le soutenir. Des gémissements pitoyables commençaient à s'élever de toutes parts ; saisi aux entrailles par une terreur froide, Herbert restait figé sans oser faire un mouvement. « Hélas, Seigneur Jésus, seigneur saint Michel, seigneur saint Georges auquel je suis voué, si vous me tirez de là je jure de ne plus tuer, ni boire, ni connaître de femmes pour tout le reste de ma vie. Je bâtirai une chapelle à la place de cette auberge et j'y servirai de sacristain, pieds nus, en chemise, et la corde au cou. Sainte Vierge, que je puisse voir votre belle face pour être guéri de tous mes péchés. Dame, reine couronnée, si vous pouviez vous montrer à moi, que je puisse vous voir et vous supplier de me délivrer. Ah ! » Avec un grand cri Herbert se réveilla et s'assit sur son lit, heurtant rudement Gautier de Trauenbourg. Un carré de lumière blanche se dessinait devant ses yeux, il finit par comprendre que c'était la fenêtre. Le jour se levait. Ansiau, réveillé par le cri, décollait avec peine ses longues paupières lourdes de sommeil. « Thierri, dit-il, la voix pâteuse, Thierri... fait-il jour ? » — « Il doit être prime sonnée », fit lentement Herbert en revenant à lui. Il était heureux de constater qu'une nuit de plus venait de se terminer.

— Allons-nous-en d'ici, mon neveu, dit-il, c'est un mauvais endroit. Je crois que je n'irai pas chez Abner aujourd'hui, car j'ai passé la plus mauvaise nuit qu'un chrétien puisse passer; ce n'est pas le bon moment pour aller voir un Juif.

Prenant congé de Gautier de Trauenbourg, l'oncle et le neveu, revêtus de leurs habits neufs, se rendirent à la messe, chantée fort tôt ce matin-là. Ansiau était occupé à regarder les chevaliers assemblés et les nobles dames couvertes de leurs voiles blancs et rouges; mais Herbert, cette fois-ci, priait avec beaucoup de ferveur, se frappant la poitrine et baisant les dalles jonchées de paille. « Dame, Impératrice, Noble Reine, priait-il, secourez-moi, aidez-moi, pécheur que je suis, je vous ferai bâtir une chapelle en pierre, à fenêtres en verre peint. J'en ferai orner la porte de chapiteaux en fleurs et feuillages à la manière de l'église Saint-Pierre. Bonne Dame, vous qui êtes puissante auprès de votre Fils, sauvez-moi, car vous savez bien que je n'ai jamais parjuré votre nom. Vous savez bien que je vous ai toujours priée et honorée. »

Et à mesure qu'il priait il pensait sentir naître un grand calme dans son cœur et l'assurance de voir ses prières exaucées le gagnait peu à peu. Mais au sortir de l'église et après le repas il oublia vite sa pieuse exaltation. Il proposa même à Ansiau d'aller passer la soirée avec des filles, car il connaissait à Troyes une auberge où il y en avait de fort belles et même assez bien lavées. Ansiau avait le dédain inné des femmes de basse condition.

— Dans deux jours nous serons à Linnières, dit-il. Je ne suis pas si pressé que je ne puisse attendre deux jours.

— On voit bien que vous êtes trop jeune, dit

Herbert en haussant les épaules, et que vous ne connaissez pas la vie. Êtes-vous un paysan pour vous contenter d'une seule femme ? Vous pouvez en avoir tant qu'il vous plaira. Votre dame n'y perdra rien et vous y gagnerez beaucoup.

*

Aalais s'appelait de son vrai nom Aelis, mais il y avait au château de Puiseaux tant d'Aelis, d'Allis et d'Ala qu'on avait fait adopter à l'enfant le prénom porté par une parente par alliance, née en Picardie. Elle n'était pas fière pour rien de sa bonne race ; elle avait pour grand-père maternel Gui de Marseint, qui, mort depuis vingt ans, éveillait encore sur les visages de ceux qui parlaient de lui un sourire de tendresse et de regret. Un compagnon comme lui, aussi loyal, aussi juste, aussi bon, il ne s'en trouverait plus dans le pays, ni ailleurs. Il n'avait été qu'un petit chevalier sans terre ni biens, au service du vicomte de Saint-Florentin, mais en parlant de lui on disait : le noble Gui de Marseint, et noble, il l'avait été, autant que comte ou marquis. Et le vieil Ansiau, en cherchant une bru de bonne race, n'avait pas hésité : la petite-fille de Gui de Marseint donnerait de bons chevaliers à la maison de Linnières. Gui de Marseint était mort jeune. Il ne laissait qu'une fille. En mourant il l'avait confiée à Joceran de Puiseaux, son frère d'armes. Joceran était marié et avait trois fils et quatre filles de sa femme, une fille de vassal. Et puis, quand la petite Aubrée de Marseint eut douze ans, il la trouva jolie et lui fit un enfant ; puis il renvoya sa femme et épousa Aubrée : ce ne fut pas pour longtemps. Aubrée mourut de ses couches. Mais son enfant était vivant et solide, une fille, Aelis.

Trois mois après la mort d'Aubrée, Joceran se remariait avec Hodierne de Hervi, qui n'était pas jolie, mais riche héritière et de bonne maison — ce fut elle qui tint lieu de mère à Aalais ; elle eut aussi ses propres enfants, un chaque année, mais seuls les quatre premiers vécurent.

Hodierne était née de mère provençale : Boémond de Hervi son père, au cours d'un pèlerinage, avait connu et aimé une demoiselle de Tourves, et l'avait enlevée à son père pour l'emmener en Champagne. Hodierne de Tourves avait été une beauté, mais sa fille n'hérita d'elle que ses cheveux bruns, ses yeux noirs et sa maigreur, et aussi une grande piété. Joceran de Puiseaux croyait avoir épousé une nonne. A Puiseaux, Hodierne passait pour une sainte ; tous l'aimaient. Petite, sèche, noire de peau à cause d'une maladie qui lui rongeait les entrailles, elle allait et venait dans le château, rapidement mais sans se presser, surveillait, donnait des ordres, comptait, mesurait, une main sur son trousseau de clefs, l'autre sur son chapelet d'ébène. Où elle trouvait le temps de faire tout ce qu'elle faisait, personne ne pouvait le comprendre, car elle passait la moitié de son temps à la chapelle. Elle brodait aussi, des chasubles, des étoles, des nappes d'autel pour les églises pauvres, et c'était là sa grande distraction : jamais elle n'était plus heureuse que lorsqu'elle finissait un bel ouvrage de broderie. « Encore une maison de Dieu qui sera plus belle, disait-elle, les saints et les anges s'en réjouiront. »

Jamais dame n'avait autant aimé Dieu : quand elle entrait dans une église ou qu'elle voyait simplement une croix, son visage rajeunissait et ses yeux devenaient comme deux charbons ardents ; elle ne pouvait se retenir, elle se mettait à genoux et baisait les dalles, et la terre, et le pied du crucifix. Elle jeûnait quatre jours par semaine, et recevait tous les dimanches trois pauvres à sa table, en dépit de la colère de Joceran.

Aalais avait de bonne heure compris que sa mère n'était pas heureuse. On ne peut pas être heureuse quand on est toujours enceinte, malade, accablée de travail, et qu'on a un petit enfant qui meurt chaque année, dix ou quinze jours après sa naissance. Des enfants vivants, Hodierne ne s'occupait pas beaucoup, elle faisait bien autre chose : elle priait pour eux. Elle n'était pas femme à fouetter ni à gifler ses filles. C'étaient les servantes qui s'en chargeaient, et, plus tard, Joceran. Aalais adorait dame Hodierne, et, bien que celle-ci ne l'ait jamais frappée, lui obéissait au premier coup d'œil. Et dame Hodierne ne la caressait pas, elle n'avait qu'à la regarder de ses immenses yeux noirs cernés de brun pour qu'Aalais oubliât tous ses chagrins.

Et Aalais aimait aussi son père. Près de lui elle se sentait à l'abri de tous les malheurs de la vie. Que peut-on craindre quand on est fille de Joceran de Puiseaux ? Joceran passait pour l'homme le plus vigoureux de la châtellenie, le plus rusé aussi et le plus aimé des femmes. De ses succès auprès des dames et des bourgeoises il tirait autant de profit que de son adresse aux tournois. Si dame Hodierne le trouvait à son goût ou non, personne ne le savait. Mais lorsqu'il s'avisa de lui donner pour rivale une servante et de faire coucher la servante dans son propre lit, Hodierne n'eut pas un mot pour s'en plaindre et devint plus maigre et plus noire encore que d'habitude ; quand elle travaillait, les larmes coulaient de ses yeux sans qu'elle pût les arrêter. A la voir si résignée, Aalais en eut le sang tout échauffé, encore qu'elle n'eût que douze ans à cette époque-là. — « Dame, mère, lui dit-elle, vous ne devriez pas souffrir cette honte. Si j'étais vous, je ferais fouetter la fille toute nue au milieu de la cour, quand même le baron devrait me tuer pour cela. — Si j'étais vous, dit la dame, je ne parlerais pas de choses qui ne regardent pas les enfants. »

Aalais se cabra : elle n'était plus une enfant ; elle avait fait sa communion. Elle savait qu'une noble femme ne doit pas se laisser supplanter par une serve. — « Vous devriez vous venger, dit-elle, cette fille vous a craché au visage ; c'est comme si elle vous avait donné cent soufflets et plus, voilà ce qu'elle vous a fait. » Alors dame Hodierne se raidit et ses lèvres devinrent toutes minces. — « C'est que je l'ai mérité, dit-elle. Ne parlez plus de cela. » Aalais vit que ses mains tremblaient de plus en plus fort. Elle blâma beaucoup la dame. Mais elle ne jugeait pas son père.

Cet homme a la face tannée, presque coupée en deux par la fameuse balafre, aux yeux bleus sous des sourcils en broussaille, cet homme large et lourd sans être gros,

sûr et rapide de mouvements tout en restant calme —
cet homme était de ceux qui prennent ce qu'ils
trouvent sans jamais se demander s'ils en ont le droit :
il avait tous les droits, il était Joceran de Puiseaux de la
châtellenie de Paiens, lige du comte de Champagne.
On disait que Joceran coucherait dans le lit de Dieu s'il
allait au Paradis. Avec cela, un homme humble et bon,
si affable qu'il faisait sourire ses ennemis eux-mêmes
quand il leur parlait. Et Aalais, petite fille qui jouait
avec sa barbe et ses boucles d'oreilles l'adorait sans
même se demander s'il avait tort ou raison ; il ne
pouvait pas être autre qu'il n'était.

Comme toutes les filles élevées dans un château,
Aalais avait passé par une dure école avant son
mariage. L'apprentissage des métiers de femme n'est
pas toujours facile, mais la jeune fille était fière, on
pouvait toujours la prendre par l'amour-propre : la
future belle-mère et les futures belles-sœurs ne
devaient pas dire qu'à Puiseaux les filles travaillent
mal. Et puis, Aalais avait des sœurs et des frères, et des
belles-sœurs et des cousines. Elle n'aimait pas ses
frères ; l'aîné, Baudouin, était considéré dans la maison
comme une espèce de taureau furieux qu'il ne faut pas
approcher et qui peut, à tout moment, briser sa chaîne.
Il jouait trop facilement avec son couteau ; au demeurant, il était bon. Et des autres frères, Thibaut et
Arnoul, Aalais savait seulement qu'ils l'avaient torturée quand elle était toute petite. Après, ils étaient
partis pour Troyes. Arnoul y était mort d'un accident.
Thibaut était revenu, s'était marié. Par ses belles-sœurs, Aalais apprenait que la vie de mariage, pour une

femme noble, est chose amère. Irma, la femme de Baudouin, vivait de drogues et de philtres, elle en donnait à son mari pour le faire dormir, à d'autres pour les faire veiller. Aalais le savait et pensait que c'était bien fait pour Baudouin.

Et puis la jeunesse était venue, avec les garçons qui courent après vos jupes. Aalais savait bien garder ses jupes, parce qu'elle avait grand-peur de la honte ; mais elle ne savait guère garder ses lèvres et le col de sa chemise. Elle avait le sang chaud, à douze ans elle en était déjà tourmentée. Combien de garçons l'avaient baisée et serrée et chatouillée, Ansiau ne pouvait pas le savoir, il croyait bien être le premier ; Aalais le lui jurait, en disant « non » tout bas, du bout des lèvres, et puis, les baisers sont choses qui ne comptent pas.

Belle et charmante je suis, et je veux aimer.

Au matin je me levai, juste au point du jour
Le verger de mon père est plein de belles fleurs,
Cent fois je désirai y trouver mon ami

Belle et charmante je suis et je veux aimer.

J'aimerai mon doux ami qui m'en a priée,
Il est beau et courtois, bien l'a mérité,
Malgré père et mère je lui donnerai mon cœur

Belle et charmante je suis et je veux aimer.

Chansonnette, je t'envoie vers les heureux amants
Pour qu'ils gardent leur secret par peur des médisants
Comment cacher mon amour, jamais je ne le pourrai.

Belle et charmante je suis et je veux aimer.

Après qu'elle eut perdu son lait et que l'enfant eut été confié à Haumette, Aalais restait désemparée, ne sachant trop que faire d'elle-même. Son ami était parti pour la guerre, elle était entourée d'étrangers. Et à présent que son enfant était séparé d'elle et qu'elle n'était plus noyée dans ses yeux, déchirée par ses cris, elle se sentait changée au-delà de tout pouvoir de retour à sa vie d'autrefois.

Les jours d'été s'écoulaient, monotones, lourds. Il n'y avait ni fêtes, ni chasses. On restait au château des journées entières à se promener sur le rempart ou à se reposer dans la salle ou aux étuves quand il faisait trop chaud. Comme avant, Aalais passait beaucoup de temps auprès des faucons qu'elle s'amusait à dresser et à taquiner. Elle mettait beaucoup de bonne volonté à coudre, et à broder robes et couvertures pour son enfant et préparait avec soin une ceinture passementée pour offrir à Ansiau à son retour. Mais tout ceci ne l'occupait pas comme avant. Elle devenait parfois distraite et négligeait son travail — ce qui ne lui était jamais arrivé autrefois.

Elle finissait par s'apercevoir que même de corps elle avait changé : elle avait grandi d'un bon pouce depuis son mariage et avait dû rallonger toutes ses robes. En se lavant elle commençait à prendre plaisir à regarder ses bras blancs, ses longues jambes qui commençaient à devenir effilées, ses seins qui devenaient ronds. En hiver, elle allait avoir seize ans.

Au château de son père elle s'était sentie à l'abri de tous les malheurs de la vie. Elle n'aimait rien tant que les récits terrifiants, les histoires de grands massacres, d'incendies, de viols, de tortures — mais c'était bien parce qu'elle se sentait si forte que rien ne pouvait l'atteindre ni lui faire peur. La mort seule lui faisait peur ; mais elle la savait si loin, et préférait ne pas y penser. Elle avait bien vu mourir son vieil oncle Gervais et un valet éventré par un taureau, et sa cousine Raymonde, morte en couches — mais elle était sûre que tout ceci ne la regardait pas. Ils étaient faits autrement qu'elle, voilà tout : ils étaient faits de telle façon que le sang avait pu se refroidir dans leur corps, qu'ils avaient pu devenir blancs, durs, lourds ; ils avaient laissé la pourriture les gagner et la terre les couvrir. Elle, Aalais, était faite d'une chair si pleine de vie, de lumière, de chaleur, que pareille aventure ne lui arriverait jamais — ou lui arriverait dans un temps où elle serait elle-même une autre Aalais.

Voilà qu'une année s'était écoulée depuis son mariage. La tristesse brutale de la nuit de noces avait déjà abattu un peu de sa belle fierté. Puis la grossesse était venue, et la peur de mourir, et les couches qui avaient été presque une mort. Et à présent que toute cette tempête était passée, Aalais se retrouvait seule avec elle-même dans une vie qu'elle ne reconnaissait plus, parmi des étrangers, dans une maison étrangère et qui devait à présent être sa maison jusqu'à sa mort.

Elle s'entendait de moins en moins bien avec dame Adela. La vieille dame, depuis la mort de son fils Geoffroi, était devenue plus irritable que jamais. Il lui arrivait de battre valets et servantes presque sans raison et même de lever la main sur ses brus. Un jour, pour une réponse insolente, elle avait fouetté Catherine, la sœur de lait d'Aalais, avec sa ceinture de cuir. Aalais, hors d'elle de fureur, courut trouver la dame et lui assena un coup de poing en plein nez. Bien qu'elle fût déjà presque aussi grande que dame Adela elle n'avait ni la force ni la corpulence de la vieille dame, aussi fut-elle rapidement secouée par le bras et jetée à terre. Puis, le premier sursaut de colère et de surprise passé, dame Adela s'essuya de la main le sang qui lui coulait du nez, et dit à sa nièce : « Qui donc à Puiseaux vous a appris à être grossière avec les vieux ? » Aalais se releva, haletante, rouge, époussetant de la main ses jupes salies. — « D'abord, dit-elle, c'est mon mari qui est le baron ici et votre baron et tous les autres lui ont prêté serment, vous le savez bien. Et vous n'aviez pas le droit de battre Catherine, parce qu'elle est à moi et pas à vous. Et quand vous serez vieille, et faible, et sotte, je ne vous respecterai pas, et je vous ferai manger avec les valets et je vous ferai dormir sur la paille, et je vous habillerai de vieilles hardes comme une pauvresse, et je vous ferai bien sentir qui est la maîtresse ici. » La dame répondit avec dignité que tant qu'elle avait quatre fils à Linnières, elle n'avait rien à craindre. — « Oh ! Je vous hais, dit Aalais, je vous hais. »

— Vous êtes une petite chienne enragée, dit la dame, et votre baron ferait bien de vous corriger de verges tous les vendredis quand il sera revenu. Mais c'est un blanc-bec qui n'a pas plus de bon sens que vous-même.

— Cela ne l'empêche pas d'être le baron, rétorqua Aalais, et mieux vaut être sot parce qu'on est jeune que l'être parce qu'on est vieux comme votre mari. Aalais n'avait nul désir d'outrager son vieil ami, l'oncle Hue, et n'avait d'autre but que de piquer l'orgueil conjugal de la dame Adela; et il faut dire que son but était atteint, car dame Adela, si elle n'était pas douce pour son époux, ne tolérait pas qu'on dise le moindre mal de lui. Elle ne le pardonna pas à Aalais.

Aalais s'ennuyait beaucoup, et passait son temps dans d'interminables conversations avec Catherine. Catherine était obligée de tout savoir et d'avoir réponse à tout, sinon Aalais se fâchait. Et Catherine était une fille intelligente et s'acquittait assez bien de cette double charge d'oracle et de confidente. « Catherine ma fille, lui disait Aalais d'un air entendu, ne te marie jamais si tu veux m'écouter. C'est bien plus gai de rester fille. J'aurais donné deux doigts de ma main gauche pour être de nouveau jeune fille et vivre au château de mon père. »

— Et votre petit enfant? demandait Catherine. Vous voudriez qu'il ne fût plus là?

Aalais réfléchit et tout d'un coup se mit à pleurer. Les larmes gonflaient ses paupières et débordaient sans qu'elle pût les arrêter.

— Il aime déjà mieux Haumette que moi, dit-elle. C'est un sort qu'elles m'ont jeté pour me faire tarir mon lait. C'est bien gai de l'avoir porté et enfanté pour ne pas pouvoir m'en occuper après.

— Bah ! dit Catherine en haussant les épaules, vous en aurez d'autres. Et vous êtes plus libre ainsi. Et cela vous enlaidit d'allaiter longtemps, cela vous tire tous les sucs du corps.

Aalais soupira et s'essuyant les larmes.

— Sainte Vierge que c'est triste. Il faut bien voir le bon côté de la chose. Mais qu'ai-je besoin de m'amuser et d'être jolie ? Quand je n'étais pas mariée je ne pensais qu'à cela. Mais à présent je vieillis.

Un autre jour elles s'exerçaient toutes les deux à lancer des fléchettes dans un cercle de bois accroché dans la cour, en compagnie de deux pages et de Mahaut, fille d'Herbert, Aalais devait constater avec dépit qu'elle était devenue beaucoup moins habile à ce jeu qu'elle ne l'avait été à Puiseaux : Mahaut atteignait régulièrement le but, et elle, Aalais, le ratait deux fois sur trois. Elle finit par jeter les fléchettes par terre et par aller s'asseoir sur un banc près de la palissade.

— Qu'avez-vous donc, ma cousine ? s'écria Mahaut. Êtes-vous fâchée que je prenne plus de buts que vous ? Si cela vous déplaît j'en raterai tant que vous voudrez et nous en aurons le même nombre chacune.

Aalais fut touchée de tant de courtoisie.

— Non, ma cousine, dit-elle, ce ne serait pas franc jeu. Prenez autant de buts que vous pouvez tant que vous êtes fille. Dieu vous donne d'en rater moins que moi quand vous serez mariée. Je vois bien que ce n'est plus mon affaire de jouer.

— Ma belle cousine ! s'exclama la bonne Mahaut en venant s'asseoir sur le banc à côté d'Aalais. Vous n'avez vraiment pas de quoi être triste. Toutes nos dames vous envient d'être mariée au châtelain, c'est pour cela qu'elles sont méchantes avec vous.

— Vous êtes bonne, Mahaut, dit Aalais, en scrutant avec attention le fruste et large visage de la jeune fille, dont la blancheur laiteuse était encore accentuée par une auréole de boucles folles d'un rouge cuivré. Avec ses yeux petits et clignotants, ses grosses lèvres, ses larges et maigres épaules, Mahaut n'était pas jolie, mais elle avait un air de douceur et de franchise qui la rendait aimable. Jusqu'ici, Aalais l'avait toujours dédaignée pour son manque de grâce et ses manières bruyantes. Aujourd'hui elle se sentit au cœur, pour cette fille, une douceur inconnue, et sourit.

— Mahaut, dit-elle en lui tendant la main, voulez-vous que nous soyons amies ? Je crois que je vous aimerai loyalement, si vous m'aimez aussi.

Mahaut sourit en montrant ses grandes et belles dents et prit la main qui lui était tendue.

— Par saint Thiou, je veux bien, ma belle cousine. Vous êtes noble et de bon lignage, et chacune serait fière d'être votre amie. Moi aussi je suis fille de bon père et vous pouvez compter sur moi.

— Je vous promets d'être gentille avec vos frères et votre sœur, autant que je le pourrai, poursuivit Aalais en veine d'humilité.

— Pour cela, s'écria Mahaut en riant, cela m'est bien égal. Je ne suis pas plus amie d'Izembard que vous, ni d'Ogier. Vous pouvez leur dire ce qui vous plaira. Il n'y a que Simon qui soit bon, et André aussi, mais ils ne sont jamais là.

Aalais semblait avoir oublié son mari. Les mois de

grossesse et les semaines qui avaient suivi les couches elle n'avait presque pas senti la présence d'Ansiau, il avait disparu de sa vie, et après les relevailles elle n'avait répondu que machinalement à ses caresses. A présent, elle couchait avec Catherine et Mahaut, qui était venue s'installer près d'elle depuis le commencement de leur amitié ; et elle regrettait un peu que cet état de choses ne fût pas permanent. On était tellement plus libre et plus calme entre femmes. Et elle s'était prise d'une vraie affection pour Mahaut ; jamais encore elle n'avait eu de tendresse pour aucune amie de son âge — avec ses sœurs, ç'avait été une camaraderie batailleuse et âpre, et Catherine, sa confidente et amie intime faisait partie d'elle-même comme la robe qu'elle mettait tous les jours. Mais Mahaut, née dans une famille autre que la sienne, Mahaut, fille d'une autre race, Mahaut à laquelle elle n'était pas habituée, Mahaut, pour Aalais, était un être nouveau, une découverte — elle enroulait autour de ses doigts les mèches folles qui tournaient et frisaient sur le front de son amie, la regardait dans les yeux pour voir de quelle couleur ils étaient, admirait la blancheur de sa peau — c'était tous les jours une nouvelle joie. La nuit, elles se serraient l'une contre l'autre en se caressant comme deux vrais amoureux, car Aalais ne savait pas aimer à demi quand elle aimait. Elle disait franchement à Mahaut qu'elle eût aimé que son mari restât à la guerre encore six mois. — « Avec un homme, ma cousine, disait-elle, on ne fait que pécher et on a des enfants ; entre femmes on est bien plus tranquille. Je ne savais pas qu'il pût y avoir une belle et courtoise amitié comme la nôtre. »

Mahaut l'admirait à tout moment : — « Dieu, ma belle cousine, comme vous savez bien broder ! Dieu, ma cousine, comme vous avez de beaux cheveux ! » Elle était brusque et rude de mouvements et bien souvent manquait d'assommer Aalais d'une tape sur l'épaule ou de l'assourdir par son rire bruyant et jovial. Mais elle était beaucoup moins violente et emportée qu'Aalais et riait souvent des colères de son amie. Très indépendante sans être le moins du monde orgueilleuse, humble sans être le moins du monde servile, Mahaut était une fille qu'on ne pouvait s'empêcher d'aimer. Mais cette amitié ne devait pas durer longtemps : Mahaut se maria dans l'année et mourut en couches dix mois après.

Ce jour-là on attendait le retour des chevaliers. Aalais et Mahaut se tenaient debout sur le toit du donjon, côte à côte, enlacées comme deux petits frênes jumeaux, jambe contre jambe et joue contre joue. Les yeux gris de Mahaut brillaient d'impatience ; ceux d'Aalais étaient rêveurs et un peu tristes. Devant elles, le long du ru, cheminait la route jaune sillonnée d'ornières. Dans la forêt des taches jaunes se voyaient déjà çà et là dans la verdure grisâtre de la masse des arbres. Les champs bistres alternaient avec les champs noirs. Le long de la route, les cavaliers s'avançaient et leurs habits rouges, bleus et verts rayonnaient au soleil comme des fleurs dans l'herbe. Deux mulets traînaient à leur suite une charrette de bagages.

— Mon père est celui qui est en bleu, disait Mahaut, et votre baron, mon amie, le reconnaissez-vous ? Vous avez de meilleurs yeux que moi.

— Il est devant votre père, et à côté de lui je vois votre frère André, et un peu en arrière Thierri. Aalais soupira. Nous ne coucherons plus dans le même lit, amie, et pourtant nous étions si bien ensemble.

— Vous serez encore mieux avec votre baron, dit Mahaut.

— Je ne sais pas, dit Aalais en frottant sa joue contre celle de son amie. Avec vous, je suis plus libre. Un homme, on ne sait jamais ce qu'il veut.

Lorsque les chevaliers entrèrent dans la cour au son des cors, les dames s'y trouvaient, debout, près du puits ; sur le bord du puits était posée une cuve de vin et le vieil écuyer Robert se tenait prêt à verser le vin dans une coupe qu'il tenait dans ses mains. Le puits était orné de feuillage vert et de branches de pommier portant des pommes. Le sol de la cour était jonché de foin vert.

Après un court combat de courtoisie entre oncle et neveu, Herbert descendit à terre le premier, aidé par Gervais qui lui tenait l'étrier. Ansiau descendit aussitôt après, et tous deux s'approchèrent des dames. Dame Adela prit la coupe remplie de vin par Robert et la tendit à son beau-frère qui la vida avec un salut et la tendit à l'écuyer. Robert remplit la coupe de nouveau et ce fut au tour d'Aalais de la prendre pour l'offrir à Ansiau, tandis que les autres chevaliers descendaient à terre à grand bruit et que la cour s'emplissait d'un vacarme joyeux.

« Buvez, seigneur. — Pas avant d'avoir touché vos lèvres, amie. » « Comme elle a grandi », pense Ansiau en baissant la tête pour atteindre la grande bouche rose qui se tend vers lui. Entre leurs cils drus ces prunelles bleues et calmes le fixent avec cette franchise un peu farouche qu'il connaît si bien. Ces yeux si bien placés, si solidement enfoncés dans leurs orbites, si bien protégés par leurs clairs sourcils épais comme le doigt ; ces beaux yeux si justes et si hardis, on ne se lasserait jamais de les regarder — de les retrouver, de les baiser. Comment oublier ce visage qui est le seul vrai visage, le seul qu'il connût vraiment ? Il sait comment elle cligne les yeux au soleil, et comment elle se lèche les lèvres du bout de la langue — il connaît le petit grain de beauté sur sa lèvre inférieure, le duvet doré sur ses joues, la petite brosse des sourcils à la racine du nez, et les mille couleurs de ses prunelles variant avec les robes, les heures et les changements d'humeur.

Après avoir bu et remis la coupe à Robert, Ansiau profite des quelques instants de liberté qui lui restent avant le dîner pour parler à sa dame. Ils s'installent ensemble sur le bord du puits. Ils ne trouvent rien à se dire. Aalais fait tourner entre ses doigts les bouts de sa ceinture, un peu gênée et pourtant heureuse malgré elle de sentir les lourdes mains de son mari posées sur ses épaules.

— Vous avez grandi et embelli, dit enfin Ansiau, humblement. La jeune femme se mit à rire en détournant la tête.

— Que non ! Vous vous moquez de moi, seigneur. J'ai bruni au soleil.

— Est-ce que votre petit enfant se porte bien ? demanda Ansiau se rappelant comment Aalais était préoccupée de l'enfant lors du départ pour la guerre.

Aalais baissa la tête et rougit, en se mordant les lèvres. Fallait-il qu'Ansiau lui rappelât juste à ce moment, qu'elle n'était même pas bonne à élever son enfant et qu'il avait fallu le confier à une autre ? Et n'était-il pas tout naturel qu'il lui demande compte de son fils ? Elle avait si honte de lui avouer son insuffisance qu'elle ne répondit pas à la question et essaya de se dégager des bras du baron. « Je... je vais le chercher », dit-elle.

— Oh, non, restez. Vous n'aurez pas le temps. Vous voyez, tous mes cousins ont bu et nous montons dans la salle pour dîner.

Aalais, toujours tête basse, mordillait le bout de sa ceinture en chantonnant un air de ronde entre ses dents.

A table, Ansiau était tout le temps servi le premier et il ne commençait pas à manger avant d'avoir offert le meilleur morceau à sa dame. Aalais se sentait donc ce soir-là la première personne du château et ce n'était pas là une petite satisfaction pour une fille qui, au château de son père, avait toujours été assise au bas de la table au milieu d'une multitude de sœurs et de cousines.

Elle sentait ses joues hautes en couleur et ses yeux brillants, elle souriait en découvrant ses dents et jouait des épaules et des mains. Elle savait qu'Ansiau n'était pas seul à l'admirer ce jour-là ; et quand il lui offrait sa coupe de vin avant de la porter à ses lèvres, elle lui souriait, indifférente et radieuse, les yeux pleins d'étincelles, la bouche frémissante : jamais il ne l'avait vue ainsi. Et elle riait avec tant de gaieté que l'oncle Hue lui-même, tiré de sa torpeur, lui souriait dans sa barbe blanche ; mais lorsque les yeux bleus d'Herbert se posèrent sur elle, brûlants et durs, Aalais, en les rencontrant, s'empressa de tourner son regard sur Ansiau.

Ce grand chevalier maigre et large d'épaules, hâlé, bronzé, presque barbu, l'œil assuré et la bouche ferme, était un inconnu pour elle. Ses souvenirs de tendresse et de désir s'attachaient à l'adolescent grandi trop vite qui avait de grands yeux d'enfant étonné, un duvet doré sur la joue, des lèvres mobiles et chaudes. Le nouveau venu ne portait en lui que des vestiges, des signes fugitifs de l'amant d'autrefois : ses yeux largement fendus, son geste impatient d'écarter les mèches folles de son front en secouant la tête. Mais ceci ne suffisait pas pour rendre à Aalais son ancienne confiance, l'abandon des premiers jours. C'était à un étranger qu'elle allait devoir se donner cette nuit après le festin et elle en éprouvait une vague inquiétude mêlée de curiosité. « Est-ce que je vais l'aimer ? » pensait-elle en le regardant à la dérobée, les yeux clignés pour mieux le voir. « Il était mieux sans barbe. Et il boit tant qu'il sera saoul à la fin du repas. Il va rire et chanter à n'en plus finir et il n'y aura pas moyen de le calmer. Me voilà sûre de passer une nuit blanche. Ah ! Les hommes ! »

Bien que résignée d'avance elle eut peur de l'ivresse de son mari ; il avait les yeux brillants, la bouche dure, la voix rauque ; « Sainte Vierge qu'a-t-on fait de lui ? On me l'a changé — c'est qu'il aura pris l'habitude de tuer des hommes. S'il est assez saoul pour m'oublier je m'arrangerai pour coucher avec Mahaut. »

Mais elle ne fut pas oubliée, au contraire. Elle dut l'accompagner en haut, et il la tenait par la main car il avait peur qu'elle ne lui échappât. Il était bien un peu gris, les gradins de l'échelle, les murs de la salle faisaient des bonds et des plongeons autour de lui, et la lampe à huile allumée sur le dos du lit dansait comme un feu follet.

Ce lit, le plus grand et le plus beau du château, était installé dans le coin le plus chaud de la salle, non loin de la cheminée, et le mur autour de lui était couvert de boiserie. Sur une peau d'ours suspendue au-dessus du chevet deux vieilles épées étaient croisées. Le lit, immense, aussi large que long, avait à ses pieds et à son chevet d'épais montants en bois de chêne qui pouvaient servir de table et de portemanteau. Aalais, aidée de Catherine, et de deux servantes, avait passé deux heures à préparer ce lit, à bien étendre les draps, à disposer les grands oreillers, tapis et pelisses, à mettre des bouquets de lavande et de menthe entre les draps, à polir rebords et chandeliers. Hélas, ce lit, si blanc, si frais, qui sentait si bon, que ne pouvait-elle l'avoir pour elle seule ce soir où elle se sentait si lasse.

La nuit était lourde. Dans la salle obscure on entendait le ronflement bruyant de l'oncle Hue alternant avec celui de dame Adela ; les injures dont s'accablaient Izembard le Roux et sa femme Agnès — des ronflements, des soupirs, des pleurs d'enfant —

c'est la petite fille de Richeut qui a mal aux oreilles — hélas, mon Ansiet qui dort à côté d'Haumette. Aalais avait envie de se lever et de monter dans la chambre des domestiques où la grosse Haumette couchait avec son mari et ses enfants. Sa petite voix gazouillante qui ne sait pas encore dire de paroles, sa petite joue plus douce que la soie, ses beaux yeux ronds et clairs, ses petits doigts si fins. Le cœur d'Aalais devenait si lourd de tendresse pour son enfant qu'elle pensait ne pas pouvoir le supporter, qu'elle se baissait, se penchait sur le lit au bord duquel elle était assise ; elle étouffait. Oh ! l'avoir là, dans ses bras, sur ses genoux, sentir cette petite bouche contre son sein — Dieu sait pourtant qu'il lui avait fait mal. « Jamais, pensait-elle, jamais je ne le pourrai. Que me sert d'avoir d'autres enfants puisque celui-là, que j'aime, n'est plus à moi ? » Elle crispait ses poings, elle avait envie de se briser la tête contre le rebord du lit. « Je le veux, je le veux, je le veux. Lui, rien que lui. »

Cet autre qui dormait là, presque en travers du lit, les bras écartés, le souffle rauque — cet autre était trop difficile à aimer. Il sentait si fort le vin. Il était si dur à toucher. Il avait pourtant fallu l'endormir comme un enfant, le bercer, lui caresser les cheveux, « là, là, ne vous agitez pas, mon bel ami, tout est bien je ne m'en vais pas, je suis là, fermez bien les yeux ». Il avait la tête si lourde et l'haleine rude, il était comme un grand fleuve qui vous porte sur une petite barque à travers rapides et remous. Il avait réveillé en elle une tendresse qui lui semblait étrangère à elle-même, elle se sentait devenue une partie de lui, si pauvre, hélas, si humiliée pour lui, si triste.

Que n'était-il un petit enfant qu'elle pût cacher dans ses bras et secourir et protéger ? Il était trop grand, trop lourd — un rocher suspendu au-dessus de sa tête.

Elle se rappelait tristement son père, son frère Baudouin, ses cousins de Puiseaux et se disait : « Les hommes sont toujours ainsi ! »

« Toujours ainsi, pauvre moi — et encore, pensait-elle, il n'a que dix-sept ans. » En attendant, elle n'arrivait pas à s'endormir. Le lit était si grand qu'on y coucherait à quatre, mais Ansiau avait trouvé moyen de l'occuper tout entier car il dormait en écartant les bras comme un crucifié, et Aalais n'avait pour elle qu'un coin assez réduit, où elle se recroquevilla tant bien que mal, enveloppée dans ses draps. Sa fièvre pour son enfant s'était un peu calmée, elle essayait de se tenir tranquille et de penser à autre chose. Ses tempes étaient couvertes de sueur, ses paupières brûlantes. « Thierri, dit-elle à voix basse, Thierri. » Le jeune homme était habitué à se réveiller en sursaut au bruit de son nom, fût-il chuchoté. « Je suis là, baron, dit-il. — C'est moi, Thierri, moi Aalais. Écoutez, Thierri, pourriez-vous me chercher un peu d'eau à boire, dans le broc près de la porte. J'ai dû trop boire et trop manger hier soir, je n'arrive pas à m'endormir.

— Tout de suite, dame. » Il vint poser le gobelet plein d'eau fraîche sur le rebord du lit et se recoucha par terre. Aalais but quelques gorgées et se mouilla le front et les joues.

— Thierri, vous êtes là ? Parlez-moi un peu si cela ne vous déplaît pas. Il fait noir, j'ai peur.

— De quoi, dame ? Le baron et moi sommes là pour vous défendre. Il n'y a que des amis dans la salle.

— Tout le monde dort, soupira Aalais. C'est du noir que j'ai peur. Dites, Thierri, vous avez vu de beaux pays pendant la campagne ?

— Dame, c'est toujours la même chose : des forêts, des champs. Pas plus beau qu'ici.

— Mais vous avez dû passer par de belles villes, dit-elle, rêveuse.

— Pour cela, oui. Paris est une belle ville.

— Racontez-moi comment il est, Thierri.

— Il y a des maisons. Et puis des églises. Comme à Troyes.

— Thierri, dites, vous avez vu mon père ? »

Au réveil, Ansiau se rendit compte qu'il avait trop bu la veille — c'était là une chose qui ne lui arrivait pas souvent. Aalais lui dit : « Dieu vous garde, ami. Vous n'avez pas trop mal à la tête ?

— Pas plus qu'il ne convient à un homme qui a bu cinq coupes la veille. Je regrette bien d'avoir été si saoul, amie », ajouta-t-il à voix basse. Aalais ne sembla pas y faire attention. En un clin d'œil elle avait enfilé sa chemise et, assise sur le bord du lit, démêlait ses longues tresses. Ansiau, rêveur, faisait glisser ses doigts sur les flots soyeux et réguliers de cette opulente chevelure ; la jeune femme continuait à se peigner sans le regarder, et tressaillait parfois quand les doigts qui caressaient ses cheveux s'y enfonçaient trop profondément. « Laissez donc, baron, disait-elle, je suis pressée. Il est tard. »

Elle ne quitta guère ce ton d'indifférence courtoise qu'elle avait pris dès le début à l'égard de son mari. Elle lui avoua le jour même qu'elle avait dû confier son enfant à Haumette. « On a dû me jeter un sort, expliquait-elle, car je n'ai pas manqué de lait les trois premières semaines, vous le savez bien. Et Haumette est une très bonne nourrice, vous n'en trouverez pas une autre comme elle dans le pays (il coûtait à Aalais de faire l'éloge d'Haumette dont elle était jalouse). Et puis, son enfant à elle est mort et elle peut donner tout son lait au nôtre.

— Eh oui, c'est très bien ainsi, dit Ansiau, au moins il ne nous gênera pas. »

Aalais ne s'attendait nullement à cette façon d'envisager ce qui était pour elle le sujet d'un si gros chagrin, mais elle ne jugea pas bon de discuter : après tout, il était juste qu'Ansiau ne la traitât pas de mauvaise mère, puisque aussi bien il n'y avait pas de sa faute dans tout ceci.

Les jours suivants elle fut calme et de belle humeur ; elle était tout heureuse de recommencer à chasser en compagnie d'Ansiau et de ses cousins, et vivait dans l'attente du mariage de Mahaut, qui devait avoir lieu après la Toussaint. Mahaut épousait un certain Geoffroi de Chesley, qu'elle connaissait à peine et qu'elle n'aimait pas. « Comme je suis laide, ma belle cousine, disait-elle avec sa simplicité habituelle, je ne peux pas demander grand-chose en fait de mari. Celui-ci n'est

pas trop vieux, j'aurai des enfants. Et puis, Chesley n'est pas loin : nous nous verrons de temps en temps.
— Dieu, soupirait Aalais je vais m'ennuyer sans vous. »

Et puis une aventure lui arriva, à laquelle elle ne s'attendait pas : un beau jour Catherine lui raconta, entre autres commérages que le baron avait fait la fête avec des filles à soldats pendant la campagne de Normandie. Aalais était résignée d'avance à ces choses-là — quand un mari passe la moitié de son temps hors de la maison il ne peut pas rester toujours fidèle à sa femme : on le lui avait toujours dit. Mais quand Catherine lui eut rapporté que Gervais, l'écuyer d'Herbert, avait vu le baron avec une fille débauchée nommée la Tronche, ce fut pour elle comme un coup de marteau sur la tête. Elle devint toute rouge, se leva de son banc, jetant par terre ses écheveaux de laine, et avant d'avoir pu réfléchir à ce qu'elle faisait, gifla Catherine sur ses deux joues et la fit tomber du banc et rouler par terre.

— Gueuse, cria-t-elle, gueuse, gueuse.
— Folle que vous êtes, hurla Catherine. Laissez-moi tranquille, je ne vous ai rien fait. Allez battre votre baron, si vous voulez. »

Un peu dégrisée, Aalais passa la main sur son front. Que s'était-il passé ? Elle se rappela ce que Catherine venait de lui raconter, repoussa à coups de poing les dames qui s'étaient rassemblées autour d'elles et se précipita en bas, dans la salle où les hommes étaient assis près du feu.

Elle se jeta sur Ansiau d'un air si affolé qu'il crut

qu'il était arrivé malheur à l'enfant. Elle s'assit sur le banc à côté de lui, trop essoufflée pour parler, et lui mit les mains sur les épaules, le dévorant des yeux. Elle le fixait et le dévisageait avec insistance, comme si elle cherchait quelque chose sur sa figure ; comme une mère qui cherche des symptômes de maladie sur le visage de son enfant. Elle était si perdue dans ses pensées qu'elle ne savait plus ce qu'elle voulait lui dire. Ansiau, voyant que tout le monde les regardait, finit par demander : « Mais, dame, qu'est-il arrivé ?

— Je... je vous le dirai », murmura Aalais, haletante. Elle revenait à elle peu à peu. Elle eût voulu dire tant de choses qu'elle ne savait pas dire. Elle n'en dit qu'une, toute simple, celle-là, mais aussi très sotte :

— Est-ce vrai, demanda-t-elle, que vous avez couché avec des femmes pendant la guerre ?

Cette question provoqua l'hilarité générale et bruyante de toute la compagnie, à commencer par le vieil oncle Hue et en terminant par les pages. Aalais n'y faisait pas attention. Elle enfonçait ses doigts de fer dans les épaules de son mari, le secouait et répétait : « C'est vrai ? C'est vrai ? Dites, c'est vrai ? » Lui, furieux contre elle parce qu'elle le rendait ridicule et qu'elle lui faisait mal par-dessus le marché, la saisit brutalement par les poignets pour lui faire lâcher prise et cria : « Bien sûr ; c'est vrai. Laissez-moi la paix. »

Aalais porta les mains à ses tempes, le regarda quelques secondes, bouche bée, d'un air fou, puis se leva brusquement et s'enfuit de la salle au milieu des rires moqueurs de l'assistance.

Elle courut vers la sortie, dégringola l'échelle de bois

qui menait dans la cour, passa les écuries, la basse-cour et les étables, escalada le pan de mur écroulé derrière le donjon, courut le long du rempart, puis s'arrêta, exténuée, à bout de forces. Elle ne savait pas de quoi elle avait peur ni pourquoi elle courait. Le sang dans ses tempes battait à lui rompre le crâne ; des cercles rouges s'ouvraient et se fermaient devant ses yeux comme des tenailles sanglantes. Elle n'avait qu'une pensée : nè pas être suivie, ne pas être trouvée, être seule. D'un côté se dressait devant elle le mur arrière du donjon, séparé du rempart par un étroit couloir malodorant où les pierres cassées et le sable se mêlaient à toutes sortes de déchets et d'immondices. De l'autre côté, le mur, assez haut, donnait sur le verger et derrière le verger il y avait la palissade entourée d'un fossé large comme deux sauts d'homme. Subitement résolue, Aalais délaça ses souliers et les jeta en bas, dans le verger. Puis, retroussant sa longue jupe par-dessus sa ceinture elle se mit à descendre le rempart. Elle était plus agile qu'un écureuil pour grimper aux murs, celui-ci n'était pas trop difficile à descendre, coupé d'entailles et pas tout à fait vertical. Lentement, s'accrochant aux herbes et aux fentes entre les pierres, elle parvint enfin à atteindre le sol ; au pied du mur poussaient des orties et des mûres. La robe mouillée et déchirée par les ronces, les jambes couvertes d'égratignures et brûlées par les orties, Aalais parvint à sortir du taillis et s'assit sur l'herbe, à bout de forces. Elle ne savait plus où étaient ses souliers — elle ne voulait pas les chercher dans les ronces. C'était l'heure du souper, le verger était vide. Elle se dit que, décoiffée et pieds nus comme elle était elle pouvait être prise pour une maraudeuse — si un soldat du haut du donjon l'apercevait. Et après tout, cela lui était bien égal — si Ansiau avait pu faire des choses honteuses, il était juste que sa femme aussi fût déshonorée : quand même on l'exposerait toute nue au milieu de la cour on n'arriverait pas à lui faire honte. Non, il ne fallait pas rester là. Il fallait sortir du verger, s'en aller — où ? n'importe. Le verger donnait sur la forêt ; Aalais connaissait un endroit où le fossé était comblé par de la paille pourrie et de la craie de bâtiment — on ne le nettoyait qu'au printemps. Elle se glissa entre deux pieux de la palissade, trempa ses pieds nus dans la boue et la craie, et traversa le fossé. Dieu ! comme il sentait mauvais. Ses pieds étaient noirs et gluants, elle les essuya tant bien que mal avec de l'herbe et se mit à courir dans la forêt vers le sentier qui menait à la route de Vanlay.

Elle arriva ainsi jusqu'au ru et là elle s'arrêta pour réfléchir un peu. Elle s'assit au pied d'un arbre, la tête dans ses mains, les yeux fermés. Que n'avait-elle Catherine pour lui dire ce qu'elle pensait. Quand elle était toute seule, tout se brouillait dans sa tête ; et elle avait peur de parler à haute voix. Que s'est-il passé ? Comment ? Pourquoi ? Des filles de joie. Évidemment, c'est un péché. Mais c'est permis en temps de guerre. Alors ? Cette autre femme, la Tronche, savait donc aussi la tête qu'il faisait en se réveillant, et comment il dormait les bras écartés. Elle savait donc aussi comment il disait : « Amie », et comment il bredouillait en rêve. « Mais dis-moi, Catherine, comment est-ce possible, une chose pareille ? Comment leur avait-il parlé ? Comment leur avait-il souri ? »

« Ce sont des choses qui arrivent. Mon père a fait bien pire. Mais dame Hodierne est vieille, elle est habituée. Si moi, j'étais vieille... » Joceran, dame Hodierne, Baudouin, Thibaut, Herbert, défilent devant ses yeux distraits, et elle se laisse aller à une stupide rêverie. Puis, comme elle a froid aux pieds elle lève la tête et regarde autour d'elle. Le jour va baisser. Quelque part à travers les arbres on aperçoit un lambeau de ciel rouge. Le ru murmure et susurre entre les cailloux. Que faire à présent ? La première idée d'Aalais est de rentrer à Puiseaux. En longeant les rus, elle arriverait facilement jusqu'à Vanlay, et de là la route va droit à Puiseaux. Mais elle sait bien que Joceran, tout bon qu'il est, ne peut nullement approuver de pareilles escapades, et qu'elle sera sûre d'être renvoyée à Linnières après une bonne correction. Et rentrer à Linnières elle-même, la robe déchirée et les pieds sales, elle n'en a pas le courage.

Et puis, ses pensées reviennent de nouveau à Ansiau et une telle angoisse l'étreint qu'elle doit se mordre les lèvres pour ne pas crier. Ah, non, ne plus le voir, partir, s'enfermer dans un couvent, n'importe où ; mourir et être enterrée. « Si je meurs il prendra une autre femme. Cela m'est bien égal, puisqu'il a déjà eu d'autres femmes. Catherine, voyons, Catherine. Je suis folle, il n'y a pas de Catherine ici. »

Aalais s'aperçut qu'elle était en train de se meurtrir la tête contre le tronc de l'arbre au pied duquel elle était assise. Elle se coucha sur le ventre, enfouit sa tête dans ses bras et resta immobile, s'efforçant de calmer les soubresauts nerveux de son cœur. Mais le calme ne venait pas. A présent elle avait les yeux fermés et voyait passer dans un brouillard rouge des images qui lui faisaient bouillir le sang. Elle voyait se pencher sur elle le visage d'Ansiau, non pas l'ancien, mais l'Ansiau tel qu'il avait été à son retour de la guerre — il montrait ses dents en souriant et ses yeux brillaient. Il disait : « Amie, ouvrez vos beaux yeux. » Mais elle savait bien que ce n'était que de la tromperie. Ce n'était plus à elle qu'il le disait. Elle se sentait elle-même devenue une autre ; une, deux, trois autres. C'était à devenir folle. Sur toutes ces autres il penchait ses grands yeux bruns et la mèche folle de ses cheveux. A moins de tuer ces filles elle ne serait jamais tranquille de sa vie. Mais cela ne servirait à rien puisqu'il y en aurait d'autres. Elle ne pourrait jamais les tuer toutes. Dans une vision horrible elle se voyait transformée en un troupeau de filles débauchées, laides et peintes, et Ansiau les embrassait toutes sur la bouche. « Non, cria-t-elle, non, non. Je ne veux pas. Je ne veux pas. » Tirée de sa torpeur par ses propres cris elle se rassit de nouveau et regarda le ciel. Il était blanc et la forêt devenait noire. Un cor, du côté du château, sonnait l'alarme. « On me cherche », pensa-t-elle.

Des écureuils sautaient d'un arbre à l'autre et jetaient des glands par terre. On entendait des battements d'ailes dans les nids de corbeaux. Une couleuvre se faufilait entre des feuilles mortes. Aalais, prise de peur tout d'un coup et frissonnante de froid, se leva et commença à marcher le long du ru. « Après tout il vaut mieux qu'ils me trouvent, raisonnait-elle, la forêt est pleine de brigands et je n'ai pas seulement de poignard sur moi. Et d'ailleurs si je reste ici trop tard, je risque de rencontrer des esprits, et je mourrais de peur rien que d'en voir un. J'aimerais encore mieux cent brigands. » Elle erra le long du ruisseau pendant quelque temps, transie et les pieds blessés et meurtris, et elle sentait des larmes chaudes ruisseler sur ses joues. « Sainte Marie, saint Thiou, sainte Catherine, sainte Madeleine », répétait-elle machinalement, sans pouvoir trouver les paroles d'une prière. Elle était si lasse qu'elle ne sentait plus rien. Elle avait la tête et le cœur aussi vides que des cloches sans battants. Des grenouilles coassaient dans les roseaux.

Les sons du cor devenaient de plus en plus rapprochés. Mais Aalais n'avait même pas la force de marcher plus vite. Des pas la firent tressaillir — à cent pas d'elle — ou plus près. « Ce n'est pas un sanglier, pensa-t-elle, on ne l'entend pas respirer. » Morte de peur elle se cacha derrière un arbre et il était temps — l'homme marchait droit vers le ru, fonçant à travers branches mortes et taillis.

Comme il passait près d'elle, Aalais reconnut Ansiau ; il avait les cheveux en désordre, la bouche crispée, les sourcils froncés. Ce ne fut qu'après l'avoir laissé passer qu'Aalais se rendit compte qu'il devait être mortellement inquiet. Alors elle sortit de sa retraite et l'appela par son nom.

Il se retourna d'un mouvement terrible, puis, après une seconde d'hésitation, se jeta sur elle avec un cri de bête — ou un sanglot. Aalais s'accrocha à lui des deux mains. Ansiau parlait rageusement, la voix frémissante. « Mais vous voulez me tuer. Mais vous avez perdu la raison. Vous êtes folle. Je vous ferai enfermer à la cave. Que vous ai-je fait ? Vous êtes stupide... Vous êtes idiote — je devrais vous chasser. »

Il accompagnait ces paroles d'une grêle de baisers, et Aalais, faible et tout abasourdie, ne résistait pas ; elle se serrait contre lui et lui rendait ses baisers de ses lèvres tremblantes et mouillées. Ils rentrèrent ensemble à Linnières ; Ansiau la porta dans ses bras une bonne moitié du chemin. Une fois au château il la fit asseoir dans un fauteuil près de la cheminée, lui apporta lui-même du vin chauffé et du pain blanc, et défendit à dame Adela de souffler mot devant lui sur l'escapade de sa femme.

Quand ils se furent enfin retrouvés dans la chambre à coucher où tout le monde dormait déjà, Aalais, un peu grise, se serrait contre son baron et pleurait à chaudes larmes. « Comment avez-vous pu ? demandait-elle, comment les avez-vous regardées ? Que leur avez-vous dit ? J'aurais tout supporté de vous sans me plaindre. J'ai été courtoise et loyale autant qu'on peut l'être. Mais je ne veux pas que vous aimiez d'autres femmes.

— Vous m'aimez donc ? demandait-il, heureux et tout attendri.

— Si je vous aime ! disait-elle. Je n'ai que vous au monde. Je vous aime plus que ma vie. »

Ce fut ainsi qu'Ansiau reconquit le cœur de sa femme. Elle lui pardonna si bien sa faute qu'il n'en fut plus question le jour suivant. Et lui-même déclara hautement qu'il ne souffrirait pas la moindre allusion à l'incident de la veille, fût-ce de la part de ses oncles. Et il fut obéi.

Aalais ne fut pas difficile à désarmer. Elle s'abandonna tout entière et sans réserves — c'était comme si elle avait voulu rattraper le temps qu'elle avait perdu à se tenir sur ses gardes. Ansiau ne retrouvait plus son amie des premiers jours de leur mariage — de même que son corps son cœur semblait avoir grandi et mûri. Elle semblait avoir désappris à rire et à bavarder — elle avait de grands soupirs, de longs silences, des regards lourds, si lourds de tendresse qu'ils devenaient difficiles à supporter : une mère ne regarderait pas autrement son enfant en danger de mort. On eût dit que ses yeux ne pouvaient se rassasier de regarder l'ami : elle lui prenait la tête dans ses deux mains et pouvait rester sans fin à le contempler, à le manger des yeux, sans parler, grave, tendue, inquiète.

Parfois elle se détournait, et soupirait, et soupirait encore, comme si un poids trop grand avait pesé sur son cœur. Si Ansiau lui demandait ce qu'elle avait elle hochait la tête, comme si elle avait perdu l'usage de la parole, et finissait par dire que c'était qu'elle l'aimait trop. Et pendant quinze jours Ansiau fut plus heureux qu'il n'avait jamais été de sa vie. Il aimait. Il était tranquille et sûr de lui et ne dépendait de personne. Il y avait entre lui et Aalais une union si profonde qu'ils n'avaient plus besoin de se parler ni même de se regarder pour se comprendre ; tout le monde était étonné de sa bonté et de sa douceur subites dont bénéficiaient tous les habitants du château, de ses oncles à ses chiens. La nuit il se forçait à dormir les bras croisés, ou même à veiller, pour ne pas troubler le sommeil de sa dame. En l'écoutant dormir la tête contre son épaule il se sentait l'homme le plus fort et le plus heureux de la terre. Et il n'oublia jamais qu'il le devait à Aalais.

L'automne avançait et les jours se faisaient courts et sombres. Les hommes, obligés de chasser le loup et le sanglier, passaient une grande partie de leur temps à Seuroi, qui était plus près du lieu des grandes battues que Linnières. La pauvre Aalais souffrait beaucoup d'être séparée de son époux, mais Seuroi n'était pas un endroit convenable pour une dame. Ansiau lui-même, d'ailleurs, supportait assez mal cette séparation, et son cousin André, qui l'aimait beaucoup, ne manquait pas de le railler. « On croirait, disait-il, que votre dame a les bras et les jambes et le reste faits autrement que chez les autres femmes. Est-elle en or ou en argent ? » Ansiau aimait son beau cousin et ne se fâchait pas de ses plaisanteries. D'ailleurs, la chasse l'occupait énormément, et il finit par oublier un peu sa dame.

Et Aalais s'aperçut bientôt qu'elle était de nouveau enceinte. La première fois déjà elle en avait eu peur, et encore ne savait-elle pas alors ce que c'était. Mais à présent elle était simplement terrifiée. Penser que chaque hiver elle aurait à subir ces mois de maladie, et qu'à chaque printemps elle courrait le risque de mourir — non, quelle vie, quelle vie. Mieux vaut ne jamais se marier. Elle ne dit la chose qu'à Catherine, et toutes deux épuisèrent les ressources de leur imagination et de leur expérience pour trouver un moyen de faire fausse couche. Mais le temps était trop mauvais pour les randonnées à cheval ou les baignades dans la rivière ; se chauffer dans les étuves et glisser sur l'échelle se révélaient des moyens inefficaces et Aalais en fut quitte pour un bleu sur la jambe gauche. Si seulement Irma avait été là.

Aalais dut donc se résigner à avouer son état au baron lorsqu'il fut revenu de Seuroi. Il n'en fut pas enchanté, mais eut la générosité de la consoler en lui disant : « Après tout, ce n'est pas de votre faute. » Et pour la première fois de sa vie Aalais regretta la disparition de son vieux beau-père, qui lui, au moins, n'avait pas considéré l'enfant qui allait naître d'elle comme un fardeau inutile et un contretemps ; pour lui, au moins, l'événement avait été une grande joie. Tandis qu'à présent personne ne s'intéressait plus à elle, ni à sa santé, ni à son futur enfant. Elle se sentait si seule, si abandonnée, et n'avait même pas le courage de reprocher à Ansiau son indifférence, tant était grande la tendresse qu'elle avait pour lui.

Bien malgré lui, Ansiau se détachait d'elle de plus en plus, et préférait passer son temps à Seuroi avec André, Thierri, Simon, et avec Rainard, qu'il avait fini par prendre en affection. Ce désagréable personnage, la honte de la famille, la peste du pays, avait encore gardé une certaine bonne grâce dans ses manières : Herbert et lui étaient frères du même lit et cela se sentait. Boiteux, édenté, les yeux caves et la barbe dégarnie, il trouvait moyen d'avoir belle allure et portait sa tunique sale et rapiécée comme Herbert portait son bliaut de soie.

De Seuroi on organisait des battues au loup et à l'ours pendant tout l'hiver. Le soir après la chasse on s'endormait sur la paille près de la grande cheminée. Cette demeure sans femmes convenait bien à l'humeur d'Ansiau qui se sentait un penchant de plus en plus fort pour le désordre, l'oisiveté, la vie simple. Il se contentait volontiers d'un gros morceau de pain à l'ail pour tout repas, et restait des semaines sans enlever sa veste de cuir et sans se laver le visage. Et quand il rentrait à Linnières, Aalais joignait les mains : « Dieu. Dieu. Dans quel état vous êtes ! » Et elle le lavait et le peignait comme un enfant, malgré la peine qu'elle avait à se mouvoir — et elle était trop jalouse pour laisser ce soin à d'autres femmes. Et la nuit, l'enfant l'empêchait de dormir, tant il sautait et se retournait. Elle commençait à y penser avec tendresse et se disait : « Ce sera un batailleur. »

II

La Parenté

LA BARRE DE PUISEAUX

Près de Troyes, où plusieurs camps et enclos sont préparés pour les jeux, les camps se disposent, bigarrés dans l'herbe grise. Des foules d'arrivants, chevaliers et leurs serviteurs, badauds, marchands, mendiants, grouillent dans les camps et leurs environs, et autour des champs de tournoi. Les bruits et rumeurs s'entendent à une lieue alentour, les auberges et les tavernes de la ville de Troyes sont pleines de festoyants en habits de couleur, la cour du château comtal est illuminée toute la nuit.

Les trois premiers jours se passent en visites officielles, entre parents et amis qui ne se sont pas vus depuis les dernières fêtes. Des trêves sont conclues, des procès engagés. Des amateurs de jeu se pressent autour des tables à dés et à échecs, d'autres font des paris sur l'issue des combats. L'animation est plus grande encore quand commencent les batailles elles-mêmes — combats singuliers d'abord, puis combats entre petits groupes, puis, le troisième jour, la véritable bataille où prennent part tous les chevaliers encore valides, divisés en deux camps adverses.

Dans cette foule bruyante d'hommes à barbes peignées ou frisées, à ceinture blanche sur leurs tuniques de couleurs vives, Ansiau se promenait la tête haute, sûr de l'estime de chacun et prêt à accorder la sienne à qui la mériterait. Il connaissait de visage et de nom une bonne moitié des chevaliers présents au tournoi, et n'était pas plus dépaysé ici qu'à Linnières. N'ayant pas de frère, il avait fini par adopter pour sienne la famille de son oncle Herbert et on le voyait partout en compagnie de ses cousins, et surtout d'André, son grand ami.

Une image d'Herbert : il se promenait partout avec ses quatre fils : Simon, André, Izembard et Ogier. Il était très fier de sa progéniture, et il y avait quelque raison, car c'étaient des garçons bien faits et robustes, tous plus grands que lui, fiers d'allure et braves de cœur. Quand il se promenait dans le camp, ses cheveux rouges au vent, son grand manteau bleu vif jeté pardessus l'épaule, et entouré de ses quatre beaux garçons sveltes dans leurs longs bliauts de laine blanche et rouge, — et Ansiau le cinquième, le plus grand de tous — les dames se retournaient sur leur passage et les hommes les accueillaient avec respect. Tous les enfants d'Herbert étaient aussi roux que lui, à l'exception d'André : les cheveux de lin de sa mère avaient dû faire déteindre de quelques tons le rouge cuivré des cheveux du père, et ses cheveux et sa barbe ressemblaient à de l'or pur. Encore que bâtard, André était de tous ses fils celui qui flattait le plus l'orgueil paternel du père : d'une beauté plus éclatante de jour en jour, habile aux armes, à la chasse et au jeu, rusé autant que brave, gai autant que loyal, André était certainement un fils dont on pouvait être fier à bon droit. Herbert l'aimait peut-être plus que ses autres fils ; mais il respectait les droits de ses enfants légitimes et avait décidé, d'accord avec André lui-même, Simon, Izembard, Ogier et Hue de Beaumont, oncle de ses trois fils, que Simon recevrait, lui Herbert une fois mort, ses armes, ses vêtements et son grand coffre, Izembard et Ogier hériteraient de deux autres coffres qu'Herbert possédait à Linnières, le jeune Garin, fils de Bone de Traignel, aurait la moitié de la dot de sa mère et l'autre moitié serait partagée entre ses sœurs ; et André n'aurait aucune part à l'héritage. En revanche, tant qu'il était encore vivant, Herbert accordait à André plus de marques d'affection et de confiance qu'à aucun de ses autres enfants ; et tel était le charme d'André qu'aucun de ses demi-frères n'en était jaloux.

Ces jours-ci, Herbert était fort occupé à conclure l'affaire des sires de Chalmiers, pour lesquels il s'était pris de sympathie. Herbert avait souvent de ces passions soudaines qui ne faisaient jamais long feu ; mais il faut dire qu'une fois son amitié acquise, il faisait rarement volte-face.

Les sires de Chalmiers voulaient à tout prix reprendre les terres de leur père qu'ils jugeaient usurpées par leur marâtre. Mais celle-ci avait obtenu du vicomte la reconnaissance des droits de son fils et avait prêté l'hommage pour lui. Ses droits étaient contestables et tout le monde accusait le vicomte de partialité. Les deux frères de Chalmiers étaient pauvres. Mais Herbert de Linnières prit leur parti avec la chaleur qu'il mettait toujours à s'occuper des affaires des autres. Il était en bons termes avec le Juif Abner, un des riches usuriers de Troyes, et s'engagea, lui et plusieurs de ses amis, à se porter garant pour les sires de Chalmiers pour un prêt de deux mois, à 1,5 % par jour.

Abner avait sa tente un peu à l'écart des autres, avec les tentes des marchands, et il y étalait un luxe propre à éblouir ses clients, habitués à dépenser plus d'argent en armes qu'en rideaux et tapisseries. Lui-même, revêtu de velours brodé d'or et coiffé d'un énorme turban de brocart fixé par une aigrette de diamants, ressemblait bien plus à un émir qu'à un simple usurier. Herbert disait que c'était bien dommage que l'argent d'honnêtes chrétiens soit employé à parer un chien de Juif, mais au fond, Abner ne lui déplaisait pas. Il le connaissait depuis de longues années et entretenait même avec lui des relations presque amicales qui le faisaient accuser d'impiété.

Ayant obtenu l'argent, les sires de Chalmiers quittèrent le tournoi pour aller chercher à Troyes des armes et des hommes : ils comptaient tomber à l'improviste sur le château d'Édith pour en déloger la belle-mère avant qu'elle ait eu le temps de faire fermer les portes. Malheureusement, un des frères d'Édith, Robert de Lorgi, s'était aperçu de leur disparition et envoya un écuyer à Chalmiers pour prévenir sa sœur.

Édith de Lorgi, veuve du sire de Chalmiers, était une toute jeune femme et la première beauté du pays. Mariée à quatorze ans au baron de Chalmiers qui en avait soixante, elle était devenue veuve quatre ans plus tard ; et comme son mari s'était brouillé avec ses fils, et les avait chassés du château, elle en avait profité pour faire investir du domaine ses propres fils au détriment de ses beaux-enfants. C'était à l'époque où, toute frêle sous sa blanche coiffe de veuve, elle était venue implorer l'aide du vicomte Arembert, qu'Herbert la vit pour la première fois, aux fêtes de Paiens où il avait conclu les fiançailles d'Ansiau avec Aalais de Puiseaux. Il eut pour elle ce désir violent qu'il avait en général pour toutes les femmes très belles et très admirées ; et Édith, si elle l'avait mieux connu, se fût sans doute décidée à une complaisance de quelques heures, de quelques jours tout au plus, car Herbert lui promettait le secret. Mais elle était jeune, hardie et sans expérience : elle se contenta de rire au nez de ce soupirant trop sûr de lui, et se fit un ennemi mortel.

Ansiau ne partageait pas la haine de son oncle pour la belle Édith que d'ailleurs il ne connaissait pas : mais il lui suffisait de savoir que son oncle prenait le parti des deux frères de Chalmiers — leur querelle devenait la sienne.

Pendant les jours qui précédèrent le tournoi, Ansiau dut rendre visite à ses sœurs ou plutôt à ses demi-sœurs, Marsan, Mahaut et Ala, Marsan, veuve d'un sire de Breul, Mahaut, femme de Jean de la Châtre, et Ala, femme de Hue de Baudemant. Ses autres sœurs,

Marie et Bella, n'étaient pas venues, de même que la plus jeune, Ida, qui était religieuse au couvent de la Sainte-Trinité. Ansiau ne se sentait aucun lien de parenté avec ces femmes mûres, hautaines et sans beauté qu'il n'avait presque jamais vues : Marsan, cependant, avait les yeux incolores, la moue dédaigneuse et l'embonpoint du vieux baron de Linnières, et Ansiau, en pensant à son père, s'étonna de constater qu'un an seulement s'était écoulé depuis la mort du vieux châtelain. En ces douze mois, d'enfant il était devenu homme, soldat, baron estimé et connu de toute la châtellenie. Il traitait ses sœurs et beaux-frères en égaux et le trouvait tout naturel. Quant à ses sœurs, il était pour elles toujours et avant tout « le petit de la Laurence » et elles ne se résignaient que de mauvaise grâce à le reconnaître comme l'héritier légitime du château où elles étaient nées. Ansiau ne s'en offensait pas, sachant trop bien ce que sont d'habitude des relations entre belle-mère et belle-fille. Et d'ailleurs, cette Laurence, il avait presque oublié qu'elle ait jamais existé : il avait eu une mère comme il avait eu son premier berceau, ses premiers langes, son premier hochet. Au cimetière de Hervi était couchée à côté des trois autres femmes du vieil Ansiau une certaine Laurence du Mahiet, et Ansiau ne faisait aucune différence entre elle et les trois autres : il eût pu être né de chacune d'elles ; ses oncles maternels étaient bourguignons et il ne les voyait jamais.

Le tournoi apporta à Ansiau des succès tout à fait inattendus : après des mois d'oisiveté il était sûr de ne pas se battre aussi bien que des hommes qui avaient passé leur temps à s'exercer à Troyes ou dans des grands châteaux ; et d'autre part, son haubert était déjà un peu usé, devenait trop étroit, et il n'avait pas de quoi s'en acheter un neuf. Malgré tout cela, il se fit remarquer par son habileté et surtout son entrain, et si bien qu'il jeta à terre dix chevaliers au cours de ces trois journées de tournoi. Comme il n'avait pas d'ambition, il était toujours le premier étonné de ses succès ; et il aimait le combat pour lui-même et non pour le profit ou la gloire. Ansiau fixa, avec l'aide d'André, les rançons de ses prisonniers, et passa en leur compagnie une très bonne soirée ; il leur offrit à boire, leur apporta à manger des restes du repas servi au château du comte, pansa leurs plaies et s'efforça de leur être un hôte agréable. Il fut convenu que leurs rançons pourraient être payées pendant un délai de trois mois et Ansiau se chargeait de leur fournir à chacun un cheval et un manteau pour le voyage du retour.

Ce soir, dans le camp à moitié plongé dans le brouillard, des torches flambaient parmi les tentes devenues grises, et aux sons des musettes et des hautbois des rondes de jeunes gens et jeunes filles s'ébattaient dans l'herbe humide, chantant des farandoles. Le ciel était très clair et à travers le brouillard qui montait de la vallée les étoiles semblaient toutes mouillées. Les silhouettes des danseurs cessaient d'être rouges, bleues et vertes, et devenaient peu à peu blanches et grises. Cris et rires baissaient peu à peu. Un joyeux vacarme s'élevait dans les tentes.

Ansiau, perdu dans la foule et le brouillard, frissonnait à chaque silhouette de femme à longues tresses, croyant reconnaître Aalais. Mais il ne la trouva nulle part ; le jour était veille de fête et la jeune femme couchait ce soir-là dans la tente de ses sœurs et de ses parentes.

A la porte de la grande tente carrée d'où résonnent des rires frais de jeunes filles, des cris aigus, et des rires encore, Ansiau s'arrête et écoute. Si l'entrée ne lui en était pas défendue, il ne se risquerait tout de même pas à y entrer, car c'est là un monde qu'il ne comprend plus, et qui lui paraît hostile et étrange. Elles rient de tant de choses dont un homme n'aurait pas idée de rire, et elles parlent d'amours et d'amitiés, et de robes et de rubans, et elles se moquent de vous sans que vous ayez rien fait de mal. Le temps est passé depuis longtemps où il les traitait comme il eût fait des garçons. Il est là à attendre la seule qui ne lui fasse pas peur. Appelée par la servante, elle vient lui parler par la fente d'entrée.

— Il ne faut pas entrer, ami, parce que toutes les demoiselles dans cette tente sont nues.

— Dame, je voudrais vous voir.

— Je ne peux pas, ami, je me suis déjà dévêtue.

— Dame, vous pouvez mettre un manteau par-dessus votre beau corps et sortir de la tente. Il ne fait pas froid.

— Je viens, ami, fait la douce petite voix avec un soupir.

Pelotonnée dans son manteau de laine, svelte et mince comme un cierge, elle est là, debout devant lui, statue sans bras, qui se laisse caresser sans répondre, immobile et douce. La voilà redevenue jolie depuis trois semaines, parce qu'elle a un autre petit garçon sur son oreiller, une chose à tête chauve, et qui crie sans arrêt : Aalais le trouve encore plus joli que l'aîné ; il s'appelle Herbert.

— Amie, vous êtes contente de moi ?

— J'étais trop fière : toutes mes amies son jalouses de moi.

— Tenez : je vous achèterai du brocart d'or avec mes rançons.

— Oh !... elle rit de plaisir. Ce n'est pas pour cela que je vous aimerai plus ou moins, vous savez. Moi, ce que je veux surtout, c'est que vous ne regardiez pas les autres dames — elles vous feront toutes des yeux doux, maintenant.

— Eh bien, venez vous promener avec moi dans le pré.

— Non, ami, c'est péché. Elle l'embrassa et s'arracha de ses bras pour disparaître dans la tente.

Aalais était toute contente de retrouver ses sœurs cadettes — Aliénor et Milessant — et toute fière de leur montrer ses deux beaux bébés. « Et si vous saviez comme mon baron est amoureux de moi, disait-elle — il n'y a pas de chose au monde qu'il me refuse — demandez-moi telle chose que vous voudrez qu'il fasse, vous verrez qu'il le fera pour moi. » Les deux fillettes s'étaient mises à rire, et Aliénor dit : « Demandez-lui d'aller tout nu au château du comte. » Mais elle eut à se repentir de ses paroles : le lendemain elle trouva Aalais parlant avec André, le fils d'Herbert.

Il n'y avait pas par toute la châtellenie de plus bel homme qu'André, bâtard d'Herbert le Roux. Il était grand de stature et large d'épaules, mince de taille et puissant de poitrine. Les traits de son visage semblaient taillés dans du marbre blanc, ses grands yeux largement fendus scintillaient de dessous des cils d'or comme deux saphirs d'eau pure : ils étaient d'un bleu intense, ni violacé ni verdâtre, mais bleu comme les bluets et les pervenches, et si vifs et si brillants qu'ils semblaient lancer des étincelles. Mais la plus grande beauté d'André était sa chevelure, qui lui descendait jusque sur les épaules, ondoyante, soyeuse, chatoyante, couleur de blé mûr et d'or fondu. Séparés au sommet de la tête par une raie droite, ses cheveux descendaient des deux côtés du visage, formaient de fins anneaux aux tempes et ondulaient aux bouts. Sa barbe, courte et épaisse, était bouclée dru comme la toison d'un mouton et reluisait d'éclats d'or roux et fauve. Vêtu d'un simple bliaut de laine grise serré par une ceinture de cuir, André avait plus belle allure qu'un comte. Il portait la tête haute et ne baissait les yeux devant personne.

André revenait du champ où les hommes s'exerçaient au tir, et s'était appuyé contre les tréteaux de bois où Aalais était assise avec quelques autres jeunes dames de la vicomté ; Aliénor arrivait en courant pour dire à sa sœur qu'une marchande était là avec un grand panier de fraises — puis elle s'arrêta, ouvrit la bouche et devint toute pâle. André ramena en arrière sa toison d'or et dit : « Salut, belle cousine, Dieu vous garde toujours aussi belle. » Aliénor ne dit rien, et de blanche devint rouge. André salua les jeunes femmes et partit.

Aalais se mit à rire en voyant sa sœur muette, les

yeux écarquillés, et demanda : « Avez-vous vu un fantôme ? »

Aliénor s'accrocha à son bras : « Belle-sœur, pour Dieu, qui est ce chevalier ? »

— C'est André, le cousin de mon baron, dit Aalais. Le fils de l'oncle Herbert le Roux. Il est bâtard.

— Est-il marié ?

Aalais se mit à rire : « André ? Non ! »

— Ma belle sœur, ma vie, ma perle blanche, dit Aliénor, serrée contre sa sœur, faites-moi avoir ce chevalier, je vous aimerai et vous servirai toute ma vie.

Aalais fronça les sourcils : elle réfléchissait. Elle finit par dire : « N'y pensez pas, belle sœur. Vous ne serez pas heureuse avec lui. »

Tout de suite Aliénor devint agressive.

— Comment le savez-vous ?

— Il n'aime pas les femmes.

— Comment, s'écria Aliénor, désolée, il aime les hommes ?

— Oh !... non. Je ne sais pas. Je crois seulement qu'il n'aime pas les nobles femmes. Il se moque des femmes qui l'aiment.

— Cela m'est bien égal, dit Aliénor, pourvu que je l'aie.

— Vraiment non, dit Aalais, n'y pensez pas. Il vous ferait trop pleurer.

— Eh bien, je dirai alors que vous n'osez pas le demander à votre mari, s'écria la jeune fille. Vous vous êtes vantée à tort. Vous ne pouvez pas arranger ce mariage et vous me dites de ne pas y penser. Je sais bien que si votre baron l'ordonne à son cousin, il m'épousera.

Aalais dit : « Il faut que le père le veuille.

— Je connais bien le père : il le voudra si votre baron le demande.

— Mais c'est trop bête : je ne sais pas comment demander cela à mon baron. »

Aliénor cria : « Vantarde, menteuse! Je sais bien que vous ne pouvez rien. Et si vous ne me faites pas avoir cet homme en mariage, j'irai me donner à lui comme je suis, et ce sera une honte pour toute notre famille. »

Aalais dit : « Dieu! non, Dieu vous en garde. Je parlerai. Enfin, je ferai ce que je pourrai. Surtout, ne faites pas cela. »

Le soir, elle donna rendez-vous à Ansiau dans le pré sous l'orme, et lui dit qu'elle avait une grande faveur à lui demander : « Si vous ne le faites pas, je croirai que vous ne m'aimez pas. » Il dit naturellement : « Je ferai tout. — Jurez-le. — Je le jure. » « Je le jure. »

— Et moi, ami, je jure que vous ne me toucherez pas que vous ne l'ayez fait.

Il fit la moue et dit : « On verra bien. Ce n'est pas trop long à faire ? »

— Non, dit-elle, il faut seulement qu'André promette de faire une chose que je vous dirai.

— André m'aime tant, dit Ansiau, il fera tout pour me rendre service. Je suis bien tranquille là-dessus.

— Eh bien, voilà — seulement, ami, ne le dites à personne qu'à André — ma sœur Aliénor est très amoureuse de lui et veut l'avoir pour mari, et il faut qu'il la demande à mon père : mon père ne vous la refusera pas.

Ansiau dit : « Diable ! Votre sœur a de bons yeux. Mais si André le fait, ce sera bien pour me faire plaisir, car je ne le crois pas pressé de se marier.

— Elle est très jolie, dit Aalais, bien plus jolie que moi, encore que brune — et de bonne race. André pourra être fier d'elle. »

Ansiau avait ses raisons d'être pressé d'arranger ce mariage ; il parla à André, il parla à Joceran. André accepta tout de suite : pourquoi ne pas rendre service à un ami ? et Joceran aimait bien son gendre et n'était pas d'humeur à rien refuser. André était bâtard, mais c'était un homme brillant, Aliénor serait enviée de bien des femmes. Les fiançailles furent conclues pendant le tournoi, et le bel André passa une bague au doigt de la mince jeune fille brune qui le dévorait des yeux au point de ne rien voir devant elle. Aliénor était belle plutôt que jolie — elle avait un visage très fin, très régulier, une petite bouche, de grands yeux bruns, deux longues tresses noires et minces. Mais elle n'était pas au goût d'André — il fut un fiancé froid et compassé, et d'ailleurs plein de bienveillance. Aliénor fut seule à faire les frais de son roman d'amour, et elle avait de l'imagination pour deux, car c'était une tête chaude que la fille aînée de dame Hodierne, elle n'était pas pour rien petite-fille d'une Provençale. Durant les courtes visites de politesse qu'André faisait aux dames de Puiseaux, Aliénor lui récitait gravement son catéchisme de galanterie et acceptait les moindres sourires du beau chevalier comme des dons célestes. Avec les hommes, André parlait beaucoup et bien, mais il ne pouvait dire trois mots de suite à une demoiselle : avec les femmes il était généralement grossier car il avait passé trois ans dans un couvent, son père avait songé à le faire clerc.

Les parents avaient décidé que le mariage se ferait à la Pentecôte — il s'agissait de régler auparavant la querelle des sires de Chalmiers ; et Aliénor pâlissait et maigrissait dans l'attente du grand jour. Après les fêtes elle dut rentrer à Puiseaux avec ses sœurs et dit adieu à son chevalier sous la tente de Joceran ; elle pressa son front et ses joues contre la poitrine d'André — il était beaucoup plus grand qu'elle — et lui demanda de ne pas l'oublier. « Mais non, dit-il, mais non. » Elle dit : « Je mourrai en attendant la Pentecôte. » Il rit : « Allons donc, allons donc. — Et quoi qu'il arrive, dit-elle je vous jure sur ma croix que je ne serai jamais à un autre que vous. » André n'était certainement pas homme à lui en jurer autant.

Les frères de Chalmiers savaient bien qu'il était impossible de déloger leur belle-mère de son château par la force. Aussi fut-il décidé d'un commun accord de mettre la dame à la raison par des menaces et des promesses — elle devrait céder à ses beaux-fils sinon le château, du moins la moitié des revenus du fief, ils consentaient à la servir si elle voulait. « Une fois dans la place, disait Auberi de Chalmiers, nous saurons bien lui arracher dents et griffes. »

Le château d'Edith, appelé dans le pays château de Javernant, n'était qu'à deux lieues de Puiseaux. Joceran invita donc les sires de Chalmiers et de Linnières à se rendre chez lui, et, de là, au village de Chalmiers, aux confins de son domaine et de celui d'Edith. Là, ils dressèrent leurs tentes sur le pré et envoyèrent un messager à la dame à Javernant : si la dame voulait sortir du château et venir mettre ses tentes à l'autre bout du pré, ils viendraient lui parler pour régler le différend — les chevaliers de Linnières et de Puiseaux se portaient garants de la loyauté des sires de Chalmiers.

Edith vint en effet, avec une escorte d'hommes armés, et ses adversaires virent bientôt trois tentes blanches rayées de bleu se détacher sur le fond du bosquet des hêtres — la dame fit hisser sur la plus haute des tentes son pavillon blanc et rouge, et dépêcha un cavalier pour dire qu'elle attendait ses beaux-fils pour leur parler. Là, Auberi et Gautier déclarèrent tout haut qu'ils n'iraient pas : ce serait mettre la main dans la gueule du loup — elle les ferait poignarder par-derrière. Les sires de Linnières devaient aller parler en leur nom. Herbert dit qu'il n'irait pas : il détestait trop cette femme, il ne voulait pas la voir. C'était bien plutôt à Joceran de Puiseaux d'y aller, il était voisin de la dame et n'avait rien à gagner dans l'affaire — c'était lui qui parlerait le mieux. Joceran dit : « Je veux bien. Voici ma croix. Je prendrai avec moi dix hommes armés, et je vous laisse mes deux fils pour otages, si je n'agis pas comme il faut vous les garderez prisonniers. »

La tente d'Edith est garnie de coussins de laine rayée rouge et blanche. La dame est assise au milieu de la tente, un long voile blanc couvre sa tête ; elle a les yeux baissés et les mains jointes et se tient immobile comme une statue. A ses côtés sont assis ses deux frères, Enguerrand et Robert de Lorgi, et derrière eux, debout, se tiennent les vassaux de la dame.

— Nous apportez-vous la paix, seigneur chevalier ?
— Si vous faites notre volonté, dame.

Edith fait asseoir Joceran à sa droite et le prie d'expliquer ce que ses beaux-fils lui demandent. « C'est une joie, dit-elle, qu'on lui ait envoyé comme messager un aussi noble baron, aussi renommé et aussi brave. » Joceran se redresse, se rengorge, et lisse sa barbe pour faire briller les bagues de ses doigts. Ses narines palpitent et les coins de sa bouche se relèvent et les paupières d'Edith battent et n'arrivent pas à cacher l'éclat de ses yeux.

Joceran commence à raconter, l'un après l'autre, ses exploits guerriers, sous l'œil attentif des sires de Lorgi, mais son rire parle d'autre chose que de coups d'épée, parce qu'il voit la poitrine de la dame se soulever et s'abaisser de plus en plus rapidement sous la fine main blanche couverte de bagues.

Quand Edith se lève pour congédier ses frères et ses hôtes, Joceran laisse passer devant lui les sires de Lorgi et les vassaux, et laisse tomber derrière eux la tenture de la fente d'entrée. Avec un rire guttural, Edith jette par terre son voile, le manteau qui couvre ses épaules, sa lourde ceinture. Un instant, Joceran est si frappé par la beauté de cette face fulgurante qu'il n'ose faire un mouvement, et reste bouche bée. Puis, d'un grand coup de poing, il fait rouler la dame sur les coussins de la tente.

Le lendemain, en présence des sires de Lorgi, de la dame et de Joceran de Puiseaux, le clerc d'Edith de Chalmiers dressa par écrit une convention, selon laquelle Edith s'engageait à reconnaître ses beaux-fils pour ses héritiers au cas où ses fils à elle mourraient — et à payer à ses beaux-fils 20 marcs par an à chacun. Joceran recevait pour son entremise un bon cheval et trente marcs d'argent.

Or, lorsque le document signé par Edith fut lu par le clerc Jehan dans la tente d'Ansiau de Linnières, Joceran fut le premier à s'apercevoir que les choses étaient bien moins simples qu'il ne l'avait cru : Auberi de Chalmiers dit : « Sommes-nous des mendiants ? Qu'avons-nous à faire de ses vingt marcs ? Nous en avons emprunté dix fois autant à Abner ? » et son frère s'écria qu'à moins d'aller tuer les bâtards d'Edith, au château de Javernant, il n'y avait aucun moyen d'hériter d'elle.

— Par le corps saint Thiou, compagnon, cria Herbert, étonné, qu'avez-vous donc juré sur votre croix ?

— Étiez-vous saoul, beau-père, pour nous trahir de cette façon ? lança Ansiau. Le mot était lâché, tous les chevaliers furent sur pied en moins d'une seconde. Joceran, très rouge, porta la main à sa ceinture et dit : « Qui donc se permet d'insulter ses hôtes dans sa propre tente ? »

— Allez, dit Herbert, expliquez-vous tous les deux. Vous êtes proches parents, il ne faut pas que vous parliez sans réfléchir. Mon neveu, vous êtes jeune, vous avez dit une chose que vous ne pensez pas.

— Eh, Dieu, par le corps de la Vierge, je le pense! dit Ansiau en écartant son oncle — cet homme s'est laissé saouler comme une brute ou bien il a trahi de son plein gré : ces choses-là ne se font pas.

Une explosion de voix furieuses et de cris menaçants, suivie d'une mêlée, où Joceran et ses deux fils eurent à se défendre contre deux fois autant de chevaliers : Baudouin, blême de fureur, se jeta sur Ansiau et, l'acculant au pilier de la tente, lui arracha la narine droite avec la pointe de son poignard, en disant : « Ah! Ours, te voilà marqué. » Ceux de Linnières le saisirent par les bras et allaient lui faire un mauvais parti, mais Joceran et Thibaut réussirent à le libérer à force de coups de poing et de couteau, et tous trois quittèrent la tente à reculons et les poignards à vif, appelant leurs hommes à leur secours.

Le jour même, Joceran et les siens étaient au camp d'Edith.

Ceux de Linnières, obligés de faire retraite par forêts et marécages, poursuivis par les hommes de Joceran et ceux des sires de Lorgi, logeaient dans les taillis, autour d'un bûcher de branches mouillées qui refusaient de brûler. La pluie fine pénétrait peu à peu leurs vêtements et ils n'avaient ni la place ni le temps de défaire leurs tentes.

Ansiau, couché par terre, la tête enfouie dans les feuilles fraîches et les herbes mouillées, pleurait à chaudes larmes, de fureur et de honte, répétant : « Je m'en vais le châtrer, je m'en vais le châtrer. » Sa blessure s'était envenimée et le faisait souffrir, et les larmes ne faisaient que l'irriter davantage.

Hélas ! C'est donc fini, il n'aura plus jamais le droit de regarder personne en face. Les femmes se détourneront de lui en riant quand il passera. Jamais plus il n'aura un beau visage et il n'a que dix-huit ans. Les hommes, en le voyant, diront : « Celui-là s'est laissé marquer par plus fort que lui », et ils riront de lui en haussant les épaules et en disant : « C'est la barre de Puiseaux qu'il porte sur le visage. » Baudouin est en train de se vanter devant la dame de Chalmiers et ses frères et de dire : « Le sire de Linnières ne m'oubliera pas de sa vie, quiconque le regardera pensera à moi et à mon couteau. »

Joceran, cependant, menait joyeuse vie à Javernant, dont il était, de fait, seigneur et maître. Il se faisait servir au bain par les nièces d'Edith, s'habillait de soie et de brocart, faisait boire à ses vassaux et soldats les vins les plus vieux des caves du château, couchait avec la dame et ne dédaignait pas les servantes, et faisait brûler les chandelles de jour et de nuit. Edith était si éprise de lui qu'elle le laissait tout faire et ne se lassait pas de l'admirer et de l'approuver dans toutes ses extravagances.

Enguerrand et Robert de Lorgi, indignés de l'inconduite de leur sœur, avaient cherché à lui faire entendre raison. Elle n'avait fait qu'en rire. Or, un jour qu'elle était à table avec Joceran, Baudouin et Thibaut dans sa petite chambre de tourelle, Robert vint la trouver et l'accabla d'injures grossières, car il était saoul. Rouge de colère, Edith se leva de table, saisit la bassine de soupe qui chauffait sur le feu, et avant que Joceran ait pu l'arrêter, renversa le liquide bouillant sur la tête de son frère. Aux cris de douleur du blessé, Enguerrand accourut avec son fils et ses vassaux ; Robert fut emporté sans connaissance, et le jour même les sires de Lorgi quittèrent le château avec tous leurs hommes et une partie des vassaux d'Edith indignés contre la dame. Robert, tout couvert de bandages sanglants, fut traîné sur des brancards à travers la cour de Javernant. Debout près de la fenêtre de la tourelle, Joceran regardait s'éloigner le triste cortège et sentait des larmes monter à ses yeux à la pensée que Robert de Lorgi avait été un des plus beaux hommes du comté. Comme Edith s'approchait de lui pour l'enlacer, il lui cracha au visage en disant : « Qui t'aimerait, drôlesse, après ce que tu as fait au fils de ta mère ? »

— Je ferais bien autre chose pour vous, mon bel amour. Allez, j'aime mieux vos crachats que les baisers d'un autre. Quand vous m'aurez quittée, vous aurez le droit de vous vanter d'avoir fait d'Edith votre servante. Il n'y a pas d'autre homme qui puisse en dire autant.

Joceran de Puiseaux passa un mois entier à Javernant sans trop se soucier du danger auquel il s'exposait : ceux de Linnières ne pensaient qu'au moyen de se venger, et s'apprêtaient à tomber sur son château laissé sans défense, et ils s'étaient entendus pour cela avec leurs voisins, les seigneurs de Hervi. D'autre part, Robert de Lorgi, défiguré, aveugle, couvert de plaies, se faisait porter de château en château pour exciter la chevalerie du pays contre sa sœur et Joceran.

Joceran commençait d'ailleurs à se sentir las

d'Edith : il ne lui plaisait nullement d'être le dixième ou douzième amant de la dame, et de venir après des vassaux et des palefreniers ; et d'ailleurs, il lui répugnait de vivre en état d'adultère au vu et au su de tous. Un beau jour il déclara à la dame de Chalmiers qu'il devait rentrer à Puiseaux.

— Eh oui, dit-elle, je vous ai causé du tort, je ne le nie pas. Partez, que Dieu vous garde. Et elle éclata en sanglots. Joceran attendri, la baisa une dernière fois sur les yeux, et partit faire seller ses chevaux. Il quitta le château le jour même avec ses fils et vassaux, et chargé d'un riche butin d'étoffes précieuses, d'or et de fourrures dont Edith lui avait fait cadeau avant son départ.

La rentrée des hommes à Puiseaux fut marquée par un grand festin ; Joceran distribua à sa femme, ses filles et ses nièces, les bijoux qu'Edith lui avait donnés, et tous ses hommes jusqu'au dernier goujat reçurent un présent de lui. Dame Hodierne, assise à sa droite, le front ceint d'un bandeau de coraux et de perles — parure de la belle Edith — avait le visage plus noir et plus terne encore que d'habitude ; ses joues étaient d'une couleur terreuse et le cerne sous ses yeux couvrait la moitié des joues. Une femme au pilori.

Le lendemain même Joceran prit avec lui son fils Thibaut et une vingtaine d'hommes armés, et se rendit chez son voisin Fromond de Buchie dont il voulait se faire un allié. Joceran le trouva dans la cour de son château, occupé à boire d'une coupe de bois le sang d'un taureau qu'il venait de faire abattre. Fromond, à trente ans, était puissant de corps, rouge de visage ; il avait une forte barbe blonde et le sourcil gauche fendu au milieu par une grande cicatrice.

— Voulez-vous, lui demanda Joceran, me servir dans la guerre que je mène contre Ansiau de Linnières ? Il m'a défié plusieurs fois, et je l'attends toujours sur mes terres. Il s'est lié avec ceux de Hervi. Et il faudra qu'ils passent par Courtelon pour venir jusqu'à Puiseaux, et Courtelon est à votre nièce.

— Je ne veux pas vous faire de tort, dit Fromond, mais je ne veux pas me faire de tort à moi. Quel dédommagement m'offrez-vous ?

— Je suis votre ami, dit Joceran, il n'y a pas d'homme que j'estime votre égal en force. Comme garantie je vous promets la main de ma fille que j'aime le plus, Aliénor — si elle vous plaît elle sera à vous avant que nous soyons partis pour la guerre.

— En effet, dit Fromond, j'ai besoin de femme, la mienne est morte voilà trois semaines. Mais je croyais que votre fille dont vous me parlez était déjà fiancée.

— Elle ne l'est plus, répliqua Joceran avec le plus grand calme, puisque je suis brouillé avec ceux de Linnières. J'ai juré de ne la donner qu'au plus brave chevalier de la châtellenie ; j'aimerais mieux la voir entrer au couvent qu'épouser un couard.

Deux jours après, Joceran fit sa rentrée à Puiseaux accompagné de toute la garnison de Fromond ; Fromond amena avec lui ses neveux, dix hommes d'armes, ses vassaux, une trentaine de soldats, des chevaux et des armes. Lui-même s'était revêtu, pour entrer à Puiseaux, de ses plus beaux habits ; il portait une longue tunique de laine rouge et un manteau brodé.

Joceran donna l'ordre d'allumer des cierges à la chapelle et de préparer la chambre nuptiale dans la tourelle gauche du donjon.

— Vous allez donc marier notre Milessant ? demanda la dame.

— Milessant peut attendre. C'est Aliénor que j'ai promise à Fromond ; ceux de Linnières s'en arracheront la barbe de rage.

— C'est un péché, baron, vous ne ferez pas cela.

Sans écouter sa femme, Joceran revint dans la cour, fit descendre son hôte de cheval, et le fit monter dans la salle.

Aliénor se trouvait dans la chambre à coucher avec ses sœurs, par la fenêtre elle avait vu arriver son père et Fromond avec ses soldats. — « Milessant, dit-elle, voilà un beau chevalier pour vous. Je gagerais qu'il s'est vêtu de cette façon pour une noce. »

Milessant, qui n'avait que treize ans, se signa avec effroi et secoua sa tête brune.

— Dieu donne que non, dit-elle, j'ai si peur. C'est Fromond de Buchie.

— Si je n'en aimais pas un autre, dit Aliénor, je ne dirais pas non : je l'ai vu se battre.

Puis elle vit son père entrer dans la pièce et venir droit à elle : — « Venez, ma tourterelle, dit-il. N'ayez pas peur. Je vous dirai tout, venez. »

Aliénor sentit son cœur devenir plus lourd que du plomb dans sa poitrine et ses jambes se dérober sous elle. Elle suivit son père sans mot dire.

Elle vit au milieu de la salle Fromond de Buchie, tout rouge et or, entouré de ses neveux et vassaux. —

« Voici ma fille, dit Joceran. Je vous défie d'en trouver une plus belle et plus noble dans la châtellenie. »

Fromond, de rouge devint cramoisi, et découvrit ses belles dents blanches.

— Par saint Georges et saint Michel, dit-il. Je la veux.

Il ne put rien dire de plus. Mais ses grands yeux jaunes fixaient Aliénor, vides et âpres.

— Mon père, dit Aliénor, troublée, je ne vois que des hommes ici, permettez-moi de remonter en haut.

— Allez, dit Joceran, et mettez votre plus belle robe pour le souper.

— Eh bien, dit Fromond, une fois la jeune fille partie, le prêtre est-il prêt ? Aura-t-on le temps de nous bénir avant le repas ?

— J'ai peur que non, dit Joceran, le soleil est bien bas. Il vaut mieux remettre la chose à demain. Rien ne presse.

— Chien de soleil, dit Fromond, en colère. Compagnon, frère, si vous me faites avoir votre fille je vous servirai tout le temps qu'il faudra, et gratis.

Le lendemain un jeune garçon, tout sanglant, vint se coller aux barres de la porte d'entrée de Puiseaux. C'était le fils du meunier de Bercy, terre que Joceran possédait du côté de Hervi. « Ils ont tué mon père, disait l'enfant, et saccagé le moulin, ils ont jeté les meules dans l'eau et brisé les écluses. Ils ont mis la tête de mon père entre les meules du moulin. »

— Les chiens ! cria Joceran, allons vite les chasser avant qu'ils ne viennent par ici. — « Frère, dit Fromond, il est juste que je vous rappelle votre promesse. Vous m'aviez promis de m'accorder votre fille avant le départ. »

— Ce que j'ai promis, je le tiendrai. Nous partirons demain à l'aube, et ce soir nous célébrons la noce.

Le château résonnait du haut en bas de cliquetis de fer, de coups de marteau contre les écus et les heaumes défoncés qu'il fallait remettre en état. Les femmes réparaient et recousaient en hâte broignes, housses et houppelandes, renforçaient les boucles des ceintures et des fourreaux.

Dans la petite chapelle, deux enfants de chœur et le prêtre disposaient des cierges blancs et couvraient les stalles de feuillage vert.

Joceran allait et venait partout, cheveux défaits, le front en sueur, nerveux, passant incessamment de la gaieté à la colère :

— Allez, drôle, est-ce ainsi qu'on répare un écu ? Il sera plus bosselé encore qu'avant. Jacques, si le veau n'est pas encore embroché, c'est toi que je fais mettre en broche à sa place. Dame, allez faire brûler du benjoin dans la chambre ronde et n'oubliez pas de mettre de la lavande dans les draps.

Le mariage fut célébré vers sixte sonnée, sans grande pompe. Aliénor, pâle sous son voile de soie rouge, se tenait debout en face du prêtre et donnait la main à Fromond vêtu d'un manteau d'écarlate, et dont le visage charnu passait par toutes les nuances du rouge ; il ne détachait pas le regard de sa fiancée et n'arrivait pas à répondre comme il faut aux questions du prêtre.

— Hélas, ma dame, ma mère, ne puis-je rien faire pour échapper à cet homme ? J'ai la mort dans l'âme, mon cœur se glace dans mon corps. Défendez-moi, dites à mon père que je suis malade.

— Ma fille, on vous attend en bas. J'irai leur dire que vous vous sentez mal. Mais j'ai peur qu'ils ne veuillent pas me croire.

— Allez, allez, dites-le leur toujours. Aliénor baisa avec ferveur les mains et les lèvres de sa mère.

Le vacarme en bas se faisait de plus en plus grand.

— Dame ! criait la voix de Joceran, on demande la mariée ; amenez-la.

La frêle silhouette de dame Hodierne parut à la porte de la salle.

— Baron, nobles seigneurs, ma fille ne peut pas descendre, elle se sent malade et vous demande de l'excuser.

Au même instant Fromond, ses neveux et Joceran furent debout, renversant leurs escabeaux.

— Ah ! ça, cria Fromond, vous ne tenez pas parole, frère.

Joceran rougit de colère.

— Moi ? Vous verrez bien. Je monte en haut et je l'amène ici de gré ou de force.

— Pour l'amour de Dieu... implorait la dame, essayant de l'arrêter.

— Laissez, dame. Si cette fille se permet de me faire cet affront devant mon hôte, je saurai bien la punir.

— Je monte avec vous, dit Fromond, c'est ma femme, et j'ai mes droits aussi. Je ne laisserai personne me mépriser.

En entendant du bruit dans l'escalier, Aliénor crut devenir folle de terreur. Elle courut se cacher derrière le lit de son frère Thibaut, puis, ne pouvant y rester, courut à la fenêtre, puis à l'échelle qui menait chez les domestiques. Et puis, une grande lumière rouge descendit tout d'un coup sur elle et son agitation tomba. Avec une espèce de sombre joie elle s'approcha du coffre d'Irma placé près du lit de Baudouin. Dans ce coffre, Irma gardait toutes sortes d'herbes, de plantes, de fards et d'ingrédients dont elle se servait dans les occasions les plus variées. Ouvrant le coffre, Aliénor se mit en devoir d'avaler en toute hâte tout ce qu'elle pouvait trouver de propre à être avalé : une liqueur noire, une crème rouge, des poudres, une racine bleue qui sentait très fort — puis, en entendant la porte s'ouvrir sous un coup de poing furieux, elle referma le coffre et se redressa.

Joceran et Fromond étaient devant elle, tous deux rouges et essoufflés.

— Ah! ça, la belle dame! cria Fromond. Vous me croyez facile à duper?

— Venez, dit Joceran, vous devez avoir oublié le goût des verges. Je vous ai promise et donnée devant le prêtre et je ne veux pas de simagrées.

Aliénor porta la main à son ventre et dit « Je meurs », puis elle tomba par terre dans des convulsions. Fromond la releva et la porta vers la fenêtre ; le visage de la jeune fille était devenu tout bleu, ses mains étaient froides. Joceran, très inquiet, coupa de son couteau la ceinture et le col de la robe, courut chercher de l'eau et appeler les servantes.

Pendant quelques heures, Aliénor fut entre la vie et la mort. Toute la nuit elle eut des vomissements de sang et des convulsions. Joceran et la dame veillaient auprès du lit; et pour Fromond, Joceran avait réussi à le persuader qu'il s'agissait du mauvais œil et que cette maladie inattendue n'avait rien de grave; il lui céda, par ailleurs, une belle fille serve pour la nuit, pour réparer en partie le dommage causé par la maladie de la mariée.

— Je suis sûre que l'enfant a pris quelque chose pour se rendre malade, disait la dame, si elle meurt c'est vous qui l'aurez voulu.

— Pouvais-je le savoir ? grondait Joceran. Fromond est un bel homme et de noble lignage.

Le lendemain à l'aube Joceran de Puiseaux et Fromond de Buchie quittaient le château avec leurs garnisons et leurs armes pour rencontrer leur ennemi sur la route de Bercy. Aliénor, encore très faible, avait tenu à descendre dans la cour et à dire adieu aux chevaliers. Elle avait peur d'exciter la haine de Fromond contre André, aussi lui sourit-elle d'aussi bonne grâce qu'elle put.

— Après tout, dit Joceran à son fils, l'enfant a agi sagement — pourvu que sa santé n'en ait pas trop souffert. Fromond ne fera que la convoiter davantage et je le tiendrai d'autant plus sûrement. »

Ceux de Linnières et de Hervi avaient déjà atteint la forêt de Puiseaux quand Joceran tomba sur eux par-derrière, les acculant ainsi à la forêt et leur coupant toute retraite. Ceux de Linnières étaient quinze chevaliers en tout, comptant Rainard et les frères de Hervi, et ils avaient cent hommes armés à cheval et à pied. Joceran n'avait que dix chevaliers et soixante hommes ; mais il était bien armé et avait réussi à prendre l'ennemi à l'improviste. La mêlée fut chaude, surtout autour de Baudouin, d'Ansiau et de Fromond.

Ansiau voulait à tout prix désarçonner Baudouin mais pour se faire un chemin jusqu'à lui il fallait monter une côte et renverser les deux neveux de Fromond qui s'attaquaient à lui avec leurs lances. Le coteau retentissait de cris et de coups et les gens des villages voisins couraient en toute hâte au château emmenant troupeaux et provisions.

Ansiau, d'un bond rapide, se dégagea de l'étreinte des deux sires de Buchie et tomba de côté sur Joceran pour dégager Herbert qui avait perdu sa lance et son écu ; Joceran eut à peine le temps de parer ; le coup avait été si fort que le cheval trébucha et un homme moins lourd et moins habile que Joceran eût vidé les étriers. Il se retourna pour voir son agresseur et reconnut son gendre à son heaume peint en bleu et rouge et à ses larges épaules.

— Te voilà, nasard, cria-t-il en tournant sa lance contre lui, tu as bien fait de baisser ton nasal, tu ne le relèveras plus après les tournois. »

Ansiau para le coup et fit faire à son cheval un bon en arrière pour prendre de l'élan. Joceran, parant toujours de son écu les coups d'Herbert, riait de plus belle, pour narguer Ansiau.

— Tu ne sais plus te battre, manant, criait-il, le peu de cervelle que tu avais a dû te sortir par le nez. »

Ansiau lui assena un coup qui fit briser sa lance et le cheval de Joceran fut rejeté à quelques pas en arrière.

— Une lance, une lance ! criait Ansiau, que j'aie ce traître, ce renard puant ! Je vais mettre ses entrailles et sa cervelle par terre.

— Ce coup-ci je ne ris plus », dit Joceran et se baissant, la tête en avant, il fonça droit sur Ansiau et lui assena de tout son poids un coup tel que cheval et cavalier furent par terre et roulèrent en bas de la côte, jambes en l'air.

Trois vassaux de Joceran se précipitèrent vers lui pour le relever et le lier, mais André et Haguenier de Hervi arrivèrent à temps pour le délivrer.

Huit jours après ce combat un valet de Puiseaux vint au campement de Joceran pour lui annoncer qu'un messager de Paiens l'attendait au château : il fallait rassembler hommes, armes et chevaux pour se rendre à Paiens : le comte envoyait son ost contre le roi de France et faisait convoquer les chevaliers de toutes les châtellenies voisines de Troyes.

— Hélas ! Abandonnerai-je mes champs et mes vignes à ces porcs ? s'écria Joceran. J'attendrai qu'ils s'en aillent les premiers : à coup sûr, ils sont appelés aussi bien que moi — le vicomte ne me ferait pas de trahison pareille. »

Ceux de Linnières et de Hervi ne reçurent la

nouvelle que trois jours plus tard. Ansiau envoya un homme d'armes dans le camp de Joceran pour demander une trêve jusqu'à la fin du service, et pour négocier l'échange de prisonniers.

*

A l'ost de la châtellenie de Paiens amis et ennemis se retrouvent, leurs armes réparées, leurs blessures guéries tant bien que mal, leurs écus repeints, leurs bannières au vent. Leurs visages sont si bien cachés par leurs heaumes qu'on ne peut deviner s'ils s'aiment ou se haïssent. Ils défilent devant l'église les uns après les autres. Les sires de Chalmiers y sont, et les sires de Lorgi ; et ceux de Breul, de Hervi, de Monguoz, de Buchie, de Puiseaux, de Baudemant, de Linnières, et beaucoup d'autres encore, toute la chevalerie du pays d'Othe.

Pendant cette courte campagne d'été nombreux sont ceux qui meurent d'insolation ou de fièvre ou prennent du mal pour avoir bu de l'eau trop froide. La route est dure. Des orages éclatent. Dans la bataille, où les hommes du roi sont les plus nombreux, la châtellenie perd beaucoup en prisonniers mais remporte quelques petits succès d'escarmouches.

Le camp se dispose pour un repos de quelques jours, à l'est de Reims. Plus d'un homme couché près du feu dans le champ brûlé songe à son propre champ, à sa forêt, à la salle enfumée de son château. Beaucoup songent à des querelles et des procès qu'il va falloir terminer au retour. Quelques-uns pensent à d'autres campagnes, plus lointaines, à d'autres armées, plus grandes que celle-ci, à des mers de tentes, à des feux de camp qui s'étendent jusqu'à l'horizon — à la mer bleue et verte dont les vagues grondent et se couvrent d'écume — et que bien peu d'entre eux ont vue de leurs yeux.

La foule bigarrée de chevaliers et de soldats assis près du feu dans le crépuscule rouge d'une soirée d'août. Le ciel est lourd. Le camp sent la fumée et la viande rôtie. Çà et là un jongleur fait des tours et lance des plaisanteries gaillardes — autour de lui un écho, un cercle de ricanements gutturaux, de hennissements bruyants font tache sur le morne silence de la masse abrutie de fatigue et d'ennui.

André le bâtard est là, son heaume posé sur ses genoux, sa belle tête d'or flamboyant au soleil couchant et aux reflets du feu de camp.

— Il est étrange et merveilleux, frère, de penser que c'est sous ce même soleil que Notre Seigneur est né et mort. Il l'a regardé de ses vrais yeux d'homme, tout comme vous le regardez en ce moment. Se peut-il qu'il ait marché sur la terre comme vous et moi et que ni la terre, ni le soleil, ni la lune n'aient changé ?

— Je ne sais pas, frère. Mais si je pouvais voir la terre où il a marché, je crois que je ne pécherais plus de ma vie. » Ansiau soupira et tira ses longs cheveux de son col de fer. « Pourquoi restons-nous ici quand il y a encore tant de païens sur la terre ? Et nous nous battons entre nous chrétiens et nous brûlons nos propres églises ? Et pourquoi brûler les champs de France quand il y a des pays bien plus riches que la

France ? Où les murs des maisons sont pleins d'or et de pierres fines ? Le roi et le comte et le roi d'Angleterre devraient faire la paix pour aller combattre les païens.

— Le roi n'y entend rien mon neveu, dit Herbert. Si le comte le laisse faire il n'y aura plus de liberté dans le pays. Il vaut encore mieux garder notre terre de Champagne comme elle est, libre et franche, sans que les sénéchaux et les prévôts du roi se mêlent de nos affaires.

— Bah, dit Ansiau en haussant les épaules. Ils valent encore mieux que ceux du comte, parce qu'ils n'y entendent rien. Tant qu'ils n'en veulent qu'au comté de Champagne ils laissent les barons en paix.

— C'est une grande folie de dire cela, répliqua son oncle, très choqué ; bien que vous soyez bourguignon par votre mère, vous êtes un Champenois de bonne race, et nous avons tous prêté foi au comte. »

Herbert professait à l'égard du comte une grande loyauté qui n'allait pas plus loin que les paroles. Mais en paroles du moins il était très strict sur ce point.

Un peu à l'écart, Joceran s'était disposé avec sa famille, les seigneurs de Buchie et leurs oncles, et les sires de Chalmiers avec lesquels il avait refait la paix pour mieux se défendre contre ceux de Linnières. Depuis qu'ils étaient ennemis ils ne se parlaient plus et évitaient de se regarder ; il ne s'agissait pas de commencer en pleine campagne une guerre pour son propre compte. Mais telle était la force de l'habitude que là, sous les tentes et les bannières de Champagne les querelles et les rancunes perdaient de leur importance. Le souvenir de campagnes anciennes revivait dans les mémoires, le souvenir d'autres querelles, et de paix conclues ensuite, et de joyeux festins de réconciliation.

Pour Herbert, Joceran restait toujours le croisé, le vieux compagnon de plus d'un tournoi, de plus d'une chaude bataille. Herbert savait haïr l'homme et non pas l'acte. Il n'avait jamais haï Joceran de Puiseaux, et ne savait pas changer de cœur à chaque brusque changement d'humeur de son vieux camarade ; il ne l'avait jamais aimé non plus ; mais il le tenait pour un homme bon et sensé, un combattant de grande valeur, un Champenois de pure race. Même en lui faisant la guerre il était à chaque instant prêt à faire la paix.

Ansiau était de tout autre humeur et ne parlait que de meurtre, de cervelles jaillies et d'entrailles traînant par terre. La première humiliation lui avait porté à la tête, il n'arrivait pas à l'accepter, il en était malade, il devait se venger à tout prix. Joceran, disait-il, serait tué, et Baudouin châtré, quant à Fromond de Buchie, il serait tué aussi, parce qu'il avait pris la fiancée d'André. André, d'ailleurs, était le dernier à s'inquiéter de cet outrage-là : il ne demandait pas mieux que d'être débarrassé d'une corvée inutile.

André ignorait jusqu'aux noms de jalousie et d'amour, et cédait ses femmes comme il cédait ses vêtements, ses armes, ses chevaux ; rien ne lui tenait aux doigts. Il lui arrivait d'acheter un manteau à une foire, et de le donner le jour même au premier venu. Il ne s'attachait pas à ses chevaux et était toujours prêt à échanger son destrier contre un autre plus à son goût.

Il s'habillait avec une négligence extrême, oubliait de changer de vêtements quand ils étaient sales ou déchirés et rougissait comme un enfant quand son père le lui faisait observer. Son seul objet de vanité étaient ses cheveux et sa barbe qu'il faisait laver et parfumer assez souvent, et qu'il peignait deux fois par jour.

Ansiau adorait son cousin — André, toute bonté, toute courtoisie, toute sagesse, lui paraissait le modèle des chevaliers. André avait l'esprit si clair, le parler si franc; il semblait dépourvu des défauts les plus inévitables — il ne s'emportait pas, il ne se saoulait jamais, il ne s'attachait pas aux femmes.

— Pour l'amour, disait André, les femmes sont toutes les mêmes, autant les nobles que les serves. Si les nobles sont plus fidèles c'est qu'elles ont peur de la honte. Et encore, j'en connais plus d'une qu'on croit honnête et qui ne l'est pas. Nous sommes tous faits de la côte d'Adam, et nous pourrirons en terre aussi bien que les paysans — elles se valent toutes, et c'est une folie de croire qu'il n'y en a qu'une pour vous donner du plaisir. Je vous jure que si demain je vous amenais, la nuit, une grande fille un peu mince, à grands cheveux, et si je vous disais que c'est votre dame, vous vous laisseriez prendre.

« Une bête sait reconnaître au flair son maître d'un étranger. Mais nous, en amour, nous valons moins que les bêtes, car je vous dis que la reine de France ne ferait pas de différence entre le roi et son valet si le valet se lavait et se parfumait comme le roi. Tenez, j'ai connu une dame qui était si folle de moi et me priait si fort que j'en ai eu assez : alors je lui ai envoyé Garin, mon écuyer. Et le lendemain, quand elle m'a vu, elle m'a dit qu'elle n'aurait jamais cru que je fusse aussi doux pour une femme. Vous pensez si j'en ai bien ri.

— Quand même, dit Ansiau, vous auriez pu au moins céder votre place à un chevalier. On ne joue pas un tour pareil à une noble femme. »

André riait de bon cœur.

— Pourquoi ? Ils y avaient trouvé leur plaisir tous les deux. Garin n'ira pas s'en vanter, la dame est mariée. »

Vers le milieu de septembre l'ost passait par Troyes pour se disperser ensuite sur les routes de Champagne. Or, un grand tournoi y était organisé pour la fête de la Nativité de la Vierge, et ceux qui revenaient de guerre arrivaient juste à temps pour y prendre part. Bien qu'assez fatigués et leurs armures défraîchies, un grand nombre de chevaliers décidèrent de rester et de risquer leur chance.

Ceux de Linnières disposèrent leurs tentes dans le pré, car il n'y avait plus de place dans les auberges, et se mirent en devoir de réparer leurs haubers et de repeindre leurs écus. Tous avaient encore de bons chevaux et n'avaient pas reçu de blessures graves. Ansiau, qui passait pour un très bon tournoyeur, espérait tirer un grand profit de ce combat, et il avait besoin d'argent pour continuer sa guerre contre Joceran.

Le champ était entouré de tribunes de trois côtés et du quatrième il côtoyait le rempart de la ville, d'où bourgeois et badauds venaient admirer les combattants. Les tribunes étaient couvertes de tapis, semées de fleurs, des baldaquins en soie rouge étaient installés au-dessus des sièges des spectateurs de haut rang. Les bannières de Champagne, de la ville de Troyes et des autres grandes villes du comté ornaient les piliers qui soutenaient le cordon. En bas des tribunes, les musiciens jouaient de la vielle et des hautbois et chantaient des chansons guerrières. Des hérauts vêtus de bleu et de jaune se promenaient de long en large sur le champ, trompette à la bouche.

*

Le tournoi fini, ceux qui n'ont pas été jetés à terre une seule fois défilent, heureux et las, le long de la tribune qui fait face au rempart, et où se tiennent le comte, la comtesse et les dames.

Debout et riant, une femme est là, entre d'autres femmes qui sont peut-être aussi grandes et aussi richement vêtues, mais on ne les voit presque pas. Celle qui rit a un visage si éclatant de blancheur que tous les autres visages paraissent ternes à côté, des sourcils si hardis qu'on croit voir deux faucons sauvages quitter leur volière ; son rire est si frais et si puissant qu'on croit y entendre une averse de printemps sur des feuilles vertes. Elle est svelte de corps comme un grand peuplier, toute frémissante sous sa fine robe blanche brodée de vert et d'or. Ses cheveux blonds en longues tresses descendent le long de son corps jusqu'à ses genoux, et dansent comme deux serpents quand elle se redresse et se retourne.

Cette femme est si belle que ceux qui passent

s'arrêtent sans le vouloir, font ralentir le pas de leur cheval et ne peuvent détacher leurs yeux de la dame.

Ansiau et André, chevauchant côte à côte, restent là, bouche bée et oublient de saluer le comte. Puis ils passent et quittent le champ comme les autres.

Ansiau a fait cinq prisonniers, André trois, Herbert quatre. Ils se reposent dans la tente en attendant le festin. André, pour la première fois de sa vie, est tout rêveur, les yeux dilatés, l'air ébloui. « Quelle femme, par le corps saint Thiou ! Quelle femme ! Ah ! Par le corps de la Vierge, par les entrailles de la Vierge ! — Jacquet, dit-il à son page, va, tâche de savoir le nom de la dame qui se tenait sous l'écu de Reims à la droite du comte.

— Je la connais, dit Herbert, qui justement entrait dans la tente, elle est de notre châtellenie. Vous la connaissez bien de nom, c'est la dame de Chalmiers.

— Edith ? s'écria André, surpris. Allez, je pardonne à Joceran toutes les folies qu'il a pu faire, si c'était pour gagner une femme pareille. Par saint Thiou, je me ferais raser la barbe, je me promènerais tout nu jambes en l'air s'il le fallait pour l'avoir. Elle est toujours veuve, j'espère ?

— Aussi veuve qu'on peut l'être. Sans mari ni frères, ni oncles. D'ailleurs, ne l'approchez pas de trop près, c'est dangereux. »

Ansiau eut la surprise de voir, pour la première fois de sa vie, André occupé à se frotter et à se brosser les habits, à se lisser les sourcils, à se regarder dans la lame de son poignard, à se parfumer les mains et les pieds. Puis il disparut pour toute la soirée.

Le lendemain matin Ansiau fut tiré de son sommeil de bienheureux par une main dure qui secouait son épaule. Il ouvrit les yeux et vit son ami assis à ses côtés, décoiffé, rayonnant, un sourire tremblant aux coins des lèvres.

— Qu'avez-vous donc ? » demanda Ansiau, encore mal réveillé.

André jeta devant lui un ruban vert et une bourse aux armes de Chalmiers.

— La dame de Chalmiers ? » s'écria Ansiau, consterné sans savoir pourquoi.

— Elle-même. J'ai passé toute la nuit dans sa tente. Je n'ai pas fermé l'œil. Ah ! frère, quelle femme ! Ah ! par le corps saint Thiou, par les entrailles saint Thiou ! »

Il ramassa ses trophées et se mit à les contempler d'un air ravi.

La veille, Ansiau avait trouvé la dame de Chalmiers si belle qu'il n'avait même pas songé à la convoiter. On n'a pas idée de vouloir coucher avec le soleil. A présent, devant ce ruban vert et cette bourse brodée, il eut comme la vision soudaine d'un grand corps svelte, blanc comme neige entrelacé de deux tresses sombres et dures comme deux serpents vivants. Et il se vit lui-même mêlé à ce corps et maître de tant de beauté. Et tout d'un coup il sentit qu'il n'y avait au monde qu'un seul malheur digne de ce nom — celui de ne pas posséder la dame de Chalmiers.

Il ne put rien dire à André de ses sentiments et se contenta de le féliciter de son succès. Mais le ciel était devenu noir pour lui, l'air empesté, la nourriture amère. Il ne voulait voir rien ni personne, prétexta un violent mal d'estomac et se coucha dans sa tente, face contre terre.

Sa vision ne le quittait plus, et d'autres venaient s'y ajouter, brillantes et terribles comme des éclairs en un ciel d'orage. Les yeux, les lèvres, les mains de la dame de Chalmiers.

— Comment ? pensait-il. D'autres l'ont eue. Et moi, il sera dit que je ne serai jamais heureux ? Il n'y a pas d'autre femme au monde qu'elle. Est-ce ma faute si André l'aime aussi ? »

Mais il se disait qu'il mourrait plutôt que de faire du tort à André. « Puisqu'il n'y a rien à faire, pensait-il, je mourrai. Aussi bien, il n'y a plus de vie pour moi sans cette femme. Quand même je vivrais cinquante ans, quand même je ferais vingt prisonniers par combat, à quoi me servira tout cela, si je ne peux pas avoir la seule joie dont je veuille ? » Aalais lui était sortie de la tête comme si elle n'avait jamais existé.

Les deux nuits et les deux jours qui suivirent il resta couché dans sa tente sans bouger, refusant toute nourriture, ne buvant que de l'eau. André était trop occupé de sa dame pour penser à lui ; il n'apparaissait dans la tente que le soir et le matin, pour demander des nouvelles de son ami.

Or, à la fin du troisième jour, Ansiau n'y tint plus, demanda du pain et du vin, se recoiffa, se lava le visage et les mains, et se dit que vraiment il était trop jeune pour mourir.

André, en passant le voir, fut tout heureux de le voir debout et le visage coloré.

— Eh bien, dit-il, pourrez-vous prendre part au second combat, après-demain?

— Oui, je crois. » Puis, comme André se levait pour partir, Ansiau ajouta : « Frère.

— Eh quoi? Vous vous sentez mal de nouveau? s'écria André, inquiet.

— Frère, je n'en peux plus. Laissez-moi aller chez la dame de Chalmiers à votre place. Je mourrai si je ne l'ai pas. »

André serra les lèvres et resta immobile pendant quelques secondes.

— Je veux bien, dit-il enfin. Il n'y a pas de femme au monde qui puisse séparer deux amis. Allez-y quand il fera un peu plus noir. Sa tente est la troisième à gauche de l'enclos. Vous passez par derrière et vous écartez deux planches de bois qui soutiennent la tente. Il y a là une fente dans la toile, vous vous glissez dedans, et faites attention, car la tente est pleine d'oiseaux.

— D'oiseaux?

— De toutes les couleurs. Elle les aime beaucoup. »

Sa hâte est si grande qu'il manque de faire tomber les planches, de déchirer la toile, de tomber en pénétrant dans la tente, noire comme un four, odorante comme un coffre à épices, pleine de battements d'ailes, d'haleines, de soupirs.

— Enfin, dit une voix claire, vous vous êtes bien fait attendre. »

Il se glisse sur une couche si molle qu'il croit s'y noyer. Deux lourdes tresses sont là comme une barrière qui les sépare. Il commence à parler, il balbutie : « ... ma joie, mon bonheur, ma seule aimée, mon cœur, mon âme ». Édith demande, la voix tremblante de colère : « Qui êtes-vous donc ? Comment êtes-vous là ?

— Laisse, ma beauté, ne demande pas. Je t'aime à en mourir.

— Et moi ? J'attendais André de Linnières, fils d'Herbert le Roux. Vous n'êtes sûrement pas lui. Qui êtes-vous donc ?

— N'ayez pas peur, je ne suis pas moins que lui. Je suis son cousin Ansiau, le châtelain.

— Charmante famille, dit Édith, vous vous valez l'un l'autre. C'est à vous que Baudouin a fait cette entaille sur le nez ?

— Ne riez pas de moi, dame. Vous ne savez pas qui je suis. Je me vengerai de telle façon que ce n'est pas de moi qu'on rira après.

— Enfin, ami, je vous ai vu vous battre. Allez, je veux bien de vous, vous me plaisez. Vous pensez bien que si vous ne m'aviez pas plu je vous aurais fait couper la gorge par mes hommes. Je ne suis pas une fille commune. Mais j'aime qu'on m'aime. Dites-moi des paroles douces : André ne disait jamais rien. »

Par les fentes de la toile le soleil étendait de minces raies de lumière qui se promenaient sur le tapis, les coussins, le lit de plume, les ailes multicolores des perroquets et oiseaux de paradis attachés à une barre de fer au coin de la tente.

— Sainte Vierge ! dit Édith en s'éveillant en sursaut. Il est tard. Partez, tant qu'on n'entend personne autour d'ici.

— Non, dame. Je vous ai, je vous garde. Je n'ai que trois jours à rester ici. Je veux jouir de vous tout le temps. Puisque je vous plais, soyez à moi seul.

— Vous êtes bien hardi, soupira Édith en s'étirant. Restez ici. Je dirai que je suis malade et je ne laisserai entrer personne que ma servante qui nous apportera à manger. »

Ansiau, ce jour-là, se permit d'user et d'abuser des bontés de la dame, et Édith se prêtait à toutes les fantaisies de cet étrange amoureux, dont le regard affamé semblait toujours s'abîmer trop loin, qui semblait toujours étreindre quelque chose de plus grand qu'elle. Il parlait moins que la veille, il disait seulement, à tout instant : « comme tu es belle, comme tu es belle ». Le soir, il s'étendit à ses pieds, las, silencieux, humble. La nuit, il pouvait mieux parler. Il parla, la tête sur les genoux de la dame.

— Voyez-vous, vous ne voudrez jamais m'épouser. Ni moi-même je ne le voudrai. J'ai mes oncles, et mes cousins et ma terre. Je vous aime à en perdre la tête. Croyez-vous que cela passera ?

— Vous autres hommes, dit Édith, vous ne savez pas aimer. Vous avez tous vos oncles et vos neveux, et vos seigneurs et vos vassaux ; pour eux vous vous feriez tuer. Mais d'une femme vous ne voulez que votre plaisir. Vous m'oublierez dès que vous m'aurez quittée.

— Vous ne voudriez pas n'aimer jamais qu'un seul homme ?

— Non, mon ami. J'aime trop ma liberté. Voyez-vous, le mariage n'est pas toujours facile pour une noble femme. Tant que je suis libre, j'aime qui me plaît, je fais la guerre avec qui je veux, je n'ai de comptes à rendre à personne. Tant que le vicomte ne m'oblige pas à prendre un mari, j'aime mieux rester veuve.

— Si vous étiez ma femme, je vous tuerais. Dites : vous avez aimé Joceran de Puiseaux ?

— Plus que ma vie.

— Pourtant il est vieux.

— Il n'y a pas que les jeunes qui sachent faire l'amour.

— Et André, vous l'avez aimé aussi ? Plus que moi ?

— André est beau. Mais il est dur comme un roc. Non, ami, c'est vous que j'aime le mieux aujourd'hui.

— J'ai encore deux jours à vous aimer. Je veux me rassasier de vous autant que je le peux. Après, je ne vous demanderai rien. »

Par Édith il apprit qu'il y a des femmes qui se frottent les dents avec des herbes pour les faire briller, qui se parfument les cheveux avec des essences d'Arabie ; qui se lavent le visage et le corps avec du lait et de l'huile, et portent des bouquets d'herbes odorantes entre les seins. Édith entremêlait ses cheveux de fils d'or et de perles ; elle avait des chemises de soie blanche brodée ; elle passait des heures à faire blanchir ses mains et à arranger ses lourds cheveux. Dans ses mains aux ongles blancs et nets Ansiau vit pour la première fois un vrai miroir d'argent, où son visage à elle se reflétait si ressemblant qu'on l'eût pris pour une Édith vivante. « Hélas ! s'il pouvait garder toujours ton image et que je puisse l'emporter. Pourquoi faut-il que tu n'y restes pas ? »

Ansiau avait même oublié qu'il avait manqué le second combat. A la fin du troisième jour il baisa Édith sur les lèvres et sur les yeux, sur le front et sur la poitrine, et dit : « Merci, dame, je vous ai beaucoup aimée.

— Moi aussi, dit Édith en riant, je vous ai aimé, seigneur châtelain. Allez-vous me faire la guerre quand vous serez chez vous ?

— Je ne vous ferai plus jamais la guerre.

— Allez-vous vous vanter devant votre femme d'avoir eu pour maîtresse Édith de Chalmiers ? »

Ansiau pensa, non sans regret, que ce n'était pas devant Aalais qu'il pourrait s'en vanter. Il regardait sans désir, mais avec regret, les belles épaules et les joues arrondies de la dame. Tout de même elle avait été belle. Tout de même, elle avait été à lui.

— Dame, si jamais vous avez un enfant de moi.

— Et comment saurai-je qu'il est de vous ? demanda la dame en éclatant de rire. Croyez-vous qu'il naîtra avec une entaille sur le nez ? »

Ansiau rougit de colère, puis haussa les épaules.

Les siens ne s'étaient pas trop inquiétés de sa disparition, André ayant expliqué qu'il était chez une dame. « A coup sûr, c'est Édith de Chalmiers, dit Herbert. Grand bien lui fasse. Autant vaut tirer d'elle le profit qu'on peut, c'est encore le seul service qu'elle rendra jamais. »

Herbert avait perdu jusqu'au souvenir de la passion qu'il avait eue pour Edith deux ans auparavant. Il avait une si haute estime pour lui-même que la femme qui l'avait dédaigné ne méritait, à ses yeux, que haine et que mépris : à peine se souvenait-il qu'elle était une femme, il s'étonnait même de voir ses camarades ou neveux amoureux de la dame de Chalmiers.

A Troyes, l'oncle et le neveu firent une visite à Abner.

Abner est un riche Juif, et sa maison, noire et pauvre à l'extérieur, est meublée de sofas et de coussins de soie, de riches tapis de Perse ; des vases et des coupes arabes et persanes, ciselées ou damasquinées, sont posées sur de petites tables basses en ébène. Abner est un bel homme de quarante à quarante-cinq ans, grand et fort, vêtu, à la façon des Juifs, d'une longue houppelande violette très ornée au col et d'un turban richement brodé. Sa longue barbe noire clairsemée de fils blancs descend en anneaux réguliers sur sa poitrine. Ses yeux, grands, noirs, à lourdes paupières sombres, sont froids et perçants. Il a le nez busqué et une lèvre inférieure assez forte qui lui donne un air ironique et un peu méprisant. Avec Herbert et Ansiau de Linnières, Abner paraît la servilité même, à entendre ses paroles prononcées d'une belle voix basse et chantante, avec un accent méridional assez fort. Mais à vrai dire, à voir son visage on pourrait plutôt croire que c'était lui qui condescendait à grand-peine à parler à ses hôtes ; et que, s'il était un pauvre Juif, ils étaient à coup sûr de bien plus pauvres chrétiens.

Assis sur les coussins devant une petite table très basse sur laquelle le domestique d'Abner avait posé une coupe de fruits d'outre-mer confits dans du miel, l'oncle et le neveu parlaient de l'emprunt qu'ils comptaient faire et des garanties qu'ils pouvaient donner. Abner, debout devant eux, écoutait, les yeux légèrement clignés.

Herbert aimait la société d'Abner tout Juif qu'il était — il y avait dans leurs relations un mélange bizarre de dédain et d'estime. Abner était intelligent et avait vu le monde. A des moments de bonne humeur, les deux hommes se parlaient en arabe : Herbert avait appris un peu d'arabe pendant la croisade, et n'avait jamais manqué l'occasion d'élargir ses connaissances en cette langue ; et Abner la parlait comme la sienne propre. Ansiau, qui les entendait échanger des sons étranges et dénués de sens, se mit à bâiller et à manger l'un après l'autre les fruits confits.

Une mince silhouette de femme voilée, en pantalon blanc et en chemise de velours vert, souleva la tenture de la porte ; Ansiau vit deux grand yeux noirs pardessus le voile ; puis la tenture retomba.

Le luxe de cette maison, l'odeur de musc et de renfermé, les lourds tapis, les vases d'argent, les colliers de pièces d'or au cou et aux poignets de la jeune femme en vert, l'aigrette de diamants sur le turban d'Abner — tout excitait en Ansiau des désirs de piller, d'incendier, de violer.

— Ce chien de Juif, dit-il à son oncle après qu'ils eurent quitté la demeure d'Abner, il nous méprise.

— C'est un étranger, dit Herbert, il a ses lois, toutes chiennes de lois qu'elles sont. C'est un bon Juif ; et même un homme de parole.

— Bah ! la parole d'un Juif... En attendant c'est nous qui devons nous saigner aux quatre veines pour le payer. »

*

En revenant de guerre, Fromond de Buchie se rendit tout droit à Puiseaux pour chercher sa femme. Aliénor, à vrai dire, avait enlaidi par suite du mal qui l'avait prise la nuit de ses noces : pâle, les pommettes et les mâchoires saillantes, le cou si frêle qu'il fléchissait sous le poids de sa longue chevelure, elle rappelait vaguement une bête affamée. Elle avait l'œil errant et inquiet et les lèvres tristes. L'idée du retour de Fromond la plongeait dans des angoisses qui l'empêchaient de dormir et de manger, tant elle avait peur de se parjurer à l'égard d'André ; elle priait tous les soirs : « Saint Michel faites que Fromond soit tué à cette guerre. » Et elle espérait en secret que Fromond, en la voyant si laide, ne voudrait plus d'elle.

Mais Fromond n'était pas homme à renoncer à une femme promise à lui devant le prêtre. Quand elle serait devenue borgne ou chauve, il eût malgré tout tenu à affirmer ses droits. Et d'ailleurs, maigre, hâve, durcie comme elle était, Aliénor faisait tout de même battre son cœur plus fort que d'habitude. Il avait le désir tenace. Pour lui plaire il avait apporté de Troyes des boucles d'oreilles en argent et une pièce de soie rouge. En la revoyant il la baisa longuement, de baisers voraces, longs, douloureux comme des morsures; Aliénor en eut les lèvres et les joues bleuies et meurtries.

Mais le jour même du retour des chevaliers un prétexte de délai s'offrit à Aliénor qu'elle n'avait ni voulu ni espéré : dame Hodierne fit une nouvelle fausse couche et tous pensaient bien que ce devait être la dernière. Joceran fut bien obligé de remettre la noce à un autre jour. Mais Fromond déclarait, non sans raison, que la femme était à lui devant l'Église depuis six semaines ; il ne voulait pas de festin de noce, il voulait emmener sa nouvelle dame dans son château. « Je ne le nie pas, dit Joceran, c'est votre droit. Faites comme vous déciderez vous-même. »

Aliénor lui dit : « Seigneur baron, vous voyez bien que la dame ma mère est mourante. Je l'aime comme moi-même : je veux rester pour la veiller. Quand elle sera partie je ne la verrai plus : ce sont les derniers jours que je pourrai être avec elle. Quand elle sera morte je vous suivrai dans votre château. »

Fromond la prit doucement par les épaules.

— Moi aussi j'ai une mère, dit-il. Allez, je vous permets de rester. Mais le jour après l'enterrement vous serez à Buchie, ou bien vous me verrez en colère, ce que je ne vous souhaite pas. »

Qu'après une vie si dure la mort fût si dure, c'était ce

que personne ne pouvait comprendre. Ce corps si frêle qu'il semblait fait d'esprit plutôt que de chair résistait au mal avec plus d'acharnement que maint corps de jeune femme plein de sève et de vie. Livide, les yeux immenses, la bouche ouverte, dame Hodierne faisait peur à voir. Personne jusqu'ici n'avait vu se déformer le pli si doux et si noble de ses lèvres fines. A présent le voile était déchiré ; il n'y avait plus de dame Hodierne au château. Rien ne restait plus qu'une âme humaine qui avait déjà abjuré son titre et son nom et déposé ses armes. Cette bouche béante, cette tête renversée, Aliénor ne les connaissait pas. Mais jamais elle n'avait tant aimé la dame. La maladie et la mort ne lui faisaient plus peur, et elle veillait près du lit jour et nuit aux côtés de sa sœur Milessant.

Joceran avait attendu deux jours la mort de sa femme. Puis comme elle vivait toujours, et qu'il fallait faire front aux attaques de ceux de Linnières sur les terres de Bercy, Joceran dit adieu à sa femme et partit avec ses fils et sa garnison. Ces dix-sept ans de vie commune se terminaient enfin, et Joceran y croyait à peine. « Hélas, mon seigneur, je vous ai tant aimé ! » Les femmes l'aimaient donc, même celle-là, la moins aimée, la laide. Il s'en serait bien passé. Elle partie, qui tiendrait la maison ? Il fallait encore y penser.

La mort de dame Hodierne laissait une place libre et Joceran avait déjà un projet de remariage — Gismond de Meilhan avait une fille unique, héritière du champ voisin du moulin de Bercy. Il ne s'agissait pas de laisser échapper l'occasion d'acquérir le champ — la fille n'avait que treize ans, mais les seigneurs de Breul ne manquaient pas de garçons à marier. Sans attendre la mort de la dame, Joceran envoya à Gismond de Meilhan un de ses neveux pour lui faire dire : « Quand ma dame sera partie je prendrai votre fille. Si vous la donnez à un autre vous aurez affaire à moi. » Gismond n'avait pas dix hommes à lui et n'oserait désobéir.

Pour la première fois de sa vie dame Hodierne osait parler à Dieu à haute voix. C'était une plainte, aiguë, une litanie : « Seigneur, Seigneur, ayez pitié. Hélas, Seigneur, j'ai tant péché ! Pourriture que je suis ! Délivrez-moi ! Ayez pitié ! » Et elle se crispait encore, doigts et orteils tordus, raides, horribles à voir. « Seigneur Jésus, absolvez-moi, je suis quitte ! Bonne Dame, plaidez pour moi, que je ne blasphème pas ! Ah, Seigneur Jésus, Roi glorieux, que je reçoive votre corps très pur pour guérir. Prenez-moi tant que je peux encore me donner. Seigneur, le cœur me défaille, ayez pitié. »

Après huit jours de souffrances elle s'apaisa. Son visage brun comme de la cire jaunie à la fumée, fin comme une tête d'oiseau, faisait tache sur l'oreiller blanc. Personne ne l'avait jamais vue si jeune. Un enfant qui vient de naître n'a pas ce regard clair et ébloui, ni ces lèvres entrouvertes, humbles et naïves. En dépit des sillons douloureux sous les yeux et le long des joues cette face émaciée respirait le printemps, à peine pouvait-on croire que cette sérénité si simple, si naturelle avait un commencement ; il semblait que dame Hodierne avait toujours été ainsi, et qu'elle ne pouvait pas avoir été autre.

— Dame, vous êtes mieux, vous allez guérir.

— Je suis heureuse. Mes belles enfants, mes colombes, mes perles fines. Je vous aime tant. Dites à mon Garin que je l'aime. Mon Seigneur que j'aimais tant et qui ne m'aimait pas. Dieu donne qu'il soit plus heureux avec sa nouvelle dame. Dites-lui — qu'il l'aime, qu'il la respecte — une si jeune enfant... Dites encore à Baudouin qu'il soit plus doux, pour l'amour de moi. Aliénor, ma première-née, vous aurez bientôt un baron — aimez-le. Pensez à moi — aimez-le, surtout — qu'il soit pour vous père, mère, frère, fils. — Aalais, mon orpheline, enfant de mon cœur, Dieu vous garde — ma Milessant, soyez douce.

« Appelez toutes mes servantes, tous mes valets. Guillaume, Bernard, apportez mes coffres de chêne. Tout ce que j'ai, prenez-le ; que chacun en ait sa part. Voilà mon renard gris. Voilà ma robe rouge — dépliez tout. Voilà mon manteau brodé. C'est grand dommage, j'étais si petite, mes robes n'iront pas à beaucoup. Voilà mon collier d'argent, — mon collier d'émail. Ma ceinture dorée. Qu'il y en ait pour chacune. Les pièces d'argent, c'est pour les hommes. La coupe, c'est pour Jean le Boiteux, le petit. — Je veux qu'aujourd'hui soit fête pour vous comme c'est fête pour moi. Gardez ceci pour penser à moi.

« Ne pleurez pas, folles. Je vous quitte pour aller au paradis du Seigneur Jésus. Avec lui je n'aurai rien à craindre. Il n'a jamais menti à personne. Je suis seulement triste de vous quitter et de quitter mes filles et mon fils, et mon seigneur — vous tous, dites-lui combien je l'aime. Ne croyez pas que j'aie jamais eu des reproches à lui faire.

« La voix me manque, Seigneur, me voilà — c'est pour lui que je prie, Seigneur, pour lui, pas pour moi, pour lui, pas pour moi. »

La tête de la dame se renversa en arrière. Elle semblait s'efforcer de parler encore. Elle disait des prières. Puis elle fut prise de convulsions, mais cela ne dura que quelques secondes. Elle passa sans trop de peine, et il ne resta sur le lit qu'une chose si frêle, si petite, si insignifiante, que ceux qui étaient près d'elle pouvaient à peine croire que ce fût là le corps de dame Hodierne. Le cadavre paraissait tout ratatiné et perdait déjà son apparence humaine. Les mèches désordonnées des cheveux bruns semblaient avoir été collées sur les tempes sans but ni raison, et sous ces paupières fermées il n'y avait jamais eu d'yeux.

Aliénor n'arrivait toujours pas à croire que la dame fût morte pour de bon : bien entendu, quelque chose d'étrange lui était arrivé, elle avait beaucoup souffert après sa fausse couche, puis elle avait paru aller mieux, elle avait communié, reçu l'extrême-onction, et ensuite — eh bien, ensuite, ce n'était pas vrai, ensuite tous s'étaient trompés, la dame avait trouvé moyen de partir, de se cacher. Où était-elle ? Comment la trouver ? Comment faire pour lui dire tant de choses qu'on n'avait pas eu le temps de lui dire avant ? Aliénor regardait quatre valets descendre un petit cercueil noir dans le caveau sous la chapelle. Les sanglots de Garin et de Milessant, les lamentations d'Irma... et demain, pensa Aliénor tout d'un coup — il faut que je sois à Buchie. Et elle eut envie de mourir elle aussi.

Joceran et Fromond réussirent à arrêter ceux de Linnières au moment où ils pénétraient sur les terres de Buchie. Les boutefeux avaient déjà rempli leur mission, les moissons brûlaient, le feu léchait les pommiers et dévorait les vignes. L'air était noir de fumée.

— Eh quoi, loup, sanglier que tu es, cria Fromond en voyant Ansiau qui se tenait, avec sa troupe, de l'autre côté du champ — que t'ai-je fait pour que tu viennes brûler mes moissons ? T'ai-je jamais défié de ma vie ?

— Fromond de Buchie, lui cria Ansiau, les mains en cornet devant sa bouche — vous vous êtes allié avec mes ennemis et j'ai juré de vous avoir. Vous avez pris une femme qui était promise à un parent à moi, et tant que je n'aurai pas réparé cet affront je ne dormirai pas dans un lit.

— Vous ne dormirez plus jamais dans un lit, cria Fromond — mes amis et les vôtres seront témoins, nous verrons qui de nous sera le plus fort.

Ansiau prit des mains de Thierri son écu et sa lance, et s'avança dans le pré de luzerne qui se trouvait à proximité du champ. Fromond s'arma aussi et vint à la rencontre de son adversaire.

— Dites aux vôtres de ne pas s'approcher de nous, cria-t-il. Ma maisnie et ceux de Puiseaux n'approcheront pas davantage.

Prenant de l'élan, les deux hommes foncèrent l'un

contre l'autre. Ansiau, en se baissant, évita de justesse le coup de lance qui ne fit qu'érafler son heaume. Emporté par l'élan, Fromond se trouvait à l'autre bout du pré. Ansiau, lance en avant et tête baissée, volait droit sur lui, bien décidé à ne pas manquer son ennemi. Fromond donna un coup d'éperons à son cheval, tant que le sang jaillit des flancs de la bête ; il fonça en avant, regardant par-dessus son écu. La dernière chose qu'il vit fut un heaume rouge et bleu et une pointe de lance, puis une lumière aveuglante. Il y eut un craquement terrible, un coup sourd. Le heaume, la face, le crâne défoncés, Fromond de Buchie, sur son cheval tremblant de peur, n'était plus qu'un corps vêtu d'un haubert et tenant une lance ; les dents avaient volé en éclats, le visage n'existait plus ; des torrents de sang inondaient la barbe, le collier du haubert. Il se balança en selle quelques instants, puis s'affaissa lourdement, comme un sac. Ansiau lui coupa les étriers et le laissa tomber par terre. Du bout de sa lance il fit jaillir la cervelle qui s'épandit sur le heaume et sur l'herbe du pré.

En voyant Fromond tomber par terre, Joceran prit sa lance et s'avança dans le pré, suivi de ses fils et des neveux de Fromond. Ce que voyant, Herbert, André et Rainard se précipitèrent au secours d'Ansiau. Ceux de Linnières, étant les moins nombreux, eurent beaucoup de peine à se dégager de ce mauvais pas, et reculèrent jusqu'à la forêt, où ils réussirent à prendre un chemin détourné et à se soustraire à la poursuite. Après avoir vainement cherché leurs ennemis par toute la forêt de Breul, Joceran et les siens s'en retournèrent au pré où ils avaient laissé Fromond. En voyant le cadavre défiguré de son gendre, Joceran se mit à se tordre les mains et à s'arracher la barbe.

— Hélas ! C'est à cause de moi que ce malheur est arrivé, s'écria-t-il. Et sa mère vit encore ! Et nous ne l'avons pas vengé !

— Qu'attendez-vous ? dit un des neveux de Fromond, Galeran de Buchie, vous gardez prisonnier dans votre château Simon le Roux, le cousin d'Ansiau. Nous saurons lui faire payer le crime de son seigneur.

— J'y cours, cria Baudouin en portant la main à son épée. Il ne vivra pas un jour de plus que Fromond.

Baudouin et Galeran de Buchie partirent au galop dans la direction de Puiseaux, tandis que Joceran ordonna de faire dresser une tente dans le pré et de faire chercher des draps blancs à Buchie. Lui-même décida de veiller le corps en compagnie des parents du mort.

Dans la tente blanche un lit mortuaire improvisé était installé orné de feuillage. La lance, l'écu et l'épée de Fromond y étaient disposés autour du corps, couché tel qu'il était dans son haubert dont on avait réussi à laver le sang. Il avait fallu lui lier les pieds et les mains. La tête était cachée par un heaume neuf. Assis au pied du lit, Joceran se lamentait et faisait son deuil en se tirant les cheveux et la barbe.

Baudouin et Galeran arrivèrent à Puiseaux vers le soir et se précipitèrent dans la salle, déclarant qu'ils voulaient tuer Simon le Roux pour venger la mort de Fromond. Simon était enfermé au sous-sol. Tirant leurs épées, les deux hommes coururent en bas, et ils auraient fait à Simon un mauvais parti si Irma, la femme de Baudouin, n'avait couru se jeter entre son mari et Galeran. — « Au nom de Dieu, dit-elle, ne tuez pas cet homme sans défense ; ce sera une honte pour nous tous et un péché pour vous deux. Tant que vous ne rendrez pas vos épées je couvrirai cet homme de mon corps ; il ne sera pas dit que vous tuez vos prisonniers. Qui voudra se rendre à vous si vous le faites ? » Leur colère un peu tombée, les deux hommes rendirent leurs épées à la dame Irma et Simon eut ainsi la vie sauve. Ce ne fut qu'en remontant dans la salle que Baudouin apprit la mort de sa belle-mère. Il descendit au caveau où le corps était enfoui et y pleura longtemps en frappant de son front contre les dalles.

La vengeance est douce au cœur d'un homme libre — Ansiau l'avait savourée en retournant sa lance dans le crâne de Fromond. Mais cette joie était bien incomplète, puisque Fromond n'était même pas du sang de Baudouin et sa narine mutilée saignait encore en attendant que Baudouin fût châtré. Tout de même, Fromond avait pris la fiancée d'André, et n'avait pas volé sa mort. Ansiau n'avait aucun regret de ce qu'il avait fait.

Mais sa jeunesse prenait ses droits. Avoir fait d'un homme — et d'un homme qu'il connaissait — cette chose horrible, cette espèce de quintaine au visage en bouillie — il n'arrivait pas encore à comprendre que ce fût si facile à faire. Il lui semblait parfois que Fromond n'était pas tout à fait mort, qu'il viendrait protester, réclamer son visage et sa cervelle ; quelque part, sûrement, cette âme sanglante si brusquement chassée du corps criait vengeance contre le meurtrier. Au château de Buchie une mère se lamentait et priait Dieu de punir l'assassin de son enfant ; les larmes d'une mère font plus que dons et que vœux. Lui, Ansiau, n'avait pas de mère pour prier pour lui. Parfois, en rêve, il voyait Fromond venir près de son lit, s'asseoir sur sa poitrine — la tête sanglante et sans visage. Alors il réveillait Aalais et la prenait dans ses bras. Elle demandait, la voix pâteuse : « Qu'avez-vous, baron ? »

— Amie, je suis triste.

— Vous avez trop bu, c'est votre estomac qui vous fait mal.

Rassuré par ces paroles il se blottissait contre elle, et elle le caressait comme un enfant, lui lissait les cheveux et le front. « Là, là, mon bel ami, je suis là, tout va bien. »

Maintes fois durant les longues veillées d'hiver il sortait dans la cour et allait se promener sur le rempart, les yeux perdus dans la brume jaunâtre de l'horizon. La forêt était grise et glacée, les hurlements des loups s'entendaient jusque dans le château. L'hiver était triste. la seule vue de ce ciel sale et de cette forêt donnait froid au cœur.

Ce fut à un de ces moments-là qu'il découvrit au château une petite chose si chaude qu'il n'eut plus jamais froid tant qu'elle fut avec lui. Une chose qu'il avait déjà dans la maison depuis vingt mois ; mais il n'y avait jamais fait grande attention. La dame s'occupait toujours du dernier-né, et celui-là, le grand, on l'avait confié à Haumette et on ne s'occupait plus beaucoup de lui.

Un jour, Haumette l'apporta au baron, pour dire que l'enfant avait fait sa sixième dent. Et le père fut tout étonné de voir cette grande poupée aux jambes emmaillotées, pourvue de bras potelés et de cheveux blonds.

— Là, là dit Haumette en soulevant l'enfant dans ses bras, il va sourire au baron, il est bien sage.

La petite face ronde était un peu pâle et des piqûres de puces la marquaient çà et là de taches roses. Les grands yeux bleus et ronds s'étonnaient et riaient, la bouche rose et molle était entrouverte. Gauchement, Ansiau prit la petite chose dans ses deux mains qui lui parurent soudain énormes. L'enfant poussa un gloussement de joie, puis se mit à chantonner et à tirer de ses deux mains la boucle d'or que le baron portait à l'oreille. Ansiau battait des cils et riait, un peu perdu.

Comme la nourrice voulait le reprendre, l'enfant entoura de ses bras le cou du baron et pressa son visage chaud contre la joue de son père. Ansiau se mit à rire d'admiration et d'orgueil. Il était conquis pour la vie.

Il demanda à Haumette : « Croyez-vous qu'il m'aime ? » Il défit sa boucle d'oreille et la donna à l'enfant ; puis il lui donna encore l'agrafe de son manteau ; il l'écoutait chantonner et gazouiller, bouche bée d'adoration. « Je veux qu'il couche en bas, dit-il à Haumette, près du grand lit, vous aurez votre lit près du nôtre. » Toute la soirée il importuna Haumette de questions aussi peu sensées les unes que les autres : « L'enfant aimait-il les chevaux ? Voulait-il des jouets ?

Comprenait-il le français ? Ressemblait-il à son père ou à sa mère ? Allait-il avoir la main sûre pour viser ? »

La dame finit par être jalouse d'Haumette et dit au baron de la laisser tranquille. « C'est mon enfant à moi et pas le sien. »

Dès la première caresse qui lui avait retourné le cœur et les entrailles, Ansiau avait accepté sans discuter l'étrange petit être blanc et blond au grand front bombé. C'était un amour d'égal à égal. L'enfant l'avait pris en affection, et il en était aussi fier que de l'amitié d'un comte. Il parlait de lui comme il eût fait d'un homme : « Il veut ceci, il aime cela », et André, pour lequel les enfants étaient à peine des choses, pensait que son ami eût tout aussi bien fait de tomber amoureux d'une épée ou d'un cheval.

Les femmes ont un langage pour enfants, mais un homme qui n'a jamais parlé à un enfant de sa vie ne peut que le traiter comme un homme ou l'ignorer. Les conversations entre le père et le fils sont toujours très graves. Le père parle peu, et fait surtout des projets d'avenir : « Quand vous serez grand, je vous apprendrai à tirer à l'arc ; quand vous serez grand, vous aurez le second poulain de la Courante. Quand vous serez grand, nous irons à Troyes, nous allons tournoyer ensemble. » Le fils s'occupe surtout à tirer les cheveux et la barbe de son père, à lui enlever les bagues des doigts, à jouer avec ses couteaux. Il a une façon de baiser avec la bouche grande ouverte, qui fait qu'Ansiau en a les joues et le nez tout mouillés. Il rit et gazouille sans fin ; Ansiau le taquine parfois en lui donnant de petites chiquenaudes sur le nez ou sur le front ; mais il a la main si douce qu'il ne fait jamais mal à l'enfant.

Quand Aalais lui dit qu'elle attendait un troisième enfant, il ne dit rien, et elle fut froissée. « Vous devriez pourtant être content d'avoir des enfants, dit-elle. Vous voyez bien que je les fais beaux et forts. »

— L'aîné me suffit, dit Ansiau, je n'ai pas besoin d'autres, je ne les aimerai pas.

— Il n'est pas bon, lui dit un jour André, de s'attacher à un trop jeune enfant. Vous ne pouvez pas savoir s'il vivra.

— Me voulez-vous du mal, frère ? Pourquoi dire qu'il ne vivra pas ?

— Ce chêne porte bien mille feuilles et mille glands chaque année. Il n'y en a pas dix qui prennent racine, il n'y en a pas deux qui deviendront chênes. Il y a bien des enfants qui naissent et qui n'ont pas en eux germe d'homme, voyez si sur cinquante il y en a vingt qui atteignent leurs quinze ans. Un enfant n'est pas encore un homme, frère. Il y en a qui le deviennent un jour, et alors on les aime. Mais à quoi bon dire : mon enfant sera ceci ou cela ? Êtes-vous Dieu ou prophète ? Laissez cet enfant aux femmes.

— Ne parlez pas ainsi, frère, cela pourrait lui porter malheur.

*

Herbert, assis à table à la droite du vicomte, étale sa longue et large barbe rousse sur son bliaut de soie bleue ; il est ivre et entoure de son bras droit la taille d'une belle fille très jeune et très blonde, vêtue d'une robe rouge fort collante. Elle a de longues boucles d'oreilles vertes pendant le long de son cou blanc. Deux lévriers blancs assis sur les genoux d'Herbert, lèchent son assiette.

Le vicomte avait dit : « Herbert de Linnières m'a délivré et m'a sauvé des bras de ceux du roi de France, aussi je jure de le prendre pour frère et compagnon ; il mangera à ma table et couchera dans mon lit. Je lui donne ma coupe d'argent et ma pelisse de renard et de zibeline et le plus beau de mes hauberts. Je lui donne en fief les profits de toutes les forêts de la châtellenie pour l'année à venir et qu'il vive avec moi à Paiens tant qu'il lui plaira et selon son plaisir. »

Dernière jeunesse d'Herbert de Linnières, qui va sur ses cinquante ans et commence à engraisser. A présent, il a des poches bleuâtres sous les yeux, son nez et ses joues se recouvrent de ramifications violacées, sa barbe devient terne, en dépit des teintures par lesquelles il la fait passer, et ses yeux ont déteint et prennent des couleurs de violette fanée. Il commence à souffrir de douleurs d'entrailles, de lourdeurs dans les paupières, d'étourdissements.

A Paiens où il a le droit d'user et d'abuser de l'amitié du vicomte, il prend un bain chaque jour et se fait servir par de belles filles, non pas nobles, à coup sûr, mais qui ont toutes moins de quinze ans. Il se revêt de vêtements de soie et de drap fin, porte des boucles d'or aux oreilles et des bagues de pierres fines aux doigts. Il s'est acheté deux chevaux de pure race arabe et quand il sort dans la campagne pour chasser tout le pays admire ses lévriers blancs et ses faucons dorés.

Les soirs, à moins de s'enivrer, Herbert n'arrive pas à s'endormir. L'angoisse qui le tenaille se fait plus forte de nuit en nuit, l'étau se resserre chaque jour davantage. Est-ce la crainte d'avoir commis un péché contre lequel il n'y a pas de remède, ou la tristesse de n'arriver pas à trouver de plaisirs assez violents, assez profonds, assez durables pour le satisfaire entièrement ? Les minutes, les secondes de volupté et d'oubli se font toujours plus courtes, leur pointe s'émousse, le jour terrible va venir où aucun charme n'agira plus. L'âme aux abois se voit chassée de tous ses asiles, de tous ses repaires, dépouillée, lancée dans un grand désert d'aridité. Les soirs de chasse, Herbert prend parfois un loup ou un renard encore vivant et le crible de coups de couteau jusqu'à ce qu'il ne reste plus sur le corps de la bête un seul endroit qui ne soit à vif : il est assez riche pour se permettre le luxe d'abîmer une peau.

Pendant cinq ou six mois dans l'année — le printemps et l'été — Herbert fait vivre auprès de lui à Paiens toute sa famille, ses quatre fils, Ansiau son neveu, ses deux gendres, son frère cadet et Girard le Blond. Le château du vicomte, pendant la saison des chasses, est surpeuplé, l'air y est étouffant, un vacarme continuel y règne de haut en bas.

Ansiau, d'ailleurs, trouve cette vie assez à son goût. Il chasse toute la journée ; ou s'exerce au tir ou au jet de pierres. Chaque soir il y a au château un joyeux repas, on boit, on chante, au milieu d'un flamboiement de chandelles, de vaisselle reluisante, et de beaux manteaux de couleur à galons dorés. Aalais est toujours prête à l'accueillir, douce et chaude, dans le grand lit où ils sont bien un peu à l'étroit avec André, Simon, et la femme de Simon, Odette. Aalais a maintenant trois enfants : ses deux garçons et une fille, Mahaut, tous trois couchent dans un grand berceau près du grand lit et la nuit quand la petite se met à crier, Aalais se lève pour lui donner le sein.

Ansiau de Linnières, à vingt-deux ans, est un des plus beaux chevaliers de Paiens. Il est à présent robuste de corps, il a un large cou, des bras durs et épais, une cambrure des reins, un port de tête qui lui donnent l'air hautain — ses hanches sont étroites et ses jambes grandes et lourdes le tiennent bien d'aplomb sur le sol — dans aucun combat corps à corps il n'avait seulement chancelé ni reculé d'un pouce. Il a au menton et aux joues une barbe brune, courte mais assez dense, et ses forts sourcils se croisent au-dessus du nez ; et dans ses larges yeux bruns alternent des expressions de douceur rêveuse et de dureté. Encore que fort enlaidi par une narine mutilée, son visage n'est pas déplaisant, brun de hâle, haut de couleur, ardent et grave. Mais la barre de Puiseaux est toujours sur son visage — voilà quatre ans que Baudouin lui échappe. Mais Ansiau n'est pas homme à se laisser déshonorer impunément — il ne faut que l'occasion ; après, la dame pourra pleurer si elle veut.

Edith de Chalmiers est une grande fleur blanche, une source d'eau vive où l'on peut boire et se désaltérer quand on a soif. Il n'est rien de plus noble sur terre que la ligne de ses sourcils. Dans ce jardin enchanté et défendu que sont les femmes, Edith est la reine, et autour d'elle se presse une foule d'autres Edith, moins belles, tentantes malgré tout. Pour Ansiau, toute femme qui n'est pas fille ou femme de chevalier peut être prise de force ; mais toute femme, même la plus pauvre et la plus vile, est un fruit défendu. Il n'est pas de ceux qui font l'amour comme les bêtes. Il est bien plutôt de ceux qui se détournent au passage d'une femme pour ne pas s'allumer trop facilement.

Dans la lourde nuit de la vaste salle à coucher de Linnières ou de Paiens, dans le large lit couvert de peaux de bêtes, il lui est permis de faire tomber chaque soir les vêtements de son âme comme ceux de son corps. Il est un homme qui jeûne quand il est privé de cette présence, de cette chaleur, de cette voix douce, de cette odeur de chair qui sont les seules au monde pour lui et ne ressemblent à rien d'autre. Depuis six ans elle a grandi et mûri en même temps que lui, et ils se sont formés et façonnés l'un à l'autre comme le fleuve à son lit, comme le gant à la main. Par les matins clairs il surprend encore, parfois, tout ébloui, cette blancheur éclatante qui l'avait frappé enfant, et qui jamais ne le laissera indifférent : blancheurs épanouies, plus vastes, plus vigoureuses qu'autrefois ; son domaine à lui à tout jamais. Pour les autres hommes, Aalais ne peut pas être une femme et il ne s'imagine pas qu'un autre puisse la vouloir.

Pour lui-même elle est plus qu'une femme. Et même, il s'en rend compte avec étonnement, plus qu'un homme. Jamais à un homme il ne se serait abandonné avec tant de confiance. La dame a beau être d'humeur arrogante et colère avec les autres, il sait qu'avec lui elle sera toujours tendre et douce. Il sait que pour lui elle a toujours ses deux bras ronds et chauds, sa voix apaisante. Il n'est rien au monde qu'il admire autant que cette bonté d'une femme pour un homme. Il est si pauvre à côté d'elle, si rude. Elle est si noble. « Elle a tant de raisons pour ne pas m'aimer. Je veux du mal à sa famille et jamais elle n'a cherché à se venger. »

Depuis quatre ans Ansiet et son père s'aiment d'un grand amour fait de douceur et de courtoisie, à tel point que les gens s'étonnent qu'un si jeune enfant ait déjà le cœur aussi ferme et des sentiments aussi délicats. Ansiet est toujours heureux de servir son père à table, de lui délacer ses chaussures et ses guêtres le soir ; il lui apporte les oiseaux qu'il a tués, les lézards et les hannetons qu'il a capturés — jamais il ne reçoit de friandise qu'il ne veuille partager avec son père. Ansiau le prend en selle devant lui et l'emmène à la chasse et aux tournées de garde, le cachant dans son grand manteau de laine les jours de neige ou de pluie. L'enfant a une tête ronde et des cheveux blonds, d'un blond de lin, presque blancs. Il a le cou mince, des yeux qui ont toujours l'air d'interroger, une grande bouche mobile toujours prête à rire et à pleurer. Il est gracile, tant soit peu frêle, « né de mère trop jeune », comme dit dame Adela. Les seules choses qu'il tienne de son père sont un large sourire radieux et l'habitude de secouer la tête pour rejeter ses cheveux en arrière.

La dame ne manque pas de se montrer jalouse de la préférence du baron pour l'aîné de ses fils. Quand son mari s'assied près d'elle sur son banc et prend Ansiet dans ses bras, elle ne manque jamais de lui poser Herbert sur les genoux, et quand il baise l'aîné, elle veille à ce que le cadet reçoive autant de baisers pour son compte. — « Cet enfant n'est ni galeux ni pouilleux, dit-elle, il est de votre sang aussi bien que l'autre. — Dame, j'aime l'autre, et je n'aime pas celui-ci. — Comment, baron, je l'ai porté dans mon ventre pendant neuf mois, je l'ai enfanté avec Dieu sait quelle peine, je l'ai nourri de mon lait, et vous ne vous donnez même pas la peine de l'aimer ? C'est un affront que je n'ai pas mérité : il n'est ni bossu ni idiot. »

— Je l'aimerai donc pour vous plaire, dame. Mais le petit Herbert ne le touche pas beaucoup plus que les enfants de son cousin.

Herbert, pourtant, est un bel enfant. Il est gros et robuste pour son âge et promet d'être plus fort que son aîné. Très blond et très blanc, il a une grosse tête et une face ronde et pâle comme la lune ; ses fortes lèvres rouges, bourrelets gonflés à se rompre, et ses gros yeux fixes et immobiles lui donnent un air boudeur. Il est toujours debout dans un coin, les mains derrière le dos, son ventre rond en avant, sa tête blonde baissée et ses yeux regardant devant lui de dessous son front bombé. Il est buté et décidé, parle très peu et très mal, ne rit jamais et ne pleure presque pas. Il paraît lent d'esprit, mais Aalais ne s'y trompe pas : c'est un œil qui voit tout, observe tout, juge tout ; dans ses colères il devient rapide et sûr de lui, brusque et agile à la fois. « Il n'aura d'égal ni en ruse ni en force, pense Aalais, ni en beauté. » En attendant, c'est une petite bête féroce qui ne sort de sa torpeur que pour mordre, griffer, ruer, hurler. D'ailleurs, il aime la dame ; il avait d'abord été jaloux de son père ; puis de la petite sœur Ala qui ne vécut que deux mois, puis de Mahaut, plus obstinée à vivre ; la dame allaita Mahaut pendant treize mois.

Aussi blanche de tête que ses deux aînés, Mahaut a les yeux bruns, elle est rieuse et très jolie — à deux ans elle est déjà admirée de tout le château. Le baron en est très fier. Et la dame pense : « Ala eût été encore plus jolie », mais elle est seule à le savoir.

Joceran avait un cœur de père. En revoyant sa fille préférée au château du vicomte, assise à table à côté de son baron, il avait senti fondre sa colère et sa rancune. Il venait, d'ailleurs, de se brouiller avec la dame de Buchie et ne voyait plus de raison d'en vouloir à son gendre. Il aborda Aalais comme elle se promenait dans la cour du château avec d'autres dames ; elle tenait dans ses bras sa petite fille et les deux garçons la suivaient en s'accrochant à ses jupes.

— Eh bien, mes beaux enfants, vous ne saluez pas votre grand-père ? leur dit Joceran. Par ma foi, ces garçons tiennent plus de moi que d'Ansiau. A voir votre cadet, ma fille, on jurerait que c'est Baudouin quand il avait cet âge-là.

— J'en ai bien peur, mon seigneur, dit Aalais, heureuse de voir que son père ne lui en voulait pas. Il est si mauvais, si criard, si batailleur, que je n'en peux plus. Baudouin n'a pas pu être aussi difficile à élever.

— C'est donc qu'il se battra bien. Vous avez changé, ma colombe. Vous avez grandi et embelli.

« Enfin, je vois bien, mon cœur, qu'il faudra que je fasse la paix avec votre grand fou de baron, puisque vous tenez à lui. Il a d'ailleurs une riche parenté, il est si fort et si brave que je serais fier d'un pareil gendre. Dites-moi, que me demanderait-il comme garantie ?

— J'ai bien peur qu'il ne veuille rien entendre, soupira Aalais en frottant sa tête contre la barbe grise de son père. Il n'a rien contre vous, mais c'est à Baudouin qu'il en veut, à cause de cette marque sur le visage. Si Baudouin tombe entre ses mains, il le fera châtrer. Tout ce que je peux faire est de vous avertir.

— Baudouin finira mal un jour ou l'autre, gronda le père — quelle punition de Dieu d'avoir un fils pareil ! En toute justice, je comprends bien votre baron. Mais je ne peux pas désavouer Baudouin aux yeux de ma parenté.

La maison de Puiseaux va sens dessus dessous depuis la mort de dame Hodierne. Joceran lui-même s'en aperçoit et regrette vaguement sa défunte épouse, la seule qui l'ait subi assez longtemps pour qu'il ait pu s'habituer à elle. Irma, femme de Baudouin, gouverne la maison et n'arrive pas à se faire respecter. Lorsque Joceran est au château, lui et Irma déversent l'un sur l'autre des torrents d'injures, sous l'œil sombre de Baudouin, assis silencieux dans son fauteuil et toujours prêt à se jeter sur son père avec un couteau ou un escabeau. Baudouin n'est cependant pas un mauvais fils ; mais son amour pour Irma lui tourne la tête. Baudouin a trente ans, Irma trente-trois ; usée par deux maris et huit accouchements — et Dieu sait quels sortilèges et pratiques louches dont elle a le secret — elle est fanée et défraîchie et n'a jamais été belle, mais elle a si bien ensorcelé Baudouin que pour lui elle est la plus belle femme au monde, et la meilleure.

Il subsiste depuis des années entre le père et le fils une amitié grondeuse et tant soit peu méprisante.

— N'est-ce pas honteux de vous voir changer de pensée comme une girouette, dit le fils.

— Si un ange venait pour vous emmener en paradis, répond Joceran, vous commenceriez par lui donner un coup de couteau. Vous n'avez pas d'autre langage. Ce n'est pas vous qui changerez jamais d'idée, vous n'êtes pas plus capable de penser qu'un sanglier.

Ansiau et ses oncles se trouvaient à Païens lorsqu'ils furent convoqués à Troyes par la cour des pairs, car la dame de Buchie avait enfin trouvé un champion qui s'offrait à provoquer Ansiau et à l'accuser du meurtre de Fromond : jusque-là personne n'avait osé le faire, car on savait bien que Fromond avait été tué en loyal combat et devant témoins. Mais la vieille mère voulait se venger à tout prix, et avait offert tous ses biens à un pauvre et brave chevalier du pays, Gautier de Chaource, s'il voulait bien défendre sa cause auprès du comte : elle estimait que son fils avait été pris par trahison.

Or, Baudouin de Puiseaux, en apprenant cela, fut

très contrarié et se mit à accabler son père de reproches.

— Que pensera-t-on de vous, dit-il, qui avez promis de venger Fromond, devant son corps encore fumant ? Voilà que vous abandonnez cette vengeance à un autre. N'avez-vous pas dit que vous vouliez être traité de lâche devant toute la châtellenie si vous ne vengiez pas Fromond ? Et vous voyez qu'un autre vous enlève cette vengeance au vu et au su de tous.

— Il n'était ni mon oncle ni mon neveu, dit Joceran.

— Il était votre gendre. C'est pour cela même qu'Ansiau l'a tué, vous le savez bien. Dira-t-on de vous que vous avez peur d'Ansiau et de ses oncles ? Je veux aller à Troyes provoquer sur-le-champ Gautier de Chaource et me mettre à sa place pour combattre Ansiau.

— Ceci, je vous le défends, dit Joceran, nous ne pouvons nous mettre tant d'ennemis sur les bras, nous sommes déjà en guerre avec ceux de Breul. Attendez plutôt : si dans ce jugement Ansiau se trouve être le plus fort, vous pourrez tomber sur lui sans provoquer Gautier de Chaource.

— C'est entendu, dit Baudouin. Il faudra bien qu'il passe par Puiseaux pour rentrer chez lui, je le guetterai au carrefour de Chaource et Fromond aura sa vengeance d'une façon ou d'une autre ; nous avons attendu assez longtemps.

Pendant des heures Ansiau eut à soutenir un combat corps à corps si rude qu'il crut plusieurs fois ne plus pouvoir lutter. Sa lance brisée, son cheval tué, il n'avait plus que sa bonne épée qu'il tenait des deux mains et qu'il abattait tantôt à droite, tantôt à gauche, sur celle de l'adversaire. Gautier était un homme de trente-cinq ans, plus lourd et plus épais qu'Ansiau et très adroit dans tous ses mouvements. A plusieurs reprises, le tranchant de son épée effleura le heaume d'Ansiau. Plusieurs fois les chevaliers qui entouraient la lice crurent que Gautier de Chaource allait triompher et Herbert le Roux s'arrachait déjà la barbe de douleur ; Armelle de Buchie poussait de grandes clameurs de joie : « Gautier, Gautier, que je voie vite sa cervelle et ses entrailles ! »

« Hélas, vais-je mourir ? Je n'en peux plus. Mon âme se sépare de mon corps tant je suis las et meurtri. Dieu, Dieu, pourtant, je suis innocent, aidez-moi. » Sans qu'il sache trop comment, son épée s'abat tout d'un coup avec un craquement sourd. Gautier chancelle et tombe, l'épaule droite fracassée.

Ansiau jette alors son épée par terre et fait un grand signe de croix. Il se tourne vers la rangée des chevaliers alignés devant la lice, vers les juges et les témoins.

— Seigneurs, dit-il, je le dis pour que vous le sachiez, c'est Dieu qui m'a aidé ; et si cet homme est hors d'état de combattre, ce n'est pas mon mérite mais un miracle, car moi, j'étais à bout. Voyez si je n'ai pas prouvé mon bon droit. A part cela, je ne lui demande rien, ni à lui ni à la dame de Buchie.

Aussitôt il fut entouré de ses écuyers et cousins qui l'emmenèrent hors du champ clos et l'aidèrent à enlever son armure, car il était tout meurtri et couvert de grands bleus. De par le jugement des pairs, Gautier de Chaource fut condamné à avoir le poing droit coupé pour fausse accusation et calomnie, et la dame de Buchie paya pour lui une forte amende pour le soustraire à ce châtiment.

Quelques jours après la parenté d'Ansiau quittait Troyes ; mais Ansiau lui-même eut l'imprudence de rester, seul avec Thierri et deux hommes d'armes : il dit qu'il voulait se reposer chez son parrain Guillaume de Nangi. Mais en réalité une autre raison le retenait à Troyes : il avait appris que la dame de Chalmiers s'y trouvait, et il avait envie de la revoir encore une fois. Il fut bien puni de cette mauvaise intention, car il ne trouva pas la dame de Chalmiers et s'attira de graves ennuis à son voyage de retour à cause de l'insuffisance de son escorte.

Sur la route de Troyes à Chaource, au carrefour, Ansiau vit tout d'un coup deux écus jaunes et bleus se dresser devant lui, deux chevaux harnachés, deux pointes de lance. « Traître, défends-toi, souviens-toi de la cervelle de Fromond de Buchie. »

— Judas, cria Ansiau en reconnaissant la voix de Baudouin, tu vois bien que je ne suis pas préparé. Laisse-moi mettre mes armes, voici mes soldats qui les portent. Et mon cheval n'est pas fait au combat.

— Je te laisse le temps de prendre ton écu et ta lance : un homme qui se bat bien n'a pas besoin d'autre chose.

Le cheval de Baudouin reçut une blessure à l'œil et tomba à genoux, et au même moment le cheval d'Ansiau se cabra et jeta bas le cavalier. Ansiau rappelait vainement ses forces pour se lever, quand il vit Baudouin s'avancer lentement vers lui l'épée levée, soufflant et grognant comme un sanglier. Ansiau eut juste le temps de lever son écu au-dessus de sa tête. Et tout d'un coup une haine si brûlante, si douloureuse l'envahit qu'il en eut comme un spasme dans son cœur et ses entrailles et crut qu'il en mourrait. Il se releva, couvert toujours de son écu, et recula lentement, pour s'adosser au tronc d'un chêne. Au-dessus de sa tête il voyait la lance du compagnon de Baudouin, toujours à cheval.

— Hé, Baudouin de Puiseaux, qui vous a permis d'attaquer cet homme sur nos terres ?

Les seigneurs du Breul arrivaient au galop, un de leurs soldats les ayant avertis qu'on se battait au carrefour : ils estimaient que cette partie de la route était à eux. Baudouin fut si en colère qu'il manqua de se jeter sur eux avec son épée. Mais ils étaient les plus nombreux. Ils dégagèrent Ansiau et l'aidèrent à retrouver son cheval. Ansiau et ses hommes rentrèrent à Linnières en assez piteux état, car ils durent passer par de petits sentiers en forêt pour n'être pas attaqués de nouveau.

La chasse à l'homme. Dans la forêt de Puiseaux, Baudouin chasse le cerf sans se douter qu'il est lui-même le gibier guetté par des braconniers de belle taille. A l'affût derrière un taillis de noisetiers, Ansiau, Herbert, André et Simon tiennent en bride leurs chevaux et écoutent l'hallali qui s'éloigne toujours et le pas lourd d'un gros palefroi portant un gros cavalier.

Les branches mortes craquent, l'écho fait retentir le sol et les troncs. « C'est par ici qu'il a passé, Robert. Les chiens ont perdu la piste. » Baudouin apparaît sur la clairière, les cheveux défaits, rouge, le front en sueur ; sa tunique de grosse laine écrue est toute mouillée de pluie et de rosée. Son écuyer le suit, portant sa lance et son écu de chasse.

— Voilà mon Boucant qui se raidit — il doit y avoir un ours dans les parages, dit Baudouin. Puis, en avançant vers le taillis, il aperçoit quatre têtes d'hommes émergeant du feuillage vert.

Très pâle, Baudouin se tourne vers l'écuyer.

— Robert, va vite chercher du renfort. Ceux de Linnières sont là, je reconnais les cheveux rouges d'Herbert.

Mais Robert n'a pas le temps de faire dix pas : il reçoit un javelot entre les omoplates.

Alors Baudouin fait tourner bride à son cheval et s'élance dans le sentier qui mène à Puiseaux. Son cheval, la croupe criblée de javelots, renâcle, se cabre de douleur, puis bute contre un tronc d'arbre. A peine Baudouin a-t-il le temps de sauter par terre. Ansiau n'est plus qu'à dix pas de lui.

Haletant, Baudouin rampe à travers les taillis, effarouchant lièvres et perdrix qui fuient de tous côtés. Les branches mouillées lui battent le visage et les ronces déchirent ses habits. Tout près de lui des branches craquent, des feuilles s'écartent avec un bruit sifflant : c'est Ansiau qui s'avance sur ses traces, haletant, reniflant l'air pour y déceler l'odeur de son ennemi. Baudouin aperçoit à travers les branches deux têtes rouges — celles de Simon et d'Herbert.

Le poignard à la main, Baudouin glisse toujours entre les herbes, s'arrêtant au moindre bruit. Les arbres se font rares, les buissons clairsemés. De peur de s'enliser dans le marais, Baudouin s'arrête et, couché dans l'herbe, écoute de toutes parts les branches craquer sous des pas d'hommes. André — la tête d'or — sort des buissons et regarde autour de lui, cherchant des yeux la trace de l'ennemi. Alors, Baudouin se lève, brandit son poignard et s'avance vers lui ; leurs couteaux se croisent. « Je l'ai ! Je l'ai ! crie André. Par ici, père, frère ! » Cerné de toutes parts, Baudouin se défend comme un ours blessé. Son couteau lui est arraché des mains, il se défend avec ses poings et ses coudes, et fait si bien qu'à plusieurs reprises il secoue et jette loin de lui ses quatre adversaires, comme un sanglier fait tomber autour de lui les chiens qui le harcèlent. De tous il est le plus gros et le plus fort.

Mais il est seul contre quatre et ses forces l'abandonnent. Il est saisi, garrotté, traîné par terre comme une bête abattue, hissé sur le dos d'un cheval, en travers de la selle. Sous un poids si lourd, le cheval avance avec peine. Le chemin est long, la tête de Baudouin, pendant en bas, se remplit de sang et de rouge devient violacée. A travers les cercles rouges qui tournent devant ses yeux, il voit le ventre fumant du cheval, la poussière et les graviers de la route ; le monde paraît renversé, le ciel est en bas, et, au-dessus de sa tête — la terre et les sabots du cheval.

Dans la tour de Seuroi où les cavaliers arrivent au bout d'une demi-journée de marche par routes forestières, Baudouin est porté dans la salle avec de grandes clameurs de joie ; des valets lui attachent les pieds et les mains aux quatre coins du lit, et là il est châtré par Rainard et Edme son maquignon, en présence d'Ansiau, d'Herbert et des fils d'Herbert.

— Maintenant, dit Ansiau en portant la main à son nez, tout le monde aura peur en regardant ma cicatrice. Personne ne voudra plus en rire.

Rainard essuie ses mains sanglantes. Dans un silence lourd et tendu, coupé par les grognements pitoyables de Baudouin, Herbert s'éponge le front, car le soir est orageux et l'air de la pièce étouffant. Par la porte, un jour blafard tombe sur la paille noircie dont les dalles sont jonchées. Une torche éclaire de sa lumière rougeâtre les visages pâles des hommes qui se tiennent debout autour du lit et les vastes chairs blanches et velues de Baudouin.

Le premier instant de triomphe passé, Ansiau jette un regard étonné sur le visage blême et tendu de son ennemi ; les yeux fermés, des gouttes de sueur au front, l'écume à la bouche, les cheveux collés aux tempes, Baudouin n'a plus rien d'odieux, plus rien qui fasse bouillir le sang de colère — Ansiau a presque pitié.

— Après tout, dit-il, pensif, il est assez puni. Il est quitte envers moi, je ne lui veux plus de mal. Mon oncle, je veux lui faire donner des habits propres et lui faire boire du vieux vin de votre cave. Demain je le ferai porter jusqu'au pont de Puiseaux sur de bons brancards, pour qu'il ne puisse pas dire que je l'ai maltraité alors qu'il était infirme.

— Vous ferez bien, dit Herbert, par ma foi, c'était un rude homme. Sa parenté saura ce qu'il en coûte d'outrager ceux de Linnières.

Le lendemain, les soldats qui gardaient le pont de Puiseaux trouvèrent sur la route des brancards couverts de peaux de loups et sur les brancards le corps gisant du fils de leur baron, enveloppé dans un manteau de laine. Avec de grands cris de douleur, ils le portèrent jusqu'à Puiseaux.

Joceran, en voyant son fils aîné ainsi mutilé et déshonoré, se mit à rugir de douleur et à s'arracher les cheveux et la barbe.

— Ah! quand en aurai-je fini avec cet homme! Hélas, Baudouin, mon premier-né, voilà que je dois porter votre deuil de votre vivant! Qu'ai-je donc fait à ce loup pour qu'il veuille ainsi détruire ma race.

Étendu sur son lit, pâle, les yeux fermés, Baudouin, pour la première fois de sa vie, paraissait abattu et découragé.

— C'est fait de moi, disait-il. Ma vie est finie, je n'ai plus qu'à crever. Je suis votre aîné, ne faites pas d'injustice à mes fils.

A le voir si triste et si doux, Joceran en eut le cœur retourné.

— Par ma barbe, dit-il, je ne vous laisserai pas sans vengeance. Que je sois maudit de Dieu si je ne rends pas à Ansiau tout ce qu'il vous a fait souffrir. Vous vivrez plus longtemps que moi et vous tiendrez le fief après ma mort, tout comme si vous étiez demeuré entier.

— Comment oser me montrer aux autres chevaliers ! se lamentait Baudouin, j'aime mieux mourir.

— Par le corps saint Thiou, je vous livrerai cet homme pieds et poings liés, rugit Joceran. Ne pleurez pas ainsi, mon beau faucon, mon sang, mon orgueil ! Vous me déchirez le cœur. Je vous jure que vous aurez satisfaction ou je ne suis plus chrétien. Dans un mois d'ici, Ansiau et ses oncles seront plus à plaindre que vous.

Ansiau pouvait bien penser que sa vengeance ne passerait pas inaperçue dans le pays et qu'il aurait à en répondre d'une façon ou d'une autre. « Si j'en réchappe, disait-il, je serai craint par tout le pays. »

Il appela ses oncles et vassaux et se barricada dans son château.

Aalais, en apprenant le traitement qui avait été infligé à son frère, se mit à pleurer et à se lamenter.

— Ah, Baudouin, fils de noble père ! Vous voilà donc émasculé et humilié ! Hélas, ma pauvre sœur Irma ! Hélas, mes pauvres neveux !

— Dame, dit Ansiau, est-ce loyal ? Vous m'aviez promis de renoncer à votre famille. Vous m'avez dit que vous n'aimiez pas Baudouin.

— Dieu ! Est-ce que je savais ? N'avez-vous pas versé mon sang ? Voyez, j'ai la même bouche et les mêmes yeux que lui, et pouvez-vous me regarder en face ? Pourquoi ne m'avez-vous pas renvoyée chez mon père ? Vous ne m'aimez pas, vous me haïssez, allez-vous-en, vous ne coucherez plus dans mes bras.

— Je le ferai tant qu'il me plaira, dame, vous le savez bien. Que je ne vous entende plus vous plaindre.

Un mois plus tard, Ansiau et sa parenté étaient sommés par un message de Troyes à se rendre à la cour de nouveau, pour répondre d'outrages et de mutilations sur la personne du chevalier et homme lige du comte, Baudouin de Puiseaux. « Voilà bien Joceran, dit Ansiau avec dédain. Il ne sait pas se faire justice lui-même : il en appelle au comte, comme un bourgeois. » Il fit répondre qu'il était malade et refusa de venir : il était sûr qu'un guet-apens l'attendait en chemin.

Aalais n'eût pas été de bonne race si elle avait pu oublier facilement l'injure faite au fils de son père. Baudouin a beau être sorti de Blanche de Montméjart, il n'en est pas moins l'héritier de Puiseaux. Plusieurs fois par jour elle rougit et pâlit en regardant les oncles et cousins de son mari, car elle a devant les yeux la laide image du corps nu et mutilé de son frère aux mains de ces hommes. « Peuvent-ils me voir sans rire dans leur barbe d'avoir humilié ma parenté ? Ne pensent-ils pas que je suis une fille folle qui laisse outrager sa famille et ne dit rien ? La honte est pour moi, pense-t-elle, et mon baron n'a pas eu de pitié pour moi et pour mon sang. Comment me justifier maintenant aux yeux de ses parents et de tout le pays ? Les gens diront : elle a vendu et trahi ceux de son lignage pour coucher avec un homme. »

Dieu sait pourtant qu'Ansiau ne pouvait pas vivre toute sa vie avec le couteau de Baudouin sur la figure.

« Les hommes », pense Aalais, la nuit, quand sa petite fille crie, ou le jour, quand les flammes dansent sur les bûches de la cheminée. Ils sont tous ainsi. Il leur faut toujours se faire mal les uns aux autres, ils veulent toujours se couper, se tailler en pièces, s'éventrer l'un l'autre — tous sont borgnes, boiteux, balafrés, à celui-ci il manque deux doigts, à cet autre une main. Baudouin est bien le dernier homme à se laisser outrager impunément. Et comment n'aimerait-elle pas son beau faucon guetté par des éperviers d'aussi belle taille ?

A-t-elle jamais rien eu à reprocher à son mari durant ces six années de mariage ? Jamais il n'a manqué de lui faire des présents les jours de semaine comme les jours de fête ; jamais il ne l'a frappée, fût-ce de la main ; jamais il n'a tourné les yeux sur une autre femme. Catherine elle-même devait en convenir, il était bon mari autant qu'on peut l'être. S'il s'emportait parfois contre les autres, avec elle il était la douceur même. Il n'y a pas d'humiliation à aimer un mari pareil, surtout quand c'est le premier, celui qui vous a eue à quatorze ans.

Hélas ! Qu'ont-ils donc tous tant qu'ils sont ? La vie est donc ainsi faite qu'il leur faut toujours tailler dans de la chair vive, et toujours ma chair à moi, mon père, mes frères, mon mari, — mes fils, quand ils seront des hommes ?

Aalais fait des rêves rouges, toujours rouges, c'est un chaos d'écus peints, d'entrailles d'hommes, de têtes mutilées, et de coups, de coups sans fin — elle se réveille en sursaut, se croyant frappée de lances ou de haches. A présent, elle n'aime plus la guerre, cela fait trop mal. Elle aime l'hiver à présent, malgré les gelées et malgré les journées trop courtes et trop grises, puisqu'en hiver elle peut garder son ami près d'elle et jouir de lui — Dieu ! avec quelle avidité ! — qui sait si elle l'aura pour longtemps ? Ses deux fils sont petits, elle peut les couvrir de son corps, les réchauffer, les cacher en elle comme si elle les portait encore. Mais son baron, hélas, est si grand qu'elle est fatiguée de compter tous les endroits vulnérables de son corps. Elle revise avec soin ses armures, son heaume, son haubert, son écu, et pense qu'après tout ce n'est que du fer et du bois — des choses mortes. Et elle les bourre et les surcharge d'amulettes, de racines magiques, de signes sacrés. Mais là encore — qui sait si l'ennemi n'a pas de charmes plus puissants que ceux-là ?

La dame Adela mourut cet hiver, quelques jours avant Noël, en état de péché, sans avoir pu confesser ses fautes ni recevoir les sacrements. Elle était tout d'un coup devenue rouge foncé, presque violette, la langue lui était sortie de la bouche. Du banc où elle était assise, elle tomba par terre, aussi lourde et inerte qu'un sac de farine. Trois hommes purent à peine la soulever et la porter sur son lit et là elle resta, ronflant péniblement, l'œil sanglant, les jambes et les bras écartés, ses lourdes mains bouffies de graisse pendaient — les doigts écartés comme ceux des petits enfants.

Ni par les saignées ni par l'eau froide on ne put la faire revenir à elle. Dans la nuit elle passa, dure, raide, terrible plus que jamais dans ce mutisme implacable que plus rien ne pouvait rompre. Morte, elle paraissait plus grande encore qu'elle n'avait été vivante. La nuit, les chandelles brûlaient dans la chambre à coucher où deux servantes et Richeut faisant l'office de laveuses de corps découvraient que dame Adela avait aussi été une femme, essuyaient la sueur de ses énormes seins de marbre, et peignaient ses longs cheveux gris, cachés depuis longtemps par une coiffe blanche.

Celle qui avait si longtemps gouverné le château était étendue sur une grande table dans la chapelle, et ses belles-filles, servantes et valets, affolés, devaient à tout moment se retenir pour ne pas courir lui demander : « Dame, que faut-il faire ? Combien faut-il tirer de vin ? Quel tapis étendre pour l'enterrement ? » Noir, boursouflé, menaçant, le visage de la dame semblait dire : « Débrouillez-vous. J'ai assez travaillé. »

Le vieux Hue, assis dans un fauteuil près du cadavre de sa femme, restait immobile des heures entières, ne faisant que renifler de temps en temps, et avaler les larmes qui coulaient sur ses joues en deux minces filets ; sa moustache blanche en était toute trempée. Il avait perdu l'usage de la parole, et ne savait que beugler comme un sourd-muet en réponse à tout ce qu'on lui disait.

Aalais hérita du trousseau de clefs de la vieille dame, et aussi de sa voix criarde et de ses mains rudes et promptes à frapper. A vingt ans Aalais était une femme forte et robuste, élancée et encore mince ; elle avait des seins ronds et haut placés qui s'agitaient comme deux vagues quand elle marchait, car elle avait la démarche rapide et décidée. Elle avait la taille fine, des jambes longues, des chevilles étroites ; et sa tête, haute sur son grand cou blanc et rond, portait sans fléchir le poids des deux lourdes tresses qui lui battaient la croupe et les hanches quand elle marchait. A la voir s'avancer dans la salle, vêtue de sa robe de laine rouge serrée à la taille par une lourde ceinture brodée, tous ceux qui la regardaient pour la première fois disaient : « Voilà vraiment une noble femme, et qui doit produire une belle race. Si son mari meurt, elle ne sera pas en peine pour se remarier. »

*

Au printemps les hommes de Linnières furent bien obligés de quitter le château, car ils manquaient de fourrage et de blé ; leurs champs avaient été brûlés par ceux de Puiseaux, et au château, c'était la famine ; le pain était fait de son, et encore était-il chichement mesuré : les paysans du village, qui, eux, n'avaient même pas ce pain-là, venaient se traîner à la porte cochère du château. Ansiau les laissait entrer, la dame leur faisait porter les restes du manger des chevaux et des porcs ; les dimanches elle distribuait aussi du pain ; peu à peu il fallut manger tous les porcs, les bœufs, les moutons — les hommes d'armes, cela mange beaucoup — et pour la chasse, il ne fallait pas s'aventurer plus loin que le marais de Linnières — ceux de Puiseaux rôdaient aux alentours.

Ansiau décida de s'en remettre à la merci du comte ;

il s'était vengé d'un affront qu'il portait au visage depuis quatre ans ; personne ne pouvait l'accuser d'avoir pris son ennemi au dépourvu. Tant qu'un homme libre a droit de vengeance en pays chrétien, les lois du comte ne peuvent rien lui reprocher. Seulement, la chevauchée par le pays était dangereuse, car ceux de Puiseaux rôdaient dans la forêt et gardaient les routes : il ne fallait sortir que tous ensemble et bien armés — Ansiau ne se souciait pas d'être châtré à son tour, et se souciait encore moins de laisser tuer un de ses cousins. Le mot d'ordre était donc : que personne ne s'écarte du gros de la troupe. Ansiau voulait descendre par Bernon sur Chaource, et de Chaource gagner Troyes, passer en chemise et pieds nus devant le comte, lui exposer les raisons de son refus de venir à la cour l'an dernier et se justifier de l'accusation portée par Joceran — tout au plus le forcerait-on à payer une amende pour n'être pas venu au jugement. De toute façon à Troyes il avait des amis, il avait Abner, qui lui prêterait de l'argent, il pourrait remettre en état les hauberts et, au voyage du retour, acheter du blé à Chaource.

Seulement il fallait encore laisser des hommes garder le château : Ansiau et Herbert décidèrent qu'au printemps personne n'irait s'aventurer dans les marais de Linnières ; il suffisait de faire garder la tour de Seuroi qui était au carrefour de deux chemins, juste en face de Hervi. La dame le garderait, on lui donnerait dix soldats, c'était bien suffisant, la tour était petite et solide.

Aalais était enceinte de quatre mois, mais elle

supportait bien ses grossesses. Elle se résigna tant bien que mal à laisser aux soins d'Haumette ses deux garçons et la petite Mahaut, et suivit les hommes à Seuroi.

La petite troupe s'arrêta à Seuroi pour la nuit. Oncles et neveux se chauffèrent devant le grand feu de branches que Rainard fit allumer dans sa cheminée noire comme un four d'enfer. La dame, assise sur un banc près du feu, chauffait ses mains engourdies. Dehors, des rafales de vent faisaient craquer les cimes des arbres dans la forêt encore nue — les hommes se signaient : par ces nuits-là les âmes des trépassés en forêt se plaignent et pleurent. Rainard lui-même, atteint depuis l'automne d'une mauvaise toux, haletait et crachait dans le feu. « Mauvais temps, disait-il, mauvais temps », et il se serrait frileusement dans ses vieux haillons graisseux.

La nuit, il plut à torrent. On eût dit que toute l'eau du ciel se déversait sur la tour de Seuroi par un immense entonnoir. Aalais, serrée contre son mari, entendait des ruisseaux, des cascades, couler, se déverser le long des murs — dehors, l'eau coulait en rivières, dans la cour, dans le fossé ; on n'entendait plus que le bruit de l'eau tombant dans de l'eau. « Dieu ! les enfants, pense la dame, le château est si humide. Et ils voudront aller patauger dans la cour, pourvu qu'Haumette ne les laisse pas faire. » Et puis elle pense aussi que sur la route de Bernon à Chaource les hommes peuvent être attaqués, et qui sait par quoi Baudouin fera passer Ansiau si jamais il le prend ? Ce n'est pas gai, la vie.

Le matin est noir comme la nuit — on entend sonner prime à l'église Sainte-Marie des Anges, au loin — on bâille, le sommeil commençait juste à être doux malgré les punaises et la paille trop piquante — Aalais se lève, et étire ses bras engourdis. Il faut aider le baron à se laver, à se peigner, il est pressé, nerveux. Herbert et Rainard se font lacer dans leurs hauberts par leurs écuyers. André vérifie les étriers de son cheval : à Seuroi, hommes et chevaux couchent dans la même pièce, on fait descendre les chevaux dans la cour par une planche à gradins.

La cour est couverte de ruisseaux jaunes qui s'entrecroisent et coulent vers la palissade toute noire dont les pieux pataugent dans la boue. Les uns après les autres les hommes descendent avec leurs chevaux, après avoir donné un baiser d'adieu à la dame. Ansiau l'embrasse plus longuement que les autres.

— Dame, si je ne reviens pas.
— N'en parlez pas, dit-elle.
— Dame, si je meurs, ne revenez pas chez votre père. Épousez un de mes cousins.

Il faisait presque clair dans la cour quand les valets ouvrirent la porte et jetèrent des planches par-dessus le fossé plein d'eau jusqu'aux bords. Les cavaliers vérifiaient leurs étriers et montaient en selle. Boitant péniblement, Rainard s'approcha de son cheval roux, quand tout d'un coup une quinte de toux le saisit, il tomba par terre, crachant du sang ; une grosse flaque rouge s'étala sur le sol au-dessous de sa bouche. Deux écuyers l'aidèrent à se relever. Pantelant et haletant,

Rainard fit encore un pas vers son cheval, et s'accrocha à la selle pour ne pas tomber.

— Frère, dit-il à Herbert, je reste.

Dans le vacarme de la cour, Herbert ne s'était pas aperçu de la faiblesse qui avait pris son frère ; il se faisait attacher ses gants aux poignets, et caressait son cheval. Et Rainard avait parlé d'une voix si éteinte qu'il l'avait mal entendu. « Quoi ? dit-il sans se retourner. Parlez plus haut.

— Je reste, siffla Rainard.

— Hein ? Dieu de bonté ! Qu'avez-vous ?

Le malade sourit faiblement, comme pour s'excuser.

— Je laisse mon cheval à Bernier. Il rallongera l'étrier gauche.

— Faites-vous hisser en selle, dit Herbert. Cela vous passera.

— Non. Je remonte. Adieu. »

Herbert dit : « Adieu », et Rainard se traîna jusqu'à la planche de bois qui servait d'échelle, et s'assit sur les gradins du bas. Pour une seconde les yeux bleus d'Herbert se recouvrirent de buée, il clignota des paupières et renifla, et tout fut fini. Il était déjà à cheval et s'avançait péniblement sur la route boueuse, quand l'image de son vieux compagnon affaissé sur les marches de l'échelle comme un crapaud écrasé, passa de nouveau devant ses yeux. Il pensa qu'il ne reverrait jamais son frère.

Aalais ne fut pas enchantée d'apprendre qu'elle aurait à partager le lit avec Rainard ; Rainard, de ses propres mains, avait châtré Baudouin (avec l'aide d'Edme, il est vrai). La chose s'était faite par la volonté d'Ansiau, mais Rainard avait le sang sur les mains ; et si Baudouin le prenait jamais vivant il lui ferait couper les mains comme à un paysan. Mais cet homme était l'oncle d'Ansiau et Aalais était bien obligée de le traiter comme un parent.

Elle n'avait pour le servir qu'une fillette de douze ans qu'elle gardait toujours près d'elle. Les dix soldats de Rainard qui gardaient la tour ne lui inspiraient pas beaucoup de confiance. D'ailleurs, le baron lui avait laissé, pour la protéger, un jeune écuyer de Linnières, nommé Milon du Cagne. Ce Milon, âgé de dix-sept ans, était robuste, rapide et agile ; c'était un cousin de Thierri et il était très dévoué au baron.

Aussitôt après le départ des chevaliers, Aalais décida qu'il fallait envoyer Rainard au lit et lui faire boire du vin chaud pour remplacer le sang qu'il avait perdu. Le malade avait réussi à se traîner jusqu'à l'âtre et, couché sur les dalles, laissait échapper de temps à autre un râle plaintif. Il refusa d'abord de se mettre au lit : il avait froid, il voulait rester près du feu. Aalais dit : « Je vous ferai chauffer des pierres. Allez, vous serez mieux. Voilà votre vin qui est prêt ; vous ne le boirez qu'au lit. »

Le vieux garçon releva la tête et la regarda d'une drôle de façon : on eût dit qu'il avait envie de rire.

— Vous êtes jolie fille, hein ? dit-il de sa voix morte, et les deux longues canines reparurent aux coins de sa bouche.

Aalais leva les sourcils, car c'était la première fois qu'elle entendait Rainard se piquer de galanterie ; elle haussa les épaules, et Rainard, qui était touché et avait pensé dire quelque chose d'agréable, referma les yeux. Il finit tout de même par se laisser étendre dans son lit, envelopper de peaux de loups et entourer de pierres chauffées.

— Et maintenant, buvez, dit Aalais, mais pas trop vite, cela vous donnera un coup au cœur.

Rainard dit :

— Voilà bien des embarras. Laissez-moi crever en paix.

— Là. Ne parlez pas. Vous avez eu une mauvaise nuit, voilà tout.

Rainard ricana encore un peu et finit par s'assoupir.

Voyant qu'il s'était endormi, Aalais alla trouver le chef et intendant des hommes de Seuroi, Florimond. Elle lui dit qu'elle voulait avoir les clefs sur elle. Florimond dit : « Je suis un homme et je les garderai mieux que vous. » A quoi la dame répondit qu'elle avait un bon couteau à sa ceinture et d'ailleurs Milon du Cagne était là pour la protéger. « Quand les seigneurs reviendront, dit-elle, je leur parlerai pour vous si vous m'obéissez bien. »

Florimond lui remit les clefs, avec un sourire qui voulait dire : « Je sais bien que je peux les reprendre quand il me plaira. »

Ce Florimond était un homme du midi, son passé était des plus obscurs ; on savait qu'il couchait avec Rainard. C'était un homme assez déplaisant, il avait un visage blanc, une barbe très noire, des lèvres très rouges. Aalais ne l'aimait pas, parce qu'il était insolent avec elle : il voulait toujours faire le maître. Il lui disait tout crûment que le baron et ses oncles seraient à coup sûr jetés en prison à Troyes et qu'ils auraient la tête coupée pour avoir désobéi au comte. « Et c'est encore de nous que vous dépendrez pour défendre vos petits chiots », concluait-il. Pour Florimond il n'y avait pas d'homme vivant qui ne fût exposé à avoir la tête coupée : il suffisait de paraître à Troyes pour être accusé de ceci ou de cela, et alors, c'est le billot, si ce n'est le pilori, la roue et les tenailles. Aalais ne voulait pas trop l'écouter, et pourtant elle était un peu inquiète : quinze jours passèrent, puis vingt, et les chevaliers n'étaient toujours pas rentrés. Les provisions de vivres s'épuisaient, et des hommes de Puiseaux et de Hervi venaient rôder autour de la bâtisse et cherchaient à escalader la palissade, si bien que personne n'osait sortir, il n'y avait plus moyen de se mettre en rapport avec le château.

Un beau matin d'avril, Aalais ne retrouva plus Mabile, la fillette qui la servait ; elle eut beau l'appeler : elle n'était ni au toit, ni près des chevaux. Mais au soir, du haut de la tour, Aalais découvrit un mince cadavre blanc enlisé dans la boue du fossé. Alors, pour la première fois, elle eut peur. L'enfant dans son ventre se soulevait et s'étirait doucement. Elle se demanda si elle le porterait à terme et son cœur se serra : jamais encore elle n'avait autant souhaité la vie d'un enfant. Elle raconta à Milon ce qu'elle avait vu, et dès lors ne quitta plus le lit de Rainard, qui était encore l'endroit le plus sûr de la salle.

Aalais finit par s'habituer à Rainard, parce qu'il était le seul homme à Seuroi qu'elle pût traiter d'égal à égal. Elle le soignait tant bien que mal, car elle n'était pas de ces femmes qui ne peuvent supporter la vue du sang et des convulsions. Et Rainard la couvait de son étrange regard ironique et résigné, et disait parfois : « Merci, belle nièce. » Il savait que ses hommes l'eussent laissé crever comme un chien. Il y était préparé. Cette femme venait se mêler de ce qui ne la regardait pas. Mais comme elle était sa nièce et née de noble père, il ne la renvoyait pas. Le fait était qu'elle arrivait quand même à soulager ses souffrances.

Il souffrait sans se plaindre, comme il avait toujours souffert, comme une bête qui ne se couche que pour être dévorée ; il avait tenu jusqu'au bout, sachant que le premier signe de faiblesse serait aussi le signal de la fin.

La fin était venue pour lui, et Florimond et les soldats le savaient si bien qu'ils le considéraient déjà comme mort, et ne s'informaient plus de sa santé. Mais Aalais avait le cœur trop bon pour laisser crever comme une bête un oncle de son mari. Elle passait des heures à repriser et à réparer les broderies d'une vieille tunique de Rainard, pour pouvoir, disait-elle, au moins l'enterrer décemment.

— C'est une honte, disait-elle, que vous n'ayez pas dans vos coffres un seul habit qui ne soit sale et troué. On voit que vous avez toujours vécu sans femme. Et pour votre plus grand dommage, je dois vous le dire : vous savez qu'il n'est pas de péché que Dieu déteste autant que le péché contre nature.

— Bah, disait Rainard en bâillant — qu'avais-je besoin de bâtards ?

Plusieurs fois la dame crut qu'il passerait dans ses bras, mais il vivait toujours. Jour après jour Aalais prit l'habitude d'écouter les étranges confessions de Rainard qui devenait bavard quand il était excité par le vin. Dieu sait si c'était pour soulager sa conscience ou pour se rappeler qu'il avait quand même vécu, mais il racontait volontiers son triste passé. Il avait bonne mémoire. Aalais l'écoutait sans horreur et sans pitié, dignement, comme un confesseur. De temps en temps seulement elle hochait la tête et disait : « C'est bien laid. — Eh oui, disait Rainard tranquillement, ce n'est pas beau. »

Ses histoires n'étaient pas de celles qu'on peut traduire en un langage humain, car elles étaient presque toujours si crues et si obscènes que le diable même n'eût sans doute rien inventé de pire. Rainard était bien connu pour sa cruauté, mais jusqu'où elle allait, lui seul pouvait le savoir. Qu'il avait torturé par plaisir hommes, femmes et enfants, Aalais le savait, mais elle ignorait les détails. Rainard avait si peu de pudeur et racontait tout avec tant de calme qu'Aalais elle-même ne rougissait de rien : cet homme parlait une langue qui n'était pas celle des hommes. Nerfs tirés à vif, muscles tiraillés ou sectionnés, seins arrachés, accouplements monstrueux d'hommes et de bêtes, raffinements de tortures par faux espoirs, fausses promesses, spectacles sanglants donnés aux proches des victimes — Rainard avait tout essayé, de très bonne foi : il passait pour un esprit pauvre, mais là, personne ne l'eût surpassé en imagination.

— Et au fond, ma belle nièce, disait-il, ce n'est pas grand-chose. C'est comme je vous le dis : pas grand-chose. Ça ne vous donne même pas chaud. A l'entendre, on croirait que ça fait quelque chose. Eh bien, non, ce n'est pas grand-chose, comme je vous le dis. » Et, de fait, il avait beau raconter des histoires à faire dresser les cheveux sur la tête — tout ce qu'il disait était prodigieusement ennuyeux et plat — sa façon de raconter les choses était si banale et si terne que les mots les plus crus perdaient leur sens et Aalais bâillait souvent en écoutant ces récits d'enfer. « Et si ce n'est pas grand-chose, mon oncle, pourquoi avoir tant chargé votre âme ? »

La question était trop compliquée pour l'esprit de Rainard.

— Chargée... disait-il en répétant les paroles de la dame, songeur ; chargée... oui, bien sûr, il faut croire que je l'ai chargée. Chacun veut avoir son plaisir, n'est-ce pas ? »

D'ailleurs, Aalais se disait que Rainard devait être difficile à contenter : il blâmait et critiquait tout — il n'y avait pas dans la châtellenie un seul baron qui valût une noix, et le comte Henri de Champagne ne valait pas grand-chose non plus ; le roi de France n'était qu'un imbécile, et le roi Henri d'Angleterre, encore que brave, était un imbécile également ; aucun d'eux ne valait un gant troué. Les deux papes étaient faux l'un aussi bien que l'autre, il fallait les enfermer tous les deux ; et le mieux encore serait de les pendre. Le seul homme qui trouvât grâce devant ses yeux était son frère Herbert : « Herbert, bien sûr, c'est un homme, il n'y a rien à dire. Et il est bon frère. » Rainard avait aussi des préférences pour des soldats, des écuyers : « Celui-là, disait-il, sait bien dresser les lévriers, cet autre tire bien de l'arc. Ah, oui, c'est un homme aussi, il tire bien de l'arc. Et Florimond ? Florimond n'est qu'une dinde, une poule mouillée. A le voir, on ne le croirait pas. Il ne vaut pas une noix pourrie. »

Rainard savait que la dame était grosse et elle ne pouvait s'empêcher de lui parler de son enfant. « Si c'est un garçon je l'appellerai Girard. Il ressemblera peut-être au baron... c'est drôle, aucun de mes enfants ne lui ressemble. »

Rainard disait : « Il n'est pas bien beau, votre baron. » Il le disait en bâillant, sans la moindre envie de blesser Aalais. Elle le voyait et n'en s'en fâchait pas.

— Et un enfant non plus, disait Rainard, pensif, ce n'est pas grand-chose. On croit que c'est quelque chose, hein, vous êtes dame, vous l'avez dans le ventre, une fois qu'il est né on vous fait une fête. J'en ai éventré une qui portait un enfant de cinq mois, et c'est très laid, comme un crapaud à grosse tête, tout recroquevillé, et gluant ; je l'avais jeté aux chiens, celui-là... oui, c'est bien ça, aux chiens. » Aalais pensa à son Girard et frissonna.

— De moi aussi, vous en auriez fait autant », dit-elle en hochant la tête ; l'image de l'enfant jeté aux chiens lui déplaisait.

Rainard ne comprit pas. « Vous ? Mais non. Je n'y ai jamais songé. D'ailleurs, on n'éventre pas les nobles femmes. Sauf celles qui couchent avec des valets. Celles-là il faut les abattre parce qu'elles gâtent la race. »

Aalais frémit de dégoût : « On devrait les écorcher vives. »

Un jour que le malade paraissait plus faible que d'ordinaire, Aalais lui conseilla de penser un peu à son âme.

— Il n'y a pas de prêtre ici, dit Rainard.

— Il faut envoyer un des hommes en chercher un à Hervi.

— Personne ne voudra y aller. Et le prêtre ne voudra pas venir pour moi. Ils seront trop contents de me laisser mourir damné.

— Eh bien, j'ai du pain bénit et consacré cousu dans un sachet à mon cou. Il vous servira d'hostie.

— Voilà plus de vingt ans que je n'ai communié », dit le mourant. La dame se signa.

— Et comment vivez-vous, alors ? Et vous savez, si vous allez en enfer, ce ne sera pas pour un an, ni pour deux.

— Je sais, je sais. » Il toussota et laissa tomber sa tête sur les oreillers. Dans ces yeux verdâtres il n'y avait ni crainte ni émoi. Voilà cinq semaines qu'il était mourant. Il en avait assez. L'enfer, il savait ce que c'est. Ce ne devait pas être grand-chose non plus.

Le soir, comme il paraissait aller très mal, la dame lui fit avaler le pain bénit — il le rendit aussitôt dans un crachement de sang qui inonda les draps. Aalais pensa que c'était un mauvais signe. Elle entendait des râles sonores et prolongés s'échapper de cette poitrine creuse couverte de longs poils noirs. Le visage de Rainard, bleu et crispé, était si horrible à voir qu'elle courut appeler Florimond et Milon. Quand elle revint, le malade avait rouvert les yeux. Il avait un regard fixe et dur ; son nez s'était aminci, et il semblait avoir avalé ses lèvres.

— Ce n'est pas trop tôt, dit Florimond. Rainard parut l'avoir entendu : il releva les sourcils d'un air de reproche. Puis il s'étira, son cou se renversa en arrière, la bouche s'ouvrit. Une pomme d'Adam aussi saillante que le menton se détachait du long cou décharné.

— Voilà une mort tranquille », dit Florimond, et il se signa, comme malgré lui. La dame et Milon suivirent son exemple.

Lavé et vêtu, le corps était exposé sur la table au milieu de la salle ; trois cierges brûlaient à ses pieds. La dame avait réussi à envoyer un homme à Hervi pour chercher le prêtre, mais il se trouva que Rainard avait eu raison : le prêtre refusa de venir et défendit d'enterrer Rainard en terre chrétienne, de faire brûler des cierges et de prier pour son âme. La dame alluma les cierges quand même, estimant qu'un tel déshonneur ne pouvait pas être infligé à un oncle de son mari, et résolut de veiller le mort elle-même — sûrement, un autre prêtre que celui de Hervi absoudrait facilement cette désobéissance.

Un chapelet dans les mains, Aalais veillait le mort. Dans le coin de la salle, près de la cheminée les soldats ivres juraient et lançaient des dés. Florimond, assis à l'écart sur un banc, les poings sous le menton, paraissait abîmé dans ses réflexions. Il avait l'air méchant ; en rencontrant son regard Aalais frissonnait.

La tête de Rainard se détachait, blanche, sur un coussin noir ; il y avait une ombre bleuâtre sur les paupières transparentes et jaunes, les narines avaient pris une teinte violacée, les lèvres étaient brunes ; des cavités grises s'étaient creusées aux tempes, et la face avait déjà pris les teintes d'une chose non humaine qui obéit à ses lois propres. Les coins des lèvres s'étaient retirés, montrant pour une dernière fois les grosses canines noires dans un ricanement qui n'avait plus rien de hideux.

Jamais dans sa vie humaine le corps de Rainard de Linnières n'avait possédé cette étrange beauté — beauté qui ne venait pas des traits du visage, mais qui paraissait les éclairer du dedans — tout semblait être à sa place pour former une harmonie parfaite. Le front bas s'était détendu, les joues creuses et les lèvres serrées s'étaient contractées en un sourire qui n'exprimait plus ni joie ni tristesse ; mais une paix par-delà toute compréhension. Et Aalais pensait en le regardant que Dieu devait en savoir plus long que les hommes. Un à un les grains du chapelet glissaient dans ses doigts : « Je vous salue Marie. » Elle ne savait pas encore les prières des morts. *Sancta Maria Mater Dei* — jamais chrétien n'a eu autant besoin de prières.

Et puis, la face devint effrayante à voir et Aalais la couvrit avec un linge blanc.

Rainard fut porté en terre sur des brancards et

descendu dans une fosse creusée à cent pas de la tour, à la croisée des chemins. Plus tard, une grosse pierre carrée y fut posée et l'endroit garda le nom de Tombe Rainard.

Ansiau revenait de Troyes d'assez bonne humeur, car il avait réussi à se justifier auprès de la cour des pairs et n'avait plus rien à redouter de ce côté-là : il est vrai qu'il avait fallu passer un mois entier à Troyes et implorer le vicomte et le sénéchal, promettre ses services à l'évêché de Troyes — mais enfin, son innocence était reconnue, et il était établi que Joceran n'avait rien à exiger du comte : il n'avait qu'à se faire justice lui-même. Ayant acheté trois sacs de blé à Chaource, Ansiau s'apprêtait à franchir de nouveau la zone dangereuse — la première fois ceux de Puiseaux n'avaient pas été assez nombreux pour lui tomber dessus.

Cette fois-ci, pourtant, la catastrophe arriva, car ceux de Linnières, enhardis par le succès à Troyes, se montraient moins prudents qu'ils n'avaient été six semaines auparavant : Auberi, fils de Girard le Jeune, se détacha des siens pour courir après un cerf, et ne revint plus. La troupe avait gagné Seuroi et le père le faisait rechercher par toute la forêt. Le lendemain le corps du jeune homme fut retrouvé devant la porte de la tour. Auberi avait vingt-trois ans, il était de deux mois plus âgé qu'Ansiau, et Ansiau avait beaucoup d'affection pour lui, car enfants ils avaient joué ensemble ; mais Auberi était un humble garçon qui n'avait jamais quitté Linnières, et qui n'avait jamais porté rien de plus lourd qu'une veste de cuir. Le corps du jeune homme portait la trace de dix coups de lance et, de plus, sa gorge avait été tranchée d'un coup de couteau.

Girard le Jeune était un homme calme. Mais à la vue de son fils mort il s'emporta, et reprocha à Ansiau d'avoir causé la mort de l'enfant. « C'est pour votre querelle qu'on l'a tué, dit-il. Vous vous êtes racheté par son sang. C'était une grande lâcheté à vous de faire châtrer ce chien enragé si vous ne pouviez pas mieux défendre vos amis. »

Ansiau dit : « Beau cousin, dans quarante jours vous aurez pleine réparation. »

Girard s'écria : « Vous n'êtes qu'un vantard. Vous avez attendu quatre ans pour venger votre barre au visage. Par saint Georges et saint Michel, je ne veux plus servir un homme comme vous, et j'irai dire ailleurs quel profit on tire de votre service. Aussi vrai que je vis, tant que mon fils ne sera pas vengé, ni mes frères ni mes neveux ne vous serviront ; aujourd'hui même nous allons à Hervi, à votre grande honte, Ansiau de Linnières. Osez paraître devant la chevalerie du pays, après avoir payé votre dette du sang de votre neveu. »

Ansiau maîtrisa sa colère et répondit : « Vous ne savez pas ce que vous dites. Calmez-vous. Allez servir qui vous voulez ; je saurai à quoi m'en tenir sur votre loyauté. Mais si dans quarante jours vous n'êtes pas vengé, traitez-moi de lâche. »

Girard le Jeune partit, en effet, emmenant avec lui ses trois frères, son second fils et ses neveux. Ansiau pensa qu'il mourrait de fièvre en attendant la fin du délai, mais il n'osait pas attaquer ceux de Puiseaux avant les quarante jours exigés par la loi — il avait eu assez à faire pour se justifier du châtrage de Baudouin. Il se savait innocent : ce n'était pas de sa faute si Auberi s'était écarté. Et pourtant, il se sentait déshonoré. « Qui pourra me respecter, disait-il, si ma famille ne me fait plus confiance ? si je ne peux plus protéger les miens, j'aime mieux mourir. »

Il rentra à Linnières et y ramena sa dame, dolente et brisée après tous les ennuis qu'elle avait eus pendant son absence, et il la récompensa assez mal d'avoir loyalement tenu la tour pendant six semaines : il semblait presque l'avoir prise en aversion, il se souvenait trop de quel sang elle était. Il lui disait : « Qu'est-ce que cela vous fait, à vous, la mort de mon neveu ? Il n'était pas de votre sang. »

Et le quarantième jour après la mort d'Auberi il prit avec lui les fils d'Herbert et monta à toute allure vers Puiseaux, espérant que Joceran n'avait pas encore eu le temps de se préparer à l'attaque. De fait, au carrefour de Vanlay les cavaliers rencontrèrent plusieurs hommes de Puiseaux conduits par Garin, troisième fils de Joceran. En deux minutes Garin fut jeté à bas de cheval, et les soldats se dispersèrent pour aller chercher du secours. Le jeune homme ne bougeait pas et Ansiau se disposait déjà à lui trancher la tête, mais André lui cria : « N'en faites rien, il est peut-être encore vivant. » Ansiau se contenta de piquer du bout de son épée la joue du jeune homme, qui ouvrit de grands yeux terrifiés. Garin était un garçon de dix-sept ans, pas très grand de taille et de manières presque enfantines ; Ansiau n'osa pas lui faire de mal ; il le releva et lui dit : « Votre père m'a tué un neveu. Vous le savez. » Garin baissa la tête et des larmes se mirent à ruisseler le long de ses joues. André et ses frères se mirent à rire. « S'il pleure, dit Simon, c'est par regret pour Auberi.

— Voyez, dit Izembard, le brave cavalier, comme il se défend bien. Ce n'est sûrement pas un fils de Joceran. »

Et Ansiau dit avec dédain : « Voyez quelle tête vous faites. Mes cousins se moquent de vous, et il y a de quoi. Parlez-moi : vous savez que les vôtres m'ont tué un neveu ? »

Garin leva la tête et fixa ses beaux yeux bruns tout mouillés — sur sa bouche vacillait un sourire mi-confiant mi-craintif — la voix du baron, plus que les paroles, l'avait rassuré. Et Ansiau, qui s'attendait à tout, sauf à le voir sourire, se mordit les lèvres. « Par ma barbe, je crois qu'il est innocent, dit-il. J'en ai du regret, mon garçon, mais il faut que je vous livre à mon cousin Girard. Si vous obtenez votre grâce de lui, ce sera votre chance, vous mettrez une fière chandelle à Notre-Dame. »

Il remit le jeune homme sur son cheval et tous descendirent droit vers Seuroi et s'y enfermèrent. De là Ansiau envoya un valet à Hervi pour faire dire à Girard le Jeune : « J'ai à Seuroi la marchandise qu'il vous faut, venez la chercher. »

Garin, qui s'était un peu remis de sa frayeur, séchait ses larmes et riait de sa propre faiblesse. Ansiau se sentait un peu obligé de lui tenir compagnie en sa qualité de maître de la tour ; il lui massa son bras démis par la chute et lui donna à boire. Garin bavardait avec une animation fiévreuse. « Ce n'est pas que je sois lâche, disait-il, mais c'est plus fort que moi, je ne peux pas m'empêcher de pleurer. Mais je n'ai pas peur. »

Ansiau gronda : « Vous faites bien de le dire, on ne le croirait pas. A votre âge on devrait savoir mieux se tenir.

— Et dites-moi, demandait Garin, la voix un peu tremblante, que croyez-vous qu'il me fera, votre cousin ?

— Je n'en sais rien, grommela Ansiau. Les vôtres n'y sont pas allés de main morte avec son garçon à lui. Vous devez bien le savoir.

— C'est parce qu'il s'est débattu comme un sanglier, dit l'enfant, le père ne voulait que le châtrer. » Ansiau lui jeta un regard si méprisant que Garin rougit et cessa de parler.

Vers le soir Thierri descendit du toit en disant qu'il voyait sur la route Girard le Jeune qui accourait au galop avec tous les siens. Garin se blottit dans un coin, les mains jointes sous le menton ; ses dents claquaient. Ansiau se leva, s'approcha de la porte et dit à Thierri : « Allez au-devant de Girard et dites-lui de descendre de cheval et qu'il vienne me trouver à pied et me demander pardon ; autrement je ne le reçois pas ici. »

Girard, à qui Thierri transmit ces paroles, rougit de colère, mais s'exécuta, car il était pressé d'avoir sa vengeance. Il entra dans la cour à pied et monta l'échelle, suivi de son fils Hue et de ses deux frères. Ansiau s'était assis sur son banc près du feu et ne leva même pas la tête pour saluer son cousin.

— Ah, vous voilà, beau cousin, dit-il. Ils sont plus généreux que moi, les barons de Hervi ? Ils vous traitent mieux ? Ils vous ont déjà vengé ?

— Vous ne m'avez pas appelé pour vous moquer de moi ? s'écria Girard. C'est pour vous que j'ai perdu mon fils. »

Ansiau dit : « Vous n'avez pas agi loyalement envers moi. »

Girard ne l'écoutait pas ; il trépignait.

— Vous avez pris le fils de Joceran. Je veux l'avoir. Vous me l'avez promis.

— Et que ferez-vous de lui ? demanda le baron.

— Ce qu'ils ont fait du mien. »

Le baron, bien malgré lui, dit : « Ce n'est qu'un enfant. »

Girard répondit brutalement : « On voit bien que vos enfants à vous sont en sûreté. »

Ansiau regretta de ne pas avoir coupé la tête à Garin comme il l'avait voulu tout d'abord. Il se tourna vers le jeune homme et lui dit : « Allez, sortez de ce coin et venez là. »

L'enfant se leva, fit deux pas en avant, et éclata en sanglots.

Girard, qui n'avait pas le cœur dur, fut pris de pitié. Il renifla bruyamment, et se détourna.

— J'ai assez de péchés sur moi, dit-il, après un court silence.

— Allez, dit alors Ansiau au jeune Garin, vous

voyez que mon cousin vous pardonne. Baisez-lui la main et remerciez-le : ce n'est pas une bagatelle qu'il fait pour vous. »

Spontanément Garin s'agenouilla devant Girard le Jeune. « Seigneur, si vous voulez je vous servirai toujours pour remplacer votre fils qui est mort. Vous êtes bon de ne pas me faire de mal. »

Girard caressa de la main la tête brune de l'enfant.

— Sang contre sang, dit-il. Votre père donnera de son sang pour réparer le mien : vous vivrez avec nous. A ce prix-là les vôtres n'oseront plus nous faire de mal. »

Le jeune homme, encore qu'un peu hésitant, dit qu'il voulait bien ; et pour rendre l'engagement plus sûr, Herbert, qui se connaissait en médecine, fit une incision dans la veine du poignet gauche de Girard et une pareille au poignet gauche de Garin, et lia les deux bras en collant les deux blessures l'une contre l'autre, bord à bord. Quand le temps de dire trois *Pater* fut écoulé, Herbert disjoignit les deux bras ainsi unis et ligota rapidement les poignets sectionnés. « Vous voilà unis par le sang, dit-il. A présent, échangez des croix et embrassez-vous.

— Je n'en voudrai plus ni à votre père ni aux vôtres, dit alors Girard au jeune homme, à condition que vous me serviez loyalement. Celui que j'ai perdu était mon ami le plus sûr, — là des larmes jaillirent de ses yeux, — n'oubliez pas ce que j'ai fait pour vous. »

A présent, Baudouin et son père se querellaient plus que jamais. Baudouin disait : « Vous m'avez vendu pour sauver Garin. C'est un damoiseau, de meilleur sang que moi, je le sais bien. Vous ne m'avez jamais aimé.

— Imbécile, faut-il que je fasse tuer l'enfant à cause de vous ? Vous n'avez pas eu assez du sang d'Auberi ?

— Tant que je vis, je ne pourrai regarder en face Ansiau de Linnières. Et vous faites la paix avec lui comme s'il s'était agi d'une meule de foin. Par le corps de la Vierge, je vous aurais mieux défendu si j'étais à votre place.

— Cervelle de veau que vous êtes ! grondait le père. Et qui vous dit que je fais la paix ? Si j'arrive à leur reprendre Garin vous verrez que le fils d'Ansiau sera châtré, et je ne regarderai pas s'il est mon petit-fils.

— Je me moque bien du fils d'Ansiau. C'est lui-même que je veux.

— Vous aurez ce qui vous plaira ! criait Joceran, excédé. Il faut bien que je sorte Garin de leurs griffes. »

Et Baudouin haussait les épaules : « Belle excuse pour ne rien faire. Ils ne le lâcheront jamais. Je ne ferais pas tant d'embarras pour un petit lâche qui s'est racheté aux dépens de son frère. Si je ne suis pas vengé d'ici avant Pâques, je me pendrai. »

Joceran était assez effrayé de cette menace, car Baudouin était homme à tenir ses promesses.

— Allez plutôt prier Dieu et faire votre pénitence, disait-il, il ne faut pas parler de ces choses-là. »

Baudouin avait supporté son malheur mieux qu'on n'aurait pu le croire. Il ne manquait pas de grandeur d'âme et tenait la tête haute en dépit de tout ; il allait à la cour du comte à Troyes, chassait avec ses amis et voisins, et personne n'avait l'idée de se moquer de lui. Mais lorsque Joceran rencontrait ses yeux troubles de bête blessée à mort, il avait envie de s'arracher les cheveux ; il se creusait la tête pour trouver un moyen de délivrer Garin. Et d'autres jours, n'y tenant plus, il se mettait à accabler son fils de reproches : « Sanglier enragé que vous êtes. Je savais bien que vous ne pouviez pas être comme les autres. C'est votre faute à vous que vous payez et pas la mienne. Et à cause de vous je ne peux plus dormir tranquille. Ah ! Et dire, — dire que j'ai fait des feux de joie le jour de votre naissance !

— Vous en ferez le jour de ma mort, répondait Baudouin, morose. Car je ne vivrai pas longtemps, vous dormirez en paix d'ici peu. »

Le père hurlait : « Imbécile ! veux-tu bien te taire ! Un malheur est vite arrivé. »

Retenu par l'hiver au château paternel Baudouin s'y démenait comme un ours capturé ; le printemps, pensait-il, lui apporterait quelque soulagement : à Troyes, il était sûr de trouver Ansiau, et il ne manquerait pas l'occasion de le provoquer. En attendant, sa tête était prise par des pensées d'autre sorte : il était devenu si jaloux de sa femme qu'il en perdait presque la raison. La salle haute du château retentissait de leurs querelles jour et nuit ; Irma hurlait à tue-tête, se roulait par terre, dégringolait les échelles en appelant à son secours beau-père, cousins et valets. Elle connaissait des jurons à épouvanter Joceran lui-même, et faisait serment de sa fidélité conjugale sur tant de saints et de saintes qu'il fallait s'étonner qu'il y eût tant de places d'honneur au Paradis. Et Baudouin, dont l'amour semblait avoir tourné en rage sombre, poursuivait sa femme armé d'un banc ou d'une barre de fer, et Irma se cachait derrière Joceran ou derrière sa femme au risque d'attirer le coup sur leur tête.

D'ailleurs, la jalousie de Baudouin n'était pas sans fondement, car Irma était à l'affût de tous les jeunes valets du château, se mettait du blanc et du rouge sur le visage et se parait de tous ses bijoux ; sèche et maigre comme elle était, elle avait plus que jamais une tête de cadavre embaumé. Mais elle avait les clefs de la cave et du cellier, si bien qu'il se trouvait des garçons assez hardis pour courir le risque. D'ailleurs, l'attrait de la bonne chère était encore moins puissant que la menace : « Si tu refuses, beau gars, je dirai au Châtré que tu m'en veux ; et nous verrons qui de nous deux il voudra croire. »

Joceran, qui devinait le manège de sa bru, lui disait : « Prenez garde, la dame, si vous vous faites tuer, vous n'aurez pas de parents pour vous venger. »

Et Irma répondait brutalement : « C'est bien assez pour moi qu'il ait fait de moi la risée de tout le pays. J'ai bien assez souffert par lui, et par vous, beau-père. Un chapon ne doit pas chanter comme un coq. »

— Voyez, répliquait Joceran, si je ne vous coupe pas la gorge comme à une truie si je vous prends sur le fait.

Un jour d'avril, très clair et déjà chaud, Joceran se lavait les mains dans le grand baquet pour eau de pluie placé à l'angle du donjon sous la gouttière. Il était temps de monter au château pour manger, et l'odeur de viande rôtie se répandait jusque dans la cour. Tout d'un coup Joceran vit une ombre se refléter dans le baquet, si épaisse que ce ne pouvait être que celle de Baudouin.

— Faites vite, fils, dit-il, montons ensemble, car j'ai faim.

Les grosses mains blanches de Baudouin, toutes couvertes de sang, tremblaient si fort dans l'eau noire du baquet qu'elles n'arrivaient pas à se rejoindre. Joceran, surpris, leva la tête, et resta bouche bée sans pouvoir prononcer un mot : la face de Baudouin était terreuse, les joues s'étaient affaissées, des cernes se creusaient sous les yeux, la mâchoire pendait.

— Baudouin, pour l'amour de Dieu ! qu'avez-vous ? cria enfin le père. Baudouin ne paraissait pas l'entendre. Ses mains tremblantes clapotaient toujours dans l'eau. Il dit enfin, d'une voix sans nom : « J'ai tué Irma. »

Joceran se signa : « Dieu ! Cela devait arriver. Allez, au nom de Dieu, remettez-vous. Montons, buvez un coup, cela vous passera. »

Baudouin se laissa emmener, se laissa donner une coupe de malvoisie chauffée aux épices, se laissa installer sur un banc dans un coin sombre de la salle. Il ne sortait toujours pas de son état d'hébétude ; les cernes sous ses yeux devenaient plus noirs, sa face devenait toujours plus grise.

Les cadavres d'Irma et de son amant furent découverts derrière les écuries par un enfant qui, tout effrayé, courut appeler le châtelain. C'était une belle boucherie : les corps à moitié nus avaient été presque dépecés à coups de hache. La tête d'Irma, pendant sur des tronçons de muscles, gardait encore un air de vie : les yeux grands ouverts de terreur, la bouche béante, elle paraissait prête à crier. Joceran tressaillit et se détourna. Il s'aperçut qu'il pataugeait dans le sang — le sol argileux ne l'avait pas encore absorbé. On eût dit que dix hommes avaient été abattus là, tant il y avait de sang sous ces morceaux de chair blême et souillée. « Qu'on me ramasse ça, dit Joceran à ses valets, qu'on m'enfouisse ça, pour que ça ne pue pas. »

Son écuyer Bernier dit : « Il faut la faire enterrer comme il faut, pour ses enfants. »

Joceran cracha : « Je ne veux pas de cette saleté dans notre caveau. Qu'on ne m'en parle plus. » Et il remonta au château.

Baudouin resta trois jours sans parler et sans manger ; immobile, la bouche ouverte, l'œil vitreux, il inspirait la terreur à ceux qui le regardaient. Ses enfants n'osaient pas passer devant lui. D'ailleurs, il était doux comme un mouton et se laissait mener de son lit à son banc, de la salle à la chapelle, sans mot dire, mais sans résister. Et un beau soir, en voyant ses deux plus jeunes enfants, Berta et Bernier, se serrer l'un contre l'autre et se cacher à son passage, il s'assit sur les marches de l'échelle, se plongea les mains dans les cheveux et éclata en sanglots. Joceran le trouva ainsi et lui dit d'aller pleurer ailleurs : l'endroit n'était guère convenable. Alors Baudouin descendit dans la salle et se tapit dans son coin.

Le père le consola de son mieux. Irma ne valait pas la peine d'être pleurée : c'était une femme de rien, lui, Joceran, l'avait toujours su. « Vous n'êtes ni le premier ni le dernier à qui cela arrive. Tout autre en eût fait autant que vous. C'était une dent à arracher : à présent vous serez plus tranquille. »

— Tranquille ? ! cria Baudouin ? Je ne peux pas vivre sans elle !

Joceran haussa les épaules : « C'est une honte de vous entendre. »

Baudouin ne devait jamais guérir de sa douleur. Cependant, il se remit à manger et à boire, et reprit peu à peu son aspect d'autrefois. Il devint même, en peu de temps, plus gros qu'il n'avait jamais été. Il parlait peu, paraissait indifférent à tout. Il fuyait ses enfants, et semblait avoir pris en aversion son père et son frère. Ses projets de vengeance ne l'occupaient plus, et le nom d'Ansiau de Linnières n'éveillait sur son visage qu'un faible sourire de dédain.

— A la Pentecôte, quand nous irons à Troyes, je me mettrai au service de quelque baron de l'autre côté de la Seine, disait-il à son père. J'en ai assez de la châtellenie. Si je reste ici je me tuerai.

— Eh oui, cela vous fera du bien de changer d'air. Mais vous attendrez du moins jusqu'au mariage de votre fille Ida.

Baudouin hocha la tête : « Je n'ai pas une figure à

mariages ; on se passera bien de moi. Elle ne serait pas fière de son père. »

— Allons, allons, dit Joceran, il ne faut pas laisser croire aux gens que vous avez honte de les regarder dans les yeux.

— C'est pourtant vrai que j'ai honte. Laissez-moi partir. Aussi bien je vous cause plus d'ennuis que de joie.

Joceran dut en convenir en soupirant. Il était si fatigué de vivre côte à côte avec cette perpétuelle plaie saignante et pensait avec soulagement au jour où il en serait débarrassé.

HERBERT LE ROUX

Dans la solennité qui se préparait à Troyes, la plupart des chevaliers venus pour les fêtes voyaient plus qu'un grand tournoi. Des rumeurs sur les désastres de Palestine devenaient de plus en plus précises : le roi et les barons de Jérusalem envoyaient des messagers en Occident pour demander de l'aide contre Saladin.

Ansiau et les siens s'étaient arrêtés avec leurs tentes et leurs chevaux sur les bords de la Seine, non loin du champ clos que les ouvriers et les maçons du comte étaient en train de construire et d'orner. « Je veux bien mettre mes cheveux en gage, dit André, s'il ne se prépare pas quelque chose de nouveau, pour cette fois-ci. Voyez comme ce champ est vaste, et combien ils ont mis de poteaux et de dais. Il faut croire qu'il y siégera au moins un évêque, peut-être deux. »

— Les vicomtes de Provins et de Coulommiers sont là, dit Ansiau. J'ai vu de leurs gens.

— Ce n'est pas pour eux qu'on aurait fait dresser des sièges à dais, dit Herbert, un éclair de joie dans ses yeux bleus.

— N'a-t-on pas dit que le duc de Bourgogne devait venir ? s'enquit Simon le Roux.

Comme ils allaient entrer dans la ville pour faire leurs dévotions, Haguenier de Hervi, leur voisin, les rejoignit sur la route en riant de toutes ses dents. « Voisins, il se prépare quelque chose en Champagne. »

— Ce qui se prépare, nous le saurons bien quand nous serons de deux ou trois jours plus vieux, dit Ansiau de Linnières.

Enguerrand, le frère d'Haguenier, hocha la tête d'un air entendu et découvrit ses canines ébréchées. « Ce ne sera jamais trop tôt. Je compte sur vous, voisin, pour tomber sur ceux de Bar-sur-Aube qui nous ont tant molestés au tournoi de l'an dernier. Si je retrouve celui qui avait les deux croix jaunes sur l'écu. »

— En fait de croix, dit André, nous en verrons peut-être d'autres que des jaunes d'ici peu.

— Je ne sais ce que nous verrons, dit Haguenier. Mais il faut croire que le comte Henri vaut bien son père. Nous sommes bien heureux de servir un homme comme lui.

— Ah! la jeunesse! soupira Herbert en se frottant les mains. J'ai connu le comte Thibaut, et il était brave et bon pour ses barons. Mais pour Henri, je crois qu'il ne lui cède en rien.

Tous éprouvaient un plaisir d'enfant à parler à mots couverts de la chose qu'on attendait et qu'on savait imminente. Le compte Henri ne pouvait mourir sans avoir accompli, comme son père, son devoir de piété envers la cité de Dieu.

Dans la foule des chevaliers et hommes d'armes qui se pressaient dans les églises de Troyes on ne voyait que visages fiévreux, que regards brillants et poings levés à l'adresse des païens. Herbert et Ansiau passèrent chez Abner, aux services duquel ils n'avaient que trop souvent recours ; pour ce même tournoi qui devait avoir lieu il leur fallait de nouvelles lances. D'Abner Herbert comptait également apprendre des nouvelles sur ce qui se préparait, car le Juif avait des amis et des parents un peu partout et ne manquait jamais d'informations de bonne source.

Abner était natif d'Acre, où un de ses frères était banquier. Par son frère, il avait depuis longtemps de très mauvaises nouvelles de Terre Sainte, et il était persuadé que le comte Henri prendrait la croix ; on l'attendait déjà à Jérusalem, disait-il, car les affaires du pays allaient aussi mal que possible. Saladin occupait Damas et Alep et venait avec ses émirs assiéger les villes franques à la barbe du roi qui n'y pouvait rien. Il fallait un homme pour tenir le royaume, car le roi, disait-on, était lépreux et ne pourrait vivre longtemps.

La grande question du moment était donc de bien marier la sœur du roi, veuve et mère d'un enfant au berceau. Les barons du pays parlaient du duc de Bourgogne — au dire d'Abner — et le comte Henri devait négocier ce mariage au cours de son pèlerinage à Jérusalem. Herbert était toujours très curieux d'apprendre ce qui se passait dans ces cours lointaines ; les intrigues et les partis de Jérusalem, d'Antioche, comme ceux de Poitiers, de Toulouse, de Rome, lui étaient presque aussi familiers que les menus événements de la cour du comte Henri. Il en parlait avec gourmandise, avec une délectation de connaisseur ; cela lui donnait l'illusion d'y prendre part et son imagination était si vive qu'il lui suffisait de connaître la couleur des cheveux d'un homme ou son comportement envers ses écuyers, pour se le peindre des pieds à la tête. Il était volontiers médisant, mais non par méchanceté : seulement sa passion de connaître s'accrochait plus facilement aux défauts qu'aux qualités de ses semblables.

L'espoir de revoir une seconde fois la Terre Sainte le rajeunissait et donnait un éclat nouveau à ses yeux et à son sourire.

— Si le roi de France, disait-il, ne pense qu'à chercher querelle au roi d'Angleterre, on se passera bien de lui. Nos frères de là-bas verront bien qu'il ne manquera jamais d'hommes chez nous pour les aider.

Et Ansiau, le menton dans la main, fixait de ses grands yeux vides les riches tapis orientaux qui ornaient les murs du cabinet d'Abner. Les frères de là-bas et les intrigues des barons d'outre-mer le laissaient assez indifférent. Il pensait à tout ce qu'il avait entendu raconter sur la mer bleue, sur les nefs aux voiles blanches et les richesses des pays d'Orient. Son zèle pour la sainte cause allait être réveillé plus tard, au son des trompettes et au chant du *Te Deum* dans le vaste enclos pavoisé devant l'assemblée des barons et des évêques.

Le comte Henri était là avec la comtesse et ses fils, les frères du comte, le duc de Bourgogne, neveu du comte Henri, Pierre de Courtenai fils du roi de France, les évêques de Beauvais, de Troyes, de Meaux et de Langres. De la place où étaient ceux de Linnières, on ne pouvait guère voir que le dais bleu et argent du comte et les hautes bannières bordées de franges d'or, flottant au vent sur un ciel doux et grisâtre. La foule des chevaliers et des hommes d'armes qui se pressait sur les tribunes et dans le vaste champ clos était agitée de remous comme un champ de blé — champ de têtes brunes et blondes, découvertes devant la croix et les reliques que l'évêque de Troyes avait fait apporter dans sa tente tapissée de brocart qui se dressait sur la tribune. Dans le bruit de voix, les exclamations, les sanglots retentissaient de toutes parts dans la foule ; il était difficile de comprendre ce qui se passait et les crieurs du comte en habits de soie bleue parcouraient en tous sens l'assemblée des chevaliers, d'un bout à l'autre du champ, annonçant d'une voix tonitruante et monotone ce qui se passait sous les tentes et les dais seigneuriaux.

« Le comte avec ses frères et ses barons, et le comte Pierre de Courtenai annonçaient à toute la chevalerie et à tous les vassaux et vavasseurs la décision prise par eux de prendre la croix pour aller en Terre Sainte adorer le Saint-Sépulcre.

« Baudouin, le roi de Jérusalem, demandait aux barons d'Occident de venir à son aide pour combattre les Sarrasins qui violaient les villes chrétiennes et tuaient les pèlerins.

« S'il y avait parmi les chevaliers du comte de Champagne des hommes désireux d'assurer leur salut et de servir Dieu, ils étaient libres de prendre la croix sur-le-champ pour aller adorer le Saint-Sépulcre et aider le roi Baudouin.

« L'évêque de Beauvais allait attacher lui-même la croix rouge sur l'épaule du comte et le comte allait prêter serment sur les reliques de saint Pierre d'accomplir son pèlerinage jusqu'au bout. »

Toutes les mains se portèrent d'elles-mêmes au front, puis sur la poitrine, puis sur les deux épaules, — comme un seul homme tous les chevaliers se signèrent au moment où le comte, agenouillé sur le tapis devant sa tente, reçut la croix de la main de l'évêque de Beauvais ; et quand il se leva, toutes les mains se levèrent et toutes les voix s'unirent pour l'acclamer. Parmi ces hommes, il n'y en avait pas un sur dix qui pût se permettre un pèlerinage à Jérusalem, et beaucoup ne se souciaient nullement de bouleverser leur vie pour les beaux yeux du roi Baudouin. Mais à ce moment-là, tous prenaient la croix dans la personne de leur suzerain, et dans la reconnaissance et l'amour qu'ils avaient pour lui, tous étaient unis. Cela dura encore tant que les crieurs annoncèrent la prise de croix par l'évêque de Beauvais lui-même, par Pierre de Courtenai, par le comte de Dreux, par les seigneurs de Brienne, de Ramerupt, de Bar-le-Duc puis, à mesure que les noms se succédaient l'agitation grandit, changea d'objet, et dans le bruit de voix on n'entendait plus les crieurs : aux quatre coins de la tribune, des prêtres en étoles violettes bénissaient ceux qui venaient à eux pour recevoir la croix.

Sans doute ceux qui s'avançaient étaient-ils plus nombreux que ceux qui devaient partir pour de bon. Mais en revenant dans la foule de leurs parents et amis avec leur croix rouge sur l'épaule, ils avaient tous Jérusalem dans le cœur. Ansiau s'avançait vers la tribune, se frayant un passage à travers la foule des curieux et de ceux qui comme lui voulaient recevoir la croix. Il ne savait trop ce qu'il avait — ces hommes inconnus — il les dominait presque tous de la tête — il les sentait si proches de lui qu'il eût pu embrasser et traiter de frère chacun d'eux. Sans doute avait-il le sang trop chaud pour réfléchir. Au moment où il avait vu le comte prendre la croix il avait senti une croix de feu s'enfoncer dans sa propre épaule et tout s'était mis à tourner devant ses yeux. Ce qui avait paru vague et lointain jusqu'alors devenait proche et nécessaire ; à ce moment il ne faisait qu'un avec le comte, ses barons et tous les hommes de bonne volonté qui allaient s'offrir à Dieu ce jour-là.

Son émotion était presque calmée quand il plia le genou devant le prêtre et reçut sur son front baissé la bénédiction et toucha de ses lèvres la croix d'or. Les gestes qu'il avait à faire le libéraient pour quelque temps de ce trop plein d'enthousiasme qui venait de l'envahir. A présent il savait parfaitement bien ce qu'était la croix et pourquoi il la prenait et pourquoi il fallait suivre le comte et les barons en Palestine et défendre le Saint-Sépulcre. Il se laissait entraîner par le courant. C'était bien la première fois qu'il voyait ce qu'il y avait à faire pour Dieu : c'était tout simple, le chemin était tout tracé. En prêtant serment, il pensa à sa maison juste assez pour se dire qu'il ne la regretterait pas. Dans une vie où il ne faisait qu'entasser péché sur péché un moyen d'évasion s'offrait, si proche qu'il le touchait de la main : la croix qui promettait bonheur et salut à tous ceux qui la suivraient. Il savait qu'étant châtelain de Linnières, homme du comte de Champagne, il ne pouvait aimer Dieu comme il fallait.

Il était bon chrétien les jours de grandes fêtes, comme l'étaient la plupart de ses compagnons. Mais il connaissait Dieu assez bien pour regretter de ne pas mieux le connaître. Dieu était si beau qu'aucun visage humain ne pourrait jamais l'égaler en beauté. Sur le pauvre crucifix de bois de l'église de Hervi, la face informe et mal taillée resplendissait d'une lumière non charnelle, ces pommettes saillantes, ces yeux écarquillés, ces lèvres en bourrelet révélaient des miracles de beauté à qui les regardait avec humilité, simplement, comme on regarde le ciel et le soleil.

Il était assez ignorant. Il admettait qu'il pût y avoir encore des gens assez vieux pour se souvenir de la Vierge et des apôtres, croyait que Dieu avait été mis à mort par les Sarrasins, et sur Jésus lui-même il ne savait guère que trois choses — à savoir qu'Il était né d'une Vierge, crucifié et ressuscité. Mais comme il était de ceux qui savent et aiment prier, il n'avait pas besoin d'autre intermédiaire de lui à Dieu que les châsses, les croix, les images saintes et l'hostie. Et il avait pour Dieu la solide affection du vassal qui se fait une joie et un honneur de mourir pour son seigneur.

Pour ces hommes toujours avides de nouveauté, la prise de croix était un événement dont on allait parler pendant quinze jours entiers en ville, sur les routes et dans les châteaux. Pendant tout le reste de la journée les chevaliers se promenèrent par les rues de Troyes en processions, chantant et criant des insultes à l'adresse de Saladin, au refrain répété de « Noël ! » et « Saint-Sépulcre ! » La nuit tomba et la ville fut illuminée de torches. Ceux des chevaliers qui logeaient dans les hôtels et chez les bourgeois invitaient dans leur demeure de passage leurs parents et amis qui campaient en dehors de la ville, et toute la nuit dans les salles basses des auberges éclairées de chandelles de suif les hôtes remuants devisèrent de la grande nouvelle, en vidant de grandes coupes de vin à la santé du comte, de l'évêque de Troyes, du duc de Bourgogne et du roi Baudouin de Jérusalem.

Ceux de Linnières étaient bien décidés à partir tous tant qu'ils étaient, d'autant plus que ceux de Hervi partaient également, et c'était là une assurance sur l'avenir, car ni les uns ni les autres ne se souciaient d'abandonner leurs terres à la merci des voisins. Dès qu'ils n'étaient plus sur leurs terres, les seigneurs de

Linnières et de Hervi redevenaient excellents amis, et formaient ensemble des projets de guerres et de mariages.

... « Sachez bien, mes frères, que qui perd la vie pour l'amour de Notre-Seigneur la sauvera pour l'éternité. Or, comme Notre-Seigneur a dit qu'il faut tout sacrifier pour le royaume de Dieu, ceux qui vont défendre aujourd'hui le royaume de Dieu auront pardon de tous leurs péchés, grands ou petits.

« Que ceux qui ont juré de partir veillent à garder leur serment. Car quand on a commencé une bonne œuvre, s'en repentir est un grand péché. Que votre zèle ne soit pas un feu de paille ; ne vous laissez pas distraire de votre bonne résolution par des querelles impies, par des haines de frère à frère, et sachez que Dieu ne hait rien tant que la vengeance, puisqu'il vous a commandé de pardonner à vos ennemis.

« Voyez — Saladin (l'infâme ! que Dieu veuille lui faire honte !) est à la porte de nos villes libres et chrétiennes et promet de saccager nos églises, et de fouler aux pieds de ses chevaux la Sainte Croix. Et vous, pendant ce temps, vous songez à tuer et à mutiler vos frères, et les païens, en vous regardant, ont bien raison de dire que vous n'êtes pas serviteurs de Dieu, mais du diable ; et comme Notre-Seigneur a dit qu'un royaume divisé en lui-même ne peut subsister, vous irez tout droit à votre perdition, car vous ne songez qu'à user vos armes et vos forces les uns contre les autres, pareils à des fous qui lacèrent de coups de couteau leur propre corps »...

Ansiau n'était pas homme à réfléchir et à hésiter longtemps ; sur le parvis même de la cathédrale où il écoutait le sermon de l'évêque, le lendemain de la prise de croix, il s'agenouilla aux pieds de Baudouin de Puiseaux qui sortait par la porte gauche avec son père et son frère. La foule des chevaliers les bouscula, puis se pressa autour d'eux. Les cloches carillonnaient à toute volée et couvraient le bruit des voix, et emplissaient les oreilles et les cœurs de leur vacarme joyeux.

Devant ce gros homme à face pâle et bouffie, Ansiau ne ressentait plus de rancune ni de colère : il s'efforçait de penser que Dieu lui ordonnait de s'humilier devant son ennemi, et dans cet effort il avait presque oublié la présence de Baudouin.

« Que me veut-il ? demanda Baudouin à son père. Je ne veux pas parler à cet homme.

— Baudouin, frère, dit Ansiau, je suis à votre merci. Je vous ai fait du tort, pardonnez-moi. Ce que vous avez fait à ma maison, je vous le pardonne. » Ces paroles impossibles lui semblaient faciles à ce moment-là. Toute sa vie avait été retournée à l'envers, les valeurs étaient changées ; il se fût agenouillé avec joie non seulement devant Baudouin, mais devant un mendiant galeux. Peu importait l'objet de l'humiliation, puisqu'il fallait s'humilier pour Dieu. Mais par un reste de respect humain il n'osait pas lever la tête.

Le premier mouvement de Baudouin avait été de porter la main à sa hanche pour y chercher son poignard. Mais il se retint. De pâle il devint rouge, puis pâle de nouveau. Joceran et Thibaut surpris, se regardaient sans parler, se demandant comment réagir. Baudouin se cacha la figure dans les mains.

« Ah ! Traître, dit-il d'une voix cassée, vraiment, si Dieu ne l'ordonnait pas je n'aurais jamais pardonné. Il faut bien que je pardonne, mais c'est bien dur. » Et en levant la tête au son de cette voix glapissante et douloureuse, Ansiau, pour la première fois, fut pris de remords et de pitié : cet homme énorme, courbé, voûté, avait été un jeune et beau chevalier il y avait encore deux ans de cela. Ansiau ne l'avait jamais encore vu de si près. Il était effrayé. Il était habitué à juger le mal qu'il faisait par les affronts qu'il avait à venger ; il ne s'était jamais imaginé la souffrance qu'il avait pu causer. A ce moment il se rendit compte que Baudouin avait plus de peine à pardonner que lui à demander pardon, et dit humblement : « Merci, frère. Si vous voulez une réparation, je vous l'accorderai. Demandez ce que vous voulez. »

Baudouin se détourna et dit : « Je ne veux rien de vous. Allez. »

Tout autour d'eux un groupe de curieux s'était formé, bien vite dissipé d'ailleurs : tous revenaient à leurs propres affaires, à leurs dévotions et à leurs soucis d'argent. Ce que Dieu faisait faire à ces deux hommes en ce jour de pardon et de repentir n'était ni rare ni extraordinaire. On en avait vu bien d'autres.

De retour à la maison il fallut annoncer aux femmes ce qui s'était passé à Troyes. A Linnières les nouvelles du pays n'arrivaient qu'avec beaucoup de retard ; derrière la forêt et les marécages on est à l'abri de tout et on se soucie assez peu de ce qui se passe dehors. Mais quand les jeunes gens entrèrent en courant dans la salle et annoncèrent qu'ils allaient partir pour la Terre Sainte, Richeut s'évanouit à son rouet et Odette, la femme de Simon le Roux, se mit à se lamenter tout haut. Les chevaliers arrivèrent donc au milieu du vacarme général et Ansiau dut élever la voix pour ordonner aux femmes de se taire et d'aller mettre la table, car il avait faim après le voyage.

Pendant le repas, la dame n'osa pas interroger son mari ; pourtant elle brûlait d'apprendre ce que signifiait cette histoire de Terre Sainte et espérait timidement que le baron n'y était pour rien. Il faisait chaud et la soirée était belle. Après le souper, le baron et sa femme vinrent s'asseoir sur un banc sous la fenêtre pour respirer l'air frais. Par la fenêtre on pouvait voir un bout de mur noir et un bout de ciel blanc comme une perle avec une étoile d'or clignotant dessus. La dame soupira, parce qu'elle s'attendait à quelque chose de triste ; et pourtant, il faisait si bon vivre. Et comme le baron hésitait à parler, elle ouvrit les narines toutes grandes et ferma les yeux : elle n'était pas pressée d'entendre ce qu'il allait lui dire.

— Sœur, amie, dit-il, j'ai fait la paix avec votre frère et votre père. Vous devez en être bien contente. » Sachant qu'il allait lui faire mal, il cherchait à la ménager et à amortir le coup. La dame leva la tête, surprise.

— Pour de bon ? Comment avez-vous fait ? Vous vous moquez de moi.

— Vous savez, continua Ansiau, s'efforçant de

radoucir sa voix comme s'il parlait à un enfant, que le comte prend la croix pour aller en Terre Sainte. C'était très beau. Si vous l'aviez vu ! Tous les hauts barons qui étaient là avec leurs manteaux brodés, le comte avait une tente en brocart d'argent. Quand il a pris la croix c'était bien beau à voir. Il a prêté serment d'aller en Terre Sainte pour adorer le Saint-Sépulcre.

— Il faut croire qu'il a bien fait, dit Aalais. Mais parlez-moi de vous et de Baudouin.

Ansiau, qui avait déjà perdu le fil de ses idées, ouvrit de grands yeux. « Oui, en effet... Eh bien, Baudouin était là. Je lui ai offert réparation. »

La dame fronça les sourcils et le regarda droit dans les yeux.

— Sûrement, dit-elle, c'est autre chose que vous voulez me dire.

— C'est vrai, dame. Je veux vous dire que j'ai pris la croix et toute ma famille aussi. Quand le comte partira, nous partons avec lui.

La dame avait beau s'attendre à cette nouvelle, ce fut pour elle un coup dur. Elle eut envie de se pâmer, mais n'y réussit pas. Elle se contenta de porter ses deux mains à son cœur qui battait très fort.

— Comment, dit-elle, il n'y a pas huit ans que nous sommes mariés, et déjà vous voulez m'abandonner ? Vous en avez assez de moi ?

— Mais non, amie, ce n'est pas cela. Seulement je me suis engagé par serment.

— Et qui vous y forçait ? Personne n'est homme-lige pour la Terre Sainte.

Ansiau se taisait, ne sachant trop comment expliquer

les raisons de sa brusque décision. Un homme, pensait-il, l'eût compris sans paroles. Mais avec une femme, les paroles mêmes étaient inutiles. Il dit seulement : « Vous savez que je vous aime bien, amie. »

— On ne le dirait guère, pourtant, répliqua la dame avec amertume. Dites, que vous ai-je fait pour mériter un affront pareil ? Personne ne vous force à partir et vous vous engagez pour aller Dieu sait où, pour Dieu sait combien de temps. Vous n'avez pas dû penser à moi.

— Amie, dit Ansiau, c'est sûrement une belle chose que d'aller adorer le Saint-Sépulcre. Vous voyez que le comte et les évêques et les barons laissent leurs terres et leurs amis pour y aller. Jérusalem est le lieu le plus saint de la terre.

— Et moi ? demanda Aalais. Ansiau était un peu impatienté par cette manière des femmes de tout ramener à elles-mêmes. Il s'agissait bien d'elle. — La dame se serra contre lui et lui saisit le col des deux mains. Sûrement, il l'aimait trop pour vouloir la faire mourir. Il n'avait pas réfléchi. Et après tout, s'engager n'est pas partir. Il n'avait même pas les moyens de s'équiper. Et d'ailleurs, qu'avait-il besoin d'aller adorer Dieu en Terre Sainte quand il pouvait aussi bien l'adorer à Hervi ou à Troyes ? Dieu est le même partout. — « Dame, dit Ansiau, ne dites pas de sottises. Vous parlez de choses où vous n'entendez rien. » Il pensait qu'elle avait une pauvre petite tête incapable de voir plus loin que Troyes ou Hervi ; mais lui, il savait bien qu'à Jérusalem on devait adorer Dieu autrement mieux qu'à Hervi.

— J'y entends autant que vous, mon ami, et je suis aussi bonne chrétienne que vous et voici ce que je vais vous dire : c'est un péché de laisser une femme et de petits enfants pour chercher fortune Dieu sait où. Si vous ne revenez pas, vos enfants iront servir de valets chez les sires de Hervi ou de Jeugni.

Pour la première fois Ansiau fut troublé. « Dame, si Dieu le veut je reviendrai. D'ailleurs, ceux de Hervi partent aussi, vous n'aurez rien à craindre de ce côté-là. »

— Ami, ami, c'est si loin Jérusalem ! C'est un si long voyage. Dieu ! Dieu ! s'écria-t-elle tout d'un coup, en laissant tomber sa tête sur les genoux du baron. Et je suis encore si jeune ! et elle se mit à sangloter avec tant de désespoir qu'Ansiau eut le cœur chaviré de pitié et ne songea qu'à la consoler.

— Ma belle amie, ma sœur, ma colombe, je ne voulais pas vous faire de la peine. Allez, séchez vos beaux yeux. Vous vous y ferez, vous n'êtes pas la seule. Et d'ailleurs, ce n'est pas encore pour demain. Nous ne partirons sûrement pas avant l'année prochaine.

— Dieu, Dieu, soupirait Aalais entre deux sanglots, quelle mauvaise année ce sera pour moi ! Comment vais-je vivre sans ami ?

La nouvelle du départ avait bien causé un grand désarroi parmi les femmes du château, mais avec le temps tout le monde commença à s'y habituer. Herbert se remit à raconter au coin du feu ses souvenirs de Palestine et du siège de Damas, agrémentés de fioritures où sa propre imagination combinait avec art les renseignements véridiques ou non qu'il avait pu recueillir sur ces pays lointains. Les hommes, les jeunes surtout, l'écoutaient bouche bée et brûlaient d'impatience de voir de leurs yeux le beau pays de Dieu. Et les femmes, moins sensibles au charme des récits d'aventures, et plus sceptiques, d'ailleurs, hochaient la tête ; elles savaient bien que ces arbres toujours verts, ces fruits fabuleux, ces sables brûlants et ces païens qui ne parlaient pas le français n'existeraient jamais pour elles autrement que par des récits ; qu'importait qu'ils fussent vrais ? Et quelques-unes se préparaient, non sans un soulagement secret, à une vie sans maître, à un temps de repos. Mais Aalais, qui aimait son mari pour de bon, était sincèrement affligée.

Elle était loyale par nature et en tirait vanité. Du jour où elle avait admis que son seigneur partait pour la Terre Sainte, elle ne lui fit plus de reproches et chercha même à l'excuser : il allait gagner le respect des chevaliers du pays par un acte de piété aussi notoire. Et il rapporterait peut-être un riche butin, des étoffes de prix ou des reliques précieuses. Après tout, il était un bon chevalier et ne devait pas rester attaché aux jupes de sa femme, et pourtant, au fond d'elle-même, Aalais devait s'avouer qu'il n'y avait pas grande gloire ni grand intérêt à aller désarçonner des chevaliers païens dont personne, en Champagne, ne connaissait ni les noms ni la force en armes.

Le tourment secret d'Aalais était une jalousie anticipée d'autant plus douloureuse qu'elle ne reposait sur aucun fait. Ansiau avait beau jurer et promettre de rester fidèle, il ne pouvait être sûr de l'avenir. La campagne devait durer un an, deux, trois ans, peut-être ; et la pauvre Aalais trouvait son mari très bel homme et s'imaginait que les dames de Palestine n'auraient rien de plus pressé à faire que de le séduire. Il était jeune ; si jamais il rencontrait une belle et riche personne qui lui offrait de l'épouser, qui sait s'il ne préférerait pas abandonner son fief de Linnières et rester auprès de sa nouvelle femme ? La dame avait très bonne opinion d'elle-même ; et pourtant elle tremblait sans cesse pour son mari. Le monde, pour elle, était plein de femmes blondes, minces, bien vêtues et un peu magiciennes ; elle croyait aux philtres amoureux et aux charmes qui forcent un homme à oublier jusqu'au nom de son ancienne amie. Et la terre païenne devait être plus dangereuse qu'une autre de ce point de vue.

Les préparatifs de départ étaient la grande affaire de l'année. Pour un petit châtelain assez pauvre comme l'était Ansiau de Linnières, c'était même une affaire très compliquée. Il s'était déjà endetté pour les fêtes de la Pentecôte. A présent, il s'agissait d'emprunter encore dix fois plus, pour compléter l'équipement des hommes et des chevaux, et pour payer le voyage par mer, la solde du comte ne pouvant y suffire. La dame, qui restait tenancière du domaine en l'absence des chevaliers, dut faire le voyage à Troyes avec son mari et Herbert : il s'agissait de la mettre au courant, elle était encore assez ignorante en matière d'emprunts et d'intérêts et se signait d'effroi à l'idée de parler à un Juif. Les deux époux firent ensemble le tour des banquiers troyens ; Ansiau empruntait sur ses terres, sa forêt, ses vignes, et même sur ses fourrures et sur les bijoux de sa femme. Comme il comptait être déjà en Terre Sainte au jour de l'échéance, la dame devait conclure l'engagement à sa place et jurer personnellement de payer les créanciers dans les délais fixés et avec les intérêts convenus. Elle s'y prêtait d'assez mauvaise grâce. Ansiau, plus habitué à frayer avec des hommes de basse condition, se montrait toujours affable et arrangeant, mais Aalais méprisait de grand cœur banquiers et Juifs et daignait à peine ouvrir la bouche pour leur parler ; quand elle prêtait serment, ses yeux devenaient étroits, sa bouche durcissait et elle ne pensait qu'au moyen de retarder l'échéance et de payer moins que son dû ; de fait, elle ne voyait pas où elle trouverait l'argent pour payer, les hommes une fois partis. Ansiau ne s'en occupait guère — la grande affaire était de partir, le reste ne le concernait plus.

La fièvre du départ l'avait saisi et il passait son temps avec Haguenier de Hervi et Gilles de Monguoz, croisés comme lui et clients comme lui, d'Abner et de maître Simon Brézier. Il commençait à s'impatienter. On ne voyait pas encore le jour du départ. Les pourparlers avec le duc de Bourgogne traînaient en longueur, il n'arrivait plus de nouvelles de Jérusalem. Personne ne pensait plus à la croisade que les croisés eux-mêmes — et parmi ceux-ci certains se découvraient des affaires plus importantes que la guerre du roi Baudouin contre Saladin. Et Aalais aidait de bonne foi son mari dans cette entreprise où elle n'avait rien à gagner et se laissait docilement mener d'un usurier à l'autre pour servir de garantie.

Au retour de Troyes elle eut une fausse couche assez

pénible à la suite des fatigues du voyage. Elle en fut très affectée — c'était un garçon, et de cinq mois déjà. Ansiau, qui était un mari des plus indulgents, ne songea même pas à blâmer la dame et elle lui en fut très reconnaissante. Les pluies et les gelées de novembre séparaient de nouveau Linnières du reste du monde ; et Aalais en s'endormant le soir songeait que l'hiver prochain elle n'aurait plus son ami à ses côtés dans leur grand lit à rideaux. Et lui ne rêvait que de Palestine et de Saint-Sépulcre, et comptait les semaines jusqu'au départ, désigné pour le deuxième dimanche après Pâques.

Parmi ceux qui devaient partir, André était bien le plus joyeux et le plus excité — on ne le reconnaissait plus — il semblait rajeuni de quinze ans et se promenait par le château en chantant à tue-tête, riait à tout propos, taquinait sans cesse les chiens et ne pouvait rester en place de joie. Cette gaieté d'enfant était touchante à voir chez un homme qui approchait de la trentaine. Ce grand raisonneur était un cœur simple, et la perspective d'une splendide aventure l'éblouissait trop pour qu'il pût réfléchir à des choses sérieuses. Lui, du moins, se promettait de ne pas manquer une seule belle femme, un seul bon repas, ni un seul lieu de pèlerinage. Ces lieux saints, il les connaissait déjà tous par leurs noms ; il avait une mémoire de clerc lettré et parlait toujours de saints et de miracles avec une assurance tranquille et ne faisait guère de différence entre les sujets saints et les profanes. Et pourtant il avait une foi vive et l'idée de toucher de ses pieds le sol foulé par Dieu l'impressionnait grandement. Il contait à Ansiau l'histoire du Saint-Sépulcre, du Golgotha, du Mont des Oliviers, de Tibériade, et s'étonnait lui-même : « Est-il possible, frère, que nous voyions de nos yeux le bois de la Vraie Croix et les traces des clous ? Sûrement, le jour où nous le verrons nous ne serons pas en peine pour mourir, car tous nos péchés nous seront pardonnés — et ils le seraient à bien moins. Et connaissez-vous ce qui s'est passé à Emmaüs, trois jours après que Dieu eut été crucifié ? Ceci je le tiens des clercs qui m'ont appris à lire, et c'est une belle histoire à conter et à entendre — et l'on dit que l'endroit est devenu si saint depuis que ceux qui y passent guérissent de leur maladie quelle qu'elle soit, qu'ils soient païens ou chrétiens. Et s'il fallait raconter tous les miracles que Dieu a faits en ce pays, je crois qu'il y en aurait pour la vie — c'est sur le bord même du lac de Tibériade qu'il a multiplié les pains et les poissons : il est arrivé à rassasier une armée entière avec deux poissons et cinq pains... » Ansiau écoutait son ami avec avidité, les yeux brillants — sans avoir jamais entendu le récit de ces événements il avait l'impression de les avoir toujours connus — sa passion pour Dieu s'en nourrissait et croissait toujours dans l'oisiveté des soirs d'hiver et l'attente du départ. Depuis le jour où il avait renoncé à sa volonté propre devant Baudouin de Puiseaux, il vivait dans un état d'acceptation de Dieu qui lui était très nouveau et le remplissait de joie et d'étonnement. Il lui arrivait de passer des heures en prière à la chapelle, à fixer le crucifix si longuement que, détournant les yeux, il ne voyait plus que des croix devant lui. Cependant, il n'avait pas de visions, et n'en demandait pas. Il lui suffisait largement de savoir qu'il verrait de ses yeux Jérusalem et le Saint-Sépulcre. Ce grand rendez-vous assigné par Dieu à ceux de Champagne pour l'année à venir était autrement plus réel que des actes de piété de la vie ordinaire ; et ce n'était pas une grimace ni une bagatelle que cette prière de quatre mille lieues d'étendue et de deux ans de durée.

— Nous ne nous sommes jamais rien promis ni juré, frère, disait-il à André, eh bien, nous nous unirons par serment devant le Saint-Sépulcre, pour que notre compagnonnage soit plus sûr et plus sacré que tous les autres. » André trouva l'idée très bonne, « un tel engagement, disait-il, porterait bonheur à leur amitié » ; ils n'échangeraient pas de croix avant de voir Jérusalem.

La fin du Carême et l'approche des fêtes de Pâques rendaient présent et réel le grand jour du départ — on avait fini par ne plus y croire à force de l'attendre. Aalais avait espéré en secret quelque signe du ciel qui défendît au comte de prendre la croix, mais rien de pareil ne s'était produit, du moins n'en savait-on rien à Linnières. Pendant le Carême, Aalais eut la malchance de faire une nouvelle fausse couche en tombant de cheval, et cette fois Ansiau s'était montré franchement mécontent : elle n'était plus une enfant de quinze ans, elle devait savoir prendre soin d'elle-même. En attendant, le petit Girard restait toujours son tout petit et il avait déjà dix-huit mois : jamais encore elle n'avait appartenu aussi longtemps à un dernier-né, et toute la tendresse qu'elle aurait eue pour les deux garçons avortés se reportait sur Girard : aucun de ses enfants ne lui avait jamais paru aussi intelligent, aussi éveillé, aussi caressant, et le départ du baron allait la laisser stérile pour des années — pour toujours, peut-être, car elle ne songeait pas à se remarier en cas de veuvage. Aussi passait-elle son temps à se lamenter auprès du petit Girard en disant : « Ma joie, mon amour, voilà que je reste seule et que je n'aurai que toi pour me consoler. » Et Ansiau était exaspéré par la tendresse excessive de la dame pour le petit enfant ; à présent qu'elle n'allaitait plus elle ne devait pas s'occuper de lui plus que des autres. « Je vous assure, disait-il, que vous vous trompez : cet enfant n'est pas plus beau que les autres. Vous n'avez pas fini de lui dire votre chapelet ? » Lui qui était un père si follement, si ardemment partial, il demandait à la dame d'être la justice même — l'amour maternel était à ses yeux comme une substance tangible et palpable, que la mère devait à ses enfants au même titre que son sang et son lait, et elle n'avait aucun droit d'en donner aux uns plus qu'aux autres. Mais lui-même était un homme, et libre d'aimer qui il voulait.

L'enfant allait avoir sept ans au mois de mai. Il était depuis longtemps sorti des mains des femmes ; et bien qu'il fût grand pour son âge, il paraissait frêle et délicat comme un oisillon quand il pressait de ses petites jambes très écartées la selle d'un cheval. Il avait de grands yeux gris à longs cils et un sourire de très petit enfant, sourire qui exprimait une joie tout à fait hors de proportion avec son objet — et le père sentait son cœur battre à la vue de ce sourire.

La veille du départ une messe fut célébrée à la chapelle de Linnières et tous les hommes reçurent la communion. Le repas du soir, contre l'ordinaire, fut silencieux. Les femmes avaient les yeux rouges — et les partants se sentaient le cœur gros à la pensée qu'ils mangeaient peut-être à cette table pour la dernière fois. Seul Herbert gardait sa belle humeur et plaisantait et buvait plus encore que d'habitude : de tous il était celui qui avait le moins à perdre ; il ne luttait plus contre l'âge et avait franchement renoncé à se teindre les cheveux, mais il avait encore fière allure ; après des années de vie oisive ce départ lui promettait enfin des plaisirs nouveaux, qui sans doute seraient les derniers.

Cette nuit-là, pour la première fois, Ansiau mesura le sacrifice qu'il faisait : il était si habitué à la dame qu'il ne pensait pas plus à celle qu'il ne pensait à lui-même. A présent, il sentait que c'était de lui-même qu'il ne pensait pas plus à elle qu'il ne pensait à lui-femme. Mais les beautés d'outre-mer l'attiraient fort peu. Depuis quatre ans il était fidèle à son amie et s'imaginait sincèrement qu'elle était la meilleure de toutes les femmes. S'il pensait peu à l'amour, c'était par manque d'occasions — il en était trop entouré pour y penser. A la veille de la séparation il se trouvait aussi épris qu'un jeune marié et accablait la dame de promesses et de prières, et c'était Aalais, cette fois, qui ne parlait pas — à force d'attendre ce départ, elle avait fini par s'y habituer et n'éprouvait aucune douleur, mais une espèce d'hébétement. Elle savait qu'elle avait encore beaucoup de choses à dire mais elle avait tout oublié. Plus tard, en se rappelant cette dernière nuit elle devait se reprocher sa froideur : « Il aura emporté un beau souvenir de moi ; il aura cru que je ne l'aimais pas. »

Et le matin il fallait se préparer au départ et faire les adieux. Les épouses abandonnées se lamentaient et se pleuraient d'avance en se frappant la poitrine et en s'arrachant les cheveux. Aalais y fut aussi habile que les autres ; elle s'appliquait de bonne foi à faire tout ce qu'une noble femme doit faire en semblable occasion. Et Ansiau, repris par l'ivresse du départ, n'avait d'yeux que pour Herbert, André, Thierri et descendait à tout instant dans la cour pour voir si les chevaux et les bagages étaient en bon ordre.

La dame présenta à son mari les quatre enfants, lui demandant de les bénir pour le cas où il ne reviendrait pas.

— N'oubliez pas, dit le baron, que c'est Ansiau, l'aîné, qui doit hériter du fief et du château. Tant qu'il ne sera pas majeur vous tiendrez la terre et ne la laisserez à aucun autre. » Puis il prit la dame par les épaules et la baisa sur la bouche et sur les yeux. « Amie, adieu. Gardez bien le domaine. Ne m'oubliez pas. Attendez-moi sept ans, comme il convient. »

La dame se suspendit à son cou en pleurant, mais il l'écarta doucement — il se dit que s'il la laissait pleurer elle n'en finirait jamais.

— Écoutez-moi encore, amie. Si je meurs, remariez-vous, mais ne laissez pas votre mari faire de tort aux enfants. Prenez un homme riche qui ait sa terre à lui et ne veuille pas de la nôtre.

— Jamais je ne prendrai de mari, dit Aalais, je mourrai si vous mourez. » Ansiau ne fit pas trop attention à ces paroles parce qu'il savait que les femmes disent toujours de ces choses-là. « Soyez bien sage, dit-il. Prenez soin de vous. Ne soyez pas triste.

— Vous m'oublierez avec les dames d'outre-mer », dit la dame en pleurant.

Il se mit à rire : « Moi ? Vous ne me connaissez pas. C'est vous qui m'oublierez la première. »

Il l'embrassa encore plusieurs fois, rapidement, avec impatience. « Il est temps que je parte, amie, adieu. »

Le pire était encore à venir, il le savait. Elle s'accrocha à lui et le suivit jusque dans la cour, s'agrippa à l'étrier, à la crinière du cheval, au pan du manteau. Au dernier moment, elle ne pouvait se résigner à le laisser partir. Et lui ne pensait plus qu'au moment où il se trouverait sur la route.

*

Ce rassemblement différait des autres départs par l'atmosphère de liberté et d'insouciance qui baignait l'ost, des tentes brodées des évêques aux humbles campements des sergents. Ces hommes avaient pris congé de la vie pour si longtemps qu'ils se croyaient tout permis ; et plus d'un dépensa sur place l'argent amassé pour le voyage, quitte à emprunter de nouveau ou à se mettre aux gages d'un croisé plus riche. Tentes et auberges retentissaient de chants, on ne voyait partout que vêtements de couleur et guirlandes de fleurs et de feuillage. Les parents et amis prenaient congé des leurs, les vieux camarades se retrouvaient et se faisaient fête les uns aux autres. Parmi les partants, Ansiau rencontra son beau-père et les deux hommes se retrouvèrent bons amis comme si rien ne s'était passé entre eux. Joceran venait boire et deviser avec ceux de Linnières et tous se demandaient avec étonnement : « Comment diable avons-nous pu chercher querelle à cet homme-là ? »

Joceran partait accompagné de ses neveux et de ses vassaux ; ses deux fils restaient en Champagne. Baudouin s'était engagé pour une durée de trois ans au service du vicomte de Chantemerle, le lendemain même de la prise de croix : depuis la mort d'Irma il ne pouvait supporter la vue des murs de Puiseaux et ne songeait qu'à fuir son père et sa famille. Et comme il n'y avait personne pour garder la terre et le château en l'absence des croisés, Thibaut avait dû s'exécuter ; Joceran, le plus vieux et le plus chargé de péchés, avait manifestement un plus grand besoin de partir. Il ne demandait pas mieux que de racheter ses fautes, qu'il croyait fort nombreuses sur la foi de son confesseur. A présent, il avait une barbe complètement grise et des yeux presque incolores, mais il gardait toujours sa belle prestance et son sourire qui troublait tant de femmes. Un des rares survivants de la croisade du roi Louis, il restait indifférent aux merveilles des pays qu'il allait revoir. De cette aventure dont Herbert de Linnières avait rapporté tant de ferveur inquiète et de rêves brûlants, Joceran ne se souvenait plus — il n'en avait que faire. Pour prouver qu'il y avait été il avait sa balafre, il n'en demandait pas davantage. Et Herbert, son ancien camarade d'armes, l'aimait pour ce passé lointain, à présent que les souvenirs de la croisade revenaient et devenaient si proches. Et Ansiau songeait aux premiers jours de son mariage et à la large face de cet homme auprès du fin visage de l'Aalais de ce temps-là — et comme le beau sourire de Joceran rappelait celui de sa fille, Ansiau ne pouvait plus éprouver que sympathie pour son beau-père — et d'autres se souvenaient encore de la grande amitié qui avait uni Joceran et le noble Gui de Marseint de si heureuse mémoire — on se disait : « l'homme qui avait eu un tel ami ne peut être mauvais ».

Délivré de la lourde présence de son fils aîné, Joceran se sentait redevenu ce qu'il était — bon compagnon, soldat de fortune, coureur d'aventures — jamais il n'avait vu dans une expédition militaire autre chose que l'occasion de mener la vie facile des camps, et le départ pour la Terre Sainte lui promettait au moins deux ans de campagne.

Edith de Chalmiers se trouvait également à Troyes : elle ne partait pas elle-même, mais elle avait jugé bon d'envoyer à sa place un de ses vassaux, car jamais âme n'avait eu autant besoin de pardon et de rachat. Pour le moment, son zèle pour la sainte cause prenait la forme d'un grand amour pour les futurs martyrs, et elle s'accordait assez librement à ces hommes qu'elle admirait et plaignait de grand cœur.

L'ost devait se mettre en route le dimanche des Blanches Nappes, et le jeudi Herbert de Linnières tomba foudroyé par une congestion qui l'avait pris à la suite d'un repas trop copieux à la table du comte Henri. D'abondantes saignées lui firent reprendre connaissance. Mais il était paralysé et avait perdu l'usage de la parole. Étendu dans un vaste lit, dans la maison d'un marchand de drap où ses fils l'avaient transporté pour le soigner, il gémissait et râlait, s'efforçant en vain de se faire comprendre. Il ne pensait qu'à une chose — se relever avant le départ ; et réclamait messes, reliques, guérisseurs, au grand désarroi des siens, qui n'arrivaient pas à deviner ce qu'il leur demandait.

Le médecin qui avait été appelé à son chevet assurait que le malade ne se relèverait pas avant quinze ou vingt jours, et Ansiau songea d'abord à le mettre dans une charrette couverte et à l'emmener avec les bagages. « Si nous le laissons ici il mourra de chagrin, disait-il aux fils d'Herbert. Il vaut encore mieux qu'il risque le voyage. » Mais Simon, fils aîné d'Herbert, se rangeait à l'avis du médecin qui jurait que la fatigue et les cahots de la route tueraient sûrement le malade, et que probablement il ne serait jamais en état de remonter à cheval. Et Girard le Jeune disait : « Nous ne pouvons traîner un infirme jusqu'en Palestine ; s'il doit mourir en route, mieux vaut encore qu'il repose à Linnières à côté des siens. » Force fut à Ansiau de se rendre à leurs raisons ; mais il avait le cœur très gros. La maladie d'Herbert était un mauvais présage pour le départ ; il avait presque envie de renoncer au voyage, tant l'idée d'abandonner son oncle lui faisait mal. Depuis six jours il vivait à Troyes en attendant le dimanche des

Blanches Nappes, buvant et menant grand tapage comme les autres. Et ce moment qu'il avait tant désiré le laissait désemparé et déçu. On ne voyait dans le ciel ni épée de feu ni ange sonnant de la trompette, la pluie mouillait les bannières à croix rouge et démolissait les routes. Et à présent il fallait laisser là Herbert, son second père, son meilleur compagnon, comme on laisse un vieux cheval qui a fini son service.

Quand la chose fut décidée au conseil de famille, André, dans un grand élan d'esprit de sacrifice qu'il devait bien regretter plus tard, déclara qu'il resterait auprès de son père : il était bâtard, s'il était devenu un homme, c'était par la seule volonté de son père : il ne voulait pas être ingrat ; tant que son père vivrait il ne le quitterait pas. Ses frères légitimes lui en furent très reconnaissants et Ansiau pleura mais dit : « Je ne peux pas vous empêcher de faire votre devoir. » Et il déclara qu'il fallait annoncer la chose au malade. Aucun de ses fils n'avait le courage de le faire. Le samedi soir Herbert parut aller mieux et articula quelques paroles. Il demanda si le comte était prêt pour le départ (il espérait toujours un retard dans les préparatifs de l'ost).

Ansiau lui dit : « Nous partons demain à l'aube après la messe. » Alors Herbert ferma les yeux, comme une bête aux abois qui reçoit le coup de grâce, et des filets de larmes se mirent à couler le long de ses pommettes vers l'oreiller. Ansiau sentait son cœur se serrer et il avait la voix si coupée de sanglots qu'il ne pouvait rien dire. Alors André, qui était à ses côtés, s'agenouilla près du lit et dit : « Père, je reste avec vous. » Le malade eut un faible sourire dédaigneux : le prenait-on pour un enfant à qui l'on donne un hochet pour le consoler ?

— Quand vous serez rétabli, mon oncle, dit alors Ansiau, vous rejoindrez l'ost : nous resterons sûrement quelque temps à Marseille à attendre les bateaux. » Herbert rouvrit les yeux et dit : « Non ». Il savait que jamais il ne serait en état de faire le voyage et n'attendait plus que le moment de se résigner. L'âge et la maladie reprenaient le dessus : il n'avait envie que de repos.

Cependant, le moment n'était pas encore venu de se reposer — il attendait déjà avec impatience le moment où les croisés quitteraient la ville. Mais il se sentait l'objet d'une pitié attendrie et respectueuse et cette sensation lui redonnait un peu d'énergie. Il procéda aux adieux avec autant de solennité que son état le lui permettait. Et quand ses trois fils s'agenouillèrent devant lui, lui demandant de les bénir, il comprit qu'il ne les reverrait plus jamais dans cette vie, et que ces adieux qu'il faisait étaient des adieux pour toujours.

Et alors, pour la première fois de sa longue vie fiévreuse, il baissa un regard attentif sur ces trois hommes, ces compagnons un peu subalternes, cette escorte d'honneur nécessaire à son prestige — sa race, ses héritiers. Au moment où leur vie allait pour toujours se séparer de la sienne il se rendait compte que c'étaient aussi des amis — qu'ils eussent pu l'être, du moins, s'il avait daigné s'occuper d'eux. Avec une lucidité encore exaspérée par son état de faiblesse il étudiait les traits de ces faces de loups, pâles et encadrées de barbes rousses et baignées d'une lumière, qui, il le savait, venait de son âme à lui et non des chandelles qui brûlaient au chevet de son lit.

Il les voyait tels qu'ils avaient été, enfants turbulents, adolescents terribles, jeunes gens assez tranquilles — comme il les connaissait à présent, jusque dans les recoins les plus intimes de leurs âmes si bien cachées — Izembard, le plus jeune, au front bas, à la bouche mobile, violent et borné; Ogier, le cadet, large, velu, au regard fuyant, dissimulé et retors — et surtout Simon, l'aîné — le meilleur, le plus semblable à lui; homme de trente-deux ans, sans beauté et sans éclat, pareil à ces chênes droits et puissants qui, en plein hiver, laissent affleurer aux bourgeons des branches le jet de sève vivante qui monte en eux: Simon avait le regard droit et réfléchi, la bouche noble et ferme, un port de tête altier; Herbert le savait intelligent et d'esprit vif: celui-là ne perdrait pas son temps en Palestine, il ferait son chemin, il n'était pas de ceux qui ne savent que prier, boire et se battre. Herbert avait cinquante-deux ans et jamais encore il ne s'était laissé aller à rêver pour le compte de ses fils. Il cédait à Simon sa place dans la vie. Dans l'attendrissement d'un dernier adieu il voulait bien lui léguer son héritage d'ambitions, de rêves et de projets. On parlerait un jour de Simon de Linnières, fils d'Herbert le Roux.

Un moment aussi solennel que la dernière bénédiction d'un père à ses fils qui partent en croisade consolait un peu le vieux chevalier de sa triste situation. Mais sa langue lui obéissait mal, et il ne pouvait prononcer les paroles qui eussent été de circonstance, et il ne devait jamais s'en consoler. Il eut pourtant la force de tourner les yeux vers André et de dire : « Ma main — bénir. » André finit par comprendre son désir et prit de ses deux mains le bras gauche de son père, et posa la lourde main enflée et inerte sur la tête de Simon, qui s'inclina et se signa ; puis, se relevant il baisa la main du père comme on baise une relique ; il avait les yeux pleins de larmes, ce qui, chez un homme aussi réservé, était signe de grande émotion. Ensuite André répéta le même geste pour Ogier et pour Izembard.

Ansiau disait : « Voyez-vous, frère, je n'ai jamais cru qu'il nous faudrait nous séparer un jour. Mais il est vrai que nous ne nous sommes rien promis et votre père vous tient de plus près que moi.

— Vous ne savez pas ce que c'est, dit André, j'allais tout nu et mon grand-père me battait du matin au soir : il avait honte de moi, à cause de ma mère. J'avais des croûtes et des bleus sur tout le corps. Quand mon père m'a pris au château j'avais mes os qui me trouaient la peau aux coudes et aux chevilles. Et lui n'a jamais eu honte de moi.

— Vous ne m'aviez jamais dit cela. » Ansiau était tout interloqué à la pensée qu'André avait pu être un enfant battu et mourant de faim.

— Frère, dit doucement André, je vaux sans doute moins que vous ne pensez. Mais vous n'aurez jamais de meilleur ami que moi. Puisque nous ne pouvons faire notre promesse devant le Saint-Sépulcre, nous pouvons au moins faire un échange de croix. Vous porterez ma croix à Jérusalem.

— Amen. Elle me gardera en route. Je veux bien être déshonoré, je veux bien voir mourir mes garçons si jamais je manque de loyauté envers vous : tout ce que vous me demanderez, je le ferai. Dieu ne veut pas nous séparer pour toujours ; je reviendrai, ou bien c'est vous qui ferez le voyage de Terre Sainte. »

André soupira : « Pas tant que mon père sera en vie. »

— Puisque vous restez, dit Ansiau, je vous confie la dame : soyez bon pour elle. Je serai plus tranquille sachant que vous êtes là. Ceci, je ne le dis qu'à vous : elle est bien jeune et je m'en vais pour longtemps. Surtout, veillez à ce qu'elle ne se remarie pas avant d'être tout à fait sûre de ma mort.

— Soyez sûr de moi », dit André, et Ansiau continuait : « Bien entendu, si je mourais, je ne souhaiterais pas de meilleur mari que vous pour ma dame — si vous le voulez bien. C'est une princesse d'outre-mer que je voulais pour vous — mais ma dame — eh bien, c'est une dame de grande valeur. Mais si vous ne voulez pas d'elle, veillez au moins qu'elle n'épouse pas un débauché ni un coureur de dot. Et quand vous la verrez, vous lui direz que je pense toujours à elle. »

Puis ce fut un nouveau départ. Lent et lourd, l'ost se mit en marche par les routes entre les vastes champs noirs et verts bordés de forêts transparentes et couvertes de jeune duvet. Les paysans qui voient passer ces hommes à cheval tout cousus et harnachés de croix et portant de hautes bannières blanches à croix rouges, se signent sans trop se demander ce que ces étrangers vont faire en terre étrangère.

Et en regardant le ciel et les dos de ses compagnons dont les épaules se soulèvent en cadence au pas des chevaux, Ansiau ne se souvient plus d'André, ni d'Herbert, ni de la dame. La vie passée est déjà derrière lui. Devant lui il y a les routes, les montagnes, les rivières, les ports, la mer bleue. Et la grande croix qu'on adore à Jérusalem.

*

Les premiers jours Aalais pleura beaucoup comme il convenait ; elle se considérait déjà comme une veuve ou une femme délaissée. Elle jugeait qu'il était dur pour une femme de son âge de vivre sans mari, et ne pouvait s'empêcher de garder rancune à l'homme qui l'avait si cruellement abandonnée. Comme on ne peut toujours pleurer, elle finit par prendre son parti et se remit à vaquer aux soins du ménage comme avant. Mais elle montait assez souvent sur le toit du donjon, pour regarder le chemin qui se perdait dans les fourrés et les buissons derrière le ruisseau ; elle espérait toujours qu'un empêchement survenu au dernier moment forcerait le baron à revenir à Linnières.

Enfin, vers la fin du mois de mai — les prés se couvraient de fleurs et la forêt devenait vert plus sombre — la dame aperçut, du haut du donjon, trois cavaliers qui remontaient la pente du côté de Seuroi ; aucun des trois n'était Ansiau. Mais la dame avait de bons yeux et les reconnaissait très bien : c'étaient Herbert le Roux, André, et Gervais, l'écuyer d'Herbert. Il ne fallait pas être devineresse pour comprendre les raisons de ce retour : le cheval d'Herbert avançait lentement, le cavalier retombait sur la selle à chaque pas, comme un sac, et paraissait maigre et exténué. André chevauchait à ses côtés, prêt à le soutenir s'il perdait l'équilibre. Aalais descendit rapidement dans la salle, annonçant que monseigneur Herbert revenait au château. Claude, la fille non mariée d'Herbert, battit des mains de joie et envoya deux servantes cueillir des fleurs dans le pré pour en orner la table et les murs. Et Aalais s'aperçut que sa robe portait une tache de vin et que ses cheveux n'avaient pas été peignés depuis trois jours, et elle courut dans la salle du haut ; elle rougissait à la seule idée qu'Herbert pourrait la voir en cet état.

Depuis six semaines Aalais se sentait perdue, changée, elle ne se reconnaissait plus : l'amour d'Ansiau avait été comme la chaleur d'un grand feu qui l'entourait de toutes parts, comme une grande montagne qui lui cachait le soleil, le ciel, les hommes. Il l'avait quittée si brusquement ; il n'y avait plus personne pour admirer ses cheveux, ses bras, ses pieds — plus personne pour lui faire des présents chaque dimanche, pour lui donner les meilleurs morceaux de tous les plats — elle n'avait plus besoin de se parer de belles robes, ni de parfumer et de frotter ce corps que le baron voulait toujours blanc et lisse, et en se baignant elle soupirait sur tant de beauté inutile : Ansiau l'avait si bien habituée à se croire un jardin de délices. Et le dévouement de chien d'un Milon du Cagne ne pouvait même pas la flatter — que pouvait lui faire l'amour d'un valet ?

Le petit Girard ne pouvait même plus la consoler ; elle était enceinte de nouveau — pour la neuvième fois, et la crainte de perdre ce dernier enfant la rendait presque trop prudente, et Girard devenait trop lourd pour qu'elle pût le porter dans ses bras. Elle ne savait pas s'occuper de ses grands enfants : Ansiau l'avait si bien accaparée, si bien emprisonnée dans sa lourde tendresse, qu'il lui laissait à peine le temps de se dévouer au dernier-né. Une fois sevré l'enfant ne devait plus faire concurrence au père. Et de fait, aucun enfant ne pouvait demander plus de soins, de vigilance, d'affection qu'il n'en fallait pour un homme comme Ansiau. Aucune femme, à ses yeux, ne pouvait valoir la dame, pour le laver, le peigner, le masser, l'aider à se vêtir, lui tenir l'étrier ; elle devait broder et coudre ses galons et ses ceintures, le servir à table s'il était de mauvaise humeur. Quand il allait aux tournois de Troyes ou de Bar-sur-Seine il emmenait la dame avec lui, et elle ne s'en plaignait du reste pas. Mais pour les enfants, c'était à peine si elle avait le temps de les protéger d'un signe de croix le matin ou de crier : « Que je ne vous entende pas ici, mauvaises graines ! » Quand ils étaient malades elle disait le chapelet à leur chevet et les aspergeait d'eau bénite. Elle savait qu'il fallait les battre de verges et les endurcir contre la faim et le froid — les garçons surtout. Mais là encore le baron ne la laissait guère agir comme elle l'entendait ; elle était femme et ne pouvait savoir comment on élève des hommes. A présent il était parti, mais les enfants étaient toujours à lui, confiés à ses écuyers, promis d'avance au service de Guillaume de Nangi — de futurs étrangers.

En peignant ses longs cheveux blonds Aalais sentait comme des vagues de sang frais affluer à ses joues et aux bouts de ses doigts, ses pensées oisives et désordonnées se rassemblaient, prenaient forme ; elle brûlait d'impatience d'entendre le récit du départ, d'apprendre des nouvelles de son père et de ses cousins, de recevoir peut-être quelque dernier adieu de son baron par la bouche d'André. Herbert était bon conteur et elle était sûre d'être bien renseignée par lui sur tout ce qu'il avait vu et entendu à Troyes.

Au moment où les cavaliers pénétraient dans la cour, la dame se tenait debout près du puits avec Richeut, Claude, Odette, et les autres dames, prête à recevoir les arrivants. Herbert, très faible, fut presque porté sur l'échelle et installé dans le fauteuil d'Ansiau près de la cheminée. Il grelottait en dépit du beau temps, car les saignées lui avaient fait perdre beaucoup de sang ; et il avait le teint terreux. Aalais regardait ses longues mains nerveuses et noueuses se crisper sur les bras du fauteuil. Comme elle fléchissait le genou pour lui offrir à boire, il baissa sur elle un regard lourd de tristesse et de fatigue, mais toujours bienveillant ; et chose étrange, c'était justement cette bienveillance qu'Aalais trouvait difficile à supporter, et elle détourna les yeux. L'homme l'avait toujours intimidée, à cause de son passé d'amour et de prouesses, à cause de ses belles manières — et surtout à cause de son port de tête altier et de la fière cambrure de ses reins — un prince ou un comte ne pouvait avoir l'air plus hautain. En huit ans elle ne s'était pas familiarisée avec lui ; et pourtant il l'aimait de bon cœur, elle le savait bien.

— Beau cousin, demanda-t-elle à André, mon seigneur ne vous a pas chargé d'un message pour moi, avant de partir ?

— Si fait. Il a dit qu'il pensait toujours à vous.

La dame soupira, se disant que le baron manquait décidément d'imagination : c'était bien de lui, de ne rien trouver à dire de plus que cela.

La dame était maîtresse du château et mettait son point d'honneur à ne laisser manquer de rien l'oncle de son mari ; et Herbert devint très vite maître et seigneur du château de Linnières.

Il n'avait jamais prétendu gouverner la maison. Mais il voulait être bien servi. A toutes les heures de la journée valets et servantes devaient courir pour lui apporter tantôt de l'eau fraîche, tantôt des pierres chauffées, tantôt un vin cordial, tantôt un cure-dents ; pour reprendre ses forces il buvait du sang d'oiseaux vivants, et il ne voulait que du sang de faucons et de buses, ce qui était fort ruineux, et la dame sortait souvent elle-même à la chasse au milan sauvage pour n'être pas obligée de sacrifier ses bêtes préférées. Avec cela Herbert ne voulait ni manger ni boire à des heures fixes, et le feu brûlait dans la cheminée du matin au soir : tout le temps on y faisait cuire ou rôtir des cailles ou des poulets ou bouillir des bouillons d'os aux herbes médicinales. Tous les jours les servantes devaient le masser, le frotter de baumes, le gratter ou le frapper de branches vertes de noyer pour mieux faire circuler le sang. Bref, le vieux chevalier s'arrangeait pour remplir tout le château de sa personne et de ses caprices, et la dame faisait tout pour lui plaire, autant par respect pour lui que par sentiment des convenances. André était bon garde-malade, et savait seul apaiser et raisonner son père et Aalais lui en savait gré.

Les forces du malade revenaient lentement. Un beau jour de juin après la Saint-Jean il fit seller son cheval et descendit dans le pré avec André, la dame et Claude, sa fille, pour chasser au faucon. Il lançait bien le faucon et les deux jeunes femmes poussaient de grands cris et riaient d'admiration en le regardant. Claude s'écria : « Je n'ai jamais vu de meilleur fauconnier que mon père ! Vraiment, si je n'étais sa fille c'est lui que j'aurais voulu pour ami. » Et la dame ne dit rien et pensa : « Après tout, il a les tempes assez grises ; et le nez bien long. » Cette pensée lui fit plaisir, Dieu sait pourquoi.

Herbert attirait maintenant ses pensées, tout naturellement, comme l'aimant attire les épingles. Pour lui elle se lissait les cheveux sur les tempes et se frottait les mains de jus de citron. Pour lui elle s'asseyait sur un banc au coin du feu avec une ceinture ou une chemise à broder, fixant les yeux sur son ouvrage pour bien montrer qu'elle était une femme travailleuse et habile à l'aiguille. Pour lui elle faisait venir ses garçons près d'elle et les caressait et leur parlait du baron pour faire voir qu'elle était bonne mère. Sa vanité, qu'Ansiau avait si bien su combler, reprenait toutes ses exigences et devenait tyrannique : elle eût beaucoup fait pour gagner ou garder l'estime d'Herbert le Roux; il lui en imposait comme aucun homme n'avait jamais fait : il était l'ancien compagnon de son père et de son grand-père, le fameux Gui de Marseint — il savait tant de choses, de si belles choses, et elle n'osait jamais le regarder en face, car elle le croyait capable de lire toutes ses pensées. « Votre père est un homme très noble, disait-elle à André, et très sage : on ne se lasserait jamais de l'écouter. » Et André pensait : « Voilà au moins une femme de bon sens. »

La dame réussit à porter à terme son sixième enfant : elle accoucha le jour de Noël d'une fillette dont Richeut fut la marraine et qu'on baptisa Aalais, du nom de la petite morte, sa sœur aînée qui n'avait vécu que deux mois. Et la dame, qui gardait toujours une place dans son cœur pour sa petite Ala blanche et glacée, donna à la nouveau-née le surnom d'Alette. Elle avait eu des couches assez difficiles, et une fois délivrée elle n'en revenait pas de bonheur et ne songeait presque plus à l'absence de son mari. Ou, si elle y songeait, c'était pour dire : « Son père eût été content de la voir », ou : « Le baron ne se doute guère qu'il aura cinq enfants quand il reviendra de Terre sainte — à celle-ci il ne rapportera pas de cadeau. » Et comme les froids étaient très rigoureux elle passait son temps près de la cheminée à côté du fauteuil d'Herbert, tenant sa petite fille sur ses bras.

Herbert avait finit par se rétablir presque complètement. Il chassait et buvait comme il avait fait avant sa maladie, sous l'œil inquiet d'André. Neuf mois s'était écoulés depuis le départ des croisés et le vieux chevalier s'était consolé de son échec et recommençait même à se teindre les cheveux. Après avoir passé sa vie à se déplacer de ville en ville, de tournoi en tournoi, il s'apercevait qu'il n'était pas plus malheureux à Linnières qu'ailleurs. Le château était petit, sombre et pauvre, mais il s'y savait maître absolu ; il était le doyen de la famille, et au milieu de ces femmes, enfants et valets il se sentait le coq du poulailler. Il ne daignait pas s'abaisser jusqu'aux détails du ménage ; c'était la dame qui payait les soldats, faisait tanner les peaux, moudre le grain, blanchir la toile ; c'était la dame qui tançait les domestiques et tenait le compte des chandelles et des épices — mais Herbert vivait persuadé que tout ceci se faisait pour la seule satisfaction de ses besoins et de ses caprices : il n'avait qu'à vouloir. Cette forêt, ces chevaux, ces faucons croissaient et prospéraient pour le plaisir d'Herbert de Linnières.

Les longues après-midi d'hiver Herbert remplaçait avantageusement les ménestrels, toujours trop rares au château, car il n'était jamais las de raconter des histoires de guerre et de chanter et de faire chanter en chœur les jeunes gens et jeunes filles. Il avait un reste de voix assez agréable et une bonne mémoire. Que ne chantait-il pas : des refrains de guerre et de croisade, des lais, des rotrouenges, des aubes en langue d'oc, des cantiques sacrés en latin — et la dame, en l'écoutant, posait la petite Alette dans son berceau et essuyait de la paume de ses mains les larmes qui débordaient de ses paupières.

Aalais était toute à la dévotion du vieux chevalier. Elle s'étonnait seulement de ne pas avoir compris jusque-là quel homme merveilleux il était. Bien entendu, elle acceptait comme paroles d'évangile tout ce qu'il disait, et lui, sans être vantard, savait se faire valoir et se présenter à son avantage dans ses souvenirs de guerres et de fêtes — la dame l'écoutait les yeux incandescents, et Herbert voyait ses joues rougir et pâlir, et sa poitrine se soulever sous la toile fine de la chemise. Et lui, de son côté, ne restait pas indifférent devant tant d'admiration et la dame lui plaisait beaucoup ; il estimait en elle sa bonne race, sa bravoure, sa loyauté, et par-dessus tout l'estime qu'elle paraissait avoir pour lui. Il dit même un soir à André : « Si Ansiau ne revient pas de Terre sainte — ce que je n'ai garde de souhaiter ! — je prendrai sa femme. »

André, assez naïvement, demanda : « Et pour quoi faire ? »

— Et pourquoi prend-on une femme ? Je serai maître du fief tant que les enfants seront jeunes. Et puis, elle est de bonne race.

— De bonne race et bien élevée, acquiesça André. Il n'y a pas de femme plus vaillante ni plus habile à tenir le domaine : feu dame Adela ne faisait pas aussi bien.

— Et dire que c'est moi qui ai arrangé leur mariage, poursuivit Herbert, rêveur. J'aurais pu tout aussi bien la prendre moi-même. C'était vraiment la chance d'Ansiau de décrocher une telle femme sans se donner d'autre peine que de se mettre au lit avec elle.

André, inquiet de voir son père empiéter, fût-ce en pensée, sur les droits d'Ansiau, s'empressa de parler d'autre chose.

Aalais avait retrouvé toute sa joie de vivre. Elle chantait à pleine voix en filant, courait dans la salle comme une jeune fille et pinçait et étouffait de baisers ses enfants quand ils se trouvaient sur son chemin. Et vers la fin du Carême, elle regardait la neige fondante fuir en filets d'eau le long des écuries et des palissades, et de grosses gouttes tomber de partout, si rapides et si nombreuses qu'on eût dit qu'elles se faisaient la chasse — les cris des corneilles la remplissaient de joie et d'angoisse, l'air était si pur qu'elle pouvait distinguer, au loin, dans la forêt, les branches noires et grises des bouleaux et des frênes, et les fumées du village de Bernon. Aalais sentait monter en elle un tel amour pour cette terre, pour cette forêt, pour cette cour pleine de boue, qu'elle s'étonnait d'avoir jamais aimé une autre maison et une autre terre. Que lui restait-il de son premier nid que le souvenir de ses parents et l'orgueil d'être l'unique rejeton du noble Gui de Marseint qu'Herbert louait si souvent ? A présent elle était plus fière de la race de Linnières que de la sienne propre, et quand elle disait « nous » et « les nôtres », elle pensait aux frères, fils et neveux d'Herbert le Roux. D'Ansiau elle s'était fait une très belle image qu'elle évoquait le soir avant de s'endormir. Mais elle ne voulait pas s'avouer qu'elle se sentait plus libre et plus gaie qu'elle n'avait été lorsque Ansiau était là.

Aalais n'avait jamais pu supporter les baisers d'Herbert sans se troubler un peu ; mais cette année-là, à Pâques, les effluves du printemps et douze mois de chasteté forcée firent tant qu'elle manqua de se pâmer quand Herbert pressa ses dures lèvres brunes contre sa bouche entrouverte. A partir de ce jour la dame se mit à attendre comme des jours de fête les occasions d'être de nouveau embrassée par lui. Elle ne se reprochait pas ce plaisir innocent : Ansiau devait en goûter de bien plus certains à Jérusalem ou ailleurs. Et comme Herbert était un homme en tous points accompli, il était tout naturel qu'il sût embrasser mieux qu'un autre.

Herbert n'était pas homme à résister à une tentation — mais encore fallait-il qu'il fût tenté, et il ne l'était pas. D'abord, il était amateur de fruits verts et une femme de vingt-trois ans ne pouvait guère l'exciter. Et puis, à ses yeux, déshonorer son neveu, c'était se déshonorer lui-même : il ne convoitait pas plus Aalais qu'il ne pouvait convoiter Claude. Ceci ne l'empêchait pas de songer à la dame comme à une épouse possible, amour et mariage étant pour lui choses tout à fait différentes, et même opposées. Il admirait cette femme, il la croyait intelligente, noble meilleure que les autres, enfin, une vraie femme de chevalier, loyale et chaste comme sainte Marguerite. Et il commençait à se dire qu'Ansiau ne méritait pas une femme aussi accomplie : il pouvait, s'il voulait, se mettre à la solde de quelque baron de Terre sainte, — il était jeune, c'était de son âge de courir l'aventure — le château, le coin du feu, le lit conjugal, c'était l'apanage des vieux, de ceux qui ont bien mérité leur repos.

— Ansiau est un brave garçon, disait-il à la dame. Je n'ai garde de dire du mal de lui, c'est votre seigneur et vous devez bien l'aimer. Mais il eût aussi bien fait un excellent palefrenier.

La dame était un peu vexée de ce propos ; mais rien de ce que disait Herbert ne pouvait lui paraître faux, et l'auréole dont elle entourait Ansiau se ternit un peu en dépit d'elle-même.

Un autre jour, Herbert s'avisa de lui raconter qu'Ansiau, au retour de la campagne de France, avait vu la dame de Chalmiers et était tombé amoureux d'elle au point de passer dans sa tente trois jours et trois nuits de suite, et de manquer un tournoi. A ceci la dame ne s'était pas attendue. « Vraiment, dit-elle, d'un autre que vous je ne l'aurais pas cru. Il m'avait toujours juré qu'il n'avait jamais aimé que moi. »

— Je ne vous conseille pas de mettre la main au feu sur les serments d'un mari, dit Herbert en riant. Il n'y a pas de déshonneur pour un homme à être bien traité par une belle dame.

Aalais en convint tristement, parce qu'elle ne pouvait plus penser autrement que lui ; mais elle avait tout de même du chagrin — sa confiance en Ansiau était très ébranlée et elle était sûre, à présent, qu'il devait l'avoir oubliée depuis longtemps auprès des jolies demoiselles de Palestine.

— Elle est donc si belle que cela, la dame de Chalmiers ? demanda-t-elle à Herbert quelque temps après. Il haussa les épaules.

— On le dit. Votre père doit le savoir mieux que moi, il me semble. Elle a tant roulé qu'elle ne vaut plus grand-chose, à présent ; mais dans le temps elle n'était pas laide.

La dame se mordit les lèvres, mortifiée d'entendre Herbert dire d'une autre qu'elle n'était pas laide.

Personne ne songeait à suspecter la grande amitié qui unissait la dame à l'oncle de son mari. André lui-même trouvait que la dame faisait preuve de bon sens en s'attachant à un homme aussi noble et aussi brave ; il ne la croyait pas amoureuse. Et Herbert pensait à elle avec plus de tendresse qu'il n'avait l'habitude d'en ressentir : elle était jolie — jamais il ne l'avait vue ainsi — les joues colorées, les yeux pleins de flamme ; elle tremblait quand il lui prenait les mains, baissait les yeux quand il la regardait, et il ne voyait en ces signes d'embarras qu'une réserve pudique, et en était charmé. Il l'aimait d'amour chaste, car il avait toujours dans son lit deux ou trois fillettes du village dont il ne pouvait guère se passer — eût-il vingt fois épousé la dame, rien ne l'eût fait changer ses habitudes ; mais la dame le touchait justement parce qu'il la croyait aussi chaste qu'il l'était peu. Il s'étonnait lui-même d'être devenu, sur ses vieux jours, si porté sur la vertu.

Ce fut par un très pluvieux jour de juin qu'un étranger vêtu d'un manteau gris vint frapper à la porte du château. Son cheval, ses jambes, son visage même étaient couverts de boue. « Vous pouvez être tranquilles, au moins, dit-il au valet qui le fit entrer et l'aida à descendre de cheval. La mort ni le diable ne viendront vous chercher ici. » Puis il demanda si le chevalier Herbert de Linnières, dit le Roux, était encore en vie. « S'il est en vie ! dit le valet, en riant de la naïveté du voyageur. S'il est en vie ! On le saurait bien, s'il ne l'était pas ! Il vient de chasser au milan toute la matinée. » Et Garin de Linnières et deux fils de Girard le Blond s'approchèrent de l'arrivant pour lui demander de monter au château : la dame avait fait préparer un bon bain et un lit de plume dans la salle du haut, car elle devinait bien qu'il était chevalier.

L'homme monta dans la salle et les servantes lui ôtèrent son manteau et ses bottes pour les faire sécher. La dame vint au-devant de lui pour lui souhaiter la bienvenue, et pâlit en lui voyant le visage basané, presque noir, des hommes qui reviennent des pays chauds. Le chevalier, qui avait un fort accent lorrain, déclara qu'il s'appelait Philippe de Wassy et qu'il avait un message pour Herbert le Roux. « Par saint Thiou, dit la dame, vous êtes mon hôte et vous ne ferez rien tant que vous n'aurez pas pris un bain et un peu de repos. Les demoiselles mes cousines vous donneront des habits neufs. Mon seigneur aussi voyage à l'heure qu'il est, il est au loin en Terre sainte. »

Le chevalier descendit dans la salle, le soir, et Herbert l'attendait avec l'impatience qu'on peut imaginer. « Sûrement, disait-il à André, ce sont des nouvelles des nôtres. J'ai bien peur qu'elles ne soient mauvaises. »

La dame fit asseoir Philippe de Wassy dans un fauteuil à coussins à côté de celui d'Herbert, et Claude lui posa un coussin sous les pieds. L'homme tira de son sac qu'il portait à la ceinture une petite plaque de cuivre incrustée d'améthystes et la mit dans la main d'Herbert. « Voyez, dit-il, cette médaille est à Simon de Linnières, votre fils, il me l'a donnée pour me faire reconnaître de vous. »

Herbert se signa et Claude poussa un grand cri ; André se pencha très bas sur le dossier du fauteuil de son père. Et la dame fixait un regard étonné et incrédule sur cet homme qui avait vu de ses yeux ceux qui étaient si loin — peut-être avait-il aussi vu Ansiau ? Les nouvelles apportées par Philippe de Wassy étaient mauvaises pour Herbert : Simon faisait dire à son père que ses deux frères cadets, Ogier et Izembard, avaient été emportés par la fièvre dès leur abord en Terre sainte et reposaient à Acre. Simon lui-même s'était mis à la solde d'un baron de Palestine, d'une des meilleures maisons du royaume, frère de ce Baudouin de Rames qui avait voulu épouser la sœur du roi. Il ne comptait pas revenir en France, et ordonnait à sa femme de rentrer chez ses parents ; pour ses enfants, il fallait les confier à la dame d'Ansiau. Lui, Philippe de Wassy, avait fait la connaissance de Simon à Jérusalem où il était en pèlerinage.

La mort, et une mort aussi lointaine, est un accident banal et qui ne surprend personne, et Odette se sentait tout aussi veuve que les femmes d'Izembard et d'Ogier. Herbert, pourtant, eut beaucoup de chagrin, comme il se devait, se déchira les vêtements et s'arracha même quelques mèches de cheveux. La dame compatissait de tout cœur à sa douleur ; elle se mettait à sa place : « Si Ansiau perdait ses garçons, pensait-elle, il deviendrait fou. »

Herbert se fit saigner, de crainte d'une seconde attaque, et passa au lit la journée suivante. S'étant ainsi acquitté de ses devoirs paternels il se releva, ne pouvant résister à l'attrait d'un visage nouveau et de nouvelles fraîches. Il avait déjà fait ses adieux à ses fils en ce monde.

Philippe de Wassy ne pouvait dire grand-chose sur les autres croisés champenois. Pourtant, il en avait vu quelques-uns à Jérusalem. On lui avait montré le comte Henri alors qu'il priait à l'église du Saint-Sépulcre et en sortait à la suite du roi. Il savait aussi que l'ost avait campé près de Tabarié ou Tibériade avec celle du roi, mais qu'il n'y avait pas eu de bataille. « Hé, Dieu, disait Herbert, le roi est trop jeune ou mal conseillé. C'était le moment ou jamais de livrer bataille, il n'a pas si souvent près de lui autant de bons chevaliers de chez nous. »

— C'est vrai, dit Philippe, mais des siens, il lui en manque beaucoup, après la bataille qu'il a eue à Mongesard, près de Saint-Georges, où tant de ses meilleurs chevaliers avaient été pris. »

Le comte Henri de Champagne et ses barons, ainsi que Pierre de Courtenai, avaient quitté le royaume peu de temps après Pâques pour se diriger vers le Nord, sur Antioche. Ainsi que Simon l'avait expliqué à Philippe de Wassy, ils comptaient revenir en France par voie de terre, soit parce que le prix du transport par mer était trop élevé, soit parce que le comte avait une mission secrète auprès de l'Empereur.

— Si je les envie, dit Herbert, c'est de ce qu'ils verront Constantinople. Il n'y a pas de plus belle ville : c'est le Paradis. Sur la seule robe de l'archevêque j'ai vu plus de joyaux qu'il n'y en a dans la trésorerie du comte à Troyes. Penez garde, dit-il en s'adressant à Aalais, votre baron y restera et ne voudra plus retourner chez lui.

— Je ne blâme pas Simon, dit la dame, c'est son affaire. Mais si mon seigneur en faisait autant, je lui souhaiterais d'être tout couvert de plaies et de croûtes et d'avoir des mouches et des vers dans chaque plaie.

Herbert dit qu'une bonne femme devrait souhaiter l'honneur et le profit de son mari. Simon n'était pas un imbécile et savait ce qu'il faisait. Là-dessus, Philippe se répandit en éloges de Simon. Il l'avait vu à Jérusalem dans la suite de son nouveau seigneur, et il menait grand train, il avait six écuyers pour porter ses lances et des plumes d'autruche sur son heaume ; et pendant le festin de noces de la sœur du roi il avait porté un bliaut de drap d'écarlate qui avait bien dû lui coûter la moitié de sa solde de six mois. Herbert eut un soupir d'envie. « Ah ! Si j'avais son âge ! Et vous a-t-il parlé de ses amis ? Est-il bien logé ? Est-il aimé de son seigneur ? »

Philippe de Wassy professait une grande admiration pour Simon. Les raisons qui l'avaient décidé à rester en Terre sainte étaient très belles, disait-il — d'abord, il voulait être plus près de la tombe de ses frères, puis, Dieu lui-même lui avait ordonné de ne pas quitter un pays si plein de païens et en si grand péril ; il s'était trouvé à Jérusalem à l'âge de trente-trois ans, l'âge où Notre-Seigneur avait souffert le martyre — aussi devait-il passer sa vie à combattre les ennemis de Jésus-Christ et à l'adorer sur la terre où il avait vécu.

— Et à porter du drap d'écarlate, dit la dame sans

lever les yeux de son ouvrage. Philippe de Wassy haussa légèrement les épaules, mais Herbert se fâcha et répondit d'une voix très dure : « Femme, taisez-vous. Mêlez-vous de vos affaires. »

La dame eut les larmes aux yeux et souhaita rentrer sous terre. Herbert ne lui parla plus de toute la soirée et daigna à peine la regarder quand elle lui présenta elle-même la coupe de vin pendant le repas. Il ne le faisait pas par colère : il était bien trop occupé à parler avec son hôte et avait oublié jusqu'à l'existence d'Aalais. Mais la jeune femme s'imaginait qu'il lui en voulait toujours et la besogne lui tombait des mains ; elle n'entendait plus ni les récits de Philippe, ni les doléances d'Odette. Elle ne dormit pas de toute la nuit, se demandant comment elle pouvait réparer ses torts envers le vieux chevalier. Le lendemain elle lui demanda humblement pardon d'avoir parlé follement : elle n'avait garde de blâmer Simon, mais elle avait tant pitié d'Odette.

— Mais non, dit Herbert, mais non, vous ne m'avez pas offensé. Puis, de nouveau, il se retourna vers son hôte, et la dame se sentit encore plus blessée que la veille et eut envie de lui dire quelque chose de déplaisant.

Herbert mangeait et buvait Jérusalem, et discutait avec Philippe de Wassy les avantages et inconvénients du remariage de la sœur du roi. « Il faut croire, disait-il, que le roi n'eût pas donné l'héritière du royaume à un homme sans valeur. Mais c'est quelqu'un qui n'a pas encore fait ses preuves, personne ne le connaît. Croyez-vous qu'un baron du pays eût mieux fait l'affaire ? » Philippe disait : « Je n'en sais rien. Toujours est-il que les chevaliers de là-bas ont été bien étonnés de ce mariage. Ils sont envieux de tout ce qui vient de France, c'est pourquoi ils ne veulent pas d'un roi étranger. — Voilà ce que je vais vous dire, poursuivait Herbert, c'est le duc de Bourgogne qui devait faire ce mariage-là. Seulement, on raconte que, le premier mari de la dame étant mort trois mois après la noce, le duc ne tient pas à en faire autant, ce qui est grande lâcheté de sa part. Si j'étais lui, j'aurais mieux aimé être roi à Jérusalem que duc en Bourgogne. — Hé non, dit Philippe, c'est le fils de la dame qui sera roi, et le mari ne sera là que pour recevoir les coups de Saladin. » Herbert s'écria : « Par saint Thiou, quand il n'y aurait que cela, si on me proposait cette place, je ne l'échangerais pas contre celle de saint Pierre. Ah ! Les hommes d'aujourd'hui ne valent plus grand-chose. »

Philippe de Wassy passa dix jours à Linnières et partit la veille de Saint-Martin le bouillant qui, cette année, justifiait mal son nom, car le temps était nuageux et frais. La dame fit présent à son hôte d'un manteau de drap gris et d'une coupe de bois ciselé et le pria de s'arrêter à Troyes chez sa sœur Hermenjart de Rumilli — ce qui lui épargnerait les frais d'hôtel, — et aussi de faire dire à la cathédrale une messe pour Ansiau de Linnières et les siens. La vie au château devint morne après le départ du chevalier lorrain. Herbert était repris par la nostalgie d'aventures et s'ennuyait à mourir, et pour tromper ses terribles accès de tristesse lançait des couteaux en prenant pour cible un chien vivant ou se livrait à une débauche tout à fait indécente et déplacée jusque dans la salle du château. La dame pensait : « C'est à cause du chagrin qu'il a pour ses fils », et sa pitié était plus forte que sa colère. Et elle recommençait à s'ennuyer, le petit Girard lui-même n'arrivait plus à la distraire. Elle ne surveillait plus ses servantes, laissait tomber l'aiguille sur ses genoux, se promenait de la cour à la salle, de la salle à la cour, et descendait parler à Milon, qui était toujours aux écuries.

Elle était moins fière, à présent, et il lui plaisait de voir un garçon qui devenait rouge et blême quand elle approchait de lui, et qui bégayait quand elle le regardait en face. C'étaient là les signes ordinaires et certains de l'amour, et la dame pensait de plus en plus souvent à l'amour, et à un amour dont elle fût l'objet. De Milon, du moins, elle pouvait être sûre. Elle le laissait quelquefois lui baiser les mains, et riait quand il prolongeait ces baisers au-delà des limites permises, et il devenait alors triste et honteux et se mettait à parler aux chevaux ; de fait, il parlait plus aux chevaux qu'aux hommes.

Puis vint le jour où la dame s'aperçut qu'à moins d'emprunter de nouveau elle ne pourrait plus payer les soldats. Et pour emprunter, il fallait d'abord rendre à Abner l'ancienne dette ou tout au moins payer les intérêts — elle avait déjà réussi à faire retarder le payement d'un an, et elle avait cru que l'année ne finirait jamais. Mais l'année finissait et Ansiau n'était toujours pas là. Un neveu d'Haguenier de Hervi était passé à Linnières pour dire qu'il courait de mauvais bruits à Troyes : le comte aurait été fait prisonnier par les Turcs avec tous ses hommes. Herbert prétendait que la moitié des bruits de ce genre étaient faux, mais il en était tout de même assez troublé. Et la dame ne voyait pas encore toute la portée de cette nouvelle, mais elle voyait toujours que si Abner y croyait il ne lui prêterait plus un denier. Elle décida pourtant de se rendre à Troyes pour voir ce qu'il y avait à faire.

— Pour qu'on en parle à Troyes, disait Herbert pensif, pour qu'on en parle à Troyes, il faut qu'il y ait une raison. Les nouvelles sont rares. Mais sûrement, s'ils étaient déjà à Constantinople, nous l'aurions su d'une façon ou d'une autre.

La dame, assise près de lui sur un escabeau, les mains sur les tempes, se demandait ce qu'elle pouvait encore engager. Si elle pouvait trouver moyen de dégager la terre sans payer — si par exemple elle allait au château de Troyes se jeter aux pieds de la comtesse, si la comtesse ordonnait à Abner de la libérer des intérêts — et les intérêts montaient bien aux trois quarts de la somme empruntée — et même là, où trouver l'argent pour rendre quand il fallait commencer par emprunter ?

Herbert finit par la prendre en pitié.

— Vous voilà bien embarrassée, ma belle nièce, dit-il.

La dame dit : « On devrait pendre tous les Juifs de Champagne. »

— Allez, ne vous tourmentez pas, dit Herbert en riant. A votre âge on prend les choses trop à cœur. On peut toujours s'en tirer. Tenez : je ferai le voyage avec vous et je saurai bien m'arranger avec Abner.

A ces paroles, Aalais fut prise tout d'un coup d'une terreur telle qu'elle laissa glisser par terre la broderie qu'elle avait sur ses genoux, les écheveaux roulèrent sur les dalles, et elle avait les mains si tremblantes qu'elle ne pouvait même pas ramasser son ouvrage. La petite Simone, fille de Simon, courut rattraper les écheveaux et les remit sur les genoux de la dame.

— Ma tante, dit-elle, vous grelottez. Vous n'êtes pas bien ?

Pour toute réponse elle reçut un soufflet. La dame se leva, sans oser tourner les yeux sur Herbert, sortit de la salle et monta à l'étage supérieur. Là, elle plongea ses deux mains dans un broc d'eau et se les passa sur le front et sur les joues. Les servantes, qui filaient sous la surveillance de Richeut, la regardèrent avec étonnement. Elle s'approcha d'une fenêtre, s'accouda sur le rebord, et ferma les yeux avec ses mains.

Faire le voyage à Troyes avec Herbert. Être tout le temps avec lui, supporter son regard, entendre sa voix. Cette seule idée lui mettait du plomb dans la tête et dans les jambes. Que serait la chose elle-même ? Pourrait-elle le voir du matin au soir sans se trahir ? Seule avec lui, de quoi pourrait-elle parler ? Comment oserait-elle lever les yeux sur lui, si déjà elle ne pouvait plus forcer ses paupières à s'ouvrir, simplement parce qu'il avait dit qu'il voulait partir avec elle ?

Elle se disait qu'une fois à l'auberge, une fois à Troyes, elle ne pourrait s'empêcher de s'offrir à lui, et alors il la mépriserait, ou bien... — Elle était donc amoureuse, elle, Aalais de Puiseaux, fille de noble père et de noble mère ? Amoureuse, elle avait toujours eu si peur de le devenir qu'elle n'avait jamais osé y penser ; l'amour, pour une femme de croisé, ne peut apporter que honte et malheur. Certainement, Ansiau ne reviendrait pas pour apprendre qu'elle avait fauté avec un autre, comme une femme de sergent.

Et pourtant, aimer Herbert de Linnières eût été si beau. Un homme si noble, si brave, si sage. Si ses baisers de courtoisie faisaient déjà tant plaisir, que seraient ses baisers d'amour ? Il n'était pas vieux, puisqu'il aimait encore les femmes — pourquoi ne l'aimerait-il pas ? Elle n'était pas plus laide que les autres. Vieux, il ne l'était pas, puisqu'il était le seul au monde. Il était le maître, elle la servante. Elle irait se mettre à genoux et tout lui dire, et peut-être aurait-il pitié. Et pouvait-il ne pas avoir deviné, lui qui comprenait et savait tout ? Mais aussitôt elle sentit le sang lui monter au visage et elle sut que non seulement elle ne pouvait aller s'offrir à cet homme, mais qu'elle n'oserait même plus le voir, elle avait trop honte. A lui moins qu'à aucun autre elle pouvait parler d'amour.

Depuis son enfance, Aalais avait entendu dire que l'amour est une maladie et elle ne songeait pas à lui résister. Elle croyait vraiment être amoureuse pour la première fois de sa vie, son amour pour Ansiau avait été tout différent, et elle y pensait maintenant comme à un enfantillage. Jamais devant Ansiau elle n'avait éprouvé cette crainte, jamais son cœur n'avait battu si fort, jamais son sang n'avait été si prompt à monter au visage ni à se retirer brusquement vers les entrailles. Elle vivait dans un monde qui avait pour centre et pivot Herbert de Linnières. Elle n'osait presque pas lui parler et pourtant elle avait un tel besoin de le voir tout le temps qu'elle s'arrangeait toujours pour se trouver là où il était. Elle espérait toujours qu'il finirait par deviner lui-même l'amour qu'elle avait pour lui ; et pourtant elle en avait très peur et se réveillait chaque matin avec la terreur d'une faute irréparable qu'elle aurait à commettre dans la journée ; rien n'arrivait et le soir elle se mordait les bras de douleur et de déception.

La vanité n'était pas ce qui manquait à Herbert le Roux ; mais il avait depuis longtemps renoncé à jouer les amoureux. Cette petite-fille de Gui de Marseint était une marchandise dont il eût aimé pouvoir s'emparer, mais qui eût perdu toute valeur si jamais elle devenait une femme comme les autres. Leurs relations avaient changé, il ne savait même pas pourquoi : il ne l'admirait plus comme il avait fait avant. Il voulait se rendre à Troyes pour y voir du monde et apprendre des nouvelles des siens, et la dame ne semblait pas disposée à faire le voyage ; tantôt il faisait trop chaud, tantôt elle se sentait malade. Herbert pensait : « C'est une petite femme qui ne sait pas trop ce qu'elle veut. » Enfin, il déclara qu'il partirait seul. Il s'arrangerait au mieux avec Abner. La dame le savait dépenser et inconséquent, mais ceci était une qualité de plus à ses yeux : Herbert de Linnières n'était pas un usurier ni un marchand. Elle lui confia de grand cœur le soin d'engager et d'emprunter en son nom ; mais la veille du départ elle fut effrayée à l'idée de ne plus le voir pendant des semaines.

Il faisait très beau. Le pré devant le château était couvert de reines-marguerites blanches. Jeunes femmes et jeunes filles descendaient la pente, assemblant des bouquets pour en orner la chapelle le jour de l'Assomption de la Vierge. Herbert, d'assez bonne humeur ce jour-là, était sorti du château et marchait lentement dans l'herbe haute, accompagné de la dame et de Claude. Claude se baissait à tout instant pour cueillir des fleurs, et la dame, distraite, effeuillait des marguerites. Ce fut ainsi qu'ils arrivèrent au ruisseau, à l'ombre des saules. La dame s'assit sur l'herbe pour se reposer, et Claude se mit à descendre le long du ruisseau pour chercher des myosotis.

Seule avec Herbert, Aalais restait immobile et, les yeux baissés, écoutait son cœur frapper lourdement contre ses côtes. Elle était très triste : combien de temps allait-elle rester sans le voir ? Mais quand il s'assit sur l'herbe à côté d'elle, elle jeta un regard alarmé vers la robe bleue de Claude qui disparaissait entre les saules et les noisetiers.

Herbert savait rendre hommage à la beauté des femmes — celle-ci était charmante, bien lavée, elle portait une robe blanche de toile très fine, presque transparente, et elle avait des mains longues et blanches, à ongles roses. En amour, il n'avait jamais séparé les paroles des actes ; aussi ne pouvait-il songer à parler d'amour. Mais il éprouvait une espèce d'attendrissement qu'il s'efforça de traduire en paroles.

— Si jamais vous devenez veuve, belle nièce, j'en connais qui ne se feront pas prier pour vous prendre, dit-il avec un rire embarrassé. La dame répondit qu'elle ne tenait pas à devenir veuve.

Il sourit. — « Je sais. Vous êtes une bonne petite femme. Mais un second mari peut valoir un premier. Tout arrive. Je ne dis rien : j'aime Ansiau ; il est mon sang. Mais vous, je crois bien que je vous aime encore plus. D'abord — il se leva et se mit à taillader de son couteau le tronc du saule — d'abord, parce que vous avez été bonne avec Rainard. Une autre l'eût traité en lépreux, le pauvre garçon. Mais vous, vous n'êtes pas comme les autres. Vous n'avez pas oublié qu'il était chevalier et de bon sang. C'est la race. La race, c'est plus fort que nous : quand vous voudriez mal faire, vous ne pourriez pas. »

Aalais tressaillit et leva les yeux vers lui. Il avait un bon sourire : jamais elle ne l'avait vu ainsi. Elle ouvrit la bouche pour parler et ne sut que dire. D'ailleurs, Herbert parlait pour deux.

— Et avec moi aussi, vous êtes bonne. André m'a bien dit que je vous causais des ennuis, au sujet des petites garces — maintenant, vous serez tranquille pour quelque temps. Je vois que cela vous déplaît. » Il coupa deux branches de saule et se mit à les faire siffler dans l'air, et à les faire claquer contre le tronc. « C'est dommage que vous ne partiez pas avec moi demain. Savez-vous : j'ai bien peur que Sales de Hervi n'ait dit vrai l'autre jour. Je veux en avoir le cœur net. »

— Comment peut-on capturer toute l'ost du comte ? demanda la dame. Cela ne se peut pas. C'est sûrement un faux bruit.

— Ne le dites pas. Les païens sont forts — que Dieu

les damne ! — Je veux en avoir le cœur net. Belle nièce, amie, vous ai-je offensé ? Je crois que vous n'êtes plus la même avec moi.

— Pas que je sache, mon oncle.

— Si, si. Vous ne voulez pas le dire, mais il y a quelque chose. Que voulez-vous ? Je suis vieux. J'ai bien des ennuis. Je suis malade, je n'ai plus longtemps à vivre. Demandez à André si je dors bien la nuit : j'ai des pensées qui me font dresser les cheveux sur la tête. Il est des nuits où j'ai envie de me tuer pour ne pas attendre le matin. Mon temps est passé. Vous, vous êtes jeune, vous ne comprenez pas.

Aalais se mit à pleurer de pitié et s'essuyait doucement les larmes du bout de ses doigts. Herbert tournait devant elle comme un fauve en cage, et faisait siffler dans l'air ses branches de saule. La voix fraîche de Claude résonna au loin : « Ohé, père ! Ohé, ohé ! » Herbert tressaillit, puis répondit à l'appel.

— Oui, j'aurais beaucoup donné pour être à la place de Simon. Mais c'est fini. Tenez, vous êtes jeune et jolie. Et vous ne pensez qu'à vos enfants, et à vos dettes, et à vos terres. Vous pourrez tout aussi bien le faire à cinquante ans.

— Et à quoi voulez-vous que je pense, mon oncle ?

— Je n'en sais rien. Vous pouvez aller à Troyes, voir les fêtes, danser, chanter, porter des bijoux. Ansiau n'y perdra rien.

— Voilà de bons conseils.

— Meilleurs que vous ne pensez. Il faut vous distraire. Cela ne vous vaut rien de vivre enfermée.

A ce moment Claude arriva avec un énorme bouquet

de myosotis, rieuse, ébouriffée, égratignée par les branches de noisetiers. Elle se jeta au cou de son père et se mit à lui piquer des fleurs dans la barbe, derrières les oreilles, dans l'agrafe du col. « Cela vous rend les yeux plus bleus, disait-elle. Je vais vous tresser une couronne. N'ayez pas ces rides sur le nez. » Herbert disait : « Folle », et lui caressait les cheveux. Et la dame les regardait et regrettait amèrement de ne pas être à la place de Claude.

Le ciel était jaune clair au-dessus du donjon et la palissade et les murs jetaient sur le pré une ombre qui descendait jusqu'au ru. Aalais marchait lentement aux côtés de Claude ; Herbert marchait devant elles, le cou raide comme toujours ; et la dame regardait ses longs cheveux flous inondés d'or rouge par le soleil former une auréole de feu autour de sa belle tête fine. Et elle pensait qu'il pouvait peut-être y avoir un amour plus noble que celui qu'elle avait eu pour Ansiau, un amour sans étreintes, sans grossesses ; un amour où l'on peut passer sa vie à regarder celui qu'on aime sans rien lui demander que d'être là. Elle se souvenait toujours que demain il ne serait plus là et se disait qu'elle n'avait qu'à vouloir pour partir avec lui : il l'avait presque priée de venir, il en serait content. Mais au dernier moment le courage lui manqua : elle n'osa pas dire qu'elle avait changé d'idée, elle était sûre qu'Herbert et toute la maison devineraient aussitôt pourquoi elle l'avait fait. Herbert partit le lendemain, excité, rajeuni par la pensée de retrouver sa liberté, les routes, les auberges, Troyes — pourtant, paraître à Troyes avec la jolie Aalais de Puiseaux à son bras eût flatté sa vanité, mais les femmes ont leurs caprices. Il lui dit adieu froidement. André, toujours prêt longtemps avant son père, se promenait dans la cour et vérifiait les harnais des chevaux. Il était inquiet et disait à Gervais : « Il faudra veiller à ce qu'il ne boive pas trop. Il oublie qu'il a été malade. »

Après trois longues semaines grises et lourdes comme du plomb, la dame vit revenir ceux qu'elle attendait. Elle avait été si abattue, si indifférente à tout, que Richeut avait fini par lui dire : « Vous voilà bien triste depuis qu'André est parti. » La dame avait répondu : « Trouvez autre chose pour raconter au baron quand il reviendra. Ce n'est pas André qui le trahira jamais. » Mais elle parut si heureuse de revoir les chevaliers que Richeut en resta sur son idée.

Les nouvelles qu'Herbert apportait étaient très mauvaises : le comte avait bel et bien été fait prisonnier et de ses hommes personne n'avait réchappé — tous avaient été pris, tués ou vendus comme esclaves. Un chevalier champenois venant de Constantinople avait confirmé ces nouvelles à la comtesse Marie ; le comte avait envoyé des messages à l'Empereur et au roi de Jérusalem, et l'Empereur avait lui-même dépêché en Champagne ce chevalier avec une escorte, pour rassurer la comtesse : il promettait de faire son possible pour libérer le comte Henri et ses barons. Mais Herbert n'était pas arrivé à savoir si ceux de Linnières se trouvaient avec le comte ou s'ils avaient été tués. Ce qui passait pour certain, c'était que Joceran de Puiseaux était mort : sa tête avait été lancée dans le camp des prisonniers huit jours après leur capture, et un demi-frère de Foulque de Rumilli l'avait reconnue. Le messager de l'Empereur, qui connaissait ceux de Rumilli, l'avait raconté à Foulque et à Hermenjart, sa femme. Il fallait croire, du moins, que la tête était bien celle de Joceran, car aucun autre croisé de Champagne ne portait de balafre pareille à la sienne. Au camp on racontait que Joceran avait été pris par les Turcs pendant qu'il pillait un village païen, et là lui et les siens avaient été écorchés vifs pour avoir refusé d'abjurer Dieu. Baudouin, rappelé de Chantemerle par son frère, était venu recevoir le fief de Puiseaux des mains de la comtesse ; Herbert l'avait rencontré juste après l'investiture. « Il a encore grossi, mais il monte toujours à cheval. Et il faut vous dire, belle nièce, que je n'aurais pas voulu être à sa place, car il n'avait pas l'air heureux. Il avait les paupières toutes rouges et enflées, je l'ai à peine reconnu. Et je vous le dis, ma nièce, pour un homme, c'est dur de perdre un fils, mais c'est encore plus dur de perdre un père. Je n'ai pas oublié le jour où j'ai perdu le mien. Des fils, on peut toujours en faire tant qu'on veut, mais un père, non, ça ne se remplace pas. »

La dame pleurait, étonnée cependant d'éprouver moins de douleur qu'elle n'aurait dû. Elle avait déjà presque oublié qu'elle avait un père. Tout cela s'était passé si loin et paraissait si étrange qu'elle n'y croyait qu'à moitié. Parfois elle se souvenait comment, petite fille, elle picorait dans le plat de son père, ou lui entourait le cou de ses petits bras et s'endormait sur son épaule. Et alors elle ne comprenait pas comment ce même père avait pu être écorché par les Sarrasins, et comment sa tête avait pu être lancée dans les fosses d'aisances d'un camp de prisonniers. Elle fronçait les sourcils et hochait la tête. Si elle avait pu tenir ces Sarrasins-là elle leur eût arraché les yeux, et la barbe et les ongles ; elle eût jeté leurs petits enfants dans le feu. Avec ces gens-là il ne fallait pas avoir de pitié. Et elle commençait à comprendre les hommes qui brûlaient d'envie de combattre les païens.

Herbert lui disait : « Ne vous affligez pas, belle nièce. Il faut croire que le bon Empereur tirera les nôtres d'affaire : il n'y a jamais eu de plus grand prud'homme que l'Empereur Manuel ; il est sage et courtois et aime les Français. Il rachètera le comte et ses hommes et alors votre mari reviendra avant le nouvel an. »

La dame était fatiguée. Elle voulait se retrouver dans les bras d'Ansiau pour pleurer à son aise ; elle avait été si tranquille avec lui. Cet homme qui était là, près d'elle, était si déroutant, si bizarre, il la faisait tant souffrir : tantôt elle était sûre qu'il l'aimait, tantôt il devenait sec et presque méprisant ; elle s'y perdait. Jamais homme ne lui avait paru aussi étranger, aussi lointain, aussi supérieur à elle. Elle n'aimait pas souffrir inutilement. Elle se disait que si Ansiau revenait, sûrement, elle l'aimerait de nouveau.

Et un beau soir Herbert ne rentra pas de chasse. André en ramenant son cheval à l'écurie vit que Noradin, le cheval de son père, n'était pas encore à sa place ; et pourtant il croyait bien que le vieux chevalier était rentré avec Gervais et le jeune Garin son fils. Il monta au château, questionna Gervais — Gervais croyait son maître avec André et les fils de Girard le Blond. Personne ne l'avait vu. Un petit piqueur, neveu de Milon du Cagne, raconta que Mgr Herbert s'était avancé vers les bauges, à la suite de ses chiens. « Il m'a dit : Va dire à Gervais que je suis sur la piste. Et je n'ai plus trouvé ni Gervais, ni personne, et je ne sais plus où je l'ai quitté. » André, fort en colère, fouetta l'enfant jusqu'au sang et envoya les chasseurs à la recherche de son père. Toute la nuit on entendit du château les cors se héler et se répondre dans la forêt, et la dame, debout à la fenêtre, regardait les valets avec des torches monter et descendre la route qui menait vers le ru. La nuit était assez claire mais froide, une nuit de début d'octobre ; le vent chassait le long de la forêt des nuages blancs de lune.

Herbert ne savait pas comment il avait perdu la piste de ses chiens. Il était fatigué par une longue chevauchée, le sang battait à ses tempes, il avait dû défaire son col et s'arrêter. Puis, l'étourdissement passé, il avait voulu poursuivre la trace du sanglier ; il marchait lentement, menant Noradin par les rênes derrière lui. Puis la trace se perdit dans la boue. Il se trouvait dans une partie de la forêt qu'il ne connaissait pas. Les touffes de jonc s'espaçaient, le sol devenait sec ; l'herbe et la mousse étaient déjà couvertes de feuilles mortes fraîchement tombées, jaunes, rouges. Arrivé à une petite clairière Herbert remonta à cheval ; ses jambes lui faisaient mal ; l'effort qu'il avait dû faire pour se remettre en selle l'avait épuisé à tel point que tout était devenu noir devant ses yeux. Noradin traversa la clairière, humant l'air et regardant à droite et à gauche. Il n'y avait ni passe ni sentier. En regardant le soleil, Herbert décida de se diriger vers le nord, où il croyait entendre les sons du cor. Il voulut sonner lui-même, mais le souffle lui manqua. Noradin s'engagea entre les frênes et les bouleaux, contournant les buissons. Se sentant défaillir, Herbert tira les rênes, le cheval s'arrêta brusquement, et le cavalier, qui penchait sur le côté, buta de la tête comme un tronc d'arbre, lâcha les rênes et se laissa choir par terre, la tête en bas.

Le sang lui coulait sur le front, se faufilait sous l'oreille, mouillait les cheveux aux tempes. La saignée avait été forte. — Herbert avait repris connaissance et commençait à distinguer les arbres au-dessus de lui, et à éprouver une forte douleur dans la jambe gauche et dans le bras droit. La blessure au front l'avait étourdi, mais la douleur qu'elle causait n'était pas désagréable. Par elle il avait la sensation de vivre ; le sang qui sortait le libérait du fardeau de la maladie, des cent misères du corps. Il ferma les yeux. Le soleil se couchait, et le ciel, quelque part au loin entre les branches, était rouge.

Dieu sait combien de temps s'était passé. Des heures, des jours. La douleur dans le bras devait provenir d'une fracture, et devenait si forte qu'il fallait se mordre les lèvres pour ne pas crier. Les bras et les jambes étaient de plomb, et les pierres, les branches mortes, les racines sur lesquelles il était couché commençaient à brûler le corps comme des plaies vives.

Entre les arbres, le ciel était d'un gris fumeux avec un seul petit trait rougeâtre à l'horizon.

Penché sur son maître, Noradin frissonnait, secouait la tête, et laissait échapper de temps en temps un faible hennissement d'appel : « Qu'attend-il pour se lever et partir ? » Chasseur depuis quarante ans, Herbert croyait aux maléfices, et aux herbes maculées de sang de crapaud, dangereuses pour les chevaux — les unes leur faisaient enfler le ventre, les autres les rendaient aveugles, d'autres encore faisaient tomber les sabots. Jamais Herbert n'avait permis à son cheval de brouter l'herbe dans un endroit inconnu. Aussi ne laissait-il pas Noradin s'écarter de lui. « Va, vieux, ne bouge pas, disait-il, on finira bien par nous trouver. » Mais lui-même n'en était pas si sûr. Il essaya de faire entendre son cri de chasse : « Ho-ho-ho-hoï », et sa voix faible et rauque se brisait dans sa gorge. La nuit tombait. Le ciel était devenu blanc et les troncs d'arbres noirs.

« C'est André qui me cherche. » Au loin, les sons des cors résonnaient à tous les échos, tantôt longs, tantôt pressés, angoissés et plaintifs. Noradin levait la tête et se secouait nerveusement, et Herbert levait avec peine sa main gauche pour lui caresser le museau. « Ils nous trouveront. Les voilà qui approchent. Crie, ami, appelle-les. Va, crie. » Mais rien ne répondait au long hennissement inquiet de la bête. Les cors s'éloignaient de nouveau. Herbert essaya de prendre une position où ses membres blessés et brisés lui feraient moins mal ; mais il fallut y renoncer ; la douleur devenait de plus en plus forte. Il commença à gémir. Il ne savait plus s'il faisait clair, sombre, froid ou chaud. Les cors résonnaient toujours au loin. Toute la nuit Herbert s'épuisa à lancer dans les grands vides de la forêt son long cri de chasse « Ho-ho-ho-hoï ». Sa gorge douloureuse, sa langue empâtée ne lui obéissaient plus. A chaque cri la blessure à la tête saignait et faisait mal. Au matin, glacé, transi, trempé de rosée, il se sentait si anéanti qu'il pouvait à peine respirer. En ouvrant les yeux il vit un soleil froid et étranger se lever derrière un filet de branches à moitié nues. Il ne connaissait ni ce ciel, ni ces arbres, ni ce soleil. Et il comprit que ce qui lui était arrivé n'était pas un accident de chasse. C'était la mort. Jamais plus il ne reverrait de figure humaine.

Alors la peur le couvrit de sueur froide et fit fondre et se retirer le cœur dans sa poitrine. Il cria : « Simon ! André ! Simon ! » et le son de cette voix glapissante de terreur le rendit un peu à lui-même. Il ferma les yeux et tâcha de réfléchir. Crier. Non. Le cor. Il est attaché à la selle. Noradin doit se tourner de côté et se coucher. Il fallut du temps pour expliquer à la bête ce qu'elle devait faire. Et là, Herbert essaya vingt fois de s'accrocher à la selle pour atteindre le cor, son bras gauche battait l'air et retombait, et l'autre bras lui causait à chaque mouvement une douleur qui faisait presque perdre connaissance. Jamais encore Herbert n'avait cru que ce monde charnel fût si lourd et si inerte. Ses os étaient de pierre et ses muscles de plomb, les doigts engourdis ne sentaient pas s'ils touchaient ou non le but, la selle était glissante, la courroie qui portait le cor si grosse et si rude que la main ne s'y accrochait pas ; les vêtements humides de sueur et de rosée collaient au corps et le blessaient à chaque mouvement.

Il passa trois bonnes heures à essayer d'attraper le cor, et ceci l'occupa à tel point qu'il ne pensa plus à autre chose. Enfin, il retomba, haletant, à bout, gémissant tout haut comme un enfant. Pour rien au monde il n'eût levé le bras une fois de plus. Mais l'haleine chaude de Noradin le fit revenir à la réalité. Il lui répugnait de renvoyer la bête, elle pouvait s'égarer, s'empoisonner, s'enliser dans un marais, tomber sur les loups — mais il restait encore une dernière chance à courir. « Noradin, ami, va, cherche André. Va, ami. Ramène André, ne reviens pas sans lui. » Et comme l'animal hésitait et fixait sur son maître ses grands yeux aimants, Herbert fit un effort pour lui sourire et répéta : « Va. Je le veux. Va vite. » Le cheval leva les oreilles, huma l'air, renifla et partit lentement ; Herbert l'écouta s'éloigner avec un serrement de cœur douloureux, et chercha longtemps à capter les derniers échos du craquement des branches, du bruissement des feuilles qui indiquaient encore la présence vivante de Noradin. Puis le silence se fit.

Une vie nouvelle commençait pour lui.

L'angoisse avait fait place dans son cœur à une certitude froide : il ne serait pas retrouvé vivant.

Il s'était toujours figuré sa propre mort dans quelque tente rouge, un soir de bataille, au son des clairons et des tambours, au milieu de boucliers couverts de flèches et de hauberts sanglants ; ou encore dans la salle du château, sur un lit d'apparat, avec des cierges au chevet ; entouré de parents et d'amis en larmes ; un prêtre et un diacre réciteraient tour à tour les prières des agonisants. La confession, le calice doré et l'hostie étincelante et blanche, l'huile tiède de l'extrême-onction, les messes dites et les messes chantées pour le départ de son âme — avec tout cela il aurait peut-être quelque chance de franchir sans trop de mal le passage difficile. Jamais il n'avait pensé qu'il lui faudrait crever seul et sans sacrements, englué dans son sang, sa sueur et ses ordures comme un renard pris au piège. Il n'avait pas mérité cela.

Mais puisqu'il lui fallait se préparer à la mort tout seul, il ferma les yeux et fit un effort pour oublier la douleur qui harcelait son corps de toutes parts. Il dit à voix basse son *Pater,* son *Credo,* son *Ave,* puis les répéta encore une fois, puis une troisième fois.

Les prières, si familières et pleines de douceur dans la chapelle du château, ou à Hervi, ou à Saint-Pierre-de-Troyes, étaient à présent vides comme des cloches sans battant. Aucun son n'en sortait. Un amas de mots étrangers dont il avait peine à saisir le sens. Derrière ces branches enchevêtrées, derrière ces sommets de bouleaux qui se balançaient là-haut d'un air menaçant — derrière ces nuages lourds qui filaient, filaient toujours et sans fin — derrière ce ciel inconnu, — il n'y avait pas de Père.

Dans tout ce qui l'entourait maintenant il ne voyait plus qu'une grande Absence — les arbres étaient creux, les feuilles prêtes à tomber en poussière ; les faisans, les écureuils qui sautaient sur les branches n'étaient que des squelettes couverts de pelage et de plumes. La pourriture qui commençait déjà à assaillir son corps ne faisait qu'un avec cette terre noire, cette mousse humide, ces mouches, ces moucherons, ces fourmis. Dieu était là où sont les hommes. Quelle folie de s'être senti malheureux dans un bon lit à draps, ou auprès d'un feu, aux côtés d'une bonne dame blanche et blonde.

Elle était déjà si loin. Sur son banc près du feu, sa petite fille dans ses bras. Sur l'herbe près du ru, en robe blanche, les joues rouges comme elle les avait toujours, les yeux pleins de pitié. Linnières était plus loin que Jérusalem, à présent. Était-ce bien lui, Herbert, qui mourait ? N'était-ce pas bien plutôt le château de Linnières qui s'était effondré dans un abîme ? Troyes n'existait plus — ni Tonnerre, ni Dijon — ni Jérusalem. La femme d'Ansiau, André, Gervais — Noradin — étaient entrés dans un passé qui les rendait pareils aux défunts — Simon avec son bliaut d'écarlate était-il plus vivant que Joceran de Puiseaux qu'on disait au Paradis ? Celui-là avait réussi à rouler la mort et le diable et à décrocher une mort de martyr. Herbert tâcha de suivre en pensée son vieux compagnon en ce Paradis qui lui paraissait tout aussi lointain et illusoire que le reste du monde.

Tous tant qu'ils étaient — devenus cendre et poussière, il le savait bien — passaient devant lui comme pour dire — toi aussi. Es-tu fait d'autre chair que nous ? Joceran le Balafré, le compagnon de Terre sainte, le mauvais ami, le bon camarade — et à côté de Joceran, le noble Gui de Marseint, mort trente ans plus tôt, petit chevalier sans terre ni fortune qui, mort tout jeune avait su laisser son sourire dans le cœur de tous ceux qui l'avaient connu. Et après Gui de Marseint venaient Jean et Ogier de Linnières, fils d'Hermeline de Jeugni, comme Herbert — ses frères par la chair, oubliés depuis si longtemps, Ogier tué en tournoi à vingt ans, Jean éventré par un porc en forêt de Linnières ; sur son lit de mort il avait un visage d'enfant, diaphane, bleuâtre, trop beau pour un vivant — et l'autre, le boiteux, qui leur avait survécu sans grand profit pour lui-même, Rainard, vieux pécheur sans rémission, damné d'avance, Rainard avec sa toux caverneuse et son ricanement perpétuel ; avait-il jamais été jeune ? Sans doute. Herbert le revoyait en service à Paiens — un garçon comme les autres, un peu terne, un peu froid. Lui aussi avait été beau à son lit de mort, au dire de la femme d'Ansiau. Puis un autre lit de mort surgissait — le catafalque de la chapelle de Linnières où le vieux Hue avait reposé tout bleu et enflé dans ses cheveux blancs jaunissant aux tempes — et sa dame Adela, quelques mois avant lui, aussi bleue, aussi enflée, dure, menaçante — et encore avant elle Ansiau, l'aîné de la famille, immense amas de chairs de marbre — avant de mourir il avait râlé et râlé jour et nuit ; l'âme partie, le corps avait encore résisté trois jours entiers — cela ne l'avait pas empêché de pourrir au cercueil comme les autres.

Puis Galon, le vieux père, revenait avec sa face rouge et velue, son regard jaune et vide, celui du vieil Ansiau. Herbert n'avait guère plus de vingt ans à la mort de son père. Perdre son père est toujours dur pour un cadet sans terre ni biens — et le vieux avait aimé l'enfantcroisé si ardent et si vaillant — il l'appelait « crête de coq » à cause de ses cheveux rouges et de son humeur batailleuse. Or, voici trente ans que cette lourde main ne s'était posée sur la tête d'Herbert et que cette voix cassée n'avait dit : « crête de coq ». Et à présent c'était Herbert lui-même qui allait passer de l'autre côté et il ne se sentait pas plus sage que le jour où il avait reçu les adieux du vieux Galon. Et après le père, la mère vint se pencher sur lui, non pas cette Hermeline de Jeugni dont il était si fier, mais la mère de ses souvenirs, une mère oubliée, grande, très grande, un pilier d'église : il faut se hausser sur la pointe des pieds pour atteindre sa ceinture, elle a une main qui vous couvre toute la tête, une bouche qui vous couvre toute la main. On est bercé dans ses bras comme dans une barque, on est au chaud comme dans un grand lit de plume. O mère. Morte elle aussi ? Reposant au cimetière de Hervi avec les trois autres femmes de Galon ? Sûrement pas celle-là, pas la grande, la chaude, la vraie. Et en fermant les yeux Herbert se retrouvait enfant et avait envie de se plaindre à sa mère de la soif qui brûlait sa gorge, de la douleur au bras — si seulement quelqu'un pouvait chasser ces mouches qui grouillent dans la barbe, dans la blessure au front, derrière les oreilles, qui cherchent à pénétrer dans les narines et sous les paupières.

Mais déjà son corps s'engourdissait et ne se défendait plus. Sa pensée seule vivait, étrangement indifférente à tout ce qui avait été sa vie jusque-là. Un grand règlement de comptes avec un Dieu inconnu qui n'avait plus de nom en langue chrétienne. Pécheur, il ne se connaissait pas de péchés, à moins de considérer ses cinquante ans de vie comme un seul long péché envers Dieu. Mais l'enfer lui-même, avec sa poix bouillante, ses flammes et ses tenailles, était déjà dépassé et n'avait pas plus d'importance que Troyes ou Toulouse. Le monde était réduit à l'effort immense d'un corps de chair qui allait enfanter une autre vie — la douleur du bras et des plaies avait disparu, et dans un dernier élan pour vivre ce qui était Herbert le Roux ouvrait les yeux et ne voyait pas, et ouvrait la bouche pour aspirer un air qui n'y entrait pas; le dernier bourdonnement du sang parvenait à peine jusqu'à ses oreilles. Et tout d'un coup une grande lumière se fit en lui et il comprit que ce qui avait été pourriture, chair et poussière le quittait à jamais, et il n'y avait plus de part.

La dernière chose qu'il vit fut un grand éblouissement de clarté, des jets de lumière blanche si forts qu'ils lui brisaient les nerfs, les veines du cœur. Sa tête se renversa. Sa conscience sombrait.

Les corbeaux commençaient déjà à chasser les essaims de mouches et à se disputer à coups de becs et de griffes.

INTERMÈDE

Le corps d'Herbert fut retrouvé trois jours après sa disparition, tout déchiqueté par les corbeaux; des lambeaux de son visage se détachait encore un sourire douloureux formé par les deux rangées de dents découvertes. André enveloppa le corps dans deux grands manteaux de laine et le fit poser sur des brancards faits à la hâte avec des branches. Des troupeaux de mouches noires tournaient autour des chevaux, l'air était si lourd que les valets se bouchaient le nez. André chevauchait à côté des brancards, et ses grandes épaules étaient toutes secouées par les sanglots.

La dame vit de loin le cortège qui avançait lentement et l'étrange paquet long et informe étendu sur les brancards ; elle vit aussi le tremblement des épaules d'André et comprit trop bien : elle descendit dans la cour, sortit comme elle était par la grand-porte du château, et courut sur la route. Claude, Richeut et les autres dames du château la suivaient, éplorées et effrayées. Et quand Aalais s'approcha des cavaliers et des hommes qui portaient le brancard, elle tomba à genoux et s'accrocha des deux mains au manteau qui recouvrait la tête du mort. Et quand elle vit ce visage sans nom, sans yeux, sans nez, elle eut la force de le regarder deux longues minutes, jusqu'au moment où André, impatienté, la fit prendre par les épaules et écarter des brancards. Les porteurs reprirent leur marche et Aalais suivait toujours, sans mot dire, la bouche ouverte et les yeux vides. Claude sanglotait et s'arrachait les cheveux ; mais la dame n'avait pas la force de se lamenter comme l'usage le demandait à une nièce du défunt. Et devant le cercueil fermé elle basphéma dans son cœur et traita Dieu de traître et de vilain et jura de ne plus le prier ni le servir : il était trop cruel, il n'avait pas le droit de la punir de cette façon. Et elle pensa qu'elle n'avait plus besoin de vivre puisque le meilleur homme de la terre était mort.

Et trois jours après l'enterrement André vint la trouver pour lui dire qu'il partait en pèlerinage à Saint-Jacques-de-Compostelle : son père l'avait prié de faire ce pèlerinage — « il est mort sans sacrements, il faut bien que j'aille prier pour son âme : il aurait bien voulu y aller lui-même, mais il n'a pas eu le temps ». La dame lui dit : « André, frère, restez au château jusqu'au printemps, ne me laissez pas seule. Ma besogne est si dure et j'ai tant de peine. » Mais André déclara que son devoir envers son père devait passer en premier lieu : il ne devait pas retarder son pèlerinage d'un seul jour, tant que l'âme de son père souffrait le martyre en Purgatoire. La dame le laissa partir ; elle était fatiguée, elle avait le cœur vide. Elle ne dormait plus la nuit à cause du visage dévoré d'Herbert qui la poursuivait dès qu'elle fermait les yeux. « Pourquoi n'avoir pas parlé ? pensait-elle. Il m'aurait peut-être aimée. Il ne serait peut-être pas mort. » Sûrement, elle aurait su le retenir, le suivre, l'empêcher de s'égarer...

Et puis le temps passa et elle n'y pensa plus car elle avait trop à faire. Seulement elle avait maigri et enlaidi, on ne la reconnaissait plus ; le jeune Milon du Cagne la couvait de ses gros yeux pleins de tendresse et de pitié et disait parfois : « Vous vous fatiguez trop, dame. » Et aux approches du Carême, des pèlerins venus du sud annoncèrent que le comte Henri de Champagne revenait au pays avec les siens ; mais on ne savait quels étaient les chevaliers qu'il ramenait avec lui. A Linnières, ce furent des jours d'attente fiévreuse, des valets et des jeunes gens sortaient sur la route, descendaient vers Tonnerre, demandaient des nouvelles à tous les voyageurs qu'ils rencontraient.

Deux jours avant le mardi gras, Garin fils d'Herbert vint dire à la dame que ceux de Hervi étaient déjà rentrés au pays depuis deux jours.

A cette nouvelle, la dame, qui se tenait debout près du feu, chancela et tomba de tout son long sur les dalles. La salle s'emplit de hurlements et de sanglots, les femmes se roulaient par terre et se griffaient le visage. Si ceux de Linnières n'étaient pas rentrés avec le comte, il y avait bien des chances qu'ils ne reviendraient plus jamais.

Sitôt remise de son évanouissement, la dame descendit dans la cour, fit seller ses chevaux, et se rendit à Hervi en dépit du mauvais temps pour y apprendre des nouvelles des siens. Elle trouva le château de ses voisins illuminé et en pleine fête : Haguenier de Hervi se réjouissait de son heureux retour au pays — de toute sa maisnie il ne lui manquait que deux hommes, tous les autres étaient rentrés sains et saufs. A la vue de cette femme maigre et hâve au visage rougi par le froid et les larmes, Haguenier se sentit honteux ; il invita la dame de Linnières à prendre part au festin et l'installa à la place d'honneur ; mais Aalais ne put ni manger ni boire, et son cœur brûlait à la vue des visages joyeux qui l'entouraient. Haguenier la consola de son mieux et dit qu'il ne savait rien sur ceux de Linnières — il n'avait pas entendu dire qu'ils aient été tués. Il savait seulement que dès le jour où l'ost avait été pris par les Turcs, Ansiau et les siens n'étaient pas avec le comte : où les païens les avaient emmenés, Dieu seul pouvait le savoir. Peut-être pouvait-on se mettre en rapport avec les Français de là-bas. Simon de Linnières pouvait peut-être apprendre si ses amis étaient prisonniers et les faire racheter. Aalais l'écoutait, morne et butée : elle voyait bien qu'Haguenier pensait qu'il n'y avait rien à faire. Les chevaliers qui étaient restés avec le comte avaient été rachetés par l'Empereur, et étaient revenus par Constantinople ; ceux qui n'avaient pas été rachetés étaient perdus aussi sûrement que des grains de sable sur une plage — où chercher leurs traces, sur quels marchés, dans quels déserts, sur quelles routes — dans quels champs pleins de vautours et de corbeaux ? « Voisin, dit Aalais, ce n'est pas beau à vous de faire la fête quand il y a des veuves et des orphelins à deux lieues de chez vous ; sûrement, mon seigneur n'en eût pas fait autant si vous n'étiez pas revenu au pays. Sachez que même s'il ne revient jamais vous n'en profiterez pas ; je ne vous laisserai pas prendre un pouce de la terre de mes enfants. » Haguenier voulut bien l'excuser, car il voyait bien qu'elle avait du chagrin ; il la reconduisit avec respect jusqu'à Seuroi. Et la dame rentra et arrosa ses enfants de larmes et les traita d'orphelins et d'enfants sans père.

Au printemps, la dame dut se rendre à Troyes, car le comte Henri était mort, et il fallait reprendre le fief au jeune comte, ou plutôt à la comtesse qui gouvernait la Champagne tant que ses enfants étaient mineurs. Malgré l'évidence, Aalais ne pouvait s'imaginer qu'Ansiau fût mort pour de bon ; il devait seulement être prisonnier, il arriverait à s'échapper d'une façon ou d'une autre, il reviendrait, il ferait bien voir à Haguenier et aux autres que ses enfants ne resteraient pas sans père. A Troyes, elle marchanda avec Abner, et arriva à obtenir de la comtesse la permission de ne pas payer d'intérêts — elle était femme de croisé et son mari était disparu ; elle était trop pauvre pour payer toutes ses dettes. Et ses affaires la retinrent à Troyes pendant plus de deux mois.

Elle s'était arrêtée chez sa sœur Hermenjart de Rumilli ; Hermenjart lui conseillait beaucoup de se remarier : il était presque certain qu'Ansiau était mort, et même s'il était vivant, il ne reviendrait jamais. « Vous savez comment les païens ont traité notre père, pourquoi seraient-ils meilleurs avec votre baron ? Et même s'ils le laissent vivant, un homme qui reste dans ces pays-là ne revient plus en France : peut-être même se mettra-t-il au service de quelque seigneur de là-bas, pour sauver sa vie. Vous savez que cet homme a fait beaucoup de mal à notre famille : vous auriez tort de tenir à lui quand vous avez une si bonne excuse pour ne pas le faire. Vous êtes jeune, vous avez besoin d'un homme, et il vous faut quelqu'un pour tenir votre domaine. » Aalais disait qu'elle ne se remarierait jamais sans être sûre de la mort de son seigneur : comment pourrait-elle le regarder dans les yeux si jamais il revenait et la trouvait mariée ? Elle n'aurait plus qu'à se tuer si cela arrivait.

Et pourtant, chez Hermenjart, elle fit la connaissance d'un jeune homme qui lui laissait entendre qu'il avait grande envie de l'épouser. C'était un jeune croisé, revenu au pays avec le comte, un très bon tournoyeur et un grand coureur de femmes. Hermenjart disait : « Toutes les femmes vous envieraient d'avoir un mari pareil. Et vous savez, depuis qu'il vous a vue, il est tout changé ; jamais il n'a été aussi amoureux d'aucune autre femme. » Le jeune homme s'appelait Erard de Baudemant, et il était beau à damner une sainte. Aalais était surtout flattée de le voir si amoureux d'elle, elle avait commencé par rire de lui ; il était plus jeune qu'elle et très ardent ; il lui faisait des serments, pleurait, menaçait de se tuer. Et un jour, après un tournoi où il s'était battu pour elle, elle se rendit compte qu'il lui plaisait plus qu'elle ne le voulait. Dans la chambre d'Hermenjart, à la lumière de deux chandelles, elle se laissa baiser et caresser pendant une heure au moins, mais sans rien permettre de plus que des baisers, car elle avait trop peur d'être engrossée. Elle dit ensuite à Hermenjart qu'elle épouserait Erard de Baudemant si son baron ne revenait pas avant un an, et partit pour Linnières, très désemparée et ne sachant trop ce qu'elle voulait.

L'été s'annonçait chaud et calme.

III

La Dame

Un matin d'août, à Linnières, en l'an de grâce 1182.
Repeint de chaux, à neuf, le donjon fait mal aux yeux
dans le grand soleil. La bannière de Champagne et les
couleurs rouges et bleues de Linnières flottent sur le
toit.

La forêt est calme. Elle aspire l'air chaud de midi par
toutes ses feuilles, toutes ses herbes, ses roseaux, ses
milliers de moustiques, de libellules, de grenouilles
vertes et de crapauds marrons, de cailles, de courlis et
de lièvres et d'écureuils — de toute cette âme grouillante et sereine ; dans les broussailles, les taillis, dans
les grands amoncellements où les arbres poussent si
denses que les branches enchevêtrées se sont soudées
les unes aux autres, déviées et tordues comme des
corps de lutteurs ; là, depuis des dizaines d'années, pas
un rayon de soleil n'a effleuré le sol noir, mou et pétri
de feuilles et de branches pourries ; de profonds
terriers se sont creusés entre les racines du creux d'un
arbre mort, un lynx sort à la dérobée sa tête hâve
couronnée de pinceaux au bout des oreilles — le pas
mou et lourd du grand ours brun qui dévale sur la

clairière pour chauffer sa bosse au soleil — une forêt de digitales rouges, d'orties géantes et de fougères couvre la clairière, ensevelissant des troncs d'arbres morts dont çà et là les branches émergent comme prêtes à happer les corbeaux en plein vol ; au soleil, c'est un bourdonnement et un crissement perpétuel ; dans l'ombre, derrière les taillis et le marais l'odeur fétide et les troupeaux de mouches annoncent les grandes bauges, où le sanglier est maître et roi ; dans la fange noire où ils se prélassent au soleil, immobiles, épais, imposants, ils respirent la superbe indifférence de bêtes qui n'ont rien à craindre — au-dessus d'eux le ciel fermé par des cimes immobiles et sillonné de corbeaux ; là, le son du cor n'arrive qu'étouffé et les cris des chasseurs se distinguent à peine du bourdonnement des mouches.

Elle s'étend à perte de vue écrasant les champs et le château ; la route chemine, jaune, sillonnée d'ornières pleines d'eau et de profondes traces de sabots — si étroite, si perdue. Les cours, les écuries, la palissade qui entoure le château paraissent tout de même imposants à côté des petites masures de terre glaise et de branches qui forment le village de Linnières. Derrière le château, au sud, vers l'Armançon, les champs de seigle et d'orge s'étalent, puis, les prés, bordés de nouveau par la grande forêt : là-bas, c'est déjà le sol crayeux et sec, les sentiers y sont blancs et la forêt est toute de hêtres et de bouleaux.

Voilà Linnières, petit domaine perdu aux confins de la Champagne — maison d'hommes libres, relevant directement du comte par sa châtellenie de Paiens sur la Seine.

Les quatre pèlerins qui montent vers le château par le chemin argileux vont nu-tête et pieds nus, bâtons en main, chantant, en chœur et à tour de rôle, des chansons de guerre sur Noureddin et sur Saladin, sur les braves compagnons du brave Renaud, sur la belle ville de Troyes en Champagne. Gais ou tristes, les airs se ressemblent, gracieux et sauvages, monotones comme des incantations, avec leurs fins de vers chantantes et traînantes. Dieu sait quand, comment et par qui ils avaient été composés ; ceux-là les chantent à leur manière, sans penser, pour tromper leur fatigue, leur angoisse, leur joie de vivre. Ils ont des pieds durs comme des sabots et des jambes nues, et le hâle brun foncé de leurs visages est le hâle des pays chauds.

Des quatre trois sont jeunes ; le quatrième peut avoir quarante à cinquante ans, ses cheveux grisonnent, son long nez tombe sur sa moustache, son poing noueux se crispe sur son bâton. Mais les trois autres ne sont marqués que comme des épées qui ont passé par le feu — noircies, leurs gardes calcinées et en lambeaux, mais le fer intact. Dans leur regard, toujours un peu absent, reste comme un reflet d'incendies, ou de ciels trop bleus, ou de scènes de carnage — ces yeux sont comme couverts d'un vernis, ce ne sont plus des yeux d'enfant qui acceptent tout ce qui les frappe. Mais il y a une flamme intérieure, plus concentrée, plus grave, qui repose dans la gravité de ces bouches et au fond des prunelles silencieuses.

Tels sont, au bout de la route, à la lisière de la forêt, en ce jour d'août, Ansiau de Linnières et ses trois compagnons de hasard — ce qui lui reste de sa troupe partie en Terre sainte. Deux ans auparavant il aurait eu honte de rentrer dans son château à pied et jambes nues, comme un mendiant ; à présent, cette pensée ne lui vient même pas à l'esprit. Il voit les murs de Linnières et s'étonne de les trouver si petits. Et pourtant, à chaque arbre, à chaque tournant, son cœur se retourne dans sa poitrine — après tant de routes inconnues en voici une dont il connaît toutes les étapes — le gué, la mare aux brebis, la croix de fer — le pont.

Dans la salle près des fenêtres la dame est occupée à apprendre un point de broderie à deux de ses nièces ; assises par terre devant elle, les jeunes filles suivent de leurs yeux vifs le mouvement net et mesuré des longs doigts blancs de la dame. Les femmes du château — huit demoiselles et une demi-douzaine de servantes — filent en chantant en chœur. Et lorsque l'œil bleu et rapide de la dame cesse un instant de fixer l'ouvrage pour passer en revue les mains et les bouches des fileuses, il n'y a pas une main qui ose s'arrêter de tourner le fuseau, et pas une bouche qui ose interrompre la chanson. Les valets de ferme, les veneurs et les tanneurs ont depuis longtemps appris à connaître ce regard, et jamais aucun seigneur de Linnières n'a tenu le domaine aussi durement que la dame Aalais.

C'est une grande femme, maintenant, qu'Aalais de Puiseaux, élancée et puissante, toute jeune et déjà mûre ; elle a le teint vif, et sous la peau transparente de ses belles lèvres charnues le sang rouge afflue et bat, prêt à jaillir si elle les mordille quand elle est en colère. Sous ses sourcils droits et épais ses yeux fermes et nets comme deux aigues-marines bleues ; derrière ces prunelles on sent un regard qui sait être lourd au point de clouer sur place ceux sur qui il se pose, et même doux et calme il est difficile à soutenir. Elle a fini par paraître hautaine, à force de vouloir se faire obéir, et aussi à force de cacher aux autres sa tristesse de femme seule. Attendre un mari absent — et il y a plus de deux ans qu'il est parti — n'est pas facile quand on a le sang chaud et la tête dure comme tous ceux de la race de Puiseaux. Il n'y a pas de femme si honnête qu'elle soit à l'abri des tentations, et Aalais pensait parfois avec regret qu'elle avait été plus sage qu'il ne faut en renvoyant Erard de Baudemant, et elle vivait sur le souvenir de ses baisers comme un pauvre qui se nourrit pendant une semaine des restes de son repas du dimanche. Prendre Erard pour mari eût bien arrangé ses affaires — elle n'en resterait pas moins maîtresse du château. Les enfants devenaient grands et il eût fallu un homme pour les élever. Quand elle pensait au baron, c'était presque avec rancune — qu'avait-il à faire, à aller si loin, à tarder si longtemps ? Qu'il n'était pas mort, elle en était sûre : toutes ses prières, tous ses vœux le lui disaient, tous les présages, tous les signes ; des bohémiennes à Troyes et la Flora du Vieux Village le lui avaient confirmé. En regardant le soleil elle pensait : il le voit aussi. Mais quand elle pensait à lui, en fermant les yeux, elle ne savait plus si c'était Ansiau ou Erard qu'elle voyait.

La dame s'était approchée de la fenêtre en entendant un bruit dans la cour, et au même moment, Robert, le chef des soldats, entra dans la salle en courant.

— Allons bon ! dit Aalais. Encore une querelle de valets ?

Robert dit : « Dame, le baron est revenu. »

La dame devint toute pâle.

— Si tu te moques de moi, dit-elle, je te ferai arracher toute la barbe. Et je ferai coller de la poix à la place. Comment le sais-tu qu'il est revenu ?

— Il est là, dans la cour.

La dame dit : « Tu mens. Je n'ai pas entendu de pas de chevaux dans la cour. »

— Il est venu à pied. Avec Monseigneur Girard et Thierri.

Sans l'écouter davantage la dame se précipita dans la cour, le sang frappait dans ses tempes si fort qu'elle ne comprenait plus rien. Dans la cour, autour du puits, se pressaient les veneurs avec leurs chiens, les filles de ferme, les soldats — quelques-uns à genoux et les enfants sur les épaules de leurs parents.

Elle hurla : « Arrière ! » Du coup, la place fut libre, et elle se trouvait face à face avec un grand homme noir et déguenillé.

Il se dressa et tressaillit de tout son corps en l'apercevant. Il eut un grand cri rauque et presque déchirant : « Dame ! »

Il ne calculait plus ses mouvements. D'un élan de fauve il fonça en avant, la tête la première. Il avait un visage beau de joie sans pensée.

En un instant la dame se vit soulevée de terre et presque lancée dans l'air et tenue sur deux bras de fer comme une offrande à l'autel, comme un enfant sur les fonts baptismaux ; sa tête reposait sur une épaule dure et chaude sous une chemise de grosse toile — elle battait des cils, et cherchait des yeux le visage du baron, un peu scandalisée malgré tout par une pareille atteinte à son prestige.

Elle était désemparée, parce qu'elle avait déjà si souvent vécu cette minute, en rêve et en pensée, et voilà qu'il venait tout déranger, elle ne le retrouvait plus.

Lui était possédé par une joie presque pénible à voir ; une joie de pauvre homme. Il serrait contre lui son fardeau comme un butin conquis de haute lutte. Et Aalais fermait les yeux et se détournait malgré elle de ces baisers emportés, de ces morsures d'homme affamé qui veut arracher de force sa part de la nourriture enfin trouvée. Il ne peut même pas voir qu'elle est effarouchée, et cela importe bien peu, puisqu'il la tient toute, corps et âme, dans ses bras et contre son visage. Ces balbutiements qu'elle n'a jamais encore entendus : « Oh ! — ma toute mienne à moi — ma toute petite, ma seule amie — ma seule dame à moi —. »

Comme il a changé : son cou paraît plus massif, sa barbe plus drue, des plis se sont creusés autour de ses yeux, et la peau brun foncé de ses joues et de son front, luisante aux pommettes et aux tempes, paraît dure comme du cuir tanné ; dans ce visage noirci il n'y a de clair que le blanc des yeux et les dents blanches — on eût dit un bohémien. Ce n'est pas là le bel ami dont elle rêvait toutes les nuits.

Mais touchée par cette joie un peu ridicule, et se rendant compte qu'après tout c'était bien lui, elle finit par éclater en sanglots, la tête blottie contre le cou du baron. Alors il dit doucement : « Folle ! La voilà qui pleure. » Et de la main il lui caressa les cheveux et la nuque. Et devant ce geste paternel la dame se mit à pleurer de plus belle et dit : « C'est trop pour moi. Vous en avez une façon d'arriver. »

— Sœur, amie, ne pleurez pas. Je vous ai fait peur. C'est vrai, j'ai bien changé, aussi. Dites-moi : les enfants ?...

Elle eut un sourire d'orgueil : « Tous vivants, Dieu merci. Vous n'en verrez nulle part d'aussi beaux. »

— Vive Dieu ! Je savais bien que nés de ma dame ils seraient robustes. C'est le plus beau jour de ma vie, dame. Si vous saviez ! Nous aurions bien pu passer par le Mahiet pour emprunter des chevaux et des habits à mon oncle. Mais ça nous aurait fait faire un détour. J'étais si près, je n'ai pas pu y tenir. Quand on a une belle dame à la maison, on perd la tête. N'est-ce pas Thierri ? Oh ! vous n'avez pas encore vu Thierri, dame ; ni le cousin Girard ? Nous ne sommes pas beaucoup, vous savez — là, les yeux du baron se voilèrent. — Il faut croire que Dieu a eu pitié de nous et a bien voulu nous laisser rentrer. Allez, embrassez-les. »

Quittant les bras du baron, Aalais se trouva dans ceux de Girard le Jeune, puis dans ceux de Thierri ; et elle leur rendit leurs baisers en pleurant d'émotion et aussi de tristesse pour ceux qui n'étaient pas rentrés. « Dieu soit loué qui vous a sauvé, beau cousin — la Vierge vous garde. Thierri — voilà vos taches de rousseur parties, bel ami, je vous aurais à peine reconnu. »

Le quatrième compagnon, assis un peu à l'écart au bord du puits, paraissait oublié de tous. Avec un sourire très bon et un peu triste il regardait les autres échanger accolades et baisers. C'était un jeune homme robuste et trapu, à la barbe encore très courte ; ses cheveux blonds brûlés de soleil couronnaient son grand front droit comme la paille couvre l'aire. Ansiau finit par l'apercevoir et, le prenant par les épaules, le poussa presque de force dans les bras de la dame. « Là. Embrassez-le aussi. C'est Pierre du Frêne, d'Orléans, mon grand ami. Nous avons ramé ensemble. » La dame ne comprit pas bien pourquoi ils avaient ramé, mais baisa de bon cœur les deux joues maigres et noires de Pierre du Frêne, en lui souhaitant la bienvenue dans sa maison.

— Et André ? demanda le baron. Il est à la chasse ?

— Il est parti en pèlerinage, dit la dame, sur le vœu de feu son père.

Ansiau se signa et garda le silence pendant quelque temps. Dans la cour, un silence se fit, coupé seulement par les sanglots de la mère du jeune Eudes le Bègue de Linnières. Plus d'une femme enviait la dame et Richeut, ce jour-là.

— Allez ! dit alors le baron. Et maintenant un bon bain pour nous quatre. Nous l'avons bien mérité. Je ne veux pas voir les enfants maintenant, je leur ferais

325

peur. Est-ce que les garçons montent bien à cheval, dame, dites ? Sont-ils toujours aussi blonds ? Allez, dame, ordonnez tout pour le repas. C'est vous qui êtes le seigneur, maintenant, mon beau faucon doré. Je ne suis plus au courant.

Il baisa la dame sur la bouche, riant d'admiration, de fierté, de gaieté débordante qui semblait ne plus trouver assez de paroles et de gestes pour s'échapper au grand jour.

— Haumette, mettez aux enfants leurs robes blanches, celles qui sont bordées de rouge, et peignez-leur bien les cheveux. — Et soyez bien sages surtout, mes beaux chéris, c'est un beau jour aujourd'hui et une grande fête.

— La fête de quel saint ? demanda la petite Mahaut.

— Sotte, lui dit Ansiet, son frère aîné. Tu ne sais pas que le baron est revenu ?

— Et si vous n'êtes pas gentils avec lui, je me fâcherai, dit la dame.

Ansiet demanda : « Est-ce qu'il nous a rapporté de belles choses de Terre sainte ?

— Ça, non, dit la dame. Il a bien deviné que vous ne l'avez pas mérité. »

Ansiet se mit à sangloter et Herbert se renfrogna, tête basse, lèvres boudeuses. « Il m'a promis des flèches turques », dit-il.

La dame souffleta vigoureusement les deux garçons, les traitant de mauvais fils, et prit dans ses bras le petit Girard, son préféré, et se mit à baiser ses petites joues rondes et pâles.

— Toi, au moins, tu ne demanderas rien à ton père, n'est-ce pas, mon trésor ? Haumette, vous avez encore laissé les chiens le lécher. Ne le touchez pas, je lui mettrai sa robe moi-même, vous lui dérangerez le pansement. Ah ! Sang du Christ ! Cette femme s'entend à soigner les enfants comme un soldat allemand. J'ai pourtant autre chose à faire qu'à m'occuper d'eux.

La dame donna tous les ordres pour le repas, puis passa aux étuves pour servir elle-même son seigneur au bain, comme le demandaient la courtoisie et l'usage : c'était un honneur qu'elle devait à Ansiau — Erard ne l'eût jamais vue à ses pieds, par exemple ! fût-il trois fois son mari.

Étendu sur un banc couvert de tapis de laine, Ansiau se faisait frotter et frictionner le corps de lavande et d'essences d'herbes odorantes par une vieille servante aux mains rugueuses comme des brosses. « Eh bien, ma vieille Lizarde, tu as l'air bien contente de me voir rentré. »

— Par la Bonne Dame ! Il faut croire qu'on est content. Il n'y en a pas beaucoup qui ne sont pas contents.

— Nous sommes partis quinze et nous revenons trois. Ça fait bien des veuves.

— Des veuves vite remariées, vous pouvez m'en croire, dit la Lizarde. C'est bien beau aussi de mourir en Terre sainte.

— Voilà une femme de bon sens. Tu dis vrai, Lizarde. Eh bien, pour nous, Dieu ne nous a pas jugés dignes. Et je suis bien content d'être revenu. J'ai cru y rester.

— C'est un beau jour pour notre jeune dame, dit Lizarde.

— C'est bien vrai ? Eh bien ! toi qui te plaignais de mes cheveux, tu dois être contente : ils ne sont pas difficiles à laver, maintenant.

— Et pourquoi les avez-vous fait couper, Monseigneur ? demanda la vieille.

Le baron se mit à rire.

— Je me suis fait clerc, comme tu vois.

— Est-ce possible, Bonne Dame !

— Non, Lizarde. C'est un païen tout noir qui a pris une grande lame bien tranchante, et qui m'a rasé et tondu comme un mouton — et il a manqué me couper une oreille.

Lizarde se signa, placidement.

— Voilà une grande honte. On m'avait bien dit que ces chiens-là ne respectent rien.

— Ce n'est pas une honte, Lizarde. Il y a pire, tu sais.

A ce moment la dame entra dans la chambre d'étuves ; elle était suivie de deux jeunes filles qui portaient sur leurs bras une chemise de toile blanche et un bliaut brodé.

Penchée sur ces lourds pieds noirs et durs qu'elle pansait et frottait avec des baumes, la dame se sentait redevenue servante — mais si grand était son besoin d'amour qu'elle ne songeait pas à s'en plaindre. Quand le baron fut habillé, elle le regarda encore et le trouva plus beau que naguère : le bliaut rouge donnait à son teint noir, à ses cheveux courts un air d'élégance tout à fait inattendu : il avait gagné en prestance ce qu'il avait perdu en beauté.

— Mais, dame, dit Ansiau en riant, je n'ai pas la berlue ? Sont-ils quatre ou sont-ils cinq ? Qu'est-ce que celui-là ? Ce n'est pas Girard ?

— Non, c'est une fille, mon beau seigneur. Elle s'appelle Alette. Viens, ma beauté, ne pleure pas, le baron ne va pas te manger. Elle aura vingt mois à l'Assomption de la Sainte Vierge.

— Dieu ! Comme elle a la peau fine... Allez, dame, prenez-la, je lui fais peur, voyez comme elle pleure.

— Et ça, c'est Girard ? Et ça c'est Mahaut, ma grande ? Tu ne te souviens plus de moi, Mahaut ? La belle fillette blonde se blottissait dans les jupes d'Haumette et jetait à son père des regards à la dérobée, avec une coquetterie que ses cinq ans rendaient attendrissante.

— Comment voulez-vous ? Elle était bien trop jeune, dit la dame. Ne faites pas la sotte, venez embrasser votre père. Si vous saviez toutes les grimaces qu'elle fait chaque fois qu'il s'agit de la montrer à un invité. Venez là si vous ne voulez pas une gifle, mauvaise graine.

Mais Mahaut sentait bien que ce n'était pas un jour à gifles et se tortillait de plus belle. « Il est trop noir, j'ai peur », minaudait-elle, mais ses yeux brillaient de gaieté ; puis, pour échapper aux mains de la dame elle entoura de ses petits bras lestes les jambes du baron.

Elle était belle, de la beauté délicate d'un petit bouton de fleur non encore ouvert, mais dans lequel on sent croître une fleur splendide : elle avait les yeux trop grands, le profil trop fin et trop menu, une peau si transparente que ses narines et le mou de ses oreilles semblaient diaphanes et se doraient au soleil. Le baron l'admirait, ébloui et un peu intimidé, car il ne savait que lui dire ; sa fille aînée, dans son idée, était la future épouse d'un riche et noble chevalier ; et cette gamine aux yeux rieurs avait encore bien des années à vivre avant de mettre sur ses cheveux blonds le voile rouge des mariées.

Pour les fils, c'était autre chose. Avec eux il savait à quoi s'en tenir. C'étaient deux grands garçons de neuf et huit ans, très blonds encore et un peu mal à l'aise dans leurs habits de fête ; Herbert avait une grosse écorchure au menton, et Ansiet une bosse au front. La première chose que le baron leur demanda après les avoir embrassés fut : « Savez-vous monter un grand cheval ? »

Herbert, qui se souvenait toujours de ses flèches turques, gardait un silence boudeur, mais Ansiet était plus facile à apprivoiser. « Je peux même galoper debout sur la selle, dit-il, et sur le Gaillard à la Rousse, je peux sauter la mare aux brebis. La dame a dit que le Gaillard serait à moi après la Noël. »

— Je vous le donne aujourd'hui, dit le baron, et l'enfant battit des mains, presque prêt à pleurer de joie. « Mon Gaillard, mon Gaillard ! Il est si beau ! Oh ! baron, venez, vous verrez ! Il m'aime tant qu'il rit de joie quand il me voit. »

Le baron, docile, allait suivre l'enfant aux écuries, mais la dame les arrêta. « Avec vos habits propres ! dit-elle, — et Jacques va sonner le repas d'un moment à l'autre. Restez là. Vous pouvez tout aussi bien parler à votre père assis bien sagement sur ce banc. »

Ansiet avait passé ses longs bras maigres autour du cou de son père, et bavardait sans s'arrêter. Il parlait de la beauté de son Gaillard, de son encolure, de ses jarrets, puis encore d'un lièvre vivant qu'il élevait dans la cour près du pigeonnier, d'un hérisson, d'un serpent que Robert avait tué d'un coup de hache. « Y a-t-il des serpents là d'où vous venez ? »

— J'en ai vu, dit le baron.
— On dit que c'est un beau pays, la Terre sainte.
— Il n'y en a pas de plus beau.
— Quand je serai grand j'irai aussi. Dites, baron, combien avez-vous tué de païens là-bas ?
— Trois, dit le baron.

La figure de l'enfant s'allongea.

— C'est peu. Moi, j'en tuerai trois dix, et même trois cents. Je sais déjà tuer les corbeaux en plein vol à coups de pierre. Mais lui — il montra du regard son cadet — y est bien meilleur que moi.

Le baron mesurait du regard les fortes chevilles et les lourds poignets de l'enfant, et se disait qu'ils promettaient une grande taille et une carrure puissante ; mais pour gagner de la force il fallait de l'entraînement.

Ce visage simple et fruste, aux grands yeux candides, était pour le baron l'image la plus parfaite de la beauté — deux ans d'absence ne l'avaient pas changé : à peine un peu épaissi et ennobli par l'habitude d'exercices fatigants et déjà dangereux. Ansiau savait qu'il était peut-être le seul à comprendre et à voir cette beauté d'âme qui le frappait dans tous les gestes, dans tous les regards de l'enfant.

Il se fût abîmé dans la contemplation si la dame, comme toujours, n'y avait mis bon ordre : d'un geste têtu elle souleva le jeune Herbert par les aisselles et l'assit de force sur le genou libre du baron. « Vous avez assez regardé l'autre. »

Sans être plus grand ni plus gros que son aîné, Herbert pesait plus lourd : on eût dit qu'il était fait de matière plus dense, et qu'il avait plus de sang dans les veines. C'était du reste un très bel enfant : comme sa mère il avait le teint très blanc et les joues très roses, et ses cheveux bouclés étaient presque blancs à force d'être blonds. Le baron lui sourit, mais Herbert n'était pas facile à dérider. Les yeux baissés et les lèvres gonflées il restait là, assis gauchement, avec l'air de dire : « Si je suis ici, c'est parce qu'on m'y a mis et que je suis trop poli pour m'en aller. »

Le baron lui dit : « Vous avez avalé votre langue, beau fils ? »

L'enfant hocha la tête, gravement.

— Eh bien, que je vous entende, vous aussi, et pas seulement ce grand bavard.

Herbert baissa la tête et murmura quelque chose entre ses dents. « Quoi ? » demanda le père, et Ansiet s'empressa d'expliquer : « Il a dit : Je veux le Vaillant. »

Herbert baissa la tête encore davantage et procéda au nettoyage de ses ongles.

— Qu'est-ce que le Vaillant ?

— C'est le poulain noir de la Courante et du Mandor ; il aura quinze mois tantôt, dit Ansiet.

— Eh bien mon garçon, dit le père, vous l'aurez, votre Vaillant, puisque aussi bien votre frère a le Gaillard. Là ! Êtes-vous content ?

Herbert leva la tête et dit posément : « Merci, baron. » Mais pour être content, peu de gens pouvaient se vanter d'avoir vu Herbert avec un visage content ; seuls ses yeux s'allumèrent pour un instant et s'éteignirent aussitôt. Pourtant dans le courant de la soirée ses prunelles bleues et vides s'arrêtèrent parfois sur le baron et sur ses compagnons avec une étrange expression de curiosité émerveillée et d'envie.

Pendant le repas les quatre voyageurs furent installés à la place d'honneur sous les écus, et la dame leur servit elle-même à boire, à Thierri comme au baron, et le pauvre écuyer rougissait de honte et n'osait pas demander à boire : il eût préféré être lui-même occupé à servir, et parler aux garçons de la cuisine. En quelques heures il avait repris et endossé sa vie d'avant comme un vieil habit, et deux ans d'aventures étaient tombés de ses épaules comme un rêve — à peine s'en souvenait-il. Mais le baron aurait eu honte de se séparer de ses compagnons un jour comme celui-là.

— Vous n'avez pas à rougir, Thierri, avait-il dit. Ce qui va pour moi doit aller pour vous ; je ne suis pas revenu à cheval et vous n'êtes pas revenu portant mon écu.

Girard le Jeune paraissait trop fatigué pour parler et même pour manger. Assise sur son banc derrière lui et lui plantant dans l'épaule son menton pointu, Richeut le pressait d'avaler tous les morceaux qu'il avait sur l'assiette. « Rien que cette cuisse de poulet ! Je l'ai fait assaisonner de sauce au piment exprès pour vous. »

Après les deuxièmes viandes, quand on eut apporté de la cave le vin épicé, le baron se leva et monta debout sur son banc pour parler. Le bruit de voix et de vaisselle cessa. Ansiau dit :

— Amis, frères. Écoutez-moi. Demain de grand matin nous partons pour Hervi, la dame et moi et mes trois amis, et qui voudra nous suivre à pied ou à cheval. C'est pour y faire chanter des messes pour les amis qui sont morts en Terre sainte. Et aussi pour remercier Dieu pour ceux qui sont vivants. Et je vous demande surtout de prier pour un chevalier nommé Gautier, c'est lui qui a payé notre rançon.

« Si vous avez quelque chose à me demander vous le ferez quand nous serons revenus de Hervi. Si quelqu'un est en pénitence au sous-sol, je lui fais grâce. Si des garçons veulent se marier, ils auront les futures qui leur plaisent. On célébrera les noces le jour de l'Assomption de Notre-Dame. Et tous, jeunes et vieux, auront des habits de mes coffres ce jour-là. »

La dame pensa : « Ça y est. Il a trop bu. » Et le chapelet des ennuis que lui valait l'accès de générosité de son mari s'égrena devant ses yeux — le pèlerinage dérangeant les travaux de tannage et la remise à neuf de la palissade — les maraudeurs relâchés sur les vignes et les vergers — les mariages en pleine saison de travail, et ses coffres de vêtements et ceux du baron complètement vidés. « Ah ! les hommes ! se dit-elle, les hommes. »

Les deux époux se retrouvaient — enfin ! — seul à seule sur leur grand lit à rideaux baissés ; Aalais avait mis la petite lampe à huile sur le rebord de chêne et refaisait ses tresses pour la nuit. Elle demeurait en silence, les yeux baissés, comme une jeune mariée — pour les deux ans qu'elle avait passés à attendre ce moment elle eût aimé entendre des paroles douces — Dieu ! Erard savait si bien les dire, à combien de femmes les avait-il répétées ? — Et le baron ne semblait pas disposé à parler. Accoudé sur les oreillers il attendait patiemment que la dame ait fini de se coiffer pour éteindre la lampe. Il ne voulait pas la brusquer ; à peine caressait-il de temps à autre le bout de ses tresses ou lui frôlait-il du coude la taille ou le bras, avec cette suffisance naïve d'homme qui sait qu'il va pouvoir enfin s'en payer, et qui croit l'avoir bien mérité.

— J'ai bien changé en deux ans, dit enfin la dame avec un soupir — voyez — mes cheveux ne sont plus aussi blonds.

Ansiau dit : « Vous avez embelli. »

Aalais hocha la tête, songeuse. « Il n'y avait pourtant pas de quoi. J'ai eu la vie bien dure ce temps-ci, ami. »

Il dit gravement : « Je sais, dame. » Puis, quelques instants après : « Savez-vous ? J'avais peur de vous trouver remariée. »

Elle dit tendrement : « Vous savez bien que je ne me serais jamais remariée, ami » et fut récompensée par un regard si confiant et si admiratif qu'elle rougit un peu.

Il dit : « Il n'y a pas d'autre femme comme vous. »

Elle soupira encore : « Pourtant, vous n'avez pas dû penser beaucoup à moi, là-bas. »

Il dit : « On pensait bien à autre chose, c'est vrai. Nous avons eu bien du malheur. »

Aalais se détourna de lui, un peu vexée, et dit qu'elle ne voulait pas souffler la lampe avant d'avoir fait la chasse aux puces.

Ansiau lui dit alors : « On voit bien que vous êtes moins pressée que moi. Pourquoi faites-vous la fière ? » Comme dans la douceur de sa voix il y avait du reproche, la dame sourit et se fit câline à nouveau.

— Il y a si longtemps que je ne vous ai vu, ami. Laissez-moi vous regarder.

— Comme vous êtes belle. Comme vous êtes blanche. Vous ne me croirez pas, dame, mais voilà plus d'un an que je n'ai touché à une femme — c'est ça — depuis la huitaine de Pâques de l'an passé.

Aalais haussa les épaules. « Vous le dites. »

— Voulez-vous que je le jure ? D'ailleurs, c'est simple — nous sommes venus à pied de Marseille. Si nous nous étions amusés à courir les filles, nous n'aurions jamais fait le voyage en quarante jours. Il se rapprocha d'elle et sa voix était devenue basse et rauque : « Je pensais à vous tout le long du chemin. »

Aalais cherchait à éviter ces yeux qui la blessaient à force d'ardeur mal cachée, parce qu'elle savait ce qu'il y avait de brutalité sous ce frein de douceur qu'il s'imposait. Chaque fois qu'elle le retrouvait elle le souhaitait autre qu'il n'était — plus curieux, plus jaloux, plus triste même — qui sait ?

Le lendemain il fallut se lever avant le soleil. Les coqs n'avaient pas encore chanté. La forêt était si noyée dans la brume qu'on pouvait croire que le monde finissait à la palissade du château. Dans la cour, les chevaux piaffaient et se secouaient, les chiens aboyaient au chenil et sautaient sur la porte, croyant qu'une chasse se préparait.

Deux écuyers amenèrent au baron le plus beau cheval de l'écurie, Mandor, un grand noir d'Espagne, si fougueux et d'humeur si féroce que personne ne le montait : la bête se cabrait et dansait comme un navire en haute mer, renversant la tête et secouant sa longue crinière tressée de rubans. Aalais, debout, serrée contre son mari, n'avait aucune envie de partir — pour une fois, depuis des années, elle eût aimé dormir tard, mettre du temps à se coiffer, prendre au lit Girard et la petite Alette pour jouer avec eux. Mais le baron n'était pas homme à changer d'avis quand il s'agissait d'aller à l'église. A présent, le bras passé autour des épaules de la dame, il admirait les formes élégantes du cheval et son pelage luisant. « Par le sang du Christ ! il a été bien tenu », dit-il.

Alors la dame se détacha de lui et s'agenouilla devant Mandor pour tenir l'étrier — deux écuyers devaient l'y aider tant le cheval était fougueux. Le baron baisa la dame sur la bouche et sauta en selle. Mandor se cabra et Ansiau, qui avait quelque peu perdu l'habitude du cheval, eut de la peine à le maîtriser. La dame monta sur son palefroi gris, Girard le Jeune sur le Roussin. Les uns après les autres, les cavaliers franchirent le pont et descendirent vers la forêt par la route de Bernon.

A Hervi, ceux de Linnières assistèrent à la messe à l'église Saint-Marie-des-Anges. Ansiau avait retrouvé son fauteuil de premier rang qu'il avait toujours occupé depuis la mort de son père, et regardait les mêmes traits de lumière se déplacer avec le soleil sur les chapiteaux blancs sculptés de vignes ; rien n'avait changé.

Girard le Blond, de Linnières, chevalier. Ogier le Roux, de Linnières, chevalier. Izembard le Roux, de Linnières, écuyer. Eudes le Bègue, de Linnières, écuyer. Garin de Linnières, fils de Hue, écuyer. Garin de Linnières, fils de Girard, écuyer. Garin de Puiseaux, écuyer. Jacques du Cagne, sergent. Ansiau de Beaumont, sergent. Tous morts au service de Dieu, en mer, en Terre sainte et en Turquie. Que Dieu les sauve et les protège.

A l'exception du vieux Jacques du Cagne, mort à Tibériade, et des deux fils d'Herbert, aucun d'eux n'a eu de sépulture chrétienne. Aussi Ansiau décida-t-il de faire mettre à gauche de l'autel de Sainte-Marie une dalle de pierre avec une grande croix et neuf petites croix autour d'elle, en souvenir de ceux de Linnières morts à la croisade du comte Henri Ier en l'an de l'Incarnation 1180.

Haguenier de Hervi passait justement par le bourg, un faucon à la main, suivi de son fils et de trois écuyers. Il s'arrêta près de l'église pour y faire ses dévotions et Ansiau justement en sortait avec tous les siens ; il se précipita sur son voisin avec la joie d'un homme qui retrouve un compatriote en pays étranger. Les deux hommes s'embrassèrent comme des frères. Haguenier, revenu au pays avec le comte, portait encore sur son large visage les traces du soleil méditerranéen.

Il fut très heureux de revoir son voisin sain et sauf et lui demanda sur-le-champ de venir s'installer chez lui pour autant de jours qu'il lui plairait : il serait trop heureux de recevoir un tel hôte.

Haguenier de Hervi avait avec lui son frère qui lui aussi avait été en Terre sainte et un parent de sa femme, Manesier de Coagnecort. Ansiau et Girard le Jeune (qui n'était plus jeune du tout) passaient tout leur temps dans le verger et à chasser au faucon. Tous aimaient à se ressouvenir ensemble de leur voyage et de leur séjour en Palestine.

— Si les barons envoient une armée en Terre sainte, je reprends la croix, disait Ansiau.

— C'est bien de votre âge de dire cela, soupirait Haguenier. Non. Pour moi c'est fini. Je ne bouge plus de mon manoir. J'en ai assez vu.

Ansiau disait : « Nous verrons beaucoup de choses encore. Vous rappelez-vous le jour où nous sommes allés adorer le Saint-Sépulcre. Simon le Roux, mon cousin, était près de moi, comme moi de vous en ce moment. Eh bien, il pleurait tant qu'on ne pouvait pas l'arrêter, et pourtant vous savez si c'est son habitude de pleurer. Vous savez, moi, j'ai pensé que c'était par dévotion, comme tout le monde, parce qu'il n'y avait pas un de nous qui ait eu les yeux secs ce jour-là. Et le soir il m'a dit : " Ce pays n'a pas tant besoin de prières que d'hommes. Pour nos péchés, les chiens nous prendront Jérusalem. " Et il pleurait si fort, ma foi, que j'en ai fait autant. C'est alors qu'il m'a dit qu'il ne rentrerait pas au pays.

— De Simon je ne l'aurais pas cru, dit Manesier de Coagnecort.

Ansiau dit : « C'était la volonté de Dieu. Je l'ai bien compris, aussi je n'ai pas cherché à le retenir. Il m'a dit : " Linnières n'est qu'un sale petit marécage et ici nous avons toute la gloire du Christ notre Sauveur. " Il m'a dit encore : " Voilà mon chemin tout tracé, puisque mes deux frères sont morts et mon père est vieux : je ne le reverrai pas vivant ; je n'ai plus personne au monde. " Et il m'a demandé de rester aussi, mais je n'ai pas voulu priver mes garçons de mon fief. »

— Il est entré au Temple ? demanda Haguenier.

— Non, il s'est mis au service du sire d'Ibelin. C'est une riche maison et ils sont généreux. Le frère du baron Baudouin a épousé la veuve du roi de Jérusalem. Ils ont un palais dans Acre comme le roi de France n'en a pas un dans Paris.

— Drôle d'idée quand même de laisser sa femme et ses enfants pour chercher fortune Dieu sait où, grommela Girard le Jeune, et Ansiau dit en se redressant : Il savait bien que je ne ferai pas de tort à ses enfants.

— Il faut y aller, dit Haguenier, pour voir qu'il y a encore sur terre tant de païens : sans le voir je ne l'aurais jamais cru.

Et Ansiau dit encore : « C'est une grande misère.

On ne le voit pas d'ici, comme ils sont forts. Ce n'est pas pour rien que le roi du pays est lépreux. Vous verrez qu'il portera malheur au pays. »

— On le dit, soupira Haguenier, et pourtant c'est un beau grand jeune homme, et qui sait conduire l'ost.

— Et c'est une grande honte aussi, continuait Ansiau de voir les chrétiens vivre comme des païens et s'habiller de telle façon qu'on ne reconnaît plus un franc d'un infidèle. Et, Dieu me pardonne, je crois qu'ils s'entendent mieux avec les païens qu'avec les pèlerins de nos pays. A voir les châteaux et les camps pleins de cette chiennaille, on se croirait au camp de Saladin.

— Par saint Michel, dit Haguenier, on m'a bien parlé d'hommes — et je ne veux pas les nommer — qui reçoivent des présents de Saladin et sont à sa solde.

Ansiau crut y voir une allusion et en fut tout de suite froissé.

— Ne croyez pas que ce sont les Ibelins, dit-il ; jamais on n'a rien dit de pareil sur eux. » Dans le fond de son cœur il était un peu fâché que Simon se fût choisi un maître aussi exotique, mais il était loyal envers son cousin, et la maison princière des Ibelins entrait dans son sanctuaire de loyautés à observer — et personne n'avait le droit d'y toucher de quelque façon que ce fût.

— ... Quand nous avons été faits prisonniers, racontait Ansiau, les émirs ont pris pour eux le vicomte de Saint-Florentin, Raoul d'Arci, Guillaume de la Ferté et Ansiau de Monfélis, parce qu'ils ont vu que c'étaient des hommes qui pouvaient payer. Les autres, ils les ont envoyés à Alep avec la caravane.

« Nous étions neuf chevaliers, je crois. Mais avec les écuyers et les sergents nous étions bien cent hommes. On marchait comme un troupeau, les bras liés derrière le dos. Quand un homme tombait à genoux le surveillant à cheval lui déchirait le visage d'un coup de fouet. Et comme nous étions nu-tête, il y en a bien trente qui sont morts en route à cause du soleil. J'y ai perdu Garin de Puiseaux, mon beau-frère. Et Eudes le Bègue, mon neveu, et Ansiau de Beaumont. Girard d'Arrentières est tombé aussi, je crois, mais je ne l'ai pas vu, il était en arrière, à l'autre bout de la caravane. Dieu! Quelle traversée! On avait si soif que nos langues en étaient toutes desséchées et crevassées. A regarder les chevaux boire nous pensions devenir fous. La nuit on rêvait d'eau qui clapote entre les pierres.

« Dieu veuille que nous ne connaissions jamais rien de pire. Je vous disais donc que les chiens nous amenèrent à Alep, au marché d'esclaves. C'est là qu'ils nous ont rasés. Et là nous sommes restés bien quinze jours. Des païens venaient nous tâter et regarder nos dents comme à des chevaux. Il y en avait qui en étaient honteux. Mais nous autres pensions que quand on souffre pour Dieu il n'y a pas de honte. Cette pensée nous redonnait du courage.

« A Alep un marchand d'esclaves nous acheta et nous amena jusqu'à Damas, puis à Damiette, et là il nous vendit à un capitaine de galère. Nous, je veux dire nous trois, Girard, Thierri et moi, et encore le jeune homme d'Orléans qui est revenu avec nous. Pour mes cousins Garin et Eudes, ils sont morts de dysenterie : nous trois, grâce à Dieu, nous avons été plus solides, et nous en avons réchappé, mais à grand-peine. Il est vrai que le marchand nous faisait soigner. Il nous donnait à manger et à boire, mais il était dur, et pas tant lui que ses surveillants. Mais une fois sur la galère, je vous jure que nous les avons regrettés.

« Nous n'avions plus grand espoir de revoir le pays. Nous sommes restés huit mois sur la galère, jusqu'au jour où nous avons été pris par les pirates turcs qui nous ont fait couler : une bonne moitié des rameurs se noya, mais nous autres étions du bon côté, sur la coque, qui ne s'enfonça qu'après. Les pirates nous ont repêchés, ils pensaient bien qu'ils pouvaient nous vendre à nouveau. Et c'est alors que Dieu m'a montré ce qu'il fallait faire.

« Vous vous souvenez de ce chevalier de Trauenbourg que j'ai amené dans nos tentes quand nous campions sous Jérusalem ? Celui qui portait un turban blanc et or sur sa tête, et sans sa barbe blonde, on l'eût bien pris pour un Turcople. Pourtant, il est chevalier, et qui n'a-t-il pas servi, Dieu seul le sait ! Je l'ai vu tournoyer à Troyes, et c'est là que je l'ai connu. De naissance il est allemand, mais il m'a dit qu'il ne parlait plus sa langue qu'en rêve : autrement, il pouvait à peine dire oui et non. Eh bien, ce Gautier avait épousé à Triple la veuve d'un riche marchand vénitien, et c'est là-bas qu'il vit ; et par bonheur je me suis souvenu de lui quand nous étions sur le bateau des pirates : c'est Dieu qui m'a inspiré.

« J'ai demandé à voir le capitaine, et il y avait avec

lui un arménien qui parlait français. Alors je lui ai fait dire que j'avais un ami à Triple qui paierait la rançon pour moi et mes trois compagnons. Il m'a dit que si cet ami voulait payer vingt besants pour chacun de nous il nous ferait mener jusqu'à Lattaquié et que là il nous laisserait gagner la rive en canot. J'ai bien essayé de marchander il n'a rien voulu entendre. Il m'a donné de l'argent pour le voyage, et m'a dit que si dans quinze jours je n'étais pas revenu avec l'argent, mes trois amis seraient vendus et envoyés aux galères.

« Eh bien, j'étais à Triple trois jours après. Mais pour trouver Gautier, c'était une autre affaire. Je ne savais pas le nom de sa femme ; et personne dans la ville ne connaissait le sien. Je frappais, comme un mendiant, à toutes les portes du quartier de Venise ; il fallait voir comment les valets portiers me recevaient, car j'avais bien l'air d'un réchappé des galères. Et le plus étonnant, c'est que j'ai fini par trouver la femme de Gautier. Mais Gautier lui-même n'était pas là. Eh bien, belle, cette dame ne l'était pas, ni jeune non plus ; mais elle avait bon cœur comme vous allez le voir : elle m'a dit qu'elle n'osait pas me donner quatre-vingts besants sans ordre de son mari, mais elle eut tant pitié de moi qu'elle envoya dix valets par toute la ville à la recherche de leur maître pour le prier de revenir au plus vite. Et les valets ramenèrent Gautier deux jours après, et il fut bien étonné de me voir. Au lieu de quatre-vingts besants il m'en donna cent pour les frais du voyage de retour et me demanda de faire dire une messe pour lui aux Saintes-Maries-en-Camargue pour lesquelles il a une dévotion.

« Et quand j'eus retrouvé mon capitaine sur la côte de Cilicie, il me dit bien qu'il tiendrait parole et nous fit mettre dans un voilier léger pour nous conduire à Lattaquié. Seulement il me prit les cent besants que j'avais sur moi, au lieu de quatre-vingts. Ses hommes nous relâchèrent sur une petite plage rocheuse au nord du port. Le jour même, nous gagnions la ville. »

La face d'Ansiau portait le reflet fugitif d'une grande joie et d'une grande fatigue; il se tut, emporté par le flot de souvenirs plus enivrants les uns que les autres : l'escalade des rochers, le bain sur la plage ensoleillée, la mer illuminée de bleu et d'or; les toits blancs de Lattaquié, entourés de touffes grises d'oliviers — et les taches sombres des orangers et des citronniers autour de la ville; et les voiles blanches, rouges et jaunes se balançant doucement dans le port, sur l'eau verte; les montagnes bleues, au loin, noyées de soleil, couvertes d'une brume d'or : la liberté. Tout ce monde était à lui, à eux; un monde où il n'y avait ni chaînes, ni fouet, ni gardiens; où l'on pouvait manger et dormir à n'importe quelle heure. La joie de pouvoir enfin s'agenouiller dans une église; de toucher des mains, des lèvres, du front les saintes croix, et les images des saints, sentir sur son visage l'eau bénite, et sous ses genoux et ses pieds le froid des dalles consacrées par la prière des chrétiens. Se retrouver dans une ville où partout les croix, petites et grandes, longues et carrées, de pierre, ou de fer, ou d'or, se dressaient pour protéger et pour bénir.

Les quatre pèlerins n'avaient pas d'argent, et s'étaient engagés comme matelots et portefaix sur un bateau génois qui se rendait à Marseille, car grande était leur hâte de rentrer au pays ; dans leurs pensées les cieux de Champagne étaient toujours clairs et doux, les champs dorés, les forêts grouillantes de gibier, les visages des femmes illuminés de tendresse. Et la fièvre du retour augmentait chaque jour, si bien qu'ils en oubliaient la faim et la fatigue.

Les jours passaient et la dame commençait à trouver le temps long à Hervi, d'autant plus qu'elle n'aimait pas beaucoup Marsille de Coagnecort, la femme d'Haguenier, et quelle était obligée de passer tout son temps avec elle. Le baron était toujours très amoureux d'elle la nuit, mais le jour il paraissait l'oublier ; il paraissait même avoir oublié qu'il avait une maison à lui à trois lieues de Hervi. Et la dame ne l'oubliait pas, parce qu'elle savait que sans elle la besogne ne serait jamais faite comme il faut ni en temps voulu.

Le soir elle disait à Ansiau : « Vous savez, ami, ce n'est pas Richeut qui saura surveiller les servantes » ou encore : « Tous ces valets qui s'amusent ici à sauter à la perche seraient bien mieux à leur place au château. »

Le baron répondait : « Bah ! qu'est-ce que cela fait ? Nous serons toujours rentrés avant l'Assomption, pour préparer la fête. Je veux inviter ceux de Hervi, ceux de Coagnecort, et Hue de Baudemant avec son frère : Manesier m'a dit que c'était un tournoyeur de première force. Notre cour sera bien assez grande pour les jeux. Nous n'avons plus de haubert, aussi nous ne ferons que des jeux pour rire, vous n'aurez pas besoin d'avoir peur. »

La dame pensa : « On croirait qu'il a rapporté de Terre sainte le trésor de Saladin », mais elle se garda bien de le dire, et fit simplement remarquer qu'elle n'avait pas encore vendu les peaux et qu'elle avait déjà engagé les vignes au couvent de Hervi. Le baron répondit : « Nous pouvons encore engager Bernon. » La dame dit : « Engagez nos enfants, tant que vous y êtes. » Ansiau, la voyant fâchée, la prenait dans ses bras et la couvrait de baisers et disait qu'il ne ferait rien contre sa volonté. Enfin, le huitième jour de leur arrivée à Hervi la dame finit par dire à son mari, mi-sérieuse, mi-riant : « A vous voir si peu pressé de rentrer on croira que vous méprisez votre maison, et c'est moi qui en serai blâmée. » Alors Ansiau lui promit de partir le lendemain, car il avait tout autant envie de partir que de rester.

Ce fut encore la dame qui dut s'occuper des préparatifs de la fête. Le soir, elle se couchait fatiguée et de mauvaise humeur. La chaleur et les moustiques l'empêchaient de dormir. Mais le baron avait la peau trop dure pour les moustiques et avait vu bien d'autres chaleurs ; aussi était-il toujours de belle humeur et toujours beaucoup trop amoureux de la dame. Mais, l'éblouissement des premiers jours passé, il commença à se rendre compte que la dame n'était pas aussi heureuse que lui. Pourtant, il lui avait été si fidèle, de cœur comme de corps — il l'avait tant désirée, il avait eu tant d'égards et de douceur pour elle — que pouvait-il de plus ? Voilà qu'une première tache apparaissait sur son soleil. Mais sa bonne humeur avait encore raison de tout. Il parla à la dame : « Sœur, amie, dit-il, je vois que vous n'êtes pas contente de moi. Vous avez peur que je n'engage plus que je ne pourrai payer. Vous devez me traiter de cervelle au vent. Mais écoutez-moi : l'argent et les biens se retrouvent toujours. Ce qui importe, c'est d'avoir des amis, vous allez voir, ce n'est pas moi qui laisserai mes enfants sans terre. »

La dame était bien obligée de dire : « Vous avez raison », car ce qu'il disait était raisonnable. Mais elle était triste de perdre l'autorité qu'elle avait acquise, elle se sentait dépaysée, désemparée depuis qu'elle devait obéir au lieu de commander.

Et puis il y avait autre chose : elle se demandait pourquoi il avait invité les frères de Baudemant — elle n'avait pas envie de revoir Erard. Maintenant qu'elle était reprise par le baron, elle ne croyait avoir aucun sentiment pour le jeune homme. Mais lui pouvait encore en avoir pour elle ; il pouvait la trahir ; et enfin, elle avait été bien près de lui céder : il savait lui dire à l'oreille des mots qui faisaient battre le cœur et monter le sang au visage ; et son bon sens pratique lui disait que la présence d'Ansiau rendait la faute moins dangereuse. Mais elle ne se souciait nullement de se laisser tenter.

La veille de l'arrivée des invités, deux jours avant l'Assomption, Aalais passa toute la soirée à sa toilette, se fit laver et blondir les cheveux, frotta sa peau de citron et de lard pour la rendre blanche et lisse, car elle avait la pensée d'éblouir les invités, et surtout Erard — elle ne voulait pas le voir se consoler trop tôt de l'avoir perdue.

La salle et la chapelle furent parées de grappes de vigne, d'épis et de feuillage. La table fut recouverte d'une nappe rouge brodée de blanc. Les deux grands écus de Linnières, bien nettoyés, brillaient de rouge et de bleu sur le mur en face de la porte, au-dessus de la place des chevaliers. Les broches étaient dégarnies, puisque la veille de la fête était jour de jeûne, mais on avait préparé pour les hôtes du pain frais et encore chaud, du fromage et du raisin. Le père Aimeri faisait répéter les chœurs aux enfants du château.

Ansiau était allé lui-même au-devant des invités, escorté de quatre de ses jeunes cousins. Même par un beau temps la route de Linnières était détestable, elle traversait la forêt et même par les grandes chaleurs on s'y enlisait dans la glaise, et il était impossible d'y faire passer une voiture. C'était bien la plus mauvaise route du pays, car le sol argileux se terminait à Bernon et à Hervi, juste derrière la grande forêt. Mais les seigneurs de Linnières n'avaient garde de quitter une demeure si bien protégée et où ils étaient si bien chez eux.

Pour permettre à ses hôtes de passer sans trop de dommage, Ansiau fit couper des branches de feuillage et en fit joncher la route jusqu'à Seuroi, et il s'arrêta pour attendre les arrivants près de la pierre carrée qui marquait la place du tombeau de Rainard. De Seuroi Hervi n'était guère qu'à une demi-lieue, derrière un bois tout coupé de ruisseaux, et qui, depuis quatre générations, était un objet de litige entre les deux voisins ; il était très riche en perdrix, coqs de bruyère, courlis et canards sauvages.

Les appels du cor se firent entendre dans la forêt et Ansiau y répondit par le signal de bienvenue. Bientôt les seigneurs de Hervi surgissaient du bois avec leurs femmes en croupe, leurs faucons et leurs chiens. Manesier de Coagnecort et les frères de Baudemant les suivaient de près. Ansiau les salua tous avec une joie qui, à coup sûr, n'avait rien de joué. Il était encore tout transporté d'affection pour tous ses semblables, pourvu qu'ils fussent des chrétiens et des gens du pays.

Haguenier de Hervi, homme de trente-cinq ans, brun et épais, était un homme agréable, d'humeur simple et franche, et qui était en train de s'adonner avec un peu trop d'ardeur aux plaisirs d'un repos bien gagné après un voyage fatigant. Manesier de Coagnecort présenta à Ansiau le jeune Erard de Baudemant qui suivait son frère aîné, les yeux fixés sur les oreilles de son cheval. Hue de Baudemant avait été le mari d'Ala, une des sœurs d'Ansiau, morte depuis deux ans — Ansiau le traitait donc en parent, sans l'avoir du reste jamais aimé; Hue était presque un vieillard, il avait une longue barbe grise, il n'était ni grand, ni gros; Ala avait été deux fois plus épaisse que lui; il passait pour avare, et s'entendait assez mal avec son frère, issu d'un autre lit et de vingt-cinq ans plus jeune que lui, revenu de croisade homme fait et chevalier et réclamant sa part d'héritage. Cet Erard dont Manesier avait tant parlé, Ansiau ne l'avait jamais encore vu; il ressemblait peu à son frère : sans être très grand, il avait fière allure et exhibait avec une vanité presque insolente sa jeune barbe toute fraîche et ses belles dents de loup. Avec la connaissance qu'il avait des êtres et des choses, Ansiau admirait le beau mouvement de tête, l'œil brillant, les mains nerveuses du jeune homme et pensait : « En voilà un qui doit bien se battre. » Erard, d'ailleurs, était moins aimable qu'il n'aurait dû l'être, et Ansiau attribuait sa réserve à la présence du frère aîné.

— Je ne me souviens pas de vous en Terre sainte, puisque vous étiez avec le vicomte de Provins, dit-il, mais j'ai entendu dire qu'à Troyes vous frappez de si beaux coups que j'ai voulu à tout prix vous connaître. J'espère que nous croiserons nos lances.

Erard répondit qu'en effet il ne connaissait pas encore le baron de Linnières, mais qu'il connaissait très bien la dame, pour l'avoir vue à Troyes. Ansiau dit : « Tant mieux. Vous vous sentirez plus à l'aise chez nous », mais il lui sembla que la remarque du jeune homme était faite mal à propos : entre hommes il ne fallait pas parler sans raison de femmes, et surtout de femmes nobles.

La dame reçut les chevaliers dans la cour du château, et leur présenta à boire, aidée des demoiselles ses cousines. Elle était toute parée, toute gracieuse, un peu émue, et d'autant plus jolie. A Erard elle sourit aussi poliment qu'aux autres, et lui pensa étouffer de rage en recevant de ses mains la coupe de vin de cervoise — il manqua bien de la lui jeter au visage.

Après un repas léger toute la compagnie se rassembla à la chapelle pour les vêpres. La soirée était très belle. Dans la salle, devant les hôtes réunis autour d'une table garnie seulement de pain et de poisson rôti, le chœur des enfants chanta encore des cantiques pour Notre-Dame. Et les valets qui brossaient leurs chevaux aux écuries et les écuyers qui étendaient la paille par terre pour la nuit s'arrêtaient tout figés et muets au son de ces voix cristallines et naïves qui glorifiaient la Vierge bénie qui ne connut jamais la corruption du corps. Dans le ciel blanc surgissaient une à une des petites étoiles d'or, et, derrière la palissade, une brume s'élevait de la forêt noire et les chouettes pleuraient, des cerfs bramaient au loin. Les chiens au chenil grognaient dans leur sommeil.

Dans le château ce fut un long et joyeux va-et-vient, dans une pénombre pleine de rires étouffés, de chuchotements de jurons. Les valets, aussi bien ceux de Linnières que ceux des invités furent installés sur la paille dans la salle, et tous les lits furent occupés par les chevaliers et leurs familles ; et là encore ils furent un peu à l'étroit, car la plupart des lits n'étaient guère que des paillasses sans draps. Le baron lui-même céda son lit à Haguenier et à Manesier avec leurs femmes, et alla s'installer avec la dame sur le lit de Girard le Jeune. Mais Girard et Richeut avaient sommeil tandis qu'Ansiau et Aalais n'avaient pas sommeil du tout. Ils bavardèrent jusqu'à matines, heureux d'avoir des invités, heureux d'être à la veille d'une fête, heureux même d'être un peu à l'étroit, et mal à l'aise sur le lit de Girard. Aalais était excitée par la pensée qu'Erard pensait encore à elle, et tout heureuse de se dire qu'elle lui préférait le baron. Et Ansiau faisait des projets : on romprait des lances légères dans la cour, ou même dans le pré en face, on ferait une grande battue au sanglier ;

et puis il donnerait le lévrier noir à Haguenier et la chienne rousse à Manesier, et à Erard il donnerait Orgival, le faucon gris perle — et à Hue de Baudemant — que pouvait-il bien donner à Hue de Baudemant ?

— Vous avez le temps d'y penser, ami. Ne parlez plus d'eux. Dites : j'étais belle aujourd'hui ? Vous avez aimé ma robe blanche ?

— J'étais trop fier. Toutes leurs femmes sont laides à côté de vous.

Elle rit doucement : « Vous ne devez pas le dire. Et ce n'est pas vrai.

— Voulez-vous que je jure que c'est vrai ?

— Ne jurez rien. Aïe ! Non, ne me touchez pas. C'est veille de fête.

— Une fois n'est pas coutume.

Mais la dame fut très ferme, surtout à cause de Richeut, car elle ne tenait pas à s'entendre reprocher de mal observer ses fêtes. Et c'était toujours autant de gagné sur le baron.

*

Le repas de midi fut très copieux et même assez varié et bien servi. Le gibier était abondant, les sauces très épicées. Le baron, en sa qualité de maître de la maison, découpait les viandes et veillait à l'ordre, et s'occupait tant à faire manger tout le monde qu'il ne mangeait rien lui-même. Jamais encore il n'avait été aussi affable et ses voisins se disaient que ses deux années d'aventures lui avaient profité : avant son départ il avait passé pour ombrageux et susceptible, et à présent il était la simplicité même. Et la dame fronçait un peu les sourcils en le voyant se lever de table à chaque instant pour aller donner des ordres près de la cheminée, ou simplement pour s'installer à côté de l'un ou de l'autre de ses hôtes. « Vous savez, baron, dit-elle enfin, que vous ne faites guère honneur à vos hôtes en dédaignant de manger avec eux. »

Il dit : « Vous avez raison, dame », et, prenant une cuisse de chevreau il se mit à l'attaquer de ses dents, debout comme il était, et en continuant à donner des ordres au maître queux — puis il la passa sans même l'avoir terminée à son petit cousin Jean, fils de Girard le Jeune. Après s'être essuyé les mains avec le pan de sa robe, il s'assit à côté de Haguenier et lui demanda si ces sauces ne lui rappelaient pas celles d'outre-mer, le jour où ils avaient tous mangé à la grande table du sénéchal de Jérusalem ? C'était pour tous deux un souvenir gros de plaisanteries, car ces sauces leur avaient brûlé la langue — à eux et à bien d'autres — à tel point qu'ils n'avaient rien pu avaler pendant les trois jours qui suivirent. Haguenier manqua d'avaler de travers le morceau de viande qu'il avait dans la bouche. Et à propos de Jérusalem et de Terre sainte une querelle manqua d'éclater, car Hue de Baudemant demanda aussitôt à Ansiau : « Est-il vrai que votre cousin Simon s'est fait templier ? »

— Non, mais il est resté en Terre sainte au service de Balian d'Ibelin, répondit Ansiau.

Alors Erard éleva la voix : « On sait qu'il est bien dangereux de se faire templier : ils sont toujours les premiers dans les batailles, et ils ne sont pas faits prisonniers — on leur coupe la tête. »

Ansiau leva les sourcils et se redressa un peu — il y eut un silence gêné. Mais le baron de Linnières se retint, car il n'avait presque rien bu et se souvenait que l'homme était son hôte. Il répondit d'un air quelque peu sentencieux qu'il ne fallait pas être templier pour bien se battre, et que qui ne veut pas être fait prisonnier n'a qu'à ne pas se rendre. Erard eut le bon sens de se reconnaître pour battu ; mais la dame était devenue très rouge.

Le repas dura bien trois bonnes heures, de sexte à none, et vers la fin, la plupart des convives étaient hors d'état de se mouvoir et même de parler, et somnolaient accoudés sur la table, ou s'appuyaient les uns contre les autres, les ceintures largement débouclées. La dame elle-même, un peu grise, se serrait contre son mari et disait d'une voix incertaine : « J'ai sommeil, ami, excusez-moi auprès des autres dames. »

Ansiau et Thierri étaient presque les seuls à être bien d'aplomb, parce qu'ils avaient très peu bu et mangé. Ils se chargèrent de conduire leurs hôtes aux lits pour la sieste, et la pauvre dame, bon gré mal gré, dut en faire autant pour les dames — elle luttait avec peine contre de violents accès de nausée et arrivait malgré tout à garder un air aimable et souriant. Elle fut trop heureuse de pouvoir enfin s'étendre sur la paillasse couverte de tapis rouges à côté de Marsille de Hervi ; sa tête était de plomb. Tout d'un coup elle sentit avec effroi les yeux bleus d'Erard se poser lourdement sur ses épaules et sur son cou : elle tressaillit, et, en ouvrant les yeux, ne vit autour d'elle que les dames de Hervi et ses cousines de Linnières.

Quand la chaleur fut tombée, les pages et les valets rallumèrent le feu pour mettre en broche sangliers et moutons pour le repas du soir. Les dalles de la grande salle furent jonchées d'herbes fraîches, et dans la cour près du puits des planches furent étendues par terre pour la danse, et des bancs couverts de tapis y furent installés. Les dames et les demoiselles vinrent s'asseoir sur les bancs et les deux fils du baron leur apportèrent à boire de l'eau mélangée de miel, les servant tour à tour, et commençant par la dame du château. Pierre du Frêne vint s'asseoir aux pieds de la dame et se mit à jouer sur une cornemuse des airs de danse que les jeunes filles chantaient en chœur en battant des paumes.

> *Renaus et s'amie*
> *Chevauche par un pré*
> *Toste nuit chevauche*
> *Jusqu'au jour cler*
> *Je n'avrai mes joies*
> *De vous amer.*

Parmi les chevaliers, Erard de Baudemant était seul à n'avoir pas de femme, aussi Ansiau lui donna-t-il pour partenaire sa cousine Claude de Linnières, seconde fille d'Herbert, bonne chanteuse et bonne danseuse s'il en fut. Aalais dansait avec son mari, mais ne pouvait s'empêcher de surveiller Erard et la jeune fille rousse : Claude, fille de Bone de Traignel, était grande, fine et racée, elle avait le teint laiteux et les yeux bridés, et dix-neuf ans bien sonnés. Aalais se mordait les lèvres de rage en voyant le visage blanc de la jeune fille passer par toutes les gammes du rose et du rouge sous les yeux brillants de son partenaire. « Voilà une imbécile qui croit tout ce qu'il lui raconte », pensait la dame. Et le baron lui demanda si elle n'avait pas mal au ventre.

Comme pour la figure suivante les partenaires se trouvaient changés, Aalais laissa le baron donner la main à Marsille de Hervi et donna elle-même la main à Erard. C'était la première fois qu'elle lui parlait depuis Troyes, et elle était si en colère qu'elle avait oublié tout ce qui s'était passé depuis.

Entre deux refrains elle demanda au jeune homme s'il trouvait les rousses plus faciles que les blondes. Erard dit : « Elles sont plus à mon goût. »

La dame se mit à rire et dit : « Vous ne serez pas son premier amoureux. » Erard ne répondit rien et sourit en regardant la dame battre des mains en cadence avec le refrain ; puis, quand elle eut fini, il dit : « Vous auriez bien voulu être à sa place. »

Aalais rougit de colère : « Voilà un grand mensonge. Il faut être vous pour croire cela. »

Il tournait autour d'elle au rythme de la musique comme un vautour au-dessus de sa proie, et elle se sentait prise dans ses cercles magiques ; elle ne pouvait en sortir, ni seulement lever les yeux. Mais au tour suivant elle donna la main à Manesier de Coagnecort, et Erard s'éloigna avec la femme de son frère Hue.

Après la danse, cavaliers et dames, un peu haletants

et tout échauffés par la danse, se disposèrent sur les bancs et sur des nattes par terre près des bancs. Les jeunes filles dégrafaient leurs cols et appuyaient contre leurs joues les plaques de métal et d'émail de leurs longues ceintures. L'odeur de viande rôtie venait de la porte ouverte de la salle, mêlée à celles de la menthe et du benjoin dont les planches étaient semées.

Erard s'était installé par terre aux pieds de la dame du château ; et la dame, d'assez mauvaise humeur, lui dit : « Allez donc plutôt retrouver ma cousine Claude. »

Mais elle connaissait bien la manie d'Erard de ne pas répondre à ce qu'on lui disait. Il ne sembla même pas avoir entendu et dit seulement : « Voyez la belle agrafe que je porte au col, qu'une dame m'a donnée à Constantinople. »

Aalais se pencha pour voir l'agrafe et leurs têtes se touchèrent presque. Alors Erard parla très vite et à voix basse. Il dit que la dame n'avait plus les mêmes raisons qu'avant pour ne pas se donner à lui ; et puisqu'elle était dame du château elle devait bien connaître un endroit sûr où ils pourraient se voir.

Aalais dit : « Voulez-vous vous taire, je ne veux même pas vous écouter. »

Il la fixa d'un regard insolent : « Oh ! Ce n'est pas l'envie qui vous manque. Mais vous avez trop peur de votre baron. »

— Pas du tout, bel ami. Je l'aime.

— Un homme que vous avez depuis dix ans !

Aalais se sentait sur un bon terrain, car elle n'aimait rien tant que discuter avec Erard.

— Et je l'aime d'autant plus, dit-elle.

— C'est impossible. N'importe qui vous le dira.

— Sachez, bel ami, dit la dame, que quand on aime vraiment, on aime pour la vie.

Erard dit en riant qu'il ne connaissait pas cet amour-là. « Et puis, vous ne pouvez pas aimer cet homme. D'abord, il a des yeux de cheval. »

La dame se mit à rire, frappée de la justesse de cette remarque, et pensa qu'elle s'en servirait pour taquiner un jour le baron.

— Et vous, dit-elle, quels yeux avez-vous ?

— C'est à vous de le dire, dame.

Elle le regarda de dessous ses cils baissés et pensa qu'il avait de bien beaux yeux — les voir tout près des siens, comme l'autre jour à Troyes — ce souvenir la troublait tellement qu'elle ne trouvait rien à dire.

— Vous savez, dit Erard, que le neuf est toujours meilleur que le vieux : vous mangez bien des œufs frais, des fruits frais, de la viande fraîche ; et quand ils ne sont plus nouveaux ils sont pourris et bons à jeter. Quand vous aurez goûté d'un amour neuf vous ne voudrez plus du vieux.

— Non, beau seigneur, dit Aalais en souriant ; l'amour est comme le vin : plus il est vieux meilleur il est.

Erard dit : « Le vin vert grise davantage. »

— Peut-être. Mais il est bon pour les soldats.

Aalais était très contente de son esprit et du tour que prenait la conversation ; mais le tête-à-tête ne dura pas longtemps, car Claude de Linnières, son frère Garin et

Bertille, belle-sœur d'Erard vinrent se mêler à ce débat sur l'amour. Claude dit :

— Je n'aime rien tant qu'entendre deviser d'amour. Je sais que le seigneur chevalier y est passé maître.

— Loin de là, dit le jeune homme, mais jugez vous-même : de qui aurez-vous plus de plaisir, d'un amant nouveau ou d'un amant que vous avez depuis dix ans ?

Claude rougit et dit qu'elle ne pouvait pas en juger, n'ayant pas encore été mariée. Et Bertille, sans hésiter, opta pour le nouvel amant.

— Et moi, dit Aalais, je tiens que l'ancien est le meilleur, puisqu'on estime plus un amant fidèle qu'un volage.

— C'est ma cousine qui a raison ! dit Claude en battant des mains.

Erard ne se tint pas pour battu et dit : « Tenez, voilà justement le baron de Linnières qui vient de notre côté. Prenez-le donc pour juge. » Claude se mit à rire à l'idée de voir son cousin juger d'une question d'amour et l'appela à elle en levant son doigt blanc. « Venez çà, cousin, nous avons besoin de vous. »

Ansiau s'approcha d'eux avec son large sourire radieux et demanda à quoi il pouvait servir.

— Dites-nous, cousin, lequel vaut mieux, de deux amants, l'ancien ou le nouveau ?

Ansiau répondit sans hésiter : « Le nouveau. »

La dame fit la moue et jeta sur son mari un regard plein de reproche. « Vous me faites mentir, baron, dit-elle. Ils sont déjà tous contre moi. Et moi, je dis quand même, seigneur chevalier, que l'ancien est toujours le meilleur. »

Ansiau dit : « Je veux bien, dame. Vous savez, je n'y entends rien. Ces histoires d'amour, c'est bon pour les jeunes. »

Et il s'empressa de rejoindre Haguenier et Manesier qui parlaient de la capture d'un ours dans la forêt d'Othe, près de Buchie.

— Vous voyez bien, dit Erard à la dame. Vous n'avez plus qu'à vous rendre.

— Oui, oui, belle cousine, s'écria Garin le Roux, rendez-vous, c'est vous qui avez tort.

Aalais, de très mauvaise humeur, dit : « Laissez-moi. Je n'aime pas ce jeu-là. »

Erard se leva et alla s'asseoir avec Claude à l'autre bout du banc. Et alors la dame se sentit prête à pleurer de honte et de jalousie et il lui semblait en ce moment que c'était Ansiau le nouveau, l'intrus, qui arrivait de Dieu sait où pour la séparer d'Erard. Il l'avait abandonnée, il l'avait trahie Dieu sait combien de fois, et après deux ans et demi, quand elle commençait à l'oublier, il était venu la reprendre comme si elle était sa chose, son cheval, son bien — elle avait tant de peine à retenir ses larmes qu'elle déclara à Bertille de Baudemant qu'elle avait mal à la tête. « Oh ! dit Bertille, comme je vous comprends, moi aussi j'ai tant mangé que j'en ai la tête toute lourde. »

En ce moment la cloche de la chapelle sonna vêpres. La dame se leva et se mit à arranger son col qu'elle avait dégrafé à cause de la chaleur. Elle se tenait le dos au banc et elle savait qu'Erard passerait derrière elle. Elle le sentit s'arrêter. Elle sentait sa barbe lui effleurer la joue.

— ... Je suis malade. Pourquoi ne voulez-vous pas me guérir ?

— Allez le dire à Claude.

— Je n'aime que vous. Vous savez bien. Dites-moi où je vous verrai.

La dame dit : « En enfer », et rejoignit le baron qui déjà se dirigeait vers le donjon.

Et pendant tout l'office de vêpres, Aalais, le front baissé sur ses mains, se creusa la tête pour trouver un endroit où elle pût voir Erard seul à seule ce soir-là. Tout le monde serait un peu gris après le repas. Elle monterait aider les dames à se coucher — puis elle sortirait respirer l'air frais par la petite porte du nord qui donne droit sur le mur. De là, elle descendrait au petit jardinet. Erard ne pouvait y arriver qu'en grimpant sur le toit des écuries, mais si les valets se trouvaient tous dans la salle après le repas, personne ne le verrait. En sortant de la chapelle elle s'appuyait sur le bras du baron et un tel vertige la prenait qu'elle avait peur de tomber ; elle se sentait des sueurs froides aux tempes et aux paupières, et la terreur qu'elle éprouvait était telle qu'elle craignait de voir la terre s'ouvrir sous ses pieds. Ansiau demanda : « Vous êtes malade, dame ? — Je suis très lasse. — Pauvre dame. Vous n'en avez plus pour longtemps, le repas ne sera pas aussi long que l'autre. »

Le repas, cependant, fut très long et très bruyant. On alluma les chandelles, car il faisait noir dans la salle ; mais les fenêtres étaient claires. La coupe de vin ne s'arrêtait guère et l'écuyer avait à peine le temps de courir la remplir, et les chevaliers s'appliquaient à la vider d'un trait après en avoir offert la première gorgée à leur dame. Vers la fin, le baron lui-même fut passablement gris; les chansons et les plaisanteries devenaient de plus en plus grossières, et les dames se levèrent pour monter se coucher. Alors Erard se leva aussi, feignant de vouloir sortir dans la cour pour quelque besoin, et s'arrêta devant la dame, car il se trouvait juste sur son passage. Dans la pénombre, ses yeux brûlaient d'une flamme jaune comme ceux d'un chat et son visage pâle paraissait très beau. Il avait l'air de souffrir et Aalais en fut émue.

Elle dit : « Bonne nuit, seigneur chevalier », et ajouta tout bas : « Le jardinet derrière les écuries. Grimpez sur le toit, vous verrez. Et tout de suite. » Les yeux de l'homme brillèrent, ses narines s'ouvrirent toutes larges. Et en pensant à la joie qu'il aurait la dame oublia ses propres angoisses.

*

Il faisait tout à fait noir dans la salle à coucher quand elle y rentra, et elle buta plusieurs fois contre les corps des valets endormis. Deux lampes à huile brûlaient sur les rebords des piliers au milieu de la pièce. La dame s'étendit à côté de Richeut, serrant ses dents pour les empêcher de claquer. « Où avez-vous été? demanda Richeut. Je vous cherchais partout. » — Je me sentais mal, j'ai été sur le mur prendre l'air.

Richeut dit : « Si votre baron avait eu plus de bon sens, je lui raconterais bien comment vous êtes allée prendre l'air. »

Ce soir-là, Aalais n'avait pas le cœur à se disputer avec Richeut. Elle se coucha sur la face, la tête dans ses bras, et ne bougea plus. Elle entendit les hommes entrer avec bruit, et écouta longtemps les chants avinés, les jurons, les bousculades, les rires, se demandant si ce vacarme finirait jamais. A la voix du baron elle comprit qu'il avait beaucoup bu et qu'il s'endormirait facilement : pour le moment elle ne souhaitait pas autre chose.

Le baron vint s'étendre à ses côtés et lui demanda d'une voix un peu pâteuse pourquoi elle grelottait. Elle dit : « Je suis fatiguée. Laissez-moi », et elle l'entendit bientôt ronfler. Mais la dame ne put fermer l'œil de la nuit. Elle pensait surtout aux dangers qu'elle avait courus et à ceux auxquels elle était encore exposée. Erard pouvait faire des imprudences, et puis il avait sa bague à elle. Et il était bien capable sinon de tuer le baron, du moins de le provoquer et de lui causer des ennuis. Elle se disait : « Que faire ? Que faire ? » et malgré elle un sourire de plaisir tordait ses lèvres au souvenir de la voix basse et chaude de son ami.

Elle n'avait pas de remords parce que la crainte du déshonneur était beaucoup plus forte que celle du péché. Le baron ne devait jamais savoir ce qu'elle avait fait. Elle, Aalais de Puiseaux, ne serait jamais accusée d'adultère, comme Irma ou comme Adela de Bercen qui n'avait pas su attendre son mari. Richeut et les autres n'auraient qu'à se taire. Elle était et restait une femme sans reproche ; elle le jurerait sur croix et sur reliques ; et d'ailleurs, elle le croyait elle-même ; c'était vrai. Il n'est pas vrai qu'une heure de joie vous change d'honnête femme en putain. Aujourd'hui elle n'était pas plus mauvaise que la veille, elle n'avait pas le visage sale ni le corps galeux.

Se parlant ainsi à elle-même, la dame vit les fenêtres redevenir grises, puis blanches, et écouta les coqs chanter.

Dans la cour et aux écuries les écuyers se hélaient, les chevaux piaffaient ; ceux qui partaient pour la chasse devaient se lever de grand matin. Ils ne furent pas très nombreux ce jour-là. Le baron, pourtant, se leva un des premiers avec Manesier de Coagnecort et Erard de Baudemant. Garin fils d'Herbert, les deux fils de Girard le Blond et Thierri descendirent dans la cour où les chiens des deux meutes, frissonnant d'impatience, humaient l'air et agitaient leurs queues. La brume ne s'était pas encore dissipée ; le ciel au-dessus de la forêt était rose et rose était le mur du donjon, mais l'ombre de la palissade était encore si longue qu'elle noyait hommes et chevaux — seules les têtes des cavaliers en émergeaient, rayonnantes.

Le cor sonna l'appel et la lourde porte grinça sur ses gonds. « Dieu nous aide dit Ansiau en se signant. Je vous souhaite à tous une belle chasse, seigneurs. J'espère que ma forêt vous fera honneur. »

En hôte courtois il laissa passer devant lui Manesier, puis Erard. Lentement le jeune homme s'avançait sur son cheval gris pommelé, la tête haute comme toujours ; il tourna la tête vers Ansiau, et le fixa longuement, les yeux dans les yeux ; il y avait dans ce regard une espèce d'insistance moqueuse et hostile qui surprit le baron. Il fut tenté de dire : « Vous n'avez jamais vu mon nez ? » mais se retint, car il ne voulait pas être brusque envers son hôte. En route, pourtant, il dit à Manesier : « Mon beau-frère Erard est un chevalier de grande valeur, mais il n'est pas d'humeur gaie. Je n'aime pas sa façon de regarder les gens. »

Manesier, qui aimait beaucoup Erard, répondit que le jeune homme avait une vie dure auprès de son frère, et qu'on serait aigri à moins. Le vieux Hue ne lui donnait ni chevaux ni vêtements, et faisait des démarches auprès du vicomte pour le dépouiller de sa part d'héritage.

— Voilà un mauvais frère, dit Ansiau. Mais je m'étonne qu'Erard s'en soucie tellement. Il est très beau : il fera sûrement un riche mariage.

— Si cela ne dépendait que des femmes, il les aurait toutes, dit Manesier, mais il y a encore les parents et le vicomte. Et pour obtenir du vicomte une riche héritière il faut lui faire des présents en conséquence, comme vous le savez bien. Et le pauvre Erard n'a pas seulement de quoi nourrir son cheval.

En rentrant, peu après none, les chasseurs s'arrêtèrent près de la mare aux brebis. Ansiau demanda à ses deux hôtes comment ils avaient aimé la chasse ce jour-là. « C'était à croire que le gibier avait été mis là exprès pour moi, dit Manesier, tant j'en ai abattu », et Erard sourit de toutes ses dents. « J'aime beaucoup chasser sur les terres de mon beau-frère de Linnières, dit-il. Il n'y en a pas de meilleures. » Et Ansiau se sentit encore une fois gêné car il y avait quelque chose de provocant dans la voix vibrante du jeune homme.

Et pendant le repas le jeune homme fut gai et animé et le baron se dit : « Il est loin d'être déplaisant. » Mais il ne pouvait pas voir de sang-froid ces tranquilles yeux bleus qui se posaient sur lui de temps en temps. Il croyait y voir du mépris — mais comme Erard n'avait aucune raison de le mépriser, il ne comprenait pas ce qu'il pouvait lui vouloir.

La dame s'était levée ce jour-là toute brisée et triste à mourir. Elle se disait que tout allait sens dessus dessous dans la maison, que les valets étaient encore ivres et dormaient, que les servantes avaient délaissé leur travail, que les bêtes n'étaient pas surveillées, et Dieu sait combien de farine, d'épices, de raisin sec avait été volé et gaspillé faute de surveillance. Un seul jour de repos. Et voilà qu'il fallait le payer cher.

C'était elle, la dame de Linnières, qui avait couru comme une folle vers le jardinet pour se jeter dans les bras d'un hôte de son mari ? Elle, la fille de Joceran de Puiseaux, la petite-fille de Gui de Marseint ; une si noble femme, et qui avait si bien su garder sa vertu pendant l'absence de son baron ; et maintenant qu'il était là elle s'abandonnait à un autre, comme exprès par mépris pour lui ?

Assise sur un banc couvert de tapis, sous les fenêtres de la salle, elle occupait les dames de Hervi et de Coagnecort en jouant avec elles à la bague et en leur montrant les ouvrages de broderie qu'elle avait faits dans l'année. Elle avait fait vœu de donner une chasuble brodée d'or à l'église Sainte-Marie-des-Anges si son baron revenait sain et sauf, et pour avancer l'effet du vœu elle avait si bien commencé la chasuble qu'elle était presque terminée ; les dames l'admirèrent beaucoup, car aucune d'elles ne savait si bien broder. Aalais avait toujours été fière de son habileté. Ce jour-là elle pensa qu'elle était vraiment la plus noble en tout ; et voilà qu'il lui arrivait une chose aussi laide. C'était grand dommage.

Pourtant, ces femmes-là, est-ce qu'elles étaient sans péché ? Non, sûrement elles ne l'étaient pas, pourquoi seraient-elles plus fermes qu'elle ? Chacune devait avoir dans son passé un écuyer, ou un ménestrel, ou un chevalier de passage (et plus d'un, peut-être). Il fallait être Irma pour faire parler d'elle. Des autres on ne parlait pas, et d'elle non plus personne ne saurait rien — elle et Erard seraient bien les seuls à le savoir — et elle se garderait bien de confesser la chose au chanoine de Sainte-Marie de Hervi. Elle devrait trouver un prêtre pèlerin de passage au pays et elle lui donnerait un besant d'or pour son église. Sa faute s'en irait ainsi au loin dans quelque couvent de la Lorraine ou du Languedoc, et personne n'en entendrait parler. Elle était bien décidée à ne plus être faible : Erard avait eu d'elle tout ce qu'il pouvait désirer, et déjà il la dédaignait, puisqu'il était parti pour la chasse sans la revoir. Elle lui dirait :

« Bel ami, je vous ai bien prouvé que je vous aimais ; maintenant je veux vous prouver que je suis noble femme : je ne veux plus faire de tort à mon seigneur. » Et ces paroles la rendirent si contente d'elle-même qu'elle oublia presque ses regrets et sa tristesse, pour ne plus songer qu'au plaisir de les dire à Erard.

Pendant le repas, la dame n'osa pas trop regarder du côté d'Erard, mais elle fut charmante avec le baron : d'abord parce qu'elle voulait pour de bon rester fidèle et réparer ses torts, et ensuite parce qu'elle voulait exciter la jalousie d'Erard.

Après le repas il y eut des danses comme la veille, et les chevaliers et leurs dames dansaient les premiers accompagnés du chant des jeunes filles et des écuyers assis par terre et sur les bancs. Il y avait six paires de danseurs et la danse était une danse à figures, très compliquée, avec mouvements par rondes et par couples. Le baron était bien le meilleur danseur de tous, pour l'adresse comme pour l'entrain : il battait des mains, faisait claquer ses doigts, et évoluait avec une légèreté surprenante chez un homme de sa taille.
— C'était beau à voir, dans l'ombre chaude des deux tilleuls près du puits, ces couples tournant et se séparant au rythme du refrain, les dames en robes claires alternant avec les cavaliers vêtus de longues tuniques de couleurs vives — le grand bliaut rouge du baron, l'habit bleu d'Erard, les robes rayées de vert et de rouge des frères de Hervi — tous changeaient de partenaires à chaque couplet, on eût dit une guirlande de rubans s'entrelaçant et s'entrecroisant sans cesse.

Le baron avait laissé la dame à Erard pour danser avec Claude, et les deux cousins s'entendaient à merveille, car ils étaient aussi férus de danse l'un que l'autre. Claude finit par déclarer tout haut que son cousin était le plus bel homme de la compagnie. Ansiau éclata de rire et dit qu'elle voulait sans doute rendre jaloux son amoureux.

La jeune fille répondit : « Je n'ai pas d'amoureux. »

Son cousin demanda : « Alors, pourquoi devenez-vous toute rouge ? »

Elle dit : « C'est que j'ai chaud. »

Le baron dit qu'il savait bien pourquoi elle avait chaud et que son beau-frère Erard y était sûrement pour quelque chose.

« Oh ! je me moque bien de lui », dit la jeune fille. Mais ses yeux se tournaient sans cesse vers la tête blonde du jeune chevalier.

Quand ils se retrouvèrent de nouveau, Aalais cligna de l'œil et dit à la jeune fille : « Prenez garde. »

— A quoi ? demanda-t-elle.

— Au beau-frère. C'est un rude chasseur.

— Et je suis gibier plus adroit que lui, dit Claude en riant.

— Ne soyez pas si sûre. Vous savez que je ne plaisante pas avec ces choses-là.

Claude prit un air vexé pour dire :

— Vous savez que je suis de bons père et mère.

La dame et Erard dansaient ensemble, et la dame y prenait grand plaisir, oubliant toutes ses tristes pensées. Elle se contenta de dire au jeune homme que lorsqu'un chevalier a obtenu l'amour de sa dame il ne s'en va pas à la chasse le lendemain. Erard répondit qu'il l'avait fait pour ne pas exciter de soupçons. « Allez, je vous connais bien, vous trouverez toujours une excuse », dit Aalais. Puis elle donna la main à Manesier et Erard partit avec sa belle-sœur Bertille.

Or, Bertille n'avait que dix-huit ans et était très mince de taille et elle avait l'air de sourire beaucoup trop à Erard. Aussi, au tour suivant, la dame prit-elle un air distant et réservé qui fit pâlir le beau sourire de vainqueur sur les lèvres du jeune homme.

— Dame, vous ne me regardez pas comme vous le devez.

— Et je ne vous dois rien, seigneur chevalier.

— Dame, si vous avez changé à mon égard, que Dieu vous punisse. Je ne l'ai pas mérité.

Aalais ne répondit rien, très occupée par le pas de la danse. Puis, quand elle se retourna vers son partenaire pour lui donner la main elle lui vit un regard si dur qu'elle en fut effrayée. Il dit : « Si vous avez changé, je sais à cause de qui. »

La dame répondit : « Vous n'avez rien à dire contre mon seigneur juré. »

Erard se pencha et lui dit presque à l'oreille : « Judas. »

Aalais allait libérer sa main pour riposter par un soufflet, mais se maîtrisa, et se contenta de pincer de toutes ses forces la paume de son ami ; lequel se mordit les lèvres de douleur, et se vengea en broyant les doigts de la dame de telle manière qu'elle faillit se trouver mal et déclara tout haut qu'elle ne voulait plus danser parce qu'elle était fatiguée.

Alors ce fut au tour des jeunes écuyers et des jeunes filles de montrer leur adresse à la danse. Le baron vint s'asseoir sur le banc à côté de sa femme et dit qu'il ferait donner une coupe de clairet au couple qui danserait le mieux. Il était excité, heureux d'avoir passé une belle journée, et quand ses yeux se portèrent sur la dame, toute rose, toute chaude avec ses grandes lèvres ouvertes comme une fleur au soleil, il se demanda ce qu'un homme peut vouloir de plus dans sa vie. « Comme elle a embelli, pensait-il, jamais elle n'a été ainsi. » Il lui passa le bras autour des épaules.

Aalais tressaillit bien malgré elle. Ce bras de maître la gênait, sans le vouloir elle se retourna vers Erard, qui était assis par terre à la turque, aux pieds de Claude. Elle vit qu'il avait un visage tout blême, tout tendu, comme celui d'un homme qui souffre d'une rage de dents, et elle lui pardonna tout ce qu'elle pouvait avoir à pardonner. Doucement elle se libéra du long bras lourd d'Ansiau, disant qu'elle avait déjà bien assez chaud. Le baron la regarda de côté, un peu surpris par ce manque de courtoisie, mais ne dit rien, et, posant ses coudes sur les genoux, se remit à admirer les danseurs, frappant des mains en cadence et chantant lui-même le refrain de sa voix très grave qui faisait quelque dissonance au milieu des autres.

La nuit fut belle et chaude. Hôtes et maîtres montèrent dans la salle du haut pour s'y étendre sur les lits aspergés d'eau de lavande et jonchés de bouquets d'herbes fraîches. Les bruits de la cour baissaient peu à peu et le chant des sauterelles commençait à parvenir au château par bouffées, coupé par les ronflements, les grincements des lits, les grognements des chiens.

Aalais pensait que des deux hommes c'était Erard qui l'aimait le mieux, puisqu'il était jaloux, et qu'elle avait bien raison de l'aimer. Et lorsqu'il lui fallut répondre aux caresses du baron elle le fit très à contre-cœur, mais n'osa pas se défendre, car il était un peu gris. Mais ensuite, elle se trouva si malheureuse qu'elle ne put retenir ses larmes ; et plus elle pleurait plus les larmes lui affluaient aux paupières, si bien qu'elle en eut le visage tout mouillé, s'essuya avec ses mains et avec ses cheveux, mais les larmes coulaient toujours. Ansiau finit par s'en apercevoir et lui demanda pourquoi elle pleurait. Elle dit qu'elle n'en savait rien, car elle avait la tête trop dérangée pour trouver une raison plausible. Alors Ansiau devint vraiment inquiet : « Dame, on ne pleure pas sans raison. Je sens là que vous avez les joues toutes couvertes de larmes. Vous devez tout me dire, vous ne devez rien me cacher.

— Mais non, mais non, baron, je vous jure, ce n'est rien.

— Amie, ce n'est pas bien. Il ne faut pas vous défier de moi. Je suis là pour vous protéger. Si quelqu'un vous a fait du mal vous devez me le dire. Vous ne devez pas avoir peur de moi.

— Personne ne m'a fait de mal, baron.

— Alors c'est à cause des enfants. Avez-vous trouvé que l'un d'eux est malade ? Ce serait mal de me le cacher, et je le saurai toujours tôt ou tard.

— Oh ! non, qu'allez-vous dire là ! Il ne faut pas dire ces choses-là. Personne n'est malade, Dieu merci ! Si je vous dis que je pleure pour rien, c'est que je pleure pour rien. Ce n'est pas mon habitude de mentir.

— Dame, je suis sûr que quelqu'un vous a fait de la peine. Si vous ne voulez pas nuire à cette personne, je vous promets de ne pas lui faire de mal. Mais il faut quand même me le dire, sans cela je ne dormirai pas tranquille.

— Laissez-moi, baron, vous voyez que je ne pleure plus. J'étais très lasse, c'est tout.

Là-dessus elle enfouit sa tête dans les oreillers et ne bougea plus, se mordant la main pour ne pas laisser échapper les sanglots qui l'étouffaient. Le baron ne voulait pas l'interroger plus longtemps. Mais il était quand même attristé par le manque de confiance qu'elle lui faisait voir.

Il s'assit sur le bord du lit, plongea ses doigts dans ses cheveux — trop épais depuis le coup de rasoir — et se mit à se gratter la tête comme un homme dans l'embarras. Voilà qu'il était revenu sain et sauf de Dieu seul sait quel enfer, qu'il trouvait sa maison et sa terre en bon état, sa femme et ses enfants en bonne santé, ses hommes fidèles et dévoués, ses voisins pleins de courtoisie. Et la dame arrivait à être malheureuse avec tout cela : jamais avant la croisade elle n'avait pleuré de cette façon. Il s'était cru heureux comme un saint. Et maintenant il lui revenait à l'esprit l'histoire trop connue et si souvent contée du chevalier qui reste si longtemps en Terre sainte qu'il perd l'amour de sa dame.

Elle devait l'attendre sept ans. Et pourtant, il voyait bien qu'elle ne l'aimait plus comme avant. Et d'ailleurs, il se rendait bien compte qu'il l'avait mérité. Une femme de si haut prix et de si bonne race, pensait-il, aurait pu trouver mieux en fait de mari. Il n'avait jamais cherché à plaire, mais à prendre : voilà que lui, tout noir de soleil et de vent, le corps tout caleux, tout tanné par les coups de fouet et les morsures de moustiques — ce corps de gueux traîné par des marchés d'esclaves et des galères — voilà qu'il était accueilli par un lit à draps et par une dame au corps blanc et plus doux à toucher qu'une fleur, bien lavé et sentant la lavande — si noble et si net et sans souillure. Maintenant il se reprochait d'avoir trop facilement profité de ses droits. Elle ne devait pas être fière d'un mari revenu au pays nu-tête et pieds nus ; s'il avait mérité par là le pardon de ses péchés, il n'était pas prouvé qu'il méritait l'amour de la dame. Il avait su supporter sans trop se plaindre la faim, les coups, le soleil torride — la misère n'a rien d'humiliant si elle est acceptée pour l'amour de Dieu. Mais il ne croyait pas qu'une femme, même noble, puisse bien le comprendre. Il était tout naturel qu'elle fût humiliée d'avoir un mari plus pauvre que les autres, de voir d'autres dames mieux vêtues qu'elle, parce qu'elle était fière et voulait être la première partout.

Et pour la première fois de sa vie Ansiau regretta amèrement d'être rentré au pays les mains vides, alors qu'il y avait outre-mer tant de belles soieries tissées et brodées d'or, tant de mousselines, d'orfrois, de voiles transparents, de colliers et de pendants d'oreilles, de bagues et de bandeaux pour la tête. Il y avait vu de si belles choses que les yeux lui en faisaient mal à force d'admirer — dans les boutiques des quartiers marchands d'Acre et de Jérusalem : des broderies de bêtes et de fleurs s'entrelaçant aux feuilles de couleur vive et aux fils d'or ; des pendants d'oreilles en saphir et en améthyste qui feraient si bien ressortir l'éclat des joues

375

de la dame et la couleur de ses yeux. Et quel respect une femme peut-elle avoir pour un homme qui n'a même pas de quoi payer son haubert ?

Elle ne bougeait plus, sa respiration était égale comme celle d'une personne endormie, mais Ansiau savait distinguer à dix pas le sommeil feint du sommeil vrai. Il dit : « Dame. » Elle ne répondit rien. Il n'insista pas, comme un homme en faute, se disant qu'elle était quand même bien dure.

« Que faire, pensait-il, pour ravoir son amour ? » Il n'est pas beau d'user d'une noble femme par force et contre son gré. Et pourtant, il ne voyait pas trop ce qu'il pouvait faire, le tort de déplaire étant, de tous, le plus difficile à réparer. Et pourquoi, par saint Thiou, pouvait-elle pleurer comme si son cœur se brisait ? Les femmes, pensait-il, sont difficiles à comprendre, bien trop délicates pour nous autres hommes.

Au matin, ce fut le départ général pour la chasse. Cavaliers et meutes de chiens dévalèrent sur le pré devant le château et s'égaillèrent sur les routes dans les directions de Seuroi et de Bernon. Les dames, par peur d'abîmer leurs vêtements, prirent la route de Flogny, moins boueuse que l'autre, pour rejoindre ensuite la battue en montant par la chapelle de la Vieille-Forêt. Erard de Baudemant, Garin de Linnières, Renaud, le fils de Haguenier et encore deux écuyers s'offrirent d'accompagner les dames, et Ansiau se dit que cette société convenait mieux à Erard que l'autre. Bien serré dans sa veste de cuir roux, son manteau bleu jeté par-dessus l'épaule, son faucon bleu sur son gant gauche,

Erard caracolait et se pavanait devant les dames, et faisait admirer son adresse en lançant son cheval pardessus la haie de l'enclos aux taureaux, en l'arrêtant brusquement, et en cueillant des branches de chêne en plein élan. Ansiau était tellement irrité par ces grâces insolentes de jeune coq qu'il avait peine à ne pas insulter le jeune homme. Jamais personne ne lui avait inspiré autant de mépris. « Quel baladin, pensait-il. Se mettre en frais pour montrer aux dames qu'il a un beau corps. » Une note provocante dans le rire admiratif d'Aalais le fit se raidir et se mettre aux aguets, comme un cheval qui sent l'approche de l'ours. Mais il songea si peu à être jaloux qu'il se dit seulement : « Si ce gaillard-là ose toucher à Claude, je lui coupe les deux oreilles. »

Les deux troupes se séparèrent de bonne heure. Celle des dames chevauchait par des prés coupés de bosquets de bouleaux et d'ormes, et avançait très lentement, lançant des faucons, revenant sans cesse en arrière, s'occupant beaucoup plus à bavarder qu'à chasser. Seules les jeunes dames étaient de la partie : Lucienne, femme de Manesier, Bertille de Baudemant, Claude de Linnières et la dame du château. Aalais se croyait, comme toujours, la plus jolie de toutes, mais elle savait bien que Claude et Bertille étaient plus minces qu'elle, et qu'elle avait déjà vingt-cinq ans. Ce jour-là contre l'ordinaire, la chasse l'occupait fort peu : elle mangeait des yeux son Erard, si bien qu'elle savait à peine où elle chevauchait, et ne lâchait pas son faucon. Il était si beau. Et ces femmes paraissaient le regarder si tendrement. Et il leur souriait de ses blanches dents, comme il lui souriait à elle.

« Cette Bertille, pensait-elle, est bien effrontée. Elle ne le laisse pas en paix. Pour une femme mariée, c'est honteux. » Et tout d'un coup à l'air impudent et tranquille avec lequel Erard prit le bras de sa belle-sœur, Aalais comprit qu'il était fort intime — et depuis quelque temps déjà — avec la jeune femme de son vieux frère. Elle vit rouge. Elle fit approcher son cheval de celui d'Erard et lui dit :

— Vous ne vous ennuyez pas, seigneur chevalier.

Il répondit qu'au contraire il s'ennuyait beaucoup de n'être pas seul avec elle. La dame se redressa.

— Vous ne le serez jamais, sur mon honneur. Ne m'en parlez plus.

— Si, je veux vous en parler ! Donnez-moi une raison.

— Mon seigneur me plaît mieux que vous, voilà tout, dit-elle, et elle lâcha la bride de son cheval qui partit en avant.

Elle était sûre d'avoir touché Erard au vif, et cette certitude lui causait un plaisir amer. Elle se demandait comment il allait la punir maintenant.

Il la punit en effet en ne lui parlant plus jusqu'à la halte près de la chapelle ; la compagnie s'arrêta pour se reposer et se rafraîchir. Un des valets avait sur sa selle un sac où l'on avait mis les provisions, du pain, du fromage et de la viande salée, et aussi deux coupes que les jeunes gens s'empressèrent d'aller remplir d'eau au ruisseau. Après avoir mangé, les dames déclarèrent qu'elles voulaient rester là encore pour digérer et s'installèrent confortablement sur l'herbe non encore fauchée, après avoir desserré leurs ceintures. Alors Garin de Linnières demanda si le chevalier de Baudemant ne voudrait pas raconter une histoire pour faire passer le temps, et les jeunes femmes battirent des mains en disant qu'Erard était très beau conteur et qu'il devait leur faire ce plaisir. Erard se fit un peu prier, comme il convient, puis enfin il passa les deux mains dans ses cheveux, pour les ramener en arrière, promena autour de lui son regard provocant comme toujours, et commença :

— Voilà une histoire vraie d'un bout à l'autre, et je la tiens d'un ami à moi qui a beaucoup voyagé. Écoutez donc : Il y avait une fois à Toulouse une très belle et très courtoise demoiselle ; son père était bouteillier du duc Richard de Poitiers, fils du roi d'Angleterre. Et quand cette demoiselle fut en âge de se marier, son père la donna à un noble chevalier du pays, et ils s'aimèrent beaucoup, comme il se doit. Mais il arriva que l'ami de la dame partit en Terre sainte, et la dame resta seule, et fut sans nouvelles de lui pendant trois ans ; et elle en avait chagrin et douleur et craignait déjà qu'il ne fût mort. Et comme elle était toujours triste, son père la mena à la cour du comte Richard, où se trouvaient à ce moment-là tous les hauts barons du pays, et les plus belles dames, la reine Aliénor, et la comtesse Marie de Champagne, fille du roi Louis, notre noble dame, et beaucoup d'autres qu'il serait trop long de nommer ; mais de toutes, la dame dont je parle était la plus belle.

« Or il y avait parmi les chevaliers du comte Richard

un jeune homme assez noble et assez brave dont je ne sais pas le nom. Mais ce que je sais, c'est qu'il vit la dame, et se mit à l'aimer si fort qu'il n'en put plus ni manger ni dormir. Ce chevalier était assez bien de sa personne et il avait tant de bonheur que toutes les dames qu'il désirait venaient le trouver d'elles-mêmes ; mais après qu'il eut vu cette dame dont je parle, il ne voulut voir aucune autre femme, car elles étaient toutes devenues laides pour lui. »

« Voilà un menteur », pensa Aalais, flattée malgré tout.

— Eh bien, il vint trouver la dame, et la pria d'amour très courtoisement et comme il faut. Mais la dame était dure et fière et dit qu'elle voulait rester fidèle à son seigneur. Le chevalier en fut très affligé, car il voyait bien qu'il ne pouvait pas vivre sans cette dame. — Il voit donc qu'il lui faut mourir s'il ne peut pas avoir son amour, et il continue à la prier et à la supplier, si bien que la dame commence à l'écouter sans colère, mais ne veut toujours pas l'aimer.

« Or, il y avait alors à Troyes, ou plutôt à Toulouse, un chevalier anglais qui paraissait à tous les tournois, et qui était si grand et si fort que personne n'osait le combattre seul à seul, et voici pourquoi : de sa lance il donnait des coups si forts que les gens qu'il frappait étaient toujours tués ou estropiés. Il ne le voulait pas, mais il ne pouvait s'en empêcher, si grande était sa force ; il n'était pas mauvais chrétien et battait sa coulpe et se repentait chaque fois qu'il tuait un homme ; mais ces pauvres chevaliers n'en étaient pas moins morts.

« Et voilà que la belle dame dit un jour à son chevalier : "Bel ami, si vous m'apportez les armes de ce baron anglais, vous aurez mon amour." Elle pense bien qu'il refusera car l'Anglais est deux fois plus large que l'autre et il a plus de quarante ans tandis que le chevalier n'en a pas vingt-cinq. Et c'est en effet une grande folie de demander une chose pareille à un homme, par simple légèreté de femme. Et le chevalier eût bien fait de refuser. Mais il aime tant la dame qu'il ne peut plus y tenir, et il ne veut pas passer pour couard. Il va donc préparer ses armes, se confesse et communie et prie bien Dieu et Notre-Dame pour avoir la victoire, car s'il est fait prisonnier, jamais il ne pourra se racheter et s'il est tué il risque bien de ne pas aller en Paradis.

« Et au tournoi, quand le baron anglais s'avance dans la lice, le chevalier dont je parle lui jette son gant et le provoque, au grand étonnement de l'assistance. Si la dame a peur pour lui, je n'en sais rien. A deux reprises l'Anglais le frappe et lui casse son écu en deux. Mais au troisième coup, avec l'aide de Dieu, le chevalier prend tant d'élan et frappe si bien que l'Anglais vide les étriers et vole par terre et y reste sans bouger. Il faut plus d'une heure pour le ranimer.

« Voilà le chevalier très loué et très prisé de tous et il en est très content, mais plus encore à cause de la dame. Il prend le jour même les armes de l'Anglais et va trouver la dame qui habite une belle tente de soie rouge toute pleine de tapis et de coussins. La dame est si belle qu'il manque de se pâmer. Et pour le recevoir, il faut dire qu'elle le reçut bien, puisqu'elle voyait qu'il s'était exposé pour elle. Mais en femme qu'elle était, elle lui accorda tout sauf ce que justement il voulait le plus. Elle avait honte, dit-elle, à cause de sa parenté. Il me semble qu'elle aurait dû y penser avant de rien promettre, mais le chevalier pensait autrement : donc, elle le supplia tant et si bien d'épargner sa vertu qu'il s'y laissa prendre, et qu'il l'aima mieux qu'il ne s'aimait lui-même. Et voyez ce que cette dame lui demanda comme preuve de son amour : elle lui demanda de la quitter et de ne plus la voir pendant six mois ; si pendant six mois il lui restait fidèle, elle lui accorderait son amour et l'épouserait — à moins que son seigneur ne revienne avant. »

— Je suis sûre, s'écria Claude, que le seigneur est revenu ! C'est ce qui arrive toujours dans ces histoires.

— Et dans la vie aussi, et c'est bien dommage. Donc, comme je vous le disais, le chevalier s'est laissé prendre aux belles paroles de la dame comme une mouche par du miel, et quitta Toulouse pour rentrer dans son manoir et je vous laisse à juger si le temps lui paraissait long. Il souffrit un dur martyre, de jour et de nuit, ne trouvant ni place ni repos. Mais les six mois ne sont pas encore écoulés et voici que le baron de la dame revient de Terre sainte. Quand le chevalier l'apprend, il s'évanouit de douleur. Il en a une telle peine qu'il est comme fou. Mais comme il lui faut mourir s'il n'obtient l'amour de la dame, voici ce qu'il trouve à faire : il va voir un de ses parents qui connaît fort bien le chevalier de la dame, et lui demande de le mener voir ledit chevalier (sans toutefois nommer la dame, ni en parler). »

Là Erard s'arrêta et demanda à un des écuyers de lui apporter de l'eau à boire. Aalais, assise un peu à l'écart, tressait une couronne de boutons d'or et de marguerites et n'osait ni bouger ni lever les yeux. Les souvenirs de Troyes l'inondaient et la submergeaient et elle souriait de bonheur en pensant qu'Erard l'avait quand même bien aimée, le pauvre — encore qu'elle fût sûre qu'il ne s'était jamais évanoui de douleur : c'était bien de lui de raconter de pareilles folies. Mais comme il se taisait et ne poursuivait pas son récit, elle leva la tête. Il vida la coupe d'eau, lentement, et la rendit à l'écuyer.

— Eh bien, et votre histoire ? demanda le jeune Renaud de Hervi.

— Vous êtes trop curieux, jeune homme. Il est temps de partir, le soleil est bien haut.

Bertille de Baudemant dit qu'il fallait d'abord finir l'histoire.

— Si la dame de Linnières me le demande, je la finirai, dit Erard.

Aalais s'était remise à tresser sa couronne et ne disait rien.

— Oh, oui, cousine, demandez-le, cria Claude, allez, Garin, dites-lui qu'elle demande ! Belle cousine, voyons !

Aalais leva les yeux et dit doucement :

— Pourquoi vous occuper de moi, beau seigneur ? Vous voyez bien que toutes les autres dames le veulent bien.

— Ah ! c'est bon, dit Erard, en relevant le menton. Vous l'aurez donc, la fin, mais en peu de mots, parce qu'il est tard. Où en étais-je ? Le chevalier revint à

Toulouse et y trouva la dame avec son baron. Et le lendemain même de son arrivée il fit tant et si bien que la dame lui accorda un rendez-vous seul à seule dans un beau jardin de cerisiers et de roses. Et là ils eurent beaucoup de joie et de plaisir, comme vous pensez, et je vous jure que le plus content ne fut pas le chevalier. Il croyait donc être bien sûr de l'amour de cette femme.

« Mais cette femme était fausse et menteuse, comme vous allez bien en juger : le lendemain elle dit au chevalier qu'elle n'aimait que son baron (ce qu'elle avait bien prouvé la veille, à ce qu'il me semble). Maintenant, pour le baron, je ne sais quel homme c'était, mais je crois qu'il ne devait pas valoir grand-chose, puisque sa femme lui avait gardé sa foi pendant qu'il était absent et s'était empressée de le tromper sitôt revenu. Et pour le chevalier, d'autres diront qu'il avait tort de se mettre martel en tête pour une femme aussi légère. Mais je crois qu'il ne devait pas supporter un affront pareil sans se plaindre ; et peut-être était-il amoureux plus que de raison, ce qui n'était pas de sa faute. Il chercha donc à reprendre la dame. Et maintenant, dites-moi, qui des deux avait le plus droit d'être aimé de cette femme : celui qui avait su la gagner ou celui qui n'a pas su la garder ? »

Aalais se sentait comme une criminelle au pilori et ne savait que faire pour retenir les larmes de pitié et de remords qui l'étouffaient. Bertille de Baudemant rompit la première le silence : « Voilà une bonne histoire. Mais elle n'est pas finie. »

Erard dit : « C'est à vous autres de la finir. »

Alors Garin de Linnières dit en riant que puisque ni l'un ni l'autre de ses galants n'avait su la satisfaire, la dame n'avait qu'à en prendre un troïsième, qui réussirait peut-être mieux que les deux autres. Cette solution provoqua beaucoup de gaieté, mais les dames la trouvèrent trop hardie. Renaud de Hervi déclara que le chevalier était seul à blâmer dans cette affaire : il devait plutôt se soumettre aux volontés de sa dame et chercher à la gagner à force de patience.

— Non, dit Claude, c'est la dame qui avait tort : il ne faut pas changer d'avis si facilement.

Et Bertille ajouta :

— C'est certain. Le jeune homme l'avait bien gagnée ; et on ne refuse pas le harnais après avoir donné le cheval.

— Eh bien, s'écria alors Aalais en laissant tomber sa couronne de fleurs sur ses genoux, il faut que je dise mon mot aussi : ce n'est pas courtois de la part de dames de donner tort à la femme. Et il s'agit surtout de savoir si le chevalier était aussi fidèle et aussi malheureux qu'on le dit ; et s'il avait été noble et loyal, il ne se serait pas permis de blâmer sa dame.

Bertille la regarda un peu de travers, se demandant sans doute si Aalais n'était pas la dame en question ; mais ces soupçons-là sont de ceux qu'on garde pour soi et la pauvre Bertille avait trop de raisons d'être discrète.

La compagnie chevauchait par la route boisée vers Seuroi, s'égaillant dans les taillis et les sentiers. La dame eut tôt fait de rejoindre Erard, et cette fois-ci elle ne lui laissa pas le temps de parler.

— Païen, menteur que vous êtes ! De quoi venez-vous vous plaindre ? Vous voulez me perdre ? Je ne vous ai pas assez prouvé mon amour ? Que voulez-vous de plus ? Que je me traîne à vos genoux ? Que je vienne à votre lit ?

Dans les yeux du jeune homme il y avait de la rancune.

— Vous m'avez dit que vous aimez mieux votre baron.

— Et quel innocent êtes-vous pour le croire ? Moi qui vous ai tout laissé faire comme une folle — moi qui pleurais tant à cause de vous cette nuit.

— Pourtant, vous n'êtes pas venue au jardinet. Je vous ai attendue.

La dame ouvrit de grands yeux.

— Mais je ne pouvais pas. C'est trop dangereux.
— C'est vous qui êtes trop lâche.
— Ce n'est pas pour moi que je crains.

Elle dut pourtant prouver sur-le-champ qu'elle n'avait pas peur en s'écartant de la compagnie et en montant avec son ami jusqu'à la clairière des fées où elle était sûre qu'aucun chasseur ne voudrait s'aventurer. Ils attachèrent leurs chevaux au vieux chêne, et Aalais regardait avec effroi les grosses pierres blanches qui émergeaient de l'herbe haute, sournoises, malveillantes. C'est là que Flora venait encore danser toute nue et appeler les démons. Les mouches bourdonnaient, les corbeaux fendaient l'air lentement, lourdement, avec de longs cris rauques qui paraissaient venir de très loin. Couchés dans l'herbe, serrés, mêlés, liés, bouche contre bouche, les deux êtres de chair étaient devenus aussi graves et aussi simples que les pierres, l'herbe et l'air torride. La forêt vivait sa vie éternelle sans se soucier d'eux. Seul le son du cor arrivait parfois du côté des marais.

— ...Celui qui a su vous gagner ou celui qui n'a pas su vous garder ? une voix tout enrouée, tout ivre d'orgueil repu, de joie sans pudeur. Aalais répondit par une avalanche de baisers.

— Celui qui m'a gagnée. Me voilà votre servante à jamais. Je ne vous demande qu'une seule chose pour l'amour de moi, ami, frère. Jurez-moi de ne plus parler aux autres dames qui sont ici.

— Comment le faire sans éveiller de soupçons ? Je ne pourrai pas.

— Je connais mon baron. Ce n'est pas lui qui se doutera de rien. Chaque fois que vous souriez à une dame, vous me retournez le couteau dans le cœur. Par pitié pour moi, ne le faites plus. Ou je serai de nouveau mauvaise avec vous, c'est plus fort que moi.

— Eh bien, je vous promets. Tout ce que vous voulez. Je me soucie bien d'elles.

Elle lui caressait le front et les cheveux.

— Moi qui vous aime tant. Et pourtant, écoutez : vous êtes le bon ami de la femme à votre frère. Je l'ai bien vu.

Erard cracha d'un air de dégoût et haussa les épaules. La dame se mit à rire, puis fronça les sourcils et dit : « Prenez garde de ne pas cracher ainsi sur moi, un jour. Je le saurais. Et je me vengerais.

— Oh, vous... » Il était tout béant d'admiration — c'était la première fois qu'elle le voyait s'abandonner ainsi. Il avait rajeuni, il avait des yeux profonds et sombres.

— Si vous saviez comme je la méprise. Elle s'est jetée à ma tête et maintenant elle me court après comme une chienne. J'ai beau ne pas aimer mon frère, j'en suis vexé pour lui.

— Que sais-je ? Elle est plus jeune que moi.

— Oh ! Cela m'est bien égal. Vous êtes la première que j'aime pour de bon. Jamais avec aucune autre je n'ai connu ceci. Et il faut justement que vous ayez déjà un baron. Et après tout, que vient-il faire là ? Dites-moi : il est lépreux, ou galeux, ou impuissant ? Il n'a pas su vous tenir : ce n'est pas de ma faute, ni de la vôtre. Il n'avait qu'à mieux voir.

Aalais dit :

— Ne parlez pas de lui.

— Eh oui, il n'avait qu'à mieux voir. Quand on est un homme on se défend, que diable ! Sinon, on n'a pas à se plaindre. Il est vrai qu'il n'a pas grand-chose en fait de figure. Mais si jamais nous en venons aux mains, vous verrez si je ne lui enlèverai pas ce qui lui reste de son nez.

— Je ne veux pas que vous disiez cela.

— Pourquoi ? Pourquoi ? Pourquoi ? Si vous m'aimez, vous devez le détester. Vous n'êtes pas loyale envers moi.

— ...Mon Dieu, dit la dame en voyant un soleil d'or fauve raser les cimes des arbres, ils doivent rentrer de chasse à cette heure-ci. Nous voilà dans de beaux draps.

Erard devint tout pâle et se mordit les lèvres.

— Comment nous tirer de là ? Il faut les rejoindre au plus vite. J'entends sonner les cors du côté de Bernon.

— Ce sont ceux du baron et du cousin Girard, dit la dame. Allez les retrouver, et moi je rentre droit au château. Dieu, Dieu ! Ils sonnent l'appel pour rentrer. Écoutez : vous avez un bon bout de chemin à faire. Vous prenez ce sentier-là et vous allez droit au soleil, jusqu'au bouquet de bouleaux, là vous tournez à droite, vous suivez le ru et quand vous arriverez au vieux saule, vous prendrez une sente de sanglier qui va sur Bernon ; et surtout ne vous écartez pas à gauche, vous vous enliseriez. Là vous pouvez sonner de votre cor, on vous répondra. Dites-leur que vous vous êtes égaré mais ne parlez pas de la clairière aux fées. Et allez vite.

— Oui. Venez au jardinet ce soir.

— Je viendrai.

— Surtout ne me faites pas attendre pour rien.

— Non, mon bel amour. N'ai-je pas une tête sur mes épaules ? Je trouverai toujours moyen. Allez vite. Adieu.

Erard donna des éperons et partit sans se retourner, assez soucieux et se demandant s'il arriverait à temps pour rejoindre la chasse. Si jamais leur absence à eux deux était remarquée, il ne savait pas trop comment il s'en tirerait. Il n'avait jamais peur quand il s'agissait de recevoir de bons coups, mais à l'idée du déshonneur et de la cour de justice son cœur se serrait dans sa poitrine. Il avançait péniblement par l'étroit sentier, et son cheval manqua plusieurs fois de s'enliser dans la boue du marais, il dut descendre lui-même pour aider la bête à remettre pied sur la terre ferme, si bien qu'il arriva au rendez-vous des chasseurs tout couvert de boue, rouge et les cheveux en désordre. Il fut accueilli par des regards moqueurs et des éclats de rire, que force lui fut de bien prendre. Il dit avoir suivi un cerf et s'être égaré dans le marécage, ce qui n'était guère difficile à croire. « La prochaine fois, lui dit Ansiau, ne vous écartez jamais sans un écuyer qui connaisse la forêt. Il y a des endroits où l'on s'enlise pour de bon. »

Le soir, Ansiau attendit la dame si longtemps qu'il manqua s'endormir. Et de fait, Girard et Richeut dormaient depuis longtemps et tous les bruits de la salle s'étaient apaisés, et la dame ne venait toujours pas. Il commençait déjà à être inquiet lorsqu'il entendit un pas rapide et léger, et la sentit se glisser à ses côtés, un peu essoufflée par la marche.

— Vous ne dormez pas, baron ?

— Non. Où Diable étiez-vous ? Tout le monde dort. Je vous croyais morte.

— J'étais avec les enfants. Girard ne voulait pas s'endormir.

— Voilà une chose que je dois vous dire, dame, ne m'en veuillez pas — mais je crois que vous aimez beaucoup trop Girard. Ce n'est pas bien de le préférer aux autres. Je crois que vous n'êtes pas toujours juste envers Mahaut et les fils de Simon. Et c'est mauvais pour l'enfant, de le gâter à ce point.

— C'est juste, baron, c'est juste. J'ai sommeil.

— Cela ne m'étonne pas. Il ne vous manquait plus que de rester avec Girard jusqu'à matines.

La dame ne répondait pas. Sous ses paupières fermées il faisait jour. Il y avait des lèvres sur ses lèvres — des yeux, des mains — elle était pleine d'Erard, elle en oubliait le baron, les enfants, Dieu, elle-même — rien ne comptait que sa beauté à lui, ses beaux yeux, ses belles dents, ses belles mains qu'elle avait tant baisées. Elle avait envie de rire.

— Vous êtes toute drôle, dame. Il vous arrive quelque chose.

— Non. J'ai sommeil.

Il se dit : « C'est peut-être moi qui ai trop bu », et, de nouveau, comme à l'approche d'un danger, son corps se tendit et se crispa. Une odeur aigrelette et âcre d'homme inconnu flottait là, tout près — mais il crut avoir rêvé, car il n'avait près de lui que son cousin Girard.

Au matin, en regardant sa femme s'habiller, Ansiau demanda tout à coup :

— Où donc est votre bague à perle rose ? Voilà deux jours que je ne la vois plus.

— Sainte Vierge ! s'écria la dame. Je ne l'ai plus à mon doigt ! Je ne l'ai pourtant pas retirée, ami, j'en suis bien sûre. J'ai dû l'enlever avec mon gant, à la chasse. Oh ! Dieu, Dieu ! J'y tenais tant.

— Elle me venait de l'oncle Herbert, dit Ansiau. Une belle bague. Travaillée en Orient. C'est dommage de la perdre.

— Croyez-vous que cela me porte malheur ? demanda la dame, inquiète.

— Mais non, dame. N'y pensez pas. On perd bien autre chose et on ne s'en trouve pas plus mal.

Ce jour-là, il y eut des jeux dans la cour. Aalais ne les regarda même pas : elle pensait que le ciel au-dessus de la forêt était bien noir, et qu'il pourrait y avoir une averse ce soir-là, et elle ne pourrait pas descendre au jardinet ; et cette crainte ne laissait de place dans son esprit pour aucune autre pensée. Mais lorsque, après les jets de pierre, le tir à l'arc et le saut à la perche, les chevaliers parurent à leur tour, montés sur leurs chevaux, elle battit des mains, toute joyeuse à l'idée de pouvoir admirer son ami.

Les jeux faillirent se terminer mal, car Erard, au lieu de croiser les lances pour rire, sans frapper, comme il était convenu, assena au baron un tel coup dans les reins qu'Ansiau, qui ne s'y attendait pas, fut précipité hors de la selle droit dans la boue. Erard prétendit tranquillement ne pas l'avoir fait exprès et ne fit pas un mouvement pour aider son adversaire à se relever : il feignait de maîtriser son cheval.

— Eh bien, beau-frère, lui dit Ansiau, en riant un peu jaune, si vous frappez de tels coups sans faire exprès, il ne vous reste qu'à aller tuer Saladin. Mais il faut apprendre à mesurer vos forces.

Erard dit qu'il n'avait rien à apprendre.

— On ne le dirait pas, répliqua Ansiau, en le toisant avec insolence. Puis il se souvint qu'il parlait à son hôte et se mordit les lèvres. Les jeux continuèrent, mais le baron ne put y prendre part car son côté lui faisait mal et il avait peine à se mouvoir. Il s'assit à la turque aux pieds de la dame, lui prit la main gauche et se la posa sur la tête : doucement, la dame la retira pour se gratter la nuque. Elle se sentait un peu honteuse d'admirer malgré tout la force et l'adresse de son chevalier, et, pour se consoler, répétait d'avance dans sa tête les reproches qu'elle ferait à Erard ce soir-là, sous le cerisier.

Cependant, Ansiau ne se faisait aucune illusion sur le coup qu'il avait reçu : il avait été bel et bien porté exprès, et bien porté. Il se demandait ce que cet homme pouvait avoir contre lui, et après les jeux il vint trouver Erard qui était dans la volière, pour lui parler seul à seul : sa patience était à bout. Erard, occupé à jouer avec deux faucons roux, ne leva même pas les yeux sur le baron de Linnières.

Ansiau lui dit :

— Je vois que vous êtes fauconnier. Ces bêtes vous aiment.

— Il n'y a pas qu'elles, dit Erard, toujours très occupé par ses oiseaux. Il leur caressait le bec et leur riait comme s'il avait été seul en leur compagnie. Puis il leva la main, et un des faucons fit tomber ses ordures sur la manche du baron. Celui-ci se redressa et donna une chiquenaude à la bête.

— Vous êtes maladroit, dit-il à Erard.

— Peut-être.

Ansiau s'efforçait de maîtriser sa colère.

— Écoutez, beau-frère, dit-il. Je n'aime pas vos façons. Vous me prenez pour un imbécile. A votre âge on ne se permet plus de se moquer des gens à leur barbe.

Erard devint tout d'un coup très pâle et demanda :

— Que voulez-vous dire ?

— Je ne veux pas vous offenser, dit Ansiau d'une

voix plus douce. Vous êtes mon hôte. Mais dites-moi : vous ai-je jamais fait du mal ou causé du tort ?

Erard reprit son ancienne arrogance.

— Non, trancha-t-il.

— Je crois que vous n'avez pas aimé feu ma sœur Ala, et vous m'en voulez de ce que je suis son frère ?

Erard dit encore :

— Non.

— Alors qu'avez-vous contre moi ?

— Rien, fit Erard de la même voix cassante.

— Vous ne me parlez pas comme vous devez, dit le baron. Pourquoi ?

Il était maître de lui, à présent, et regardait avec surprise et dédain les belles narines du jeune homme se dilater et se retirer et les coins de la bouche se tordre de haine ; il avait des yeux de chat sauvage aux abois.

— Qu'avez-vous ? demanda Ansiau.

L'autre rugit :

— Je ne vous aime pas !

Ansiau recula un peu, assez blessé par un aveu aussi net.

— Je ne vous demande pas de m'aimer, dit-il. Je ne vous ai pas amené ici de force. Je ne vous retiens pas.

— Vous me chassez ? dit Erard.

— Je ne vous retiens pas. Vous pouvez faire ce qui vous plaît. Je vais donc donner l'ordre de faire seller vos chevaux pour demain.

Erard baissa la tête et dit :

— La maison est à vous.

Ansiau s'attendait à de nouvelles insultes et fut un peu humilié par tant de douceur. Mais il ne voulait plus revenir sur sa décision, car il ne pouvait pas regarder cet homme sans dégoût : il n'y comprenait rien, c'était plus fort que lui.

Sous le cerisier dans un vent où il y a déjà de l'eau, la dame attend, serrée dans son manteau de laine. L'homme saute à pieds joints du toit des écuries et enjambe les bouquets de lavande.

— Dame, je pars demain. Votre mari me chasse.
— Vous rêvez. Vous ne pouvez pas partir demain.
— Il m'a parlé. Il m'a dit de partir.

Aalais commençait à comprendre. La tête lui tourna.

— Il vous a dit ?... A cause de tantôt ? Il n'a pas le droit. On ne chasse pas les gens de cette façon.
— Que voulez-vous que je fasse ? La maison est à lui.

Alors la dame n'y tint plus. « Il n'a pas le droit. C'est une lâcheté. J'irai le lui dire. Je le forcerai à vous prier de rester. Par le corps de la Vierge, il se croit seul maître ici. C'est pourtant moi qui tiens le domaine, n'est-ce pas ? Il ne s'entend qu'à faire des dettes. Il ne vous fera pas cet affront tant que je suis là. Vous resterez. »

Erard dit :

— Je ne resterai pas un jour de plus sous son toit.

Et la dame s'agrippa à lui.

— Et moi ? Vous voulez que je meure ? Vous êtes déjà fatigué de moi ? Après trois jours ? Je ne peux pas me passer de vous. Vous savez bien.

Le jeune homme hocha la tête.

— Je ne mangerai plus son pain.

— Mon pain à moi. Ma maison. Vous ne pouvez pas vous humilier un peu pour moi ? Vous voulez partir ainsi, sans me revoir à la lumière du soleil ? Vous ne m'aimez pas !

De ses deux mains de fer, Erard dénoua rageusement les mains de la dame, et la rejeta loin de lui.

— Vous êtes folle. Il doit déjà se douter. Vous n'allez pas nous trahir tout à fait ? Il faut partir, je pars, c'est fini. Il est temps que vous remontiez.

Elle s'assit par terre et se mit à pleurer. Il s'agenouilla près d'elle et la renversa brutalement en arrière. Pour cette fois, il prit plaisir à l'humilier.

— Il en tient, au moins, dit-il, le grand porc sans nez — je l'ai marqué là où il ne voudrait pas l'être — je l'ai souillé tant qu'il ne pourra plus se laver ni par l'eau ni par les parfums. Il est très fier de vous, hein ? J'aurai bien droit de rire de lui.

— Mais ne pensez donc pas à lui, suppliait Aalais. Vous me faites honte. Parlez-moi. Comme avant. Je ne vous verrai plus de si longtemps. Écoutez : quand le baron viendra à Troyes pour reprendre son fief, je viendrai avec lui. Je trouverai bien moyen de vous voir.

Erard hocha la tête.

— Non. Je ne resterai pas à Troyes. J'irai à Provins, chez ma mère. Son mari vient d'être nommé sénéchal de la vicomté. Il me fera peut-être faire un bon mariage.

— Et vous me le dites à moi ! Vous êtes cruel.

— Mais non, dame, ce n'est pas ce que vous pensez. Je vous aimerai toujours, allez. Je ne vous oublierai pas. Les autres femmes, pour moi, c'est du fumier. Si je me marie, ce sera pour la dot — puisque je ne peux pas vous épouser.

Elle le dorlotait et le berçait sur sa poitrine comme un enfant. « Allez, je vous connais, bel ami. Vous en trouverez de plus belles que moi. Vous penserez : celle-là était bien folle de trahir son seigneur comme elle a fait. Dire que je ne verrai plus vos beaux yeux. Ne partez pas encore. Non, il ne se doute de rien... Je suis si bien ici avec vous. »

Mais déjà il se dégageait et se secouait, un peu agacé par ces câlineries de nourrice.

— Allez, dame, il faut nous dire adieu. A quoi bon traîner ?

— Oh ! Mais je voulais vous dire tant de choses. Et je ne sais plus rien. Non. Restez encore. Tenez — elle détacha de la chaînette qu'elle portait au cou un sachet de soie suspendu entre les croix et les médailles, le mit dans la main du jeune homme — tenez, il y a là, cousu dedans, un fil du manteau de la Vierge — du vrai — que mon aïeul a rapporté de Palestine. Portez-le sur vous, cela vous gardera des mauvais coups. Vous le baiserez en priant le soir et vous direz trois *Ave* de plus — parce que c'est une chose très sainte. Et puis voilà une agrafe, tâtez-la, la pierre est une améthyste, cela vous protège en voyage et vous fait rester de sang-froid quand vous buvez, j'en ai fait l'essai. Et puis, prenez aussi cette ceinture brodée, c'est un cadeau de mon père ; portez-la à même le corps, pour penser à moi. Et surtout ne la donnez à personne. Oh ! J'ai de l'argent dans mon coffre près du lit, si j'avais su je vous en aurais apporté. Il vous faut un autre cheval.

Erard la prit par les épaules et la secoua :

— Mais montez donc ! Il commence à pleuvoir.

— Oui. Laissez-moi vous embrasser. Là. Sur les yeux. Et sur la bouche. Et sur vos mains — la droite — et la gauche. Oui, je m'en vais. Et gardez ma ceinture. Vous le promettez ?

— Oui. Allez vite. Il la poussa presque vers l'escalier. Il faisait noir. Elle ouvrait des yeux tout grands pour distinguer sur la vague tache grisâtre devant elle les traits de son ami. La pluie commença à tomber à grosses gouttes, et la dame se décida enfin à monter et à rentrer. Erard alla s'abriter dans les écuries, fatigué, ennuyé, presque content de partir. « Toutes les mêmes, pensait-il, elles n'en finissent jamais. » Et pourtant, celle-là, il l'aimait. Mais il en avait tant connu. Des jeunes et des vieilles. La dame de Linnières n'était pas vieille, puisqu'elle n'avait que deux ans de plus que lui. Mais elle avait été mariée très tôt, cela vieillit. N'importe, il s'en fût bien accommodé si elle avait été libre.

Aalais fit tourner sans bruit la clef dans la serrure de la petite porte, et entra dans la vaste pièce noire comme un four. Elle n'osa pas se présenter devant le baron à une heure pareille et décida d'aller coucher avec Claude et les filles de Girard le Blond. Claude lui fit une place à côté d'elle sans lui poser de questions. Peut-être devinait-elle quelque chose. Mais, en fille de chevalier, elle avait une telle terreur de la faute qu'il lui eût été plus facile de la commettre que d'y penser. S'il arrivait à une autre de faillir, eh bien, il n'y avait qu'à fermer les yeux et à se boucher les oreilles, de peur d'être complice. Ces choses-là n'existent pas, ou n'existent que dans les romans. Et qui n'est pas accusée n'est pas coupable.

Cependant, le baron avait fini par envoyer Thierri chercher la dame dans le coin des enfants ; elle n'y était pas. Le baron pensa alors qu'elle devait être avec ses cousines et pria Thierri de la faire chercher par Mahiette, la servante de Claude. Un peu effrayée de voir que son mari la faisait chercher au milieu de la nuit, la dame enfila sa chemise et suivit Thierri jusqu'au lit de Girard le Jeune, où le baron l'attendait, de fort mauvaise humeur.

— Vous vous moquez de moi, je crois, dame. On ne découche pas sans prévenir. Vous me rendez ridicule.

La dame s'assit sur le bord du lit et laissa tomber sa tête sur ses genoux. C'en était trop. Non seulement cet homme lui enlevait son amant, mais il venait encore la tracasser et la gronder pour des bagatelles. Elle n'y tint plus et éclata en sanglots.

— Dame ! Qu'avez-vous ? Dame ! Ne pleurez pas si haut. Vous allez réveiller tout le monde.

La dame cria que cela lui était bien égal. Elle en avait assez. Il ne faisait que l'humilier. Il était parti la laissant là comme une vieille femme dont il ne voulait plus, avec son domaine à garder et ses dettes à payer ; il revenait et mettait la maison sens dessus dessous sans même lui demander son avis à elle ; il se laissait désarçonner devant tous les invités par un homme plus jeune que lui ; et maintenant, comme exprès, pour lui faire honte, il l'envoyait chercher par tout le château comme une concubine débauchée. Et elle se remit à sangloter de plus belle, la tête dans ses bras, se prenant à son propre jeu dans sa colère contre Ansiau. Puis peu à peu, le souvenir des caresses d'Erard lui revint, et alors elle crut devenir folle. Elle oublia toute pudeur. On lui arrachait ses entrailles. Et elle ne devait pas laisser voir que cela lui faisait mal. Et elle ne devait pas pleurer. Le baron allait bien voir qu'elle n'était pas facile à mater.

Devant ces terribles sanglots coupés de cris rauques, Ansiau restait confus, partagé entre la pitié et la gêne — il détestait attirer l'attention sur ses affaires de ménage ; ses hôtes allaient croire qu'il maltraitait sa femme. Richeut et Girard, réveillés, se mirent à offrir à la dame de l'eau froide et une pierre pour calmer les convulsions, et peu à peu la jeune femme cessa de pleurer et s'assoupit.

Et, assis près d'elle, penaud, repentant, Ansiau se rendait compte d'une chose ; à savoir qu'il n'était pas le mari que la dame aurait voulu, et qu'elle avait trop changé en deux ans — et lui aussi, sans doute.

Le lendemain Ansiau se leva de bonne heure pour prendre congé d'Erard. La dame s'était enfin endormie et gémissait encore dans son sommeil. Elle avait un visage tout tiré, tout enflé, aux paupières rouges — les sourcils froncés, Ansiau se baissa un instant sur cette face douloureuse cherchant à y lire le secret de la dame — ce n'était pas par vanité blessée qu'elle pleurait tant. Et pour une seconde il fut prit d'un doute qui lui fit courir un frisson du cœur aux entrailles — mais il chassa la tentation en un clin d'œil. La dame était honnête. Elle ne pouvait pas commettre le péché de chair comme elle ne pouvait pas aller se baigner dans du purin — il y a des choses qui ne se font pas. Il pouvait avoir des pensées sales — qui n'en a jamais eu ? — mais il devait laisser la dame en dehors de tout cela.

Ansiau descendit dans la cour, car il se proposait d'accompagner Erard jusqu'à Seuroi. Il fit seller Mandor, et les deux hommes franchirent la porte cochère, suivis de leurs écuyers. Les sabots des chevaux s'enlisaient dans la vase et la glaise mouillée, et Ansiau chevauchait en avant, pour montrer à Erard les endroits du chemin et les sentiers adjacents praticables, et cassait les branches mouillées qui pouvaient le gêner au passage. Tout au long du chemin les deux hommes ne desserrèrent pas les lèvres.

En regardant se balancer devant lui, au pas circonspect du cheval, les vastes épaules et les reins étroits du baron de Linnières, Erard pensait avec amertume et dédain à la fois que cet homme pouvait encore plaire à sa femme ; les femmes se consolent bien plus vite qu'elles ne le disent. Eh bien, celui-ci ramasserait les restes — il y en aurait encore de trop pour lui.

Il était guéri de sa passion. Et il n'avait plus envie de tuer le mari pour épouser la femme — certainement il ne l'épouserait plus, fût-elle dix fois veuve. Il avait souhaité entrer en maître et seigneur dans le lit de la dame, et non pas la prendre en cachette comme un voleur ; mais elle était comme toutes les autres et n'avait pas su se défendre. Il le regrettait bien, parce qu'il l'aimait plus qu'aucune autre.

La faute n'en était pas à lui, ni à la dame non plus —

le seul coupable, après tout, était cet autre qui chevauchait si tranquillement devant lui, la tête haute, le regard assuré — arrivé comme mars en carême, quand on ne l'attendait plus et ne voulait plus de lui. Eh quoi, cet homme adoubé et marié à seize ans avait dix ans de chevalerie derrière lui ; il avait eu le temps de montrer sa prouesse, d'engendrer cinq enfants, de faire deux guerres en France et une croisade — que lui fallait-il de plus ? Il avait fait son temps. Il fallait laisser la place à d'autres. Il s'attardait trop. Après avoir perdu hommes, armes et chevaux, il revenait dans sa terre pour y engraisser comme un porc sur son fumier.

Puisqu'il y était, en Terre sainte, il n'avait qu'à y mourir, pour aller droit au Paradis. Lui, Erard, aurait bien su le remplacer — il serait devenu le mari de la dame et le seigneur de la terre jusqu'à la majorité des enfants. Lui, Erard, avait aimé cette femme loyalement, comme veuve et libre. Et voilà que cet homme venait lui prendre sa place gagnée de droit, et faire de lui un adultère. Et la pauvre dame — Erard n'était pas tendre, mais il sentait sa bouche se tordre au souvenir de la relique qu'il portait maintenant au cou — elle méritait mieux, noble et bonne comme elle était.

A Seuroi, au carrefour des routes de Hervi et de Chaource les cavaliers s'arrêtèrent. Les cloches de Sainte-Marie-des-Anges sonnaient tierce, un soleil pâle émergeait des nuages et de la brume du matin, au-dessus de la forêt de Linnières.

— Sans rancune, beau-frère, dit Ansiau. Nous nous reverrons à Troyes.

Erard ne répondit rien et détourna la tête avec

dédain : quand il se serait agi de sauver sa vie il ne pourrait parler avec respect à un homme qu'il jugeait son inférieur. Il haussa les épaules.

— Je vais à Provins, dit-il.

— Eh bien, Dieu vous garde. Bon voyage.

Ansiau tendit la main et Erard tendit la sienne, mais sans se déganter. L'autre rougit, saisit les rênes et fit faire demi-tour à son cheval, bien décidé à ne plus parler de sa vie à un aussi grossier personnage. Mais en approchant du château, il sentait qu'un grand poids lui était tombé du cœur. Cet homme parti, tout serait net et tranquille, la vie deviendrait comme elle devait être. Ce garçon bizarre l'avait agacé comme une corde mal réglée dans un luth — il ne songeait ni à le comprendre, ni à le juger. Il était parti — bon débarras.

Et la dame s'était réveillée ce jour-là dans des sueurs froides — elle ne s'était endormie que vers le matin et à présent elle ne savait plus s'il faisait jour ou s'il faisait nuit — elle ne savait plus pourquoi elle était sur le lit de Richeut ni pourquoi elle était seule et couchée quand tout le monde était levé. Ses yeux lui faisaient mal, tant elle avait pleuré la veille — elle se souvint d'une grande peine — Erard l'avait quittée — qui Erard ? Son ami à elle, celui qui avait couché dans ses bras. Il était parti pour de bon, en trois jours il en avait fini avec elle. Elle ne le reverrait plus — ni demain, ni après-demain, ni dans huit jours. — Et toute la misère de son état lui apparut tout d'un coup, comme si elle s'était éveillée d'un rêve.

Elle s'était déshonorée et souillée avec un homme

qui ne voulait plus d'elle et qui allait la mépriser. Elle avait laissé jeter aux chiens l'honneur de son baron ; elle était comme Irma, comme une chienne en rut, elle qui avait toujours tant détesté le péché. Elle n'accusait pas Erard : en lui tout était en or et en diamant et elle était prête à adorer jusqu'à ses vices. — Mais elle ! Une femme de si bon lignage et si respectée par toute la châtellenie !

Elle devait se mordre les poignets pour ne pas crier de honte et de rage. Et elle avait donné sa relique, et sa ceinture, cadeau de son père, et sa belle agrafe — et elle avait pleuré toute la nuit comme une folle — et si encore le baron venait à se douter de ce qu'elle avait fait — si elle s'était trahie ? Si elle avait parlé dans son sommeil ? Sûrement, elle l'avait fait, le nom d'Erard ne lui venait que trop facilement aux lèvres. Et alors son angoisse se changea en terreur — ce qui pouvait l'attendre, elle ne le savait pas et ne voulait pas y penser.

La douleur qui l'avait saisie aux entrailles et le sang qui bourdonnait dans sa tête l'empêchaient de réfléchir. La tête enfouie dans les oreillers, elle ne pensait qu'à une chose — calmer le tremblement nerveux qui faisait claquer ses dents, — et feindre de dormir. Immobile et tapie comme le lièvre aux abois à l'approche de la meute, elle se crispait, priait, promettait. « Sainte Marie, Vierge, mère de Dieu, sans tache et sans péché, reine du ciel, bénie et couronnée, belle dame, reine de gloire — et je n'ai plus votre sainte relique, mais celui qui l'a a bien besoin de vous aussi — bonne dame, j'ai péché comme une folle que j'étais, mais si vous avez pitié de moi je ferai brûler un cierge nuit et jour sur votre autel tant que je vivrai — saint Pierre, saint Mammès, sainte Thècle et sainte Marguerite — faites que le baron ne sache rien, autrement je vais me tuer et me damner pour toujours. » Le baron ne pouvait pas savoir. Elle nierait. Elle jurerait sur la tête des enfants. Elle saurait tant parler qu'il la croirait.

Et puis dans le bourdonnement de voix autour d'elle, elle distingua le mot de « baron » et tressaillit : c'était Claude qui parlait. « Voilà le baron qui rentre déjà. Il est crotté de la tête aux pieds. Quel temps, Sainte Vierge ! Moi qui voulais chasser aujourd'hui. »

Sitôt rentré le baron monta dans la chambre à coucher pour s'informer de l'état de sa femme. On lui dit qu'elle dormait encore. Il s'approcha du lit et en entendant son pas Aalais se raidit et fit la morte, dernière ressource de bête traquée. Elle ne savait plus comment ni pourquoi il venait ni pourquoi elle le craignait tant. Il s'assit à côté d'elle et lui posa la main sur l'épaule. Et ce contact fit mal à la dame, parce qu'elle se souvint d'autres mains, plus légères et plus rapides. Mais à la façon dont cette main s'appuyait et s'attardait sur son dos, la dame comprit qu'il ne savait rien et ne saurait jamais rien. Une grande faiblesse, mais qui n'était pas sans douceur, l'envahit aussitôt. Elle s'étira et dit d'une voix dolente :

« Ne me touchez pas, baron, j'ai mal au cœur. » Il se leva et partit.

Alors la dame reprit ses esprits et se reprocha d'avoir rêvé d'un danger inexistant. Et la douleur d'avoir perdu Erard l'envahit à nouveau implacable — plus d'issue, plus d'espoir, la vie était finie. Elle essaya bien de se distraire en imaginant que le baron l'emmènerait à Troyes et qu'Erard y serait quand même, mais elle savait bien que cela n'arriverait jamais. Il l'oublierait vite, jeune et ardent comme il était. Comment vivre avec cette plaie honteuse dans le cœur ?

Ansiau s'apercevait avec surprise qu'il s'ennuyait. Trois semaines auparavant il avait cru ferme qu'un homme qui vit dans son château, entouré de ses amis, mange à sa faim et fait l'amour à son gré ne peut qu'être heureux. Et lui devait l'être plus qu'aucun autre, puisqu'il avait la meilleure femme du pays et de beaux enfants. Il avait cru qu'il n'avait qu'à coucher avec sa femme pour être aimé d'elle, et il voyait à présent que la dame l'avait oublié et ne tenait plus à lui. Dans sa maison il se sentait dépaysé, ses gens avaient beau l'aimer, il voyait qu'ils avaient l'habitude d'obéir à la dame. Avec Haguenier, Enguerrand, Manesier, même avec Hue de Baudemant il se sentait plus à son aise. Entre hommes de même châtellenie, il est tout un passé commun de guerres, de tournois, de procès et de querelles qui fait qu'on se comprend à demi-mot. Manesier et Hue, il est vrai, n'avaient pas fait la croisade, mais eux aussi avaient des frères et des parents en Terre sainte. Mais on ne passe pas sa vie à parler de Terre sainte. Ansiau de Linnières avait largement eu son compte de misères et d'aventures, mais il lui avait suffi d'une heure pour tout raconter. Le reste — la mer bleue, les collines d'oliviers et de cyprès, le ciel sans nuages, le soleil de plomb, la faim — tout cela n'était pas à raconter. Parfois en rêve, il se revoyait sur son banc de galère et revivait la crainte du fouet dans les plaies vives de son dos. Quel enfer c'était, ses compagnons seuls pouvaient le savoir. L'odeur infecte qui montait de la cale, les plaies putrides qui couvraient les fesses et les pieds, et la chair des paumes à vif et saignante sur les lourdes rames ; et cet effort du dos et des reins si pénible qu'il vous ôte toute pensée ; et par-dessus tout — la soif. Et après cela, n'être pas heureux dans le bon château de Linnières, près de la vieille cheminée de pierre grise d'où monte l'odeur du rôti. L'homme est bien ingrat.

Sur la route de Marseille à Tonnerre, harassé de fatigue, traité de gueux et de va-nu-pieds, il était heureux. Plus robuste que ses compagnons, il allait scier du bois ou porter de l'eau pour une miche de pain et une jatte de lait ; il lavait les chemises et les braies dans les ruisseaux près de la route, car Thierri avait toujours refusé de faire office de lavandière : il avait son orgueil d'écuyer, et Ansiau, chef de la petite troupe, était tenu de suffire à toutes les besognes. Il l'avait fait de grand cœur — il n'était pas aigri comme le cousin Girard, il était jeune ; la récompense qu'il attendait lui faisait oublier faim et fatigue. A présent, il n'avait plus grand-chose à attendre, puisqu'il n'était ni affamé ni fatigué.

Sans s'en rendre compte, il cherchait à reculer le moment où il lui faudrait reprendre la vie de tous les jours — s'il pouvait encore y avoir une vie de tous les jours — il espérait chaque jour du nouveau. Il était pris par la nostalgie de Troyes, du quai, du château comtal se mirant dans la Seine avec ses créneaux, ses bannières, et ses sentinelles vêtues de courtes tuniques bleues par-dessus leurs broignes. Il revoyait les rues marchandes, la foire aux chevaux, le vaste champ clos pavoisé, sous les remparts de la ville — et le cours paisible de la Seine à Paiens, le rivage herbeux et la large route comtale où passent les troupeaux. A Troyes, il allait voir son parrain d'armes, Guillaume de Nangi, qui devait avoir à présent plus d'un cheveu blanc dans sa large barbe bouclée — et son fils Manesier, et Mathis de Monguoz et tant d'autres chevaliers qui faisaient le service de garde à Paiens.

Les invités, pensait-il, resteraient jusqu'à la fin du mois et il partirait avec eux, de façon à passer à Troyes la fête de Septembrate, car il lui tardait de prier dans une cathédrale et de recevoir la bénédiction d'un évêque. Il n'avait que peu de respect pour les prélats eux-mêmes, mais beaucoup pour leur rang et leur office — et il pleurait chaque fois qu'il priait dans la cathédrale de Troyes.

Le soir de ce jour où il avait si cavalièrement renvoyé Erard de Baudemant, le baron se retrouva enfin sur le lit étroit de Girard le Jeune, aux côtés de la dame. La dame avait subi deux fortes saignées et se sentait faible et un peu calmée. Elle fit des reproches à son mari, mais avec plus de douceur que la veille : elle était si fatiguée, elle se sentait si mal, elle n'en pouvait plus de ce vacarme incessant, de tout ce monde qui emplissait le château. Tous les jours il fallait servir des repas de fête, le travail était négligé parce que les servantes devaient servir les dames au lieu de filer, elle ne pouvait plus surveiller personne. Les enfants devenaient dissipés et salissaient leurs habits de fête ; et elle soupçonnait fort quelques-uns des écuyers de Hervi de débaucher des filles du château, et elle ne pouvait rien leur dire. Et par-dessus le marché il faudrait engager Bernon, et Dieu sait quand ils pourraient le racheter de nouveau. Le baron pensait à tout et à tout le monde, sauf à sa femme, et il voulait encore la voir heureuse.

— Dame, dit Ansiau, vous savez si je tiens à vous. Je ferai ce qui vous plaira. Si vous voulez, je ferai en sorte qu'ils partiront tous d'ici dès demain.

La dame fut touchée pour de bon.

— Et comment feriez-vous, ami ? Ce n'est pas raisonnable, ce que vous dites.

— Mais si, vous allez voir. Sera-t-il dit que je ne peux pas faire ce que mon amie me demande ? Je ferais bien autre chose pour ne pas vous voir triste. A présent, fermez vos beaux yeux et dormez. Vous verrez que j'arrangerai tout pour le mieux.

La dame finit par s'endormir, triste mais résignée : elle n'avait rien à craindre du baron, c'était déjà un grand soulagement.

Le baron devait tenir parole. Le lendemain il persuada Haguenier d'entreprendre une chasse au cerf dans la forêt de Hervi, car à Hervi ses écuyers avaient aperçu un mâle très vieux et très grand. Les deux frères de Hervi ainsi que Manesier s'enflammèrent aussitôt et le départ pour Hervi fut décidé. Le sire de Linnières reconduisit lui-même ses hôtes après leur avoir offert un présent à chacun, et la dame échangea des bijoux avec les femmes des invités. Sur quoi il fut décidé qu'Ansiau resterait deux jours chez lui pour remettre sa maison en ordre, et rejoindrait la chasse à Hervi.

Aalais était très reconnaissante à son mari pour ce départ hâtif qui la sauvait du supplice de parler à Bertille et d'entretenir les autres dames ; et la maison se vida et redevint calme au grand chagrin des jeunes gens. Et le soir du même jour Aalais se trouva à peu près certaine d'être enceinte, et le dit au baron. Il dit : « Déjà ? — Oh ! je sais ce que c'est, depuis le temps. Je ne risque guère de me tromper. »

— Alors soyez bien sage et reposez-vous. Je ne m'étonne plus de votre mauvaise mine.

Après l'avoir vue enceinte neuf fois en huit ans il commençait à s'y habituer. Ces premières semaines étaient toujours pénibles, et tout allait beaucoup mieux ensuite. Après tout, c'était peut-être là la raison de la conduite bizarre de la dame — et pouvait-il savoir comment une femme est faite au-dedans ? Il partit donc pour Hervi sans la dame, disant qu'il ne reviendrait que vers le milieu de septembre, car il devait passer à Troyes pour son fief et pour voir son parrain et ses amis.

Et Aalais, redevenue dame du château, rétablit rapidement l'ordre compromis. Elle reprit avec joie sa place sur son grand lit où elle était si bien à l'aise. Elle avait toute la place à elle, maintenant, comme avant le retour du baron. Elle voulait se reposer, reprendre haleine, et la tête lui tournait encore de la descente vertigineuse qu'elle avait faite. Il lui fallait donc s'habituer à vivre en femme déshonorée, elle qui s'était toujours crue à l'abri de tout reproche, et qui était si sûre d'elle-même. Et pourtant, déshonorée, elle ne l'était pas, puisque personne ne saurait jamais sa honte que celui qui la partageait. Elle ne recommencerait sûrement plus. Erard l'avait eue quatre fois en tout, cela ne pouvait guère compter, c'était si peu.

Pendant huit jours elle erra dans la salle, dans le jardinet, dans la cour, comme une âme en peine, pâle, les cheveux mal peignés ; ses yeux s'arrêtaient sans cesse pour chercher le visage de l'ami absent — tel qu'il avait été avec elle sur la clairière des Fées, et pendant la danse, et dans la salle, à ses pieds — et surtout dans le jardinet, au clair de lune, tout rayonnant d'orgueil et de joie. — Et qui pouvait la blâmer de n'avoir pas résisté à un tel homme ? Pendant huit jours, Aalais fut malade d'amour, l'ouvrage lui en tombait des mains ; elle était mutilée, déchirée en deux, et elle se demandait comment il était possible que cet homme, la chair de sa chair, fût loin d'elle, dans une ville inconnue — avec d'autres femmes, peut-être. Il avait fait d'elle une partie de lui, et il la quittait comme un étranger. C'était contre nature, ces choses-là ne devraient pas exister. S'il l'avait vraiment voulu, n'aurait-elle pas pu le retrouver à Troyes ?

Puis l'agitation de son sang s'apaisa peu à peu, la raison lui revint, et elle sut gré au baron d'avoir éloigné Erard — le danger, grâce à Dieu, était passé, tout était fini. Si la chose avait duré plus longtemps, Dieu sait ce qu'elle aurait pu faire, où elle en serait maintenant. Dieu merci, elle n'avait pas déshonoré son lignage, et ses enfants ne seraient pas traités en bâtards. Dieu merci, elle ne passerait jamais par la cour de justice et la chemise de bure, la tête rasée, le couvent — Dieu merci, elle était encore dame dans son château et personne ne pouvait mettre en doute sa vertu — si quelqu'un l'osait, le baron lui ferait vite rentrer son propos dans la gorge. Son sang trop chaud lui avait joué un mauvais tour, elle saurait à présent se méfier de lui — elle était guérie de sa luxure, elle n'avait plus qu'à recevoir l'absolution d'un prêtre et à n'y plus penser. Il ne servait à rien d'y penser. Les hommes se valaient tous. Peut-être finirait-elle par aimer de nouveau le baron.

*

Il lui revint en septembre ; la forêt devenue jaune et brune résonnait d'aboiements de chiens et de sons du cor. Les pluies avaient presque détruit la route. Mouillé, crotté, joyeux, Ansiau avait déjà repris son aspect d'autrefois, et en le regardant sécher ses bottes devant la cheminée la dame se souvenait du temps de leur jeunesse et se demandait tristement : « Qu'allait-il faire en Terre sainte » ?

Et Ansiau était tout content de se retrouver de nouveau à Linnières. Il avait bien passé son temps à Troyes. Il avait emprunté de l'argent à Abner sur la terre de Bernon, acheté des selles et des outils de chasse, et aussi — c'était peu raisonnable, mais il n'y avait pas résisté — une bague en or ciselé pour la dame — la bague portait une opale à reflets jaunâtres, et

Ansiau avait un peu hésité à l'acheter, car la pierre était trouble ; mais l'orfèvre l'avait assuré que la pierre était justement faite pour enlever le trouble du sang et des humeurs, et pour rendre les dames favorables à leurs amants, et Ansiau s'était dit que c'était justement ce qu'il lui fallait. Un bon tiers de l'argent y avait passé.

Guillaume de Nangi l'avait reçu et logé chez lui. Les deux hommes se voyaient rarement, mais s'aimaient beaucoup. Guillaume était un gros homme blond, l'égal d'Ansiau en taille et en carrure, si bien qu'on les prenait pour père et fils. C'était un être placide, reposant. Avec lui on pouvait parler de tout, tout dire, il ne répondait rien et acceptait tout : ce n'était pas un donneur de conseils. Il était grand connaisseur en armures, épées et harnais, grand amateur de tournois. Chez lui, tout était simple et clair, auprès de lui Ansiau se croyait vraiment le seul homme sur terre à avoir des soucis de famille et se moquait lui-même de ses propres faiblesses. Guillaume de Nangi logeait très pauvrement dans un hôtel de Troyes, ses terres étaient engagées, il vivait sur les emprunts, et il touchait encore de la comtesse une solde qui lui permettait d'entretenir ses chevaux et ses armes. Sa dernière femme, la blonde Béatrix de Chesley, s'habillait comme une comtesse ou une marquise, et personne ne se doutait de ce que ce dernier amour coûtait à Guillaume — en argent et en soucis. Son fils Manesier et sa bru vivaient avec lui, ainsi que toute une maison d'écuyers, de valets de cuisine, de lavandières, sans compter les parents pauvres et les pèlerins. Tout ce monde était bien un peu à l'étroit chez le sire de Nangi, mais chacun se sentait chez soi.

Ansiau parla de ses deux garçons : au printemps il allait les amener à Troyes et le seigneur Guillaume les prendrait à son service. C'étaient déjà deux vaillants petits hommes, qui montaient à cheval, tiraient de l'arc, bridaient les faucons. Ils avaient beau être restés sans père pendant deux ans et plus, la dame avait veillé à leur entraînement et ne les avait pas cousus à ses jupes. Il était temps pour eux de voir de vrais combats, et de s'habituer à la vie de service. « C'est l'aîné que j'aime le mieux, disait-il, et je ne le cache pas. On dit qu'il ressemble à Gui de Marseint, l'aïeul de la dame. »

Comme la dame, assise sur son banc, filait avec ses femmes sans lever la tête, Ansiau s'approcha d'elle et lui demanda de lui faire place à ses côtés. Il y avait si longtemps qu'il ne l'avait pas vue.

Il se souvenait toujours que la dame lui avait laissé entendre qu'il lui déplaisait, et il n'était pas homme à quémander ce qu'il devait avoir de droit. Aussi garda-t-il le silence, attendant que la dame daignât lui adresser la parole.

— Qu'avez-vous, baron ? demanda Aalais, levant enfin les yeux, vous êtes fâché ?

— Pas plus que vous, dame. Êtes-vous remise à présent ?

— Dieu merci. Avez-vous fait bon voyage ?

— Les routes sont mauvaises par ce temps-ci.

La dame se remit à son fuseau. S'il voulait lui parler, il n'avait qu'à le faire. Elle attendrait. Ce n'était pas Erard qui serait jamais embarrassé pour lui parler ; et à ce souvenir elle se mordit les lèvres et secoua la tête pour chasser les images qui lui venaient à l'esprit. Elle s'attendait à sentir le bras du baron sur ses hanches ou sur ses épaules, et à force de l'attendre elle finit par le souhaiter — jamais une caresse n'était faite pour lui déplaire. Mais Ansiau restait rigide et compassé et Aalais, impatientée, le frotta elle-même de l'épaule et du genou, pensant qu'il l'avait oubliée. Alors il la prit à pleins bras, lui faisant tomber la quenouille de la main. Elle se mit à rire : « Ramassez-moi ma quenouille, maintenant. » Il obéit, sans plus de façons.

Pendant quelques instants la dame écouta distraitement le chant monotone des jeunes filles et le bruit du rouet. Elle se sentait si calme et si bien à l'abri qu'elle n'avait envie ni de bouger ni de parler.

Ansiau lui dit en riant : « Alors, ça va mieux ? »
— Comment mieux, ami ?
— Vous voulez bien, quoi ?

Un peu froissée, la dame haussa les épaules : « Allez, vous m'empêchez de travailler. »

Le baron lui prit la main gauche de ses deux mains aux paumes dures comme de la corne, se mit à caresser un à un ses longs doigts blancs, et s'absorba dans ce jeu comme un enfant.

— Vous n'avez toujours pas retrouvé votre bague à perle rose, dit-il tout d'un coup. La dame s'attendait si peu à cette remarque qu'elle tressaillit.

— Comment vouliez-vous que je la retrouve ? demanda-t-elle sur un ton assez agressif. Je vous avais dit que je l'ai perdue à la chasse.

Le baron la regarda de côté avec surprise.

— Il n'y a pas de mal, dame ; pourquoi vous fâcher ?
— Je ne me fâche pas. Qu'allez-vous dire là ?

Un peu démonté, Ansiau avait plongé la main dans une de ses immenses poches toujours pleines des plus divers objets, et finit par en extraire une bourse de soie verte qu'il délaça à l'aide de ses dents. Il en tira sa bague à opale et remit la bourse dans sa poche.

— Voyez, dit-il, je crois que celle-ci ira bien au même doigt.

Il la passa lui-même au doigt de la dame, qui eut un cri d'admiration et de joie, car elle s'y entendait en bijoux. Elle leva et baissa la main pour faire briller les feux de l'opale et pour jouir de la beauté nouvelle de ses doigts.

— Ce sera pour remplacer l'autre, dit le baron.

Alors Aalais leva les yeux sur lui, touchée et honteuse à la fois ; puis elle n'y tint plus et lui appliqua deux baisers sonores sur les deux joues et dit en riant : « Baron, il n'y pas deux hommes comme vous ! » Le baron la regarda avec surprise, parce qu'il ne croyait pas mériter un tel éloge.

Le soir quand ils s'en furent coucher, la dame tourna et retourna sa nouvelle bague à la lumière de la lampe. C'est avec une bague que les époux sont attachés l'un à l'autre — un anneau de la chaîne qui encercle son doigt, et par son doigt la main, le bras et tout le corps. De toutes les bagues que le baron lui avait données, celle-ci était la plus belle et la plus lourde.

— Ami, il ne fallait pas dépenser tant d'argent pour une bague, quand nous en avons déjà si peu.

— Bah ! Je serai toujours assez riche tant que je vous ai, dame. Vous valez bien une bague, n'est-ce pas ?

Aalais, qui n'aimait rien tant que dire de belles paroles, répondit avec douceur : « Ami, il ne faut pas croire que je suis une femme à vendre et à acheter ; je suis une noble femme, et je vous aime pour la foi que je vous ai jurée à l'autel, et non pour bagues et bijoux. »

Ansiau aimait à l'entendre si bien parler mais ne savait guère y répondre que par des sourires.

La dame restait pensive. « Croyez-vous, dit-elle, que cette bague ait une vertu ? »

— Je ne sais, dame. Vous m'aimez bien ?

Elle soupira : « Il faut croire que oui. »

— Amie, vous ne pleurerez plus la nuit, comme avant ? Amie, dites-moi, vous n'aviez pas pensé à prendre un autre mari ? J'ai bien cru que vous ne teniez plus à moi ?

La dame devint tout feu et flamme : comment pouvait-il penser des choses pareilles ? Elle voudrait bien savoir comment, avec un domaine à garder et cinq enfants sur les bras elle pouvait encore songer à un homme ? Et où le trouverait-elle, cet homme ? Et qui était-elle pour vouloir prendre un homme du vivant de son mari ? S'il l'avait aimée, il ne lui eût jamais posé de pareille question.

Ansiau la connaissait trop pour être rassuré. « Je ne vous demande pas de le nommer, dit-il, je veux seulement en avoir le cœur net. Il ne manque pas de beaux chevaliers dans le pays, et vous êtes jeune. S'il est vrai qu'un homme vous tient au cœur, eh bien, je ne vous en voudrai quand même pas. C'est bien de ma faute si je suis parti. »

Alors la dame se mit à jurer par serment que jamais de sa vie elle n'avait désiré d'autre homme que son baron, et il était un rustre et un goujat de la soupçonner.

— Vous me le jurez, dame ?
— Sur ce que vous voudrez. Tenez, je vous le jure sur ma croix, prenez ma main, tâtez-la, voyez si je ne tiens pas la croix. Voilà. Je n'ai jamais pensé à un autre homme que vous. Êtes-vous tranquille, maintenant ?
— Il faut bien que je le sois.

Elle dit : « Baron... » Elle avait peur et son cœur battait ; elle cherchait à se serrer contre lui, à lui fermer la bouche par des baisers, et il ne résista pas longtemps.

Après, il ne songea plus à rien demander ; il fut très tendre, comme il l'était toujours quand il se croyait le plus fort ; et Aalais, d'une voix languissante, demandait : « Ami, vous n'en aimerez pas d'autres que moi ? »

« Erard, pensait-elle. Erard », et sa voix, aigre et dure : « Vous n'êtes pas loyale. Vous êtes lâche... Il faut nous dire adieu. A quoi bon traîner ? » Celui-là ne se laissait pas prendre aussi facilement que le baron. Elle se secoua et s'étira : « Dites-moi, ami, si les dames de Terre sainte sont aussi belles qu'on le dit ? »

Le matin — il était toujours plus matinal que la dame — Ansiau tira un peu les rideaux du lit pour la regarder dormir. Elle l'avait laissé défaire ses tresses — faveur qu'elle n'accordait qu'en des cas exceptionnels

— et ses longs cheveux éparpillés autour d'elle couvraient les oreillers et les draps comme un grand filet. Elle avait les lèvres entrouvertes et le visage pâle. Elle paraissait toute jeune.

Mais avec les ombres de la nuit l'attendrissement se dissipait pour faire place à une bonne humeur tranquille et raisonnable — Ansiau de Linnières était un peu musulman dans ce sens-là et ne s'imaginait pas de paradis sans dame dans son lit. La dame était la nuit. Le jour venu, il est temps de penser aux affaires du jour. La dame était la nuit, le jeu, le délassement, tout ce qui vous console des cent misères de la vie ; le jour, les souvenirs de la nuit deviennent gênants. Sans plus regarder la dame, Ansiau appela Thierri et commença à s'habiller — son dessein était de partir de grand matin pour Seuroi ; il fallait voir les baillis et les soldats qui gardaient le domaine. Il voulait aussi emmener avec lui l' « enfant », comme il appelait son fils aîné — il tardait à son orgueil paternel de voir Ansiet à ses côtés, monté sur un grand cheval, comme un homme. — « Et surtout, Thierri, ne faites pas de bruit pour ne pas réveiller la dame. Je crois que nous n'avons pas beaucoup dormi cette nuit. »

Le baron fit seller Mandor et Gaillard et dit à Haumette :

— J'emmène l'enfant, que la dame ne s'inquiète pas, j'aurai soin de lui. Il se peut que nous passions la nuit à Seuroi.

La dame eut beaucoup de peine à démêler ses cheveux ce matin-là. Elle pensa avec mélancolie que jamais l'autre n'avait pu défaire, fût-ce le bout de ses tresse ; il n'avait eu, Dieu le sait, que les miettes du repas d'Ansiau de Linnières, et il le savait bien, le pauvre — vraiment, il n'avait pas pris grand-chose au baron.

Le père et le fils chevauchaient côte à côte suivis de Thierri. Ansiau admirait en connaisseur l'élégance sobre des mouvements de l'enfant. Ce garçon, grand pour son âge, était de ceux qui semblent tout savoir d'instinct sans apprentissage — jamais un mouvement de trop, jamais un geste qui ne fût le seul geste à faire. Il ne paraissait même pas se douter de son adresse — il faisait corps avec son cheval, ses faucons, son arc ou son javelot. Mais dès qu'il était désœuvré, c'était l'être le plus incertain, le plus changeant qui fût, un enfant gâté ; et le père était trop lucide pour ne pas s'en rendre compte.

La journée était belle et les cavaliers s'arrêtèrent sur une clairière au bord du ru pour déjeuner et laisser reposer les chevaux. Thierri tira de sa sacoche une miche de pain et un fromage qui sentait très fort, et le baron fit une croix sur le pain avec son couteau, et se mit à le découper en tranches. Ansiet courut remplir d'eau au ruisseau la timbale de cuivre que Thierri avait décrochée de la selle.

Le sol était jonché de feuilles jaunes et rouges et Ansiet s'amusait à les amasser en tas, puis à les battre avec son fouet pour les faire voler de tous côtés. Le baron, étendu sur l'herbe à plat ventre, le regardait en riant.

— Vous ne pouvez pas vous tenir tranquille un instant ? dit-il enfin. A votre âge on ne s'occupe plus de sottises pareilles.

L'enfant jeta son fouet et s'assit à côté de son père. Rejetant sa tête en arrière, il se mit à contempler les cimes des sapins qui se balançaient lentement dans le ciel clair. Il soupira.

— Dites, baron c'est vrai que le père à Garnier n'est pas mort ?

— Il n'est pas mort, si Dieu l'a gardé. Il est resté en Terre sainte.

— Et pourquoi faire ?

— Pour défendre le Saint-Sépulcre, beau fils.

— Et pourquoi le défendre ?

— Parce qu'il y a beaucoup de païens autour.

L'enfant leva de grands yeux étonnés et rêveurs.

— Tout autour ?... Dites, c'est très saint, le Saint-Sépulcre ? Dites, baron. Qu'est-ce que le Saint-Sépulcre ?

Le père se gratta la tête, embarrassé. Il croyait que tout le monde était tenu de savoir ce qu'était le Saint-Sépulcre, mais il n'eût jamais su l'expliquer lui-même.

— C'est là où Dieu est mort. C'est une grande église, dit-il enfin.

L'enfant se tint pour satisfait : il savait ce qu'était une grande église : il avait passé devant Sainte-Marie-des-Anges, à Hervi — la grande église avait un portail à colonnettes sculptées de feuilles de chêne — de Seuroi on entendait les cloches de Sainte-Marie sonner les offices — ding-dong, dong-ding — et il voyait l'oncle Simon debout sur le parvis de l'église, l'écu au bras et l'épée en main, et les païens rangés autour de l'église en guise de palissade. Les païens pour lui étaient des êtres semblables aux démons à têtes d'animaux qui peuplaient les cauchemars de ses mauvaises nuits. Il soupira encore et secoua la tête. L'air était tiède. Pas un brin d'herbe ne bougeait. On entendait au loin un écureuil jeter des pommes de pin sur le sol — dans le grand silence, toutes les haleines de la forêt devenaient perceptibles et presques oppressantes. L'enfant s'étendit par terre et colla son oreille au sol.

— Oh! Je l'entends, dit-il tout à coup, très excité. Tenez, baron, écoutez un peu. Là! Vous n'entendez rien?

— Et que voulez-vous que j'entende?

— Le cerf. Écoutez bien. Ding! Ding! Ding! Ça résonne comme de l'argent, parce qu'il a des sabots enchantés.

— Quel cerf? demanda le père, étonné. Je n'ai pas entendu parler de cerf enchanté dans le pays.

— Je vais vous dire. Là, les grands yeux de l'enfant s'ouvrirent tout ronds et il se rapprocha de son père. Je l'ai vu l'autre jour, quand je montais Gaillard, du côté de la Vieille Chapelle. Et il parlait français comme vous et moi.

Le baron releva les sourcils. « Ah! Vraiment? Et que vous a-t-il dit, beau fils? »

Ansiet se passa la main sur le front d'un air égaré.

— Je ne sais plus. Mais il a parlé. D'une si belle voix, on dirait l'oncle André. Et il avait une étoile d'or qui brillait au milieu de sa poitrine ; tout autour d'elle, c'étaient comme des fléchettes d'or, et cela brillait, Dieu ! C'était trop beau à voir.

— Et qu'avez-vous fait alors ? demanda doucement le baron.

L'enfant battit des paupières, ouvrit la bouche, hésitant. Mais son imagination avait de ces chevauchées folles que rien ne pouvait arrêter. — « Je suis descendu de Gaillard et je me suis mis à genoux pour adorer. Voilà. Alors il m'a tourné le dos et partit. Et moi je l'ai suivi en courant. C'est vrai. Oh ! J'ai tant couru — il se retournait toujours et me regardait dans les yeux, comme pour m'appeler. Et voilà ce que je vais vous dire : nous sommes arrivés à un grand taillis, les arbres étaient bleus, la mousse était bleue, tout était bleu. Et sur la mousse j'ai vu la fleur rouge qui pousse là tous les dix ans. Elle est plus rouge que la fleur des blés, et haute comme un lis. Et si belle que j'ai fermé les yeux. » Il ferma les yeux pour de bon, se les frotta et secoua ses longs cheveux.

— Si l'on cueille cette fleur par un nuit de pleine lune, dit-il gravement, on est sûr de trouver un trésor dans la huitaine. On tient la fleur dans la main, et quand elle tire vers la terre, c'est signe qu'il faut creuser là. Vous savez, il y a au moins douze trésors cachés, d'ici jusqu'à Aumont et Jeugny, on les a mis là du temps des dieux païens ; et quand on a tué les païens, en forêt, leur sang a coulé droit en terre, et depuis il y pousse tous les dix ans une fleur rouge : c'est leur sang qui revient sur terre ; et c'est pour cela qu'elle est attirée par les trésors.

— C'est trop païen, cette histoire, dit le père. Ce sont des bonnes femmes qui racontent ça, il ne faut pas les croire.

— Oh ! non, c'est vrai. Pour la fleur, tout le monde le sait. Mon frère, je veux dire, et Garnier. Mais voilà : je n'ai jamais pu retrouver le chemin. Pour le trésor, j'en donne la moitié à mon frère et l'autre moitié à Garnier.

— Et pour vous ? demanda le père en riant.

— Oh ! Pour moi, je prendrai encore une moitié. Il s'agit surtout de retrouver le chemin... Oh ! D'un bond l'enfant fut debout, saisit son fouet et courut vers son cheval qui broutait paisiblement, attaché à un jeune chêne. — « Veux-tu ! Chien ! Cochon ! » Ansiet saisit le cheval par le mors, lui releva le museau et lui appliqua à toute volée cinq ou six coups avec le manche de son fouet. L'animal, effrayé, se rejeta en arrière, piaffa, bondit, mais l'enfant ne lâchait pas le mors et finit par maîtriser le récalcitrant — et après lui avoir donné sur les naseaux un coup de cravache supplémentaire, il revint vers le baron, les yeux étincelants de colère, le visage rougi par l'effort. — « Ah ! le chien ! le manant ! Il sait bien que je lui défends de manger lui-même ! Je saurai bien lui apprendre. » Il haletait.

Le père l'observait du coin de l'œil : il avait dû faire un effort pour laisser l'enfant se débrouiller seul avec le cheval, et il se sentait fier de lui ; mais il ne voulait pas laisser paraître sa fierté.

— Il ne faut jamais frapper un cheval sur les naseaux, dit-il. Cela le rend peureux et lui abîme la face.

— C'est vrai ? Oh ! baron, vous m'apprendrez comment il faut faire. Vous devez bien le savoir, puisque vous êtes chevalier ; mieux que Robert, toujours... Vous savez, je veux qu'il apprenne à n'obéir qu'à moi. Vous me direz comment il faut s'y prendre, mais je le dresserai moi-même. C'est pourquoi je veux qu'il ne mange que de ma main. Un cheval, c'est si vite abîmé si l'on n'y prend pas garde. Et il y a de mauvaises herbes... » Et tout à coup, Ansiet passa ses deux bras autour du cou de son père. — « Oh ! Si vous saviez ; je l'aime tant, mon Gaillard. Vous me laisserez l'emmener à Troyes ? »

— C'est à voir.

L'enfant ouvrit de grands yeux : « C'est oui, ou c'est non ? »

— C'est oui si vous êtes sage. Allez. Levez-vous, en route.

A Seuroi où les trois cavaliers s'arrêtèrent pour la nuit, les soldats qui y montaient la garde préparèrent tant bien que mal un lit de paille qu'ils recouvrirent de toile bise. Il n'y avait pas de table dans la salle, et les hommes s'installèrent par terre près de l'âtre. Ansiet, encore qu'un peu fatigué par une journée de voyage, découpait la viande et courait à tout instant remplir de vin la coupe pour son père, pour Thierri, et pour Girard, fils de Girard le jeune.

— Allez, disait le baron, apprenez, beau fils, qu'il faut sourire quand on présente la coupe à quelqu'un et avoir l'air plus gracieux que cela. Un garçon qui ne sait pas servir ne sera jamais bon chevalier. Ce n'est pas parce que nous sommes assis par terre qu'il faut vous laisser aller : il arrive à roi et à comte de s'asseoir par terre.

Quand le baron eut fini de manger et se fut essuyé la bouche, il permit à l'enfant de s'asseoir à son tour et de prendre un morceau de pain et un morceau de viande. Mais Ansiet, très excité et fatigué, ne mangea presque rien. Cette salle sombre et basse, à l'aspect de grande écurie, lui paraissait étrange : jamais il n'avait passé la nuit sous un autre toit que celui de Linnières. Le feu de la cheminée projetait sur le sol jonché de paille les ombres immenses des hommes assis. Derrière la cloison de bois les chevaux endormis piaffaient et frappaient du pied. Tout d'un coup, Ansiet fit tomber son pain dans la cendre et éclata en sanglots.

— Par saint Thiou! cria le père, oubliant toute réserve, qu'avez-vous, mon bel enfant ? Vous n'êtes pas malade ?

L'enfant reniflait bruyamment.

— C'est Gaillard... sanglota-t-il. J'ai fait mal à Gaillard. J'ai battu Gaillard.

Ansiau lui caressait les cheveux, cherchant à l'apaiser.

— Allez, allez, c'est fini. Il ne sert à rien de pleurer.

— Oh! Baron, vous permettez que j'aille le voir. Je lui donnerai mon pain et mon sel pour le consoler. Je ne serai pas long.

En fait, le feu de la cheminée commençait à s'éteindre, et les soldats ronflaient sur leur paille, et Ansiet était toujours derrière la cloison avec les chevaux. Le baron alluma une brindille de bois résineux et traversa la salle pour chercher l'enfant, mettant la main devant le feu pour ne pas effrayer les bêtes. Ansiet était endormi, couché par terre, la tête sur la selle de Gaillard. Le père hésita un moment à le réveiller. Il pouvait le porter au lit sans le tirer de son sommeil. Puis il songea à tous les brusques réveils, à toutes les nuits de veilles pénibles, à toutes les fatigues de la vie de soldat que l'enfant aurait à supporter sans se plaindre. Il devait s'y habituer de bonne heure. « Levez-vous, beau fils. Thierri dort déjà. C'est vous qui me servirez ce soir. »

L'enfant geignit. « Où suis-je ? Haumette. C'est vous, baron. »

Il s'étira doucement. « Oh ! Je dormais si bien. Je viens. Attendez, il faut que j'embrasse Gaillard. Bonne nuit, Gaillard. »

Il suivit son père et l'aida à délacer les courroies de ses chaussures et de ses souliers — ses petits doigts n'y étaient pas très habiles, il s'embrouilla plusieurs fois dans les nœuds que le baron dut défaire lui-même avec force jurons. — « Où dois-je me coucher, baron ? Au pied du lit ou à côté de vous ? — A côté de moi, mon petit. Vous aurez froid par terre. Et vos prières ? Vous ne les faites pas ? »

— Oh ! non, jamais, baron.

— Eh bien, il faut les faire. Vous êtes déjà assez grand.

— Je ne sais pas dire de prières.

Ansiet hochait la tête d'un air perplexe.

— Vous les chantez bien à la chapelle.

— Je sais les chanter. Mais je ne sais pas les dire.

— Je les dirai pour vous. Vous n'aurez qu'à répondre : amen.

Tous deux s'agenouillèrent au bord du lit. Le baron n'était pas toujours si strict dans ses devoirs de piété, mais il tenait à apprendre à l'enfant à bien se conduire. Il dit donc le *Pater* et l'*Ave,* et énuméra une bonne douzaine de saints patrons avant de se mettre au lit. Ansiet se blottit contre lui — il avait froid. « Vous m'apprendrez à dire les prières comme vous les dites, murmura-t-il, la voix un peu pâteuse, j'aime bien prier. »

Le lendemain fut un jour de grand vent, les nuages couraient dans le ciel, cachant et découvrant le soleil, et provoquant une véritable tempête dans la forêt dont les cimes se penchaient, craquaient, entremêlaient leurs branches jaunes et vertes — l'ouragan s'engouffrait dans les manteaux des cavaliers, et Ansiet riait aux éclats en sentant ses longs cheveux se dresser sur sa tête et danser autour de ses tempes.

— Oh ! voyez, baron, cria-t-il tout d'un coup, la tombe Rainard est toute couverte de mousse.

Ansiau regarda longuement la paisible pierre grise tachetée de vert, destinée à n'être plus qu'un repère sur la route de Hervi — jamais endroit ne fut moins hanté.

— Baron, demanda l'enfant d'une voix distraite.
— Quoi, beau fils ?
— Baron, dites : qui était Rainard ?

De retour au château, Ansiau songeait déjà à partir pour Troyes. La comtesse devait présider un tournoi vers la fin de septembre, et il eût regretté de manquer une occasion de se procurer des armes, encore qu'un haubert à sa taille fût difficile à trouver.

La dame le reçut assez fraîchement : qu'avait-il besoin de passer la nuit à Seuroi et de la laisser seule ? C'était bien la peine d'avoir un mari s'il fallait vivre comme une veuve. Le baron dit en riant : « Bah ! Vous m'en aimerez plus aujourd'hui. Nous rattraperons le temps perdu. »

— Dieu, Dieu ! dit la dame, vous croyez que cela se rattrape ? Et ces deux hivers et trois étés que vous m'avez laissée seule, vous croyez que je les oublierai ? Je ne les oublierai jamais.

Ansiau se contenta de lui poser la main entre les deux omoplates, comme il aimait à le faire, laissant glisser sa paume le long de la taille robuste et musclée de sa femme — ce n'était plus la taille gracile de l'Aalais d'il y avait trois ou quatre ans — mais il l'aimait telle quelle.

Lorsque le baron eut annoncé à table, au souper, sa décision de partir le lendemain pour Troyes, Aalais devint toute pâle de dépit, mais ne dit rien. Le soir, quand ils se retrouvèrent au lit elle lui demanda s'il ne l'emmènerait pas avec lui.

— Non, vraiment, amie, je ne pourrais pas vous y faire vivre comme il faut. Chez le parrain, je coucherai sur la paille avec les hommes. Vous savez que je n'ai pas un denier vaillant ! je ne veux pas vous faire honte.

— C'était bien la peine de faire quinze lieues pour rester deux jours. Qu'avez-vous à faire à Troyes ?

— Amie, si je ne fais pas un ou deux riches prisonniers, nous n'aurons pas de quoi nourrir les chevaux cet hiver. Avec ce que je gagnerai je vous rapporterai une belle étoffe tissée d'or pour une robe de fête.

La dame soupira, pensant que cette promesse devait lui fermer la bouche. Mais elle était triste. « Il faut que vous ne m'aimiez pas beaucoup pour me quitter si tôt. Sûrement à Troyes vous verrez de belles dames et vous voulez avoir le champ libre pour les servir. Après tout, je peux coucher sur la paille tout aussi bien que vous. »

— Vraiment, amie, ce ne serait pas décent. Et vous avez beaucoup à faire au château.

Ansiau ne pensait pas à mal en disant cela, mais la dame se fâcha pour de bon. Était-elle une servante pour être forcée de travailler au château pendant que lui allait mener joyeuse vie à Troyes ? S'il ne voulait plus d'elle, il n'avait qu'à reprendre sa bague et la donner à une autre — il ne demandait sans doute pas mieux.

— Amie, ne vous mettez pas en colère. Si vous y tenez, je vous emmènerai.

Devant une capitulation aussi brusque, Aalais se trouva un peu désemparée et presque déçue : elle ne savait plus si elle avait tellement envie de partir et de revoir Troyes après l'aventure du printemps dernier. Et l'idée de paraître aux côtés d'un homme pauvre était quand même humiliante. Mais la peur de laisser le baron sans défense contre les entreprises des dames — et des filles — qui seraient au tournoi la décida bien vite, et elle prit son parti du départ.

Dire que voyager avec Ansiau de Linnières était chose agréable, la dame ne l'aurait jamais pu. Elle avait trop pris l'habitude d'être maîtresse d'elle-même. Cet homme s'arrêtait à tout bout de champ, tantôt pour parler à un soldat rencontré sur la route, tantôt pour aller prier dans les églises des villages par lesquels ils passaient — il s'écartait vingt fois du chemin, car il avait l'habitude de ramasser en route des pèlerins et de les faire monter en croupe de son cheval et de celui de Thierri, et s'il arrivait que lesdits pèlerins fissent route vers Bar-sur-Seine ou vers Estissac, le baron faisait un bon bout de chemin dans la direction demandée, pour le seul plaisir d'entendre des récits de voyages et de miracles. Pourtant, pensait la dame, il doit en avoir soupé, de voyages et de pèlerinages. Mais Ansiau, assez naïvement, pensait que les pèlerinages des autres devaient être plus extraordinaires et plus édifiants que le sien propre : il avait eu la malchance d'avoir été vendu comme esclave et d'avoir ramé sur les galères turques — il était à espérer que les autres pèlerins avaient eu des aventures plus intéressantes à raconter. Les uns venaient d'Espagne, les autres de Rome, d'autres simplement de Vézelay ou de Langres. Aalais n'avait que mépris pour ces histoires de vilains — ce devaient sûrement être des mensonges : qui pouvait engager les petites gens à dire la vérité ? Personne ne se portait garant pour eux.

— De ce train-là, baron, nous serons à Troyes pour les fêtes de Noël.

— Allez donc, dame, nous avons quatre jours jusqu'au tournoi.

S'il l'avait voulu, pourtant, elle eût chevauché à ses côtés, tout droit sur la grand-route, la main dans la main. Elle avait eu si peu de temps pour lui parler. Elle eût tant voulu lui raconter toutes les tristesses de son veuvage de deux ans, ses couches difficiles, ses accès de fièvre, ses querelles avec Richeut — tout ce qu'il ignorait encore de sa vie à elle — et puis lui parler d'Herbert, de ses derniers mois, de sa mort en forêt, de toutes les belles choses qu'il avait racontées — celui-là, au moins, n'avait pas dédaigné de lui parler et ne lui préférait pas les pèlerins. Et pourtant, il valait bien Ansiau. Maintenant plus que jamais elle gardait au cœur une dévotion profonde pour l'homme qui ne l'avait pas convoitée. Mais Ansiau ne s'adresserait jamais à elle s'il voulait entendre parler du disparu — aussi passait-elle son temps à lancer son faucon sur les corbeaux et les corneilles, ou à galoper à toute allure sur la route poudreuse, pour entendre le vent siffler à ses oreilles.

Les deux époux arrivèrent à Troyes le jour même du tournoi — Ansiau eut à peine le temps de passer chez Guillaume de Nangi et d'endosser le haubert de son parrain ; encore ce haubert était-il trop large pour lui, et il s'enveloppa la taille d'une couverture de laine pour s'y sentir à l'aise. Il ne s'agissait pas de se faire battre à présent, car Guillaume de Nangi n'avait pas d'autre armure, et pour la racheter, pensait Ansiau, il fallait engager toutes les terres de Linnières — sans compter la rançon qu'il ne pourrait jamais payer.

Il eut la chance de faire deux prisonniers, l'un un certain Imbert de Potangis, dont l'imposante stature lui promettait un haubert à sa taille, et qu'il avait distingué de loin dans la foule des chevaliers de Sézanne; l'autre, Foulque de Rumilli qu'il détestait depuis le châtrage de Baudouin de Puiseaux — Foulque était le mari d'une fille de Joceran et avait fait ce qu'il avait pu pour nuire à Ansiau auprès du vicomte. Foulque, qui habitait régulièrement Troyes, paya sa rançon le jour même. Pour Imbert de Potangis, Ansiau l'emmena chez son parrain, au grand embarras de ce dernier; l'étroit local dont il disposait était bondé les jours de tournoi, à tel point que les hôtes devaient coucher par terre les uns sur les autres. Aalais avait fini par trouver place dans un lit plus ou moins confortable avec la femme de Guillaume, la femme de Manesier de Nangi, et une dame prieure, parente de la mère de Manesier.

Imbert de Potangis était un gros homme de trente ans, rouge et poussif, et qui se consolait de sa défaite en absorbant coupe après coupe du vin rouge que Guillaume servait généreusement à ses invités. Cet Imbert paraissait être une forte tête, car il ne s'enivrait pas. Ansiau, assis, à ses côtés, lui demandait, selon l'usage, quels étaient ses parents, ses parrains, et ses camarades — peut-être avaient-ils des amis communs? Imbert faisait son service à Sézanne et n'était à Troyes que de passage, il était pauvre et avait compté sur ce tournoi pour payer ses dettes. Il avait, dit-il, un grand défaut : sa passion pour le jeu de dés, qui l'avait ruiné, car il ne trichait jamais — il en avait fait vœu à saint Mammès après une grave blessure dont il avait failli mourir. Il lui était quelquefois arrivé de mettre en gage sa chemise et jusqu'à ses braies, et de s'envelopper dans un sac de toile qu'un valet lui avait donné par charité. Ansiau riait aux éclats en imaginant ce gros homme tout nu qui chercherait à se cacher dans un sac de toile, et Imbert, d'ailleurs, en riait aussi : ce n'était pas la pire de ses aventures.

— Vous ne payerez pas encore vos dettes cette fois-ci, dit Ansiau en riant, mais je veux bien vous faire grâce de la rançon — ce que je voulais, c'est votre haubert et votre cheval, et le reste, comme s'entend ; ne m'en veuillez pas, c'est notre bon usage de Champagne.

— Vous ne les jouerez pas avec moi ? demanda Imbert, avec un assez piteux regard d'en dessous.

— Par ma barbe, non ! Je ne joue pas ce que j'ai déjà gagné.

Aalais avait une autre affaire à régler à Troyes ; elle pensait non sans crainte à la Toussaint, jour où toute la maison de Linnières approchait de la Sainte Table — elle ne voulait pas faire une confession mentie, il lui fallait donc se débarrasser au plus vite de son dangereux secret ; aussi se renseigna-t-elle auprès des dames de Nangi sur les religieux qui fréquentaient les églises de Troyes ; et la dame Oda, femme de Manesier, lui parla d'un religieux réputé pour sa sainte vie, qui allait justement se rendre à Saint-Jacques-de-Compostelle pour un vœu de piété. « Si vous voulez obtenir une grâce ou une faveur spéciale, c'est le bon moment pour aller le trouver. Il priera pour vous quand il sera à Saint-Jacques. » Aalais alla trouver le bon père dans l'église Saint-Pancrace où Oda la mena, assez curieuse de savoir quel était le sujet de la dévotion de sa nouvelle amie. Mais Aalais dit qu'elle venait pour une confession.

Elle n'aborda pas le confessionnal sans trembler un peu : les diables qui l'entendaient parler commenceraient déjà à lui préparer le châtiment destiné aux femmes luxurieuses. Mais l'enfer était loin. Elle confessa donc sa faute, sans se justifier ni s'accuser, point par point : elle avait commis le péché de chair tant de fois, en tels endroits, avec tel homme — elle en avait du regret, elle voulait recevoir l'absolution. Le religieux devait être un homme d'humeur sévère : il lui déclara qu'une femme comme elle ne devrait recevoir l'absolution que rasée et enfermée dans un couvent. Aalais prit la chose très mal et répondit assez vertement : à coup sûr il n'en disait pas autant à ses maîtresses, il était honteux qu'une femme de chevalier fût exposée aux insultes d'un capuchon noir.

Elle partit, très en colère. Sa première idée fut d'aller se plaindre à Ansiau, mais elle se rendit compte que c'était dangereux et peu raisonnable. Et en y réfléchissant bien elle se dit que ce religieux pouvait, après tout, être un saint homme pour de bon et attirer sur elle la colère de Dieu pour son insolence — et du moment qu'il fallait se confesser de toute façon, il valait mieux s'humilier devant un prêtre que devant deux. Elle revint donc vers son confesseur et s'excusa humblement auprès de lui : elle était une femme libre, et n'avait pas été habituée au mépris ; mais s'il voulait l'absoudre de son péché elle donnerait un sou d'or pour son couvent et se soumettrait à la punition qu'il voudrait bien lui imposer. Le moine, qui n'était pas un méchant homme, finit par lui donner l'absolution, moyennant un pèlerinage à Langres, à la cathédrale Saint-Mammès, qu'elle ferait en personne et à pied. Aalais protesta, disant qu'elle ne pouvait aller à pied — et d'ailleurs, quel péché croirait-on qu'elle avait commis ? ce serait un scandale pour toute sa parenté. Le brave homme consentit à la laisser aller à cheval — mais elle devait le faire avant Noël.

Maintenant qu'il était muni d'un haubert et pourvu d'un second cheval, Ansiau ne songeait plus guère à retourner au château.

— Si nous allions maintenant à Provins ? dit-il à la dame. Qu'en pensez-vous, amie ? On dit que c'est une bonne ville.

— A Provins ? s'écria Aalais, un peu effrayée. Et pour quoi faire ?

— Vous ne devinez pas ? J'ai grande envie de casser deux ou trois côtes au petit beau-frère.

— Et quel beau-frère, bonne Dame ? Nous n'en sommes pas à un près.

— Il n'y en a qu'un qui habite Provins. Erard de Baudemant. Je ne serai pas tranquille que je ne lui aie fait mordre la poussière.

Tout de suite la dame se cabra : « Il ne vous a rien fait, cet homme. Laissez-le tranquille. Ce serait bien user vos chevaux pour rien. »

— Pour de bon, amie. Il y aura un tournoi à Provins dans huit jours, à la Saint-Rémi. Vous y verrez de belles joutes.

Aalais déclara tout net qu'elle n'irait pas à Provins.

Elle voulait rentrer. Elle s'ennuyait de rester si longtemps loin des enfants.

— Bah ! Nous serons toujours de retour avant la Toussaint.

Aalais se mit en colère. Non, non et non, elle n'irait jamais à Provins. Elle ne voulait pas manquer la saison des chasses. Elle avait de l'ouvrage au château. C'est bien gai, un mari qui ne songe qu'à battre la campagne avec des gueux ramassés sur la route.

Ansiau se gratta la barbe, assez perplexe.

— Que faire ? Je ne peux pas vous laisser rentrer sans escorte, et j'aurai besoin de mes hommes. Après tout, Thierri me suffira, les deux autres rentreront avec vous.

— Comment ? Vous voulez que je rentre seule ?

— Que voulez-vous, amie ? J'ai trop envie de régler son compte à ce malappris. Les bras m'en démangent. Allez — venez avec moi — vous verrez comment je saurai l'arranger.

Ansiau était lui-même étonné de s'entendre parler ainsi, car il n'avait pas l'habitude de se vanter d'avance. La dame frappa du pied.

— Non, je n'irai pas ! Laissez-moi tranquille.

— C'est comme vous voulez, dame. » Ansiau acceptait sans trop de mauvaise grâce ces inexplicables humeurs féminines, et les respectait comme une loi de la nature. Il équipa la dame pour le voyage le jour même, lui donna ses deux soldats pour escorte, et les deux époux se séparèrent fort bons amis ; Aalais fit jurer à son mari qu'il ne toucherait à aucune femme jusqu'à son retour du tournoi, et lui souhaita bonne chance. Mais au fond de son cœur, elle espérait qu'il ne ferait pas de mal à Erard.

Ansiau partit pour Provins avec Manesier de Nangi et prit part au tournoi, sans pourtant arriver à faire de prisonniers. Il ne rencontra pas Erard de Baudemant : il apprit que le jeune homme était entré au service du comte de Brienne, et qu'il était allé en Flandre avec son seigneur. Ansiau soupira : un voyage en Flandre ne lui aurait pas déplu — le pays passait pour riche et plein de braves chevaliers ; mais il n'avait pas d'argent, et la saison des chasses était déjà fort avancée. Et puis, il avait promis à la dame de rester chaste, et ne voulait pas hasarder sa parole sur des semaines d'absence — et puis, il songeait que son fils n'avait plus qu'un hiver à passer à Linnières.

Les chasses durèrent jusqu'aux premiers jours de décembre, malgré le froid. Aalais ne se souvint de son pèlerinage que quinze jours avant Noël. Elle en fut atterrée : si jamais elle n'avait pas le temps d'arriver à Langres ! — les routes étaient mauvaises et encombrées par la foule des pèlerins aux approches de la fête.

Elle en parla au baron : un saint religieux de Troyes lui avait ordonné un pèlerinage à Langres pour un grave péché qu'elle avait commis et si ce pèlerinage n'était pas fait avant Noël, le péché ne lui serait pas pardonné. Ansiau jura : « De quoi se mêlent-ils, ces tondus ? Vous n'allez pas voyager par un temps pareil ? »

— Il le faut, baron, je me suis engagée. » Elle soupira, en songeant à son ventre, qui commençait à la gêner légèrement — qui sait ce qui arriverait à l'enfant si elle manquait à sa promesse ?

— Faites-le faire par quelqu'un d'autre, dit le baron. Vous ne pouvez pas voyager dans votre état.

— Justement, dit la dame, il faut que je sois libre de mon péché avant mes couches ; j'ai promis d'aller moi-même, il n'y a rien à faire.

— Mais après tout, amie, une femme ne peut pas avoir de bien grands péchés. Vous n'avez pas parjuré ?

— J'ai mort d'homme sur la conscience, dit la dame, — et elle ne mentait pas — j'ai fait battre un maraudeur, le jour avant la Saint-Martin d'été, et il est mort sous les verges.

Ansiau haussa les épaules. « Bah ! Un vilain. Votre religieux n'a pas plus de cervelle qu'un perdreau. Par ma barbe, vous ne bougerez pas d'ici jusqu'après vos couches. »

Mais la dame parla tant et si bien, jurant qu'elle ne pourrait ni dormir ni manger avant d'avoir accompli sa pénitence, que le baron finit par céder. Elle eut vite fait de réaliser tous les avantages que son acte de piété pouvait lui procurer, outre le pardon : des prières dites pendant une messe de Noël à la cathédrale de Langres étaient autrement plus efficaces que les prières ordinaires, et toute la maison avait grand besoin de l'aide de Notre-Dame et de saint Mammès. Il y avait de nouvelles armes à bénir, des messes à faire chanter pour les morts, sans compter la messe de reconnaissance pour le retour du baron — elle fit ses préparatifs du départ dans une fièvre joyeuse, toute fière d'accomplir une œuvre aussi méritoire — toute la parenté du baron la chargeait de commissions à l'adresse de saint Mammès — une guérison à demander, ou un retour d'affection ; ou de l'eau bénite ou du buis à rapporter de la cathédrale. Le baron lui donna pour le voyage tout l'argent qui lui restait et sa grande cape de renard, et les enfants regardaient avec une admiration craintive la dame, qui, pour la première fois de leur vie, allait fêter Noël loin d'eux, dans un lieu saint.

La dame prit avec elle Sillette et deux hommes d'armes en guise d'escorte. Le baron monta lui-même à cheval pour accompagner sa femme jusqu'à Coussegray, à une lieue à l'est de Linnières. A la croisée des chemins ils s'arrêtèrent. Les collines boisées du Tonnerrois s'étendaient devant eux dans une brume froide. Les talus et les branches des arbres étaient couverts de givre matinal — le ciel était gris et calme. La dame se serrait dans sa grande cape et soufflait sur ses doigts déjà engourdis par les rênes. Le baron lui mit la main sur l'épaule. « Dieu vous garde, dame. Mais s'il vous arrive malheur avec cet enfant, c'est vous qui l'aurez voulu. »

Aalais se signa : « N'en parlez donc pas ! Il n'arrivera rien. Adieu, ami. »

Ansiau revint au château, s'installa près de la cheminée et se mit à compter les jours qui restaient encore jusqu'à Noël. Douze jours. C'était bien long. Il se demandait s'il allait falloir jeûner — la dame était très stricte au sujet de jeûnes et d'abstinences, mais à présent elle était partie et il se sentait libéré de ces sortes d'obligations — il avait bien assez jeûné dans sa vie. Il n'était pas gros mangeur. Mais le froid, et surtout l'inaction, le portaient à la gourmandise, et il avait grande envie de goûter du chevreuil rôti.

La nuit venait tôt. Et elle allait durer sans fin. Dans la salle à coucher chauffée et fermée de toutes parts, l'air était étouffant malgré le froid dehors. Pour la première fois depuis son retour, Ansiau se trouvait seul dans son immense lit à rideaux. Et comme il n'avait jamais pu penser à ce lit sans la dame à ses côtés, il se sentait perdu — comme si la moitié du lit s'était effondrée et qu'il eût craint, en s'endormant, de tomber dans le vide. Le sommeil ne venait pas, le vieil ennui des champs d'Ile-de-France revenait sucer la moelle des os et du cerveau — il y avait des années qu'il n'avait pas été seul : toujours un camarade à ses côtés — même sur la galère cela faisait du bien de voir un dos et une nuque devant soi. Mais à présent Ansiau regrettait de n'être pas resté en Terre sainte, où il y avait toujours moyen de se battre contre les païens. Simon avait choisi la meilleure part. Il n'était pas resté à moisir dans cette bâtisse perdue au milieu des marais ; il n'y avait plus de guerres en Champagne, et aux tournois on dépensait plus qu'on n'y gagnait. André était Dieu sait où — peut-être mort en route — peut-être engagé au service d'un baron du Midi — si seulement le jour venait pour chasser cette angoisse qui creuse les entrailles. Mais la nuit ne fait que commencer. Ansiau prit le parti de réveiller son écuyer.

— Thierri.
— Je suis là, baron.
— Thierri, je suis si triste que je n'en peux plus. Si

vous pouviez me trouver une femme pour coucher avec moi. Je ne dormirai pas autrement.

— Quelle femme, baron ?

Ansiau réfléchit un peu. « Une assez grande... et pas trop sale. »

Les jours s'écoulaient, monotones, très courts, très sombres — les nuits étaient longues et froides ; la dame partie, les domestiques profitaient des gelées pour négliger leur travail et se pressaient dans la salle près de la cheminée à écouter les légendes de Noël que racontait un pèlerin de Terre sainte ramené par le baron de l'hôpital de Chaource. L'approche des fêtes créait une atmosphère d'oisiveté et de joie que depuis des années on n'avait pas connue au château. L'absence de la dame y était pour quelque chose, et plus encore l'idée des bienfaits que devait appporter le pèlerinage de la dame : ce n'était pas tous les ans qu'on pouvait voir la dame partir en pèlerinage pour Noël. Et le baron devait sans doute penser que sa femme priait pour deux, car il se laissait aller comme il n'avait jamais fait de sa vie. Le départ de la dame l'avait pris au dépourvu : près d'elle, il était le seigneur et maître du château et savait parfaitement ce qu'il fallait faire ou ne pas faire ; à présent, il se sentait relégué au rang des valets d'écurie et ne pouvait s'appliquer à autre chose qu'à soigner les chevaux — il le faisait bien du reste — c'était là un de ses dons, il sentait la bête au regard et au toucher. Il s'ennuyait ; il se demandait comment il allait supporter les mois d'hiver à venir et cherchait au ciel l'apparition de nuages neigeux parce que la neige allait permettre d'organiser une battue au loup.

La dame s'avançait lentement sur la route gelée ; les bois à l'horizon se levaient et s'abaissaient devant elle en cadence, au balancement régulier du cheval. Les sabots des quatre chevaux battaient le sol d'un bruit sec et rythmé dont l'écho se répétait par la forêt déserte. Près de Tonnerre les voyageurs rejoignirent la grand-route, et ne sortirent plus de la foule des pèlerins à cheval et à pied qui s'avançaient lentement, si lentement que la dame, peu patiente, avait souvent l'impression de piétiner sur place. Tout cela riait, jurait ou chantait des cantiques — il y avait là des moines en capuchons bruns, des pauvres vêtus de haillons, des bourgeois en grandes capes de drap, des filles de joie, et des pénitents, tête et pieds nus malgré le froid. De loin en loin les cavaliers s'échelonnaient sur la route par petits groupes de trois et de quatre ; ceux qui paraissaient être d'assez haut rang ne se gênaient pas pour écarter les piétons à coups de fouet. Aux auberges, la nuit, la foule se pressait aux portes et dans les granges ; on allumait un feu dans la cour et on y faisait rôtir des galettes de pain noir. La dame de Linnières pouvait payer une place dans un lit, où du moins elle était bien au chaud. Les punaises et les mauvaises odeurs l'empêchaient de dormir. Chaque soir, il y avait des bagarres ; des cris avinés remplissaient l'auberge ; de la cour parvenaient des chants et des rires qui ne cessaient pas de la nuit.

Le voyage dura dix jours. Un peu fatiguée, Aalais s'abandonnait de plus en plus à la douceur de sentir le poids encore léger qui la forçait à se cambrer et l'empêchait de se pencher en avant. Elle le sentait là contre sa cuisse repliée, bien au chaud sous sa robe de laine et sa cape de renard, bien au chaud dans ses viscères, dans son sang, contre son cœur. Il ne la faisait pas souffrir ; mais elle commençait à être de plus en plus pleine de sa présence. Elle revivait à nouveau ses anciennes grossesses — aucune n'avait été pénible, sauf les deux premières. Elle retrouvait à nouveau cette grande paix du corps et de l'âme qui lui avait été refusée pendant plus de deux ans. Enfin, le baron l'avait donc relevée de cette obligation de stérilité qui l'avait fait languir et brûler et se démener comme une folle. Voilà qu'elle était de nouveau comme elle devait être : tout rentrait dans l'ordre.

Elle n'avait que cinq mois au plus à attendre. Il viendrait au monde après la sainte Croix en mai ; toute la forêt serait verte et pleine de gazouillis d'oiseaux. Comme Girard et Alette paraîtraient grands à côté de lui. Comme sa petite tête allait être chaude, et sa peau fine et lisse, si douce que déjà les lèvres de la dame brûlaient du désir de la toucher. Sa bouche fine et ronde encerclerait les pointes de ses seins qui se gonflaient déjà de lait en l'attendant. Il y avait si longtemps qu'Alette était sevrée : treize mois, c'est bien cela, plus de treize mois. Et à présent cet autre venait qui allait tendre ses petites lèvres avides, et crier de faim, et s'apaiser lentement, à mesure que sa bouche s'emplirait de lait. De ses enfants, c'était toujours le tout petit qu'elle aimait le plus : à mesure qu'ils grandissaient, on les détachait d'elle. Cette race de Linnières lui était prêtée par le baron pour cinq ou six ans — un peu plus pour les filles — le temps de la vêtir d'os, de chair et de peau, de lui apprendre à marcher et à parler, de l'équiper pour que le baron puisse en faire les hommes qu'il veut. Mais celui qu'elle avait avec elle à présent ne dépendait en rien du baron ni de personne d'autre. Il était bien à elle. Si c'était un garçon, il s'appellerait Guillaume : depuis longtemps elle avait trouvé ce nom pour son futur garçon — depuis la naissance d'Alette elle y rêvait. A cause du duc Guillaume au Court Nez, dont parle la chanson ; et de Guillaume le Bâtard, duc d'Angleterre, et du duc Guillaume d'Aquitaine qui avait fait de si belles chansons qu'Herbert lui avait chantées. Aalais soupirait à ses pensées et répétait tout bas ce nom si doux à dire qu'il était comme une caresse pour ses lèvres.

Langres apparut enfin aux pèlerins avec la silhouette massive et les tours carrées de la cathédrale dominant et écrasant la ville grouillante et remuante malgré le froid. Un peu hébétée et perdue dans la foule, retrouvant à peine ses compagnons de route, Aalais finit par arrêter son cheval devant une auberge un peu à l'écart de la ville, où il y avait moins de monde que dans les autres. Bon gré mal gré elle dut partager le lit avec deux femmes de bourgeois venues d'Auxerre. Le lendemain était veille de Noël et une grande messe de pardon allait être chantée à la cathédrale. Aalais revêtit ses habits de Carême, et prenant Sillette par la main, suivit la foule des pèlerins et des pénitents qui déferlait lentement par les rues étroites, piétinant dans la neige mêlée de boue. La chaleur et l'odeur de rôti s'échappaient par les portes entrebâillées, on y entendait un joyeux cliquetis de vaisselle et les jurons des ménagères, et la foule avançait toujours, se rapprochant de la cathédrale. Le son des cloches, de plus en plus pressant, de plus en plus dense, remplissait l'air, les rues, les oreilles, les cœurs; angoissant, monotone, comme un appel et une menace. L'immense nef de la cathédrale, les bas-côtés, le parvis, tout était couvert, surchargé de fidèles en habits de pénitents; têtes nues, couvertes de poussière, chemises de bure, épaules nues et lacérées par la discipline, voiles noirs, et haillons recouvrant des ulcères.

Resplendissant de cierges, tendu de drap noir et violet brodé d'argent et de perles, le maître-autel dominait la foule, écrasant de pureté sévère; les chœurs tonnaient, suppliaient, gémissaient; et rien n'était plus pauvre en face de la majesté de l'office que cette foule d'hommes et de femmes venus là pour leurs pauvres fautes si laides et si petites qu'il devraient à peine s'en souvenir. Debout au-dessus des pénitents agenouillés, le bras levé, l'évêque de Langres prononçait les paroles d'absolution; et tant d'yeux se levaient craintivement vers cet homme tout revêtu, tout enveloppé, marqué et scellé de partout de la grâce et du pouvoir de Dieu, avec sa mitre étincelante, son anneau d'améthyste, sa crosse dorée, et ses fines mains blanches qui déversaient le pardon venu d'en haut.

A genoux, appuyée contre le pilier froid, Aalais ne voyait, de loin, que le reflet des cierges sur les pavois et oriflammes tendus derrière l'autel. Et avec tous ces autres qui s'humiliaient et qui demandaient pardon, elle pleurait à haute voix, et dans ce chœur de sanglots et de soupirs elle ne s'entendait plus et n'avait plus peur de se laisser aller à son chagrin. Elle ne pleurait pas de remords : elle n'en avait jamais eu — mais de regret et de tendresse pour l'homme qui l'avait aimée comme elle voulait être aimée ; l'homme qui était si semblable à elle par le cœur et par la chair, son vrai frère et ami qu'elle n'avait plus le droit de revoir. Elle ne demandait rien ; elle ne voulait plus rien ; elle était résignée. C'était la dernière fois qu'elle avait le droit de penser à lui — avant le pardon définitif que l'évêque était en train de sceller au-dessus de sa tête. Et voilà que tout était fini et consommé. Aalais se releva lentement avec la foule, qui se relevait rang par rang. Tête basse, elle sentait peser sur elle le poids de son engagement avec Dieu. — Plus de péché. Plus d'Erard. Il n'y avait rien eu. Elle n'avait jamais été autre chose que la femme d'Ansiau de Linnières et la mère de ses enfants. En venant baiser, dans la cohue fervente et joyeuse des pardonnés, le pied de la statue de saint Mammès, la dame pensait déjà à son Guillaume et le vouait au saint, parce qu'elle ne se croyait plus le droit de prier pour l'autre.

Fille de petit châtelain, Aalais de Puiseaux n'avait jamais fêté Noël ailleurs que dans l'église de sa paroisse, et ce n'était pas peu de chose pour elle qu'une messe de minuit avec mille cierges, l'immense cathédrale tendue d'or et de soie blanche et rouge, les chants des chœurs, la présence de l'évêque ; et tout ce peuple de fidèles, cette foule comme elle n'en avait jamais vu

de pareille, pas même aux plus grands tournois. A
force d'admirer elle ne pensait plus à rien : bouche
bée, yeux grands ouverts, elle ne se lassait pas de
contempler les cierges blancs, dont les flammes tremblantes et crépitantes scintillaient comme d'immenses
étoiles fondues les unes dans les autres ; les chœurs aux
voix tantôt graves, tantôt jeunes, toutes triomphantes,
disaient que la joie qui est celle des saints au ciel vaut
cent fois toutes les joies terrestres prises ensemble, et
pour une fois la dame y croyait pour de bon, et ne
pensait à autre chose qu'à se réjouir avec les saints et
les anges. Elle échangea tant de fois le baiser de paix
avec ses voisines qu'elle les connaissait et les aimait
comme des sœurs ; elle serrait dans ses bras Sillette et
riait de joie. Comme la plupart de ceux qui étaient
venus de loin, elle veilla jusqu'au matin.

A la sortie de l'église, l'air glacé la transperça. Le ciel
était noir. La place et les rues étaient illuminées de
torches fumantes, et de lanternes rouges qui se mou-
vaient au-dessus de la foule comme des vaisseaux sur
une mer agitée. Aalais s'aperçut qu'elle avait perdu ses
deux hommes d'armes, et s'accrochait au bras de
Sillette. Dans les hôtels les garnisons réveillonnaient
déjà depuis longtemps, et les cris et les chants débordaient dans la rue ; des compagnies de soldats ivres, de
filles de joie, de ménestrels, se ruaient dehors avec de
grands cris, se roulaient dans la neige, se battaient avec
les passants. Le ciel au-dessus des toits prenait une
couleur grise et blafarde. La silhouette lourde et noire
de la cathédrale se profilait sur le ciel, écrasant les

maisons; on la voyait de partout. Ses fenêtres étaient illuminées, ses cloches commençaient déjà à sonner prime.

Comment ceci était arrivé, personne ne pouvait le savoir. Il y eut d'abord un grand cri, puis une fumée blanche monta d'une torche allumée au milieu du gros des pèlerins qui rentraient à l'église — l'odeur de fumée se propagea dans l'air immobile et glacé, et on cria au feu. En deux secondes la vague déferla du parvis et descendit sur la place, vers les maisons et l'hôtel des drapiers — Aalais voyait rouge et la fumée l'aveuglait, elle se rejeta en arrière, essaya de courir; et tout à coup elle ne vit que dos, épaules, poitrines l'écrasant de toutes parts, pesant sur elle de tout leur poids — une sourde plainte avait succédé au cri de stupeur — sous ses pieds Aalais sentit une chose molle qui remuait, et elle manqua de perdre pied, et se débattit avec rage, à coups d'épaules et de coudes, ce qui lui attira des jurons et des bourrades. La fumée ne montait plus, mais, l'élan une fois donné, la vague ne pouvait plus revenir en arrière — les croisées et les portes de l'hôtel des drapiers furent défoncées, des soldats sortaient en désordre, lance au poing, ne comprenant pas de quoi il s'agissait. Aalais commençait à perdre l'espoir de jamais sortir de la foule; ses forces l'abandonnaient, son cœur battait à grands coups lents et irréguliers qui semblaient retirer tout le sang des bras et des jambes; tout devenait noir devant ses yeux. L'enfant. Ces porcs, ces gros sacs, ces lourdauds qui se ruaient Dieu sait où. Elle sentit son pied glisser, la terreur fit tourner des cercles rouges devant ses yeux et elle s'accrocha au manteau d'un homme en bure dont le dos massif l'écrasait. Elle s'entendit pousser un long hurlement : « Saint Mammès ! Saint Mammès ! Au secours ! » Puis tout s'arrêta. Elle ne vit plus rien.

Il faisait presque jour quand elle se retrouva assise sur un banc au coin d'une rue qui débouchait sur la place. Deux femmes lui frottaient les paumes et les tempes avec de la neige. Tout de suite Aalais porta la main à son ventre comme pour s'assurer que l'enfant était bien là. Elle voulut parler et ne put trouver les paroles qu'elle voulait prononcer. Ses lèvres tremblaient tant qu'elle ne pouvait pas ouvrir la bouche. Une femme en cape brune se baissait sur elle ; Aalais croyait reconnaître son visage et tâchait de se rappeler où elle avait pu la voir. Oui, Sillette ; c'était Sillette. Elle commençait à comprendre où elle se trouvait, et se leva pour rentrer avec Sillette à l'auberge. Pendant deux jours son corps fut secoué de frissons, et elle n'arrivait pas à rassembler ses mots ni à dire une phrase sensée.

La dame resta à Langres trois semaines ; le temps était si mauvais qu'elle n'osait pas se mettre en route. Giboulées et verglas ne cessaient pas. Et elle se sentait faible et malade. Elle avait très peur pour son Guillaume et pensait à la colère du baron si jamais elle revenait à Linnières pour lui dire qu'elle avait fait une fausse couche. Après tout, si elle l'avait écouté, elle serait encore au château, bien tranquille et bien au chaud. Elle avait presque oublié pourquoi elle était à Langres et pourquoi elle avait tant besoin de se faire pardonner son péché. L'accident du matin de Noël lui semblait un mauvais présage; elle était sûre qu'il arriverait quelque chose à l'enfant. Jour et nuit elle observait et guettait ces petits coups saccadés qui lui rappelaient la présence de l'enfant, et à chaque fois elle se disait : Dieu merci, il vit encore. Mais ces mouvements lui paraissaient si tremblants, si faibles, si peu semblables à ceux des autres enfants, que le cœur lui défaillait, sans même qu'elle sût pourquoi.

Il lui tardait de retrouver enfin les bras du baron — il n'y avait pas au monde d'abri plus sûr ni plus doux. Elle se souvenait de lui tel qu'il avait été lorsqu'elle portait ses autres enfants : il tenait à sa race, parce qu'il savait que c'était une bonne race. Il savait prendre soin d'elle, avec ce sûr instinct d'éleveur qu'il avait. Sur la route glacée, sous le vent et la pluie, Aalais pensait à ces mains toujours brûlantes qui ne la gêneraient plus maintenant qu'elle avait si froid.

L'hiver était rude à Linnières. Les marais étaient gelés, les routes couvertes de verglas étaient désertes et perdaient leur aspect de routes : rien de plus désolé que ces étendues grises, jaunâtres, informes, débordées de tous côtés par la forêt noire et pétrifiée. Les corbeaux tombaient en plein vol, de froid. Au château comme au village, la vie semblait s'être arrêtée. Après Noël le baron fit monter une bonne partie des chevaux dans la grande salle, car il craignait le froid pour la race espagnole, les poulains et ceux de deux ans. Le fourrage commençait à manquer, il fallait y mélanger de la paille, en attendant de pouvoir chercher de l'avoine à Hervi, chez Haguenier, qui devait en avoir à revendre. La moitié de la salle fut ainsi transformée en écurie, et la basse-cour y trouva sa place aussi, sous les pieds mêmes des chevaux. Les soldats qui faisaient le guet et les valets tanneurs et veneurs ne bougeaient plus de la salle ; ils y menaient un tel tapage que les femmes n'osaient plus y descendre et avaient fini par se cantonner dans la chambre à coucher, où elles filaient, mangeaient et bavardaient entre deux chansons de toile. Le baron se trouvait assez content de cet arrangement, et il se sentait à son aise dans cette salle qui par ses bruits, ses odeurs lui rappelaient les camps de l'ost de Champagne et la caserne du château de Paiens.

Quand la dame rentra à Linnières vers la fin du mois de janvier, elle se trouva désagréablement surprise, ce qui n'était que trop facile à comprendre. Les chevaux se trouvaient toujours dans la salle, et, à la suite du dégel la paille dont les salles étaient jonchées était toute pourrie : on en avait jeté de la fraîche par-dessus, sans enlever l'ancienne, soi-disant pour tenir plus chaud. La fumée qui montait des bûches humides, et la vapeur émanant des marmites créaient un brouillard épais ; les soldats juraient par tous les saints en jouant aux dés près de la cheminée. Les odeurs de bêtes et d'hommes forcèrent la dame à se boucher le nez en entrant dans la salle.

Le baron vint au-devant d'elle et la prit dans ses bras avant qu'elle ait eu le temps d'y voir quoi que ce soit à travers la vapeur. Elle était trop fatiguée et trop en colère pour s'abandonner à ces effusions conjugales ; elle dit d'une voix dolente : « Voyons, baron, laissez-moi me réchauffer et changer d'habits. » Puis elle lança rageusement ses gants par terre et dit qu'elle ne resterait pas plus longtemps dans une écurie. Elle monta l'échelle suivie de Sillette et du baron.

Une fois dans la salle du haut, la dame se trouva entourée de ses cousines, de ses enfants qui s'accrochaient à ses jupes, des servantes qui regardaient bouche bée leur dame qui revenait de chez saint Mammès. La pauvre Aalais sentait sa tête tourner et ses jambes trembler ; le baron écarta les femmes qui se pressaient autour d'elle, et pour une fois elle ne lui en voulut pas de son manque de façons. En deux minutes elle fut installée près du feu dans un fauteuil, avec des coussins sous ses coudes et sous ses pieds, un bol de lait chaud dans ses mains ; le baron fit jeter dans le feu des fagots de genêts pour raviver la flamme et ordonna d'allumer dix chandelles à la fois. La dame pensa : « Voilà du gaspillage », mais la lumière douce et chaude l'entourait et la baignait et elle avait envie de sourire et de fermer les yeux ; elle se sentait bien. Ansiau avait beau ne pas savoir tenir la maison, il ne manquait pas de présence d'esprit quand il le fallait et il savait la réconforter — si bien qu'elle ne lui en voulait plus.

Assis sur un escabeau en face d'elle, il l'aidait à tenir son bol de lait, et soufflait dessus pour le refroidir un peu. Elle but lentement, les yeux fermés, posa le bol par terre et se rejeta sur les coussins. Ansiau était là devant elle, installé à son aise pour bien l'admirer, et la joie enfantine qui brillait dans ses grandes prunelles sombres la fit sourire. Il avait changé en moins de deux mois : il avait beaucoup maigri, et sa cicatrice le long du nez en devenait plus apparente et donnait à tout le visage un aspect irrégulier et bizarre. Il avait dû s'être beaucoup négligé durant ces six semaines — il portait un bliaut noir et graisseux, déchiré en plusieurs endroits ; ses cheveux et sa barbe, crépus et tout emmêlés, paraissaient ignorer depuis longtemps l'usage du peigne, et son visage portait une crasse de dix jours qui se déposait en traits noirs aux sillons des joues et sous les yeux. Ses grandes mains calleuses, crevassées, portaient des ongles longs d'un demi-pouce, noirs et cassés, et le poignet droit était orné en guise de bracelet d'une large blessure ouverte et purulente sur les bords. Ansiau ne paraissait pas se rendre compte de l'état d'incurie où il se trouvait ; en tout cas, il était de très bonne humeur et avait le sourire de ses meilleurs jours. Il interrogeait sa dame sur ce qu'elle avait vu à Langres, et ses deux garçons, debout derrière lui, fixaient sur leur mère leurs grands yeux clairs remplis d'admiration craintive.

— Mais, baron, vous êtes blessé au poignet. Laissez-moi voir.

Il se mit à rire.

— Pensez-vous ! Ce n'est rien.

En effet, il avait connu bien autre chose. Mais déjà la dame grondait en examinant les bords de la plaie. — « Ce n'est pas la peine de passer son temps à soigner les chevaux si on ne sait pas se soigner soi-même. Quel bel exemple pour les enfants. Il faut que je vous mette dessus de mon herbe à serpents, qui garde des mauvaises fièvres. Là... Berta, allez en chercher dans mon coffre, voici la clef. Herbert, mon garçon, allez avec elle, pour voir qu'elle ne prenne rien. » Le baron riait de bon cœur, amusé de voir la dame prendre au sérieux une petite égratignure.

— Eh bien, dit Aalais, vous n'avez pas à rire. Ce n'est pas raisonnable, surtout devant les enfants. Venez là, plus près de moi. Vos cheveux sont dans un bel état, mon ami. Il vous faut des laveuses de tête, comme dans l'ost ? Vous ne pouviez pas demander à Lizarde de s'occuper de vous ? ou à Haumette ? C'est honteux de laisser un homme dans un état pareil, je vais leur en dire deux mots à ma façon. » Elle tira de sa manche son petit peigne de fer. « Baissez-vous. Venez que je vous coiffe, je sais que vous aimez cela. Voyez toute cette vermine que vous avez, par saint Thiou ! Cela devait vous démanger drôlement, mon pauvre ami. Ne bougez pas, vous verrez comme je vais vous démêler cette tignasse. »

Agile, elle faisait claquer sur le bout de l'ongle les bestioles qu'elle trouvait, et démêlait une à une les longues mèches récalcitrantes. Peu à peu ce travail familier faisait remonter dans son esprit des souvenirs de tant d'années passées aux côtés de cet homme. Le souvenir de ces mêmes cheveux, plus longs, plus clairs, plus doux sous ses doigts — de cette même tête lourde et chaude appuyée contre sa hanche — ses yeux s'égaraient sur des images si lointaines qu'elle s'étonnait de les retrouver encore — les premiers baisers sur le coffre, à Puiseaux, et la première nuit, le vin excitant, les draps fins, et cette crainte mêlée de joie, et l'émotion de ce grand garçon aussi ignorant qu'elle et tout pantelant de bonheur et d'étonnement — elle n'arrivait pas à croire que cet adolescent un peu trop exalté et le baron de Linnières ne faisaient qu'un seul et même homme.

— Là, ami, vous voilà bien peigné et bien beau. A moins que vous n'aimiez mieux une raie au milieu de votre barbe, ce qui est très bien aussi : votre oncle Herbert la portait toujours de cette façon. Et demain, vous donnerez l'ordre de faire chauffer les étuves, car je crois qu'elles chôment depuis longtemps. Décidément, ami, cela ne vous vaut rien de rester au château sans moi. Il vous faut une nourrice.

— Je me suis bien ennuyé sans vous, amie.

Aux yeux du baron elle était plus belle que jamais à présent — un visage un peu pâli, un peu épaissi, émoussé, éteint, le regard sans âpreté, les lèvres sans désir. Elle était plus douce, plus femme quand elle était enceinte ; il la sentait plus proche de lui par cet enfant qui la remplissait comme l'eau remplit la coupe, comme la sève gonfle le bourgeon. Il aimait être servi et soigné par elle à ces époques, parce qu'il sentait ses doigts devenus plus doux, ses mains plus chaudes, ses gestes plus maternels. Dieu merci, elle était de ces femmes qui ne chôment pas longtemps et il n'était guère en danger de manquer d'héritiers.

Pour lui faire plaisir il promit de faire descendre les chevaux dans les écuries et de nettoyer la salle, et se laissa mettre un pansement sur la plaie. La dame était touchée de tant de douceur, et avait envie de lui dire des paroles caressantes, comme à un enfant.

— Venez là, ami. Asseyez-vous à côté de moi. Mais

ne me serrez pas trop fort. Parlez-moi. Vous ne me dites jamais de belles choses.

— Vous vous moquez de moi, amie.

— Pourtant, vous saviez bien me parler, autrefois. Mais maintenant vous êtes trop fier. Voyez-moi ce seigneur, qui, depuis qu'il a été en Terre sainte ne veut pas dire un mot de trop de peur d'user sa langue.

Ansiau se mit à rire pour toute réponse.

— Allons, lui dit la dame, vous vous êtes plaint de ce que je vous faisais des reproches. Eh bien, c'est votre tour maintenant. Allez ; ne vous gênez pas ; dites-moi tout ce que vous avez à me reprocher. J'écouterai tout et je ne dirai rien.

— Et que voulez-vous que j'aie à vous reprocher ?

— C'est à vous de le dire. Voyons ; sûrement je dois avoir des défauts ; sûrement vous devez avoir à vous plaindre de moi. Vous ne le dites pas par courtoisie.

Il se mit à rire : « Mais non, amie. »

— Cherchez bien. Il faut bien que vous trouviez quelque chose. Dites-moi : en quoi vous ai-je manqué ? Quel tort vous ai-je fait ?

— Aucun, dame. Vous êtes drôle.

— Cherchez bien. Maintenant, vous n'avez rien à dire ? Pensez-y pour ne plus vous dédire après.

Ansiau dit : « Écoutez, dame. Vous n'en finissez pas. Je n'aime pas à moitié. Pour moi vous n'avez pas de défauts. »

La dame lui posa en riant les deux mains sur les épaules.

— Voilà un homme heureux qui a une femme sans défauts. Si seulement je pouvais en dire autant de vous.

Elle hocha la tête et soupira : « Je vous ai bien aimé quand même. »

Il se pencha sur elle et lui dit : « Aielot. »

Aalais tressaillit, parce qu'il y avait des années que son mari ne l'appelait plus ainsi. Elle pensa qu'il devait avoir la tête bien montée ce jour-là pour se permettre de pareilles familiarités. Ansiau était assez chaste de paroles avec la dame, si bien que ce seul nom d'Aielot lui brûlait les lèvres et lui semblait indécent à force d'intimité. Ce nom que lui seul avait pour la dame la dépouillait de sa dignité, la mettait sur le même pied que les Guione et les Berta, faisait d'elle une chose à lui. Ce jour-là il la savait à sa merci, à cause de cette douceur nouvelle qu'elle avait dans la voix. Elle l'accueillit et l'accepta dans ses bras comme le premier et le plus grand de ses enfants, celui qui revivait dans tous les autres, leur source et leur image, celui qui aurait le plus longtemps besoin d'elle. Le lendemain matin elle comprit qu'elle avait peur de le voir se détacher d'elle, et pensa à son âge et à son état.

IV

La Race

La dame eut des couches très difficiles, pour la première fois de sa vie. Dans la chambre d'étuves où elle avait été transportée, elle râlait pendant des heures d'affilée, trop lasse et trop faible pour crier. Deux jours après les premières douleurs, l'enfant n'était pas encore né, et Richeut, qui faisait office de sage-femme, dit au baron qu'elle craignait pour la vie de la dame : elle n'y comprenait rien, cela durait trop longtemps ; il fallait appeler une femme du dehors, la Flora ou une autre. La Flora passait pour une bonne guérisseuse, peut-être saurait-elle faire quelque chose. Le baron envoya sur-le-champ deux hommes chez la Flora, avec ordre de la ramener de gré ou de force.

Il était effrayé. Il n'était pas préparé à l'idée de devenir veuf. Il faisait brûler des cierges dans la chapelle jour et nuit et dire des litanies et des neuvaines à Notre-Dame par toutes les dames du château à tour de rôle. Lui-même ne savait où donner de la tête, et passait des étuves à la salle, de la salle aux étuves, de la chapelle aux écuries, et voyait avec surprise qu'il ne reconnaissait plus ses bêtes, se heurtait aux piliers et oubliait le nom des valets. La tête lui tournait et le râle effrayant de la dame l'empêchait de parler et de manger.

La dame elle-même, d'ailleurs, le recevait assez mal ; elle disait : « On n'a que faire d'un homme ici », ou bien : « Ce n'est pas vous qui souffrez, vous n'avez pas besoin de faire cette tête », et si les douleurs devenaient trop fortes, elle lui criait : « Pourquoi êtes-vous revenu ? C'est à cause de vous ! Vous me tuez ! Vous aviez bien besoin de revenir. » Et Ansiau se sentait réellement un assassin.

Le troisième jour, Aalais perdit courage et se mit à dire qu'elle était mourante : elle voulait voir le prêtre et recevoir les sacrements. Elle ne voulait qu'une chose : mourir au plus tôt. Elle souffrait trop. Elle fit venir le baron et s'accrocha à lui, lui labourant les paumes de ses ongles déchiquetés. Il sentait ce corps suspendu à ses mains devenir de plus en plus chaud et lourd.

— Baron, je vous jure. Baron, écoutez. Je vous jure. Aucun autre homme que vous ne m'a jamais touchée. C'est vrai.

— Mais je sais bien, dame. Laissez cela.

Elle tournait et retournait sa tête sur l'oreiller avec l'obstination du délire. « Non, vous ne savez pas. Je vous jure. C'est vrai. Je ne mens pas. C'est vrai. Baron, je n'en peux plus. Ne me quittez pas. »

Et elle se remit à crier ; c'étaient de longs hurlements de bête, entrecoupés de râles sifflants. Puis les cris devinrent de plus en plus faibles et des lèvres ouvertes et enflées ne sortait plus qu'un halètement rauque.

Ansiau avait vu assez d'agonies pour ne pas être effrayé par cette respiration pénible et par ces traits altérés. Le ciel était noir et Dieu était laid. Le baron n'était pas homme à supporter la douleur tranquillement. Il arracha ses mains à celles de la dame et se mit à arpenter la pièce de long en large ; il n'arrivait pas à s'étourdir. Il s'arrêta à la porte et se mit à cogner son front contre le loquet de fer et le rebord de chêne avec une violence toujours accrue, et pensait qu'il eût aimé rester ainsi toute sa vie, à se meurtrir la tête contre cette porte. Mais l'habitude le rendit bientôt insensible aux coups de loquet. Et la douleur revenait, menaçante, et pour la fuir il s'étendit par terre, la face contre le plancher, et resta immobile et tapi, sans respirer. Il ne savait plus ce qu'il était, ni où il se trouvait.

A ce moment-là quelqu'un lui toucha l'épaule et dit que la Flora était dans la cour. Alors la douleur tomba tout d'un coup — depuis longtemps elle cherchait en vain une issue pour s'échapper et cette issue était trouvée — c'était la Flora. En une seconde il fut debout et sortit dans la cour. Toutes ses pensées se concentraient sur le seul être qui pouvait le sauver — Flora devait guérir la dame. Il ne pouvait en être autrement.

Flora se tenait debout près des écuries et tous les habitants du château, maîtres et domestiques, l'entouraient à une distance respectueuse, la regardant avec une crainte mêlée d'admiration. Il ne s'agissait pas de l'irriter ou de la froisser, car son mauvais œil était des plus redoutables. Ansiau lui-même n'avait jamais encore vu cette femme ; il n'avait pas peur du diable, mais la vue d'un de ses suppôts l'intimidait quand même un peu ; il ne savait pas trop quelle politesse il faut observer avec les sorcières.

Il fut assez surpris de voir une femme de taille moyenne, et plutôt grasse que maigre. L'aspect de Flora n'avait rien de frappant — elle était sans âge et sans beauté — son visage, assez plaisant, encore qu'un peu bouffi et informe, était très pâle, aussi blanc que sa coiffe de lin. Ses grands yeux de chouette brillaient comme deux diamants noirs entre des paupières clignotantes. Elle paraissait distraite, absorbée dans ses pensées. On disait qu'elle payait cher son commerce avec les esprits : souvent ils la rouaient de coups jusqu'à la laisser pour morte sur la route, d'autres fois elle était prise de convulsions et laissait échapper des cris dans une langue que personne ne pouvait comprendre ; et presque toujours elle était en train d'écouter des voix, si bien qu'elle ne voyait pas ce qui se passait autour d'elle. La présence du seigneur du pays ne semblait guère l'intimider. Elle ne leva même pas les yeux sur lui.

Il dit : « Femme, tu sais de quoi il s'agit ? »

— C'est une femme blonde, dit Flora de sa voix monotone et comme endormie — elle avait l'air d'un aveugle qui cherche son chemin à tâtons — ... sur un lit de chêne. Elle tourne le dos au soleil. Il y a en elle un enfant mâle. Mais l'heure est passée et il ne peut plus sortir. Je vois la mort tout près d'elle.

— Chienne ! cria alors le baron, est-ce que je ne le sais pas, moi ? Vas-y donc vite !

— Je ne peux rien faire, dit la Flora. Il faut tromper la mort. Il me faut une brebis ou une chèvre blanche. Et puis un drap blanc qui n'a jamais servi. Et une bassine d'eau de pluie.

Puis elle entra aux étuves et Richeut et les autres femmes qui entouraient la dame se signèrent en la voyant entrer. Flora frissonna et glapit d'une voix changée : « Qu'on ne se signe pas devant moi ! » puis elle posa la main sur le front de la dame et la malade cessa de crier. Flora enleva le collier de croix et de reliques que la dame portait au cou, et le mit par terre au pied du lit. Les femmes la regardaient faire, grandement impressionnées et apeurées.

Quand les deux servantes lui eurent apporté ce qu'elle avait demandé, Flora voulut être laissée seule avec la malade ; Richeut, non sans méfiance, consentit à quitter la pièce et Flora lui dit de se tenir derrière la porte.

Aalais, fascinée comme un oiseau par un serpent, suivait du regard les mouvements de la femme : elle savait que c'était la Flora et n'osait ni parler ni bouger par peur de mécontenter la « fée ». Flora n'avait pas l'air de s'occuper d'elle. Ses yeux semblaient fixer des objets invisibles et qui absorbaient toute son attention. Elle évoluait lentement autour du lit, avec de telles précautions qu'on eût pu croire que le plancher était couvert de couteaux tranchants. Lentement, elle déplia le drap blanc et en couvrit Aalais. La dame perdit connaissance.

Debout à son chevet, Flora exécutait d'étranges contorsions, étendant ses bras et balançant son corps en cadence. Puis elle saisit par les cornes la chèvre blanche qu'on lui avait amenée, lui lia les quatre pieds ensemble et souleva sa tête au-dessus de la bassine d'eau de pluie. Puis, d'un coup de couteau, elle trancha la gorge de la bête, et le sang jaillit à flots et coula dans la bassine ; Flora prit d'une main le poignet de la dame et de l'autre elle tenait toujours les cornes de la bête secouée par des soubresauts d'agonie. Le sang coulait, l'eau devenait de plus en plus rouge, de plus en plus foncée, et Flora continuait à se balancer de droite à gauche en chantant des incantations de sa voix gutturale et monotone qui ne semblait pas venir d'elle. Quand la bête cessa de se débattre et se raidit après une dernière convulsion, Flora poussa un grand cri aigu et tomba par terre, à la renverse, se tordant comme un ver écrasé. A son cri succéda le cri déchirant de la dame.

Richeut, qui, derrière la porte, n'attendait que ce cri, entra toute tremblante et courut recevoir l'enfant. Les autres femmes la suivaient à distance, se signant d'effroi à la vue de la chèvre morte et de Flora évanouie.

La dame, haletante et faible, mais déjà rendue à elle-même, eut un pâle sourire en entendant l'enfant crier.
— « Un garçon ? » souffla-t-elle.

— Un garçon, dit Richeut en jetant le nouveau-né sur le lit. Dieu ! qu'il est laid. Ma cousine, votre baron vous en voudra à mort d'avoir fait un enfant pareil. Voulez-vous que je le noie ? Je dirai qu'il est né mort.

Tout de suite Aalais retrouva ses forces.

— Quoi ? Mon enfant ? Chienne, putain, donnez-le-moi tout de suite ! Ne le touchez pas de vos mains !

Richeut se cabra : « Imbécile que vous êtes ! Comme si j'y tenais. C'était pour vous rendre service. Et puis, prenez-le votre avorton, je m'en lave les mains. »

— Avorton ! Ah ! vraiment ! On verra de quoi vous accoucherez à la Saint-Jean d'été.

— Il sera toujours plus beau que le vôtre ! cria Richeut. Et je sais bien avec qui vous l'avez conçu.

— Allez donc le dire à mon baron, si vous le savez si bien. C'est bien à vous de parler d'avortons. Comme si je ne savais pas que votre fille Mainsant a avorté trois fois l'an dernier.

Richeut n'y tint plus et plongea ses doigts dans les cheveux de la dame, et celle-ci, trop faible pour se défendre, eût bien perdu quelques mèches sans l'intervention des autres femmes. Richeut cracha et jura qu'elle ne pouvait plus vivre avec cette femme-là. Et Aalais, la joue contre l'oreiller, contemplait tristement le pauvre être si mal reçu qui lui avait coûté tant de souffrances. C'était un petit corps chétif, maigre, tordu, muni d'une tête énorme, enflée, molle, aux gros yeux écarquillés dans une singulière expression de terreur hébétée.

Le cœur de la dame se serra. Son pauvre petit Guillaume était, en effet, bien laid, et elle aurait du mal à le faire accepter.

— Emmaillotez-le bien, dit-elle à Lizarde qui prenait l'enfant pour le laver. Si vous lui couvrez bien la tête il aura meilleure mine.

Le baron, qui se trouvait dans la salle avec ses cousins, savait déjà que la dame avait accouché d'un fils vivant, et faisait orner la chapelle pour le baptême et préparer un repas de fête. Il s'était vite remis de son émotion, et, les mains encore un peu tremblantes et les cils mouillés, offrait à boire à ses amis, et la coupe passait de main en main à la santé de l'accouchée.

Aux étuves, les femmes lavaient le plancher et faisaient la toilette de la dame. Quand la chambre d'accouchée fut prête Claude courut appeler le baron et ses cousins, et la dame étendit ses bras sur la couverture, le long de son corps, et appuya sa tête contre les oreillers relevés, se disposant à recevoir les félicitations d'usage. Au milieu de la soie rouge et des broderies son visage paraissait tout gris, tout pâle ; le baron la trouva amenuisée, rajeunie, et son cœur fondit de tendresse et de reconnaissance : il la gardait encore. Il allait prendre soin d'elle, la protéger, la gâter, il ne lui causerait plus de chagrin.

Richeut vint au-devant de lui pour le féliciter et crut devoir le prévenir : « Vous savez, l'enfant n'est pas réussi, ce sont les longues couches qui l'auront abîmé. » Et Lizarde lui présenta la poupée emmaillotée en baissant les yeux d'un air contrit.

La vue du nouveau-né porta un coup sensible à la belle humeur du baron. Il avait de trop bons yeux pour ne pas voir que l'enfant était incurable : si jamais il vivait il serait un simple d'esprit. Le père fit la moue et déclara franchement que ce n'était pas la peine que la femme souffrît tant pour accoucher d'un monstre pareil. Puis il se détourna du nouveau-né et s'approcha de la dame pour la saluer.

Il la baisa au front, et elle leva sur lui un regard interrogateur et un peu craintif. Il devina sa pensée et lui passa doucement la main sur les cheveux.

— Ne vous tracassez pas, dit-il, je ne vous en voudrai pas. Un accident peut arriver à tout le monde. Vous ferez mieux la prochaine fois.

Aalais soupira, car elle ne pensait pas encore à la prochaine fois. Ses pensées tournaient autour de Guillaume. Qui aimerait jamais cet enfant si son père lui-même ne voulait pas de lui ?

Le soir après le baptême il y eut un grand repas dans la salle, et le baron, qui ne voulait pas être ingrat, fit installer la Flora à la place d'honneur sous les armes de Linnières et la fit servir par ses garçons et par Claude. Il n'était pas homme à chicaner sur les détails : l'enfant avait beau être manqué, la dame était saine et sauve, c'était l'essentiel. Flora gardait une contenance placide et indifférente et mangeait goulûment, comme une paysanne, sans faire attention à personne. Elle était assez souvent bien traitée dans les maisons seigneuriales, et tout aussi souvent rouée de coups, parfois les deux ensemble. Cette fois-ci elle eut pour salaire la chèvre morte, deux poules et un sac de farine, et partit à la tombée de l'obscurité, car le baron ne se souciait pas de l'avoir sous son toit pour la nuit.

Trois jours après, quand la dame était encore dans la chambre d'étuves, le baron vint la trouver pour lui parler : elle se remettait rapidement et il ne craignait plus de la fatiguer, et ce qu'il voulait lui dire était assez urgent. Il la trouva en train d'allaiter l'enfant et fronça les sourcils. En voyant son mari entrer, Aalais détacha l'enfant de son sein et le passa à la vieille Lizarde qui le mit dans le berceau. Ansiau s'assit aux pieds du lit de la dame, et son regard se posa malgré lui sur le petit être vagissant que Lizarde semblait vouloir lui cacher. Cette tête enflée, ces yeux ronds, cette bouche informe lui donnaient la nausée : il détestait la mauvaise qualité.

— Qu'avez-vous à regarder ainsi l'enfant ? lui dit enfin la dame. Parlez-moi. Vous ne m'avez pas seulement demandé comment je me sens.

Ansiau leva les yeux sur elle et sourit.

— Vous êtes jolie à ravir, dit-il. Vous savez bien que je vous aime maigre.

Elle fit la moue : « Dites encore que vous m'aimez malade. Cela ne me vaut rien de maigrir. »

— Je vous aime de toute façon, dit-il. Ne vous fâchez pas. Écoutez : j'ai à vous parler.

Aalais soupira, devinant par avance de quoi il s'agissait.

— Je suis lasse aujourd'hui, baron.

— Ce ne sera pas long. Écoutez, amie. Cette maison n'est pas un hôpital. Nous n'avons que faire de cet enfant. Si vous voulez, demain j'enverrai Thierri ou un autre le porter à Chaource pour le mettre à la porte du couvent des pères de la Trinité. Les pères prendront sûrement soin de lui.

La dame n'était pas préparée à une attaque aussi

brusque. Elle perdit contenance et ne sut que répondre. Les larmes jaillirent de ses yeux.

— Amie, ne pleurez pas. N'ai-je pas raison ? Écoutez-moi. Cet enfant n'a que trois jours. Si on vous l'enlève demain vous l'oublierez vite. C'est un mauvais moment à passer, rien de plus.

La dame répondit qu'elle n'abandonnerait pas un enfant à elle, quand même il serait lépreux.

Le baron gronda : « Vous ne savez ce que vous dites. De toute façon cet enfant ne vivra pas longtemps, et tant qu'il vivra il vous empoisonnera la vie. Je ne veux pas vous voir user votre santé et vos forces pour rien. »

— Mais baron après tout, plaidait Aalais, il peut guérir. Je ferai un vœu. Je ferai dire des messes. J'irai à pied jusqu'à Reims s'il le faut.

— Vous n'irez nulle part pour cet enfant-là. Je vous dis qu'il n'y a rien à faire. Demain il ne sera plus ici.

La dame serrait ses mains contre ses tempes, cherchant des arguments propres à convaincre le baron.

— C'est péché d'abandonner notre enfant, dit-elle, hésitante.

— Pour un enfant aussi mal fait, personne ne nous blâmera.

— Mais baron, écoutez : il n'est pas si laid que cela. Il a même une jolie bouche. Et il a les mêmes yeux que vous.

Le baron se mit en colère : « Il ne manquerait plus que cela. Vous direz encore que c'est moi qui l'ai fait comme il est. »

Aalais répliqua avec aigreur : « Je ne l'ai pas conçu par le Saint-Esprit. »

— Vous feriez mieux de vous taire, dit Ansiau. Vous savez bien que c'est de votre faute. Vous aviez bien besoin d'aller à Langres à Noël.

La dame haussa les épaules : « Ce n'est pas à cause de cela. C'est le mauvais œil. »

— Le mauvais œil n'y est pour rien, dame. Quand on met la main dans le feu, on se brûle. Je vous avais prévenue : j'ai été un imbécile de vous avoir laissée partir.

Voyant qu'il commençait à se fâcher, Aalais enfouit sa tête dans l'oreiller et se mit à pleurer amèrement. Elle était encore si faible, elle avait tant souffert, elle avait manqué mourir, et il ne trouvait rien de mieux que de venir lui faire des reproches.

Tout de suite le baron se fit très tendre et tenta de la persuader par la douceur. Certainement il ne voulait pas lui causer de chagrin surtout après les mauvaises couches qu'elle avait eues. Ce qu'il voulait, c'était son bien à elle. Elle était femme, elle ne pouvait pas comprendre certaines choses, l'amour pour l'enfant lui montait à la tête ; elle ne voyait pas que cet enfant ne lui causerait jamais que de la peine, autant valait s'épargner cette peine d'avance. Dans dix ou onze mois elle en aurait un autre, beau et bien fait — cette fois-ci il ne la laisserait plus faire d'imprudence. Mais Aalais ne s'intéressait pas à cet autre : elle avait à côté d'elle dans son berceau Guillaume de Linnières, du sang de Joceran et de Gui de Marseint, son sang à elle et sa chair à elle depuis des mois ; à côté de cela la beauté ou la laideur de l'enfant n'avaient aucune importance.

Comme elle voyait que son mari tenait à son idée elle changea de tactique et déclara qu'elle voulait bien obéir ; elle ne demandait que quelques jours de délai — le temps de se remettre un peu, car elle ne voulait pas que le lait tournât dans ses seins. Ansiau, assez confus de l'avoir fait pleurer, consentit, et promit de ne rien faire avec l'enfant à l'insu de la dame. Et Aalais espérait qu'avec le temps il s'habituerait à l'enfant et se mettrait à l'aimer.

*

Dire qu'Ansiau n'aimait pas son second fils n'eût pas été vraiment exact. Sa bienveillance s'étendait sur tout ce qui pouvait lui appartenir, de quelque façon que ce soit, de son seigneur à ses chiens. Herbert de Linnières son second fils, issu de noble femme et bien constitué, avait des droits incontestables à son affection. Et en observant l'enfant de plus près il était bien forcé de se dire : ce sera un bon chevalier. Et même un très bon chevalier. Il n'y avait qu'à voir la sûreté avec laquelle l'enfant tirait et touchait le but du premier coup, sans cligner des yeux, sans se trémousser, sans perdre de temps pour viser. Un très bon chevalier, pensait encore le père en notant la dureté des petites mains un peu grasses qui serraient les rênes et dirigeaient les mouvements du cheval, expertes comme des mains d'homme. Mais chaque fois qu'il se le disait à lui-même Ansiau en éprouvait comme un regret, une jalousie inavouée :

Dieu, pour être juste, aurait dû gratifier l'aîné de ce coup d'œil sûr et de ces bras vigoureux, le cadet n'en avait que faire : la maison de Linnières n'en profiterait pas.

L'enfant était comme une épine dans la chair d'Ansiau. A certains moments il n'arrivait pas à dominer l'agacement qu'il éprouvait, et frappait dur. Il s'en croyait bien le droit, puisqu'il s'agissait de sa chair et de son sang. L'enfant avait justement les défauts qu'il détestait le plus : il se roulait par terre pour une bosse ou pour une colique, et des coliques, il en avait tous les jours, car il se bourrait de pommes et de friandises à en éclater. Sobre par nature et par habitude, Ansiau ne comprenait pas qu'on pût être glouton. Il traitait l'enfant de porc et de chien et Herbert n'entendait guère d'autres noms de la bouche de son père. Il s'y habitua très vite.

Herbert était affligé d'une ressemblance désastreuse avec son oncle Baudouin. Aux yeux de la dame, c'était ce qui lui nuisait dans l'esprit de son père. Une sorte de complicité muette s'était établie entre la mère et l'enfant, car Aalais se sentait un peu en faute d'avoir trop donné de son sang à ce garçon. Après quelque méfait pas trop grave l'enfant venait se cacher sous le banc de la mère, derrière ses jupes, et quand il était privé de manger elle lui apportait en cachette du pain et du fromage. Herbert ne l'en remerciait même pas. Il était peu démonstratif, c'était à peine s'il daignait adresser la parole à sa mère — souvent le baron lui tirait l'oreille et lui disait : « Chien ! que je t'apprenne à saluer la dame comme il faut. » Herbert saluait, sans trop comprendre ce qu'on voulait de lui : la dame n'exigeait pas de respect, c'était une chose bonne et chaude à toucher, faite pour vous nourrir et pour vous protéger, un lit, une couverture, une nourrice — il n'avait pas encore oublié le sein qu'il avait sucé. Et la dame ne s'y trompait pas : de tous ses enfants, c'était Herbert qui lui était le plus dévoué. Mais elle ne savait plus lui parler depuis qu'il était sorti des langes. Elle n'avait pas plus de droits sur ses garçons que la jument poulinière n'en a sur les poulains sortis du haras, et les regardait un peu comme une mère poule qui eût couvé des œufs de canard. Il leur fallait toujours se battre, être couverts de bosses et d'écorchures, en attendant des blessures plus graves : Aalais y était résignée d'avance et préférait ne pas y penser.

Dans le trio que formaient Ansiet, Herbert et leur cousin Garnier, Herbert était le plus jeune, mais le plus respecté. Les enfants ont d'autres yeux que les parents, et pour ses amis Herbert était un héros : les énormes quantités de viande et de pain qu'il pouvait avaler excitaient leur admiration, son silence en face des grands était une preuve de dignité, et d'ailleurs, il avait des qualités insoupçonnées des parents et du maître d'armes ; il pouvait avaler des mouches en les attrapant en plein vol, imiter à s'y tromper la façon de parler du baron, du père Aimeri, de Milon, de Girard le Jeune et de bien d'autres. Il savait beaucoup de choses que les enfants ne savent pas encore, et Dieu sait d'où lui venait à neuf ans cette expérience qui tenait moins du vice que d'une précoce maturité. Ansiet et Garnier étaient d'humeur douce et gaie tous les deux, Herbert leur en imposait. Dans les jeux, aux repas, il prenait toujours la grosse part, la meilleure place — les deux autres n'y faisaient pas attention — ils ne songeaient pas à comparer.

Les trois enfants vivaient dans leur monde à eux et ne se souciaient pas de celui des grandes personnes. A peine savaient-ils qu'Ansiau était le fils préféré du baron et Garnier un orphelin sans héritage ; et Herbert lui-même ne s'apercevait pas de la dureté de son père à son égard. Les deux frères n'avaient aucune raison de se croire égaux en droits par rapport à cet être lourd, grand et barbu qu'il fallait appeler « monseigneur ». Ansiet aimait le baron, Herbert ne l'aimait pas — mais comme ils n'en parlaient jamais entre eux, c'était comme s'il s'était agi de deux pères différents. Entre eux, ils avaient bien autre chose à se dire.

Ansiet était grand chercheur de trésors, grand inventeur de pays fabuleux ; il faisait des rêves extraordinaires où il était question de fées, de loups-garous, de diamants à vertu magique, et bien souvent il ne savait pas lui-même où finissait son rêve. Il croyait beaucoup au pouvoir du signe de croix et de l'eau bénite, qui étaient à ses yeux les meilleurs instruments dans la recherche du trésor. Son esprit vif et léger avait saisi au vol des bribes de récits, qui, de la bouche d'Herbert le Roux, ou d'hôtes de passage, avaient passé dans sa tête tout ornés de couleurs d'arc-en-ciel, tout voilés de brumes bleues ; il interprétait, arrangeait, replaçait tout dans son univers : cet univers avait pour centre la forêt de Linnières, mais qui s'étendait à perte de vue, limitée par l'église de Hervi, avec ses vitres de couleurs et ses mendiants sur le parvis — puis Troyes, Toulouse, Jérusalem, Tintagel s'échelonnaient à égale distance les unes des autres, blanches, lumineuses, pleines de chevaliers à heaumes peints de rouge et de bleu comme celui du baron.

Garnier, de huit mois plus jeune que son cousin, était l'aîné des petits-fils d'Herbert le Roux ; mais à la troisième génération la rousseur avait perdu de sa virulence, et Garnier avait des cheveux couleur de noisette ; seules de fortes taches de rousseur sous ses yeux accusaient son origine. D'ailleurs, il avait un nez retroussé, des yeux noirs, et ne ressemblait en rien à son père. Ansiet et Herbert l'avaient pris en amitié simplement parce qu'il était leur cousin et de leur âge. Mais c'était en outre un charmant garçon, turbulent, batailleur, très porté au rire. Les départs de son père, puis de sa mère, avaient laissé presque indifférent cet enfant élevé dans la grande salle au milieu d'une nichée de cousins et de valets : il ne connaissait presque pas son père, et sa mère était toujours occupée avec les petits. Mais de ce père croisé et resté en Terre sainte il avait fini par se faire une image qui approchait bien de celle de Dieu. Il disait : « Quand je serai chevalier j'irai trouver mon père. » Et ses deux amis s'associaient à son projet, car ils pensaient ne jamais se quitter : tous, ils iraient aider le père de Garnier à pourfendre les Sarrasins et à se tailler des comtés en terre païenne. Finalement, le père de Garnier était devenu pour eux un personnage légendaire dans le genre de Roland ou de Guillaume d'Orange. Le prestige du baron pâlissait à côté de celui de l'oncle Simon. Et Herbert, le plus positif des trois, disait à son frère : « Demandez au baron si la Terre sainte est loin et comment on y va. Il ne s'agit pas de nous égarer en route. »

A la Pentecôte, Ansiau devait mener les deux garçons à Troyes. Il appréhendait un peu cette séparation : il jugeait des sentiments de l'enfant d'après les siens propres. « Surtout, beau fils, ne vous ennuyez pas trop chez le seigneur Guillaume. Cela ne sert à rien de trop regretter la maison. » Il lissait du doigt les longues mèches blondes et emmêlées qui couvraient le front de l'enfant. Il éprouvait pour lui une tendresse plus grande qu'il n'osait le laisser voir — lui-même en était parfois effrayé : l'enfant était trop beau, trop parfait, on ne possède pas impunément un trésor pareil, quelque chose devait arriver — si, une fois à Troyes, l'enfant tombait de cheval ou recevait une flèche dans l'œil, s'il devenait infirme, s'il se tuait...

Pur comme une hostie, pensait Ansiau, et il ne pouvait mieux dire — lui seul se rendait compte à quel point ce garçon aux manières déjà rudes était intact et naïf : dans sa bouche, les plus obscènes jurons et les récits les plus salés perdaient toute espèce de sens — il n'en comprenait pas le premier mot. Ce n'était pas de l'ignorance, c'était une inaptitude foncière à voir le mal — jamais il n'avait de ces regards curieux, de ces rires gênés, de ces rougeurs subites révélant de mauvaises pensées. C'était un enfant qui n'avait rien à cacher.

Ansiau de Linnières, troisième du nom, n'avait pas ce qu'on peut appeler une jolie figure : il avait une grande bouche, un nez large et camus et des cheveux plats et raides, toujours en désordre. Et sa mère, qui considérait les cheveux bouclés comme un attribut nécessaire de la beauté masculine, disait en soupirant : « Mon pauvre garçon, ce n'est pas votre beauté qui vous fera aimer des dames. » Herbert, lui, avait sur sa tête une véritable toison de boucles courtes et drues dont la dame était très fière ; mais tous les deux ou trois jours, quand Haumette les lui démêlait, c'étaient de tels hurlements, de tels trépignements de rage, qu'Ansiet bénissait ses cheveux plats.

Il ne se croyait pas beau et s'en souciait très peu. Mais il était gracieux ; il avait un charmant sourire, de belles dents. Il avait un corps grand et maigre, un peu lymphatique, à jointures un peu lourdes ; il avait la grâce maladroite des poulains nouveau-nés. Il grandissait toujours trop vite et se fatiguait facilement à cause de l'agitation perpétuelle de son esprit. Il ne se plaignait jamais. A dix ans, il étonnait par l'indifférence avec laquelle il supportait la douleur : blessé, il ne fronçait même pas les sourcils, il ne serrait même pas les lèvres ; malade, il ne gémissait pas ; c'était, chez lui, comme une absence de pensée : il ne paraissait pas se douter qu'on pût se plaindre.

Herbert, son cadet, plus résistant et plus robuste que lui, avait beaucoup moins de patience. Le baron lui disait : « Chien, tu n'as pas honte ? Un homme ne crie jamais. » Herbert hurlait : « Non, je n'ai pas honte ! non, je n'ai pas honte ! — Ton frère ne crie jamais. — Il n'a pas mal ! » Le baron trouvait la réponse ridicule. Pourtant, elle contenait une part de vérité : la patience naturelle d'Ansiet provenait d'une grande inattention à la douleur ; il avait la tête si prise ailleurs qu'il ne daignait pas s'occuper de son corps. Un jour, il s'était disputé avec Garnier à cause d'une médaille de cuivre déterrée dans le pré — Garnier l'avait jetée dans la cheminée, au milieu des braises — Ansiet, sans prendre le temps de réfléchir, avait plongé la main dans le feu et si grande avait été sa joie de retrouver la médaille qu'il ne s'était pas aperçu de la brûlure qu'il s'était faite aux doigts. Et un autre jour, vers la fin du Carême, Ansiau le rencontra dans la cour, tout nu, malgré le grand froid — il avait enlevé ses vêtements pour en envelopper une portée de petits chiens qu'il avait découverts dans le fumier — « encore vivants », disait-il, « je vais les réchauffer, ils mangeront du lait. Je les dresserai. »

Le dressage était une des passions de l'enfant. Il adorait les bêtes et ne faisait pas beaucoup de différence entre ses frères et son cheval Gaillard, qu'il aimait d'une affection tumultueuse, tendre, confiante. Il avait déjà dix ans et les limites et les règles de la vie n'étaient pas encore tracées pour lui. Il allait avoir beaucoup à apprendre à Troyes, chez le seigneur de Nangi.

Le départ fut quand même un moment solennel dans la vie de la dame. Ses premiers garçons prenaient leur essor et quittaient le nid — dans quatre ou cinq ans ce serait le tour de Girard, puis de Mahaut, puis — qui sait ? — de Guillaume...

Comme ils étaient grands tous les deux. A ses yeux habitués de nouveau aux frêles menottes d'un nourrisson, ces têtes massives et chevelues, ces fortes mains hâlées prenaient des proportions gigantesques — et ils avaient encore à grandir, à grandir, jusqu'au jour où elle devrait lever la tête pour les regarder dans les yeux. Déjà devant ses baisers et ses larmes ils gardaient une impassibilité d'hommes : Ansiet, le plus calme, promenait autour de lui son clair regard toujours un peu étonné, et essuyait ses joues, mouillées par les larmes de la dame. Ce garçon qui pleurait quand son cheval avait un caillou sous le sabot, savait être insensible comme une pièce de bois quand il avait quelque chose en tête — l'idée du départ l'absorbait tant qu'il en rêvait éveillé — et les lamentations de cette femme agenouillée devant lui ne le frappaient pas plus que les autres préparatifs du départ : si la dame faisait ainsi, c'est qu'il le fallait. « Mon beau garçon, mon beau fils, mon premier-né, mon beau faucon blanc, mon beau ramier, mon âme, ma joie. » Il avait pour la dame un attachement où il y avait peu de tendresse filiale. Il la trouvait belle ; c'était la femme qu'aimait le baron, c'était la personne, qui, de fait, gouvernait le château. Sa vraie mère à lui était Haumette qui l'avait nourri de son lait.

Herbert, beaucoup plus affectueux que son aîné, ne savait pas être tendre. La tête baissée et les lèvres enflées étaient chez lui les plus grands signes de chagrin. De temps en temps il reniflait bruyamment et s'essuyait le nez du dos de la main.

Le grand chagrin des deux frères provenait de la séparation avec Garnier qui restait à Linnières — Ansiau avait promis à Simon d'élever lui-même ses enfants.

Assis au bas de la grande table de chêne aux côtés des petits-fils de Guillaume de Nangi, les deux garçons ouvraient tout grands leurs yeux clairs et oubliaient de manger. Tout les bouleversait : les grosses lampes à huile en terre cuite, le pilier rond au milieu de la pièce, les ombres qui se promenaient sur les murs et les coins noirs si différents de ceux de Linnières, car on ne pouvait deviner ce qui s'y cachait. Le baron, assis à côté de Guillaume, riait et parlait haut, et tant qu'il était là les enfants se sentaient à l'abri, sûrs d'eux-mêmes, et les visages inconnus ne les intimidaient pas.

Herbert, les yeux tournés vers la jolie dame Béatrix, femme de Guillaume, la couvait d'un regard d'homme assez déplaisant à voir sur cette figure ronde et rose. Et Ansiet ne voyait rien, car il pensait aux paons et aux singes qu'il avait vus en passant par la foire.

Après huit jours, les deux frères étaient si plongés dans leur nouvelle vie, qu'ils s'aperçurent à peine du départ de leur père ; ils l'embrassèrent à la hâte, trépignant d'impatience d'en avoir fini — Manesier de Nangi allait les emmener regarder les chalands sur la Seine.

Les enfants partis, Ansiau alla s'asseoir à côté de Guillaume sur un banc de pierre, dans la petite cour entourée de galeries. Des pigeons blancs et gris promenaient au soleil leurs ombres noires et rondes et les moineaux picoraient çà et là des brins de paille. Ansiau suivait leurs mouvements d'un œil distrait ; il était un peu triste. Il sentait vaguement que ce jour-là était la fin de sa jeunesse.

Les deux hommes se taisaient. Leur amitié était faite

de longs silences. Ils se trouvaient toujours bien en compagnie l'un de l'autre. Guillaume avait sur ses genoux la petite Milessant, unique enfant de sa dernière femme — sa préférée — l'enfant avait quatre ans et c'était une petite chose douce et frêle, toute mince dans sa large robe de soie rouge à col brodé ; elle avait une tête un peu forte, de très grands yeux, le cou très fin. Elle était caressante et frottait sa petite joue pâle contre la main velue de son vieux père. Ansiau aimait tous les enfants, mais devant les petites filles surtout il se sentait perdu d'admiration, comme devant des êtres d'une autre espèce que lui, étrangers à tout jamais — doucement, comme un enfant qui tend la main vers un papillon, il effleura du doigt les boucles floues qui pendaient le long du cou de l'enfant, et Milessant leva sur lui ses grands yeux gris, et lui sourit du sourire un peu endormi et très heureux des enfants rêveurs. Ému par tant de confiance, Ansiau sourit lui-même et dit : « Vous avez là une belle fille, parrain. »

Le vieux Guillaume ne répondit que par un soupir, Ansiau comprenait trop bien ce que ce soupir voulait dire — que le père ne verrait pas l'enfant grandir ; qu'il s'entendait mal avec Manesier ; qu'il entrait dans l'âge où l'on est inutile et méprisé. Et Ansiau, les coudes sur les genoux, fixait des yeux les dalles de la cour et voyait Mahaut, sa fine blonde aux yeux noirs, et ses deux grands garçons qui le quittaient pour devenir des hommes — et il calculait le nombre d'années qu'ils resteraient en service — huit ans — neuf ans peut-être — le service est difficile et les armes bien lourdes — à des deux-là il ne faut pas lâcher le frein trop tôt, à

Ansiet surtout, le poulain sauvage qui ne demande qu'à se casser le cou. Et Ansiau songeait à ce que serait un jour sa race à lui — ces deux êtres si ardents et si âpres au plaisir, plus avides peut-être de prendre sa place que de le servir. Et de nouveau il regrettait Jérusalem.

*

Milessant de Nangi, à sept ans, passait pour un garçon manqué. Elle était grande pour son âge, un peu trop mince, mais agile et souple. Elle avait de fins cheveux blonds qu'elle portait noués sur la nuque par un ruban noir. Ses vêtements étaient toujours ornés d'accrocs et de taches de chaux. Sa mère, la toute jeune dame Béatrix, était une splendide beauté blonde, mais Milessant, même à sept ans, ne promettait rien d'extraordinaire : elle avait un visage irrégulier, mobile, assez fin ; et la dame Béatrix pensait que cette enfant ne serait jamais pour elle une rivale bien redoutable.

Comme cela arrive aux petites filles négligées par leur mère, Milessant était ignorante et désordonnée ; elle ne savait ni tenir l'aiguille, ni ranger proprement ses habits. Elle s'était habituée à regarder cette mère toujours si parée et si parfumée comme on regarde une madone dans sa châsse — elle l'adorait. Elle voyait que le vieux père faisait tout pour plaire à la dame, et lui souriait en dépit de ses accès de goutte quand la dame daignait tourner les yeux sur lui.

Le vieux père avait été son univers ; il l'enveloppait comme la coquille enveloppe l'œuf ; elle avait vécu sur ses bras ses premières joies, ses premières maladies. Il était si grand qu'elle comprenait à peine que ces membres énormes auxquels elle grimpait faisaient partie d'un seul et même corps. Elle savait qu'il y avait le pied goutteux qu'il ne fallait pas toucher, sous lequel il fallait mettre des coussins — et sur l'autre pied, moins gros, celui-là, on pouvait s'asseoir à cheval et lui crier : « Hue ! Hue ! » Elle avait appris à distinguer sur ce large visage brun les mauvaises rides des bonnes, et pleurait quand elle voyait les méchants plis de colère se former entre les sourcils du vieil homme — alors, quel que fût l'objet de sa colère, Guillaume se calmait. Quand elle ne connaissait pas encore que le soleil est bon, elle savait que le sourire du vieux père est ce qu'il y a de meilleur au monde. A quatre ans Milessant avait déjà une si grande expérience de l'amour qu'en toute sa vie elle ne devait plus rien apprendre de nouveau là-dessus, mais se rappeler avec étonnement les leçons oubliées.

Quand elle avait cinq ans, un être nouveau était entré dans sa vie, un être fait de même chair et de même façon qu'elle, plus grand seulement, très grand même, elle lui arrivait à peine à la ceinture. Mais il n'avait pas encore la stupidité des grandes personnes qui ont l'air de vous regarder comme une petite bête à laquelle il faut parler d'une voix toute rangée. Il s'appelait Ansiau. Il avait de longs cheveux blonds et des mains toujours sales et couvertes de blessures. Dès le premier jour Ansiau s'était emparé d'elle, comme on s'empare d'un oiseau qu'il faut dresser. Il était très sérieux : il lui faisait répéter des prières, chanter des cantiques, et quand elle se trompait il la punissait en la forçant à rester, les bras en l'air, dans un coin — et tel était le respect que Milessant avait pour son jeune maître qu'elle restait là immobile, les bras tout endoloris, et avalait les larmes de douleur qui débordaient de ses paupières. D'Ansiau elle apprit qu'il y a un Dieu dans le ciel et une comtesse à Troyes ; de lui elle apprit à connaître l'âge des chevaux, à deviner l'heure d'après le soleil ; elle sut que la terre était toute farcie de trésors, il s'agissait de savoir creuser au bon endroit : elle sut même que ces trésors donnent la joie à qui les possède — pourquoi, elle n'en savait rien, elle le croyait sur parole.

Jamais personne ne lui avait parlé si gravement de choses graves ni ri de si bon cœur avec elle quand elle avait envie de rire : ce n'était pas comme le père qui avait les yeux tristes même quand il souriait.

Les soirs d'hiver, Ansiau rentrait de la cour ou des écuries, tout rose, tout glacé, haletant d'avoir couru trop vite, et saluait dignement le vieux Guillaume assis près du feu. De tous les valets et écuyers de la maison, Ansiau était le plus noble de port et d'allure, Milessant, tout enfant qu'elle était, ne s'y trompait pas. Et elle disait au vieux père : « J'aime bien Ansiau, c'est le plus beau de tous. »

— Tu voudrais bien l'avoir pour mari, dis, petite ? demandait le vieux en lui caressant le menton.

Milessant ne sortait guère de la maison que pour aller voir les processions — Isabeau la menait par la main à travers les rues étroites et grouillantes de gens du peuple, et Gautier, le mari d'Isabeau, les escortait, soucieux de ne pas laisser bousculer la « demoiselle ». Les femmes, au passage, s'extasiaient sur la robe rouge et les cheveux très clairs de l'enfant, et Milessant comprenait vaguement que ces éloges s'adressaient à elle, et se sentait toute fière d'être comme une petite palombe blanche entre des poules et des canards : elle était très sûre de sa noblesse et traitait Isabeau et Gautier en inférieurs sans même y songer. Au passage de la procession Gautier la faisait asseoir sur son épaule, et elle dominait la foule, et alors les maisons, les rues changeaient d'aspect, on pouvait voir les rebords des croisées, les gens paraissaient plus gros et plus courts, et au lieu de regarder jupes et chausses Milessant étudiait les chapeaux et les coiffes, et s'amusait beaucoup de voir le soleil briller sur les têtes chauves.

Puis la procession passait. C'était un délire, mais un délire silencieux : les yeux écarquillés, les lèvres crispées, Milessant buvait et aspirait de tout son être le spectacle qui s'offrait à elle — les harnais brodés à franges d'or des chevaux, les grands manteaux à fleurs rouges, vertes, à bêtes ailées, à croix d'or sur fond noir — les riches fourrures, l'hermine blanche du manteau de la comtesse, et les jeunes comtes Henri et Thibaut, blonds, roses et graves dans leurs lourds manteaux de velours écarlate : Thibaut pouvait bien avoir l'âge d'Ansiau, mais il était beaucoup plus joli de visage, et pour Milessant c'était comme un ange du ciel.

Et les évêques venaient avec leurs mitres dorées ornées de rangs de pierres précieuses sur les bords —

d'améthystes et de rubis — et leurs longs manteaux de velours et de satin violet chatoyant au soleil — les diacres et les enfants de chœur portaient les croix et les oriflammes à l'insigne de la Vierge et de saint Pierre, et Milessant, ravie, chantait avec le chœur : *Salve Regina.* Les bourgeois se retournaient au son de cette petite voix d'argent qui venait d'au-dessus de leurs têtes.

Et le jeu préféré de l'enfant était de trouver la dame Béatrix dans le cortège des dames de Troyes. Toutes, elles étaient vêtues de soie et parées de bijoux, mais Milessant les regardait à peine, telle était son impatience de voir s'avancer sa mère, toute rayonnante dans ses cheveux blonds à peine couverts par un voile de mousseline blanche. Comme les rangs de perles entouraient bien son cou blanc. Comme sa robe de soie bleue à petits plis tombait joliment le long de ses jambes, retroussée par la lourde ceinture d'or brodée de perles. Milessant n'en revenait pas d'orgueil à la pensée que son vieux père avait épousé une aussi belle femme.

Le soir après la procession Milessant avait toujours la fièvre et ne pouvait s'endormir. Et le lendemain elle reprenait sa petite vie monotone d'oiseau en cage. Comme son père ne quittait jamais Troyes elle n'avait jamais vu que de loin prés, champs et bois.

Ansiau le premier lui apprit que la forêt est ce qu'il y a de plus beau sur terre — la forêt de Linnières en particulier — on y rencontrait des cerfs à étoiles d'or au front, des fées blanches et nues dansant sur les clairières dans le brouillard qui se lève — on pouvait y marcher et marcher sans fin et voir toujours de nouveaux arbres et de nouvelles clairières — dans les marais, les feux follets attiraient le chasseur pour l'enliser ensuite, et qui meurt en forêt sans sacrements est sûr d'être damné et de devenir feu follet lui-même. « Quand nous serons grands tous les deux, disait Ansiau, je te mènerai à Linnières, et tu verras la forêt et le pré et le ru. Je te trouverai des nids de milan. » Il soupirait souvent après sa forêt. Les grandes chasses comtales auxquelles Guillaume de Nangi devait prendre part ne le consolaient pas des longues randonnées en forêt de Linnières, où il était autrement plus libre. Ici, réduit au rang de petit écuyer parmi tant d'autres, il ne faisait guère autre chose qu'écorcher, dépecer, et garder les chiens.

Dès les premiers mois de leur séjour à Troyes les deux frères commencèrent à se séparer l'un de l'autre comme deux arbres sortis d'une même racine poussent chacun de leur côté : on ne parla plus des deux fils de Linnières, mais d'Ansiau et d'Herbert — et personne ne songeait à les confondre. Le lien puissant qu'était leur amitié commune pour Garnier était rompu. Ils avaient des goûts différents, et déjà ils ne se comprenaient pas — cela ne les empêchait pas de s'adorer. Herbert ne pouvait s'intéresser à la petite Milessant, et n'aurait jamais eu l'idée de faire avec elle autre chose que de lui relever sa jupe — et que pouvait-on faire d'une fille ? Et Ansiet aimait l'enfant de tout son cœur parce qu'elle était blonde, et douce, et confiante ; il était si digne qu'il ne craignait pas les railleries : il avait ses poings pour défendre sa liberté de conduite.

Le service était parfois très dur, et avec les années les enfants devenaient rudes de corps et de manières, étroits d'esprit. Il fallait oublier la quête aux trésors, les fées, l'oncle Simon — leurs grands soucis, à présent, étaient les concours de tir au château du comte, le soin des chevaux, les tournois pendant lesquels il fallait porter la lance et l'écu de Manesier. La passion des tournois prit la place des rêves et des projets, les nouveaux camarades remplacèrent Garnier — et le baron qui venait toujours passer la Pentecôte à Troyes les trouvait chaque année plus simples et plus pareils à tous les autres. Du moins l'étaient-ils en apparence. Herbert ne hurlait plus pour des coliques, et Ansiet n'enlevait plus ses vêtements pour en envelopper de petits chiens.

Milessant admirait le baron de Linnières, parce qu'il était le seul à rivaliser de taille avec son père — tous les autres chevaliers reçus à la table de son père paraissaient petits et étroits d'épaules. Toute menue qu'elle fût, Milessant les regardait avec dédain du haut de la taille imposante du vieux seigneur de Nangi. Le baron de Linnières avait des yeux grands et sombres à faire peur et des sourcils qui se croisaient à la racine du nez; mais Milessant le trouvait très beau, le plus beau des hommes qu'elle ait vus : même son teint foncé et sa narine arrachée paraissaient à l'enfant des signes de noblesse : elle n'avait pas encore appris à connaître ce qui passe pour beau, le baron de Linnières avait une figure qui sortait du commun. Et puis, c'était le père d'Ansiau. Et de ce père Ansiau lui avait si souvent parlé qu'elle avait fini par croire que le sire de Linnières était le plus vaillant chevalier de Champagne. Il l'intimidait un peu : elle ne voulait plus se laisser embrasser et caresser par lui, comme elle faisait quand elle était tout enfant. Quand il venait s'asseoir à côté de Guillaume, elle se perchait sur le genou du vieux, se blottissait contre sa poitrine, et, le visage caché dans les plis du bliaut de son père, regardait à la dérobée le merveilleux chevalier. Et il s'apercevait parfois de ce petit manège et riait de grand cœur. « Voyez-la, comme elle sait déjà faire de l'œil ! — Elle est charmante, disait-il à Guillaume, vous n'aurez pas de peine à la marier. Si seulement la mienne avait été aussi douce. »

— Eh oui ! disait Guillaume, elle est trop bonne pour moi. Toutes les autres sont mariées depuis longtemps, et m'ont oublié. Mais celle-ci n'oubliera pas son vieux père, n'est-ce pas, petite fleur ?

Milessant levait sur lui ses beaux yeux francs et restait rêveuse, ne comprenant pas ce que le père lui demandait.

Cette année-là, les deux garçons firent leur première communion — Ansiet avait quatorze ans et Herbert treize. Ansiau avait tenu à assister lui-même à la solennité et fit le voyage à Troyes pendant la semaine de Pâques, accompagné d'André et de Garnier. Il amenait pour les garçons deux beaux lévriers blancs bien dressés, sans compter les pâtisseries et les gelées au miel préparées par la dame. A distance il avait fini par s'habituer à l'idée qu'il avait deux fils et ne faisait plus de différence entre Herbert et Ansiet — extérieurement tout au moins.

Bien peignés, bien lavés, vêtus de robes claires, les deux grands garçons avaient belle mine et Ansiau se sentait très fier. Quand il les vit revenir de la Sainte Table, excités, les yeux perdus, le visage rose d'émotion, il les prit de ses deux bras et les attira contre lui — mais les premiers baisers furent pour l'aîné. Ils étaient si grands déjà tous les deux — de même taille — et ils lui arrivaient jusqu'à l'épaule. On leur eût bien donné quinze ans.

Herbert paraissait être le plus content des deux, mais c'était en grande partie une satisfaction de vanité : il se sentait tout fier d'être enfin un homme, de porter une belle robe, d'être fêté. Il s'installait dans sa nouvelle dignité de chrétien avec une assurance presque insolente : il allait baiser les images de tous les saints, prenait à tout coup de l'eau bénite et en offrait, du bout des doigts, à son frère, à André, au baron ; il se signait avec ostentation et se retenait de jurer avec une patience exemplaire.

Guillaume de Nangi souffrait d'une maladie de cœur qui lui faisait enfler les jambes et bleuir les bras, et il avait de fortes douleurs au pied et aux jointures, si bien qu'il gémissait tout haut, au grand désarroi de Milessant, qui le secouait en pleurant : « Père ! Père ! N'ayez pas mal ! N'ayez pas mal ou je me tue ! »

Ce jour-là, les deux communiants furent installés à la place d'honneur, et Milessant, qui était déjà une grande fille de huit ans, leur servit à boire et les embrassa sur les lèvres pour leur faire honneur. Puis la dame Béatrix et la dame Oda, femme de Manesier, se retirèrent de la salle, et Isabeau emmena Milessant.

Alors Guillaume dit à Ansiau : « Mon beau filleul, j'ai à vous parler d'affaires. Aidez-moi à sortir de table et à m'asseoir sur ce banc. Laissons les enfants s'amuser encore ce soir, c'est un beau jour pour eux. »

« Beau filleul, je n'ai plus longtemps à vivre. D'ici Noël je serai en terre. Dieu sait que je ne m'en plains pas, j'ai assez vécu. J'ai eu ce que je voulais dans ma vie. »

Ansiau se taisait et Guillaume soupirait et reprenait souffle.

— Mon garçon, de tous les enfants qui ont porté mes armes c'est vous que j'ai le plus aimé. Je ne me plains pas de Manesier. C'est un bon fils. Mais il y a sa femme. Il a ses enfants à lui. C'est dur d'être un vieux père qui n'est bon à rien. Autant vaut mourir. » Il soupira encore.

— Mon beau filleul, vous ne devez pas oublier que je vous ai fait chevalier. A votre âge on s'en souvient encore, mais si vous l'oubliez dans dix ou vingt ans d'ici, se sera une grande lâcheté à vous.

— Parrain, je ne sais ce que vous voulez dire. Vous savez si je vous aime.

— Voilà que je pars et que je la laisse seule, continuait le vieil homme. Dieu ! Dieu ! Si j'avais seulement vécu pour la voir grande. Beau filleul, voici ce que je vais vous demander, ne me le refusez pas ; je laisse à ma fille la moitié de la dot de sa mère et les terres qui me restent du côté de Brienne. J'ai bien regardé votre fils aîné depuis quatre ans qu'il est ici. Je crois qu'il aime l'enfant ; et elle l'aimera aussi.

— Par saint Thiou, parrain, s'écria Ansiau, voilà

une chose à laquelle j'avais pensé, mais je n'osais pas vous en parler le premier. Je ne souhaite pas d'autre femme pour mon garçon.

Alors Guillaume fit appeler près de lui Manesier et les trois hommes discutèrent ensemble du mariage projeté. Le père voulait caser sa fille avant de mourir, et Manesier en était un peu froissé, car il trouvait que son père manquait de confiance envers lui. « Allez, allez, disait Guillaume, vous aurez déjà assez de soucis après ma mort, je vous épargne celui-ci. La dot est belle, et quand Béatrix se remariera, son baron voudra mettre la main dessus — si l'enfant n'est pas encore casée. » Tous trois décidèrent de faire célébrer le mariage après les fêtes de la Pentecôte, quand Ansiau reviendrait à Troyes.

De nouveau seul avec son filleul, Guillaume continua à lui exposer ses plans et ses projets ; si peu bavard d'habitude, et oppressé par ses douleurs, il ne tarissait pas sur l'avenir de son enfant ; de Pâques à la Pentecôte les femmes auraient le temps de préparer une partie du trousseau et la robe de mariée — le reste, la dame de Linnières s'en chargerait : « J'ai assez de toile fine et de drap et de galon, il n'y aura qu'à louer les ouvrières. »

— Les femmes de chez nous font tout le travail elles-mêmes, dit Ansiau.

— Et c'est bien mieux ainsi, soupira le vieux, de mon temps cela se faisait toujours. J'aime bien votre dame, encore que je ne l'aie vue qu'une fois : elle est bonne et sage et servira de mère à l'enfant.

Ansiau, par courtoisie, proposa à son parrain de

laisser l'enfant avec la mère jusqu'à sa puberté. Mais Guillaume hocha tristement la tête. « Il n'est pas bon d'encombrer un jeune ménage avec l'enfant d'un vieux mari. Elle sera mieux chez vous. Vous lui servirez de père, vous l'aimez déjà. »

Il se laissait aller à la pente de sa rêverie. L'enfant était un peu pâlotte, c'était par manque d'air — à Linnières elle prendrait de belles couleurs, elle jouerait dans le pré avec les filles d'Ansiau, cueillerait fleurs et baies au bois — la dame lui apprendrait ce qu'une jeune fille doit savoir : dame Béatrix n'en avait guère eu le temps. « Votre dame la trouvera bien ignorante, la pauvre enfant — mais dites-lui surtout de ne pas trop la battre, elle est délicate. Dieu ! je l'ai eue trop tard. Il faut bien la veiller ; mais je vous promets qu'une fois formée ce sera une belle femme. Pauvre fille. Elle m'aime bien. Ce sera dur pour elle de me quitter. »

Ansiau protesta : il n'en serait pas question. L'enfant resterait avec son père tant qu'il vivrait : il ne devait pas s'imposer ce sacrifice, il la verrait avant de mourir. Le vieux chevalier se cacha la figure dans ses mains.

— Je veux lui dire adieu tant que je suis encore un homme, dit-il. Elle ne me verra pas infirme ni défiguré. C'est trop laid, un malade !

Ansiau lui dit : « Parrain, n'y pensez pas, c'est trop triste. Allez, à la Pentecôte, nous ferons une belle fête, vous verrez que vous y vaudrez encore un autre. » Les yeux de Guillaume s'animèrent de nouveau et il se mit à parler des détails de la noce.

Le lendemain Guillaume fit parer la salle d'un tapis rouge et sur ce tapis il fit mettre un banc couvert de peaux. Il s'assit sur ce banc et fit asseoir à ses côtés sa femme et Ansiau ; puis il fit appeler dans la salle toute sa maison, famille et domestiques.

— Milessant, dit-il, et vous, Ansiau, mon garçon, venez ici et mettez-vous là devant moi.

« Ansiau, beau fils, vous me servez depuis quatre ans, et j'ai toujours été content de vous. J'ai décidé, avec votre père, de vous faire un cadeau dont vous devriez bien être content, car pour moi, vraiment, c'est la meilleure chose qui soit. Gardez-le bien, beau fils, à un autre que vous je ne l'aurais pas confié. » Il se mit à essuyer du doigt les larmes qui coulaient sur ses joues et les deux enfants le regardaient, surpris, se demandant de quoi il s'agissait. Ansiet, en dépit de ses quatorze ans, ne saisissait pas rapidement les choses, car il était souvent dans la lune.

— Viens, dit Guillaume. Donne-moi ta main gauche. Milessant, mon bel agneau, viens là. Ansiau, regarde-la bien. Elle est encore petite, mais dans cinq ans tu seras un homme et elle une femme. Elle te servira et t'obéira, et il faut que tu l'aimes bien, car elle est fille de noble mère, et moi, je suis ton seigneur. Prends-lui la main.

Ansiet, comprenant enfin ce que le seigneur voulait de lui devint tout rouge et baissa les yeux. Cet embarras enfantin était plaisant à voir chez ce grand garçon qui avait déjà une stature d'homme — de fait, il était très beau à ce moment-là, avec ses longs cils et le sourire plein d'orgueil naïf qu'il n'arrivait pas à retenir.

Milessant le regardait, interdite. Elle tendit doucement sa petite main qu'Ansiet prit de ses maigres doigts durs.

Le père attira l'enfant contre ses genoux.

— Milessant, ma petite fleur, je ne t'ai pas encore parlé de mariage, parce que tu es trop jeune. Maintenant, devant tout le monde, je te le dis, pour que tu t'en souviennes : voici Ansiau qui sera ton seigneur, et qui t'aimera bien et prendra soin de toi. Vous serez toujours ensemble. Vous mangerez dans le même plat, vous dormirez dans le même lit, tu seras son amie et lui ton ami. Il faudra bien l'aimer et être loyale avec lui. Tu vas lui obéir comme à moi, et tu ne lui diras jamais de parole dure. Bientôt tu n'auras plus que lui.

Milessant s'accrocha à son cou. « Père, vous pleurez ! Père ! »

— Mais non, mais non, mon agneau, je ne pleure pas. Par la Vierge, je croyais que tu aimais bien ce garçon-là. Fais-lui donc un sourire. Le voilà qui n'ose même pas te regarder.

Le père Dude, beau-frère de dame Béatrix, vint s'asseoir sur le banc à côté du baron de Linnières. La procédure du serment commença. Puis les enfants furent menés à l'église Saint-Pancrace, et là les deux pères jurèrent en leur nom de bien respecter les conditions du contrat, de ne pas s'engager avec d'autres personnes, et de faire célébrer le mariage le dimanche après Pentecôte.

Toute petite à côté de son grand fiancé, Milessant regardait autour d'elle, bâillait, attendait la fin pour aller jouer. Ansiet, flatté de l'honneur qui lui était fait, restait toujours rouge de plaisir et se mordillait les ongles. Ansiau — le père — pensait que la petite fiancée était peut-être un peu trop jeune. Six ans de différence, c'est beaucoup, à cet âge-là. Toute maigre, toute mince, elle arrivait à peine à la poitrine d'Ansiet : on l'eût dit faite de matière plus fine que tous ces hommes qui l'entouraient. Ses cheveux très clairs, très fins, et pas très denses, étaient épars sur ses épaules et sur son dos, si flous et si légers que le plus petit courant d'air les soulevait, et son petit visage pâle et frais en était comme illuminé.

Les deux fiancés échangèrent des bagues préparées à l'avance par les parents ; mais ces bagues de grandes personnes leur tombaient des doigts et Milessant laissa rouler la sienne par terre en baissant distraitement la main. Dame Béatrix prit les deux anneaux, les réunit ensemble par un fil d'or et les enferma dans un coffret à bijoux, disant que les enfants n'avaient que faire de si belles choses : ils les reprendraient quand ils seraient mari et femme pour de bon.

Après le repas de fiançailles Ansiau prit son fils à part et lui fit toutes sortes de recommandations : il devait être fier du choix de son parrain, le vieux seigneur n'eût pas donné sa fille préférée à n'importe qui. « Vous devez bien aimer l'enfant, dit-il, et la garder et la défendre : sachez qu'aujourd'hui vous vous êtes engagé par serment, et qui fausse son serment fait une lâcheté. Son père n'a plus longtemps à vivre, et moi, je mourrai sûrement avant vous. Il faut bien vous souvenir de votre serment et ne pas l'abandonner tant qu'elle vivra. »

L'enfant écoutait, docile et un peu distrait. Il ne comprenait pas en quoi ces paroles solennelles le concernaient ; le baron semblait toujours planer dans de grands espaces de passé et d'avenir ; Ansiet savait depuis longtemps pourquoi il fallait aimer le vieux Guillaume, et comment il fallait garder les serments, mais il se disait qu'il n'en était pas encore là.

— A la Pentecôte, dit le baron, je viendrai avec la dame et toute la famille et après la noce j'emmènerai la petite fille à Linnières ; c'est son père qui le veut.

— Mais on dit qu'elle est ma femme, fit observer Ansiet. Pourquoi l'emmener ? Et si je ne veux pas ?

— Sachez bien, beau fils, qu'un garçon qui n'est pas chevalier ne pense pas aux femmes. Une fois adoubé vous ferez ce qui vous plaira. En attendant, c'est moi qui disposerai de la fille, et c'est à moi que son père la confie.

Ansiet fit la moue, un peu déçu. Il commençait à en avoir assez d'être un enfant.

Le choix de Guillaume avait réveillé dans le cœur du garçon une tendresse dont il se doutait à peine lui-même. L'enfant frêle et douce, si fine, si pâle, on la lui donnait, il pouvait disposer d'elle. Il était assuré par promesse et par serment de l'avoir pour toute sa vie à ses côtés, avec ses grands yeux et son sourire — il n'y avait jamais songé avant, mais à présent que c'était fait il était aussi heureux que le jour où il avait reçu en présent son Gaillard. Il se hâta de profiter de ses nouveaux droits de fiancé, et chapitra Milessant sur leurs obligations réciproques : en fait, il lui répéta les leçons de son père, car il manquait d'imagination sur ce sujet. Il prenait l'enfant très au sérieux, malgré leur grande différence d'âge. « Tu sais, disait-il, que ton père a adoubé le mien, et c'est pourquoi je te prends. Évidemment, c'est un honneur pour moi, parce que tu es jolie. Il faudra que je te garde toujours, et d'ailleurs je ne demande pas mieux. Si ton père meurt, c'est moi qui serai ton seigneur. »

Milessant souriait de la naïveté de son ami : « Mon père ne mourra pas. »

— Il est très vieux. Écoute-moi : je t'aimerai comme le baron aime la dame. Tu verras : ma mère est plus belle que dame Béatrix. Mais toi, tu seras mieux encore. Je te mènerai aux tournois. Dieu, si tu savais comme c'est beau de voir les lances voler en éclats ! »

Un jour il eut l'idée d'installer l'enfant dans l'embrasure d'une fenêtre sur l'escalier, et là, il se mit à baiser ses lèvres et ses joues, tout étonné de sentir contre sa bouche la douceur de cette peau lisse et fraîche. Il y alla tant et si bien qu'il n'arrêtait pas, tout à ce jeu si nouveau pour lui, et les joues de Milessant en devinrent toutes roses et chaudes. « C'est trop long, dit-elle enfin, pourquoi m'embrassez-vous tant ? »

— Oh ! ce n'est rien, dit Ansiet, quand nous serons mariés je t'embrasserai encore plus. Cela se fait toujours. C'est très bon.

Il battait des cils, tout ravi de la découverte qu'il venait de faire. Milessant, pensive, s'appuyait contre l'embrasure de la fenêtre et souriait de son sourire un peu absent et très doux qu'Ansiet aimait tant. Il se demandait à quoi elle pouvait penser. Il commençait à examiner de près ce visage qu'il avait appris à aimer depuis quatre ans. Il s'étonnait : il n'avait pas encore remarqué qu'elle avait un front grand et rond, et que les prunelles grises pailletées d'or de ses yeux ressemblaient au plumage d'une buse sauvage — on disait qu'elle n'était pas jolie, mais lui, Ansiet, voyait en elle la noblesse d'une marquise ; il eût battu les garçons qui la trouvaient laide. Gravement, il baisa encore les yeux de l'enfant, froissant un peu les longs cils d'or, puis il baisa encore le front, les tempes, les cheveux. Il lui était doux de savoir qu'elle était déjà presque une chose à lui.

Et puis, tout d'un coup, il se sentit honteux, comme s'il venait de mal agir.

— Tu sais, dit-il, il ne faut pas parler de cela à ton père. » Et comme l'enfant le regardait avec surprise il trouva aussitôt l'argument pour la convaincre : « Il se fâcherait contre moi. »

Il ne put pas garder longtemps le secret de ce premier amour — le vieux Guillaume souriait dans sa barbe en le voyant distrait et pensif. Selon l'usage, il taquinait le fiancé et disait à Milessant : « Vois ce grand dadais qui se languit après toi. » Et Ansiau devenait rouge et se cachait le visage du dos de la main.

Il était devenu plus calme et plus silencieux, et avec Milessant même il ne parlait pas beaucoup. Il pensait. A coup sûr il n'était pas un enfant, puisqu'on lui confiait la chose la plus précieuse au monde. Avec une pitié aiguë et tendre il pensait au petit corps frêle de l'enfant, à ses lèvres qui bleuissaient quand elle courait trop vite, à ses robes toujours mises de travers. Lui, il ne la laisserait manquer de rien. Lui se battrait mieux que les plus braves, et ferait savoir à tout le monde que Milessant de Nangi était son amie. Il parlait peu de ses sentiments, mais il ne put s'empêcher de demander à Herbert comment il trouvait sa fiancée. Herbert dit qu'il la trouvait trop jeune. Ansiet ne fit que lever les sourcils, se demandant quel rapport l'âge peut avoir avec les qualités de Milessant : eût-elle trois ans, elle n'en serait ni meilleure ni pire.

Herbert, tout bon frère qu'il fût, ne pouvait s'empêcher d'envier son aîné. Toute la maison n'avait d'yeux que pour Ansiau. Les ouvrières de dame Béatrix lui préparaient un beau vêtement de cérémonie, en drap brodé de roses d'or. Et lui, Herbert, devait se contenter de paraître à la fête vêtu d'un simple bliaut de soie bleue — en qualité de garçon d'honneur. Herbert voulait être le marié à toutes les noces.

Aux approches de la Pentecôte, la dame se mit à ranger ses plus beaux habits dans les coffres de voyage. Il y avait plus de quatre ans qu'elle n'était sortie de Linnières, si ce n'était pour aller à Hervi. En fait, depuis son pèlerinage à Langres elle n'avait pas voyagé. Il y avait quatre ans qu'elle n'avait vu ses beaux garçons.

Dieu ! En quatre ans, quel long chapelet de misères, de maladies, de craintes — les enfants étaient partis dans l'année de Guillaume, c'est bien cela — et après Guillaume, il y avait eu les deux jumeaux, deux beaux garçons, dont les gens avaient bien ri, sans penser à mal, pourtant ; mais Aalais elle-même ne doutait pas que ce ne fût là une suite de sa faute, et un signe qu'elle avait connu deux hommes, et, à coup sûr, c'était un mauvais présage. Les deux garçons s'appelaient Garin et Geoffroi, tous deux étaient solides comme des charmes — et l'année d'après un garçon était venu qui n'avait vécu que deux jours — et au dimanche des Blanches Nappes — voilà trois semaines de cela — elle avait enterré son dernier-né, Pierre, né le Vendredi saint — et, oh! cette douleur dans les seins, ces crevasses, ces interminables saignées dont elle avait encore les poignets et les bras tout bleuis.

Guillaume avait quatre ans à présent — il avait toujours sa grosse tête enflée, blonde et presque chauve. Aalais avait fait des vœux et porté l'enfant chez la Flora — mais l'enfant ne savait toujours ni marcher ni parler — et le baron s'impatientait pour de bon : il ne voulait pas d'un monstre dans sa maison, rien qu'à le regarder la dame accoucherait d'autres enfants comme lui. Et Aalais se demandait combien de temps elle arriverait à le garder.

Dans deux ans, ce serait le petit Girard qui la quitterait comme les deux grands, il avait déjà huit ans, montait à cheval, tirait de l'arc, et la dame sentait son cœur se retirer quand elle voyait l'enfant descendre aux écuries. Et de plus en plus elle s'attachait à Mahaut, sa grande fille, qui, elle, au moins, serait à sa mère jusqu'au jour où il faudrait la donner à un homme. Quand l'enfant se blessait ou avait du chagrin, la dame la prenait sur ses genoux et jouait à lui sécher les larmes par des baisers. « Va, ma fille, tu pleureras bien assez quand tu seras grande. » Mahaut, à dix ans, devenait une beauté. Elle avait les yeux larges et sombres de son père, et des cheveux d'or qui prenaient de plus en plus une teinte cuivrée, si bien que la dame, effrayée de la voir devenir rousse, lui lavait tous les samedis les cheveux à la camomille. Mahaut avait l'esprit vif, et l'humeur railleuse et brusque ; elle ne ressemblait à personne de la famille. Sa mère semblait bien être la seule personne qu'elle parût respecter, car le baron lui-même n'échappait pas à ses remarques malicieuses que souvent il ne comprenait pas — et il disait : « Vraiment, elle n'est pas comme doit être une jeune fille. Elle ferait bien de prendre exemple sur la fille du parrain qui est à Troyes : l'autre est plus jeune, mais autrement plus sage. » Et à présent, la dame pensait sans le moindre plaisir à l'arrivée prochaine de cette étrangère qui allait voler à ses enfants une part de l'affection de leur père. Le mariage d'Ansiet était pour elle un marché, et un marché avantageux, mais en attendant, c'était elle qui en payait les frais. Et pourquoi s'encombrer d'une enfant qui a encore ses parents ? « Après tout, disait-elle à Ansiau, pourquoi ne la laisse-t-on pas à sa mère ? C'est un affront pour cette femme. »

Les deux garçons reconnaissaient à peine dans cette femme maigre et sèche la belle dame de leur enfance : comme elle avait rapetissé. Ils étaient de même taille qu'elle, à présent. Ses joues gardaient toujours leurs belles couleurs, mais il y avait quelque chose de frêle, de triste dans cette beauté sur le point de se faner : la dame allait avoir trente ans. Dans sa famille, tous les hommes devenaient gros avec l'âge et toutes les femmes maigres ; et la dame disait qu'elle avait peur de fondre comme un cierge et mangeait beaucoup de lard et de crème.

Dans ses habits de voyage, gris et poussiéreux, elle n'avait vraiment pas belle mine, et Ansiet se repentait d'avoir dit à Milessant que la dame était plus belle que dame Béatrix.

Elle les baisa plus de vingt fois chacun, riant d'admiration et de surprise — elle tâtait leurs mains, leurs bras, leurs joues, comme pour s'assurer qu'ils étaient bien faits de chair et d'os. « Vraiment je ne savais pas que j'avais de si beaux enfants, de si beaux damoiseaux. Oh ! Herbert, mon ami, vous n'avez pas changé ; c'est Ansiau qui a changé, par exemple. Il aura bientôt de la barbe. Ah ! Mon Dieu, dire que vous avez déjà fait votre communion. » Et avec un sourire égaré, elle passait de l'un à l'autre, ne sachant trop que leur dire, elle était plus éblouie qu'heureuse de cette rencontre sans lendemain avant une nouvelle séparation aussi longue que l'autre — elle pensait non sans amertume que ses enfants n'avaient plus besoin d'elle.

Par contre, Milessant, contre laquelle elle était prévenue d'avance, l'attira tout de suite par son air d'oisillon tombé du nid : elle avait beau être la future mariée, dans les préparatifs de la fête personne ne s'occupait d'elle. Sa robe était prête et le moment de la mettre n'était pas encore venu. Dame Béatrix était trop occupée de sa propre toilette et dame Oda avait ses enfants à elle. Ce fut Aalais qui se chargea de la fillette ; elle lui fit laver les mains et la figure, peigner les cheveux, et l'installa dans un coin de la chambre des dames, à côté de Mahaut.

— Embrassez-vous, leur dit-elle, vous allez bientôt être sœurs, et vous coucherez dans le même lit. Aujourd'hui, vous pouvez jouer ensemble, mais sans faire de bruit.

Les deux fillettes se dévisageaient avec curiosité. Mahaut, la plus âgée de deux ans, souriait d'un air protecteur et ne demandait pas mieux que d'offrir son amitié à la nouvelle sœur. Milessant, plus sauvage et un peu méfiante, baissait les yeux et mordillait le bout de sa ceinture : peut-être avait-elle senti une lueur moqueuse dans les yeux noirs de cette jolie fille à tresses d'or.

Mahaut demanda : « Savez-vous coudre ? »

— Non.

— Et savez-vous broder ?

— Non.

— Ni le point turc ? Ni le point de Cordoue ? Ni la passementerie ? Vous savez, c'est quand on fait les galons.

Milessant ne répondit rien.

— Alors vous savez brider les faucons ? Ou danser, ou chanter des caroles devant notre père ?

Là Milessant leva la tête et regarda Mahaut droit dans les yeux, les prunelles allumées d'une petite flamme jaune.

— Non, je ne sais rien ! hurla-t-elle. Et je ne veux rien savoir et je ne saurai jamais rien !

Mahaut recula, un peu interdite. Milessant se tapit

dans son coin, tête basse ; elle avait envie de pleurer, et faisait de grands efforts pour ne pas le laisser voir.

Toutes deux gardèrent le silence pendant un bon bout de temps. Enfin, Mahaut éleva la voix — doucement, comme elle savait le faire :

— Je vous apprendrai, voulez-vous ? On s'amusera bien, vous verrez. » Et comme l'autre ne disait mot, Mahaut demanda encore : « Voulez-vous m'aimer ? Moi, je vous aimerai bien. »

Milessant éclata en sanglots.

En faisant ses dévotions à la cathédrale Saint-Pierre, en compagnie d'Oda de Nangi, Aalais fut presque frôlée au passage par un homme en veste courte et râpée ; elle leva les yeux et se retourna — mais l'homme était déjà près de la porte ; pourtant, quelque chose dans l'allure de l'inconnu l'avait frappée, elle sentit son cœur battre plus fort. Et au moment même où elle se retournait, l'homme se retourna également, et elle reconnut Bos, l'écuyer d'Erard de Baudemant.

Pendant tout l'office de *Laudes,* Aalais ne put suivre les répons ni faire une seule fois le signe de croix. Il lui semblait à tout instant voir Erard passer dans les bas côtés de la nef, ou bien il était là-bas, au premier rang, parmi les autres chevaliers qui assistaient à l'office. Tout homme blond et vêtu de bleu accusait subitement une étrange ressemblance avec Erard — il ne pouvait être bien loin puisque Bos était là. Par Hue de Baudemant Aalais avait appris l'an dernier qu'Erard avait fini par épouser une jeune et riche douairière, qu'il avait deux enfants et vivait très largement sur les revenus de sa femme. Pourtant, la tenue plus que modeste de Bos semblait faire croire que les affaires de son maître n'étaient pas brillantes — Aalais n'y comprenait plus rien. « Si même il s'est ruiné, pensait-elle, cela ne me regarde pas. C'est une bonne leçon pour la femme qui l'a épousé. »

Finalement, elle dut se rendre à l'évidence : Erard n'était pas à l'église. Elle s'étonnait de voir combien tous ces hommes qui n'étaient pas lui paraissaient laids et insipides. Appuyée au bras d'Oda de Nangi elle rentrait tristement à l'hôtel du vieux Guillaume par les rues étroites et sombres dont les maisons semblaient vouloir s'écraser. Oda de Nangi, jolie brune un peu effacée, bonne créature s'il en fut, se plaignait de son mari et de son beau-père — à l'écouter, Manesier la sacrifiait aux caprices du vieux, tandis que Guillaume disait au contraire que Manesier se laissait mener par sa femme.

— Vous avez de la chance d'avoir un mari comme le vôtre. Jamais je n'ai vu un homme de meilleures manières : il est aussi courtois avec ses valets qu'avec comte ou marquis. Ce n'est pas lui qui ira vous traiter de garce et de chienne à tout propos.

— Le vôtre est donc dur avec vous ? demandait Aalais.

— Oh ! il m'aime bien, mais c'est à cause du vieux, et de la Béatrix — ah ! Dieu, quel serpent, quelle peste que cette femme-là. Ce n'est pas assez pour elle de me laisser tenir toute la maison, je crois que si elle pouvait me prendre mon baron, elle le ferait.

— Non, vraiment, c'est à ce point-là ? s'étonnait Aalais, assez curieuse.

— Vous avez bien de la chance, soupirait de nouveau Oda. Votre baron à vous, au moins, vous reste fidèle — on ne l'a jamais vu porter les couleurs d'une dame de Troyes ni d'ailleurs. Il ne tiendrait qu'à lui, pourtant.

La dame de Linnières fit observer, non sans suffisance, que dans ces cas-là, le mérite revient surtout à la femme. « Vous ne le connaissez pas. Si je ne le tenais en main, Dieu sait ce qu'il ferait. »

— Et moi, dit Oda, je n'y pense plus. On n'en finirait plus s'il fallait pleurer pour ces choses-là. J'ai déjà assez de tracas avec les enfants et la maison.

— Je sais ce que c'est. J'ai accouché onze fois, dit Aalais.

— Et moi sept. Voyez : je suis plus jeune que vous. et je ne le parais pas. C'est bien triste ! toujours le gros ventre, les berceaux, les langes, d'une année à l'autre ça ne change pas, et le temps passe. On voudrait bien penser à autre chose : on ne vit qu'une fois.

Aalais ne se souciait pas d'encourager des confidences qu'elle ne voulait pas entendre. Elle dit tranquillement :

— Autre chose ? Il n'y a pas autre chose.

Le lendemain après la messe la dame laissa le baron et ceux de Nangi quitter l'église sans elle, et ne garda que Sillette et Milon du Cagne. Elle ne croyait pas avoir d'arrière-pensée : elle voulait prier encore un peu. Mais elle ne fut pas surprise lorsqu'un jeune homme d'une quinzaine d'années l'aborda et lui demanda si elle était bien la dame Aelis de Linnières.

— C'est moi, dit-elle. Que me voulez-vous ?

— Mon maître, dit l'enfant, vous demande d'accepter un présent de lui.

— Je ne connais pas votre maître et je ne peux pas accepter de présent.

— Dame, ne vous fâchez pas. Il sait bien que vous n'accepterez pas, mais il vous demande de jeter les yeux dessus. Il ne vous demande rien de plus.

Non sans méfiance la dame ouvrit le coffret de chêne que lui tendait le jeune homme. Jamais elle n'avait reçu de plus étrange présent : dans le coffret il y avait un bouquet de lavande, une petite branche de cerisier, une pierre blanche et une bague — la bague à perle rose. Et le souvenir de la nuit dans le jardinet de Linnières sous le cerisier dans la lavande, l'envahit avec une telle force qu'elle manqua de laisser tomber le coffret, tant ses mains tremblaient. Elle le posa sur ses genoux, prit le petit bouquet bleu et odorant et le porta à ses lèvres ; puis, se souvenant du jeune homme qui la regardait, elle replaça la lavande dans le coffret : les larmes lui coulaient le long des joues et elle ne songeait pas à les retenir. La pierre blanche — la clairière du Mont-aux-Fées — le soleil, les corbeaux, l'herbe chaude...

Elle ne savait pas combien de temps s'était écoulé. Elle était toujours là à sa place, rien n'avait changé. Le jeune homme, toujours agenouillé devant elle, semblait attendre.

— Mon Dieu ! soupira-t-elle. Et où est-il, votre maître ? Que fait-il ?

— Il est à Monguoz, au château. Il a été fait

prisonnier par le baron Gilles, et blessé à la jambe. Il est bien malade.

— Malade ? Blessé ? s'écria Aalais. Ce n'est pas grave, au moins ? Dites-moi tout, ne me cachez pas !

— Il souffre de fortes fièvres et sa blessure est envenimée. Mais je crois bien qu'il va guérir.

— Dieu ! Dieu ! disait la dame en se tordant les doigts à les faire craquer — dire que j'ai des herbes pour les plaies, et que je les ai laissées au château. Le seigneur Gilles le fait soigner, au moins ? Il a un lit, des draps ?

— Oh, cela oui, il est bien soigné. » Aalais ne se calma pas qu'elle n'ait demandé à l'enfant tous les détails possibles sur la santé de son maître, et vu que son état n'était pas vraiment grave.

Puis elle demanda : « Et comment sait-il que je suis à Troyes ? »

L'enfant répondit que son maître l'avait appris par Bos, la veille. Il n'avait pas osé envoyer Bos, de peur d'exciter les soupçons de ses ennemis qui voudraient l'empêcher d'approcher de la dame. Il faisait dire à la dame qu'il pensait toujours à elle, et qu'il était bien malheureux, prisonnier, malade et sans argent — pour sa rançon il lui manquait dix marcs qu'il ne savait où trouver. Il priait la dame, au nom de leur amitié d'autrefois, de lui avancer cette somme, cela le ferait libérer aussitôt ; il en avait vraiment assez de rester enfermé.

— Dieu ! dit la dame, comme il a bien fait de penser à moi ! Certainement, je ferai tout pour le tirer de là. Je ne suis pas riche, mais j'ai des bijoux à moi. Tenez, ami, dit-elle en enlevant rapidement son collier d'argent, ses deux bracelets et ses boucles d'oreilles. Prenez cela, vendez-le. Il y aura pour plus de dix marcs — pour douze marcs peut-être. » Elle rangea le tout dans le coffret et en tira la bague à perle rose, se la passa au doigt — Dieu! que ses mains étaient amaigries et desséchées. Aalais brûlait d'envie de poser à l'enfant d'autres questions sur Erard, mais se retint, par pudeur. Elle remit la bague dans le coffret, et dit :

— Allez vite, et tâchez de vendre cela aujourd'hui. Et dites à votre maître qu'il ne doit jamais chercher à me revoir. Mais si jamais il a besoin de moi, il n'a qu'à m'envoyer une personne de confiance avec cette bague. Il peut toujours compter sur moi.

L'enfant cacha le coffret sous sa chemise, baisa le pan du manteau de la dame et partit.

Il faisait plutôt sombre dans la chapelle latérale où la dame faisait ses dévotions, mais Milon et Sillette, agenouillés à cinq pas de là, avaient pu voir l'inconnu parler à leur dame, et la dame enlever ses bijoux pour les mettre dans le coffret. Aussi Aalais leur fit-elle jurer que jamais ils n'en souffleraient mot à personne — ce page était venu lui rappeler une dette d'honneur dont le baron ne savait rien. Elle ne prit pas la peine de leur expliquer pourquoi elle avait les yeux rouges.

Toute la soirée elle fut pensive. Elle se demandait quelles explications elle allait donner au baron. Et bien malgré elle, les souvenirs revenaient l'assaillir, si doux et si amers qu'elle ne pouvait s'empêcher de soupirer. Elle revoyait si bien devant ses yeux cette fine tête maigre et osseuse, si nette qu'on l'eût dite taillée dans de l'albâtre ; serait-il dit que jamais dans sa vie elle ne reverrait cette beauté si noble et si pure ? Un homme qui l'avait si tendrement, si fortement aimée. Il ne devait pas l'avoir oubliée, puisque après cinq ans il pensait encore à la lavande du jardinet de Linnières.

Par orgueil, elle n'avait rien voulu demander au garçon. Et pourtant, son cœur se serrait d'incertitude — de qui portait-il les couleurs ? Et Gilles de Monguoz n'avait-il pas une jolie fille de seize ans, Marsille ? Peut-être soignait-elle le blessé ? Et s'il allait quand même chercher à rencontrer son ancienne amie ? Elle ne se souciait pas de se brûler deux fois à la même chandelle.

Après le repas, le baron la prit à part dans la chambre des dames où elle était assise dans un coin, sur un coffre de chêne. Il ne voulait pas la tancer devant tout le monde. Et quand il vit qu'ils étaient bien seuls il lui demanda ce qu'elle avait fait de ses bijoux. La dame répondit qu'elle les avait offerts au trésor de la cathédrale, pour les pauvres.

Ansiau dit : « C'est un peu fort ! Vous avez fait cela ? Sans ma permission ? »

La dame passa aussitôt à l'attaque. Il n'y avait pas que lui qui eût le droit de faire la charité. Elle devait aussi penser à son âme. Et les bijoux ne pouvaient être mieux employés : Dieu le leur rendrait sûrement plus tard. Le baron restait sceptique.

— Vous ne me ferez jamais croire cela. Jamais vous n'avez rien fait de pareil. Vous aviez une raison que vous ne dites pas.

— Et quelle raison voulez-vous que j'aie ?

— Est-ce que je le sais, moi ? Vous autres femmes, vous ne pouvez ouvrir la bouche sans mentir. Je ne le dis pas pour vous blâmer. Mais, Sang de Dieu ! Je ne suis pas un mari si terrible — vous pouvez bien me confier vos affaires, je ne vous mangerai pas.

— Eh bien, justement, baron, je vous ai dit vrai. Je les ai donnés pour les pauvres. Et puis, j'avais bien le droit de le faire. Ce n'est pas un vol. Le collier et les bracelets, je les tenais de ma mère, vous n'avez rien à y voir.

— Mais vous deviez les laisser à Mahaut pour quand elle sera mariée. Nous avons deux filles — si vous allez de ce train-là, nous n'aurons rien à leur laisser.

— C'est vous, maintenant, qui me reprochez de trop dépenser, s'écria la dame. Vous ne savez que mettre en gage et faire des dettes et pour une fois que je fais une bonne œuvre, vous me parlez des enfants.

— Dame, je n'en crois pas un mot. Vous n'avez pas donné ces bijoux aux pauvres.

— Voulez-vous que je jure ? D'ailleurs, demandez à Milon et à Sillette, ils étaient avec moi.

— Je ne demanderai rien. C'est vous qui me direz. Je ne veux pas vous voir mentir.

Un peu effrayée, la dame cherchait à éviter les yeux inquisiteurs de son mari, et lui la tenait par les épaules et ne voulait pas la lâcher. Il était en colère.

— A qui les avez-vous donnés ? Je ne vous lâche pas que vous ne m'ayez dit. A qui ? Et pourquoi ?

— Baron, ne vous fâchez pas.

— Alors parlez.

— Baron, laissez-moi. » Doucement, la dame desserrait les deux mains qui tenaient ses épaules ; elle n'était pas femme à se laisser mater. Au seul contact de ses doigts ceux d'Ansiau perdaient toute raideur, et elle n'eut aucune peine à entraîner ces deux mains, ces deux bras d'homme à former un anneau autour de sa taille. Serrée contre lui, elle lui caressait les cheveux sur le front. « Non, laissez-moi, ami. On peut nous voir. Non, lâchez-moi. » La voix, dolente et tendre, disait tout autre chose que les paroles.

En un clin d'œil, Ansiau avait tout oublié — colère et soupçons — et la dame n'avait plus qu'à laisser le jeu aller son train — et Dieu sait que cette brusque tempête des sens l'effrayait parfois elle-même ; elle la subissait parce qu'il le fallait bien. Devant ces grognements de fauve, elle fermait les yeux et pensait : « Ah ! les hommes. »

Ansiau ne s'en voulait jamais de ces défaites trop rapides — elles étaient dans la règle du jeu. Il voyait les choses plus simplement que la dame ne l'imaginait. Au premier baiser il avait oublié l'histoire des bijoux. La paix une fois faite, il n'allait pas y revenir de nouveau.

La cérémonie devait avoir lieu le premier dimanche après la Pentecôte, et tout l'hôtel, la cour et la salle furent ornés de feuillage et de fleurs. Les dames en habits de fête se pressaient dans la chambre du haut, autour de dame Oda et de dame Aalais ; dans la tourelle, les demoiselles, surveillées par dame Béatrix, faisaient la toilette de la mariée. La petite mariée elle-même ne s'amusait guère ; elle ne devait ni s'asseoir, ni lever les bras, ni tourner la tête. Isabeau et sa fille

Marie, agenouillées devant elle, disposaient sur ses épaules et son dos ses cheveux blonds. « Ne bougez donc pas, vous dérangez tout. Huguette, passez-moi la ceinture. Sainte Vierge, comme cette enfant est pâle ! Elle se trouvera mal à l'église, j'en mettrais ma main au feu. » Dame Béatrix, toute scintillante dans sa robe blanche cousue et tissée de fils d'or, osait à peine se baisser sur sa fille, pour ne pas déranger les plis de son manteau de soie. Milessant tenait à peine sur ses jambes et avait envie de pleurer. Elle sentait bien qu'elle était la dernière personne à cette fête préparée pour elle : les dames pensaient à leurs robes de fête, les fillettes parlaient de garçons et de jeux ; elle, elle n'avait le droit de parler à personne, on marchait sur la pointe des pieds autour d'elle, on avait peur d'effleurer son voile ou son manteau fourré de gris. Le vieux père lui avait parlé de la belle robe qu'elle allait mettre ce jour-là. Mais elle n'était pas encore assez coquette pour y prendre intérêt.

Enfin, elle fut menée dans la salle, acclamée à grands cris par les chevaliers et écuyers que le vieux Guillaume avait invités au mariage. Mais elle n'arrivait toujours pas à comprendre que tout ceci se faisait vraiment pour elle. Le père, plus grand que jamais dans sa longue robe de drap vert recouverte d'un manteau de velours rouge foncé, se tenait au premier rang des invités. Lui non plus ne se baissa pas vers elle, ne la prit pas dans ses bras comme il faisait toujours. Mais Milessant avait de trop bons yeux pour ne pas voir qu'il était ému jusqu'aux larmes : il ne regardait qu'elle. Alors elle courut à lui et enfouit son visage dans les plis du lourd manteau rouge.

Elle s'aperçut bien vite que regarder une procession était plus amusant que d'en être le centre. Et pourtant, au début, elle en fut très excitée. Les garçons jetaient sur ses pas des fleurs et des feuilles d'orme et de frêne, et elle s'appliquait bien à ne poser le pied que sur les fleurs. Sa cousine Léone, et Mahaut de Linnières la suivaient, relevant des doigts le bout de sa robe pour l'empêcher de traîner par terre.

Au passage du cortège les femmes se signaient : « Dieu ! Qu'elle est jolie. Mais elle est bien jeunette. »

Le vieux Guillaume s'était ruiné pour faire faire à sa fille une robe de mariée digne d'elle : elle était parée comme une châsse. Sur sa robe de satin blanc tissée à fleurs de lis, la ceinture était semée de rubis, et le manteau rouge vif était brodé d'oiseaux d'or qui s'entrelaçaient dans des guirlandes de laurier. Et le voile rouge qui lui couvrait la tête et les épaules était retenu par un cercle d'argent doré incrusté de turquoises et de coraux. Elle était mince, et avait l'allure raide et gauche d'une poupée. De toutes les demoiselles elle était la plus menue, parce que la plus jeune. Le cortège des jeunes filles — robes claires, cheveux blonds ou dorés répandus sur les épaules — était charmant à voir. Les dames les suivaient au bras de leurs époux. Le marié et les jeunes gens avaient été prêts les premiers et se trouvaient déjà devant l'église Saint-Pancrace. Là, il y avait beaucoup plus de bruit, de rires et de franche gaieté. Ansiet était bien le dernier des hommes à se préoccuper d'un bel habit : il en retroussait tranquillement les manches, pour montrer à ses camarades la valeur de ses poings.

Ce sacrement qui engageait sa vie n'était pour lui qu'un marché conclu par ses parents avec ceux de Milessant : une fête, un bon repas, des chants et des danses. En fait, il croyait que Milessant était déjà sa femme depuis le jour des fiançailles. Pendant l'office, elle lui paraissait bien pâle et bien triste, et il lui souriait et lui disait à l'oreille : « C'est bientôt fini. » Elle lui souriait de son large sourire confiant et timide, tout heureuse de retrouver un vieil ami au milieu de tant de robes étrangères et de figures qui l'étaient devenues presque autant.

Le retour du cortège se fit avec grande joie, avec chants et cris ; le marié menait la mariée par la main, à leur suite marchaient le vieux Guillaume avec la dame Aalais puis Ansiau avec Béatrix. Aalais s'appuyait sur le bras du vieil homme, secrètement humiliée d'être moins belle et moins élégante que dame Béatrix « Hé, Dieu ! pensait-elle, quand on n'a qu'un enfant et un vieux mari qui se ruine pour vous payer vos caprices, il est bien facile d'être belle... Le baron était plus grand que cela le jour de notre mariage, il me semble. Dieu ! Comme je l'aimais, alors. » Et elle hochait la tête pour chasser ses tristes pensées.

Une fois rentrée à la maison, Milessant vit les fleurs du tapis tourner, et se rapprocher d'elle si rapidement qu'elle tendit la main pour les repousser ; elle se retrouva sur les genoux de son père, et dame Aalais lui frottait les tempes de vinaigre. Elle sentait la barbe du père trembler et lui chatouiller la joue. Elle dit : « J'ai faim. »

Il était bien vrai qu'on avait oublié de lui donner à manger. On lui apporta du lait bien crémeux avec du pain blanc. Le père la faisait manger de ses propres mains, comme un petit enfant, et reniflait bruyamment. « Mon agneau, ma fleur blanche » ; et elle lui entourait le cou de ses bras, sans plus se soucier de sa belle robe.

— Vous savez, baron, dit Aalais à son mari, c'est très mauvais signe. Je ne sais que faire. Voici l'enfant engagé pour la vie, et je ne crois pas que cette femme-là lui porte bonheur. La dot est belle, évidemment, mais la dot n'est pas tout.

— Bah ! dit Ansiau, ces filles, c'est toujours délicat, ça se pâme pour un rien.

— Mahaut ne s'est jamais encore pâmée de sa vie. Vous verrez que cette enfant n'est pas solide. Dieu ! Si elle meurt sans porter fruit, l'héritage passera à Manesier, et le garçon aura manqué de meilleurs partis.

Jamais Milessant n'avait encore pensé qu'il lui faudrait quitter son père : le vieillard le lui avait répété plus de vingt fois, et elle n'y avait prêté qu'une oreille distraite. Il lui avait si souvent dit : « Voilà que vous allez partir et me laisser seul », et encore : « Je n'en ai plus pour longtemps. Vous allez rester sans père », qu'elle avait fini par croire que ces paroles étaient dites dans le seul but de la rendre plus sage et plus caressante. Ansiau le premier lui fit comprendre qu'il s'agissait d'un départ pour de bon. Trois jours après la noce — c'était un mercredi — il vint s'asseoir près d'elle sur le tapis où elle jouait avec Mahaut, et se mit à la fixer des yeux d'un air si grave qu'elle en fut toute troublée.

— Voyez-moi ces yeux de carpe », dit Mahaut, et Milessant se mit à rire. Mais le jeune homme ne songea ni à rire ni à se fâcher : il avait un visage pâle et tendu, et des paupières larges ouvertes; puis, ses cils se mirent à trembler, et l'eau salée déborda les paupières et coula le long du nez, et Ansiet ne songeait ni à essuyer les larmes ni à se détourner — il regardait les cheveux et le front de l'enfant, et les pleurs coulaient de plus en plus rapides, chatouillaient les narines et les coins de la bouche — devant ce chagrin muet les deux fillettes restèrent interdites. Enfin Milessant passa ses bras autour du cou du jeune homme et lui demanda ce qu'il avait. Alors il la saisit par les épaules et la secoua et l'embrassa, et se mit à parler, les lèvres tremblantes, la voix mouillée de pleurs. « Mon bel agneau, ma fleur blanche — sans y penser il répétait les paroles du vieux Guillaume — on m'a menti — c'est pour se moquer de moi — il faut croire qu'on m'a trompé en disant que tu es ma femme — si j'avais su j'aurais refusé, je me serais caché — ils ont fait cela pour me séparer de toi, à quoi me sert de t'avoir pour femme ? — Sans cela tu resterais encore ici. Je n'ai fait aucun mal au vieux. Oh ! Va, je sais que c'est lui qui te renvoie, mon père à moi ne le voulait pas. A quoi me sert de t'avoir quand je serai grand ? Je mourrai avant, j'en suis sûr. »

Et, de pitié pour lui-même il se mit à sangloter si fort

que Milessant en fut effrayée et dit : « Mais non, vous ne mourrez pas. »

— Sotte, lui dit Mahaut, qui observait la scène d'un air de connaisseur. Ce n'est pas pour cela qu'il pleure ; c'est parce qu'il est amoureux de toi. Mon cousin Frahier pleurait tout autant quand je suis partie de Linnières avant la Trinité.

— Ah ! » dit Milessant, intéressée d'apprendre de nouvelles choses sur la vie : Mahaut lui paraissait un puits de science.

— N'écoute donc pas cette sotte, lui dit Ansiet, sombre, elle croit toujours que tout le monde est amoureux. Je ne suis pas amoureux : t'ai-je jamais fait aucun mal ? Et tu es trop jeune, d'ailleurs. Dis : tu as peut-être raconté à ton père que je t'embrassais trop, et c'est pour cela qu'il veut nous séparer ? Et si je promets de ne plus le faire ? Je ne te toucherai plus du doigt, pourvu que tu restes.

— Je ne sais pas, dit l'enfant. Vous croyez que je vais partir ?

Il cria : « Imbécile ! Mais c'est de cela que je parle. Mais tu pars demain avec mon père et la dame. »

Alors Milessant à son tour éclata en sanglots, s'imaginant pour la première fois ce départ dans un monde inconnu ; en rêve elle s'était vue parfois suspendue au-dessus d'abîmes sans fond, dans le vent froid ; elle appelait : « Père, père ! » et le père ne venait pas. Ce fut cette même terreur qu'elle éprouva aux dernières paroles d'Ansiet.

Elle courut aussitôt en bas, chez son père, pour s'assurer qu'il n'avait pas disparu.

— Ma fillette, demain tu ne coucheras plus sous ce toit. Tu es trop jeune pour comprendre ce que je te dis. Mais tu t'en souviendras pour plus tard. Je ne te reverrai plus jamais de ma vie, joie de mes yeux : regarde-moi bien, ne m'oublie pas, je suis ton vieux père qui t'a bien aimée. Écoute-moi bien. Dans cinq ou six mois on viendra te dire que je suis mort : mon corps sera mis en terre dans le cimetière pour être mangé par des vers et se changer en poussière — mais de cela il ne faut pas avoir de chagrin, car cela arrivera à tous. Si Dieu a pitié de moi, il me fera revivre et rentrer en bonne santé après le jour du Jugement, pour aller en Paradis, et là je te retrouverai, ma joie et ma beauté, belle et heureuse, avec les saints de Dieu. Et alors, nous ne nous quitterons plus jamais.

« Mais aujourd'hui, mon agneau, il faut nous séparer, parce que tu es fille et femme, et Dieu t'a faite pour avoir un mari ; voici que je t'ai donné un bon mari, honnête et loyal, et tu devras l'aimer plus que tout au monde. Vous êtes encore enfants, lui et toi ; quand vous ne le serez plus, vous verrez bien comment vous vous aimerez, ce n'est pas à moi de vous le dire. Par lui tu auras de beaux enfants, et pour une femme il n'y a pas de plus grande joie.

« Milessant, ma belle fleur de lis, retiens bien ce que je te dis là : si jamais plus tard tu ne te conduis pas en honnête femme, tout mort et enterré je le saurai, sois-en sûre ; et alors, quand même je serais en Paradis avec les anges, si tu me fais un tel affront, j'y serai plus malheureux qu'en enfer.

« Va, aime-moi bien, embrasse-moi, embrasse ta mère. »

Dame Béatrix pleurait et s'essuyait les larmes du bout de son voile. Mais Milessant, les yeux fixes, la bouche ouverte, aspirait de toute sa frêle personne les paroles du père : elle était sûre que personne jamais n'avait rien dit d'aussi sage ni d'aussi beau. Ce qu'elle ne comprenait pas de la tête lui entrait droit au cœur et elle l'y enfermait comme des reliques dans une châsse. Elle sentait trop bien ce que ce moment avait de solennel pour montrer du chagrin.

Après un voyage de deux jours sur la croupe du cheval de dame Aalais, Milessant, tout endolorie, toute pâle, se vit enlevée par les deux grandes mains noires du baron de Linnières, et ce fut du haut de cette taille de géant qu'elle vit la cour, le donjon de pierre grise, l'échelle de bois et la grande salle obscure jonchée de paille.

« Ma belle demoiselle, lui dit le baron, vous voilà dans votre maison qui sera à vous un jour », et il la posa par terre ; et alors Milessant fut écrasée par l'immensité de cette cheminée, de cette voûte, de ces dalles, de cet écu suspendu au mur au-dessus de la table. L'idée d'être un jour maîtresse de cette maison lui paraissait si absurde qu'elle ne s'y arrêta même pas. Elle cherchait des yeux des êtres à sa mesure : Mahaut, ou Gertrude, sa petite servante, ou un chien. Et comme par malheur, elle n'était entourée que de jambes d'hommes et de longues robes de femmes. Elle n'osait pas lever la tête, parce qu'elle sentait que tout le monde la regardait. Elle avait honte, et se demandait par quelle faute elle avait mérité cette punition, et comme elle était fière, elle ne pleurait pas, et se contentait de se ronger les ongles.

Si elle avait été dans la maison de son père, elle eût pris pour des louanges tout ce que ces inconnus disaient d'elle. Mais ici, elle était sûre qu'on voulait l'humilier et se moquer d'elle. Ce fut la grande et douce main blanche de la dame Aalais qui la tira d'embarras, en la prenant par le poignet pour l'emmener dans la salle du haut.

Derrière un rideau de toile grise une chandelle de suif brûlait, éclairant un broc de glaise rouge, ventru et muni de deux anses rondes. Entre le rideau et le mur se trouvait un grand lit plat à rebords de chêne au-dessus duquel pendaient des hardes de femmes — robes légères et ceintures brodées. La flamme de la chandelle projetait sur le mur et le lit les ombres des ceintures, et le lent mouvement de ces ombres noires faisait peur à Milessant. Sur le lit, deux grandes fillettes brunes en chemises blanches refaisaient leurs tresses pour la nuit.

Mahaut, assise à côté du lit sur un coffre orné de fer forgé, trempait ses jolis petits pieds très cambrés dans une bassine d'eau claire, et une vieille servante agenouillée devant elle avec un linge blanc, attendait que l'enfant daignât retirer ses pieds de l'eau.

Pour le premier soir la dame voulut bien s'occuper elle-même de Milessant ; elle la fit asseoir sur ses genoux, lui peigna les cheveux et en fit deux petites tresses. L'enfant tombait de sommeil et inclinait tout le temps sa lourde tête sur la poitrine de la dame, et celle-ci la rabrouait doucement : « Je ne peux pas te coiffer, petit chat, tiens-toi droite. » Milessant ouvrait des yeux tout grands pour s'empêcher de dormir, et voyait au-dessus du rideau des ombres géantes se promener sur le plafond voûté de la grande pièce ; elle y entendait des voix d'hommes, des rires, et se demandait quels mystères, quelles étranges scènes devaient se jouer dans cette immense salle qu'on lui cachait avec ce rideau gris.

Les mains de la dame étaient si douces, si chaudes, que leur seul contact faisait disparaître courbature et fatigue ; Milessant se sentait redevenue toute petite et n'avait qu'un seul désir : ne pas quitter les genoux de la dame. Mais, sans savoir comment, elle se trouva sur le grand lit, près du mur, à côté de Mahaut qui enlevait sa chemise. Les deux fillettes brunes, couchées dans le même lit, riaient en se parlant tout bas. Milessant se tourna contre le mur tendu d'épaisse toile rayée de rouge, mais les ombres des ceintures qui continuaient à s'y promener lui firent peur, et elle se serra contre Mahaut.

— As-tu froid ? demanda celle-ci. En été nous dormons sans couverture. Il fait très chaud dans la salle.

Milessant demanda : « Où est la dame ? »

— Dans son lit.

— C'est loin d'ici ?

— Assez loin : c'est dans l'angle sud, il faut passer à côté des dames de Monseigneur Girard — c'est un grand lit, le plus beau du château : on pourrait bien y coucher dix jeunes filles côte à côte en travers — j'y ai dormi quand j'étais malade.

Milessant ne l'entendait plus qu'à moitié. La chandelle s'éteignit et le lit fut plongé dans le noir — mais derrière le rideau le jeu d'ombres et de lumières continuait toujours. Les jeunes filles riaient doucement. Une vieille servante grognait au pied du lit.

Milessant fut éblouie par les grands espaces de Linnières : cette chambre à coucher qui s'étendait d'un bout à l'autre du bâtiment, cette salle où les garçons pouvaient s'exercer au tir, cette grande cour pleine de boue jaune dont on pouvait construire des châteaux, tout la frappait par sa richesse et sa splendeur après le petit hôtel bourgeois de Guillaume de Nangi. Elle ne savait pas encore ce qu'était la pauvreté, et ce n'était pas Mahaut qui pouvait lui apprendre que Linnières n'était qu'un très humble petit château campagnard. Elle ne voyait pas que les robes de la dame Aalais étaient de vieille étoffe, et si la vaisselle de bois était plus usée et plus grossière qu'à Nangi, Milessant ne savait pas pourquoi la vaisselle neuve vaut mieux que l'ancienne.

L'immense et ténébreuse forêt dont Ansiau lui avait si souvent parlé l'attirait de plus en plus : elle la voyait encerclant le château de toutes parts, noire, verte, immobile, avec ses corbeaux qui traçaient des zigzags au-dessus des cimes, et des milans qui planaient lentement dans l'air calme et lourd. Milessant la savait peuplée de cerfs à voix humaine, de feux follets, de loups-garous — et elle n'en avait pas peur. Sa pensée s'était avidement emparée de ce monde de rêve qu'Ansiau lui avait ouvert : elle s'y sentait plus à l'aise que parmi les hommes. Quand ses nouvelles tantes et cousines lui adressaient la parole, elle cachait sa figure avec sa manche, ou allait se blottir sous un banc. Seule, la dame avait su l'apprivoiser.

A chaque pas Milessant découvrait de nouvelles espèces d'êtres vivants : la dame de Linnières était certainement unique de son espèce ; Milessant apprit vite à connaître sa chaleur et son odeur, son pas rapide et sa voix forte, un peu gutturale. Elle eût été bien étonnée si on lui avait dit qu'elle préférait la dame de Linnières à sa mère — en son cœur il n'y avait pas de préférences. La dame de Linnières était un feu qui chauffe, et non une étoile dans le ciel. Ses baisers étaient toujours donnés de bon cœur, tout comme ses soufflets.

Les premiers jours Milessant eut les doigts piqués et enflés et le dos tout courbaturé à force de se tenir penchée sur son ouvrage. Ses petites mains étaient toutes moites de sueur, la toile en devenait graisseuse et le fil noir, et en dépit de tous ses efforts elle n'arrivait pas à faire deux points semblables.

— C'est une honte qu'une fillette de ton âge ne sache pas tenir l'aiguille, grondait la dame. Vraiment, cela ne fait pas honneur à ta mère. Regarde-moi cet ourlet : c'est une haie d'épines, ou encore des pattes d'oiseau sur la neige, ni plus ni moins. Si tu ne fais pas mieux, tu auras deux gifles tantôt.

Milessant ne réussit qu'à se piquer encore plus fort et à tacher de sang son lamentable bout de chemise —

et Mahaut, qui travaillait à la même pièce, fut prise de pitié.

— Donne vite, la dame ne nous regarde pas.

Milessant, le cœur débordant de gratitude, lui passa son aiguille. Mais la dame, en voyant les points impeccables alignés à la suite des hideuses pattes d'oiseau, fronça les sourcils et regarda l'enfant droit dans les yeux. « Apprends, ma fille, dit-elle, qu'une noble femme ne doit jamais tricher ni mentir. Tu commences bien mal. Eh bien, tu auras quatre gifles au lieu de deux. Et n'essaie plus jamais de rien me cacher. » L'enfant, les yeux grands ouverts d'admiration et de terreur devant la clairvoyance de la dame, reçut sans broncher le châtiment mérité. Ce fut, à l'égard de la dame, son premier et dernier mensonge.

Mahaut ne se souciait pas d'être giflée à son tour, et ne dit rien, mais ensuite elle s'appliqua de son mieux à consoler son amie.

— Tu sais, dit-elle, quand nous descendrons dans la cour, je t'apprendrai à grimper sur le toit des écuries — je le fais souvent, avec Girard et Frahier. De là-haut on voit le jardinet, et aussi le pré de l'autre côté de la palissade. Dimanche, on nous laissera nous promener dans le pré.

Séduite par cette promesse, Milessant oublia tous ses malheurs et rêva si bien de prés et d'écuries que son aiguille se mit à faire des points énormes, et la dame, de guerre lasse, lui enleva l'ouvrage.

Son nouveau petit monde s'élargissait de jour en jour ; dans la brume informe des visages inconnus se dessinaient peu à peu, des figures d'enfants, des yeux, des sourires qu'elle commençait à reconnaître. A côté de Mahaut il y avait les deux autres compagnes de lit : Simone et Aelis, que Mahaut appelait cousines ; puis Girard, le frère de Mahaut, qui avait l'âge de Milessant, et Frahier, son cousin, âgé de onze ans déjà. Il y avait les filles de Haumette, la nourrice d'Ansiet. Mais au-dessus de tous, immense, superbe, inaccessible, se dressait le maître du château ; Milessant savait que devant lui la dame elle-même n'était qu'une servante, et ce n'était pas peu.

Un beau jour, après la Toussaint — le baron venait de rentrer de Troyes — la dame prit Milessant sur ses genoux, lui mit dans la main une galette au miel et lui dit :

— Ma petite fille, je dois te dire une chose triste : ton père est mort.

Milessant la regarda dans les yeux, sans bien comprendre ce qu'elle voulait dire. Et la dame, qui aimait ce regard, l'embrassa et se mit à pleurer. Alors l'enfant se serra contre elle et pleura à son tour, mais c'était de tendresse pour la dame et de pitié pour elle-même.

Le jour où elle avait dit adieu à son vieux père elle avait accepté la séparation. Elle savait bien ce qu'était la mort — le père l'avait expliqué. Elle savait que le père devrait fermer les yeux pour toujours, et être mangé par les vers et tomber en poussière, mais grâce à la foi qu'elle avait en lui elle n'en avait pas peur : c'étaient là des transformations nécessaires pour arriver jusqu'au Paradis, et elle savait aussi ce qu'était le

Paradis : elle n'avait qu'à fermer les yeux pour voir un éblouissement de lumière blanche et or, si beau qu'on passerait sa vie à le regarder ; elle savait que le Paradis était bien plus beau encore, Dieu faisait en sorte que tous y étaient toujours plongés dans la joie des pieds à la tête, toujours comme baignés d'eaux vives, toujours entourés d'oiseaux chantant à voix plus douces les unes que les autres. Si le père devait y aller, il fallait bien croire que c'était une chose à faire. Elle en ferait autant dès qu'elle le pourrait.

— Va, ma fillette, ne pleure pas, dit la dame. Ton père ne voudrait sûrement pas te voir triste.

— Oh ! oui, dit Milessant en fixant sur la dame son regard droit et un peu distrait. Il me l'a dit. Il m'a promis que je le retrouverai en Paradis.

La dame pensa que le vieux Guillaume avait peut-être promis au-delà de son pouvoir, mais se garda bien de le dire à l'enfant.

Milessant ne parut guère changée par son deuil. Elle avait une telle confiance en la promesse de son père qu'au tombeau il ne lui paraissait pas plus loin d'elle que s'il était toujours à Troyes.

Et peu à peu elle l'oublia tout à fait.

Milessant tomba entièrement aux mains de Mahaut, qui était un tyran. Un bon tyran, il est vrai : elle s'occupait sérieusement de l'éducation de son amie, lui apprenait chansons et points de broderie, la défendait des taquineries des garçons et lui faisait part de son expérience de la vie — expérience assez étendue pour son âge.

Mahaut était bavarde et vaniteuse, irascible et têtue, et elle n'était guère aimée au château — les servantes se plaignaient toujours de sa brusquerie, les tantes et cousines la trouvaient insolente — la dame, par contre, prenait fait et cause pour sa progéniture, et gâtait Mahaut autant qu'elle pouvait gâter cette grande fille qui avait six frères et sœurs plus jeunes qu'elle. Et l'enfant, forte de l'appui de sa mère, devenait de plus en plus insupportable. Le baron était même très mécontent d'elle — les filles, à son avis, devaient être douces. Il lui disait souvent : « Je plains le mari qui vous aura. »

Mahaut était jolie, et même très jolie, mais au grand chagrin de la dame, ses cheveux prenaient de plus en plus des reflets de cuivre, ce qui, du reste, n'était nullement malséant. Elle avait le teint laiteux des rousses, une peau très nette, très fine, sans nuances, et de larges yeux noirs, qu'on eût appelés des yeux de vache, s'ils n'avaient été toujours pétillants de malice ou de colère ; son œil gauche, d'ailleurs, louchait dehors de façon assez sensible, mais, chose étrange, ce défaut ne faisait qu'ajouter du charme à un visage qui, autrement, eût paru un peu mièvre — de fait, les gens s'arrêtaient devant ce regard énigmatique, à la fois perçant et rêveur, qui paraissait toujours voir au-delà de la réalité visible. Malgré cela, Ansiet et Herbert, avec l'amabilité traditionnelle des frères de tous les temps, disaient que Mahaut était rousse et qu'elle avait les yeux bigles.

Mahaut était très fière de sa beauté, de sa race, de son esprit, et ne se gênait pas pour le montrer, la fierté étant, à ses yeux, une qualité de plus chez une fille noble. Sa mère, d'ailleurs, entretenait sciemment cet orgueil, car elle connaissait trop bien les dangers de la vie de château et redoutait pour l'enfant les assiduités des cousins et des jeunes valets. Mahaut ne se destinait pas à moins qu'un comte.

Si elle songeait beaucoup à l'amour, c'était parce que ses cousines plus âgées ne parlaient guère d'autre chose, et qu'elle voulait être comme les grandes. Elle savait beaucoup de choses, trop de choses, parce qu'elle était curieuse et avide de connaître — or, qui pouvait mieux lui faire connaître la vie et le monde que les grandes filles de treize ou de quinze ans ? Mahaut était sûre que les vraies grandes personnes — même la dame — ne disaient jamais la vérité. Et ce qu'elle pouvait apprendre de ses cousines n'allait pas plus loin que des histoires de lit, conjugal ou non, ou des promenades au clair de lune avec un beau jeune homme. Mahaut croyait que le but de la vie était de faire l'amour avec un courtois et vaillant chevalier — mais ces considérations étaient toutes théoriques : sa pureté d'hermine se révoltait à l'idée d'un seul baiser reçu en cachette, et ses amoureux — car elle en avait — la jugeaient dure et cruelle. Frahier, le jeune frère de Garnier, lui apportait chaque jour des fleurs, ou des oiseaux vivants, ou des papillons, et elle acceptait tout avec une royale indifférence. Son autre ami, Aimeri, fils de Girard le Blond, un grand jeune homme de quatorze ans, se moquait beaucoup de cette façon de faire la cour, mais ne pouvait rien obtenir lui-même.

Naturellement rude et insolente avec ses supérieurs,

Mahaut était douce avec les enfants plus jeunes qu'elle. Elle aimait son frère Girard, la petite Alette, et même Guillaume, qui, à quatre ans, était le plus lamentable bébé qu'on pût voir ; assis dans son berceau, les bras ballants, la tête trop lourde pour son cou grêle, il poussait de vagues bêlements, et fixait devant lui un regard sans vie. Mahaut, bonne âme, venait lui fourrer dans la bouche du miel ou des cerises sans noyaux. Ou bien, elle lui chantait : « Guillaume, Guillemet ! » et affirmait l'avoir vu sourire. La dame, le cœur navré, la croyait à moitié.

A Milessant, sa nouvelle sœur, Mahaut s'attacha avec passion : d'abord, elle sentait en elle — et ce n'était pas peu de chose — une égale par la race et le rang. Elle adorait ses cheveux fins, ses longs cils et ses mains menues. Et puis, Milessant était si ignorante, si confiante, que c'était un plaisir de lui apprendre ce qu'elle, Mahaut, savait si bien. D'instinct elle avait senti que pour dominer cette fille en apparence si docile il fallait d'abord l'aimer. Et elle l'aima — ce fut la grande amitié, les promesses, les échanges de boucles de cheveux, de ceintures et de bracelets. Mahaut, tout feu tout flamme, faisait des scènes de jalousie, se brouillait, demandait pardon, et Milessant, plus placide, se laissait aimer et mener de bonne grâce : sa tête était ailleurs. Sa grande amie était pour elle une espèce de catéchisme vivant : les fantaisies un peu brumeuses d'Ansiet se dissipèrent vite au contact de la sèche et dure logique de ce nouvel et terrible mentor. Mahaut méprisait les garçons, et ses frères aînés en particulier, critiquait vertement ses oncles et tantes, se moquait du père Aimeri, et dans sa bouche les histoires mêmes de loups-garous et de revenants perdaient de leur mystère et devenaient presque drôles ; et pourtant elle y croyait.

Aalais adorait sa fille aînée à cause de sa beauté d'abord, de sa grâce, et de son habileté à tous les travaux. Elle l'adorait parce qu'elle voyait déjà — de loin — approcher le jour où son enfant lui serait enlevée par un étranger, et surtout parce que cette grande fille devenait pour elle une amie et une aide. Mahaut était seule à la plaindre vraiment quand ses petits enfants étaient malades, seule à être bonne avec Guillaume ; la dame s'attendrissait sur ce petit corps si mince et si frêle qui renfermait une âme si vaillante déjà, si noble — et la dame se fâchait tout rouge quand elle entendait le baron ou Richeut parler des défauts de Mahaut. « Douce ? et pourquoi serait-elle douce ? Vous autres hommes, vous ne voulez que cela. Douce, je l'ai trop été avec vous, baron. Et elle fera bien de ne pas être comme moi. »

Le baron de Linnières ne faisait au château que d'assez courtes apparitions : il y résidait pour la saison des chasses, et y passait les fêtes de l'Assomption et de la Toussaint. Le reste du temps il battait la campagne avec André, Garnier et Thierri, allait de Troyes à Bar-sur-Seine, de Bar-sur-Seine à Provins, ou à Reims, ne manquait guère de tournoi tant soit peu important ; sa passion pour les joutes devenait un vice, et la dame se plaignait amèrement d'avoir un mari « si tournoyeur ». Encore qu'il ne fût jamais battu, il dépensait tant d'argent en lances, heaumes et chevaux, que toutes les rançons qu'il tirait de ses prisonniers y passaient — et d'ailleurs, il lui arrivait souvent de relâcher un prisonnier sans rançon : il suffisait d'un moment de bonne humeur, d'une sympathie subite — il lui arrivait de ne rien demander à un homme riche, et quand la dame l'apprenait elle se mordait les lèvres de dépit. Il disait : « Dame, je ne suis pas un Juif. » Et elle pensait aux intérêts qu'il allait falloir payer à Abner.

C'était elle, à présent, qui menait les affaires du domaine, aidée par Milon du Cagne qui tenait en main les soldats et faisait les rondes d'inspection à Bernon et à Seuroi. Mais comme le baron restait toujours maître absolu, et qu'il avait toujours besoin d'argent, il en résultait un perpétuel décalage, un grand désordre dans les questions de dettes et d'échéances, et la dame tremblait toujours d'être obligée de mentir à sa foi jurée.

Le baron avait beaucoup changé depuis son retour de Palestine — quatre ans étaient passés et il paraissait toujours être au lendemain d'une arrivée ou à la veille d'un départ. Il n'était pas à sa place au château. Il était trop grand, il occupait trop d'espace, il bouleversait tout dès qu'il se mêlait de faire un pas ou un geste par lui-même, comme un faucon sauvage enfermé dans une pièce, et qui ne peut battre de l'aile sans renverser un plat ou un escabeau. Il ne donnait pas un ordre que la dame ne trouvât un contretemps — il amenait des invités pour une partie de chasse quand la dame était sur son dernier mois de grossesse, congédiait des soldats pour n'avoir pas à les payer, faisait présent à ses amis des restes d'objets de valeur péniblement amassés par son père, et envoyait en course à Bernon ou à Hervi les valets dont la dame avait justement besoin pour le travail au château.

Il ne semblait vraiment à sa place qu'aux écuries et dans le lit de la dame. De ce point de vue, la dame n'avait pas à se plaindre de lui — il était un mari très ardent et Aalais ne pouvait s'empêcher d'en être flattée. Elle pardonnait à l'amant les défauts du châtelain et voulait bien fermer les yeux sur les dégâts qu'il causait au ménage pendant ses fréquentes et courtes visites.

Il l'aimait : c'était comme une lame de fond qui le ramenait toujours dans les bras de la dame, presque en dépit de lui. Il ne ménageait guère ses chevaux, et faisait parfois des détours invraisemblables entre deux tournois, pour passer par Linnières. Quatre ou cinq jours après il repartait, juste au moment où la dame commençait à prendre goût à sa présence.

Il était un homme agréable : à trente ans passés il gardait encore une taille fine et des hanches étroites, ce qui faisait un contraste assez frappant avec ses vastes épaules — sous sa poitrine très large il avait un estomac très creux, ce qui faisait dire à ses amis qu'il devait avoir toujours faim. Il était si grand qu'il semblait se balancer en marchant, et si aisé dans ses mouvements que sa taille démesurée ne paraissait pas disgracieuse. Il avait gardé le hâle des mers chaudes et quatre ans après son retour il était basané comme un bohémien — et malgré tous les tournois auxquels il prenait part il avait des dents intactes et assez belles. Sa grande force en armes lui avait créé une réputation si flatteuse qu'il passait pour beau — et d'ailleurs, il repoussait sans vergogne les femmes qui lui faisaient des avances, pour ne pas se parjurer à l'égard de la dame. Et au château de Linnières il était adoré à l'égal de Dieu.

Avec les siens il était d'une bonté facile qui accordait sans réflexion tout ce qu'il était ou n'était pas en son pouvoir de donner; si parfois il lui arrivait d'être brusque et injuste, ce n'était jamais par mauvaise volonté, et ses punitions étaient acceptées sans murmure, avec une espèce de respect admiratif.

Mais s'il y avait une personne qui l'admirait à en perdre le sommeil et l'appétit, c'était sa jeune bru, Milessant de Nangi. Elle reconnaissait de loin le pas de son cheval et le bruit de ses éperons dans la cour et dans la salle; quand il se chauffait devant la cheminée, elle l'observait de son coin et laissait tomber son ouvrage, et n'entendait rien quand on lui parlait : on eût pu la piquer avec des aiguilles, elle s'en fût à peine aperçue.

Milessant passait pour une enfant un peu arriérée, et elle l'était en effet : elle était ignorante, maladroite et distraite. Mais c'était comme si son cœur s'était développé trop tôt aux dépens du reste. A neuf ans, elle comprenait des choses qui restaient des terres inconnues pour la très précoce Mahaut. Elle savait trouver des prétextes pour passer aux écuries, afin d'apercevoir les guêtres de cuir ou la tignasse brune et emmêlée du baron; et elle mourait d'effroi à la seule idée qu'il pourrait lever la tête et la voir. Elle savait attendre pendant des jours et des semaines le bruit des sabots d'un cheval à la porte cochère du château et reconnaître entre vingt voix une voix, un rire, un juron. Elle savait combien un sourire peut être doux et beau à voir, même lorsqu'elle s'adresse à d'autres. Elle savait pleurer pour un regard sec ou indifférent.

C'était une adoration sans raison et sans but, mais farouche et totale. Et l'enfant savait si bien qu'elle aimait qu'elle s'efforçait de cacher son sentiment aux autres. Elle ne se croyait pas amoureuse au sens où l'entendait Mahaut, mais elle avait envie de devenir amulette ou talisman pour être portée à son cou, contre sa poitrine.

Il ne lui paraissait pas vieux — puisqu'elle construisait sa vision des êtres et des choses d'après lui ; ceux qui étaient plus jeunes n'étaient que des enfants, ceux qui étaient plus petits que lui — des nains ; ceux qui avaient le teint plus clair étaient trop pâles — et tous les hommes avaient une narine de trop.

TOME PREMIER

 I. *Le Mariage.* 7
 II. *La Parenté.* 121
III. *La Dame.* 315
 IV. *La Race.* 459

DU MÊME AUTEUR

Aux Éditions Gallimard

LA PIERRE ANGULAIRE
RÉVEILLÉS DE LA VIE
LES IRRÉDUCTIBLES
LE BÛCHER DE MONTSÉGUR
LES BRÛLÉS
LES CITÉS CHARNELLES
LES CROISADES
CATHERINE DE RUSSIE
LA JOIE DES PAUVRES
QUE VOUS A DONC FAIT ISRAËL ?
VISAGES D'UN AUTOPORTRAIT
LA JOIE-SOUFFRANCE
LE PROCÈS DU RÊVE
L'ÉVÊQUE ET LA VIEILLE DAME ou La belle-mère de Peytavi Borsier.
QUE NOUS EST HÉCUBE ? ou Un plaidoyer pour l'humain.

Impression Bussière à Saint-Amand (Cher),
le 20 novembre 1985.
Dépôt légal : novembre 1985.
1er dépôt légal dans la collection : décembre 1979.
Numéro d'imprimeur : 3018.
ISBN 2-07-037155-7./Imprimé en France.

36904